U0113326

城市公用事业市场化融资概论

Financing for Municipal Public Utilities
through Market Mechanism

秦 虹 ⊙ 著

中国社会科学出版社

图书在版编目（CIP）数据

城市公用事业市场化融资概论/秦虹著．—北京：中国
社会科学出版社，2007.7
（中国社会科学院研究生重点教材系列）
ISBN 978 - 7 - 5004 - 6259 - 0

Ⅰ．城…　Ⅱ．秦…　Ⅲ．①城市 - 公用事业 - 投资 - 研究
生 - 教材②城市 - 公用事业 - 融资 - 研究生 - 教材
Ⅳ．F294.1

中国版本图书馆 CIP 数据核字（2007）第 098324 号

责任编辑　韩育良
责任校对　石春梅
封面设计　王　华
版式设计　王炳图

出版发行　**中国社会科学出版社**
社　　址　北京鼓楼西大街甲 158 号　　　　邮　编　100720
电　　话　010 - 84029450（邮购）
网　　址　http://www.csspw.cn
经　　销　新华书店
印　　刷　北京奥隆印刷厂　　　　　　装　订　鑫鑫装订厂
版　　次　2007 年 7 月第 1 版　　　　　印　次　2007 年 7 月第 1 次印刷
开　　本　710 ×980　1/16
印　　张　24.25　　　　　　　　　　插　页　2
字　　数　406 千字
定　　价　42.00 元

总　序

中国社会科学院研究生院是经邓小平等国家领导人批准于 1978 年建立的我国第一所人文和社会科学研究生院，其主要任务是培养人文和社会科学的博士研究生和硕士研究生。1998 年江泽民同志又题词强调要"把中国社会科学院研究生院办成一流的人文社会科学人才培养基地"。在党中央的关怀和各相关部门的支持下，在院党组的正确领导下，中国社会科学院研究生院持续健康发展。目前已拥有理论经济学、应用经济学、哲学、法学、社会学、中国语言文学、历史学等 9 个博士学位一级学科授权、68 个博士学位授权点和 78 个硕士学位授权点以及自主设置硕士学位授权点 5 个、硕士专业学位 2 个，是目前我国人文和社会科学学科设置最完整的一所研究生院。建院以来，她已为国家培养出了一大批优秀人才，其中绝大多数已成为各条战线的骨干，有的已成长为国家高级干部，有的已成长为学术带头人。实践证明，办好研究生院，培养大批高素质人文和社会科学人才，不仅要有一流的导师和老师队伍、丰富的图书报刊资料、完善高效的后勤服务系统，而且要有高质量的教材。

20 年多来，围绕研究生教学是否要有教材的问题，曾经有过争论。随着研究生教育的迅速发展，研究生的课程体系迈上了规范化轨道，故而教材建设也随之提上议事日程。研究生院虽然一直重视教材建设，但由于主客观条件限制，研究生教材建设未能跟上研究生教育事业发展的需要。因此，组织和实施具有我院特色的"中国社会科学院研究生重点教材"工程，是摆在我们面前的一项重要任务。

"中国社会科学院研究生重点教材工程"的一项基本任务，就是经过几年的努力，先期研究、编写和出版 100 部左右研究生专业基础课和专业课教材，力争使全院教材达到"门类较为齐全、结构较为合理"、"国内同行认可、学生比较满意"、"国内最具权威性和系统性"的要求。这一套研究生重点教材的研究与编写将与国务院学位委员会的学科分类相衔接，以二级学科为主，适当扩展到三级学科。其中，二级学科的教材主要面向硕士研究生，三级学科的教材主要面向博士研究生。

中国社会科学院研究生重点教材的研究与编写要站在学科前沿，综合本学科共同的学术研究成果，注重知识的系统性和完整性，坚持学术性和应用性的统一，强调原创性和前沿性，既坚持理论体系的稳定性又反映学术研究的最新成果，既照顾研究生教材自身的规律与特点又不恪守过于僵化的教材范式，坚决避免出现将教材的研究与编写同科研论著相混淆、甚至用学术专著或论文代替教材的现象。教材的研究与编写要全面坚持胡锦涛总书记在 2005 年 5 月 19 日我院向中央常委汇报工作时对我院和我国哲学社会科学研究工作提出的要求，即"必须把握好两条：一是要毫不动摇地坚持马克思主义基本原理，坚持正确的政治方向。马克思主义是我国哲学社会科学的根本指导思想。老祖宗不能丢。必须把马克思主义的基本原理同中国具体实际相结合，把马克思主义的立场观点方法贯穿到哲学社会科学工作中，用发展着的马克思主义指导哲学社会科学。二是要坚持解放思想、实事求是、与时俱进，积极推进理论创新。"

为加强对中国社会科学院研究生重点教材工程的领导，院里专门成立了教材编审领导小组，负责统揽教材总体规划、立项与资助审批、教材编写成果验收等等。教材编审领导小组下设教材编审委员会。教材编审委员会负责立项审核和组织与监管工作，并按规定

特邀请国内 2—3 位同行专家，负责对每个立项申请进行严格审议和鉴定以及对已经批准立项的同一项目的最后成稿进行质量审查、提出修改意见和是否同意送交出版社正式出版等鉴定意见。各所（系）要根据教材编审委员会的要求和有关规定，负责选好教材及其编写主持人，做好教材的研究与编写工作。

为加强对教材编写与出版工作的管理与监督，领导小组专门制定了《中国社会科学院研究生重点教材工程实施和管理办法（暂行）》和《中国社会科学院研究生重点教材工程编写规范和体例》。《办法》和《编写规范和体例》既是各所（系）领导和教材研究与编写主持人的一个遵循，也是教材研究与编写质量的一个保证。整套教材，从内容、体例到语言文字，从案例选择和运用到逻辑结构和论证，从篇章划分到每章小结，从阅读参考书目到思考题的罗列等等，均要符合这些办法和规范的要求。

最后，需要指出的一点是，大批量组织研究和编写这样一套研究生教材，在我院是第一次，可资借鉴的经验不多。这就决定了目前奉献给大家的这套研究生教材还难免存在这样那样的缺点、不足、疏漏甚至错误。在此，我们既诚恳地希望得到广大研究生导师、学生和社会各界的理解和支持，更热切地欢迎大家对我们的组织工作以及教材本身提出批评、意见和改进建议，以便今后进一步修改提高。

陈佳贵

2005 年 9 月 1 日于北京

目　　录

第一章　城市公用事业改革与发展概述

内容提要

● 城市公用事业与城市建设、城市基础设施等概念既有关联又有区别，但无论如何具体定义，城市公用事业具有明显的公共服务的社会属性是显而易见的。

● 根据研究目的和观察角度不同，城市公用事业提供的产品和服务有多种分类方法，但各种分类均表明城市公用事业的发展既离不开政府主导，也有在政府主导下发挥市场机制的空间。

● 城市公用事业具有公益性质和自然垄断性质，由此决定其与一般竞争性行业不同的独有特性。

● 随着社会经济和技术的发展以及对市场化制度安排认知程度的提高，自20世纪90年代，我国开始了城市公用事业领域制度变迁的一系列改革并取得成效。

● 我国城市公用事业发展的简要历程表明，城市公用事业是否得以稳定发展在很大程度上取决于政府对城市公用事业发展规律的认知，以及政府决策和管理水平。

改革开放以来，特别是国家"十五"计划以来，我国的城市面貌发生了日新月异的变化。这一时期，城市的各项公共服务初步改变了长期"滞后"、"欠账"的局面，开始向服务改善型发展；"十五"时期，城市建设固定资产投资的年平均增长率高达24.2%，其中2001—2003年投资增速平均达到37%；到2005年，全国城市中有82%的家庭用上了清洁能源，污水处理率达到52%，人均绿地面积达到7.89平方米，每万人拥有8.6辆公交车，人均拥有道路面积10.9平方米，过去居民对城市建设的基本评价是"脏、乱、差"，目前取而代之的是"天蓝了、水清了、地绿了、灯亮了"，投资环境和城市居民的生活环境得到极大改善。

城市建设迅速发展的一个重要原因，是各地不同程度地改革了城市建设由政府包揽一切的传统做法，以城市建设投融资体制改革为突破口，以城市公用设施项目分类为基础，以引入市场机制为主导，多元化、多渠道地筹集了城市建设资金，初步实现了"政府引导、市场运作、社会参与"的发展新格局。

第一节　城市公用事业基本概念

一　定义

城市公用事业与城市基础设施和城市建设在概念上有密切的联系。有人生存之处就有建筑。城市是人的聚集地，也自然成为各类建筑的集中地，所以从外观上看，城市中的所有建筑项目都表现为城市的建设。但在我国，与政府部门分工和管理体制相联系，城市建设仅指城市公用事业，或称市政公用事业。

1. 城市公用事业

公用事业是公共服务的一个重要的组成部分，是现代人类社会存在、运行须臾不可缺的重要保证。公用事业是一个较广泛的概念，包括为公众提供公共服务的各个行业，如供水、电力、供气、供暖、邮电、通信、有线电视、垃圾和污水处理、交通运输、医疗卫生、文化娱乐……各个行业，这些行业的服务涵盖全社会，既有为某地域范围内提供服务的，如供水、供暖、污水处理等都是在一个具体的地域范围内提供服务，也有跨地区提供服务的，如邮电、通信、铁路、民航、文化、医疗等服务范围都不是某个具体的固定范围，既包括了城市地区，也包括农村地区。由于我国尚没有公用事业方面的基本立法，所以对公用事业没有明确的定义。在美国，《公用事业法》对公用事业的定义是："所有那些直接或间接的为了实现公共目标，或在持有特许经营权、执照和许可的条件下，由公司、机构、合伙人、个人或财产委托人在供暖、制冷、能源、电力、给排水、垃圾处置、油品、燃气或照明等行业所从事的生产、储存、运输、销售和服务。"[①]

但无论如何具体定义，公用事业具有明显的公共服务的社会属性是显而易见的。

---

① 周林军：《公用事业管制要论》，人民法院出版社2004年版，第13页。

　　城市公用事业比公用事业的概念略窄，它主要是指在城市这一特定空间地域范围内提供公用事业和公共工程服务的行业，也称市政公用事业。如城市供水、燃气、热力、公共交通、道路、桥涵、雨水排放、公共场所和公共厕所保洁、垃圾和粪便清运、污水处理、垃圾处理、防洪、照明、园林绿化等行业，这些行业服务通常不跨地区、无法流动。这里的"城市"按我国《城市规划法》的界定，是指国家按行政建制设立的直辖市、市和镇。在我国，有关城市公用事业概念并没有法律上的规定，只是在 1992 年 12 月 26 日建设部、财政部联合颁布的《城市公用事业企业会计制度—会计科目和会计报表》中，将城市公用事业列举为：指自来水、燃气（包括煤气、天然气、液化气等）、热力、城市公共交通［包括公共汽（电）车、出租车、轮渡、地铁等］企业（包括所属内部独立核算单位）。

　　2. 城市基础设

　　"城市基础设施"（urban infrastructure）的概念有广义和狭义之分。

　　广义的"城市基础设施"包含的范围较广，在我国《城市规划基本术语标准》（GB/T50280—98）的解释中，"城市基础设施"是指城市生存和发展所必须具备的工程性基础设施和社会性基础设施的总称。工程性基础设施一般指能源供应、给水排水、交通运输、邮电通信、环境保护、防灾安全等工程设施。社会性基础设施则指文化教育、医疗卫生、科技体育等设施。西方国家有时把"工程性基础设施"也称为"经济性基础设施"。

　　狭义的"城市基础设施"往往只包括"工程性基础设施"。目前，对狭义的城市基础设施有三种分类：

　　第一种分类是《世界银行发展报告》（1994 年），对经济性基础设施（即狭义的城市基础设施）分为三个方面：

　　（1）公共设施（电力、电信、自来水、卫生设施与排污、固体废弃物的收集与处理及管道煤气）；

　　（2）公共工程（公路、大坝和灌溉及排水渠道工程）；

　　（3）其他交通部门（城市和城市间的铁路、城市交通、港口和水路，以及机场）。

　　第二种分类是将城市基础设施的内容和范围划分的更加详尽，主要包括城市能源动力系统、城市水资源及供水排水系统、城市道路交通系统、城市邮电通信系统、城市生态环境系统和城市防灾系统等 6 个大系统。即：

（1）城市能源动力系统

包括城市电力生产、供应系统；城市燃气（天然气、人工煤气、液体石油气）生产、供应系统；城市供热生产供应系统等，也包括目前在国内外一些城市中尚大量存在的其他生活用能源如民用燃煤制品等。

（2）城市水资源和供排水系统

包括地下水、地表水资源，城市供水专用水库；引水渠道、取水设施；制水及输配系统；排水渠道、管网、泵站；污水处理厂等。

（3）城市道路交通系统

城市道路交通系统由城市道路系统、交通管制系统和客货运输系统组成。城市道路系统包括各级城市道路、桥梁、停车场、道路照明等交通工程设施，以及城市的对外交通运输集散和衔接设施，如航空港、火车站、长途客运站、港口、码头等；交通管制系统包括交通信号灯、各种交通标志设施等；客货运输系统包括公共电汽车、出租汽车、地铁轻轨等轨道交通、轮渡、人力车等各种客运设施，以及各种形式的城市货物运输设施。

（4）城市邮电通信系统

城市邮电通信系统由城市邮政系统和城市电信系统组成，包括中级邮电局、所和邮政信箱等邮政服务设施；电信局、所及电话、电报、传真、移动通讯服务设施和网络系统等。

（5）城市生态环境系统

包括城市园林系统，如公园、动物园、植物园等；城市绿地系统，如绿化带、行道树、公共绿地、防护绿地、苗圃等；城市环卫系统，如垃圾粪便的收集、清运、处理，公共场所保洁，公共厕所等市容环卫设施。

（6）城市防灾系统

包括城市抗震、防震设施，城市防洪、防汛设施，城市消防设施，以及城市人防（战备）设施等。

第三种分类是我国《城市黄线管理办法》（中华人民共和国建设部令第144号），将城市基础设施分为以下11类：

（1）城市公共汽车首末站、出租汽车停车场、大型公共停车场；城市轨道交通线、站、场、车辆段、保养维修基地；城市水运码头；机场；城市交通综合换乘枢纽；城市交通广场等城市公共交通设施。

（2）取水工程设施（取水点、取水构筑物及一级泵站）和水处理工程设施等城市供水设施。

（3）排水设施；污水处理设施；垃圾转运站、垃圾码头、垃圾堆肥厂、垃圾焚烧厂、卫生填埋场（厂）；环境卫生车辆停车场和修船厂；环境质量监测站等城市环境卫生设施。

（4）城市气源和燃气储配站等城市供燃气设施。

（5）城市热源、区域性热力站、热力线走廊等城市供热设施。

（6）城市发电厂、区域变电所（站）市区变电所（站）、高压线走廊等城市供电设施。

（7）邮政局、邮政通信枢纽、邮政支局；电信局、电信支局；卫星接收站、微波站；广播电台、电视台等城市通信设施。

（8）消防指挥调度中心、消防站等城市消防设施。

（9）防洪墙、排洪沟与截洪沟、防洪闸等城市防洪设施。

（10）避震疏散场地、气象预警中心等城市抗震防灾设施。

（11）其他对城市发展全局有影响的城市基础设施。

虽然从不同的角度分类，以上三种有关狭义"城市基础设施"的概念在内涵上基本一致，在外延上均涵盖了"城市公用事业"。

3. 城市建设

"城市建设"一词是历史延续下来的通用提法，范围最广，含义也是模糊。上世纪六七十年代，国务院召开的三次城市工作会议文件均提到过"城市建设"一词，例如，在《国务院关于加强城市建设工作的通知》（国发［1987］47号）中就提到，"城市建设是形成和完善城市多种功能、发挥城市中心作用的基础性工作"。在这里，城市建设包括了城市规划、建设和管理的全部活动，是城市政府的重要职能，显然，这不是我们要讨论的含义。"建设"一词的辞典解释是"创立新事业，增加新设施"，所以，广义的城市建设可以指城市范围内所有增加新建筑和设施的活动，主要包括城市房屋建设和基础设施建设。而在我国，由于受行政管理分工的影响，城市建设通常特指由城市政府主要负责规划、建成、管理的城市公用事业，这也可称为狭义的城市建设。

4. 城市公用事业与城市基础设施、城市建设概念之间的关系

城市公用事业与城市基础设施、城市建设关系密切。城市公用事业是城市基础设施的一个组成部分，也就是狭义的城市建设。城市建设、城市基础设施、城市公用事业（市政公用事业）之间的关系可以用图1.1表示。

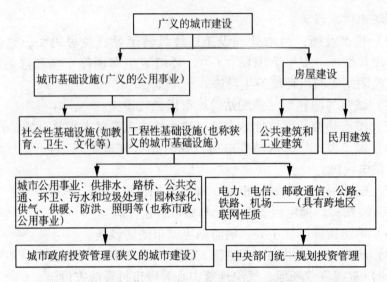

图1.1　城市公用事业、城市基础设施和城市建设之间的关系

从数据上看①城市公用事业投资仅占城市基础设施投资和城镇固定资产的一小部分。例如，2005年，我国城市公用事业投资为5602亿元，狭义的城镇基础设施投资为23174亿元，城镇固定资产投资为75095亿元，城市公用事业投资占狭义城镇基础设施投资的24.17%，占城镇固定资产投资的7.46%。"十五"期间，城市公用事业投资占狭义城镇基础设施投资和城镇固定资产的比重分别为26.9%和8.3%。

包括城市公用事业在内的城市基础设施是城市存在和发展的物质载体。城市公用事业投资与固定资产投资、国民生产总值之间，客观上存在一个内在的科学、合理的比例关系。城市公用事业投资与GDP的比值可以反映其与城市经济的协调关系。不同国家所处的经济发展阶段不同，城市公用事业占GDP和固定资产投资的比重也存在较大差异。

根据日本、美国等发达国家1960—1980年的统计数据显示，城市公用事业投资占GDP的比重约为2%—4%，占固定资产的比重约为6%—10%。

世界银行1994年的发展报告：《1994年世界发展报告——为发展提供基础设施》中，提出"对发展中国家1980—1990年的抽样调查数据显示，公共基础设施投资（包括电力、燃气管道、通讯、供水、排水、环卫设

————————

① 建设部课题："我国城市市政公用设施投资规模和需求研究"2006年。

施）占 GDP 的比重为 2%—8%（平均为 4%），占固定资产投资的比重一般为 20%"。

联合国曾推荐发展中国家基础设施，即包括供水、排水、道路、燃气、公交、园林、环卫和公共建筑等设施的投资，应占 GDP 的 3%—5%，应占固定资产投资的 9%—15%。在这里，联合国关于基础设施投资的口径与我国城市公用事业的口径基本相同，联合国推荐的投资比例可以作为我国城市公用事业投资的参考标准。

"十五"计划期间，我国城市公用事业固定资产投资总额为 20302 亿元，城市公用事业投资总额占全社会固定资产投资总额和国内生产总值总额的比重分别为 6.9% 和 2.9%①，不但低于世界银行调查的发展中国家 4% 的平均值，也低于联合国推荐的发展中国家占 GDP 的 3%—5% 和占固定资产投资的 9%—15% 的比重水平。我国城市公用事业的投资规模相对较低。如果考虑历史欠账和城市化高速增长的因素，我国城市公用事业投资规模还远远不足。

城市公用事业提供的公共服务是当前经济社会发展中的薄弱环节之一，当前我国城镇化正快速发展，全面建设小康社会正处于关键时期，对城市公用事业提出了严峻挑战。

二　分类

根据研究目的和观察角度不同，城市公用事业提供的产品和服务有多种分类方法，但各种分类均表明城市公用事业的发展既离不开政府主导，也有在政府主导下发挥市场机制的空间。

1. 按照市场结构的不同，可分为自然垄断服务和竞争性服务

自然垄断表示企业有一直下降的平均成本和边际成本曲线，它表明持续的规模收益递增，因而一个大企业具有远远高于无数个小企业的效率。城市供水、排水、燃气、集中供热等都具有地下管网系统，网络使用者越多，固定成本分摊在每一用户身上就越少，规模经济就越显著，其自然垄断特征也越明显。但是城市地下管网具有自然垄断性质，并不意味着通过管网这个载体提供的其他服务也具有自然垄断性质。例如供水管网是自然垄断的，但制水厂却可以是竞争性的。对于自然垄断的服务，或者由政府

---

① 这里的国内生产总值（GDP）是以 2005 年经济普查调整后的国内生产总值计算的，调整前后，"十五"期间我国城市公用事业固定资产投资总额占国内生产总值的比重分别为 3.2% 和 2.9%。

直接投资经营，或者在政府监管下由私人企业经营，对于后者，政府必须通过市场准入和价格监管，来防止企业滥用垄断地位，损害消费者利益。对于竞争性的服务可以通过市场由企业提供，但鉴于城市公用事业的公益性特点，政府也必须加强监管。

2. 按照基础设施服务的消费特征，可分为纯公共品和准公共品

根据公共经济学理论，公共品具有两个基本特征：一是具有消费上的非竞争性，即在给定的生产水平下，向一个额外消费者提供产品的边际成本为零，某人对公共品的消费并不影响他人同时消费该产品及其从中获得效用。如广播电视信号，同一地区内多人可以同时收看，增加一个收视者的边际成本为零，且增加一个收视者并不影响别人的视听效果。二是具有消费上的非排他性，即某人在消费一种公共品时，不可能将他人排除在外，或者排除的成本很高。[①]

公共品又可分为纯公共品和准公共品两类，在消费上具有完全非竞争性和非排他性的产品可称之为纯公共品，只具有不充分的非竞争性和非排他性的产品称为准公共品，准公共品介于纯公共品和私人产品之间。从消费角度看，城市公用事业所提供的产品或服务都具有大众共同使用或共同消费的特征，但因其"公共"的程度不同，一部分城市公用设施属于纯公共品的范畴，另一部分城市公用设施是准公共品。

城市公用事业服务中属于纯公共品的包括城市公共绿地、湿地等生态建设系统、防洪排涝系统、公共场所的卫生保洁系统等。对于纯公共品，任何人都可以无偿地利用并从中受益，而不影响他人的利益。市场机制不能解决纯公共品的供给，提供纯公共品的资金来源要由城市政府财政预算支出。由政府财政预算提供公共产品不等于必须由政府直接生产公共品，政府既可以直接提供公共品，也可以通过合同委托私人提供公共品。

大多数的城市公用设施的服务属于准公共品，如供水、燃气、热力、公共交通、公园、污水处理、垃圾处理等，其中供水和燃气虽然也是公众共同消费的产品，但由于不同消费者对水和气的消费需求存在很大的差异，且消费数量可以准确计量，因此，随着生产和计量技术的进步，以及为了达到节约水资源和节约能源的目的，在很多国家已将供水和燃气服务列为私人产品。

[①] ［英］平狄克、鲁宾菲尔德著，张军译：《微观经济学》第3版，中国人民大学出版社1997年版，第530页。

准公共产品的全部成本无法由市场完全补偿，需要政府给予优惠政策或补贴加以支持。政府通常在土地、税收、补贴等手段的支持下，充分发挥市场供给的作用。

3. 按照是否有条件进入市场赢利，可分为经营性设施和非经营性设施

根据发达国家的经验，如果某种公共品的消费具有排他性，消费者则可以通过市场交换途径采用付费方式取得产品消费权，如城市供水、污水处理、垃圾处理、燃气服务、集中供热等均可对消费的使用人和数量进行界定和计量，应属于经营性设施，经营性设施的投资、建设和经营在政府有效的监管下，完全可以由企业提供；而城市道路、路灯、园林绿化、环境卫生、防灾等公益性很强的市政服务设施既无法准确界定使用者，也无法计量使用数量，属于非经营性设施，对于非经营性设施则需政府投资，但具体的建设和管理也可委托企业或个人。

三　基本特征

城市公用事业提供的服务是全体市民共同享用的服务。长期以来，无论是市场经济国家还是计划经济国家，发展城市公用事业都被认为是政府的责任，这主要是因为发展城市公用事业外部效益明显，存在着一定的"市场失灵"。城市公用事业部门有两个最为显著的本质特征：一是提供的产品和服务具有公益性质，二是服务技术和经营过程存在一定程度的自然垄断性。公益性表明，城市公用事业是城市存在、发展的基础条件，是城市居民生活的必需品，对城市居民必须在合理的价格下，无差别地、连续、稳定、普遍、安全地提供产品或服务。自然垄断特征说明当市场中只有一个厂商时才能达到规模经济，过多厂商的进入会造成过度投资，导致社会资源的不合理配置。公益性要求和自然垄断的经济技术特征两者本身存在着矛盾，这是因为，自然垄断使得垄断企业有可能通过制定垄断价格或降低产品的数量和质量以获得高额利润，在自然垄断下，消费者无法自由地选择服务提供者，只能被动地接受服务，从而影响公益性的要求。通常，解决由这一矛盾产生的市场失灵问题主要有两种替代的选择：一是由政府直接投资和经营，二是在政府的监管下由企业投资和经营。前者是由政府直接拥有并控制企业经营以克服市场行为对公众利益的损害，将市场失灵的损失降到最低。后者是政府不直接管理企业，而是从市场外部对企业的行为进行经济和社会的监管以克服市场失灵。

在以上两个本质特征下，产生了城市公用事业服务的其他以下特征：

　　第一，具有投资和消费的地域性特征。与全程全网的基础设施相比，如电力、电信、铁路、邮政服务等，城市公用设施的服务是以某一城市地域空间为服务的载体，是典型的地方性基础设施。在某地投资建设了城市公用设施，它所形成的服务能力只能为本地公众服务，也就是说，本地的实际需求、消费水平、资源状况和经济实力决定了本地城市公用设施建设的规模、成本和价格水平。

　　第二，具有规模经济和范围经济特征。城市公用事业提供的服务大部分是通过网络传输系统进行的，如管网（自来水管网、燃气管网、排污管网、热力管网）、路网（如公交、地铁）以及场站（水厂、燃气厂站、污水处理厂、热力厂站、公交车站、地铁站）提供服务。这种网络传输系统具有很强的资产专用性，也就是说，它只能用来传输某一种服务，而不能移作他用；它只能服务于特定区域，而不能转移到其他区域。所以，一旦在城市公用设施，特别是在网络系统上进行了投资，这种投资就会"沉淀"下来，形成巨大的"沉淀成本"。因此，具有网络服务性质的城市公用设施投资一旦完成，随后的产品或服务范围和流量越大，平均成本就越低，边际成本呈递减之势，规模效益明显。规模经济使得城市公用设施由一家或少数几家企业经营比多家企业同时经营更符合社会经济效率原则。垄断性的城市公用设施垄断能力的大小，取决于沉淀成本的大小和规模经济或范围经济的大小，这两个因素共同决定潜在进入者进入城市公用设施服务市场的难度。

　　第三，一次性投资大，回收期长。城市公用设施要形成服务能力，其投资是不可分割的。如要提供供水服务，必须要全部建设完成水厂和自来水的管网传输系统，整个供水设施的投资必须一次完成，否则无法提供供水服务。管道燃气、污水处理、轨道交通、公共电车、垃圾处理等均具有这样的特征，所以初始投资往往很大，至少要上千万以上。投资大，而城市公用设施的收费却要受到政府管制，因此，投资的回收周期较长。如管道燃气服务，一般要达到50%以上的接驳率才可能靠气量来赚钱，在一个中等规模的城市中，这大约需要4年左右的时间。所以城市公用事业固定资产投资所占比重较高，相对而言，运营成本较小。

　　第四，生产和消费同步，产品的替代性差。由于供水、管道燃气、集中供热、污水处理等设施具有生产过程和消费过程的同一性，而消费者对这些设施的需求在每天24小时中是波动的，并不稳定，但这些设施必须要按高峰用量来规划和建设，这就造成了城市公用设施的固定资产建设部分的投资所占比重大，且固定成本与产量是无关的，而可变成本比重小，即与固定成本相比，实际运营成本较低。如在实际用户数量没有达到设计能力之前，城市供水每增加一名新用户的边际成本很小。虽然燃气和供热可以用电取代，但实事上，一旦接通供气和供热管网后，再用电替代燃气和供热则成本很高，而城市供水、污水和垃圾的处理及资源化、绿地公园等几乎是无可替代的。

第五，价格机制不灵活。为全体市民服务的道路、绿地等公益性的市政设施是纯公共品，无法排他性消费，因而无法对其享用的服务进行定价和收费；具有垄断性的城市公用设施因为不能形成竞争价格，所以市场定价失灵；加之市政公用行业的产品和服务具有长期性和普遍性，其价格的形成和调整涉及大多数居民的利益，不能随行就市，也不能完全按供求规律行事，因此，城市公用设施提供的产品和服务的价格是由政府确定的。

第六，公共利益显著。城市公用设施是城市存在、运行的基础，是现代生活的必需品，并关系到人的生命健康和财产安全，如水、气的供应直接涉及健康和安全。生活在城市中的所有居民均有权享受到这些服务，而提供这些设施的企业也有对全体市民履行普遍服务的义务。同时，绝大多数城市公用设施企业所提供的产品或服务构成了国民经济的基本投入物，对市场物价总水平有重要影响，也是直接决定居民生活福利的基本要素，被视为国民经济的命脉部门或战略部门。因此，城市公用事业的公益性特征显著，政府必须对城市公用设施的足量、保质、安全、公平的提供担当起责任，以维护公共利益。

对于具有以上特征的城市公用事业，我们经历了多年的政府直接管理的体制，即：在管理体制上是高度的政企合一，在投资体制上是单一的政府投资，在经营机制上是严格的垄断经营，在价格形成机制上是严格的计划控制。正如通常所说的：企业由政府建、领导由政府派、资金由政府拨、价格由政府定、盈亏由政府管。这种管制体制在计划经济年代或公用事业发展初期作用较大，也是许多国家政府曾采用的管制方式。但这种管制体制的弊端也是显而易见的：由于是政府单一渠道投资，在城市财力有限的情况下，造成水、气、热等公用产品长期短缺，公交、环卫等服务满足不了需求，水、空气、土壤等污染使居民的生活质量受到很大影响；由于是政府垄断投资和经营管理，消费者在消费领域扩大的同时，消费的直接成本也在不合理地增加，如被强制购买指定产品或接受指定服务等；由于亏损由政府补贴，而政策性亏损和经营性亏损因缺乏比较和竞争常常界限模糊不清，所以企业没有减亏的动力和压力，政府的补贴负担越来越重。未来20年是我国进入全面建设小康社会的关键时期和城镇化快速发展时期，对城市公用设施服务的需求是巨大的，满足这些需求完全依靠城市财政投资显然是不可行的，目前某些城市过度透支土地资源筹资或过度负债搞建设也是不可持续的，城市公用设施建设的市场化融资问题突出地摆在了我们面前。

第二节　城市公用事业改革综述

我国城市公用事业改革是在城镇化快速发展、社会主义市场经济体制逐步完善的背景下开始的，一方面，城市公用设施由于长期投入不足，难以应对快速城镇化对城市公用设施服务大规模增长的要求，另一方面，传统计划经济体制下发展起来的城市公用事业，效率低下、服务质量差，已经严重落后于经济社会的整体发展水平。城市公用事业的改革面临着需求增长和提升服务质量的双重压力。

一　改革的基本要求

按照完善社会主义市场经济体制的要求，党的十六届三中全会提出：允许非公有资本进入法律法规未禁入的基础设施、公用事业及其他行业和领域；要加快垄断行业改革，放宽市场准入，引入竞争机制，积极推行投资主体多元化，实行政企分开、政资分开、政事分开；对自然垄断业务要进行有效监管。城市公用事业要摆脱传统计划经济思维和体制的影响，就是要在加强监管的同时，充分发挥市场机制的作用。开放长期以来由政府垄断经营的城市公用设施建设和运营市场，实现投资的多元化和运营的市场化，同时，改革原国有市政公用企业和事业单位，使其脱离政府的保护，在竞争的环境中产生追求经济效率的动力、压力和活力，真正按照"产权清晰、权责明确、政企分开、管理科学"的要求建立起现代企业制度。同时，它必然要求政府由传统的计划经济管理模式向现代市场经济管理模式转变，使城市公共资源和资本的配置由政府主导转向由市场主导。

具体来讲：

第一，改革政府单一投资的投资体制。投资体制改革主要是要解决如何把增量资源配置好的问题。就整个改革方向来说，投资体制改革要做到投资主体企业化、市场化、投融资渠道多元化、政府的宏观调控间接化。其中关键的问题是我们的体制和政策能否在城市公用设施产业中造成一系列新赢利机会，既不是政府包办一切，也不是政府垄断，而是创造条件让新竞争者进入，打破所有制界限，鼓励外资和民间资金进入城市公用事业，最大限度地提高公众享用公共设施的便利程度。

对于市政公用基础设施中可经营性的供水、供气、供热、收费道桥、污水和垃圾处理等项目，应鼓励私人资本进入，实行项目法人责任制，政府要对这类项目的建设规划、所提供的产品和服务的价格以及质量予以控制和管理。对于虽是经营性项目，有一定的经济回报，但基于公共政策和公众承受能力等原因，价格或收费不到位，如城市地铁、煤气、垃圾处理和污水处理等，则应由政府部分出资或补贴，但是政府的投资要改变过去财政拨款的方式，采用对项目注入资本金的运作方式，对确实需要政府补贴的市场投资项目，要建立科学可行的补贴机制。对于非经营性项目如市区内道路和桥梁、绿化、公共场所的卫生保洁等，其建设和维护应由政府出资，但也要按市场规则运作，设立代表政府的投融资主体，通过推行政府项目采购制，提高财政资金的使用效率。

在城市公用事业引入社会投资以后，政府不是不管了，可以不投资了。城市公用事业的某些行业带有公益性，政府仍要加大投入和扶植力度。改革后政府宏观调控的职能不是缩减了，而是在立法、监督、维护公共利益等方面的责任更重。

第二，改革政府垄断经营的管理体制。在传统体制下，城市公用设施的垄断经营不仅仅是由于行业的自然垄断特征所形成的垄断，更重要的是由于政企不分而形成的行政性垄断。政府授予市政公用单位独家经营权，从投资安排、生产计划到市场供应、从确定价格到制定收费标准等方面，基本上都由政府决定，企业在经营活动中也在相当的程度上代表政府。所以，很多市政公用企业缺乏竞争活力，组织管理效率低，实际成本大大高于可能达到的最小生产成本，效率空间很大。针对这种情况，在城市公用事业的改革中，首先要打破垄断，放开市政公用市场，鼓励更多的投资者参与竞争，允许社会资金、外国资本采取独资、合资、合作等多种形式，参与经营性的供水、供气、供热、污水和垃圾处理等城市公用设施的建设和经营。对于非经营性的园林绿化、环境卫生等设施的建设和日常养护作业，按照政府采购服务的要求，通过公开招标投标制度，选择合适的园林、环卫服务公司承担建设和养护服务。其次，将原市政公用企业和事业单位与政府真正分开，政府不再干预企业的投资和生产经营活动，使企业真正成为经济利益的受益者和经营风险的实际承担者。

　　第三，改革价格形成机制。市政公用产品和服务的价格是城市公用设施产业发展的重要一环。对于公用产品，价格过低，价格背离价值，企业不能维持简单再生产，企业处于吃老本、拼设备的恶性循环中，阻碍公用事业发展；此外，价格过低，公用企业长期吃国家财政补贴，一方面增加了政府财政负担，另一方面企业没有利润，投资者就不会有积极性。但如果价格过高，就会形成垄断利润，影响社会整体利益和社会稳定。

　　实行公共定价政策是政府对公用设施基础产业管理的重要手段，但目前需要研究解决的问题是：公用产品的定价的原则和目标是什么；什么样的价格水平既能刺激企业降低成本，提高效率，又能使企业有一定积累，使其具备发展潜力；什么样的价格水平既能够与居民的承受能力相符合，又能起到诸如节约用水、保护环境的激励目的；公用产品的价格调整应该建立在什么基础之上，是企业成本的变化、还是全社会物价指数的变化，是定期调整（有利于企业正确地预期收益，避免短期行为）、还是不定期调整；政府部门在执行公共定价政策时，如何切实掌握企业的真实成本，使价格听证会不走过场，所有这些问题都需要在改革中逐步加以解决。

　　对于城市道路、桥梁、园林绿化、环境卫生等公益事业，要推行政府采购制度，在政府统一质量标准、统一定额的基础上，确定合理的中标底线，公开向社会招标发包，通过竞争，最终形成这些产品的服务费用。

　　第四，改革政府行政管理形成新的监管体制。在政府垄断经营的体制下，政府对公用事业的管理主要是内部管理和行政管理，由于承担城市公用设施服务的单位都是国有企业或事业单位，政府完全可以通过出文件、发通知、下命令等行政管理方法进行管理和约束。但城市公用设施服务市场一旦开放，各种投资主体参与到城市公用设施的服务中来，再用过去的行政管理方法就难以奏效了。城市公用设施服务的公益性要求政府对城市公用设施服务的提供必须承担最终的责任，对生产和经营者必须加强监管，这就要政府转变过去的行政管理职能，由内部管理变为外部监管，由行政管理变为市场监管，采取有效的措施，依法对城市公用设施的投资、生产和经营进行监督管理，以保障公共利益。

　　二　近年来改革的初步成效

　　改革开放以后，随着国民经济和社会的发展，在各级政府的领导下，坚持走改革促发展的道路，我国的城市公用事业有长足的进步。主要表现在以下三个方面：

（一）城建资金总量提高，能力建设增长迅速

通过十几年来的改革，在城市建设领域初步实现了投资主体由单一到多元、资金渠道由封闭到开放的转变。这个转变是思想观念转变的过程，是不断创新的过程，也是政府管理模式按社会主义市场经济要求重构的过程，成为城市建设持续快速发展的巨大动力。2004年全国城市维护建设资金总收入达到5258亿元，是1995年的6.8倍，是1985年的45倍。在城建资金收入增长中，财政投入所占比例呈下降态势，而市场融资比例逐步提高，其中非国有企业投资约占20%—30%。

城市建设资金收入的增长为城市公用设施的建设提供了有力的支持。改革开放以来，城市公用设施规模不断扩大，城市综合功能得到增强，环境极大地改善，现代化水平日益提高。与1996年相比，2004年城市自来水普及率提高了46%，达到88.8%，燃气普及率增长138%，污水处理率增长了132%，人均城市道路面积增长了137%，人均公共绿地面积增长了197%。基本满足了城市经济发展和城市居民生活的需要。城建资金收入的增长，极大地改善了城市建设的供给能力。见下页图1.2：

（二）城市基础设施"欠账"问题初步解决，城市面貌极大改观

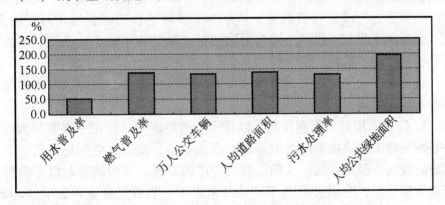

图 1.2　2004 年比 1996 市政公用设施增长率

在过去物资短缺经济年代，我国城市基础设施建设严重滞后，常常是老账未还又欠新账，城市面貌破旧不堪。近十年来，各地政府在人力、物力、财力上加大了城镇建设的力度，使过去长期存在的行路难、乘车难、吃水难、脏乱差等问题得到基本解决，取而代之的评价是：路变宽了，天变蓝了，水变清了，楼变高了，地变绿了，灯变亮了，城镇居民生活、环

境质量有了很大改善和提高。目前城市公用设施服务已从满足生产生活基本需求，向优化环境、保护生态、实现可持续发展转变。污水处理和垃圾处理等与生态环境密切相关的设施建设开始得到重视，2004年全国城市污水处理能力比1995年提高了5.8倍，其间二百多个城市结束了没有污水处理厂的历史。2004年城市垃圾集中收集处理率达到了50.8%，垃圾处理方式也由过去露天堆放、简易填埋为主发展到有43%的垃圾卫生填埋处理，4.8%的垃圾高温堆肥处理，2.5%的垃圾焚烧处理。城市建城区园林绿地面积以年增10%的速度发展，城区裸露土地大部分覆盖，城镇居民的居住环境得到显著提升，越来越多的城市跨入园林城市的行列。全国已有北京、上海、南京、合肥等几十个城市获得了国家园林城市称号。深圳等5个城市获得了国家人居奖，28个项目获得中国人居环境范例奖。其中大连、杭州、广州等城市还获得联合国人居环境奖和最佳范例奖。城市建设的发展还有力地促进了城市两个文明建设，密切了政府与人民群众的关系，对发展经济、稳定社会起到了积极作用。

（三）引入市场机制的改革取得进展，供应效率有所提高

城市建设之所以能取得这样的成绩，关键是打破了过去城市建设由政府统包统揽的做法，在城市建设领域进行了市场化取向的改革，采取多元化、多渠道进行城建投资融资，从根本上缓解了长期困扰城市运行的水、气、公交供应等服务矛盾，政府对公用事业补贴逐年减少，公用企业的体制和机制得到了优化。

近几年，我国城市公用设施服务引入市场机制的改革探索取得的实践经验和效果主要是：

1. 资金使用效率得到提高。以排水、道路保洁、绿化等服务为例，过去是按定额由财政拨款给政府所属的事业单位，改为社会招标之后，节省了政府投入。据对青岛、沈阳、鞍山等市的调研，这些城市对以上服务实行竞争招标后，在服务质量不降低的前提下，节省资金达到20%—50%。南京、青岛、贵阳等城市的公交行业实行市场化改革后，在竞争的压力下，人车比由原来的16:1左右减少到4:1左右，车况和服务质量明显改善，公交行业由亏损转为盈利。

2. 建设资金来源渠道得以扩展。无论是北京第十水厂外资BOT项目，还是长沙第八水厂的民营BOT项目的成功实施，表明在市场化融资下，社会资金参与城市公用设施建设，可以有效地解决政府投资不足的矛盾，可以在市场机制的运作下，充分体现外资企业和民营企业灵活、高效、重质

量、重管理的特点。

3. 促使国有企业改革，引进先进的经营理念和管理经验。上海、天津、青岛等城市通过与国外水务公司合资、合作经营现有企业，不但盘活了公用设施存量，为政府投入新的设施建设提供了资金，而且通过合作经营，迫使原国有企业进行改革，在体制、机制和管理上创新，明确了责任和利益、增加了竞争压力、激发了员工的工作热情、改善了企业效益。如十堰市公交集团改制后，由每年财政补贴550万元，变为每年上缴财政800万元，而且职工福利待遇提高。

4. 分担了政府投资公用设施的风险，减轻了财政补贴压力。在投资多元化的条件下，本来由政府承担的融资风险、建设风险和经营风险，改由新的投资者承担，由于准予进入的企业一般是融资能力强，风险意识浓，经营业绩好的外资企业或民营企业，因而相应减少了政府风险，减轻了财政补贴压力。北京、上海、重庆、深圳等市通过推行公益性项目的代建制，在控制投资、提高效益和管理水平上都有所体现。重庆从2000年开始实行"代建制"试点工程已有十多项，从已完工的项目看，无一"超概算、超工期"，2003年重庆市政府还出台了《公益性项目建设管理代理制暂行办法》，进一步推向制度化和规范化。

5. 提高了市场的竞争活力。在一些城市开放的城市公用设施行业中，由于外资和民营资本的进入，原国有企事业单位面临着竞争的压力，过去长期以来由政府所属企事业垄断本地区城市公用事业产品或服务的生产、输送、销售等所有环节的做法已难维持，市场竞争的局面初步形成，竞争产生的效率已经凸显。过去政府一家投资和经营其效益难以核算，服务没有比较，公共福利难以改进。而实现投资多元化后，投资的效益、经营的成本和服务的质量就有了进行比较的参照，使国有投资体制和国有企业改革产生了压力。如淮河中游的两个城市，由政府投资各建设了一座日处理10万吨的污水处理厂，建厂费用为1.8—1.9亿元，但在同一区域自一家企业投资建设的同等规模的污水处理厂只用了1.1亿元，前者办公楼面积（1900平方米）是后者（300平方米）的6.33倍；人数是2.4倍（分别为52人和22人）。一家民营企业经营吉林四平燃气公司后，仅3年的时间，在上游气价连涨3次，城市气价没涨1分钱的情况下，仅靠改善管理，使年亏损近三千万元的企业扭亏为盈；新奥燃气等一批民营企业通过提供优质服务，不断扩大市场占有份额，原来国有企业再难以"大"和"霸"维持经营，迫使改进服务。

三　各地改革经验概要

（一）实现观念和机制的转变

从各地改革经验来看，在思想观念和机制上实现转变，真正打破垄断，促进竞争，是城市公用事业改革成功的关键之一。

一是观念的转变。重要的是领导和政府职能部门观念的转变，真正做到思想观念与市场经济接轨。改变城市建设必须政府亲力亲为的观念，打破地区封锁、减少行政垄断、取消部门保护、拆除市场壁垒、搞好对内对外开放，发挥市场对社会资源的优化配置作用。

二是机制的转变。推行委托代理制和特许经营权制度，注重公司化运作，推行项目法人责任制，探索市场融资方式的创新。在管理方式上，政府职能部门从原来的国有资产所有者身份向社会管理者身份转变；从传统的部门管理向利用法律、法规进行依法管理方式转变。在具体的管理行为上更注重利用经济、法律等约束手段，推进管理手段和管制措施的契约化，通过明晰的合同，确定市政公用行业经营者的权、责、利和义务。制定合理的产品和服务价格机制，建立富有效率的补贴激励机制。在管理体制上，要转变过去我国一直把市政公用企业，特别是污水处理、市政维修、环卫、园林绿化等管理单位作为事业单位进行管理的体制，将事业单位管理转变为企业管理。

通过观念和机制的改革，各地逐步打破了福利型公益事业的旧体制，开始实行企业化管理，经济效益得到显著提高，政府财政补贴负担减轻。

（二）从投融资体制创新入手推动改革的深化

从各地改革的实践来看，城市公用事业引入市场机制改革的实质性推进，都是由投融资体制改革所带动的。由于投资主体不再是政府，融资方式也不再仅仅是银行贷款，这样追求投资回报的机制发生了作用，迫使城市公用事业向现代企业经营方式改革，从经济机制上促进了改革的深化。总结各地在城市公用事业市场化改革的经验，主要有以下几个方面：

一是释放存量资产市场。将过去由政府垄断经营的城建存量资产投放市场，通过对固定资产存量经营权转让、股权转让以及资产转让等方式实现对公路、自来水厂及其管网、污水处理厂等一系列资产进行盘活。这样，一来可以通过盘活存量为增量建设聚集资金，缓解政府建设资金紧缺的矛盾；二来引进先进的技术、管理和经营理念，提高经营管理水平；三来通过引入民间资本，实现市场化运作，分散了政府的风险。可以说存量盘活成为公用事业发展资金的重要来源之一。

如 2002 年 5 月 23 日，上海把浦东自来水公司 50% 的股权转让给法国通用水务公司，转让价格高于净资产两倍多。2001 年 1 月 20 日广东省清远市自来水公司，以 7 081.7 万元的价格，将公司 80% 的产权转让给一家民营企业——金泰发展股份有限公司。

二是开放增量资产市场。随着政府包揽一切做法的转变，价格和收费制度的改革与创新，以及城市公用设施经营性和非经营性类别的划分，社会资金开始进入城建领域，多元化投资格局初现端倪。各地将有盈利的基础设施项目推向市场，利用特许经营权转让以及 BOT、发行企业债券、股票等方式，吸引民间投资。目前在国内已有供水、污水处理、垃圾处理、收费道桥等项目开始采用 BOT 方式建设。

三是创建可市场化的项目。鼓励企业经营有收益的市政公用项目，如城市供水特许经营权招标、公交线路的招标拍卖等。具有自然垄断特性的行业其供给权是一种稀有资源，它们不具备完全竞争的市场条件，但却存在着对经营权的竞争。

四是模拟市场机制运作。主要包括两个方面：第一，在城市基础设施项目的管理方法上，按市场机制运作，改变政府资金投入方式。对新的建设项目，首先成立项目公司，然后在每个建设环节，严格推行招投标制度。同时，改变过去计划经济体制下财政直接投资、全额出资的方式，而采用只对项目公司投入资本金，由项目公司对外独立筹资的方法，解决政府资金短缺的矛盾。第二，将竞争机制引入各个环节，通过招标的方式选择城市公用设施投资、建设和经营的参与者，提高经营效益。

（三）探索市场机制条件下的城建资金组织运作方式

城市公用设施建设领域的改革是不断探索、逐步深化的渐进过程，采用市场机制组织城建资金运作的主要做法和经验有：

一是从城市建设"综合开发"开始，逐步形成城市建设与土地经营良性互动的新模式。1987 年国务院《关于加强城市建设的通知》提出城市建设"统一规划，合理布局，配套建设，综合开发"的 16 字方针，各地实行了"以路带房"、"以房带路"的房地产开发与城市改建相结合模式，有效地解决了城市建设资金不足的矛盾。90 年代中后期，随着土地有偿使用制度的推广和完善，大多数城市开始利用土地出让收入弥补城市建设资金不足。近几年，深圳等城市又进一步过渡到通过土地开发和市政基础设施配套建设带动土地升值，升值后的土地招标或拍卖出让，出让收入再用于城市建设，形成了城市建设与土地经营良性互动的新模式。

二是政府投资组织实施方式发生了深刻变化。为解决政府城市建设多渠道融资的需要，各地城市成立了各种政府性投资公司。政府性投资公司作为特殊的企业法人，承担城市建设投融资主体的责任，在政府的领导下，依靠政府的信誉支持，筹集城建资金、探索市场经济条件下的投融资方式，为城建投融资体制改革和促进城市建设发展起到了积极作用。如重庆市城市建设投资公司从 1994 年到 2001 年，通过多渠道筹集城建资金 70 亿元，占同期城建资金总量的 40%，先后建成重庆长江李家沱大桥、长江鹅公岩大桥、唐家桥污水处理厂等 50 个城市建设项目，改善了城市投资环境，增加了城市的吸引力和辐射力。从 1989 年沈阳成立全国第一家城投公司，到目前全国已发展到四十多家，共筹集城建资金三千多亿元。十多年来，城投公司作为特殊的企业法人，承担城市建设投融资主体的责任，在政府的领导下，依靠政府的信誉支持筹集城建资金、探索市场经济条件下的投融资方式，为城建投融资体制改革和促进城市建设发展起到了积极作用。各地通过政府投资组织实施方式的改革，由过去政府直接投资改为注入资本金的运作方法，强化了城建资产的市场化运作，加强融资和用资的统一性，提高了资金的使用效率，扭转了政府投资管理的传统方式。

三是中央实行积极财政政策，加大了对市政基础设施资金投入的引导。1998 年至 2001 年，国家共安排了 766 亿元国债资金用于 967 个城市基础设施项目的建设。766 亿元国债资金加上带动的银行贷款、地方政府财政资金和其他社会资金两千五百多亿元，相当于以往正常年份近三倍的投资总量。到 2001 年底 967 个项目中已有 717 个项目建成投入使用，这些项目大部分是城市急需建设而以前无力投资的项目，涉及全国 95% 的地级以上城市及中西部地区部分县城的供水、道路、供气、供热、垃圾和污水处理等领域。特别是通过国债资金的支持，使部分城市供水、道路紧张的问题得到极大缓解。4 年中，共安排国债资金 162 亿元，支持了 310 个城市供水工程的建设，新增供水能力 2366 万吨。通过国债资金引导，启动了长期受资金困扰的污水处理、垃圾处理等设施的建设。到 2001 年底，97% 的百万人口以上的特大城市、80% 的大城市、65% 左右的中等城市拥有了污水处理和垃圾处理设施，一批地级市结束了无污水、无垃圾处理设施的历史，城市环境得到了较大改善。

（四）按照合理计价的原则调整公用产品价格

价格改革是公用事业改革的一个核心问题，合理的价格机制建立起来了，公用事业就有了良性发展的机制。从各地改革的实践来看，凡是价格改革搞得好的城市和行业，公用事业发展得都比较快。以供水价格改革为例：改革开放之前城市供水实行低价政策，对居民采用"包费制"形式，城市居民缴纳的水费与实际耗水量无关。到80年代，逐步取消"包费制"，实行装表计量，按量收费，生产用水价格本着高于生活用水价格的原则，合理制定售水价格，但此时供水仍是非盈利行业。进入90年代以来，我国加快了包括价格管理体制在内的各种经济体制改革步伐，逐步建立了社会主义市场经济体制，城市供水价格的管理逐步走向法制化、规范化。多数城市按照"成本＋费用＋税金＋利润"的定价原则对供水价格进行多次调整，价格水平有较大提高。据对115个城市的调查，从1998年底到2000年底，共有62个城市对水价进行了调整，平均上调的幅度为20%至30%，最高的达到95.5%。据对36个省会城市和副省级城市的调查，目前，居民用水价格每立方米在1元以上的有21个，其中最高的达到每立方米1.85元（不含污水处理收费）。由于供水价格改革到位，吸引了国外的投资者，如苏伊士—里昂水务集团（中法水务公司和得利满公司）在中国先后参与了一百多个水厂的建设，在中国市场的投资超过了10亿美元，具有高达12%—18%的投资回报率，成为外资水务公司在中国市场的领导者。国家统计局1999年提供的报告也证实，外商在中国投资的所有产业中，自来水厂最有利可图，其利润和成本的比率高达24.8%。价格改革的成功是城市供水市场化改革的一支"强心剂"。

此外，我国的城市污水处理和垃圾处理收费体制也在改革中不断完善，在全国范围内逐步开始收费并提高费用水平，同样也吸引了国外投资者和国内民营资本的关注。

（五）坚持三个效益统一，实现公用事业可持续发展

城市公用设施不仅有明显的公益特征，而且是生产、生活必不可少、需要不断发展和完善的基础设施，因此在改革中不能只顾眼前利益，片面强调经济效益，忽视社会效益和环境效益。坚持三个效益的统一是公用事业实现可持续发展的需要。城市公用事业改革必须避免简单地"一包了之"或"一卖了之"，而要坚持行业管理标准，通过持证上岗、服务质量承诺、安全运行等措施，以及严格的招标程序、制定严谨的合同内容等管理手段，实现经济效益、社会效益和环境效益的"多赢"。

城市公用事业改革虽然已经迈出了关键一步，取得了可喜的成绩。但也要冷静地看到城市公用事业改革与其他行业相比仍是滞后的，在改革中

也出现了一些值得重视的问题。由于市政公用行业多数属于自然垄断行业，在改革方面往往缺乏紧迫感，在法制建设、体制创新、机制转换方面仍不适应形势发展的需要，再加上我国幅员广阔，地区经济发展水平差异很大，各地发展很不平衡，东部地区相对比中西部地区改革进展快些，北京、上海等城市相对比中小城市改革的规范化程度高一些。就全国、全行业来讲，改革的任务还十分艰巨。

总体上看，城市公用事业必须加快改革步伐，在今后深化改革中把握好以下几个重点：一是要以法律制度作为城市公用事业改革的准则，要体现市场经济是一种法制经济的原则，以立法为先导，依法行政，减少改革的盲目性。二是要以政企分离作为改革的关键，从根本上改变以往城市公用事业单位政企合一的状况。三是要以竞争作为改革的主题，通过引进竞争机制，并把规模经济与竞争活力相兼容的有效竞争作为政府调控的目标导向。四是要按照市场规律并结合各地实际情况科学地制定城市公用事业的政府管制价格。五是要将推行股份制作为城市市政公用企业改革的主要内容。政府管制体制改革是市场经济体制下面临的一个新课题，需在实践中努力探索。

第三节　我国城市公用事业发展简要历程

我国城市公用事业的发展受制于整个国民经济发展方针和城市发展方针。在以发展重工业为主的经济建设方针的阶段，在"先生产，后生活"、更多利用城市的指导思想下，城市公用事业的发展主要是以为工业服务、为工业配套为重心，随工业兴而兴；在城市发展规模争论不休的时期，城市公用设施完全受制于行政体制的影响，大城市过度投资和小城镇投资分散、投资不足并存，呈现出极不平衡的发展特征；在城镇化快速发展阶段，特别是以行政手段推动城镇化进程的地方，城市公用事业呈现了超常的发展速度，一方面在多方筹资的努力下，各项城市公用设施发展加快，另一方面，以宽马路、大广场为标志，城市公用设施在形式上成就了快速城镇化的形态。

（一）为工业配套而发展阶段

1949—1978 年是新中国成立后我国城市发展的第一个阶段，城市公用设施建设处于为工业配套的地位。从建国初期的恢复重建，到"大跃进"年代的大起大落，再到"文化大革命"时期的停滞不前，我国城市发展走过了一段曲折的路程。虽然曾于 1962 年和 1963 年召开了两次城市工作会议，但总的来看，由于当时工作的重点在于渡过"天灾"、"人祸"双重难关，恢复经济发展，以致对城市发展、建设中的问题没有给予足够的重视和解决，再加上十年动乱的影响，导致城市发展十分缓慢。这一时期，没有城市公用设施建设的专项资金渠道，所以建设投资比重较低。城市中城市公用设施建设主要是随工业建设而配套，工业投资多的地区，城市公用设施有相应配套资金，如东北地区在老工业基地建设的同时，城市公用设施在原有基础上得到进一步加强，至今东三省的城市用水普及率、燃气普及率、每万人拥有公交车辆、人均公共绿地面积等指标均高于全国平均水平和中部及西部地区的平均水平。而那些工业投资少的地区，城市公用设施建设则无资金保障，当年，城市"脏、乱、差"、"吃水难"、"行路难"、"乘车难"、"取暖难"等都是对城市公用设施供应不足的形象描述。

（二）不平衡发展阶段

1978 年，第三次全国城市工作会议召开，在会议《关于加强城市建设工作的意见》中（后经中央批准以中发［1978］13 号文件印发），明确提出了"控制大城市规模，多搞小城镇"的方针。指出："控制大城市规模，主要是控制市区的人口和用地，而绝不是控制生产和各项事业的发展。大城市、尤其是特大城市，都是工业、高等院校和科研机构集中的地方。一定要充分发挥这些大城市的作用。"这是我国首次明确提出的城市发展方针，主要针对当时我国城市、特别是大城市基础设施"欠账"严重，住房严重短缺，大气、水源受到污染，园林绿地、文物古迹遭到破坏的状况，防止出现国外大城市已经出现的"大城市病"。

1980 年 12 月，国务院批转《全国城市规划工作会议纪要》，进一步分析了城市发展的形势和地区发展差异，指出"控制大城市规模，合理发展中等城市，积极发展小城市，是我国城市发展的基本方针"。1984 年 1 月，国务院颁布的《城市规划条例》确认了这一方针。这也是我国第一次以行政法规形式确认的城市发展方针。1989 年 12 月《中华人民共和国城市规划法》出台，对 1980 年确定的城市发展方针作了修改。《城市规划法》第四条规定："国家实行严格控制大城市规模、合理发展中等城市和小城市的方针，促进生产力和人口的合理布局。"

第三次城市工作会议提出的"控制大城市规模"指的是"控制市区的人口和用地"规模，这一观点是正确的。但到后来被简单地概括为："严格控制大城市规模"，以致引起了理论界长时期的争论，并导致实践中大城市的发展出现了一些混沌不清的状况。一方面，在"严格控制大城市规模"的思想指导下，进入大城市的人口受到严格限制，农村富余劳动力进入城市就业还曾被视为"盲流"加以遣返。另一方面，随着县改市和地市合并，特别是一些特大城市将市辖县或市管县，改为市辖区，不但大城市数量迅速增加，而且少数城市市区规模以"摊大饼"形式一再扩大。

应该说，从 1978 年到 1999 年我国城市发展方针的确定和几次调整，客观上反映了这一时期我国城市发展的历程。考虑到当时我们对城市建设和发展的规律还缺乏足够的认识，对世界城市化进程缺乏充分的了解，在制定、调整城市发展方针的过程中出现一些失误是难免的。存在的一个突出问题就是，过多关注城市规模，而忽略了城市在经济、社会和基础设施方面的全面、协调发展问题。表现在城市公用设施建设上是各地在基础设施建设中各自为政，缺乏统筹规划及与其相适应的管理机制。如大城市的投资均集中在市区范围，在部分地区甚至出现了供水能力过剩的情况，而小城镇数量多、规模小，城市公用设施投资分散，形不成规模效益；在投资结构上，污水处理、垃圾处理等与生态环境保护密切相关的设施投资严重不足，而供水等设施却重复投资、重复建设，如全国 60% 的城市没有一座污水处理厂，而小城镇自来水厂众多，有的一镇一厂，甚至一村一厂，这些水厂规模普遍较小，净水工艺、管理、服务等方面都处于很低层次，许多水厂水质很难达到国家饮用水标准，据统计，1999 年苏锡常地区有乡镇水厂 275 座，生产能力 84 万立方米/日，宁镇扬泰通地区有乡镇水厂 582 座，生产能力 190 万立方米/日水厂；还有的在城市公用设施建设上"重地上、轻地下"，与居民生活息息相关的供水、供气、供热设施改造和维护滞后，供水和燃气管网破损率高，事故频出。如 2000 年，东北某省 16 个 20 万以上人口的城市，共有供水管道 13 317 公里，需要更新改造的管道占总长度的 18%，其中 70% 使用年限超过了 50 年；省内近 40% 的供暖设备设施需要更新改造，资金缺口达 52 亿元；省会城市 2000 公里的煤气管网中约 1/3 存在安全隐患。另一个省供水管网、供热管网和排水管网需要改造的分别占 48%、52% 和 54%，省会城市城区供水管线使用期限在 50 年以上的占管网总长度的 43%。

产生这些问题的主要原因在于：

1. 在我国现行行政管理体制下，城镇之间在建设和管理上的"各自为政"。首先，城镇在管理上的各自为政在一定程度上割裂了城镇之间经济上的关系，使各个城镇在产业规划、基础设施建设和运营上人为地行政分割市场、自成体系、互不沟通，城市建设搞"小而全"、"大而全"，重复建设，资源浪费严重。其次，城镇在建设和管理上的"各自为政"使城市偏重个体利益，各个争当区域经济的龙头，政府之间合作共赢和协同发展意识不强。城市化的发展要求地方政府建设各类基础设施以适应城市生产和生活活动的需要，但不同类型的基础设施会给地方带来不同的利益或影响，各地方对利害的趋避导致相互之间的利益冲突，而这种利益冲突和摩擦不能得到及时有效的协调，进一步演化成了地区之间的恶性竞争和以邻为壑，最终损害了区域经济和国民经济的健康发展。第三，区域内一些城市产业结构雷同，内部竞争过度导致了城镇间相互防范意识较强，对内开放程度远远落后于对外开放程度。各地在制定经济发展规划时缺少协调，竞争大于合作，投资分散和重复建设的现象十分突出，区域内不能实现基础设施的共建共享，甚至在管理和运营上互相掣肘，致使区域总体竞争力受到影响和削弱。

2. 市政公用等基础设施行业间条块分割。许多基础设施企业有一些共同需要，如电力、自来水、燃气等部门都要使用地下管网。但是各基础设施行业间分属不同的管理部门，由于缺乏统一的协调机制，市政道路设施不能配套建设或建设水平低，使得马路成了拉链工程，许多城市每年都需要挖开大小上百条路，挖了填，填了又挖。这种重复建设一方面增加了基础设施整体建设成本，另一方面又影响了城市交通、环卫和市政管理。

3. 在决策过程中缺乏科学论证造成投资决策上的失误。有的城市建设以长官意志取代了科学民主，在决策环节形成了一种"决策垄断"。有的地方领导喜欢按自己的主观好恶来决定城市建设。有的地方政府或者为了最大程度地争取国家财政拨款，不切实际地加大基础设施建设的投资规模，脱离经济能力和需求总量贪大求洋，或者在尚未充分调研和论证的情况下，盲目上马建设新项目，对项目的未来收益考虑不多。这些都导致了一些低水平的重复建设，致使城建投资效益低下。例如在近些年的西部大开发中，面对中央巨大资金投入，一些地方急于找项目，出现了盲目上项目、重复上项目，严重脱离实际找项目的情况，使有限的资金不能用在刀刃上。城市基础设施投资建设的低效使得已经建成的项目质量和运营效率不能保证，降低了基础设施建设的经济效益和社会效益。

4. 重建设，轻规划。由于缺乏科学合理的规划作为城市长期发展建设的指导，导致市政设施建设自成体系，随意性大。例如有的城市由于缺乏统一的规划建设，仅自来水厂就有上百个，却没有污水处理厂；有的城市建成了污水处理厂，由于管网不配套，造成设施闲置；有的城市即使编制了规划，由于政府没有端正城市建设的指导思想，使得规划形同虚设，对城市建设与发展的综合调控作用没有得到真正发挥。城市建设中追求政绩、盲目决策、随意违反规划、牺牲长远发展利益的现象时有发生。

5. 政绩导向。在现行干部体制之下，干部的升迁主要地取决于上级组织部门对其业绩的考核，地方长官创造"政绩"的需要在很大程度上左右了地方政府的行为取向，这就导致其为了争取自己的政治成绩，多搞形象工程，搞短、平、快项目，很难稳定心思从长远角度进行发展规划。在政绩思想的驱动下，或者在所谓塑造城市形象的幌子掩饰下，对区域经济资源要素的优化配置，进行干扰。数字政绩也使各地政府过分看重 GDP、引资额等"数字"指标，而对区域分工和整体布局、区域特色等长期战略无暇顾及，造成地方政府短期行为和重复建设盛行，例如在各地兴起的大量开发区建设显示出地方政府急功近利和盲目攀比的情绪，造成了资源的巨大浪费。

（三）快速城镇化带动发展的阶段

2000 年 10 月，党的十五届五中全会通过的《关于制定国民经济和社会发展第十个五年计划的建议》（以下简称《建议》）明确提出，提高城镇化水平，转移农村人口，可以为经济发展提供广阔的市场和持久的动力，是优化城乡经济结构，促进国民经济良性循环和社会协调发展的重大措施。随着农业生产力水平的提高和工业化进程的加快，我国推进城镇化条件已渐成熟，要不失时机地实施城镇化战略。《建议》认为，发展小城镇是推进我国城镇化的重要途径。小城镇发展的重点要放到县城和部分基础条件好、发展潜力大的建制镇，使之尽快完善功能，集聚人口，发挥农村地域性经济、文化中心的作用。《建议》强调，我国不同地区的经济发展水平和市场发育程度差异很大，要从各地的实际情况出发推进城镇化，逐步形成合理的城镇体系。注意发展城市间的经济联系，发挥中小城市对小城镇发展的带动作用。在着重发展小城镇的同时，积极发展中小城市，完善区域性中心城市功能，发挥大城市的辐射带动作用，提高各类城市的规划、建设和综合管理水平，走出一条符合我国国情、大中小城市和小城镇协调发展的城镇化道路。

2001 年 3 月九届人大四次会议批准的《我国国民经济和社会发展第十个五年计划纲要》（以下简称《纲要》），在中央《建议》的基础上对我国城市发展和城镇化问题做了进一步阐述，《纲要》指出，推进城镇化要遵循客观规律，与经济发展水平和市场发育程度相适应，循序渐进，走符合我国国情、大中小城市和小城镇协调发展的多样化城镇化道路，逐步形成合理的城镇体系。有重点地发展小城镇，积极发展中小城市，完善区域性中心城市功能，发挥大城市的辐射带动作用，引导城镇密集区有序发展。防止盲目扩大城市规模。要大力发展城镇经济，提高城镇吸纳就业的能力。加强城镇基础设施建设，健全城镇居住、公共服务和社区服务等功能。以创造良好的人居环境为中心，加强城镇生态建设和污染综合治理，改善城镇环境。加强城镇规划、设计、建设及综合管理，形成各具特色的城市风格，全面提高城镇管理水平。《纲要》还指出，发展小城镇是推进我国城镇化的重要途径。《纲要》要求消除城镇化的体制和政策障碍，要打破城乡分割体制，逐步建立市场经济体制下的新型城乡关系。

2002 年 11 月，党的十六大在北京隆重召开，在江泽民同志所作的大会报告中，"城镇人口的比重较大幅度提高"成为我国全面建设小康社会的奋斗目标之一。该报告明确提出，农村富余劳动力向非农产业和城镇转移，是工业化和现代化的必然趋势。要逐步提高城镇化水平，坚持大中小城市和小城镇协调发展，走中国特色的城镇化道路。发展小城镇要以现有的县城和有条件的建制镇为基础，科学规划，合理布局，同发展乡镇企业和农村服务业结合起来。消除不利于城镇化发展的体制和政策障碍，引导农村劳动力合理有序流动。以上的有关重要论述，是半个世纪以来我国城市发展和城镇化经验的科学总结，是新形势下对我国城市发展的科学认识。

2002 年 3 月 7 日，中共中央政治局常委会还专门听取了建设部《关于城市规划和建设若干问题的汇报》。这是对我国广大城市工作者的巨大激励，也是这些年来我国城市得以快速健康发展的重要保障。现在，中央、国务院明确提出，我国推进城镇化条件已渐成熟，要不失时机地实施城镇化战略，这为新世纪我国城市发展提供了新的动力和历史机遇。

在这种背景下，城市公用事业市场化改革进程加快，投资来源增多，投资总额增长迅速。"八五"时期，城市公用设施固定资产投资平均增长速度为 47%，"九五"时期为 19%，"十五"前三年达到 38%，城市公用设施的发展开始重视区域协调发展和城乡协调发展，在大城市公用设施快速发展的同时，小城镇城市公用设施建设得到加强，区域基础设施共建共享开始出现。

但是也应当看到，各地在努力克服资金短缺，多元化、多渠道解决困扰各地城市发展的"瓶颈"的同时，也存在着一些问题。主要表现在：城市公用设施建设负债过度，偿债机制不健全；城乡规划和建设的指导思想问题没有从根本上解决，一些地方缺乏科学的发展观和正确的政绩观，大搞超越需求、超越能力的"形象工程"、"政绩工程"，使表面上看起来豪华的城市，却经不起5年一遇的大雨袭击；部分城市为了追求表面的城市形象，反复更换树种、更换路灯，盲目地填沟、填河、填湖来造绿等浪费大量资金；部分地区重大市政基础设施建设违反规划，重复建设，造成重大经济损失。城市建设超越经济和资源承受能力的倾向时有抬头，破坏环境、资源和历史文化遗产的现象时有发生；城市管理体制还不完善，其中妨碍生产力发展的种种弊端并未从根本上消除。

我国在财力不充裕的情况下不断加大基础设施建设，其投入的每一分钱十分珍贵。它不容其无效益或低效益，更不容其浪费。在城镇市政设施建设中要特别注意防止盲目投资和重复建设，具体要重视以下几个方面：

1. 转变政府职能，建立以市场机制为基础的有效区际协调机制。从长远看，未来的国内竞争将不再局限于城市之间，而是地区间的竞争。现实表明，我国长期以来由于体制原因形成的"行政区经济"格局已经不适应区域经济发展的新趋势，从行政区经济向经济区经济转变，将是必然的趋势。市政设施投资建设必须顺应区域化经济发展趋势，统一规划，对资源合理配置，才能加速经济的发展。并且基础设施项目具有规模效益和外部性，在较大区域范围内统一规划，合理配置，形成网络，更能充分发挥其效益和作用。在目前情况下，一方面当务之急是建立以市场机制为基础的有效的区际协调机制，通过区域协调，在市政基础设施的规划与建设、环境保护方面充分合作，为区域经济和建设的协同发展创造良好的环境和机制。另一方面，更重要的是城镇政府要积极转变各自划地为营的落后观念和短视行为，其角色和职能应从直接经营市政公用项目转向加强对公共资产监管、服务质量监督和价格监控上来，使政府真正从管理走向服务，从根本上克服"行政区经济"的弊端。

2. 规划先行，加强城镇基础设施建设的统筹发展。贯彻全面、协调、可持续的科学发展观，构建科学合理的城镇体系。制定并实施各级城镇体系规划，不仅包括省域城镇体系规划、城市总体规划和村庄与集镇规划，还应当从具有紧密经济联系的区域发展范畴方面进行规划的整体编制，例如正在编制的长江三角洲、珠江三角洲和环渤海等城镇密集地区的区域性规划。在充分发挥政府协调指导作用的同时，运用市场配置手段，统筹安排市政、交通、能源、通信等重大基础设施建设，推进空间资源整合和区域基础设施的集约利用，推进重大基础设施的共建共享，对地下管网进行统一规划、统一施工、统一管理，切实防止和避免盲目投资和重复建设，减少资源浪费。如江苏省在区域设施共建共享方面进行了积极的探索。从2000 年开始，在苏锡常都市圈实施了区域供水规划，实现了二百多个乡镇的联网供水，解决了供水设施重复建设问题，显著降低了单位工程造价，节约了建设成本，有效提高了设施的效率与效益。同时，通过建设大型的供水设施，充分利用先进的制水工艺和管理手段，降低供水成本，也为城市供水企业开拓了市场，取得了良好的社会效益和经济效益。

3. 建立科学民主的投资决策机制，完善监督机制。第一，应对建设项目进行科学的评估和缜密的可行性研究，化解项目建设风险，避免低水平重复建设，达到从根本上降低建设成本的目的。科学的项目评估，是决策的依据，因此做好项目的评估工作是市政设施投资建设过程中的一个首要环节。可由独立于政府部门的专家咨询评估机构就项目的功能规模、实施的必要性、可行性、技术路线方案、投资控制及项目运行后的经济效益和社会效益等方面进行详尽的论证和审查，进行综合评价，以供领导决策。第二，决策程序要法制化、公开化，信息透明化，提高公众参与程度。规划一旦确立，应当通过立法部门以法规的形式加以规范，保证规划的科学性、严肃性。城建项目的建设必须严格按照批准的计划实施，任何部门都不得任意调整。城市建设要依据财力，按照规划及发展需要量力而行，统筹安排、合理使用政府用于城市建设的资金。第三，建立规范有序的投资管理体制。建立权责明确、制约有效、科学规范的投资运行机制。对资金不落实的项目，不得审批开工建设。保证项目按规划实施、按标准建设、按功能运行，加强城建项目年度投资计划管理。第四，完善监督机制，加大监督力度，加强对重大项目的稽查和社会舆论监督，保证资金的合理利用和工程质量，杜绝腐败现象。

4. 打破垄断，加快城市建设领域的市场化进程。打破垄断，全面放开城市基础设施建设和经营市场，包括打破行业和地域的垄断。打破行业垄断，深化城市公用事业改革，鼓励社会资金、外资及各种所有制企业参与经营性城市基础设施建设和运营，可以缓解城市建设投资在资金方面的短缺，同时，这些社会资金在投入前，会非常重视项目的投资收益，这就更加需要政府在投资立项上做出科学的决策，统筹基础设施和公用设施的规划、建设、运营和管理，规范政府行为。市场的整合力量有时比行政手段更为有效，打破地域垄断，为企业在基础设施领域的做大做强创造了良好的条件，企业的发展反过来有利于进一步扩大区域资源的优势整合。

本章小结

　　城市公用事业对城市的存在和运行须臾不可缺，它具有基础性、公益性和垄断性等特征，发展城市公用事业是政府不可推卸的责任。但在传统的体制下，政府对城市公用事业的"包办"，受到财力和效率方面的限制，使我国城市公用事业严重滞后于经济社会发展。20 世纪 90 年代初，非公有制经济开始进入城市公用事业领域，不但解决了政府投资不足的困境，使城市公用事业的供给能力迅速提高，更为可贵的是，它的进入使长期垄断经营的城市公用事业服务产生了竞争，并对政府提供公用事业服务的绩效提供了一种比较和参照，使国有投资体制和国有公用企业改革产生了压力。我国城市公用事业发展的历程表明了，加快发展城市公用事业必须改进对公用事业特征及市场化制度安排的认识，从投融资体制创新入手，积极稳步地推动改革。

思考题

一、名词解释

　　城市公用事业　　城市基础设施　　自然垄断　　规模经济　　范围经济

二、简答题

　　1. 城市公用事业有几种分类方法？分别是什么？

　　2. 城市公用事业的本质与特征是什么？

　　3. 我国城市公用事业改革有哪些主要经验？

　　4. 我国城市公用事业发展大致经历了哪几个阶段？

三、论述题

　　1. 在大力发展城市公用事业时如何防止盲目投资和重复建设。

　　2. 结合自身体会，评述我国城市公用事业的改革的成效。

阅读参考文献

　　1. ［英］平狄克、鲁宾菲尔德著；张军译：《微观经济学》第 3 版，中国人民大学出版社 1997 年版。

　　2. 余晖、秦虹：《公私合作制的中国试验》，上海人民出版社 2005 年版。

3. ［日］植草益著；朱绍文、胡欣欣等译：《微观规制经济学》，中国发展出版社 1992 年版。

4. 周林军：《公用事业管制要论》，人民法院出版社 2004 年版。

5. 邓淑莲：《中国基础设施的公共政策》，上海财经大学出版社 2001年版。

6. 邹东涛、秦虹：《社会公用事业改革攻坚》，中国水利水电出版社2006 年版。

7. 秦虹："城市公用事业改革为城市发展注入活力"，载《城市发展研究》2003 年第 1 期。

8. 秦虹："构建城市建设投融资体制新格局"，载《城市博览》2002年第 9 期。

9. 秦虹："城市公用企业改革的难点与对策"，载《中国建设报》2000年 11 月 3 日。

10. 朱金坤："市场经济与城市基础设施建设管理"，载《城乡建设》2003 年第 5 期。

第二章 城市公用事业投资与融资

内容提要

● 城市公用事业投资由过去的单一政府投资发展到政府、企业（私人部门）共同投资，其理论基础可以在公共产品理论、项目区分理论和可销售评估理论中找到根据。

● 我国城市公用事业融资渠道的变化大致经历了5个发展阶段，目前初步形成了多元化的投融资格局，为扩大城市公用事业供给能力发挥了重要作用。

● 从资金来源渠道看，城市公用事业融资可分为五种模式，每种模式都有其各自的适用性。

● 从城市公用事业管理的角度看，项目融资对具有一定收益性、现金流稳定的城市公用事业项目是一种较好的融资方式，BOT和TOT在我国运行的就比较普遍。

● 从城市公用事业特性看，城市建设债券融资由于政府信用强、发行期限长、可以滚动发行等优点，是城市公用事业融资的好渠道，世界一些国家有发行市政建设债券推动城市公用事业发展的成功经验。

第一节 城市公用事业投资的相关理论

资金是城市公用事业发展的最重要的保证，城市公用事业建设资金从哪里来、如何用等问题是城市管理者面临的重大问题。城市公用事业的投资和融资是一个问题的两方面，城市公用事业服务的具体提供者通常是投资者，投资者所筹措到的投资资金，又构成了公用事业项目不同融资渠道，所以城市公用事业的投资和融资是从不同角度研究资金问题，对出钱方就是投资，对用钱方就是融资。

一　公共产品理论

根据公共产品理论，人类社会生产的经济物品根据其消费特征可以分为公共产品、准公共产品和私人产品三大类。消费中的非竞争（nonrival）和技术上的非排他（nonexclusion）是公共产品最基本的特性。纯粹的公共产品在消费上是非竞争的，同时在技术上是非排他的，或者排他是不经济的。美国著名经济学家萨缪尔逊对纯公共产品的定义是："每一个人对这种产品的消费，并不能减少任何他人对该产品的消费。"大卫·弗里德曼（D. Friedman）说："我主张将它定为这样一种物品，它一旦被生产出来，生产者就无法决定谁将得到它。"生产者在技术上无法排斥那些不付费而享用该物品的人，或者排斥的成本高到使排斥他成为不经济的事情。这里，萨缪尔逊和弗里德曼分别强调了公共物品的非竞争性和非排他性。公共产品的非排他性是指公共产品在技术上无法排除他人的消费，或者排除他人消费的成本太高，从而实际上不具有排他性。例如市内道路虽然也可以设卡收费，但对城市交通的效率损失太大，不宜作为排他性的产品。公共产品消费的非竞争性是指新增消费者在产品容量内不会增加产品的边际成本。与公共产品相反，消费上既具有排他性又具有竞争性的产品称为私人产品。纯粹的公共产品和纯粹的私人产品都比较少，大量的是兼有部分公共产品特征和私人产品特征的准公共产品。以排他性和竞争性为标准，经济物品分为以下三大类：

公共产品：是指不具有排他性和竞争性的商品。其基本特征是：

（1）效用的不可分割性。公共产品的效用是整体的，无法像私人产品那样分割成许多可以买卖的单位。

（2）受益的非排他性。公共产品在消费过程中所产生的利益不能被某些人独占，一些人消费的同时无法把其他人排斥在消费过程之外。原因是从技术上不可能排除，或排除成本很高从而经济上不合算。因此，不可避免地存在"搭便车"现象。

（3）消费的非竞争性。表现为：一是边际生产成本为零。在现有供给水平上，新增加消费者不需要增加供给成本。二是边际拥挤成本为零。任何人对公共产品的消费不影响其他人同时消费该公共产品的数量和质量。

公共产品的供给特征是：公共产品难以通过定价方式在市场交换中收回成本，市场机制是失灵的。政府是唯一的提供者，政府可以通过强制性的征税解决公共产品的补偿问题。

与公共产品相反，消费上既具有排他性又具有竞争性的产品称为私人产品。市场机制可以有效地解决私人产品的供给问题。

所有介于纯公共产品和纯私人产品之间、兼有二者一些特征的产品称为准公共产品（quasi – public goods），或混合产品。其中又有两种典型情况：一是可能发生拥挤的公共产品。在消费者人数低于拥挤点（point of congestion）时，该物品是非竞争的，而消费者人数超过拥挤点时，这种物品的消费就变成竞争的。例如道路，车少人稀的时候，该道路是非竞争的，而塞车的时候，该道路成为竞争的。二是价格排他性的公共产品。在消费上是非竞争的，但在技术上和经济上能够排他，如收费桥梁、有线电视。准公共产品的特征，使市场机制能够发挥作用，但政府要在价格、收费方面进行规制。

根据公共产品理论，城市公用设施及其服务也可以分成公共产品、准公共产品和私人产品三大类。不同类型的基础设施对投资体制和融资方式有不同的要求。

表 2.1　　　　　　　　　　　城市基础设施分类表

	基本特征	供应方式	实　例
公共产品	共同消费具有外部利益消费不易排他	政府提供政府投资	防灾设施 绿　化 城市道路
私人产品	单独消费没有外在利益消费易于排他	市场提供向消费者直接收费	电信、电力
准公共产品	单独消费具有外在利益消费易于排他可能发生拥挤	市场提供或政府资助市场提供直接收费	供水、供气、供热、公交收费性的高速公路等

城市道路、绿化、防洪、抗震、消防等防灾系统具有纯粹的公共产品的特征，它们在城市范围内为全体市民服务，称为地方公共产品。公共产品作为整体供人们集体消费，无法像私人产品那样分割出售给个别消费者单独消费。因此，在市场经济条件下，追求利润最大化的企业不会生产公共产品，因为它无法阻止人们不付代价的消费。这种特征使公共产品不能通过市场价格得到补偿，因此，公共产品应该通过公共预算来提供。公共预算提供公共产品不等于政府直接生产公共产品，政府既可以直接提供公共产品，也可以通过合同委托私人提供公共产品。具有

公共产品性质的城市基础设施需要政府投资建设。

城市供水、燃气可以计量收费，具有私人产品性质，也有公益性，城市公共交通、污水处理等环保设施、垃圾处理等环境卫生事业具有很大的环境效益和社会效益，是具有积极的外部效应的准公共产品。价格和收费可以补偿经营成本和部分建设成本，但需要政府补贴或者政策扶持，特别是公共交通中的轨道设施、污水处理中的管道设施以及垃圾处理费用。

根据有关研究表明，城市基础设施（包括城市公用设施）的消费特征不是固定不变的，随着技术进步或政策的变化，可以导致产品的竞争性和排他性发生变化，从而使产品的性质发生变化。第一，技术水平的提高会改变产品的性质。通常情况下，技术进步使产品消费上的排他性增强而竞争性减弱，而技术的飞跃可以使产品的竞争性和排他性发生质变。过去不能计量的服务变得能够个别计量，变成价格排他性的公共产品，从而能够进行收费，如供热，如果能够在技术上解决分户热计量，则完全可能根据用户用热的数量进行收费。第二，制度设计水平的提高可以改变产品的的性质。例如公用事业的特许经营制度的建立可以使私人投资兴建的城市公用设施合法地对使用者收费，从而使纯公共产品变成准公共品，如过去生活垃圾收集都是作为公共服务由政府承担，但为了减少垃圾的产生量、推动垃圾的资源化，可以采取对生活垃圾收集收费的办法，鼓励家庭将垃圾分类，对可回收利用的垃圾不收费，对不分类的垃圾加大收费，产生垃圾多的家庭交费多，这样原来作为纯公共品的垃圾收集变成了可以收费的准公共品。第三，随着消费者收入和购买力的提高，过去的公共产品趋向于成为准公共产品或私人产品。

总之，技术进步、制度设计的改进和收入水平的提高都在推动着公共品、准公共品和私人产品之间的转化。总体趋势是，发达国家为了提高福利水平和服务效率的提高，公共品和私人产品的范围不断扩大，如扩大免费医疗和义务教育的范围，将水、气、热、垃圾处理等列为私人产品加大收费力度等。而发展中国家由于受财政资金少和居民收入低的困扰，准公共品的范围不断扩大，呈现出政府、企业、个人共同承担城市公用设施发展的状况，如垃圾处理费用由原来政府全部承担，变为居民缴纳部分费用，在房地产开发时，要求企业必须承担部分道路和绿地建设。

二　公私合作制理论

公私合作制是指公共部门与私人部门为提供公共服务而建立起来的一

种长期的合作伙伴关系。这种伙伴关系通常需要通过正式的协议来确立。
在伙伴关系下，公共部门与私人部门发挥各自的优势来提供公共服务，共
同分担风险、分享收益。伙伴关系的形式非常灵活广泛，包括特许经营、
设立合资企业、合同承包、管理者收购、管理合同、国有企业的股权转让
或者对私人开发项目提供政府补贴等，不同形式下私人部门的参与程度与
承担的风险程度各不相同。它可以包含介于完全由政府供给与完全由私人
供给之间的所有形式的公共服务提供安排（图 2.1 根据私人部门的参与程
度与承担的风险程度大小列出了几种主要的公共服务安排形式）。在 PPP
的框架下，一些原来由公共部门承担的工作转移到了私人部门，但公共部
门始终承担着提供公共物品和服务的责任。这些责任主要表现在三个方面：
确定公共服务应达到的水平以及可以支出的公共资源；制定和监督提供服
务的价格、安全、质量和绩效标准；执行这些标准并对违反的情况实施裁
决和处罚。建立这种关系的一个潜在的逻辑在于，无论是公共部门还是私
人部门，它们在公共服务的生产和提供的过程中，都有其独特的优势；成功

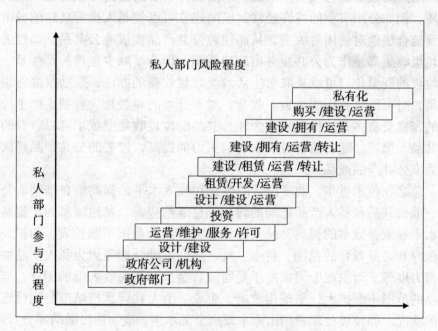

图 2.1　公共服务提供的安排形式

资料来源：加拿大公私伙伴关系委员会（the Canadian Council for Public Private Partner-
ships）网站，http：//www.pppcouncil.ca/about PPP_ definition. asp。

的制度安排在于汲取双方的优势力量以建立互补性的合作关系 。①

公私伙伴制在不同的经济、文化背景以及不同的应用场合中具有不同的内涵。美国民营化的重要推动者之一萨瓦斯教授将这一概念归为三个层次：首先，它在广义上指公共和私人部门共同参与生产和提供物品和服务的任何安排；其次，它指一些复杂的、多方参与并被民营化了的基础设施项目；再次，它指企业、社会贤达和地方政府官员为改善城市状况而进行的一种正式合作。②

欧盟委员会于 2004 年 4 月发布了《公私伙伴关系与共同体公共合同与特许法律绿皮书》（Green Paper On Public – Private Partnerships and Community Law On Public Contracts and Concessions）。在该绿皮书中，公私伙伴关系是这样被定义的："公私伙伴关系是指公共机构与商业社会之间为了确保基础设施的融资、建设、革新、管理与维护或服务的提供而进行合作的形式。"③美国公私伙伴关系全国理事会（National Council on Public Private Partnerships）④对这一概念也有与欧盟相似的认识："公私伙伴关系是指公共机构（联邦、州和地方）与赢利性公司之间的一个协议。通过协议，公私两个部门共享彼此的技术、资产来为公众提供服务和设施。除了共享资源外，它们还要共同承担提供服务和设施中的风险并分享服务和设施带来的收益。"⑤英国财政部于 2000 年出版了《公私伙伴关系—政府的举措》，该书从三个方面解释了公私伙伴关系："在国有行业中引入私人部门所有制；鼓励私人投资行动，根据这一计划，公共部门通过合同长期购买商品或服务，利用私人部门的管理技术优势，同时受益于私人的财力支持以巩固公共项目；扩大政府服务的出售范围，从而利用私人部门的专业技术和财力开发政府资产的商业潜能。"⑥

公私合作制在有的地方也称为私人财政融资（PFI），它由于汲取了公共部门和私人部门各自的优势，因而在有效率地提供普遍服务和保障公共

①　余晖、秦虹：《公私合作制的中国试验》，上海人民出版社 2005 年版，第 2 页。

②　［美］E. S. 萨瓦斯著；周志忍等译：《民营化与公私部门的伙伴关系》，中国人民大学出版社 2002 年版，第 105 页。

③　《公私伙伴关系与共同体公共合同与特许法律绿皮书》，欧盟，2004 年 4 月，第 3 页。

④　该理事会是一个志在推广 PPP 的非盈利性民间机构。

⑤　参见美国公私伙伴关系全国理事会（National Council on Public Private Partnerships）网站，http: //ncppp. org/howpart/index. html。

⑥　《公私伙伴关系—政府的举措》（Public Private Partnerships – The Government′s Approach），英国财政部 2000 年，第 10 页。

产品的公共性质之间实现了有效地结合，便成为各国公用事业部门改革实践中的一种尝试。通过公私合作制，政府可利用私营机构的运营效率和竞争压力，提高公用事业部门的生产和技术效率，同时政府利用合同规范私营机构中的公共福利目标，实现公共利益的最大化。私营机构则可以从合同管理中减少由于管制机构自由裁量权带来的随意性损失，在稳定的环境中寻求自我发展的空间，追求自身的利润。在政府和私人机构之间这种长期的博弈中，形成一个长期稳定的纳什均衡。

从 20 世纪 70 年代到 80 年代初起，西方国家掀起了一轮国有企业的变革与私有化浪潮。这次私有化浪潮通过将国有企业部分出售、全部出售和关闭等方式，使国有经济占国内生产总值的比重逐步下降，并且涉及几乎所有的政府垄断部门。这次变革的重要意义和特别之处在于，它不仅仅限于国家退出以前由私人部门主导的领域，而且在一些传统由政府提供服务的公共领域也通过创新手段，引入私人力量。在私有化的背景下，加上新技术的发展、国际和国内资本市场的扩大和完善以及私人参与和竞争的公共服务获得成功的国际经验越来越多，私人部门参与公共服务的提供逐步成为公共服务和政府改革的流行趋势。

随着私人参与的不断增加，其参与的方式也在不断发生变化和创新。从私有化（Privatization）到强制竞争性招标（Compulsory Competitive Tendering），从公共服务的外包（Contracting Out）到鼓励私人投资行动（Private Finance Initiative），公共部门的理论家和改革者不断实践着利用私人参与重塑公用事业部门、乃至整个政府部门的理念和方法。公私伙伴关系的概念和理论正是在这样的背景下兴起和发展起来的。20 世纪 90 年代，英国率先提出了公私伙伴关系的概念，继而在美国、加拿大、法国、德国、澳大利亚、新西兰、日本等主要西方国家得到了广泛的响应。很多国家设立了专门的政府机构来推动 PPP 的发展，同时，非政府组织和学术界也对 PPP 的发展起到了积极的促进作用。欧盟、联合国、经济合作与发展组织以及世界银行等国际组织也将 PPP 的理念和经验在全球范围内大力推广，包括中国、印度、巴西、墨西哥在内的很多发展中国家和一些最不发达国家也纷纷开始学习和应用 PPP。迄今为止，PPP 已经在全世界范围内得到了广泛的应用。其应用范围已从道路、桥梁、隧道、港口、轨道交通、供水、供电、燃气、电信、垃圾处理等传统公用事业领域拓展到大型信息技术系统的提供、监狱的建造和运营、学校和医院的建设和运营、甚至航天、国防等更为宽广的领域。

三　项目区分理论

项目区分理论是由上海市城市发展信息研究中心在《上海市政、公用基础设施投融资发展战略研究报告》中最早提出的，该理论的核心是将项目区分成经营性项目和非经营性项目，根据项目属性，确立投资主体、资金渠道、运作方式及权益归属等。

按照项目区分理论，市政公用基础设施项目可按能否让市场发挥作用这一角度分类，以投资项目有无收费机制即资金流入分成两类，即经营性与非经营性项目，但其要受到政府政策的影响而有所变异。

第一类为非经营性项目，即无收费机制、无资金流入，这是市场失效而政府有效的部分，其目的是为了获取社会效益和环境效益，市场调节难以对此起作用。这类项目的投资主体应由政府担任，按政府投资的运作模式进行，资金来源应以政府财政投入为主，并以固定的税种或费种作为保障，其权益归政府所有。政府投资的运作，也要引入竞争机制，按招投标制度进行操作。

第二类为经营性项目，此类项目有收费机制（有资金流入），但这类项目又以其有无收益（利润）分为两小类，即纯经营性项目和准经营性项目。纯经营性项目（营利性项目），可通过市场进行有效配置，其动机与目的是利润的最大化，其投资形成是价值增值过程，可通过全社会投资加以实现。纯经营性项目包括收费高速公路、收费桥梁、废弃物的高收益资源利用等，投资主体应该是全社会投资者；而准经营性项目即为有收费机制和资金流入，具有潜在的利润，但因其政策及收费价格没有到位等客观因素，无法收回成本的项目，附带部分公益性，是市场失效或低效的部分，因其具有不够明显的经济效益，市场运行的结果将不可避免地形成资金供给的诸多缺口，要通过政府适当贴息或政策优惠维持营运，待其价格逐步到位及条件成熟时，即可转变成纯经营性项目（通常所说的经营性项目即为纯经营性项目）。准经营性项目包括煤气厂、地铁、轻轨、收费不到位的高速公路等，政府可提供适当补贴，主要是吸纳社会各方投资。

经营性项目在符合城市发展规划和产业政策的前提下，可以由国营企业、民营企业、外资企业等多种投资主体，通过公开、公平、竞争的招投标来投资建设，其融资、建设、管理及运营主要由投资方自行决策，权益归投资者所有。但在价格制定上，政府要进行规制，兼顾投资方利益和公众的承受能力，采取"企业报价、政府核价、公众议价"的定价方法，协调社会利益与投资者的利益。值得注意的是，三类项目的划分不是固定不变的，可以随着收费或价格政策的变化而互相转化。

表 2.2　　　　　　　　　　城市基础设施项目分类

序　号	项目属性	市政公用基础设施实例		投资主体
1	经营性项目	纯经营性项目	收费高速公路、收费桥梁、废弃物的高收益资源利用厂等	全社会投资
		准经营性项目	煤气、地铁、轻轨、自来水、收费不到位的公路等	政府适当补偿，吸纳各方投资
2	非经营性项目	敞开式城市道路等		政府投资

政府要转变职能，从经营领域逐步转到制定发展战略、服务标准、法规制度上来。政府的主导作用体现在扶持和管制两个方面。

对社会效益显著的非经营性项目，由政府进行投资建设，给予运营补贴；对经济效益显著的经营性项目，可进行有偿投资，或提供优惠政策，吸引其他资金流入，实行市场价格，由企业自负盈亏。政府管制体现在制定严格的价格政策，并对经营者进行资质审查以及监督服务质量等方面。

对于那些可替代性强、公益性较弱的公共产品与服务，可以放宽市场准入，广泛吸引多种经济成分的投资。现有基础设施领域内从事这类经营活动的中小型国有企业，可以在竞标方式下，进行租赁、拍卖、转让股权、承包经营，实行股份合作制等多种方式进行资产经营。政府没有必要从事这些领域的经营，也不允许把财政补贴间接流入这些领域，同时可以把物化的国有资产以货币形态回收，以投入到更急需的地方。对于大型城市基础设施建设项目，在确定合理回报率与合理回收期的前提下，可采取合作经营、股权和经营权转让、BOT 方式等形式，吸引巨额外资注入，求得发展。

把经营性项目放入社会，吸纳多元投资；而政府只投资于非经营性项目建设，在财力不足进行举债时，建立长效举债建设机制，做到理性举债建设。这一理论的提出总结了上海等城市在城市建设投资体制改革方面的经验，为进一步深化城市基础设施投资体制改革提供了理论依据，是市场经济理论在我国城市建设领域的具体应用。拓宽城市基础设施融资渠道的前提之一是加快城市基础设施投融资体制改革。合理的投资体制的关键在于分清政府和社会两大投资主体在城市基础设施方面的职责。在市场经济体制下，要想拓宽城市基础设施融资渠道，只有改革投融资体制，将经营性项目与非经营性项目分成两个体系操作，加大全社会投资力度才是唯一的出路。

四　可销售性评估理论

一般来说，产品或服务的可销售性越高，私人参与的可能性越大。通过对某一基础设施行业的可销售性的"高"或"低"的判决，可以决定对不同类型的基础设施采取不同的政府资金介入程度。从理论上讲，物品可销售性越高，私人物品的属性就越强，由私人部门提供的可能性就越大。世界银行在 1994 年提出的对不同类型基础设施评估和体制改革的政策建议中，选取了竞争的潜力、货物与服务的特征、以使用费弥补成本的潜力、公共服务义务（权益问题）和环境的外部因素五个方面对基础设施的可销售性指数进行了评估。

表 2.3　　　　　　　　　　　可销售性评估表

		竞争的潜力	货物与服务的特征	以使用费弥补成本的潜力	公共服务义务（权益问题）	环境的外部因素	可销售性指数
电力天然气	热电	高	私人	高	极少	高	2.6
	输电	低	会员	高	极少	低	2.4
	配电	中	私人	高	很多	低	2.4
	天然气的生产和输送	高	私人	高	极少	低	3.0
交通运输	路基和车站	低	会员	高	中	中	2.0
	铁路运输和客运	高	私人	高	中	中	2.6
	城市公共汽车	高	私人	高	很多	中	2.4
	城市有轨交通	高	私人	中	中	中	2.4
	城市道路	低	共有财产	中	极少	低	1.8
水	城区管理网络	中	私人	高	很多	高	2.0
	非管道网络	高	私人	高	中	高	2.4
卫生设施	管道排污和处理	低	会员	中	极少	高	1.8
	公寓污水处理	中	会员	高	中	高	2.0
	现场处理	高	私人	中	中	高	2.4
废弃物	收集	高	私人	中	极少	低	2.8
	环境卫生处理	中	共有财产	中	极少	高	2.0

从以上评估结论来看，除城市中的道路和管道排污外，大部分所列城市公用设施均具有私人参与的可行性。

第二节　我国城建资金渠道的形成和演变

我国城市公用设施建设资金渠道的形成和演变大体可以分为四个阶段。

一　财政投资为主渠道

第一阶段：1949—1979 年。这一时期的城市公用设施建设资金来源渠道，是伴随着国家以直接计划为主的计划体制、统收统支的财政体制、统购统销的物资流通体制的建立而形成和发展的。

1949—1953 年，恢复时期的城市建设主要是采取维护的方针，围绕着工厂复工陆续对原有的工程和设施进行维修和改造，以维持生产和生活的需要，维护资金主要从地方财政收入中支出，国家财政预算经济建设类中也支出一部分城市维护资金。

1953—1957 年，"一五"时期的城市建设采取了"重点建设、一般维护"的方针，对全国城市按建设的重要性和工业建设比重分为四类，城市公用设施作为工业重点建设项目的配套工程来安排。

1958—1962 年，基本建设规模膨胀，为工业项目配套的城市公用设施投资大量被挪用，城建投资比例急剧下降。

1962 年 10 月，国务院召开了第一次全国城市工作会议，提出通过国家预算制度，把原工商业附加、公用事业附加和城市房地产税从整个税收体系中分离出来，作为城市住宅和城市公用设施维护的专项费用，在大、中城市统一划归市财政，由市人民委员会掌握，保证用于城市公用事业、公共设施以及房屋等维修、保养，不上缴也不能移作他用。这项决定自1963 年起在66个城市试行，由此开始建立了城市维护资金的固定来源渠道。

1963 年国务院召开第二次城市工作会议，会议决定将 66 个城市试行的公用事业附加、工商税附加和房地产税划归市财政的做法，扩大到全国所有设市的城市实行。

1964 年财政部对城市公用事业附加作了调整，解决了公用事业附加实行范围不一、征收税率不一的矛盾，规定工业用电用水附加，原则上全国各城市都可以开征，附加率 5%—8%，东北地区 10%，公共汽车、电车、民用水、民用电、电话、煤气、轮渡等七项，分别采取提高票价和对用水用电加成等形式征收。

1965 年适应中央三线建设的战略方针，城市建设以备战和内地建设为主，并提出大庆式的建设方针：城市建设要"工农结合、城乡结合、有利生产、方便生活"（《关于城市建设工作的几个问题》1965 年建工部）。

1972 年工商税制改革，原作为城市维护和建设专项资金的城市房地产税并入工商税内统一征收，作为国家预算收入上缴国库，为了不影响城市维护费收入，1973 年起，以 1972 年房地产税征收数量为基数，从国家预算内列支城市维护专项补助资金，简称国拨维护费。

1978 年召开第三次全国城市工作会议，制定了《关于加强城市建设工作的意见》（中发〔1978〕13 号文件），决定采取两项措施进一步扩大城市维护建设资金的来源：一是从 1979 年起，在工业比较集中的县镇和工矿区开征公用事业附加，以解决县镇城市公用设施资金问题；二是从 1979 年起，在省会等 47 个城市，试行每年从工商利润中提取 5%，作为城市维护和建设的专项资金。至此，国家财政安排的城市维护建设资金，除了基本建设投资以外，在原有的城市维护费、城市公用事业附加、城市工商税附加三项费用的基础上，又增加了 5% 的工商利润提成。

这一时期，市政设施建设资金来源受经济发展和对城市公用设施规律认识不足的影响，存在三个主要问题：

一是在指导思想上，过多地强调利用城市，对建设城市重视不够，因而投入不够。二是在实践中，城市公用设施处于工业建设的从属、配套地位，因而城市公用设施缺乏稳定的资金来源渠道。三是在投资分配中，城市公用设施与经济发展需要相背离，因而城市公用设施投资比例不合理。

二　设立城市维护专项资金

第二阶段：1980—1989 年。这一时期设立了城市维护建设专项税，开始多渠道筹集建设资金和设施使用收费的尝试。

1980 年国务院召开全国城市规划工作会议，会议研究提出，凡在城市进行成街成行的改造或建设，都要实行在统一规划指导下的综合开发。无论工业或民用建设，必须使房屋与城市公用设施配套进行建设，同时交付使用，房屋以外的配套设施建设费用，由开发部门垫付，向用户收取开发费补偿。由此开始了多渠道筹集建设资金和设施使用收费的新路子。

1985 年全国实行第二步"利改税"，国务院决定设立城市维护建设税，同时，取消过去的 5% 工商利润提成、国拨维护费和工商税附加三项资金来源渠道，保留了城镇公用事业附加。城市维护建设税和公用事业附加简称"两项资金"。城市维护建设税的设立，简化了城市建设资金征收手续，将过去数量有限、渠道不同的资金合并为一，有利于资金的集中管理，同时，在县镇和集镇都进行征税，进一步扩大了城市公用设施资金的供应范围，城市维护建设税与经济发展挂上了钩，税收随着经济的增长而逐年增加。

在国家财政预算管理范围内固定的城市维护和建设资金渠道改革发展的同时，预算外收入也在逐渐形成和增加，包括地方自筹、银行贷款、受益单位集资、吸引外资和个体投资等。1984 年国务院办公室发文要求："城市公用事业实行企业化管理，市政设施逐步实行有偿使用制。"各地开始征收排水设施有偿使用费、占用道路费、过桥费等。

1986 年北京市在全国首先出台《关于在规划市区内征收城市基础设施"四源"建设费的暂行规定》，凡在北京市规划市区内兴建民用、工业建筑工程，建设单位应当缴纳自来水厂、煤气厂、供热厂、污水处理厂建设费。此后，各地纷纷效仿，约 26 个省出台了征收城市建设配套费的规定。

1987 年 5 月《国务院关于加强城市建设的通知》，明确提出城市建设要实行"统一规划、合理布局、综合开发、配套建设"；1990 年《城市规划法》进一步明确规定："城市新区开发和旧区改建必须坚持统一规划、合理布局、因地制宜、综合开发、配套建设的原则。"

这一时期，城市维护建设资金的筹集仍是以政府主导为主，城市维护有了稳定的税收渠道。

三　多渠道筹集建设资金

第三阶段：1989—1999 年。这一时期，城市公用设施资金除了"两项资金"作为稳定的资金渠道外，"实物地租"和各种收费、集资、摊派收入增长很快。

（一）关于"实物地租"

1988 年《土地管理法》重新修订，确立了"国家依法实行国有土地有偿使用制度"，土地使用权出让收入主要用于城市建设和土地开发。各地政府开始利用土地筹集建设资金。但由于出让土地收入要在中央和地方两级政府间分配，为了回避土地收益上缴中央的规定，这一时期，各地主要以"实物地租"方式筹集城市建设资金，即：通过城市房地产综合开发，"以路带房、以房补路"等方式，在地方政府不投入或少投入的情况下，使城市的道路、公共配套和环境得以改善。

对于土地收益在中央与地方政府间的分配比例，在以下文件中进行了规定：

1989年7月财政部颁布了《国有土地使用权有偿出让收入管理暂行实施办法》，规定："土地使用权出让收入扣除土地出让业务费后，全部上缴财政。20%作为市土地开发建设费用，其余40%上缴中央财政，60%留归取得收入的城市财政部门。"

1997年国务院《关于进一步加强土地管理切实保护耕地的通知》规定："原有建设用地的土地收益全部留给地方，专款用于城市基础设施建设和土地开发、中低产田改造；农地转为非农建设用地的土地收益，全部上缴中央，原则用于耕地开发。"

1998年第三次修改的《土地管理法》规定："新增建设用地的土地有偿使用费，30%上缴中央财政，70%留给有关地方人民政府，都专项用于耕地开发"，取消了土地收益用于城市建设的规定。

（二）关于行政事业性收费

在城市建设资金缺乏的情况下，在"人民城市人民建"的思想指导下，这一阶段，大量的城市公用设施是通过行政事业性收费、集资和摊派进行的。当时，几乎每办一件事，就要收一项费，最多的时候，各地有关城市建设的收费项目达到近百项。1994年各种行政事业性收费和集资、摊派占城建资金的比例达到47%。直到1996年，国家开始"治乱减负"工作，城市建设的不合理收费和集资、摊派才逐渐被取消。

这一时期，城市维护建设资金虽然开始进行多渠道筹集，但仍是以政府动员、行政性手段筹集为主，市场机制的作用仍不明显。

四　市场化融资的新阶段

第四阶段：1999年至现今。在"两项资金"渠道不变的情况下，这一时期，国家"治乱减负"成果得到巩固，到2001年各项行政事业性收费只占城建资金的10%左右。与此同时，城市利用出让土地收入、负债建设和经营性项目服务收费等方式筹集建设资金成为主要渠道。发行企业债券、公用企业上市、民营投资开始出现。

（一）出让土地取得收入

随着国家关于经营性用地必须招标和拍卖政策的出台，利用"实物地租"筹集建设资金的方式逐步减少，公开招标、拍卖国有土地使用权取得的收入成为城市公用设施的重要资金来源。

1999 年 1 月，国土资源部《关于进一步推行招标、拍卖出让国有土地使用权的通知》，2000 年 1 月《关于建立土地有形市场促进土地使用权规范交易的通知》，以及 2002 年 5 月《招标拍卖挂牌出让国有土地使用权规定》建立了建设用地供应总量控制、城市土地集中供应、土地使用权公开交易、城镇土地行政管理部门、基准地价定期更新与公布、土地登记公开查询和集体决策制度等。各城市成立了土地储备中心，通过经营城市土地，将取得的收入用于城市公用设施建设。

（二）负债建设

城市公用设施的负债建设包括：利用国内银行贷款、发行企业债券、利用国外金融机构或政府的贷款等。其中利用国内银行贷款增长最快，自 1999 年以来每年新增的国内银行贷款占城建资金的比重稳定在 30% 左右。关于城市公用设施负债建设的内容，将在第三章具体介绍。

（三）经营性设施收费

各地城市供水、燃气、公共交通等公用产品价格调整幅度较大，相当一部分城市的公用企业不再需要政府财政补贴，同时，污水处理费、垃圾处理费等开始征收，解决了经营性设施多元化投资的回报问题。关于收费和价格改革的有关内容将在第六章具体介绍。

这一时期，城市维护建设资金来源渠道逐步规范，在城市公用设施方面，政府与企业的责任逐步明确，市场机制开始发挥重要作用。

第三节　城市公用事业投资现状

一　投资规模和分布

近几年来，随着国家经济的快速发展和城镇建设市场化改革的不断推进，城镇城市公用设施建设投资的规模开始出现加速增长的势头。1991 年以前的 40 多年间，我国城市公用设施固定资产投资占全国固定资产投资的比重不足 3%，占 GDP 的比重不足 1%。从 1992 年起，在各级政府多元化、多渠道筹集建设资金的努力下，城市公用设施投资规模逐步增大，到 2000 年，城市公用设施固定资产投资占固定资产投资的比重达到 6%，占 GDP 的比重达到 2%。2000 年以后投资规模一年一个台阶，增长速度明显加快。2001 年固定资产投资占 GDP 的比重达到 2.8%，2002 年达到 3.5%，2003 年全国城镇建设投资完成额近 5 000 亿元，比上年增长 43%，约占全社会固定资产投资的 11%，占 GDP 的 4.2%。

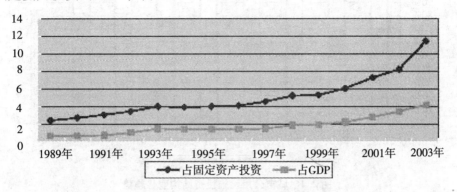

图2.2　城市公用设施投资占 GOP 比例

　　从城市规模来看，城建投资主要集中在人口在 400 万人口以上的超大城市，2002 年占全国总投资额的 45%，特大城市占 18%，大城市占 12%，中等城市占 12%，小城市占 13%；从地区分布看，主要集中在东部地区，占全国投资总额的 75%，中部和西部各占 15% 和 10%。

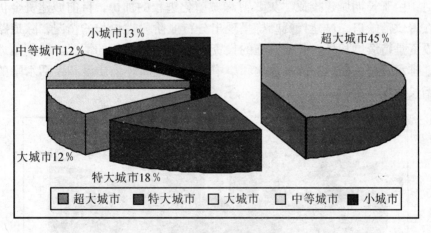

图2.3　2004 年城建固定资产投资地区分布

二　投资结构和方向

　　从建设和维护的投资结构来看，1997 年以来，80% 以上的投资是固定资产投资（其中新建项目投资占 60% 以上），约 20% 左右的投资用于存量设施的维护养护。今后，随着城镇化进程的加快，较大规模的新建投资仍将持续。城市公用设施投资结构变化趋势见图 2.3。

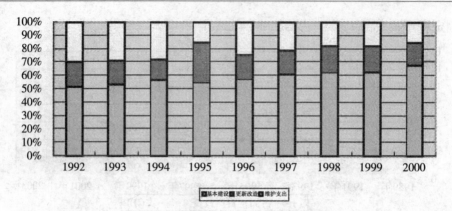

图2.4　城市公用设施投资结构变化趋势

资料来源：根据《中国城市建设统计年报》整理。

　　从投资的行业流向看，道路桥梁的投资一直是城市建设投资的重中之重，1998年以来占城建固定资产投资的比重平均为44%。2003年道路桥梁的投资为2 041亿元，占全国城市建设固定资产投资额的46%，其后依次为排水、公共交通、园林绿化、供水、集中供热、燃气、防洪和市容环境卫生。同时，由于长期城建投资"欠账"和城镇化进程的加快，目前城建资金仍然存在着供需缺口，城建投资结构呈现出分行业阶段性增长的情况，除道路桥梁投资是持续增长外，其他设施的投资出现了交替增长的情况。特别是近几年，排水、公共交通、园林绿化和集中供热等提高环境质量和生活水平的投资增长速度较快。

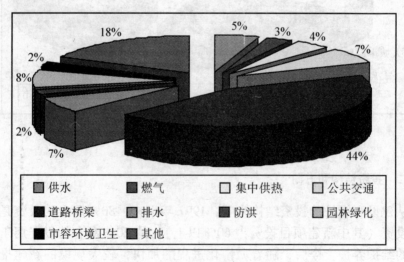

图2.5　2004年城建投资行业分布

三　城市公用事业投融资新特征

1. 预算内投资占城建固定资产投资的比重总体上呈下降趋势，但经营城市土地收入用于城建投资的规模逐年增大。中央投资占城建资金的比重由 1985 年的 12% 下降到 2004 年的 1%；地方预算内投资（含城市维护建设税和公用事业附加）占城市建设资金的比重由 50% 下降到 22.3%。但近几年城市经营城市土地收入用于城建投资的比重加大，2001—2002 年平均增加的城市建设用地是 1991—2000 年平均水平的 2.3 倍，征用土地是 1991—2000 年平均速度的 3.2 倍，地方政府经营城市土地收入有相当一部分用于城市公用设施，有的城市占到 30% 以上。

2. 利用国内贷款规模增长迅速。由于城市建设普遍有政府信用作担保，近几年，国内银行贷款对城建项目给予了极大支持。1991 年时国内贷款占城建投资的比重只有 15%，而 2003 年利用银行贷款规模达到 1435 亿元，比上年增长了 93%，占当年城建固定资产投资的比重达到 35%。国内银行贷款增长较快的主要原因是近年来兴起的以土地作质押、以土地收益还款的银行贷款增多，如国家开发银行提出"依托政府信用，发展开发性金融业务"，使许多城市有可能使用开发银行的"打捆"贷款。广东佛山市南海区 2001 年和 2002 年两次与国家开发银行签署城市基础设施打捆贷款合同，共计 130 亿元，其中 2002 年贷款中的 83% 是政府信用额度，这些贷款主要用于科技工业园基础设施、南海体育中心、南海区环境保护综合整治工程、广佛轻轨、高速公路等基础设施和公益设施项目的建设。

3. 社会投资逐渐进入城市建设领域，多元化投资格局初现端倪。随着政府包揽一切观念的转变、价格和收费制度的改革与创新，以及城市公用设施经营性和非经营性类别的划分，社会资金开始进入城建领域。各地将有盈利的基础设施项目推向市场，利用特许经营权转让以及 BOT 建设、发行企业债券、股票等方式盘活存量资产、吸引民间投资。2003 年城建项目固定资产投资中，企业通过股份制改革等自筹资金占 33%，利用外资占 2%，企业债券融资占 0.4%。

4. 国债资金拉动投资需求效果明显。1998 年至 2001 年，国家共安排了 766 亿元国债资金用于 967 个城市基础设施项目的建设。766 亿元国债资金加上带动的银行贷款、地方政府财政资金和其他社会资金二千五百多亿元，相当于以往正常年份近 3 倍的投资总量。

第四节　城市公用事业融资渠道

融资简单地讲就是筹资，它是与投资相联系的一个概念，从投资者的角度讲，投资资金不足时需要融入资金。城市公用设施建设融资渠道是多样的，但在我国，由于法律法规的限制以及资本市场发育程度低等原因，城市公用设施的融资渠道是有限的，下面全面介绍城市公用设施建设可行的融资渠道，其中有些融资渠道在我国还有待开发。

一　财政投入

财政融资模式是城市公用设施建设的重要渠道，在我国 20 世纪 80 年代以前，城市公用设施建设的投资主要是财政渠道。根据《财政部城市维护建设资金预算管理办法》（1989 年 1 月 12 日财地字第 1 号文）的规定，城市维护建设资金包括：列入财政预算支出的专项拨款、按国家规定征收的城市维护建设税收入、按国家规定征收的城市公用事业附加收入、按国家规定收取的城市公用设施有偿使用收入、按国家规定征收的超标排污费收入和城市水资源费收入、法律法规和规章允许地方人民政府筹集的其他用于城市维护建设的资金等方面。要求就地征收、就地使用。在保证城市公用设施和公房维护以外，城市维护建设资金可用于城市公用设施小型基建投资。除了以上资金渠道外，各地开始征收污水处理费、垃圾处理费、城市公用设施配套建设费、水气热的增容费等，这些都属于财政性资金或政策性资金。

（一）财政预算资金

根据财政性城市公用设施维护建设资金来源的特点又可以分为两类：

一是有固定资金渠道的经常性收入。包括城市维护建设税、公用事业附加、中央和地方预算内投资和按国家批准的政策收取的经常性费用等。

二是无固定资金渠道的临时性或一次性收入。包括中央和地方财政临时性或一次性补助、特殊政策增加的收入等。

目前的主要财政性资金渠道有以下几项：

1. 城市维护建设税。由地方政府从纳税单位和个人缴纳的增值税，营业税、消费税中按一定税率征收。纳税人所在地在城市市区的，税率为 7%；所在地在县城、镇区的，税率为 5%；所在地在市区、县城、镇区以外的，税率为 1%。

城市维护建设税是城市公用设施和公共设施正常运行的维护、维修和改造的专项资金，对于保证城市各项设施的正常运行起到了重要的积极作用。1985—1990 年城市维护建设税一直占城建资金总量 30% 左右。90 年代以后，随着城市建设规模的扩大，城市公用设施的新建资金增长很快，城市维护建设税占城市维护建设资金总量的比重迅速下降，2002 年全国城维税收入 316 亿元，仅占城建资金总量的 10%。分地区来看，东部地区占 8%，中部地区占 15%，西部地区占 13%。

由于城市维护建设税是增值税、消费税、营业税三税的附加税，受"三税"征、减、免、退、罚的影响，城维税收入十分不稳定，1991—2002 年，全国城维税年均增长 14.8%，1997 年增幅最高，达到 20.8%，1999 年增幅最低仅为 1.8%。

2. 公用事业附加。由地方政府按供水、供电、公共交通，煤气，市内电话等营业额的 5%—8% 征收。

城市公用事业附加属于政府性建设基金，是 1964 年由财政部按《关于征收城市公用事业附加的几项规定》（［64］财预字第 380 号）征收的，城市公用事业附加作为城建资金来源的一项重要渠道，在特定的历史时期对于促进城市公用事业建设和加强城市公用设施的维护起到了积极作用。

1995—2002 城市年公用事业附加收入占城市维护资金的比重平均为 20%，近几年呈下降趋势，2002 年仅占 14%。城市公用事业附加是城市建设维护资金的固定来源，但由于部分地区征管关系不顺、征缴管理不力（部分附加未纳入财政统一管理）、征收标准偏低（如江苏省常州市自来水附加目前仍执行的是 1964 年的 0.008 元/吨的征收标准）等原因，1999—2002 年总量逐年下降，2002 年收入总量为 50 亿元，仅与 1996 年的收入水平相当。

3. 中央财政专项拨款。有两种方式：一种是根据某种特殊需要，对省、市实行定额拨款，一般实施期限为 5 年，做为城市基础设施建设专项补助资金；另一种是按项目给予定额补贴，项目建成，补贴停止。

4. 地方财政拨款或城市机动财力。各城市财政将预算外收入的一部分用于城市基础设施建设，这部分资金称为城市机动财力，各城市、各年度数额均不等。

5. 历史文化名城保护专项资金，1984 年中央设立。近几年，随着城市公用设施建设资金来源渠道的增多，政府财政投资的总额不断增大，但占城建资金的比重总体上还是呈下降趋势。2001 年，中央和地方财政（含两项资金）投资总额 733 亿元，十年间增长了 5.5 倍（1991 年 134 亿元），但由于城建资金需求量的急剧上升，预算内投资占城建资金的比重由 1991 年的 50% 下降到 2001 年的 29%。

（二）政策性收费

地方政府为了加强城市公用设施建设，尽快改善城市投资环境和生活环境，根据国家有关方针政策或规定及当地实际需要，制定了一些筹集城建资金来源的经济政策。地方用于城市公用设施建设的政策性收费主要有：市政设施配套建设费，城市规划区内的开发项目在立项时，需按固定资产投资总额或按建筑面积按比例缴纳，此项收费最早开征的是北京"四源建设费"；有偿使用费，包括排水设施使用费、对集资或贷款新建的过河桥梁收取过桥费等；增容费，对新进入城市落户的居民和企业征收。1994 年各项政策性收费占城建资金的比例曾达到 47%，1996 年以后，随着"治乱减负"工作的开展，不合理收费被取消，目前各种收费占城建资金的比例仅占 10%（2001 年）。

总体上，财政投入所占比例呈下降趋势而市场投入比例呈上升趋势。从 1996 年开始，财政投入和市场投入比例发生了明显变化，财政投入由 1995 年以前 90% 左右下降到 2001 年的 52%，同时，社会资金投入迅速增长。

二　国内银行贷款

银行贷款在城市公用设施建设中发挥了重要作用。银行贷款是我国目前城市公用设施建设最重要的资金来源之一。改革开放以来，银行贷款在城市基础设施建设资金来源中的比重稳步上升。1986 年全国利用国内银行贷款只有 3.2 亿元，占城建资金的比重只有 2.4%，利用外资只有 700 万美元。党的十四大以后，城市公用事业加快了市场化改革的进程，价格机制初步得以确立，利用国内银行贷款的规模增长迅速。2003 年利用银行贷款规模达到 1 500 亿元，比上年增长了 93%，占当年城建固定资产投资的比重达到 35%。

从城市来看，1995 年全国有二百多个城市采取国内贷款方式筹集城建资金，占城市总数的 30%，贷款金额 48 亿元，占城建资金的比重为 6.2%，到 2001 年利用国内贷款的城市上升到 403 个，占城市总数的 60%，银行贷款总额达到 742 亿元，占城建资金的比重为 29.4%，比 1995 年增长了 4 倍（其中国债资金用于城市建设的规模达到 127 亿元，占贷款总额的

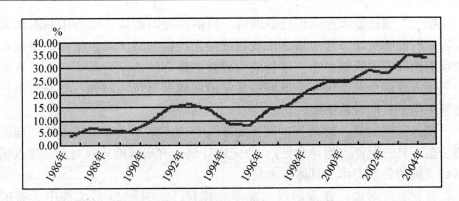

图2.6　国内银行贷款占城建投资的比重

5%）。我国目前是以间接融资为主的金融体系，城市政府基础设施建设的外部融资渠道不多，银行贷款以其资金来源稳定，手续简便、灵活性强的特点，成为城市基础设施建设的最主要融资方式之一。

第一，通过商业银行贷款融资。商业银行贷款是城市市政设施建设最重要的资金来源之一。改革开放以来，银行贷款在城市市政设施建设资金来源中的比重稳步上升，从城市公用设施建设来看，2004年国内贷款为1445亿元，占建设资金的比例达到27.6%。随着国家产业政策的调整和市场的变化，各商业银行对城建项目特别是有财政还款保障的市政设施建设项目和有收益的项目十分感兴趣，应充分利用银行的积极性增加信贷投入。银行之所以愿意大规模地为城市公用设施建设贷款，主要是由于城市基础设施项目一般都是政府工程，或有政府作担保，在工商业贷款风险较大的情况下，银行十分愿意将贷款贷给有政府背景的城市公用设施项目。例如，1999年，工商银行全年投放固定资产贷款1100亿元，其中向公路、电力、电信、市政等基础设施项目投放570亿元，占总发放额的52%。

近年来，为适应城市公用设施改革和发展的需要，银行还新开辟了一些新型的贷款业务，如收费权质押贷款和以土地作质押、以土地收益还款的银行贷款等。

但总体上看，商业银行贷款对城市公用设施建设的融资来讲并不十分适合，主要原因在于商业银行贷款资金具有短期性，多数不超过五年，而城市公用设施建设项目投资大，投资回收期很长，往往需要长期资金，因此银行贷款与城市公用设施的资金需求在时间上不匹配。城建企业往往在项目还没有产生收益时，就面临偿还贷款的压力，为解决这一难题，通常采用多次滚动贷款的方式，以解决长期资金需求。

第二，通过政策性银行贷款融资。目前，我国政策性银行中只有国家开发银行能够保证每年向城市市政设施建设提供贷款。开发银行的贷款对象优先选择偿债机制健全、还贷能力较强的项目。山东青岛市、浙江富阳市等地方政府对符合国家产业经济政策的城建项目统一打包，与开发银行签署一揽子长期贷款协议。

值得重视的是，2004 年国家开发银行专门发布了《全国重点镇基础设施贷款项目开发评审指导意见》，决定有计划，有步骤地开展对全国重点镇基础设施的贷款工作。具体要求是：

贷款支持对象：建设部等六部委在建村［2004］23 号文件中公布的1887 个全国重点镇。其中：优先支持直辖市、省会城市和副省级城市的卫星城（镇）建设；优先支持经济实力较强、具有较大发展潜力的重点镇建设；优先支持有资源、有特色、有主导产业支撑的重点镇建设；优先支持经济发达且城镇密集区域的重点镇建设。

规划先行原则：开发银行对全国重点镇的基础设施贷款，实行"先规划、后建设"和"规划先行"原则，即把小城镇总体规划的编制及鉴定作为开行贷款支持的前提条件。全国重点镇总体规划必须是 2003 年以后编制或修编的，并具有省级建设行政主管部门组织评审的鉴定意见书。

贷款资金使用范围：一是符合城镇总体规划的市政基础设施和公共基础设施项目。贷款资金建设内容主要包括：完善供排水、污水处理、交通、能源、信息、防灾减灾系统；改善基础教育办学条件；提高基础医疗服务和预防保健设施；促进农村文化、体育发展；加强城镇生态建设、保护和综合治理等。二是符合城镇总体规划和县（市）域体系规划的，并且能够满足重点镇需求的城乡一体化市政基础设施和公共基础设施项目。

贷款项目评审原则：项目贷款评审遵循"信用评审与债项评审分离，信用评审先行，债项评审以信用评审为基础"的原则。

贷款期限和利率：贷款期限原则上不超过 10 年，宽限期不超过 3 年。贷款利率按照人民银行和开发银行有关规定执行。目前 5 年以上期年息为5.76%。

融资平台要求：

（1）贷款模式主要为"以市带镇"、"以县（行政区划县级单位，下同）带镇"和"直接对镇"三种模式。"以市带镇"是指以地级以上城市为融资平台，对重点镇基础设施进行资金支持的贷款模式，作为融资平台的城市需具有对重点镇建设项目的收费职能与处置权和项目资产管理与处置权。

　　"以县带镇"是指以全国重点镇所在的县作为融资平台，对重点镇的基础设施建设进行资金支持的贷款模式。

　　"直接对镇"是指对具备一级政府、一级财政、一级国库的全国重点镇进行贷款的模式。根据我国目前的体制现状，采用"以县带镇"模式为主。

　　（2）借款法人应是市、县或镇政府出资设立的独资或控股公司，并具有对外融资、项目建设、生产运营和资产管理的职能。每个市、县或镇每次申请借款仅需确定一个借款法人。

　　（3）借款法人应对借款、用款和还款实行"借、用、还"一体化的管理模式，应具有项目建设资金和还款资金封闭运营的管理机制。

　　（4）对确定为融资平台的借款法人应重点考察借款资格、管理体制、经营机制，以及获得各项收入的合法性、稳定性和可支配性。

　　（5）对确定为融资平台的市、县或镇政府，应在现有经济发展的基础上，重点考虑其发展的可持续性，分析其目前经济支柱产业和未来经济主要增长点。

　　项目资本金要求：对收费项目，项目资本金比例不得低于总投资的35%，对不收费项目应不低于50%。

　　还款资金与偿债能力：

　　（1）项目还款来源包括第一还款来源和第二还款来源。第一还款来源是指贷款项目的直接收益和借款人的其他经营收入；第二还款来源是指为偿还贷款，市、县（县级市、市辖区、自治县）或镇政府预算内外可用于城市建设的资金。

　　（2）还款能力应在各项还款资金扣除成本的基础上进行测算、分析。偿债覆盖率需不低于150%（按子项测算）。

　　信用建设：

　　（1）对确定的所有还款资金来源，应将其归集并建立开发银行偿债基金，设立偿债资金专户；

　　（2）用政府经营性土地收入作为还款资金来源的，需有同级政府领导下设立并具有土地资源垄断的土地储备中心等事业性机构；

　　（3）贷款担保可采用抵押、质押和保证担保的任何一种方式，也可组合担保；

　　（4）通过融资，推动收费项目的收费力度，努力提高收费率，减轻财政直接负债；

（5）需建立"在项目还款出现缺口时，其缺口金额全部由市、县或镇财政用财政资金给予补足"的政府信用保证；

（6）用财政资金作为直接还款来源或政府承诺补偿还款的有关重大事项，需经同级人大同意。

三　利用外资

利用外资从水厂建设项目贷款开始，到 1999 年利用外资项目达三百多个，合同外资金额 90 亿美元左右，全国共有二百二十多个城市利用了二十多个国家政府和国际金融组织提供的中长期优惠贷款。至今，利用国外政府和金融机构贷款与国外企业合资合作、外商直接投资等各种方式已在供水、燃气、地铁、道桥、污水处理、垃圾处理等项目中运用，近 10 年来实际利用外资的总规模达 526 亿元，占全国同期利用外资规模的 10.6%。利用外资主要有利用外国政府赠款、利用国际金融组织贷款、利用外国政府贷款和外商直接投资等方式。

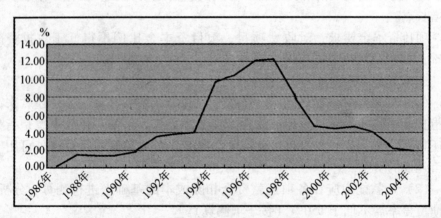

图 2.7　利用外资占城建投资的比重

（一）外国政府赠款

如 2003 年荷兰政府捐赠 1 496 万欧元，用于中国西部小城镇环境基础设施建设。利用荷兰政府的赠款再加上地方的配套资金，拟在重庆、四川和云南建设 11 个供水、污水处理和垃圾处理项目。目标是通过这些项目的建设，使 11 个国家级贫困县从整体上增强发展能力；解决近五十余万人口的排水污染、垃圾污染、安全卫生饮用水供给问题；使 11 个示范地的约 13 万贫困人口在不增加负担的前提下，直接从中受益；在技术、市场化机制、能力建设等方面取得的成果，迅速扩散到西部甚至中部部分地区。

（二）国际金融组织贷款 ①

我国利用国际金融组织贷款主要是利用世界银行贷款和亚洲开发银行贷款。世界银行向发展中国家提供长期生产性贷款，贷款期限 10—50 年，利率低于国际市场利率，用于特定的开发或建设项目。亚洲开发银行贷款。向会员国发放进行投资和技术援助的贷款，普遍贷款利率是浮动利率，期限为 10 至 30 年。到 1996 年底，亚行已批准对我国贷款 64 亿美元。

世界银行的主要贷款机构是国际复兴开发银行和国际开发协会。国际复兴开发银行成立于 1944 年，是世界银行的主要贷款机构，向中等收入国家和借贷信用好的低收入国家提供贷款和发展援助，也称为世界银行硬贷款。主要用于支持教育、卫生、基础设施等领域的发展项目，也用于帮助政府改变管理经济的方式。国际复兴开发银行贷款占世行年贷款额的四分之三左右，其资金几乎全部从金融市场筹集。

国际开发协会成立于 1960 年 9 月，向收入最低的国家提供无息贷款，即为没有能力以商业利率借贷的穷国提供优惠贷款，也称为世界银行软贷款。国际开发协会与国际复兴开发银行的目的相同，都是为了促进增长和减少贫困，不过国际开发协会采用的是无息贷款（称作国际开发协会 "信贷"）、技术援助和政策咨询的方式。国际开发协会信贷占世行贷款总额的四分之一。借款国须支付不到贷款额百分之一的手续费用于行政支出，规定还款期为 35—40 年，宽限期为 10 年。只有人均国民生产总值低于 1445 美元的国家才能得到国际开发协会的贷款，但实际上只向人均国民生产总值低于 885 美元的国家贷款。国际开发协会的资金主要来自包括部分发展中国家在内的较富裕的成员国捐款。

世界银行的贷款，主要有贷款条件较严格的硬贷款和贷款条件优惠的软贷款。硬贷款的条件为：还款期限对我国是 20 年，含宽限期 5 年。承诺费为年率 0.75%，从贷款协定签订后第 60 天算起，按已承诺未拨付的贷款余额计收。利息按已支付未偿还的贷款余额计收，利率较国际资本市场低。软贷款的条件为：还款期限为 35 年，含宽限期 10 年，承诺费为年率 0.5%，征收办法与硬贷款相同，无息，但需征收 0.75% 的手续费，按已拨付未偿还的贷款余额征收。世行贷款的具体规定如下：

贷款对象：会员国中低收入国家政府或经政府（中央银行）担保的公，私企业。只贷给确实不能以合理条件从其他来源获得资金的项目，世

---

① 本节内容参考了世界银行和亚洲银行网站。

界银行根据各国情况确定贷款占项目总投资的比例，只提供项目建设总投资的20%—50%（中国为35%左右），其余部分由借款国自己筹措，借款国必须匹配足够的配套资金。只贷给有偿还能力的成员国，世界银行严格审查贷款国的还债能力。人均国民生产总值低于1445美元的国家可以得到国际复兴开发银行和国际开发协会的混合贷款，人均国民生产总值低于5225美元的国家可以得到国际复兴开发银行的硬贷款，人均国民生产总值高于5225美元的国家则从世界银行"毕业"，不再得到贷款。

贷款用途：目前世界银行仍是以农业，农村发展和能源运输等基础设施项目，以及教育，环保等为重点贷款方向。

贷款期限：20—30年左右，宽限期5—10年。

贷款利率：根据世界银行从资金市场筹资的利率来确定。每三个月或半年调整一次。贷款利率比市场利率要低一些，对贷款收取的杂费也较少，只对签约后未支付的贷款收取0.75%的承诺费。

贷款额度：对借款国的贷款额度根据借款国人均国民生产总值、债务信用强弱、借款国发展目标和需要、投资项目的可行性及在世界经济发展中的次序而定。世界银行鼓励借款国随着经济实力的增强，摆脱对世界银行贷款的依赖，而从常规的资本渠道获得资金。

贷款种类：包括投资贷款和调整贷款两大类，投资贷款又包括具体投资贷款、部门投资和维修贷款、适应性规划贷款、学习和创新贷款、技术援助贷款、金融中介贷款和紧急复兴贷款。调整贷款包括结构调整贷款、部门调整贷款、系列结构调整贷款、特别结构调整贷款、重建贷款和债务削减贷款。

贷款手续：手续繁琐，要求严格，一般需要一年半到两年的时间。

还款：到期归还，不得拖欠，不得改变还款日期。

风险承担：借款国家承担汇率变动的风险。

以石家庄城市交通项目为例：2001年4月，世界银行执行董事会批准向石家庄市提供1亿美元的贷款用于城市交通项目。这是世界银行在华北地区投放贷款建设的首个城市交通项目，也是石家庄市迄今为止利用外资金额最大的项目。

石家庄城市交通项目于1995年6月开始运作，1997年9月经国家计委批准立项，2001年1月通过世界银行评估。该项目总投资22.39亿元人民币，其中利用世行贷款1亿美元。项目分5年实施，从2001年开始，预计到2006年6月30日竣工。在2002—2004的3个财政年度里，世行对中国的贷款额度大约在 30 亿美元左右，用于大约 30 个项目的投资建设。世行在城市发展领域的投资不断加大，目前有 15 个贷款项目正在实施，贷款总额约 20 亿美元，这些项目分布在中国一半以上的省市自治区，项目内容包括城市公用设施的机构建设和管理、污水和垃圾处理、空气污染治理、城市扶贫、住房和土地市场开发等。

（三）外国政府贷款

利用外国政府贷款是我国引进外资的一种重要方式，也是城市基础设施建设重要的融资渠道和融资方式。城市污水处理、垃圾处理、轨道交通、环保等基础设施项目都可以考虑利用外国政府贷款进行建设。

外国政府贷款的特点有：

1. 贷款期限长、利率低、赠予成分高。政府贷款具有双边经济援助性质，按照国际惯例，政府贷款一般都含有 25% 的赠予部分。据世界银行统计，1978 年世界各国政府贷款平均年限为 30.5 年，利率为 3%；

2. 贷款与专门的项目相联系；

3. 有时规定购买限制性条款，即指借款国必须以贷款的一部分或全部购买提供贷款国家的设备；

4. 外国政府贷款的规模有限，一般受贷款国国民生产总值、财政收支与国际收支状况的制约，其规模不会太大；

5. 外国政府贷款通常受贷款国财政预算、国际收支、政治倾向、价值观念和外交政策的影响，具有较浓的政治色彩；

6. 在一般情况下，借款国不能自由选择币种，而必须采用贷款国货币，因而将承担相应的汇率风险。

我国从 1979 年到 1998 年 9 月 30 日，利用外国政府贷款累计协议金额约 428.9 亿美元，实际使用贷款总额 368.15 亿美元，1999 年外国政府贷款余额 265.60 亿美元 。目前有 21 个国家和两个金融机构向我国提供政府贷款，即日本、法国、德国、意大利、加拿大、英国、奥地利、澳大利亚、科威特、瑞典、芬兰、荷兰、丹麦、瑞士、挪威、比利时、俄罗斯、美国、以色列、卢森堡、韩国、北欧投资银行和北欧发展基金。其中日本提供的贷款最多，到 1998 年 9 月为止，共计 181.79 亿美元，占总额的 42.3%，德国为 44.02 亿美元，占 10.2%，法国为 23.2 亿美元，占 5.4%，西班牙为 21.7 亿美元，占 5.05%。20 世纪 90 年代以后，我国利用外国政府贷款主要集中在基础设施、社会发展和环境保护等领域。1998 年政府机构改革以后，财政部成为利用外国政府贷款的对外窗口和管理部门，财政部通过发布《利用外国政府贷款信息公告》、《外国政府贷款项目采购公司招标通告》，与国家计委一道共同发布关于征集外国政府贷款备选项目的通知，并以不定期地举办贷款国别工作会议、研讨会和培训班等形式，使各级财政部门了解和掌握利用外国政府贷款的有关政策和信息。

（四）吸引外商直接投资

吸引外商直接投资也是利用外资的一种重要方式，在城市公用设施市场开放以后，外国资本对中国的水务、燃气、垃圾处理等市场前景看好，外商直接投资的数量增多，具体投资方式见项目融资。

四　资本市场融资

（一）中央财政债券

根据中央财政货币政策和反周期投资的战略，对列入国家重点的建设项目，由中央财政发行债券，由所在地政府担保及还款。如 1998 年中央为扩大内需，拉动经济增长，发行了 1 000 亿债券，专项用于城市基础设施等六个方面的重点项目。

"九五"期间，中央实行积极财政政策，加大了对城市基础设施的资金投入。1998 年至 2001 年，国家共安排了 766 亿元国债资金用于 967 个城市基础设施项目的建设。766 亿元国债资金加上带动的银行贷款、地方政府财政资金和其他社会资金二千五百多亿元，相当于以往正常年份近 3 倍的投资总量。

（二）发行市政建设企业债券

国际上很多国家采用由地方政府发行市政债券方式进行城市建设融资，在 200 年前，美国就开创了基础设施建设债券融资的先河。至今每年仍要发行 2000 亿—3000 亿美元的债券用于市政建设，占美国债券市场发行总额的 13%。

债券融资是长期债务资本融资的一种方式，主要特点是可以筹集规模较大的资金；在成本固定还本付息的情况下，可以自动增加长期负债，减轻即期资金压力，并可有效规避银行贷款动态资金成本上升的风险；债券资金成本较银行同期贷款资金成本要低（例如现期 3 年期债券年利率约 5.8%，而同期银行贷款名义利率为 6.66%，考虑 20% 的浮动并由复利换算为单利，实际年利率为 8.93%）；债券资金一次到位，用款及资产运作较为灵活，且不受银行限制，自主权较大；债券成本（利息费用）在所得税前列支，企业可以通过债务融资降低加权平均成本；发行债券还可提高企业或城建项目的知名度。

市政债券由于有政府信用，通常受到投资者的欢迎。但是由于我国预算法规定，地方政府不能发债，所以在我国通常是由城市市政建设企业发行企业债券，类似国外市政债券里的收益性债券。一般是将城市道桥、给排水设施及管网等基础设施项目所需资金通过发行一揽子的市政建设债券统盘解决。发债主体一般是具有法人资格的城建投资公司。如上海市 1998 年发行期限为 5 年、年利率为 9% 的"浦东建设债券"5 亿元。该债券期限为 5 年，满 3 年、5 年均可兑付，满 3 年兑付，年利率为 8%，满 5 年后兑付，年利率为 9%，收益率高于同期的银行存款利率和国债利率。浦东建设债券的偿债资金纳入上海市政府的支出预算内，偿债资金的来源可靠。上海久事有限公司还为 1998 年浦东建设债券提供了全额不可撤销担保，进一步降低了此次债券的偿债风险。再加上债券可上柜交易，流通性较好，所以我国债券资信评估机构——上海新世纪投资服务公司确定其信用级别为 AAA 级，这在国内企业债券评级中是最高级别。此外，经上海市地方税务局批准，债券利息收入免征个人所得税。上述发行条件使得浦东建设债券具有了低风险、高收益的"准国债"特征。1998 年浦东建设债券的发行出现了抢购争购现象，它原定发行期为 38 天，结果仅 1 个小时就告罄。这表明以浦东建设债券为代表的准市政债券得到了广大投资者的认可。

经国务院批准，2005 年 6 月 20 日至 6 月 24 日，杭州城市建设投资、融资和资本运作的平台——杭州市城市建设发展有限公司（城市建设资产经营有限公司的下属子公司）在北京、上海、浙江、广东四地向社会公开发行票面年利率为 5.02%，期限为 10 年期的"05 杭城建债"。城市建设资产经营有限公司通过发行债券募集资金 10 亿元人民币，将全部用于德胜快速路、钱江四桥、杭州天然气利用等城市基础设施建设项目。这是杭州首次尝试通过资本市场来筹措城市建设资金，改变了以往杭州城市建设向银行贷款的间接融资模式。

但由于我国目前企业债券的发行有规模控制，加上通常要有 3 年以上企业盈利的要求，目前我国市政建设企业发债仍有许多困难，2003 年全国城市公用设施固定资产投资中，通过发行企业债方式筹得的建设资金只占总投资的 0.4%。

（三）股票市场融资

上海、深圳两市比较充分地利用了资本市场进行融资，通过组建各类股份公司，从资本市场募集了大量资金用于城市基础设施建设。如深圳市黄田机场通过股票上市获得资金 6 亿元，后又通过扩股获得资金 3 亿元，基本解决了建设所需资金。上海原水股份和凌桥股份共向资本市场募集资金数十亿元，用于引水工程和水厂建设。从上海、深圳两市的经验来看，股票市场融资可以作为城市基础设施重要的融资方式之一。

股票市场对城市基础设施融资的作用表现在两个方面：

一是公用事业类或主营城市基础设施的上市公司上市筹资、增发、配股再融资，发行可转换债券融资。

公用事业类上市公司在股票市场上占有一定比重，2002 年 9 月底，我国上市公司总数 1209 家，其中公用事业类上市公司 98 家。到 2002 年底，我国上市公司 1229 家，按照新的行业分类，与城市基础设施有关的三个行业的上市公司共 140 家，其中电力、蒸汽和水的生产业 49 家，交通运输、仓储业 50 家，社会服务业 41 家。但这些上市公司中交通运输、电力等区域性基础设施企业占大部分，真正属于城市公用事业的为 16 家。据不完全统计，1993 年以来，仅主营城市基础设施建设的上市公司通过首次发行就已经在股票市场上融资七百多亿元，募集资金投向了包括城市道路、桥梁、自来水、污水处理、燃气和公共交通在内的城市基础设施建设的各个方面。1993 年，以上海市原水股份有限公司股票在上海证券交易所发行上市为标志，城市基础设施企业利用股票市场融资达到了第一个高潮。1996 年，新股发行工作再次兴盛起来。这一年，有 9 家以城市基础设施为主营业务的企业发行了股票，筹得资金约二亿多元，其中绝大部分都投入到城市基础设施的建设和运营中。1997 年，城市基础设施企业通过股票市场共筹得资金约 18.4 亿元。1998 年，城市基础设施企业利用股票市场筹资约 5.3 亿元。1999 年，城市基础设施企业继续通过发行股票筹得资金 5.2 亿元。2000 年，宏观经济形势的转好和政府连续几年对基础设施行业的重点发展在股票市场中得到了充分的体现，城市基础设施企业股票融资 24.6 亿元。1997 年以来，我国城市基础设施企业在股票市场上通过再融资的方式筹集资金 43 亿元。①

二是近年来，其他行业的上市公司由于看好城市基础设施的前景，纷纷向城市基础设施项目投资。据不完全统计，2002 年以来已有三十多家上市公司开始投资或者加大对公用事业的投资。其中较大手笔的有漳州发展，该公司将 24 883 万元募资中的三分之二转而收购漳州自来水公司下属水厂

---

① 余池明、张海荣：《城市基础设施投融资》，中国计划经济出版社 2004 年版。

资产，还斥资 8 030 万元投资全国垃圾处理示范性工程九龙岭垃圾场。金路集团斥资 3 295.9 万元收购四川德阳天然气有限责任公司 22% 的股权，收购完成后，公司将合并持有天然气公司总股本的 70%，成为天然气公司的控股股东。ST 国嘉（600646）2002 年 11 月公告了总金额达 6 000 万元的投资计划，投资方向为参与组建 4 家基础设施建设公司与水务公司。

股票融资具有如下特点：

（1）股票筹资没有固定的利息负担。

（2）股票没有固定的到期日，不用偿还本金。

（3）能提高公司的声誉。

（4）企业的股份制改造有利于城建类公司转换机制，建立现代企业制度，提高管理水平和效益。

（5）利用股票发行筹资，还可利用证券市场配股、增发等方式进行后续筹资。

（6）利用证券市场进行资产重组，优化配置资源，增加对城建项目的投入。

目前，我国可发行并利用的股票主要有 A 股、B 股、H 股、红筹股、N 股、S 股、T 股、L 股。城市建设项目中的交通运输、自来水工程、污水处理厂等可以通过发行股票筹集资金。

国家对企业发行股票规定的基本条件主要包括：

（1）企业开业 3 年以上，且最近 3 年连续盈利；

（2）最近 3 年内无重大违法行为，财务会计文件无虚假记载；

（3）主营业务突出，收入占 60% 以上；

（4）国企改制的国家股或国家法人股占 50% 以上；

（5）发起人认购的股份不得少于公司股份总数的 35%；

（6）净资产收益率在 10% 以上；

（7）资产负债率不高于 70%；

（8）符合国家产业政策。

上海市自来水公司水源厂是我国城市公用事业最早上市的企业，它建成于 1987 年，1992 年进行股份制改组，将公司净资产和国家投入长江引水工程资金折为面值 1 元的国家股 4899 万股，于 1992 年 9 月公开发行社会法人股 1487 万股，社会公众股 180 万股，内部职工股 45 万股，后经股权调整和拆细，总股本为 66243 万股，其中国家股 4899 万股，法人股 14875 万股，社会公众股 1924 万股，内部职工股 450 万股。公司主营原水供应、自来水开发。1993 年 5 月 18 日，"原水股份"在上海证券交易所上市交易，分别于 1995 年和 1997 年两次配股。第一次 10 配 3 股转配 7 股，每股 2.2 元，募集资金 3.39 亿元，用于长江和黄浦江二期引水工程；第二次 10 配 8 股转配 10 股，每股 3.7 元，募集资金 17.8 亿元，用于临江引水工程等项目建设。

（四）收益信托

开放式收益信托十分类似股票的融资模式，信托公司接受委托人的委托，向社会发行相应信托计划，募集信托资金，进行统一贷款或投资于道路、能源以及其他经营性基础设施建设项目，以项目运营收益、政府补贴、收费等形成委托人收益。

由于收益信托获得收益的途径不是靠资本增值，而是靠收益单位的分红，所以该产品对项目的盈利要求较高。资金的来源则主要是以资金信托的方式从社会筹集。从投资回报或收益的角度考虑，信托投资公司开展基础设施信托的主要目标或方向应该是那些项目建成后具有较高或稳定的现金流的项目，如港口，码头，轨道交通，收费路、桥，城市供热、供水、供气等项目。

例如，上海爱建信托推出的总规模为 5.5 亿元，期限为 3 年的"上海外环隧道项目资金信托"，为引进民间资本而设计的信托计划受到投资者的欢迎。主要原因是这些市政基础设施项目投资周期短，收益却较高。信托产品之所以回报率高，是因为这些市政设施项目在运营初期股权收益率低于一定的百分比时，不足部分可获得相应的市政府补贴。在信托计划中，外环隧道项目公司从运营期开始每年可得到与上海市人民政府约定的按项目投资余额 9.8% 的补贴，该补贴率与长期贷款利率变化同步调整。在现行长期贷款利率水平下，扣除运营费用及信托财产承担的费用，预计信托计划资金可获得 5% 的年平均收益率。上海外环隧道信托计划中的外环隧道就是非经营性项目，但由于有政府补贴，所以也有稳定的未来现金流。在合肥城市基础设施建设贷款资金信托计划中，合肥市财政出具还款保证承诺，在借款人不能履约时，市财政局将从用于城市基础设施建设的土地出让金中扣款归还贷款本息。

（五）基础设施投资基金

"投资基金"或称"共同基金"是指通过信托、契约或公司的形式，通过发行基金证券将众多的、不确定的社会闲置资金募集起来，形成一定规模的信托资产，交由专门机构的专业人员按照资产组合原理进行分散投资，获得收益后由投资者按出资比例分享的一种投资工具。投资基金分为证券投资基金和产业投资基金两类。

产业投资基金是指以非上市股权为主要投资对象的投资基金，又称为直接投资基金，以追求长期收益为目标，属成长及收益型投资基金。这类基金的主要目的是为了吸引对某种特定产业有兴趣的投资者的资金，以扶助这些产业发展。产业投资基金的优点是获利能力高，缺点是基金资产集中、风险大、资产流动性差。目前产业投资基金的主要类别有公用事业型、房地产型、高科技型，每一类型又可细分为许多基金，如公用事业型按其具体行业又可分为：电力建设基金、通讯建设基金、公路建设基金、民用航空事业建设基金等，各个基金严格按照各自的行业范围进行投资。

基础设施投资基金是产业投资基金的一种，是指主要投资于能源、原材料、交通运输、邮电通信等基础设施领域的未上市企业的一种产业投资基金。城市基础设施建设有必要也有可能通过投资基金融资。

建立城市基础设施或设施公用事业类的产业投资基金有以下积极作用：

第一，有利于弥补城市基础设施投资的巨额资金缺口，减轻城市政府的财力负担。由于城市基础设施具有投资额巨大、收益回收期限长的特点，因此，如果仅仅依靠政府的财政投入来建设，无疑将大大限制其发展速度。

第二，有利于降低城市基础设施领域企业的负债率，从而提高这些企业进一步融资的能力。

第三，经营性城市基础设施具有风险适中和收益比较稳定的特点，建立城市基础设施投资基金，可以为投资者开辟一条风险适中、收益相对稳定的投资渠道。

第四，通过引入私有资本，培育出按照市场化原则运作、真正对投资风险承担责任的新型投融资主体。通过基金投资者强有力的产权约束机制和发挥基金的专家管理优势，可以改善建设项目的经营管理，提高基础设施建设的投资效率。

（六）基础设施收费证券化

ABS（Asset – Backed – Securitization）融资模式即资产证券化，是指以目标项目所拥有的资产为基础，以该项目资产的未来收益为保证，通过在国际资本市场发行高档债券等金融产品来筹集资金的一种项目证券融资方式。ABS融资模式的目的在于通过其特有的提高信用等级的方式，使原本信用等级较低的项目照样可以进入高档证券市场，并利用该市场信用等级高、债券安全性和流动性高、债券利率低的特点，大幅度降低发行债券和筹集资金的成本。

基础设施收费证券化是 ABS 即资产支撑证券化的一种，是资产证券化与基础设施项目相结合的产物，是资产证券化在基础设施项目中的具体运用。基础设施收费证券化是指以基础设施的未来收费所产生的现金流为支持发行债券进行融资的方式。经营性基础设施一般有两个特点：一是由于消费者对基础设施的消费数量或次数是比较稳定的，不会有较大的波动，消费价格受政府管制，也不会有较大的波动，因此基础设施收费的收益十分稳定；二是基础设施建设受到中央政府或地方政府的支持，风险低。因此基础设施是很适合采取证券化融资的优良资产，以基础设施收费为支撑发行的债券较容易被资本市场上的投资者所接受。

目前开展大规模基础设施建设所遇到的最大问题就是资金的严重短缺，怎样解决建设资金？最有效的办法之一是通过证券化融资来解决。我国绝大多数城市基础设施项目的经济效益比较好，且具有稳定可预期的现金流，只是资金周转时间较长，迫切需要长期投资资金，而政府和银行很难能满足这一要求，通过资产证券化方式是一条重要途径。基础设施证券化比较容易成功，因为其标的资产质量较好，只是流动性欠缺，因而它是资产证券化的首选对象。

资产证券化的运作程序有以下几个关键步骤：

一是确定资产证券化融资的目标。原则上，投资项目所附的资产只要在未来一定时期内能带来稳定可靠的现金收入，都可以进行资产证券化融资。拥有基础设施收费未来现金流量所有权的企业或公司称为原始权益人。原始权益人将这些未来现金流的资产进行估算和信用考核，确定资产证券化的目标，并根据资产证券化的目标确定要把多少资产用于证券化，并把这些资产汇集组合成一个资产池。

二是组建特别目的公司 SPV（Special purpose vehicle）。成功组建 SPV是 ABS 融资的基本条件和关键因素。因此，SPV 一般是由在国际上获得了权威资信评估机构给予了较高资信评定等级（AAA 或 AA 级），为了降低资产证券化过程的风险，SPV 的经营活动受到相当严格的法律约束：除为完成证券化业务所必须的活动外，它不得从事其他活动，尤其不能发生无关的负债或提供担保；SPV 的董事会中应设有独立董事；SPV 不得破产或发生兼并重组等等。

三是实现项目资产的"真实出售"。SPV 与原始权益人签订合同，将拟证券化的资产转移到 SPV 的名下，这一步骤一般称之为"真实出售"，它可以确保原始权益一旦发生破产，证券化了的资产将不会遭到清算，从而保障投资人的权益。因此真实出售是资产证券化运作过程的一个关键。它使得资产本身的回报风险与原始权益人的整体信用风险相分离，从而实现破产隔离的目的。

四是进行内部评级和信用增级。在完成真实出售、实现了破产隔离之后，进行内部评级，内部评级获得的信用级别往往并不理想，较难吸引投资者。为此 SPV 需要对资产支持证券进行信用增级。信用增级的技术多种多样，其中主要有：

（1）评估预期收益；

（2）在银行开立现金担保账户，当未来收益不能足额实现时，由此账户给予投资者一定的弥补；

（3）将所发行的证券分成优先和次级两种，在优先证券的本息尚未支付完毕之前，仅对次级证券付息而不还本，优先证券的信用评级会相应提高，而次级证券一般只发售有限的数量或干脆不发售，以确保优先证券的信用等级；

（4）由银行或金融担保公司作为第三方提供全额或部分担保，这样，担保机构的高信用级别就"租借"给了 SPV，从而实现资产支持证券的信用增级。

五是发行债券。经过信用增级，SPV 即可通过投资银行发售债券，获取发行收入，以向原始权益人支付购买资产的价格。资产管理者（一般是原始权益人）陆续将管理资产产生的现金收入存入事先指定的银行，由 SPV 按期向投资者还本付息。如果资产收益大于应付本息额，其差额归原始权益人所有。至此，整个资产证券化过程结束，原始权益人的融资目的得到实现。

基础设施收费证券化在国外已有一定的发展规模，在我国也有这方面的成功尝试。1996 年 8 月，珠海市人民政府在开曼群岛注册了珠海市高速公路有限公司，成功地根据美国证券法律的 144a 规则发行了资产担保债券。该债券的国内策划人为中国国际金融公司，承销商为世界知名投资银行摩根斯坦利添惠公司。珠海高速公路有限公司以当地机动车的管理费及外地过境机动车所缴纳的过路费作为支持，发行了总额为 2 亿美元的债券，所发行的债券通过内部信用增级的方法，将其分为两部分：其中一部分为年利率为 9.125% 的 10 年期优先级债券，发行量为 8 500 万美元；另一部分为年利率为 11.5% 的 12 年期的次级债券，发行量为 11 500 万美元。该债券发行的收益被用于广州到珠海的铁路及高速公路建设，资金的筹资成本低于当时从商业银行贷款的成本。

广、深、珠高速公路的建设是和合控股有限公司与广东省交通厅合作的产物。为筹集广州——深圳高速公路的建设资金，项目的发展商香港和合控股有限公司通过注册于开曼群岛的三角洲公路有限公司在英属维尔京群岛设立广深高速公路控股有限公司，并由其在国际资本市场发行 6 亿美元的债券，募集资金用于广州—深圳—珠海高速公路东段工程的建设。和合公司持有广深珠高速公路 50% 的股权，并最终持有广深珠高速公路东段30 年的特许经营权直至 2027 年。在特许经营权结束时，所有资产无条件地转移交给广东省政府。

五　经营资源融资

（一）土地出让转让收入

1987 年国务院《关于加强城市建设的通知》提出城市建设"统一规划，合理布局，配套建设，综合开发"的方针，各地实行了"以路带房"、"以房带路"的房地产开发与城市改建相结合模式，有效地解决了城市建设资金不足的矛盾。90 年代中后期，随着土地有偿使用制度的推广和完善，大多数城市开始利用土地出让收入弥补城市建设资金不足。近几年，部分城市又进一步过渡到通过土地开发和市政基础设施配套建设带动土地升值，升值后的土地招标或拍卖出让，出让收入再用于城市建设，形成了城市建设与土地出让良性互动的新模式。

1. 公开出让土地的具体做法

经营城市土地的具体做法概括起来讲就是，强化政府对城市规划区范围内土地的集中统一管理，使土地供应形成"一个渠道进水，一个池水蓄水，一个龙头放水"的局面，将国有土地资产牢牢掌握在政府手中，并通过市场运作公开招标拍卖，实现土地收益的最大化。具体包括以下方面：

一是成立专门机构加强对土地出让的领导和管理。由政府和有关部门成立专门的机构，如土地管理委员会、土地拍卖委员会，以加强对城区土地使用权招标、拍卖和挂牌工作的领导和管理。

二是严格控制土地一级市场。这些年各地经营城市，主要办法就是加强对城市土地一级市场的垄断，滚动发展。但同时必须防止引发房地产过热的问题。

三是严格控制供地总量。由土地管理部门在市场调查的基础上，向主管部门提出年度用地需求预测，并与土地部门、城建部门共同研究制定全市年度土地供应计划，坚持"控制总量、盘活存量、限制增量"。

四是严格限制无偿划拨用地，扩大有偿使用范围。除有关规定范围之外的用地外，一律不准协议出让；原划拨用地因转让、出租或改变用途后不再符合划拨用地范围的，必须依法公开出让或上缴土地收益；对出让、出租的土地，凡改变用途和容积率的，必须按规定补交土地差价。

五是规范政府批地行为。对划拨用地，坚持依法审批、集体研究决定；对出让用地，坚持出让地块公开、使用条件公开、出让程序公开，确保土地出让的公正和公平。

2. 各地公开出让土地资源的经验

在城市规划的指导下，经营好城市土地，合理利用每一寸土地，自然资源就变成了城市公用设施建设的财源。通过拍卖、租赁、抵押、有偿使用等形式，使土地资产的价值按照市场价值规律得到充分地体现。具体要做到以下六个结合：

一是出让土地与城市发展战略相结合。首先要有可持续发展的战略思想，要树立持续发展意识、保护意识、精品意识。科学合理地预测城市未来10—20年的土地资源状况和城市发展趋势，为城市未来的发展空间预留出土地。其次要根据市场需求严格控制年度土地供应计划。土地资源十分有限，根据中国土地现实状况，耕地数量不得低于18亿亩的底线，其中基本农田的数量要控制在耕地总量的80%以上。国土资源部2003年6月公布结果，1996年全国耕地总面积为21亿亩，2003年为18.89亿亩，大规模的圈地运动，使2010年的用地指标在2001年已经用完，片面强调"以地生财"，把可利用的土地在一届政府全部用光，是政府的短期行为、短视行为。2002年10月国务院派出了10个督查组对全国开发区土地进行调查，初步结论是全国3837家各级各类开发区，规划面积达3.6万平方公里，超过了全国现有城镇建设用地总量。许多地方违法授予园区土地供应审批权，园区用地未批先用、非法占用、违法交易的现象更是十分严重。

二是出让土地与城市规划相结合。土地价值的不断提升，与先进的城市规划密切相关，通过规划研究，充分利用每一块土地的区位、环境、景观等优势，发挥土地的最大价值，实现土地资源的可持续发展，根据对市场的研究，适时推出招标土地，并控制土地开发量，引导市场良性发展，通过规划策划，吸引高层次项目的开发建设，带动该地区房地产开发。

规划是土地开发的灵魂和核心，是实现政府与发展商双赢的关键。提高土地的利用价值，充分实现土地的最优社会效益。因此，在制作土地招标和拍卖前，要根据规划专家的意见，对每一块招标拍卖地块的规划进行详细讨论，尤其对招标、拍卖地块用途和开发强度等指标进行广泛而深入的调查、分析和研究，力求保证招标拍卖土地的预期社会经济效益得以顺利实现。将土地按规划分小块进行招标拍卖有其独特的优势。小地块建设规模适中，总投资也小，投资回收期短，开发过程可控制性强，中小房地产开发商也有能力参加。

三是出让土地与市场需求相结合。在组织土地招标过程中，始终以"经营"土地的理念为出发点，强调土地与市场的结合。充分结合市场调研的结果和评估机构的评估报告，邀请有关专家和业内人士探讨土地作为一种资源的利用、市场的需求程度以及对拟出让土地提出意见进行反馈，从而确定招标拍卖地块的推出时间及招标拍卖地块的底价。要提前向社会公布每年招标拍卖土地的信息，包括位置、面积、使用功能、开发强度等指标；在交易中心挂牌登记，成熟一块推出一块，开发商可结合年度资金计划及市场情况，提前进行评估、测算，政府通过市场调查来选择合适的时机推出拍卖招标地块及确定土地合理底价。

四是出让土地与基础设施建设相结合。一方面，政府在规划建设道路时，要考虑到道路两侧土地的增值收益归政府所有，预先将道路两侧的土地进行控制，等到规划方案正式确定后，再对两侧的土地进行公开招标拍卖出让，政府就可以大大增加收益；另一方面，将城市绿地、广场、交通、文化设施、高等教育等公共设施的提供与城市土地经营有计划地、主动地有机结合起来，依靠基础设施改善带动土地升值，可以形成城市公用设施建设与土地开发的良性互动。

例如日本东京圈 40km 范围内，具有高速铁路 13 条，地铁 10 条，高速公路 9 条，短距离轻轨 2 条，每日客运量 2805 万人次。日本轨道交通企业采取的是以铁道为中心，以房地产及租赁业、购物中心等零售服务业、公共汽车业、出租车业、旅游观光、宾馆设施等共同发展的经营模式。其中最主要的经营战略是土地经营和铁道经营同时进行的战略，统一进行土地利用与铁路建设规划以及基础设施配套，然后出售部分土地以补偿配套费用，其余用于自行开发（这就是日本城市公用设施建设中著名的"土地重整"过程）。由于交通方便程度不同，越靠近车站物业价值越高，在追逐利润的目标驱使下，房地产自然地向车站集中，形成车站建筑密度高，向外围逐步降低的趋势，这些房地产业利用了铁路的客流，又能够为铁路提供客流。通过铁路与沿线土地综合开发的方式，以铁路带动土地开发，以土地开发培育铁路客运的客源。

五是出让土地与宣传相结合。土地招标拍卖成功的关键在于定位、规划、市场、宣传、服务等方面从市场化的策略及土地经营理念出发，才能保证土地招标拍卖工作的顺利进行，达到土地招标拍卖的预期目的。因此要准确把握招标拍卖土地的卖点，针对土地周围的环境特征，通过各种媒体对拟招标拍卖土地进行广告宣传，让社会充分认识到这些地块地理位置的优越性、规划设计的合理性、经济效益的可行性等，增加对参加竞投的开发商和个人的吸引力，防止土地流拍。

六是出让土地与政府优质服务相结合。许多投资商认为，现在外地人投资，更加注重当地的投资环境和政府的服务状况，因此要做好土地招标后的跟踪服务。在办证手续上，拿出固定的办公场所，从各行业管理部门抽调人员，实行"一站式"集中办公；在收费标准上，算远账，不算近账，算大账，不算小账，对各项行政收费项目进行一次大清理，能免收的坚决免收，能少收的尽量少收，能分期收的最大限度地延收，尽可能地降低房地产开发成本，以吸引外地开发商。

3. 地方政府实行土地财政的原因分析

经营城市土地的做法之所以在近几年受到各地政府的推崇并迅速在各地得以推广，有两个重要的直接原因：

一是城市土地资产本身的价值必然要在市场中显现，而现行法律法规赋予了地方政府集中获取土地收益的权利。

城镇化进程、经济结构优化和社会发展快速推进的过程，就是城市土地增值的过程。随着我国社会主义市场经济制度的逐步确立和市场机制的逐步完善，土地必然要参与到整个经济的分配和循环体系之中，土地财富的价值必然会表现出来。按我国现行法律制度，政府是通过对城镇国有土地使用权出让的方式获得土地收益。如1990年国务院颁布了《城镇国有土地使用权出让和转让暂行条例》，确立了以出让国有土地使用权为主要内容的国有土地有偿使用制度，出让年限根据土地的用途不同分为40—70年；《土地管理法》规定，使用新增建设用地的，需要由县级以上地方政府组织实施征地后，通过出让等有偿使用方式取得，而现行《土地管理法》对征地按原产值补偿的规定使得征地者对农村集体土地实际补偿过低；1999年1月，国土资源部《关于进一步推行招标、拍卖出让国有土地使用权的通知》，2000年1月《关于建立土地有形市场促进土地使用权规范交易的通知》，以及 2002 年 5 月《招标拍卖挂牌出让国有土地使用权规定》又进一步建立了建设用地供应总量控制、城市土地集中供应、土地使用权公开交易、城镇土地行政管理部门、基准地价定期更新与公布、土地登记公开查询和集体决策制度等。除对新增建设用地采取经营的方式外，一些城市还成立了土地储备中心，将经营城市土地的范围扩展到存量划拨的国有土地。这样，地方政府作为城镇国有土地所有权的代表，具体实施了从征地（储地）到出让的全过程，客观上，使得地方政府可以"低价征地、集中供地、地价高者得"，经营城市土地的行为有了法律上的依据。

80 年代末开始的城镇土地使用制度改革改变了过去国有土地"无偿、无期限、无流动"的状况，取得了很大成绩，但从实践中看，实行单一的国有土地出让方式的有偿使用制度，却易造成地方政府追求城镇国有土地收益的短期行为，因此，深化城镇国有土地有偿使用制度改革十分必要。

二是长期以来我国缺乏稳定的城市建设资金渠道，地方政府具有经营城市土地的强大动力。

多年以来，城市公用设施建设"欠账"的局面始终困扰着地方政府，"经营城市土地，以地生财"，就成为地方政府的必然选择。改革开放前 30 年，城市公用设施建设一直是处于为发展工业配套的地位，除少量维护资金外，城市公用设施等基础设施没有专项建设资金。1985 年，国家设立了城市维护建设税，主要用于城市公用事业和公共设施的维护建设，城维税的设立为解决城建资金不足起到了重要的积极作用。1985 年城市维护建设资金收入总量比 1984 年增长了 149%，其中城维税占城建资金收入的比重为 30%，这一年，城市公用设施固定资产投资支出增长了 197%，用于供水、道路和园林绿化投资翻了一番，这一投资规模持续了三年，极大地缓解了城市建设的窘况。但由于城维税是附加税且税率较低，一方面使城维税收入的增长很不稳定（最高年份 1993 年增长了 26%，而最低年份 1999年仅增长了 1.8%），另一方面随着城市建设规模的增大，从 1992 年起城维税的收入不足以支付城市维护支出需要，城市仍然面临着建设资金短缺的局面。进入 90 年代以后我国经济快速发展，客观上要求城市的道路、绿化、环卫、供水、供气、公共交通、污水和垃圾处理设施以及其他公共设施的建设跟上发展的需要，而我国地方政府的财政主要是"吃饭财政"，1994 年实施的分税制改革，又提高了中央财政收入占全部财政收入的比重，地方政府在财政收入少、专项城建资金不能满足建设需求的情况下，利用土地资源筹集城市建设资金成为一个必然的选择。

地方政府利用土地筹集城市公用设施建设资金始于 80 年代末。在当时，各地主要实行的是"实物地租"方式，即：通过城市房地产综合开发，"以路带房、以房补路"等方式，在地方政府不投入或少投入的情况下，使城市的道路、公共配套和环境得以改善。这样做，一方面解决了地方政府建设资金短缺的问题，另一方面，通过"实物地租"的方式搞建设，地方政府可以回避土地收益上缴中央的规定（国务院《关于进一步加强土地管理切实保护耕地的通知》："农地转为非农建设用地的土地收益，全部上缴中央，原则用于耕地开发"）。

到了 90 年代后期，随着市场经济的发展，以及国家关于完善土地出让制度一系列规定的出台，"实物地租"的方式渐渐减少，集中公开招标拍卖土地的经营方式大量出现，公开招标拍卖土地获得的收益与"实物地租"相比不但可以看得见、摸得着，而且政府的所得要高得多。在有的地方，财政收入的 50% 以上来自土地招标和拍卖，辽宁省某市 2001 年的土地收益与本年财政收入相等，土地成为政府名副其实的第二财政，因此，各地政府对"经营城市土地"的热情异常高涨。

4. 土地资源配置中的非市场化方式不当干预的弊端不容忽视

城镇化进程的不断加快必然会引起农业用地转变为城镇建设用地。这就需要研究土地资源的配置机制问题。

在城镇国有土地有偿使用制度的改革进程中，我国土地资源配置的市场化程度已经明显提高。2003 年全国共有一千多个市、县建立了土地有形市场。全国土地招标拍卖挂牌出让面积占出让总面积的比例达到 30%。土地要素的价值在市场中得到一定程度的实现。这与过去城镇国有土地无偿、无期、无流动的使用状况相比确有很大进步。对于从源头防止权力部门的腐败，作用也十分明显。

但是从目前的情况看，我国城镇土地市场并不完整。其表现主要有两个方面：一是农村集体土地转换为城镇国有土地，即征地的过程仍主要沿用行政方式而非市场的方式。在这个过程中，征地价格是按照《土地管理法》规定的标准由用地者支付，而不是由市场的方式决定。农村土地不按市场价定价，必然造成对土地资源的过度需求，导致土地资源配置的低效和浪费，由此，规模达 3.6 万平方公里并大量闲置的开发区用地才有条件得以实现，耕地保护也困难重重。二是土地市场由政府垄断。按目前城镇土地管理办法，征来的土地由政府垄断"经营"。政府通过招标、拍卖和挂牌，价高者得。这时的土地市场是政府垄断的市场。由于征地与供地之间存在巨大价格差，政府"经营"土地的结果必然导致农民、政府、用地者间的利益矛盾的巨大冲突。由于政府提供公共产品的"公权力"演变成了追逐利润的"私权力"，处于强势地位的地方政府必然要尽可能地压低对被征地农民的补偿，尽可能高地追求土地收益。土地价格差不仅成为政府的"第二财政"，而且成为地方政府招商引资的谈判"筹码"。低价协议出让土地成为换取投资的重要手段。农民利益经政府之手转变为了资本利益。

政府参与市场，在土地上与民争利，表面看起来是为了增加地方财政收入，为了搞好城市公用设施建设，但对土地市场的不当干预带来的弊端也随之显现。

第一，极大地损害了失地农民的利益，对社会稳定带来隐患。如1998年全国土地出让金收入507.9亿元，其中征地补偿费只有126.7亿元，浙江省上虞市2000年土地出让收入2.19亿元，其中征地补偿费只有591万元，占2.7%，对征地农民补偿过低，严重侵害了农民的利益。

第二，土地利用失控，耕地良田难保。多征地能够增加财政收入、体现政绩，所以当合法征地受限制时，一些地方政府千方百计违规征地，造成了土地利用失控的局面。据卫星遥感监测对新增建设用地的检查，2001年违法用地平均占新增建设用地总量的34%，有的地方高达80%。

第三，通过限量供地，谋取土地价格上涨，人为扭曲了市场机制。一些地方单纯追求出让土地所得收益，通过限量出让土地，人为加剧土地供应紧张，使土地价格快速上升。如某省政府有关文件明确规定：对城市土地要"实行非饱合适度供应"，而且规定商品住宅开发建设用地只能以拍卖方式出让，2004年该省的省会城市拍卖中心拍卖出的建设用地，均以高出起拍价的近一倍的价格成交。有调查资料显示，某些大城市土地成本已占到房价总成本的40%—50%；在影响房价上涨因素中，土地占70%。通过政府限量供应土地带来的地价上涨，抬高了用地者的投资门槛，造成普通居民购房困难，也使房地产市场信息失真。

第四，助长了地方政府不顾长远利益，靠"寅吃卯粮"搞建设。通过出让土地，使地方政府一次性获取了长达40—70年的土地收益，在资金的支持下，在缺乏决策监督机制的情况下，一些地方政府急于铺摊子搞建设，甚至耗费巨资大搞政绩工程，为城市的可持续发展带来隐患。

5. 贯彻科学发展观需要有新的制度安排支持

党的十六届三中全会提出，要树立全面、协调和可持续的科学发展观。

为什么这一战略思路在很多地方不能很好地得到贯彻执行？除了认识上的问题外，一个很重要的原因是新的发展观需要新的体制和制度支持。如果不改变单纯追求经济增长为发展目标的旧体制和相应的制度安排，就难以使新的发展观指导实践活动。土地问题也是如此。

要解决当前土地存在的问题，改变一些地方政府热衷于"以地生财、以地招商、以地引资、以地建城"以牺牲土地、牺牲农民利益谋求短期经济发展的局面，应当深化土地使用制度改革，让市场机制在土地资源配置中充分发挥作用。

第一，政府要从土地市场交易主体的地位退出。按照宪法的规定，政府只能在公共利益需要时才能依据行政权力行使征地权。变政府直接参与土地市场变为间接干预。

地方政府不应该成为土地市场的主体。这主要是因为，地方政府不可能掌握瞬息万变的市场需求信息。在地方政府垄断土地一级市场供给的条件下，土地价格的变动主要受政府供给土地量多少的影响。这样价格不会是真正的市场价格。政府对土地垄断的程度越高，对房价的影响也就越大，从而进一步影响到房地产的市场价格形成机制。

在市场经济中，政府职能应定位于提供公共服务、维护公平的市场环境。政府只为公共利益征地是世界各国的普遍做法。尽管各国对公共利益界定的范围不尽相同，但均以是否作为公共用途为主要判别标准，如国防设施、基础设施、政府建筑物等。

政府退出土地市场主体后，应主要通过规划管制和对房地产征税的方式间接调控市场。

第二，健全土地市场机制，建立长期的土地收益制度。

一是新增建设用地应按市场的办法取得。在符合城乡规划和土地利用规划的前提下，应当允许集体土地进入市场，价格由市场决定。政府通过对集体土地收益征税的方式获得长期稳定的收益。避免地方政府基于出让价格与征用农地成本之间的巨大落差牟取利益。在保护好农地的基础上实现城镇土地的高效利用。

二是以年租的方式实现政府对国有土地所有者的权益，变垄断的土地一级市场为自由竞争的市场。要避免目前地方政府急功近利以地生财的行为，一个重要措施就是要将目前城镇土地有偿使用的单一出让制度改为年租制。我国《宪法》规定，城镇土地归国家所有。目前土地使用者向国家缴纳的土地使用权出让金，实质上是国家作为城镇土地所有权人的权益在经济上的实现，也就是地租。要实行年租制，就需要在法律上明确，租赁城镇国有土地使用权的物权性质，使政府可以对租赁城镇国有土地使用权人按期、按年收取租金或征税。而土地使用权人则通过买卖、互易、设定抵押权等方式使土地使用权自由地进入流通领域，进而形成房地产交易的二级、三级市场。这样既可使政府土地收益长期化，避免政府在土地收益上的短期行为，也可促进城镇存量用地的流动，推动城镇土地资源的合理配置，减轻城镇发展依靠新增建设用地的压力。

三是明确土地收益在中央政府和地方政府之间的分配。随着市场经济的发展，土地的价值会越来越高。地方政府为谋求本地的发展，不可避免地要想方设法扩大地方政府收益。因此，要在新制度中明确土地收益在中央政府和地方政府之间的分配。特别是要考虑地方政府事权与财权的统一，为地方经济发展和城乡建设提供相对稳定的资金来源，避免地方政府为寻求发展资金而出现违规行为。

第三，改进目前的城乡规划管理，做到规划对城乡建设活动空间的全面覆盖。

规划管制是政府调控房地产市场的重要手段。对建设用地具体用途、使用强度的规定和安排，以及相应的规划实施管理和监督，是法律赋予城乡规划以及各级城乡规划行政主管部门的主要职责。城乡规划决定建设用地的性质、规模、构成、投放时序，在相当程度上决定了土地的市场价格。但目前的问题是我们的城乡规划还难以做到对城乡建设活动空间的全面覆盖，存在着事实上的城乡结合部和农村集体土地利用的规划管理盲区。在政府从直接参与市场转为间接调控市场后，客观上要求城乡规划的管理必须扩大到城乡所有建设活动，城乡规划法的适用范围必须扩大到城乡所有建设活动，这对城乡规划管理工作是一个巨大的挑战，对此，必须做好法律上和体制上的准备。

（二）经营无形资产收入

近几年，在城市经营思想的指导下，许多城市通过有偿竞买的办法，出让城市出租车经营权、公交线路专营权和道路、广场、绿地、路灯、桥梁、停车场等冠名权、广告权、收费权，将取得的收入再用于城市建设。例如常德通过对城区12条公交营运线路经营权的有偿出让得以每年筹集城市建设资金五百多万元；6次拍卖988台出租车经营权，既用经济手段有效地调控了"的士"的发展，又获得了八千多万元的建设资金；对城区黄金广告位进行招租，每年可获收益七十多万元；出让3年管道燃气的经营权，使市政府不出一分钱就获得了 1.2 亿元的管道燃气工程投资。

2002 年 8 月 31 日至 9 月 4 日，以青岛市建设委员会为主的十几家单位联合举办了"2002 青岛经营城市促进周"活动，以"新理念、新实践、新城建"为主题，力图盘活城市资产，拓宽融资渠道，借助各方面的力量加快城市建设的步伐。在"促进周"举办的"城建基础设施经营权转让拍卖会"上，共拍卖城建和奥运 124 个项目，收入 27.83 亿元。其中，颐中青岛广告有限公司出资 400 万元，获得了福宁立交桥 30 年的冠名权，这座立交桥将改名为"颐中立交桥"；正在构筑"彩虹工程"的青岛电业局出资 200 万元获得了大黑栏广场 20 年的冠名权，改名"彩虹广场"；青岛澳柯玛集团的注册商标是两只可爱的小海豚，为此，澳柯玛广告艺术中心出资 195 万元获得了青岛海豚表演馆 40 年的冠名权，海豚馆将更名为"青岛澳柯玛海豚表演馆"；山东鲁邦房地产开发公司出资 100 万元，获得了音乐广场 20 年的冠名权，音乐广场因此更名为"鲁邦音乐广场"；宁波燎原灯具股份有限公司和青岛红领服饰发展有限公司也分别以 100 万元获得了延安路高架桥和南京路立交桥 30 年的冠名权。

城市经营的总目的是提高城市的总体功能、环境质量、综合实力和竞争能力，实现城市的可持续发展。我们在谋划各类经营项目的时候，尤其是对潜在资源的挖掘与开发，都不要忘记和背离这个总目的。通过经营城市，最终要使城市资本实现"投入—经营—增值—再投入"的良性循环，真正实现"以城养城，以城建城"。切忌利益驱动、一哄而起、急功近利、追求"任期业绩"，只管眼前得利、不顾贻害长远，只求"经济效益"、不顾环境效益和社会效益等贪利行为。

（三）存量资产经营权转让收入

将过去由政府垄断经营的城建存量资产投放市场，通过对固定资产存量经营权转让、股权转让以及资产转让等方式实现对收费路桥、自来水厂、污水处理厂等存量资产进行盘活。

第五节　项目融资

项目融资是指贷款人主要依靠项目产生的现金流作为还款的来源和主要依靠项目资产作为担保提供给项目公司贷款的一种融资模式。它被称之为结构性融资，即由于受到有限追索的限制（即贷款人对项目的发起人只享有有限追索权），贷款人必须确保项目股权和项目将来产生的现金流能够充分保障贷款的安全。

城市公用事业的项目融资随着各地城市公用设施建设和服务市场的进一步开放，价格和收费制度的进一步改革和创新，以及城市公用设施经营性和非经营性类别的划分，社会资金开始进入城建领域。各地将有盈利的基础设施项目推向市场，通过项目融资的方式吸引外商或民间投资。项目融资（Project Financing）在国际上是指对投资项目无追索权或有限追索权的融资方式。项目融资与传统的公司融资（Corporate Financing）相比，最主要的一个特征就是为项目所进行的融资的追索对象不同。公司融资是以公司自身的资信能力进行融资，该项融资的追索对象是公司这一主体；而项目融资则是以项目的未来收益和项目自身的资产来进行融资，融资的追索对象不是项目的投资者，而是项目未来的现金流和项目本身的资产。项目融资由于项目负债不体现在投资者的财务报表上，使得这一方式更加得到投资者的喜爱。1998 年成都第六水厂的 B 水厂第一次在供水领域采用国际 BOT 招标。

一　BOT 融资方式

BOT 模式是国际上近十几年来兴起的一种典型的基础设施建设的项目融资模式。BOT 是英文 Build – Operate – Transfer 的缩写，即建设—经营—转让方式，是政府将一个基础设施项目的特许权授予承包商（一般为国际财团），承包商在特许期内负责项目设计、融资、建设和运营，并回收成本、偿还债务、赚取利润，特许期结束后将项目所有权移交政府。实质上，BOT 融资方式是政府与承包商合作经营基础设施项目的一种特殊运作模式，是项目融资的具体模式之一，它产生于 80 年代，是国际工程承包市场上出现的一种带资承包方式。80 年代以后，各国大型基础设施的需求不断增长，而政府部门却缺乏足够的建设资金，为筹措基础设施的建设资金，一些国家的政府力促公共部门与私营企业合作，从而产生了 BOT 投资合作方式，进而被引进到国际经济合作领域。

BOT 是一种债权与股权相混合产权，它是由项目构成的有关单位（承建商、经营商及用户）组成的财团所成立的一个股份组织，对项目的设计、咨询、供货和施工实行一揽子总承包。项目竣工后，在特许权规定的期限内进行经营，向用户收取费用，以回收投资、偿还债务、赚取利润。特许权期满后，财团无偿地将项目交给政府。

B——建设。在 BOT 中，Build 是建设，其含义就是直接投资。在通常情况下，投资者根据东道国的法律、法规，按照一定的出资比例与东道国共同组建股份公司或企业等，这种公司或企业即为双方成立的合资经营公司。运用 BOT 方式，在投资方面具有形式多样、选择灵活的特点，具体表现是：

（1）允许投资者出资举办新企业，也可以通过购买产权等方式在旧企业占有股份，达到成立合资经营公司的目的。

（2）可以成立股权式的合营公司，也可以成立无股权式（即契约式）的经济组织，还可以成立合资股权加契约式的实体等等。

（3）成立公司，可以构成一个独立的实体，具备法人资格，也可以不构成独立的实体，而成为一种不具备法人地位、相对独立的经济组织。

（4）投资比例根据东道国的起点要求，由投资者自主决定，可以独资，也可以合资或合作经营。

O——经营。BOT 中的 Operate 是经营，其含义是企业的运转、操作和管理。

经营方式包括以下几种：

（1）独立经营，即由外商独资经营自负盈亏。这种方式有利于我国学习外商的先进技术和管理经验。同时，对于东道国来说，仅仅利用税收及使用费和提供材料供应即可增加收入，而不承担任何经济风险。

（2）参与经营。按照国际惯例，参与经营即由投资者和东道国共同成立股权式的合营企业，合营企业成立董事会，依照合同、章程的规定，决定重大问题，并决定任命或聘任总经理，负责日常的经营管理工作。

（3）不参与经营，即经合营或合作双方商定，委托所在国一方或聘请第三方进行管理工作，投资方不参与经营，采用这种方式一般都是以固定的收益保障作为前提条件的。

T——财产转移。BOT 中的 Transfer 是指财产转移。这是采用 BOT 投资方式与其他投资方式相区别的一个关键所在。采用 BOT 投资方式，可以合资经营、合作经营、独资经营。但是，在经营期满以后，都会遇到投资方如何将财产转移给东道国一方的问题。

在通常情况下，合作经营（契约式、或包括契约加股权式的合营企业），投资方大都远在经营期满以前，通过固定资产折旧及分利方式收回了投资。故此，大部分契约中都规定合同期满，全部财产无条件地归东道国所有，不另行清算。可以说，这里的转移是无条件转移。

合资经营（股权式）的特征是投资双方按照投资比例（股份）共同经营，共享利润，共担风险。在合营期内，即使出现亏损也不允许一方收回其投资本金。合营期满后，如双方不再继续合资经营，则对财产、债权、债务进行清算并分配剩余财产。对原有企业的处理是转售、有价出让或拍卖。东道国要获得企业，可以用自己应分得的一部分剩余财产去折抵，或追加投资去进行购买，BOT方式认为这是一种买卖行为。在合资经营的BOT方式中，经营期满后，原有企业转移给东道国，但是这种转移是一种有条件转移，条件如何，由双方在合资前期谈判中商定。外商独资经营的转移也采用这种有条件转移。

BOT投资方式是一个系统方式，它跨越独资、合资与合作之间的界限，可以运用各种各样的投资方法。而最大特点是可以以物引资，这特别适合发展中国家的国情。

BOT自进入投资领域后，很快就为投资国和东道国所认识和接受。实际上，80年代以来，世界上一些国家，特别是亚洲一些国家或地区都采用BOT方式来吸引外资加快基础设施建设，改善本国的投资环境。BOT作为国际项目融资方式的创新模式，其特点如下：

首先，BOT投资项目规模大，经营周期大。BOT投资项目一般都是由多国的十几家或几十家银行或金融机构组成银团贷款，再由一家或数家承包商组织实施。其次，投资难度大。每个BOT投资项目都各具特点，一般均无先例可循，对于承包商来说，遇到的每一个BOT项目都是一个新课题，都得从头开始研究，这无疑加大了投资的难度。再次，各方协作难度大。BOT投资项目的规模决定了参加方为数众多，它要求参加方都参与分担风险和管理。参加BOT投资项目的各方只有充分合作才能保证项目顺利实施、如期竣工。

较为典型的BOT投资方式是指东道国政府就某一特定项目与承办人建立的项目公司签订特许权协议，由项目公司开发并运营该特许项目，以偿还债务并获取收益，协议期满后，项目产权无偿移交所在国政府。

BOT融资的运作一般都经过项目确定、准备、招标、各种协议和合同的谈判与签订、建设、运营和移交等过程。可分为准备、建设、运营、移交四个阶段。

准备阶段：这一阶段主要是选定BOT项目，通过资格预审与招标，选定项目承办人。项目承办人选择合伙伙伴并取得他们的合作意向；提交项目融资与项目实施方案文件，项目参与各方草签合作合同，申请成立项目公司。政府依据项目发起人的申请，批准成立项目公司，并通过特许权协议，授予项目公司特许权。项目公司股东之间签订股东协议，项目公司与财团签订融资等主合同以后，项目公司另与 BOT 项目建设、运营等各参与方签订子合同，提出开工报告。

建设阶段：项目公司通过顾问咨询机构，对项目组织设计与施工，安排进度计划与资金营运，控制工程质量与成本，监督工程承包商，并保证财团按计划投入资金，确保工程按预算、按时完工。工程竣工后，项目通过规定的竣工试验，项目公司最后接受而且政府也原则上接受竣工的项目，建设阶段即结束。

运营阶段：这个阶段持续到特许权协议期满，在这个阶段，项目公司直接或者通过与运营者缔结合同按照项目协定的标准和各项贷款协议及与投资者协定的条件来运营项目。在整个项目运营期间，应按照协定要求对项目设施进行保养。为了确保运营和保养按照协定要求进行，贷款人、投资者、政府都拥有对项目进行检查的权利。

移交阶段：特许经营权期满后向政府移交项目。一般说来，项目的设计应能使 BOT 发起人在特许经营期间还清项目债务并有一定利润。这样项目最后移交给政府时是无偿的移交，或者项目发起人象征性地得到一些政府补偿。政府在移交日应注意项目是否处于良好状态，以便政府能够继续运营该项目。

BOT 项目中特许权协议的主要内容包括：特许权协议签约各方的法定名称、住所；项目特许权内容、方式及期限；项目工程设计、建造施工、经营和维护的标准；项目的组织实施计划与安排；项目成本计划与收费方案；签约双方各自权利、义务与责任；项目转让、抵押、征收、中止条款；特许权期满；项目移交内容、标准及程序；罚责与仲裁。

BOT 融资方式主要有四个优点：

一是能减少政府的直接财政负担，减轻政府的借款负债义务。所有的项目融资负债责任都被转移给项目发起人，政府无须保证或承诺支付项目的借款，从而也不会影响东道国和发起人为其他项目融资的信用，避免政府的债务风险，政府可将原来这些方面的资金集中用于非经营性基础设施项目和社会公益项目的投资。

二是 BOT 主要是由外资和社会资本建设和运营，有利于提高项目的运作效率。项目的设计、建设和运营效率比较高，用户也可以得到较高质量的服务。

三是 BOT 项目由外国公司承包后，会给项目所在国带来先进的技术和管理经验。

四是通过公开招标确定投资者，有利于降低建设成本，从而可以给基础设施服务确定合理的价格。

世界银行在《1994 年世界发展报告》中指出，BOT 至少有三种具体形式，即 BOT、BOOT 和 BOO。在实际运作过程中，BOT 融资方式还产生了许多变形。因此，BOT 融资方式是 BOT（建设—经营—转让），BOOT（建设—拥有—经营—转让），BOO（建设—拥有—经营），BTO（建设—转让—经营），BOOS（建设—拥有—运营—出售），BT（建设—转让），OT（运营—转让），BLT（建设—租赁—转让），TOT（转让—经营—转让）等各种融资方式的总称。各种方式的应用取决于项目条件，如 BOO 方式在市场经济国家应用较多，我国以公有制为主体，因此 BOOT 项目较多。从经济意义上说，各种方式区别不大。

BOOT 和 BOO 都包含拥有，即 Own。拥有是指拥有独立的财产权，在法律上意指拥有起诉权和应诉权，即拥有合营的公司或企业，以法人全部财产承担责任。通常，拥有是与风险并存的，拥有多大的所有权，也就意味着承担多大的风险。拥有的方式包括以下三种：一是部分拥有。通常为合资形式，合资双方谁的投资比例高，分利就多，而风险也随之增加。二是全部拥有。通常为独资形式，当外商投资比例增大至百分之百时，利润独享，独自承担风险。三是不拥有，或称放弃拥有，通常适用于合作经营。在这种情况下，外商为了避免风险，在投资过程中并不极力推崇拥有，而是寻求放弃权力以换取固定的报酬来避免风险。由此可见，拥有是与风险相联系的，而风险与经营紧密相关。实际上，在合资或合作经营中，利润、风险等等问题都是经营的结果。所以，通常"拥有"是可有可无的。

成都水厂是国家计委批准的第一个 BOT 自来水厂项目，日供水能力 40 万立方米；总投资 1.06 亿美元，资本金占 30%，信贷占 70%。经过公开招标，法国通用水务和日本丸红公司组成的投标联合体中标，由二者作为发起人组成项目公司，其中法国通用水务出资 60%，丸红出资 40%。借款人为亚洲开发银行（ADB）和欧洲投资银行（EIB）。由银行自身担保经济险，由欧洲投资银行承保政治风险。里昂信贷银行作为境外融资银行承担 ADB 的附属贷款和 EIB 的担保贷款，同时提供套期保值服务。中国建设银行作为贷款银行的境内代理行，将为项目提供账户管理、抵押品监管、外汇兑换等服务。除项目公司的账户须按协议开在建设银行外，法国承包商的账户也开在建设银行，从而实现了资金体内循环。

北京第十自来水厂是目前正在建设的一个水厂项目，它由北京市政府特许外商经营，签订特许权协议，建设期 3 年，运营期 20 年，预计费用约 3 亿美元。项目包括一座位于密云水库的取水能力为 52.5 万立方米的取水站，一条从取水站到净水厂的输水管道和位于朝阳区定福庄的一座处理能力为 50 万立方米/日的净水厂。项目采用公开向国内外投资者招标的方式建设。1999 年 7 月 8 日，国家计委正式批准北京市政府采用公开招标方式选择第十水厂的境外投资者。2001 年 5 月，三菱公司和安格利安联合体中标。

二　TOT 融资方式

TOT（Transfer – Operate – Transfer）是一种国际上较流行的项目融资方式。它是指政府部门或国有企业将建设好的项目的一定期限的产权和经营权，有偿转让给投资人，由其进行运营管理；投资人在一个约定的时间内通过经营收回全部投资和得到合理的回报，并在合约期满之后，再交回给政府部门或原单位的一种融资方式。

TOT 也是企业进行收购与兼并所采取的一种特殊形式。它具备我国企业在并购过程中出现的一些特点，因此可以理解为基础设施企业或资产的收购与兼并。

（一）TOT 方式基本特点

1. 吸引外资的成功率高。TOT 方式是将现有已经建成的设施转让给投资者，一般不涉及项目的建设过程，避开了 BOT 方式在建设过程中面临的各种风险和矛盾，如建设成本超支、工程停建或者不能正常运营、现金流量不足以偿还债务等，又能尽快取得收益，因此容易使双方达成合作。有些项目可能需要进行技术改造，但同新建项目相比，面临的风险和矛盾已大大降低。

2. 主要用于基础设施。对盘活国有资产、搞活国营企业而言，TOT 方式是一种较好的融资方式。在我国，TOT 多用于桥梁、公路、电厂、水厂等基础设施项目。政府部门或原企业将项目移交出去后，能够取得一定金额的资金，以再建设其他项目。因此，通过 TOT 模式引进外资或者私人资本，可以进一步缓解我国基础设施的资金"瓶颈制约"。

3. 减少政府财政压力。城市基础设施建设一次性投资大，运营期间的补贴高，一直是令政府颇感棘手的问题。通过 TOT 模式吸引国外的投资者购买现有的基础设施，可以减轻政府的财政负担，一方面通过资产的转让，政府可以得到一部分资金，用于建设其他的基础设施，或者偿还因建设转让的基础设施项目而背负的债务，或者安排国有企业的富余人员；另一方面将基础设施转让以后，政府每年可以减少大量的财政补贴。

4. 提高基础设施运营管理效率。由于管理体制僵化、管理模式陈旧，我国基础设施的运营管理缺乏效率，运营成本高，设备和设施的经济寿命短。外资或私人资本通过 TOT 方式获得基础设施的经营权后，必然运用国际上同行业先进的运营方式和经营管理方法，提高运营管理效率，降低运营成本。这将对我国的基础设施经营管理者产生一定的技术外溢效应，使他们学习到先进的运营管理技术和经验，从而提高经营效率。基础设施运营管理效率的提高，将提高项目产品质量，降低产品的市场价格，使广大的基础设施使用者和消费者从中受益。

5. 转让需与改制同步进行。现有的基础设施往往由一个规模不小的国有企业经营管理，可能存在着冗员、非经营性资产多、历史包袱和社会包袱沉重或者负债重等问题。在转让前，必须就如何解决富余人员的安置、如何剥离非经营性资产、如何解决企业办社会形成的包袱、如何安排企业的债务等问题进行研究，确定一套切实可行的方案，并报政府批准。

（二）TOT 项目的运作程序及周期

1. 制定转让方案并报批

采用 TOT 方式转让国有资产时，转让方必须首先根据国家有关规定，编制项目建议书，在征求行业主管部门（或原投资部门）的意见后，按照现行的有关规定，上报有权审批部门批准。

项目建议书中主要说明项目概况、转让目的、出让方、转让内容、期限、转让后的经营方式、转让所得的初步投向、债务偿还初步方案、资产预评估结果、转让对经济、社会等方面的影响分析、拟采取的选择受让方的方式等内容。

初步选定受让方后，还要编制可行性研究报告（或资产权益转让方案）并上报审批部门批准。可行性研究报告（或资产权益转让方案）中必须说明以下内容：受让方选择情况及选择结果、出让方、受让方、转让内容、价格、期限、提供的经营条件、转让后的经营方式、权利及义务的分享分担、债务偿还方案、转让收入使用方案、经济社会效益分析、国有资产保值增值分析、财务分析等。

2. 确定受让方的选择方式

在准备项目建议书的同时，就应该考虑采用何种方式来选择受让方：是采用面对面协商谈判的私募方式，是邀请招标方式，还是完全竞争性的公开招标方式。选择方式应该根据转让方的情况和项目特点综合确定。根据我国已经完成的 TOT 项目的经验，完全竞争性的公开招标方式具有操作程序规范、项目条件成熟、转让价格合理、成功率高等优点，应该成为转让方选择 TOT 项目受让方的首选方式。

与 BOT 项目一样，聘请高水平的咨询机构作为转让方的融资顾问或财务顾问，将极大程度地提高 TOT 项目的前期工作效率和成功率。聘请财务顾问也是并购业务中的国际惯例。一个经验丰富的顾问公司，能够保证TOT 项目的前期工作完整、细致和充分，并按照国际惯例进行运作，从而提高项目的吸引力，同时使中方政府的正当利益能够得到最大程度的保护。因未聘请顾问致使中方利益遭受很大损失的例子，国内并不鲜见。如江西某市在转让水厂时，由于没有聘请顾问，加上转让方缺乏经验，掉入了外方设置的陷阱之中，从而背上了沉重的经济负担。

3. TOT 项目招标的程序

采用招标方式选择 TOT 项目的受让方，其程序与 BOT 方式大体相同，即包括确定项目方案、项目立项、招标准备、资格预审、准备投标文件、评标、谈判、融资和审批、实施等阶段。

在开展招标准备工作的过程中，要注意 TOT 项目与 BOT 项目相比具有如下特点：

（1）转让方必须首先取得合法的转让权

国有企业的法人对其占有的国有资产只有使用权、经营权等权益，没有所有权，一般无权出售。地方政府和其他相关部门也只能行使行政管理职能。国有企业才能具备出让国有资产的合法主体地位，与受让方签订的国有资产转让合同才具有合法性。

（2）原有企业或者企业直属的厂（矿）的改制是前期工作中的重点

转让的资产可能是一个完全独立的国有企业，或者是一个集团公司下属的企业，或者是一个独立企业所属的一个厂（矿），往往存在着债务如何处理、人员如何安排、离退休和企业办社会等历史包袱如何解决等问题。因此，在资产转让前必须对这些问题进行深入研究，并形成基本可行的方案。如负债问题，如果转让资产存在未偿债务，那么如何处理这些负债，应该由政府、上级企业以及转让方共同研究确定。如果涉及债务人的改变，还需要取得债权人和债务担保人的认可。又如人员安排问题，可以由转让方自行解决，也可以由受让方拿出一笔资金进行一次性补偿，还可以由投资人全部接收，并在一定期限内进行培训，再择优上岗。无论采取何种方式，都应该首先确保不出现严重社会问题，并兼顾资产转让后高效率运营管理的需要。

（3）需要进行国有资产评估

利用 TOT 模式，受让方需要买断某项资产的全部或部分产权和经营权，会发生产权的转让行为，要求对现有资产进行合理的估价。一般来讲，转让资产是基础设施，属于国有资产，估价过低，会造成国有资产流失；估价过高，则会影响受让方的积极性。这就需要处理好资产转让与国有资产正确估价的关系。聘请的评估机构应该具备相应资质，具有与转让资产相类似的项目的评估经验，而且在评估时最好与转让方和其聘请的融资顾问及时沟通，尽可能在形成正式评估报告之前就评估价格达成一致意见。评估的结果应该报请国有资产管理部门审核批准。

（4）潜在投标人要求进行尽职调查

投标人在编制标书期间，为了尽可能降低投资风险，同时保证建议的投标价格具有竞争力，一般会要求对转让资产进行全面调查，包括现有经营状况、转让资产涉及的法律情况、员工状况、技术装备水平等。转让方在组织投标人进行现场考查期间，应该向投标人提供转让资产的有关资料，安排投标人对转让资产进行这些调查。

（5）转让必须符合转让方的战略目标

在采用 TOT 方式的情况下，投资人可能完全买断资产的经营权，也可能只是部分买断资产经营权，同时中方要求以现有资产的一部分与投资人进行合作或者合资，共同经营管理现有资产。在部分买断资产经营权的情况下，中方往往是在一个整体的战略构架基础上转让资产，要求受让方必须接受中方提出的主要合作条件。因此，人的因素就显得十分重要。只有建立在互惠互利、平等友好的基础上，转让方和受让方在合作项目上具有一致的战略目标和共同的经营理念，合作才能取得完全成功，项目在合作期间才能顺利进行。

（6）招标主要标的可以是资产价格，也可以是产品价格

基础设施 BOT 项目招标的标的一般为产品或服务的价格，如净水厂 BOT 项目的标的为净水价格，污水处理厂 BOT 项目的标的为污水处理服务价格，垃圾处理厂 BOT 项目的标的为垃圾处理服务价格。TOT 项目招标标的选择则具有一定灵活性，可以是转让资产的价格，也可以是项目产品或

者项目运营服务的价格。如何确定 TOT 项目的招标标的，需要根据转让资产的目的以及转让项目面临的市场环境来综合确定。如果项目产品的价格是既定的，不允许受让方进行改变，招标标的只能是基于评估结果之上的资产转让价格。如果转让方希望通过转让资产一次性获得一笔事先确定的款项，那么招标标的就是项目产品或者服务价格。在后一种情况下，如果产品价格高于现有的政府定价或者市场价格，转让方必须有能力确保受让方项目产品或服务价格得到批准，并对差价部分进行补偿。

（7）资产回购问题

资产权益一般包括资产的所有权、经营权、使用权、收益权以及股权等权益。如果国有资产转让仅是经营权、使用权和收益权的转让，而不包括所有权，则不涉及资产回购问题。在转让期满后，资产应该无债务、不设定担保、设施状况完好地移交给政府机构。如果国有资产转让是包括产权在内的完全转让，则国有资产的所有权益实质上已经完全属于受让方。在经营期满后，资产是由中方按照事先约定的价格回购，还是由项目公司自行清算处理，应该在转让前研究确定。

4. TOT 项目的运作周期

TOT 项目的运作周期与 BOT 方式所需的周期基本相同，从招标准备工作到签订资产转让协议，大约需要 60—70 周的时间。虽然 TOT 项目需要对转让资产进行仔细、科学和严谨的评估，需要花费一定时间，但在评估期间可以同时进行招标准备工作。只要安排得当，资产评估与咨询顾问进行的招标准备工作在时间上不会发生冲突。

第六节　债券融资的作用及前景

当前，随着经济发展和居民收入水平的提高，在总需求中，对城市公用设施和公共服务的需求增加很快，但由于城市公用设施建设长期处于偿还"欠账"的状态，在许多方面尚不能满足需要，特别是在城市道路交通、排水、生活垃圾和污水处理、城市生态环境建设等方面的供给不足，群众对此呼声很高。造成这种状况的主要原因是，稳定、规范的城市公用设施建设投融资渠道一直未能有效地建立起来，城市公用设施建设资金不足的问题长期难以解决。各地虽多方努力筹融资城建资金，但仍远远不能满足城市发展与建设的实际需要。因此，探讨城建筹融资新途径就显得十分必要。

一　债券融资的适应性

近年来，各地已开始进行多方式、多途径筹集城市公用设施建设资金的尝试。"九五"以来，城建资金年收入成倍增长，资金收入结构发生了明显的变化，城市公用设施建设的市场化程度逐年提高。在政府投资比例下降的情况下，各地政府通过多渠道筹融城建资金，使城建资金总量不断增长，"八五"时期和"九五"前四年，年平均增长速度分别达到了32%和21%，为城镇化发展提供了必要的资金支持。

尽管如此，由于城建资金不足的问题是长期积累下来的，各地城建资金仍与实际需要相差很远。目前城建筹资的实际状况却并不乐观：中央或地方财政由于收入所限，短期内增大对城市基础设施建设的投入存在相当大的困难；商业银行的贷款由于其期限要求和效益原则与城建项目的低经济效益不相匹配，因而贷款的成本较高，且资金的使用往往受到严格的条件约束；政策性银行的资金来源受到限制，并且贷款对象一般侧重于全国性基础设施建设项目；利用外资不但汇率风险大、数量有限，而且手续繁杂、时间成本很高；在严格保护耕地的土地管理制度下，地方政府大规模地经营城市土地将难以为继；政策性收费随着税费制度的改革将逐步规范，收费的数量将会继续减少；对于民营企业等社会资金的投入，由于城市公用设施建设项目的公益性特点和民营企业资金实力的限制，短期内难有大的作为。

因此，在新的形势下，尽快建立与市场经济相适应的稳定的城建投融资机制，就成为解决城建资金不足的关键性问题。其中，利用资本市场筹融城建资金就是人们关注的一个重要方面。

资本市场是许多发达和发展中国家为其基础设施建设筹措资金的重要渠道。我国改革开放以来，通过发行国债和发行有关基础设施建设债券，为基础设施建设提供了十分重要的资金来源，但这些债券多用于区域性的大型基础设施建设，用于城市内基础设施建设的部分数量十分有限。城市基础设施建设周期及投资回收期较长，大部分公用设施现金收入流稳定。通过资本市场直接融资，不仅可以筹集到更多的资金，同时还可以利用国际上通行的市政债券的免税特征优势有效降低城市公用事业项目的筹资成本，从而可以更有力地支持我国的城市市政公用基础设施的发展。随着投融资体制改革的深入，在城市公用设施建设中大力发展直接融资手段，逐渐成为各方面的共识。

二　国外基础设施债券融资的启示

许多经济发达国家由于建立了较为完备的分税制财政体制和成熟的市场机制，在城市基础设施建设资金来源中，靠地方政府发行的债券融资占有十分重要的地位。如美国、英国、德国的市政债券，日本的政保债券和事业债券等，债券融资的比例约占城市基础设施投资的30%以上。

（一）城市公用设施建设利用债券融资的主要方式——市政债券

市政债券是由地方政府或其授权代理机构发行的有价证券，筹集的资金用于城市公用设施和社会非经营性项目的建设。

市政债券分为两大类：一种是一般债务债券，是以当地政府信用和税收能力作为还本付息的保证，所筹措的资金往往用于修建普通公路、公园以及一般市政设施等。另一种是收益债券，是由地方政府的授权代理机构（企业）为了投资建设某项基础设施而发行的债券，这些基础设施包括收费路桥、隧道、自来水厂、污水处理厂、电厂、地铁和港口等，以该项设施的有偿使用收入作为还债资金。由于收益债券的偿还，不是以政府税收为之担保，而是以有关项目是否盈利为前提条件，因而与一般债务债券相比，收益债券的投资风险往往要大一些。

美国的市政债券是美国政府债券的一种，是美国的州及市镇地方政府为了筹集市政建设所需资金所发行的债券。在美国，地方政府投资修建公路、桥梁、自来水厂、学校、医院等公用事业时，由于工程一般耗资巨大，投资周期较长，单凭地方财力是无法承受的，因此往往要借助发行市政债券来筹集所需资金。市政债券的面额通常在1 000—5 000美元之间，购买者主要是各商业银行、保险公司和普通居民。市政债券同其他政府债券一样，信誉高，收益稳定，风险小，而已投资者购买此种债券还可免交联邦所得税，在多数情况下也可免交州所得税。由于市政债券具有免税的优惠，提高了投资者的实际收益水平，因而对投资人具有特殊的吸引力。市政债券的发行不仅促进了地区经济社会的发展，而且也为商业机构和当地居民提供了良好的投资机会。

美国的市政债券规模在战后发展很快。20世纪40年代初，美国发行的市政债券总值为200亿美元。到1981年底，已达3 600亿美元，为40年前的18倍。市政债券的种类繁多。据不完全统计，美国目前已发行的市政债券有一百五十多种，发行单位有四万多个。现有的市政债券有各种等级、各种归还期限和各种收益率。

（二）经济发达国家基础设施债券融资的启示

在西方经济发达国家，许多地方政府是通过发行市政债券的方式筹措资金来建设市政项目。市政债券市场经过几十年的不断发展和完善，在债券发行、承销、评级、保险、投资信托和监管等方面，已形成了较为规范的运作方式和严密的管理体系。市政债券和国债、企业债券、金融债券、股票、投资基金一起，共同构筑成完整统一的证券市场，是其中不可或缺的重要组成部分，也为各地区的经济发展和城市公用设施建设筹集了大量资金。

市政债券之所以对投资者有较大的吸引力，主要源于以下方面：一是免缴所得税，这是市政债券的最主要特征，也是最能吸引投资者的地方；二是本金安全，收入固定，一般信用都很高，地方政府或发行到期不能偿付本息的情况很少见，因而给投资者带来的实际收益远高于名义收入；三是流动性强，借款抵押价值较高，由于市政债券安全可靠，当债券持有人需要现金时，一般都能迅速地在市场上转售债券，并且不遭受价值上的损失；四是期限灵活，不仅有长期和中期的，也有短期的，不同投资者的需求基本上都能得到满足；五是发行债券所筹到的资金一般是用于改善本地居民生活质量，因休戚相关，易引起当地居民的关注。

可见，市政债券对于完善资本市场结构、支持城市公用事业的建设、丰富居民的金融资产、促进民间投资具有重要意义，在国际上也有成功经验可资借鉴。

三 利用市政建设债券融资展望

我国自 80 年代以来曾多次发行债券用于基础设施建设，但基础设施债券尚未成为中国债券市场中一个单独的券种，它混合在已发行的各类企业债券中。包括：财政部发行的重点建设企业债券中以基础设施为对象的部分，原国家投资公司发行的投资公司债，以及普通企业债中投资于基础设施的部分。由于我国《预算法》规定地方政府不能发债，因此我国没有地方政府发行的市政债券，只是在国债转贷项目中，有一部分用于城市基础设施建设，1998 年金额为 365 亿元，1999 年为 419 亿元。

前些年，国家计委下达的企业债券计划中有用于城市公用设施建设的债券项目。发行这类债券的企业主要有：上海市城市建设投资公司、广州市地下铁道总公司、台州市城市建设投资公司、温州新城建设股份有限公司、汉川市路桥建设管理总公司、嘉兴市路桥建设开发公司、包头市自来水公司、济南市自来水公司、江宁县道路规划建设工程管理处、沈阳市城市基础设施建设投资发展有限公司、吉林市城市基础设施开发建设有限公司、张家港市自来水公司、锡山市自来水公司等，实际发行额共约 50 亿元。这些债券所筹资金主要用于城市公用设施的工程建设，并一般得到了地方财政的支持（或担保）。但从前几年这类债券的发行情况看，发行的规模和数量都还很小。除少数城市外，绝大部分城市的城建项目很难申请到发债额度，更不必说能够根据资金需要连续几年发行。

尽管目前城市建设债券的发行主体是企业，但由于这些债券的发行都是针对有收益的城建项目（并不是真正意义上的企业债），加之城市建设项目和城市建设企业与地方政府的密切关系，可以认为，目前我国发行的用于城市基础设施建设方面的企业债券与国外地方政府发行的市政债券中的收益债券非常相似。地方政府实际上对城建企业债券从发行到所筹资金的使用、归还等都给予了直接帮助和支持。

将目前市政建设收益债券从一般企业债券中分离出来，单独列计划规模，为市政债务债券的发行进行准备和过渡。

目前地方政府发行以税收作还款担保的市政债务债券，还存在一些现实的阻碍。主要是按照我国《预算法》第二十八条规定，我国地方政府尚不能发行地方政府债券，即城市政府在法律上不能作为发行债券的主体。创建市政债务债券市场除涉及《预算法》、《个人所得税法》等法律部分规定的修改外，还需创立《市政债券管理条例》或《地方公债法》等一些新法规，这不是短期内可以做到的。更现实的是，目前我国国民收入分配格局、税收体系、财政预算体系特征和地方财政金融状况，决定了许多城市政府，特别是欠发达地区的城市政府尚不具备发行地方政府债券的能力，地方政府发行债券的总体环境尚未成熟。所以，近期内城市公用设施的债券融资，优先采用市政收益债券（市政企业债券）形式，这是现行条件下可行、有效的最佳途径。

与其他融资方式相比较，按建设项目发行市政收益债券（市政企业债）不失为一种直接融资的好办法：

一是直接融资所获资金比较稳定，期限较长，手续简便，且融资额度相对较大。

二是可以充分调动社会资金，利用目前城镇居民需要投资渠道的需求，向国内融资。

三是筹资成本相对较低，利率则相对较高，对投资者具较大吸引力。

《企业债券管理条例》规定，企业债券利率不得高于同期银行储蓄存款的140%，因此债券年利率最高为3.78%，加上发行费用、评估费用等，其综合年成本一般不会超过5%，低于同期银行5.94%的贷款利率，也低于股票筹资成本。

四是付息压力相对较小。银行贷款为复利计息，而债券一般为单利计息，到期一次性还本付息。

五是不改变企业的所有关系，对于某些具有自然垄断特性的公用企业的发展，可以避免有关控制权问题的处理。市政建设企业债券代表着发债企业和投资者之间的一种债权债务关系，债券持有人是企业的债权人，不是企业所有者，债权人只是有权按期收回所持债券的本息，而无权参与或干涉企业的经营管理。

当然，与地方政府发行的市政债务债券相比，市政收益债券（市政企业债券）的确存在着一定弱势：

一是我国法规要求企业债券的发债主体，其规模须达到一定的水平、连续3年盈利、税后可分配利润可以支付债券一年的利息等。目前我国许多城市的城建企业，或未进行公司化改制，或以往经营效益不好，可能因为不符合发债主体的要求而无法利用债券融资。而市政债务债券则由政府或政府代理机构发售，可以不受企业业绩限制，比较适合城市公用设施项目。

二是部分市政公用企事业单位因找不到合适的担保而难以利用债券融资。我国《担保法》第八条明确规定，国家机关不能为保证人，除非经国务院批准为使用外国政府或者国际经济组织贷款进行转贷。因此，一些企业即使符合发债主体要求，也可能因没有合适的担保而无法成功发债。而由地方政府发行的市政债务债券则不存在这个问题。

三是企业债券一般没有免税优惠，而市政债务债券通常都有，对投资者更具吸引力。

四是因发行主体的不同，企业债券的资信度也不如市政债务债券高。

因此建议：单独设立市政收益债券（或称市政企业债券），在城市政府监管下，由城市建设系统的各市政公用企业、城建投资公司等，作为独立的企业法人和发债主体发行，募集到的资金主要用于有收益的城市建设固定资产投资项目，以发债人及该投资项目的现金收入流作为信用基础（区别于一般企业债券主要以以往的盈利业绩和当前信用资质为信用基础的做法），以发债融资所建设施的收益作为偿还债务的资金来源。

　　设立市政收益债券（市政企业债券）的具体政策及运作方式：

　　（1）在目前正在修改的《企业债券管理条例》中，增加市政收益债券（或市政企业债券）一章，规范操作，简单易行。

　　（2）允许市政收益债券利率略高于同年发行的国债，以增强对投资人的吸引力并降低筹资成本。

　　（3）债券期限为5年以上。目前，各地发行的市政企业债券，其期限一般不超过3年，由于市政公用基础设施投资回收周期较长，为了保证资金的运营效益和偿债能力，同时考虑到通货膨胀因素和投资者的可接受程度，市政收益债券的还本期限应定在5年以上。

　　（4）由国家每年安排一定的市政收益债券发债规模，实行由中央对债券发行的额度控制。近年，全国每年发行总规模可确定为30亿—50亿元为宜。取得经验后再作调整。

　　（5）严格按照"规划指导原则"和"投资效益原则"审批城建企业债券的发行。充分利用中介机构在债券发行、承销、评级、保险、投资信托和监管等方面的作用。

　　（6）为保证上述运作顺利实施，应加速城市建设企业的改革。包括：尽快进行市政公用企事业单位的公司化改造；尽快完善城市公用设施（如地铁、垃圾处理、污水处理、煤气等）的价格制度和收费制度，以确定未来收益率（现金流量）；尽快实现城市建设投资公司等融资机构运作的规范化，加强监督管理措施，以使直接经济效益较低的市政设施在综合开发和综合经营的前提下也能利用债券筹集建设资金。

　　在单独设立和发行市政收益债券的同时，可进行发行市政债务债券的试点工作。市政债券是证券体系的一个重要组成部分，从完善证券市场以至社会主义市场经济体制考虑，也不应排斥市政债券。在市政收益债券开始运行的同时，应选择少数经济实力雄厚、财政状况良好的大中城市进行由城市政府发行市政债务债券的试点工作。市政债务债券募集到的资金，主要用于城市道路、桥隧、公共绿地、生活垃圾与污水处理等非营利性市政设施的建设，以及公共交通等需要通过低价鼓励市民使用的准经营性市政工程的建设。发行规模控制在该城市当年GDP的1%—2%，每年滚动发行，余额控制在该城市当年GDP总额的20%以内。地方财政每年拨付城市建设的资金可优先用于还债，并允许城市借新债还旧债。在试点期间，市政债务债券的发行、使用、偿还方案可由试点城市人民代表大会根据国务院的有关规定审议批准，并报财政部备案。并通过立法保证此项政策至少

20 年不变。

为规范市政债务债券的发行和使用，在试点取得经验后，修改《预算法》，并出台《市政建设债条例》，通过法律的形式规范市政债券发债的规模、用途、偿还、审批和监督等问题，然后逐步向更多的城市推广。

无论是发行市政收益债券，还是发行有控制的地方政府市政债务债券，这两种形式都有利于规范目前各地城建负债规模和融资方式。

近十年来，在城市发展对城市建设需要迅速增长的压力下，各地政府通过贷款、垫资、基金、外资、经营城市土地等各种渠道筹措了数量可观的建设资金。有的城市仅国内外贷款余额已接近甚至超过当年城建资金收入总量；债务依存度（指当年债务收入额与当年财政支出额之比）也达到了 20%—30%，个别城市甚至更高。从全国范围来看，"九五"期间，全国城市建设利用银行贷款资金的年增长速度平均达到 70%，而其他各种形式的借款、集资、垫资等构成了城市建设的"隐性负债"，其数额不小，但失于统计。尽管有些城建项目有条件通过市场运作收回投资，但不可否认，绝大多数的城市建设项目经济效益不明显，还债机制和资金准备明显不足。由于银行贷款增长速度快，各种"隐性负债"难以监管，至使有的地方面临着政府对城市建设债务管理失控的危险。

开辟市政债券融资渠道，将城市建设债券融资规模纳入国家的计划管理，既可以为城建融资提供一条稳定的渠道，将各种城建"暗举债"行为引导到"明举债"的方式上，防止地方不适当的筹资行为，又可以使城市能通过市场的、稳定的渠道，低成本、长期地按计划筹集建设资金，依法约束城市的举债规模，明确其债务责任。同时也便于中央对城市的财政行为进行有效地监督。

因此，在目前的条件下，组织、管理好市政企业债券的发行，并逐步过渡到地方政府发债，是城市建设投融资体制改革不容忽视的重要方面。

目前国家及地方政府都在采取各种措施解决城市建设资金不足的问题。而城镇居民储蓄存款在银行利息较低的情况下有增无减。这与居民不愿增加即时消费的观念有关，同时也说明居民投资渠道少，急需新的投资渠道，这给城市建设的债券融资提供了一个非常好的机会。国外经验也表明，保险公司、养老基金和投资基金等机构都是市政债券市场的主要投资者。随着我国的这类机构的日益加快发展，必然会对城市建设债券产生巨大潜在投资需求。因此，从长远看，市政债的融资前景十分广阔。国家宜早制定相应政策和法规，使之为我国的城镇化和城市现代化服务。

本章小结

　　公共产品理论解释了由于公共产品具有效用的不可分割性、受益的非排他性和消费的非竞争性等特征，因此，公共产品难以通过定价方式在市场交换中收回成本，市场机制是失灵的。政府是公共产品的提供者，政府可以通过强制性的征税解决公共产品的补偿问题。与公共产品相反，消费上既具有排他性又具有竞争性的产品称为私人产品，市场机制可以有效地解决私人产品的供给问题。介于公共产品和私人产品之间的产品被称为准公共产品，准公共产品的提供可以采用公私合作的方式（PPP）。城市公用事业一小部分属于公共产品，大部分属于准公共产品，所以，城市公用事业服务除政府提供外，可以在政府管理下由私人提供。项目区分理论和可销售理论也从不同的角度分析了这一问题。城市公用事业融资模式有很多，各有其不同的适应条件，共同支撑着我国城市公用事业发展需要。在我国不同的发展时期，这些模式发挥作用的程度也各不相同，有一些模式在计划经济向市场经济过渡时期是主导的，但由于其本身存在的局限性，必然会逐步消亡，如出让土地融资的模式，但另一些模式虽然目前我国并不存在，但随着社会主义市场经济的逐步完善会逐渐形成，如市政建设债券。在我国城市公用事业投资体制和融资模式的改革和进步将是一个较长期的过程。

思考题

一、名词解释

　　公共产品　　　私人产品　　　准公共产品　　　公私合作制（PPP）　　　项目融资

二、简答题

　　1. 城市公用事业投资相关理论的主要观点有哪些？

　　2. 公共产品、准公共产品和私人产品各自的特征和提供方式是什么？

　　3. 当前我国城市公用事业投融资有哪些新特征？

　　4. 我国城市公用事业融资渠道有哪些？

三、论述题

　　1. 根据投资有关理论，分析评价我国城市公用事业融资渠道的合理性及改革方向。

  2. 论述债券融资在城市公用事业发展中的适用性。

阅读参考文献

  1. 余晖、秦虹主编：《公私合作制的中国试验》上海人民出版社 2005 年版。

  2. ［美］E. S. 萨瓦斯著；周志忍等译：《民营化与公私部门的伙伴关系》，中国人民大学出版社 2002 年版。

  3.《公私伙伴关系—政府的举措》（*Public Private Partnerships – The Government's Approach*），英国财政部，2000 年。

  4. ［英］平狄克、鲁宾菲尔德著；张军译：《微观经济学》第 3 版，中国人民大学出版社 1997 年版。

  5. ［美］萨缪尔森著；萧琛等译：《经济学》第 16 版中译本，华夏出版社 1999 年版。

  6. 余池明、张海荣：《城市基础设施投融资》，中国计划经济出版社 2004 年版。

  7. ［美］劳埃德·雷诺兹著；马寅译：《微观经济学分析和政策》，商务印书馆 1982 年版。

  8. 盛洪、余晖主编：《公用事业、基础设施产业改革及管制研究（第一辑上）》，北京天则经济研究所公用事业研究中心（CCPPP）2004 年版。

  9. 秦虹："债券融资在城建资金中的作用及其选择"，载《城市开发》2002 年第 4 期。

  10. 秦虹："中国城市公用设施投融资现状与改革方向"，载《城乡建设》2003 年第 7 期。

  11. 建设部课题：《中国城市基础设施投融资改革研究报告》2002 年 8 月。

  12. 秦虹："关于按市场机制配置土地资源的若干思考"，载《中国建设报》2004 年 9 月。

第三章　城市公用设施负债建设

内容提要

● 城市公用事业的负债建设是普遍现象，但在我国，部分城市负债规模已超出实际承受能力，隐性负债和不合理负债的风险不断积聚已成为必须研究的重大问题。

● 造成城市公用事业不合理过度负债的原因是多方面的，既有城市公用事业没有形成稳定的资金渠道，存在经常性收入与集中建设投入不匹配等客观原因，也有城市管理者对科学发展认识不足等自身的主观原因。

● 防范城市公用事业过度负债的风险必须尊重城市公用事业投资融资的客观规律，采取体制机制改革等多种措施。

近几年，各地政府采取多元化投资、多渠道筹资的城市公用设施建设投资和融资机制，城市公用设施建设规模逐年增大，设施水平不断提高，但同时城市公用设施建设的负债规模也逐年扩大，偿债问题日益显现。

第一节　负债建设的基本情况

城市公用设施建设负债可分为显性负债和隐性负债两类，显性负债主要指国内银行贷款（含国债）、利用国际金融组织和外国政府贷款、企业债券；隐性负债主要指城市公用设施建设中拖欠施工企业的工程款。

一　负债建设的特点

（一）负债规模逐年增大

从 1996 年到 2002 年，全国城市公用设施建设固定资产投资规模由 939 亿元增加到 3123 亿元，平均年增长 22%，城市公用设施建设当年负债从 318 亿元增长到 1167 亿元，平均年增长 24%。负债增长主要是银行贷款和各种欠款，1996—2002 年，全国城市公用设施建设利用国内银行贷款的规模平均年增长速度为 35%，各种欠款的年平均增长速度为 24%，均高于同期固定资产投资年平均增长速度。在 2002 年，我国城市公用设施建设固定资产投资负债构成中，国内银行贷款占 64%，国外金融机构贷款占 9.4%，发行债券占 0.6%，各种欠款占 26%。

　　根据对全国 10 个省的 36 个城市 2000—2002 年城建负债调查显示，这些城市平均负债余额从 2000 年的 64087 万元增加到 2002 年的 83 497 万元，年均增加 14%，36 个城市中有 25 个城市的城建负债增长率高于城市 GDP 的增长率，20 个城市的城建负债增长率高于城市财政收入的增长率。其中有 3 个城市 2002 年的城建债务与 2000 年相比分别竟然增加了 105%、2458% 和 1769%，而同期财政收入增长率分别仅为 28%、12% 和 45%。2000—2002 年，36 个城市平均每个城市的城建债务余额与财政收入的比例分别为 0.69、0.81 和 0.84，其中的 3 个城市 2002 年城建债务总额与财政收入之比，分别为 7.5、10.1、6.0，还有些城市城建债务资金与城市 GDP 之比分别达到了 50% 和 65%。担负如此沉重的城建债务，如果没有合理的偿债资金，会带来巨大的债务偿还风险。

　　（二）在负债结构中国内银行贷款占较大比例

　　在当前的城市公用设施建设负债中，主要以国内银行贷款为主，并且贷款额的增幅也最大。1995 年全国有二百多个城市采取国内贷款方式筹集城建资金，占城市总数的 30%，贷款金额 48 亿元，占城建资金的比重为 6.2%，到 2001 年利用国内贷款的城市上升到 403 个，占城市总数的 60%，银行贷款总额达到 742 亿元，占城建资金的比重为 29.4%，比 1995 年增长了 4 倍（其中国债资金用于城市公用设施建设的规模达到 127 亿元，占贷款总额的 5%）。2001 年全国城市公用设施建设的显性负债共 796 亿元，其中利用银行贷款资金 742 亿元，占 93%，利用国际金融组织和外国政府贷款共 46.5 亿元，占 6%，债券和股票共有 8.1 亿元，占 1%。利用国内银行贷款主要以短期贷款为主，1998 年以后，城市公用设施建设利用开发银行的贷款逐年增加，期限在 10 年左右的贷款比例有所上升。

　　（三）隐性负债不同程度地存在

　　城市公用设施建设拖欠工程款的情况在各地都不同程度地存在。通过对 21 个建设任务比较多的城市调查表明，到 2002 年 6 月底累计拖欠工程款 453.58 亿元（含未结算工程款），其中政府工程拖欠 111.69 亿元，占拖欠工程款总额的 25%。某市到 2001 年底城建负债余额 41.94 亿元，其中拖欠工程款为 30.4 亿元，占城建负债的 72%；还有的城市地方财政拿出了

500 万元进行道路改建、绿化和路灯安装，实际完成工程量 2000 万元，但 75% 的资金处于拖欠状态。

截至 2003 年底，我国城市公用设施建设拖欠工程款的项目共有 15949 个，工程款拖欠金额达 261 亿元，占项目工程结算总额 1733 亿元的 15.1%。经过一年多的清欠努力，截至 2005 年 5 月，城市公用设施建设仍存在拖欠工程款的项目有 10146 个，拖欠金额为 139.6 亿元，占项目工程结算总额 1 364 亿元的 10.2%，占全部拖欠工程款总额的 17%，其中有 1 300 个项目拖欠比例仍为 100%，最大的一笔拖欠为 4 600 万元。

（四）合理负债与不合理负债并存

在目前的城市公用设施建设负债中，绝大多数是有收益的建设项目负债，在负债之前经过了项目评估和可行性研究，负债的偿还是有保证的，这部分负债是合理的。从负债的地区结构来看，2001 年 74% 的银行贷款、68% 的外资、60% 的债券和 100% 的股票资金集中在东部地区；70% 的银行贷款、64% 的外资、31% 的债券和 100% 的股票集中在百万人口以上的特大城市，这些地区和城市经济基础好，市场机制比较健全，因而尽管负债规模相对较大，但由于还款能力较强，大部分是合理负债。

凡是超过还款能力的负债都是不合理负债，如拖欠工程款无法偿还、收费权抵押不足以偿还贷款而又没有安排稳定的还款资金、没有还款资金保证的贷款等，这些不合理负债在城市中不同程度地存在，有可能对地方财政和金融构成一定风险。

（五）各类政府性的投资公司是城市公用设施建设负债的重要主体

由于城市政府不能直接举债，许多地方成立了政府性城市建设投资公司，这些公司成为城市公用设施建设负债的主体。如某市城市公用设施建设负债 30 亿元，其中由政府性投资公司负债 9.5 亿元，占 32%；某市负债 80 亿元，由政府性投资公司负债 40 亿元，占负债总额的 50%。从拖欠工程款的项目中也可看出，政府投资的公益性项目占有主体，2003 年底的调查显示，在各类城市公用设施工程款拖欠中，道路、桥梁、园林等非经营项目占多数。在 10146 个城市公用设施拖欠工程款项目中，道路、桥梁、广场、园林等非经营性项目有 6431 个（其中道路项目 5037 个、桥梁项目 625 个、广场项目 361 个、园林项目 398 个），拖欠金额为 83 亿元（其中道路项目 64.3 亿元、桥梁项目 9.6 亿元、广场项目 5.3 亿元、园林项目 3.8 亿元），约占所有市政设施拖欠金额的 60%，其中道路项目所占比例为 46%、桥梁项目所占比例为 6.9%、广场项目所占比例为 3.8%、园林项目所占比例为 2.7% 。这些项目不但拖欠金额大，而且拖欠比例也较高，如园林类项目拖欠比例为 30.5% ，广场类项目拖欠比例为 27.2% ，公厕类项目拖欠比例为 63.5% 。

二　负债和偿债主体

城市公用设施建设负债的主体主要有两类，一类是经营性城市公用设施企业，如供水企业、燃气企业、污水处理企业等。这些企业需要的固定资产投资或流动资金向银行贷款，还款主要靠项目自身的收益。

另一类是政府性投资公司，形式上负债主体都是企业或事业单位。由于城市政府不能直接举债，许多地方成立了政府性城市建设投资公司，这些公司成为城市建设负债的主体。各地城投公司的一项重要职责就是充当地方政府性项目贷款的主体，地方政府将国有资产在名义上划给城投公司，并出台有关规定，每年将一定数额的城建资金划给城投公司使用，由于有资产和资金的保障，又有政府的信用担保，城投公司很容易得到银行的贷款。在这种体制下，部分地方还将有回报项目和无回报或低回报项目打捆进行贷款，由银行给一个长期的授信额度。打捆贷款一般由政府承诺对借款人支付一定财政资金，借款人利用政府财政支付的承诺进行质押贷款。在这种贷款方式中，虽然贷款人是企业，但实际上政府是最终的还款责任人。政府还款的资金来源主要是城建资金收入，在税收收入有限的情况下，不少城市通过经营城市土地，对城镇国有土地使用权进行拍卖和招标出让，将取得的收入用于偿还建设贷款。

三　负债的主要渠道

我国城市公用设施的负债渠道包括国外债务和国内债务两部分。国外债务主要是国外政府组织贷款（如日本协力基金贷款等）和国际金融组织贷款（如世行贷款、亚行贷款等）。在我国城市公用设施目前的国外债务中，还没有利用国外商业银行贷款和发行境外债券等负债融资形式。国内债务主要有国债转贷款、银行贷款、企业债券、信托投资等形式，其中银行贷款占主要部分。一些城市公用设施国内负债中还包括对建筑企业的工程拖欠款，在河北省某市，2000 年到 2002 年城市公用设施建设拖欠工程款余额分别为 2529 万元、4100 万元和 5311 万元。不同地区、不同规模的城市公用设施建设负债类型又有所不同，东部地区、大城市公用设施建设负债主要采取国内外贷款、债券、信托等多种方式，如山东省某市 2000—

2002 年负债来源包括国外政府和国际金融组织贷款、国债转贷款、银行贷款、企业债券、信托投资等多种结构形式。中西部地区中、小城市负债渠道比较单一，主要是银行贷款和国债转贷款，如云南省某县 2000—2002 年城建负债余额全部是银行贷款。

对我国 36 个城市的调查显示，有国外债务余额的城市 10 个，其中有国外政府贷款的城市 5 个，有国际金融组织贷款的城市 5 个，利用境外债券和 BOT 形式的城市分别只有 1 个，没有城市利用国外商业银行贷款进行城市公用设施建设。

在国内债务中，大部分是银行贷款。在这 36 个城市公用设施建设负债中，2002 年只有 2 个城市发行企业债券，2 个城市利用信托投资，各个城市都不同程度地利用银行贷款进行城市公用设施建设。

第二节　负债建设的主要问题及原因

利用银行贷款、债券、国外资金搞建设是符合市场经济规律的，城市公用设施的负债建设在一定程度上有效地解决供求矛盾，也使城市出现了新的面貌，但是负债必须要有偿债机制作保证，充分考虑负债风险，负债建设也要求质量、求效益，如果考虑问题都是"这届政府借债下届政府还"的思路，最终，财政必将难以承受债务风险，为城市的可持续发展带来隐患。

一　存在的主要问题

（一）少数地区存在超出实际需求或还款能力过度举债的倾向

少数城市为了追求城市的发展速度，存在着脱离自身实际能力和需求的超前建设、盲目攀比和效仿、不顾市场需求重复建设等情况；还有的城市不顾地方财力增长的有限性，借款建设，有过度负债的倾向。如某市借日本协力基金贷款建设长距离引黄工程，在该工程效益还未充分发挥的情况下，又在市内贷款建新的水厂。有的城市领导只管借钱上新项目，不管过去的欠债和今后的还款，某市 1991 年从建行贷款 1400 万元修建城市道路，贷款资金一直未还，目前本利累计已达三千多万元，在旧账未还的情况下又添新账，继续借款搞新项目建设。这些贷款虽不是政府出面，但实际上是得到当地政府支持的。

（二）部分负债建设的设施不配套，造成闲置和浪费近几年，各地利用银行贷款或国债资金建设了污水处理厂，但由于污水管网建设滞后、运行费用不落实等原因，致使部分污水处理厂建成后闲置，造成负债成本高而效益低。从对全国 11 个城市的调查来看，近几年共建成污水处理能力 135.5 万吨/日，但实际运行仅 57.8 万吨/日。某市已建成 2 座污水处理厂，日处理量为 11 万吨，由于管网不配套，目前实际运行能力仅是设计能力的 70%；某市建成的 16 万吨的污水处理厂，没有满负荷运行，现又在建设日处理量为 50 万吨的新污水处理厂；还有城市建有日处理 8 万吨的污水处理厂，由于运行费用不足（0.2 元/吨），实际每天只处理 3 万吨。近年新建的污水处理厂大部分都是贷款建设的项目，有的还是国债资金支持的项目，由于运行费用不足、管网不配套等原因，建成后闲置，造成巨大浪费。

（三）局部地区有不合理垫支土地收益，过度超前建设的苗头

将土地有偿使用的收益用于城市基础设施建设，既解决了城建资金不足的矛盾，又可以合理使用土地资源，是城市公用设施建设的一条重要经验。但在实际建设中，少数城市在地方财政资金紧缺、贷款能力有限的情况下，为筹集城建资金，出现了不合理垫支土地收益超前建设的行为。具体表现为：一是过度利用土地资源，将城市规划区内的土地在几年内大量、低价出让，造成未来土地收益过早提前使用，土地资产流失现象严重；二是利用土地出让收入所建的设施不是迫切急需的，造成了浪费。如某市在远离市区的行政区内，只有 5.8 万人口，居住分散，却用出让土地收入建设了一个 5 万平方米的大广场。这种利用土地收益搞超需求建设，实际是负了未来政府土地收益的债。

（四）部分城市政府性投资公司的负债存在一定风险

各地政府性城市建设投资公司承负了大量城市公用设施建设的举债。在部分城市，为壮大这些公司实力、改善财务状况、降低资产负债率，一般是通过划转城建资产的方式，改善城市建设投资公司的资产负债结构。但这些划转的资产多数都是名义资产，城市建设投资公司不负责对其经营，因而也没有收益，实际上没有偿还本息的能力。城市建设投资公司举债用于非经营性项目建设的，还款资金应由政府财政拨付，但由于政府财政能力的限制，还款资金有时也没有保证，这样在实际上很难实现资金"借、用、还"的正常循环，造成部分投资公司负债风险。如某市建设投资公司名义资产 41 亿元，2002 年贷款余额 29 亿元，当年需还本付息 10.1 亿，自 1998 年以来，财政只拨付 1.6 亿元，占全部还贷资金的 6%，其余全靠企业

自筹，企业在没有经营收益的情况下，只能借新还旧。这样，在形式上表现为城市建设投资公司的负债，实际是政府财政的负债，掩盖了政府负债建设的真实情况。

（五）承诺外资过高回报率，造成还款压力过大

在 90 年代初，少数城市为达到引进外资的目的，承诺了过高的投资回报率，而实际收益远远达不到预期目标，造成了还款压力过大、负债过重，使政府背上了沉重的债务负担。如某市供水有限公司与外资合作，政府承诺回报率为：第 1—2 年 10%，第 3—4 年 15%，第 5—28 年 18%，实际上自来水费收入达不到预测目标，收费总额难以达到回报要求，只得以其他资金补偿。

二　过度负债的主要原因

利用合理负债的方式筹集城市公用设施建设资金是市场经济发展的必然趋势，但负债必须与偿债能力相适应。目前我国部分城市公用设施建设的负债规模较大，存在一定风险。造成城市建设过度负债的主要原因是：

（一）城市建设没有形成稳定的资金渠道，存在经常性收入与集中建设不匹配的问题

城建资金渠道不稳是导致城市公用设施建设不能平稳发展的一个长期存在的问题。地方财政收入一般表现为稳定的均衡增长，而市政公用等基础设施建设却有一次性投入大的客观要求。财政收入的平稳增长与城市公用设施建设相对集中支出形成较大的矛盾。特别是城市基础设施薄弱和历史欠账较大的地区，城市公用设施建设呈现在一段时间内相对集中投入的局面，造成短期内对城建资金需求很大。这种经常性收入与集中建设不匹配的问题，导致城市建设负债建设的必然性，当正当的负债不能满足时，一些地方就不惜采取拖欠工程款的方式。在经济发展相对滞后地区，现有资金连市政设施维护需求都难以满足，更不用说新建市政设施满足日益增长的实际社会需求。

如东北某省会城市，目前全市城市建设共负债近 50 亿元，每年还本付息近 8 亿元。城维资金除了还贷外还可支配的所剩无几。事业经费、人员开支、偿还贷款和工程欠款、弥补（上年）赤字等刚性投资，已占市本级城维计划的 70% 以上，城市公用设施建设资金十分紧缺。

（二）在城市发展过程中仍然存在超能力建设问题

客观上，一些城市政府面对的问题是城市基础设施建设和设施状况比较滞

后，社会的需求比较多，难以满足日益扩大的城市功能需求，需要大量地进行建设，可是又缺乏资金，财力十分有限，只能在超过自身财力的情况下开展建设。由于建设资金不够，结果造成建成后债务难以偿还或拖欠工程款。

主观上，多数地方官员的政绩观有待端正，对负债问题的严重性估计不足，认识高度不够，存在新官难理旧账、不愿理旧账的现象，即使有了部分资金，也不主动偿还负债或拖欠的工程款，而是积极投入到新的城市公用设施改造和建设项目上，致使负债问题久拖不决。有的地区和城市则是不顾自身财力搞"形象工程"和"政绩工程"，急于求成、盲目攀比，不顾实际，贪大求洋，从对一些城市的实地调查情况来看，凡是不合理举债都与追求速度或形象工程有关，此外，各种名目繁多的"评比"和"达标"活动，助长了不顾实际、盲目上项目追求政绩的行为。还有个别地方为了多争取国债资金用于地方建设，超能力申请大项目或把申请国债的项目规模做大，盲目立项、开工，而地方财政又拿不出相应的配套资金，致使负债规模增大。这些城市在城建资金短缺的情况下，只要能筹到钱，不管资金来源渠道、方式如何，就尽力争取，不顾未来的可持续发展，具有短期行为的特征。由于这些市政建设工程建设规模的不合理性和负债长期性，造成地方城市公用设施建设负债的高速增长，并且超出了地方财政的偿还能力。

当前清理城市公用设施拖欠工程款存在的主要困难和问题在于城市公用设施建设资金短缺。随着城市化进程的加快，各地逐渐加大了对城市公用设施建设的投入，但由于城市基础设施薄弱和历史欠账较大，现有资金渠道难以保障实际社会需求，致使城市公用设施建设的资金捉襟见肘，特别是难以在短期内集中部分资金专项用于偿付拖欠的工程款，因此清理难度相当大。

（三）城市公用设施建设项目的前期工作不规范，项目建成后未达到预期效果

部分城市基础设施建设项目前期研究深度不够，项目决策未能做到公开、透明、公众参与和科学论证，规范管理意识不强，对公共建设项目监督力度不够；政府和项目单位对项目的前期可行性研究不重视，审批部门对项目审批不规范；项目运作时项目法人不明确，部分城市公共建设项目过去主要依靠项目主管部门实施，项目建设无明确的责任人，不能及时发现和处理项目建设过程中出现的问题；未通过项目法人责任制进行项目管理、风险约束和风险分担，导致项目资金构成中银行负债过高，项目建成

投入生产运行后运行率大大低于设计能力。如2003年国家审计署对三峡库区12座已通过试运行验收的污水处理厂的审计结果显示，12座污水处理厂日实际污水处理量仅为设计能力的21.1%；项目建成运行后没有产生预期的现金流，偿债压力大；部分城市超过自身实际经济能力申请国债项目，对国债项目、重大城建项目没有建立后评估机制，对未实现预期效益的项目未进行仔细调查、分析原因和对相关责任人进行行政和法律处理并采取措施加以整改。

（四）项目前期审贷不严，部分项目超概算、超内容、超标准建设，造成城市公用设施建设负债增加

目前在城市公用设施工程建设中工程变更和超概算问题比较普遍。超概算的原因很多，有的是由于原材料涨价等原因，工程成本增加，超过预算；有的项目不履行建设审批程序，边设计边建设，项目初步设计、工程决算、竣工验收报告等都未要求编制报批和审定，由此产生的拖欠问题无法及时认定和清理；有的项目虽经批准，但建设单位不按批准的可行性研究报告、初步设计确定的建设内容和标准及概算组织实施建设，随意更改建设内容，提高建设标准，增加建设投资，工程完工后又不及时编报调概报告，不履行决算审计和工程验收，形成部分单项工程欠款无法确认，底数不清。比如有的一级公路变成了高速公路，导致资金超过原先的预算；部分项目确定是由政府补助投资，其余资金是由建设单位自筹和社会融资解决，但在项目建设过程或建成后，原承诺的自筹资金难以落实，反过来全部向政府要投资。特别是部分国债项目，为了申请更多资金，夸大项目投资量，先申请项目，再成立公司，搞"钓鱼"工程，地方承诺的配套资金跟不上，最后形成不合理负债。

由于城市公用设施建设项目涉及公共利益，政府会承担最终责任，因此，作为国家银行对城建项目的贷款的积极性较高。为争夺建设贷款市场份额，部分银行放松贷前调查、评估等信贷管理程序，甚至降低贷款条件，违规向政府职能部门和担保能力明显不足的企业发放贷款，部分项目用短期贷款资金来源支持中、长期投资，个别项目贷款采取借新还旧、展期等方式还本付息，隐含巨大的偿债风险。

（五）缺乏风险意识，没有建立起负债风险的规避机制

负债建设是市场经济条件下才有的建设方式，对城市公用设施建设而言，究竟适合的负债方式是什么？多大的负债规模是合理的？负债风险如何规避？负债建设的责、权、利如何划分？城建资金的借、用、还如何协

调？对此，我们经验不足，各种法律法规也不完善，各地对负债建设正处于起步和探索阶段，造成了负债建设一定的盲目性。

第三节　负债建设的风险及防范

一　偿债资金主要来源和偿债方式

各城市的偿债资金来源主要是设施的经营性收入和政府性资金，政府性资金是指用于偿债的财政资金、土地出让收入、盘活存量资产收入等。从对国内 36 个城市的调查情况看，用政府性资金还款规模较大。如在 2002 年只有 22 个城市通过道路设施收费、水费、污水处理费、垃圾处理费等生产运营方式产生的资金偿债，平均每个城市为 3 282 万元；通过财政拨款、土地出让、盘活存量资产等方式取得的收入偿债的城市分别为 21 个、12 个和 3 个，平均每个城市为 16 802 万元、6 384 万元和 6 241 万元。与 2000 年相比，2002 年平均每个城市通过财政拨款和土地出让所得用于偿还债务的资金大幅度增加，其中有 7 个城市 2002 年偿债资金来源完全是通过财政拨款或土地出让收入，没有通过企业经营收入取得的资金进行偿债。这种不是由企业市场化可持续性经营方式建立起来的偿债方式具有很大的不确定性，隐藏着巨大的偿债风险。

二　负债建设面临的主要风险

（一）负债规模超过地方政府财政承受能力的风险

目前各地政府通过各种形式为城市公用设施建设负债承担担保责任，实际上成为还债的最终责任人。而政府缺乏对举债总规模的约束，每一届政府上任以后都会进行大规模城市公用设施建设，想方设法举新债搞建设，而无力还旧债，加上有些地方政府对负债建设的风险意识不强，对还款资金来源和还款计划没有明确安排，虽然每一年的新增债务不高，但是随着各年累积债务余额的增加，部分城市存在着建设负债总规模超过地方财政偿还能力的风险。

（二）征地制度改革后偿债资金来源减少的风险

目前许多城市负债的偿债资金来自土地收益，特别是"以土地作质押、以土地收益还款"的银行贷款规模增长很快，但随着征地制度的改革，政府以土地收入作质押取得贷款、以土地收益还款的方式将难以为继，那些政府信用的贷款将失去还资金来源，必然会引起债务偿还风险。

三　防范负债建设风险的措施

（一）合理划分中央与地方的事权与财权

地方政府在发展经济的同时，必须配套建设各项城市基础设施和公共设施，为解决地方"吃饭财政"无力搞建设的状况，应当根据事权与财权相一致的原则，合理划分财源渠道，提高地方财政收入占全部财政收入的比例，同时，建立规范的财政转移支付制度，解决地方政府千方百计筹资、负债搞建设的问题。

要明确土地收益在中央政府和地方政府之间的分配。随着市场经济的发展，土地的价值会越来越高。地方政府为谋求本地的发展，不可避免地要想方设法扩大地方政府收益。因此，要在新制度中明确土地收益在中央政府和地方政府之间的分配，特别是要考虑地方政府事权与财权的统一，为地方经济发展和城乡建设提供相对稳定的资金来源，避免地方政府为寻求发展资金而出现违规行为。

（二）完善政府投资决策和监督机制

为避免地方政府单纯为政绩而搞建设的情况，应当建立一套完善的政府投资的决策机制，规范政府投资行为，防止一些地方因随意决策、盲目投资给国家造成的损失。政府投资的范围主要用于市场不能有效配置资源的领域，如非经营性的市政设施和公共设施。同时，要完善政府投资项目的决策程序，政府投资项目要采取一定的形式公开征求社会各界的意见，要经过咨询中介机构、专家的评估论证，严格核准手续。要加强政府投资项目的专业化管理和事后评估，规范建设标准，严格概算审核，实现建设程序和资金管理的程序化、制度化和规范化。

（三）建立负债规模的约束机制和偿债机制

建立城市公用设施建设负债风险约束机制，健全政府债务的管理制度。一是建立"借、用、还"与"权、责、利"相统一的债务管理体制，克服目前政府债务多头管理，各自为政，债务规模、债务资金使用及偿债能力不清，调控不力，权责不明的现状；二是强化项目的前期可行性审批和立项，通过规范的管理制度和程序杜绝与城市经济发展实际情况不相符的超需求建设；三是建立举债评审制度，对举债规模、项目、成本、偿债渠道等进行评审论证，避免城市公用设施建设负债的盲目性和随意性；四是建立偿债责任制和责任追究制度，对债务的使用偿还要签订责任状，明确权利、义务、责任，对盲目举债，搞低水平的超需求建设，造成损失浪费，或因工作失职，造成无法按期还本付息的，要追究直接责任人的责任。同时要将债务的借、用、还纳入领导干部任期经济责任审计的范围，作为评价、考核、任用干部的一项指标。

（四）深化投资体制改革，积极推行"代建制"

现行投资体制中，往往要求在中央财政投资或国债项目中，由地方政府给予一定比例的资金配套。对于经济发达地区，这个要求基本不成问题，但对于贫困落后地区，有的是"吃饭财政"，有的连"吃饭财政"都必须依靠转移支付。对于这些地区，要求建设资金配套基本是不现实的。配套资金不到位往往导致工程竣工后出现拖欠。因此，要解决这个问题，必须通过深化投资体制改革，改进现有的"拼盘"式拨款办法，对贫困地区宁可少建几个项目，保证完全拨款。

要加快城市公用设施建设项目和其他政府投资项目建设组织实施方式的改革，积极堆行"代建制"。实践证明，政府投资工程实行"代建制"可以有效地节约资金、防止"超预算、超工期"现象的发生。因此，要积极推动政企分离，按照"代建制"要求采取招标方式选择代建单位，并以合同方式来约束代建单位和使用单位之间的职责，建立责权明确、制约有效、科学规范、专业化管理和社会化运作的管理体制及运行机制，从源头上防止发生新的拖欠。

（五）优化建设负债结构

适度举债进行城市公用设施建设是必要的，但目前适合城市公用设施建设项目收益率低、建设周期长的特性的举债方式在我国却不多，大量的城市公用设施建设负债主要集中在银行贷款和各种欠款两个方面，十分不合理。应大力推行建设项目法人制，采取政策鼓励城市公用设施建设企业发行企业债券、信托资金、个人委托贷款和民营企业投资等多种方式直接融资，坚决取消各种不合理欠款，控制银行贷款的不合理增长，优化负债结构。在适当的时机考虑允许发行市政建设债券。

对于已形成的、必须由政府偿还的各类城建负债，各地政府要结合自身财力情况，通过年度预算安排，将每年度财政收支结余、融资项目投资额及其收益、各种政策性收费、土地出让收入等，按一定比例专项用于清偿债务；目前债务负担率过高，债务余额超过财政承受能力的地方，更要慎重研究财政支出。

对于通过政府性投资公司负债建设的、有稳定收益的经营性基础设施项目，在认真研究论证的基础上，可以通过招标出让产权或转让经营权等方式，吸纳民间资金进入，转移政府性投资公司的债务风险。

（六）调整城市维护建设税的使用方向

1985 年设立城市维护建设税时，规定该税"应当保证用于城市公用事业和公共设施的维护建设"，不少地方将该税同时用于维护和建设，甚至有的地方主要用于新建项目，既造成现有设施特别是城区道路、下水管网失修失养，也不适应当前城市公用设施建设投融资体制改革的实际。

同时，要加快市政等设施维护管理方式的改革。目前在城市道路、绿化、环卫等行业，政企不分、政事不分、管养不分现象还比较严重，城市维护资金的使用效益很低。要加快改革，一方面，使市政、园林、环卫等事业单位真正改革成为独立核算、自负盈亏、无上级主管的企业，使之从事业单位、行政管理转变为企业化经营；另一方面，要加快推行市政设施维护、园林绿化、环卫的社会化、专业化管理，引入市场竞争机制，从政府包揽转向社会有偿服务。要采用公开招标的办法，把市政、绿化、环卫设施建设和维护管理交给专业公司运作，逐步提高政府对市政、公共服务的投资效率，节省维护资金。

（七）进一步完善防止拖欠工程款的长效机制

严格执行承诺制和保证金制度。凡政府投资的重大基础设施项目，建设单位和施工企业必须承诺不拖欠工程款和农民工工资；施工企业必须缴纳民工工资保证金，民工工资保证金由施工单位、银行、劳动部门和相关法律部门共同监管。

健全政府投资项目可行性研究审批制度，制定政府投资项目超概算的管理办法，确保项目建设资金的落实，加大对违规项目的惩罚力度。

推行政府投资工程集中支付制度，减少政府投资项目支付环节，加强付款监督，确保工程款按程序及时、足额支付到中标单位。研究制定规范政府投资项目的审计管理办法，提高政府投资项目审计的质量效率。

（八）建立规范的风险防范制度

商业银行作为市场主体，其市场行为应脱离政府的行政约束，在对城市基础设施建设贷款时，要有合理和完善的评估体系，重点对项目偿债能力、资本金水平、信贷信用结构（包括资本金比例以及财务风险指标等）、技术、经济和环境可行性、行业和地区的信用状况、项目其他资金来源是否落实、贷款的担保和抵押措施、项目投入产出比例、项目管理水平、管理人员素质、经济、社会与环境效益等进行评估，同时坚持信贷合同管理、担保管理，完善信贷动态管理信息系统、通过完善的内部制度对内部人的能力风险、道德风险进行监控。同时各级政府应建立财政风险预警指标体系、处理机制和信息披露制度，把握城市负债状况，及时采取相应措施加以防范。

加强信用管理。由专业的中介机构对项目的贷款使用和经营现金流量进行监督管理，保证项目贷款的合理高效利用以及运行后产生的现金流在保障项目正常运转的前提下能优先用于偿还债务。

本章小结

虽然各地政府进行了多元化、多渠道融资的探索，使城建资金迅速扩大，如仅2002年一年全国市政公用设施固定资产投资额就相当于"六五"至"八五"15年投资的总和，2004年投资额是1995年的6倍，但我国城市建设投资规模的增长，主要还是依靠政府动员财政性资源来应对市场需求的模式来实现的，如目前城建资金来源中财政直接投资、财政担保的银行贷款以及土地出让收益等约占城建资金的70%。在部分地区地方负债搞建设已经超出了自身的能力，隐性负债和拖欠工程款等不合理负债给地方财政带来很大风险，长期、稳定的城建资金来源渠道缺乏是多年未解决的问题，也是导致地方政府投资行为不规范的一个重要原因，将来也必将关系到城市建设的持续发展。

由于市政公用设施建设一次性投资大的支出特点与地方财政收入渐递增长的收入特点极不相匹配，因此，市政公用设施负债建设实属必然，负债建设的最佳方式应是长期建设债券，但按法律规定，目前我国不能开征市政建设债。因此银行贷款成为地方负债的主要形式，如2004年占33.5%，而商业银行贷款由于期限较短，政府还款压力大，应格外注意其风险。防范负债建设风险的主要措施既有制度改革层面上的，如合理划分中央与地方的事权与财权、完善政府投资决策和监督机制等，又有积极推行"代建制"、优化负债结构、建立偿债基金等管理层面的。

思考题

一、名词解释

合理负债　　隐性负债　　公共财政　　市政建设债券　　代建制

二、简答题

1. 城市公用设施负债建设有什么风险？

2. 我国城市公用设施负债建设存在什么问题？

3. 城市公用设施建设过度负债的主要原因是什么？

4. 如何防范城市公用设施负债建设风险？

三、论述题

1. 如何确定城市公用设施负债建设的边界。

2. 如何建立起科学有效的偿债机制。

阅读参考文献

1. 邓淑莲：《中国基础设施的公共政策》，上海财经大学出版社 2001 年版。

2. 秦虹："建设事业收费改革研究"，载《中国房地产研究》，上海社会科学院出版社，2000 年第 3 期。

3. 国务院发展研究中心宏观部课题组：《地方政府债务形式、特点与成因》2004 年 3 月。

4. 刘尚希："通过市场化机制解决地方政府债务问题"，载《宏观中国》2003 年第 41 期。

5. 建设部课题："我国城市建设负债及偿债机制研究"，2004 年 9 月。

6. 建设部课题："市政公用设施建设拖欠工程款研究报告"，2005 年 8 月。

7. 建设部课题："城市建设投资增长及负债情况调研报告"，2004 年 11 月。

8. 秦虹："市场公用设施市场化改革既要积极又要稳妥"，载《中国建设报》2004 年 11 月 22 日。

9. 秦虹："市政公用设施市场化改革应把好四道关"，载《人民政协报》2004 年 11 月 30 日。

10. 秦虹、钱璞："城建投资需提高规划决策水平"，载《城乡建设》2004 年第 12 期。

第四章　城市公用事业市场化融资

内容提要

● 2003 年起中央和国务院各部委的一系列政策文件为开放城市公用事业市场，引导非公有资本进入法律法规未禁入的基础设施、公用事业及其他行业和领域起了重要的指导作用。

● 从现实来看，实现投资多元化，扩大投资规模，引入市场竞争机制是发展城市公用事业的迫切需要，正确引导，定准目标是其中的关键。

● 城市公用事业市场化融资的应同时兼顾三个方面：一是改善供给，改变市政公用设施服务长期"欠账"、供需矛盾突出的局面，特别是与保护生态环境和居民生活水平提高密切相关的设施严重不足的状况；二是提高效率，改善经营管理机制，使具有垄断特性的市政公用设施业也具备竞争和激励机制，不断满足社会进步对市政公用设施服务不断提高的要求；三是增加社会整体福利，也就是保障公共利益，如健康、环保、社会各层的普遍服务等。

● 实行特许经营制度是城市公用事业市场化融资的一个重要方式，关于特许经营的准入、特许经营合同的签订、期限和风险的设定等都是其中的关键环节。

● 在西方发达国家，城市公用事业的市场化融资开始于 20 世纪初，并在 80 年代后迅速发展，已有不少成功的经验，其中法国水务的经验对我们目前的改革有重要的启发和借鉴意义。

● 城市公用事业由过去政府包办到开放市场、引入竞争，必然迫使原来国有企事业单位的改革，但这一改革必须积极稳妥，达到提高效率和稳定社会的目的。

● 允许城市公用事业进行市场化融资，并不意味着政府对城市公用事业就没有投资的责任和义务。改变政府投资的方式、提高政府补贴的效率是十分重要的。

在传统体制和观念中，城市中的城市公用设施服务因为存在着规模效益明显、消费的排他性低、沉淀成本大、投资额高而回收期长、自然垄断等种种经济技术特征，因而从理论上讲，由政府统一生产和供给可以保证公平而有效率。但各国的实践证明，由于政府供给是以计划安排为主，缺少竞争，从而产生两方面的主要问题，一是这些政府性机构冗员严重、效率低下、服务拖延、投资浪费等问题普遍存在；二是过度依赖政府投资，受政府财政能力的限制，城市公用设施服务的投资不足成为难以克服的障碍。

我国城市公用设施服务是以国有企业和事业单位提供为主，这两方面的问题也很突出。以供水企业为例，2000 年的资料显示，供水企业的全员劳动生产率最高与最低城市相比相差几十倍。据对某个中等城市的调研，该城市的供水企业只需 120 人，现有 260 人，由于人员负担过重，企业每年亏损 590 万元。更可怕的是在就业难的形势下，无破产之忧的城市公用企业还面临着被迫进人的种种压力。许多城市的道桥建设养护、街道清扫和垃圾收集处理、污水处理、园林绿化等是由事业单位承担的，在北方的某些城市，由于冬季严寒，这些园林绿化服务事业单位职工只工作半年左右的时间，但按规定国家必须承担全年的工资，并按期涨工资，政府对市政服务的投入与实际产出相脱节，造成资金使用效率的低下。在投资方面，我国曾经历过单一依靠政府投资导致的市政服务的投资不足，使城市公用设施服务出现长期"欠账"的困难局面。未来 20 年我国进入全面建设小康社会的关键时期，城镇化速度将加快，对市政服务的需求是巨大的，完全依靠城市财政投资发展城市公用设施服务显然不可行，目前某些城市过度透支土地资源筹资或过度负债搞建设也是不可持续的。开放城市公用设施服务市场，运用市场机制改善服务供给能力、质量和效益，势在必行。

第一节　市场化融资的有关政策

20 世纪 90 年代，城市公用事业的市场化融资就在一些大城市开始探索。如 1994 年上海市就将南浦和杨浦大桥的专营权转让给了香港公司。但各地真正开始大规模地推进市场化融资是近几年的事，与政府的政策推动密不可分。

一　十六届三中全会的决定

2003 年 10 月中共中央召开了十六届三中全会，全会做出了《中共中央关于完善社会主义市场经济体制若干问题的决定》（以下简称《决定》），这是一个新时期指导经济建设和改革的纲领性文件，对指导城市公用事业的市场化融资具有重要意义。

《决定》提出要大力发展混合所有制经济，实现投资主体多元化，使股份制成为公有制的主要实现形式。股份制由以往是公有制的一种实现形式变为主要实现形式，这一重大变化将使国有企业股权多元化的改制速度大大加快，为民营企业和外商进入国有城市公用设施企业投资创造了更多的机会。混合所有制经济的提法，使"公"与"私"不再是对立的关系，而使两者结合起来，实现共赢，这对于市政公用行业建立"公私合作"的经营体制有特别重要的指导意义。

《决定》提出建立健全现代产权制度。指出：产权是所有制的核心和主要内容，要建立归属清晰、权责明确、保护严格、流转顺畅的现代产权制度，这是对产权清晰、责权明确、政企分开、管理科学的现代企业制度的重大创新和突破。企业改革由建立现代企业制度到建立现代产权制度，表明我国的国有企业改革进入了一个新阶段，这有利于各类资本的流动和重组，推动混合所有制经济发展，对长期以来市政公用行业中占绝对数量的国有企业的改革也是一个极大的推动。

《决定》提出允许非公有资本进入法律法规未禁入的基础设施、公用事业及其他行业和领域。非公有制企业在投融资、税收、土地使用和对外贸易等方面，与其他企业享受同等待遇。公有制经济和非公有制经济相互融合、平等竞争将成为未来改革和发展的重要内容，城市公用事业也必将打破垄断，实行开放。

《决定》提出加快垄断行业改革，放宽市场准入，引入竞争机制，积极推行投资主体多元化，实行政企分开、政资分开、政事分开。对自然垄断业务要进行有效监管。对垄断行业的改革由过去的政企分开，到政资分开、政事分开，并提出有效监管的要求，表明政府职能将按市场经济体制的要求逐步调整到位，放开该放的事，管好该管的事。就市政公用行业来讲，过去规划、建设、管理是建设主管部门的主要职责，进行市场化改革，要放开的是建设，该管好的是规划和管理。

通过以上政策导向，可以预见，今后非公有资本将会更多地参与到城市公用事业领域的发展之中，政府的对城市公用事业的监管责任将更加重大。

二　关于加快市政公用行业市场化进程的意见

2002 年 12 月，建设部《关于加快市政公用行业市场化进程的意见》

（以下简称《意见》）发布，这既是贯彻党的十六大关于"推进垄断行业改革，积极引入竞争机制"的具体举措，也是通过改革促进城市公用事业发展的重要决定。

《意见》明确指出：鼓励社会资金、外国资本采取独资、合资、合作等多种形式，参与城市公用设施的建设，形成多元化的投资结构；允许跨地区、跨行业参与市政公用企业经营；市政公用行业的工程设计、施工和监理、设备生产和供应等必须从主业中剥离出来，纳入建设市场统一管理，实行公开招标和投标。

《意见》提出要按照项目分类的方法，把城市公用设施按经营性和非经营性项目加以区分。改革的具体实现形式是：

1. 经营性城市公用设施的建设和运营实行特许经营制度。市政公用行业特许经营制度是指在市政公用行业中，由政府授予企业在一定时间和范围对某项市政公用产品或服务进行经营的权利，即特许经营权。政府通过合同协议或其他方式明确政府与获得特许权的企业之间的权利和义务。市政公用行业实行特许经营的范围包括：城市供水、供气、供热、污水处理、垃圾处理及公共交通等直接关系社会公共利益和涉及有限公共资源配置的行业。实施特许经营权制度应包括已经从事这些行业经营活动的企业和新设立企业、在建项目和新建项目。

《意见》强调，实施特许经营，应通过规定的程序公开向社会招标选择投资者和经营者。要按照《招标投标法》的规定，首先向社会发布特许经营项目的内容、时限、市场准入条件、招标程序及办法，在规定的时间内公开接受申请；要组织专家根据市场准入条件对申请者进行资格审查和严格评议，择优选择特许经营权授予对象。对被选择的特许经营权授予对象，应该在新闻媒体上进行公示；公示期满后，由城市市政公用行业主管部门代表城市政府与被授予特许经营权的企业签订特许经营合同。凡投资建设特许经营范围内的市政公用项目，项目建设单位必须首先获得特许经营权，与行业主管部门签订合同后方可实施建设。现有国有或国有控股的市政公用企业，应在进行国有资产评估、产权登记的基础上，按规定的程序申请特许经营权。政府也可采取直接委托的方式授予经营权，并由主管部门与受委托企业签订经营合同。

2. 非经营性的市政设施的建设和维护实行竞争招标制度。对于非经营性的市政设施、园林绿化、环境卫生等非经营性设施日常养护通过招标发包方式选择作业单位或承包单位。逐步建立和实施以城市道路为载体的道路养护、绿化养护和环卫保洁综合承包制度，提高养护效率和质量。

建设部这个文件出台以后各地反响很大，随后，河北、江苏、山东、内蒙、北京等地也出台了类似文件，纷纷表态全面开放城市公用设施建设市场，一时间，城市公用设施建设项目的招商引资、盘活存量资产等活动在各地十分活跃。应该讲，由于各地政府的积极推动，城市公用设施建设的引资效果是明显的，过去长期由政府单一投资的城市公用事业开始出现了投资多元化的格局，城市公用设施这个巨大的市场和未来的发展前景强力地吸引着外商、民营企业进入。但不可否认的是，文件只是对开放城市公用设施建设市场提出了政策性要求，非常宏观和原则，对经营性设施只提出了特许经营一种方式。各地在缺乏具体改革指导和改革经验的情况下，急于将城市公用设施推向市场，少数地区也出现了一些失误，如将本来十分复杂的市场化改革简单处理，在监管机制尚未建立的情况下，将国有资产一卖了之，或与外商企业签订了严重脱离实际的特许经营合同，对消费者的利益保护不够等。

三　城市公用事业特许经营管理办法

在 2002 年的《意见》的基础上，2004 年 5 月建设部出台《城市公用事业特许经营管理办法》（以下简称《办法》），进一步明确了我国实施城市公用事业特许经营的市场化方向，并对特许经营的有关原则做了明确规定，对于地方政府建立和完善以特许经营制度为核心的市场化工作有很强的指导和约束意义。

该《办法》明确了政府对城市公用事业监管的责任，明确规定"国务院建设主管部门负责全国城市公用事业特许经营活动的指导和监督工作"，确定由国家建设部门对特许经营进行管理，同时，规定"直辖市、市、县人民政府城市公用事业主管部门（以下简称主管部门）依据人民政府的授权，负责本行政区域内的城市公用事业特许经营的具体实施"，规定了主管部门应当履行的监管责任，包括成本和价格监管、经营监管、质量监管和安全监管，受理公众投诉等。

《办法》在总结目前部分政府通过市场化盲目引资，以及部分企业存在投机问题的基础上，原则性地规定了企业方获得特许经营的进入条件，在一定程度上阻止不合格的企业进入城市公用事业，从而减少将来运营中的风险。

该《办法》是对特许经营制度的一种宏观性的、原则性的规定，以利于各地在实践中出台更具体详细的地方性管理办法。

四 其他有关政策规定

近几年国家一些政策也对推进城市公用设施服务市场化供给提供了必要的政策环境。如2001年12月11日，国家计委《关于印发促进和引导民间投资的若干意见的通知》，指出要逐步放宽投资领域。除国家有特殊规定的以外，凡是鼓励和允许外商投资进入的领域，均鼓励和允许民间投资进入；鼓励和引导民间投资以独资、合作、联营、参股、特许经营等方式，参与经营性的基础设施和公益事业项目建设。2002年1月，《"十五"期间加快发展服务业若干政策措施的意见》，指出要积极鼓励非国有经济在更广泛的领域参与服务业发展，放宽外贸、教育、文化、公用事业、旅游、电信、金融、保险、中介服务等行业的市场准入。国务院有关部门要尽快制定并公示有条件准入的领域、准入条件、审批确认等准入程序以及管理监督办法。2002年3月4日公布的《外商投资产业指导目录》中，对城市供水厂建设和经营、城市封闭型道路建设和经营、城市地铁及轻轨的建设和经营（中方控股）、污水和垃圾处理厂以及危险废物处理处置厂（焚烧厂、填埋场）及环境污染治理设施的建设和经营都列为鼓励项目，原禁止外商投资的燃气、热力、供排水等城市管网首次被列为对外开放领域，但需中方控股。2002年10月国家计委、建设部、环保总局出台《关于推进城市污水、垃圾处理产业化发展的意见》，提出改革价格机制和管理体制，鼓励各类所有制经济积极参与投资和经营，逐步建立与社会主义市场经济体制相适应的投融资及运营管理体制，实现投资主体多元化、运营主体企业化、运行管理市场化，形成开放式、竞争性的建设运营格局。2005年2月国务院出台《关于鼓励支持和引导个体私营等非公有制经济发展的若干意见》，提出要为非公有制经济创造平等、一视同仁的法治环境、政策环境、市场环境，实行一系列鼓励、支持、引导非公有制经济发展的政策措施；支持非公有资本积极参与城镇供水、供气、供热、公共交通、污水垃圾处理等城市公用事业和基础设施的投资、建设与运营；在规范转让行为的前提下，具备条件的公用事业和基础设施项目，可向非公有制企业转让产权或经营权。鼓励非公有制企业参与市政公用企业、事业单位的产权制度和经营方式改革。

目前各地正根据国家政策要求，制定开放城市公用设施市场的范围、步骤和关键细节。但如何将一般的宏观号召向具体可操作的政策文件转化是非常关键的，它关系到市场化改革的进程，要特别加以研究和明确。如经营性城市公用设施实行特许经营，如何对待新建设施的产权问题；特许经营期限如何确定；特许经营权获取是否要付费；特许经营到期后资产如何处置；现企事业单位如何平稳改革；如何平衡价格（收费）与企业回报的关系；如何建立必要的补贴机制；政府如何实施有效监管等等问题。在这些问题上，既要借鉴国际上成功的经验，也要找出适合我国的特点的有效做法。

第二节　市场化融资的必要性及目标

一　城市公用事业面临的主要问题

目前城市公用设施的规模和结构与社会需求的矛盾还没有得到有效地解决，在这个领域，自然垄断与行政垄断并存、国有经济的比重过大、效率不高的问题仍然十分突出。具体表现在以下几个方面：

（一）投资总量不足，供需矛盾仍然突出。

从新增需求看，相对于城镇化快速发展的要求，城市公用设施的投资总量仍然不足。我国目前正处于城镇化高速发展时期，从 1998 年以来，我国城镇化率每年提高 1.4 个百分点，每年由于城镇化水平提高，城镇人口新增约 2000 万人，新增的城镇人口由过去的农民变为市民，首先要享受到城市的公共服务，要喝上自来水、乘上公交车……这将对城市公用设施产生极大需求。2005 年底我国的城镇化率已达 43%，根据国际经验，城镇化率在 30% 到 70% 之间都是加速增长时期，因此，未来的几十年中，由于城镇化快速发展导致的对城市公用设施的需求将十分庞大，要满足这些需求，就需要不断地加大投资力度。

从现有水平来看，我国人均享用的设施水平仍然有待提高。按新的统计口径，2003 年我国城市自来水普及率只有 86.15%，污水处理率只有42.39%。2003 年我国城市人均道路面积为 9.34 平方米，与国外一般发达国家 20—40 平方米相比，为 1/5 到 1/2。我国城市道路面积率平均为8.59%，而国际上这一比例较高的城市如华盛顿为 43%、纽约为 35%。比例适中的城市如伦敦为 25%、巴黎为 23%。比率偏低的城市如东京为13%。国际上通常道路面积率不应低于 20%，我国仍在执行《城市用地分类与规划建设用地标准 GBJ137 - 90》规定的城市道路面积率为 8%—15%，属较低水平。在交通出行结构中公交出行平均只占 10% 左右。

从结构上看，特别是与生态环境相关的城市污水处理和垃圾处理设施不足。如从 1999 年开始我国生活垃圾的产生量就超过生产垃圾，占 53%，目前我国城市年产垃圾量已达 1.5 亿吨，垃圾堆放总量已高达 70 亿吨，全国 400 座大中城市有 2/3 被垃圾包围，成为制约城市发展的大问题。而垃圾的产生量正以每年 8%—10% 的速度持续增长，这个速度远快于处理设施的建设速度。据估计，目前城市生活垃圾的无害化处理率仅为 20% 左右。大量垃圾未经处理，裸露堆置，污染水质、土壤、大气，传播疾病。污水处理设施也严重不足，目前全国有 60% 左右的城市没有污水处理厂，城市污水直接排入水体，严重污染环境。上海这个国际化大都市，每天产生的污水量有 530 万吨，但处理率只有 63%，北京承诺到 2008 年召开奥运会时，污水处理率才达到 90%，比较英、法、德等国平均每万人拥有一座污水厂，处理率和污水管网普及率在 90% 以上，可见我国的差距之大。更为严重的是，污水处理后产生的污泥尚未得到很好的处理，且处理费用高，资金难以落实。

从投资水平来看，城市公用设施建设投资占同期国内生产总值的比例仍然较低。从建国以来到 1991 年，我国城市公用设施建设投资占 GDP 的比重一直低于 1%，"八五"期间平均为 0.8%，"九五"期间增长到 1.7%，2003 年上升到 4462 亿元，占 3.82%。但是由于我国市政建设以往欠账严重，因此要满足社会需求，还需增加投资水平。

（二）融资渠道狭窄，社会直接投资较少。

我国城市建设规模的增长，主要还是依靠政府动员财政性资源来应对市场需求的模式来实现的。2004 年全国城建资金收入 5 258 亿元，从融资结构来看：中央和地方财政资金占 15%，有政府背景的国内银行贷款占 30%，土地出让收入占 29%，配套费和市政设施有偿使用费占 5%，以上 80% 的资金都是依靠政府信用或依靠行政力量取得的，真正由外商和民间直接投资。包括发行债券和股票等资本市场的融资总量不足 20%。见下图所示。

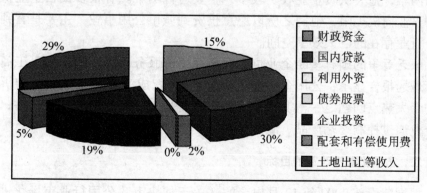

图 4.1　2004 年全国城建资金来源结构

　　所以，从目前的情况看，城市公用设施投资主体仍然单一，城市公用设施无论其可经营程度如何，以政府投资为主，政企不分、政事不分，垄断经营的现象仍较为严重，由于政策环境或利益激励机制不完善等原因，社会资本进入仍存在着一定的困难。一些地方在市场化改革中，政府仅停留在一般的政策性号召，民营资金真正要进入市场中来，又缺乏可执行的办法；有的政府缺乏诚信，当招商引资时承诺了诱人的政策条件，但过了几年或政府换届，就单方改变承诺，忽视外商或民营企业的投资利益，破坏了当地的投资环境；还有的地方对城市公用设施服务价格改革迟迟不到位，使企业投资缺乏积极性。未来随着我国城市化进程的加速，要满足城市发展的需求，仅靠政府筹集建设资金是难以实现的，所以必须通过改革积极拓宽融资渠道，扩大民间资本投资的规模。

　　（三）国企改革滞后，资金效率不高。

　　在城市公用事业国有企业比重较高，管理机制不合理，缺乏优胜劣汰的竞争压力，同时，作为国有企业还为政府承担了大量的义务，社会负担重，所以资金效率较低。如表面上看供水企业已经走上市场，但在许多地方，企业"婆婆"依然存在，政府在供水市场整顿、供水法规执行、营造发展环境等方面的"缺位"，在企业自主经营、法人结构治理、企业重大决策中的"越位"，使供水企业难以按市场规律办事。目前全国在竞争性行业市场经济正在逐步完善，用工制度不断改革，但无破产之忧的市政公用企业却几乎成了新的"铁饭碗"，全国供水行业的国有企业平均富余人员约占50%，全国89个城市供水企业平均单位售水成本为1287元/千立方米，亏损面为60%；供暖问题在东北一直比较突出，由于多年来，采暖费收缴困难，拖欠供暖企业收费较多，企业运行困难。有很多民营企业认为公用事业商机无限，他们之所以愿意投资到城市公用事业，主要是看到了这个行业存在的巨大效率空间。

　　缺乏竞争的国有垄断企业也存在着突出的服务问题。如据国家工商行政管理局报告显示：公用企业利用独占地位侵权成为2001年消费者申诉举报的十大热点问题之一。其中供水、煤气等服务领域投诉达10670件，这些企业通过控制终端产品、滥收费用等控制经营活动。

二　市场化融资改革的目标

　　根据建设部2002年12月出台的《关于加快市政公用行业市场化进程的意见》的要求，市政公用行业是城市经济和社会发展的载体，它直接关系到社会公共利益，关系到人民群众生活质量，关系到城市经济和社会的可持续发展，其市场化改革要加强领导、精心组织、统筹规划、稳步推进。

城市公用设施市场化改革目标包括三个方面：

一是通过投融资体制改革，建立多元化的产权结构，有效地增加城市建设的资金投入。不可否认，目前我国正处于城镇化快速发展，大规模市政建设的阶段，当前城市公用设施供需矛盾突出，建设资金不足是推动市场化改革的重要动因之一，那么开放市场首先要解决城市公用设施建设资金从哪里来的问题，这一点与高税收、高福利的西方国家有很大区别。

二是打破垄断经营，引入市场竞争机制，提高城市建设和运行的效率。单一国有企业经营效率低是改革的一个重要诱因，各地改革的实践证明，改革可以出效益。如在改革之前，上海市的供水、燃气和公交三个行业政府每年的财政补贴为 8 亿元，改革后，目前除公交每年还保留 3 亿元的专项补贴外，其他行业不再补贴，每年节省的财政资金达到二十多亿元，这就是改革的成效。新奥燃气是家民营企业，目前它已在全国四十多个中小城市投资了管道燃气，总投资二十多亿元，服务人口达到 1500 万，为了在保持竞争优势和取得经济效益，他们努力营造先进的企业文化，千方百计提高服务质量和水平，取得了良好的评价和效益。

三是按照市场经济规则，重新确立政府对城市公用设施建设的职能和管理体制。城市公用事业市场化改革后不再是由政府一方投资，投资主体的多元化要求政府淡化建设和经营职能，加强规划和监管职能，按照市场经济的方式，如颁布法律法规、提供信息服务、签订合同等代替过去的行政命令方式如通知、文件，分清政府、企业的责任和风险。

建设部《加快市政公用行业市场化进程的意见》中对市场化改革提出了具体的要求：

一是鼓励社会资金、外国资本采取独资、合资、合作等多种形式，参与城市公用设施的建设，形成多元化的投资结构。对供水、供气、供热、污水处理、垃圾处理等经营性城市公用设施的建设，应公开向社会招标选择投资主体。

二是允许跨地区、跨行业参与市政公用企业经营。采取公开向社会招标的形式选择供水、供气、供热、公共交通、污水处理、垃圾处理等市政公用企业的经营单位，由政府授权特许经营。

三是通过招标发包方式选择市政设施、园林绿化、环境卫生等非经营性设施日常养护作业单位或承包单位。逐步建立和实施以城市道路为载体的道路养护、绿化养护和环卫保洁综合承包制度，提高养护效率和质量。

四是市政公用行业的工程设计、施工和监理、设备生产和供应等必须从主业中剥离出来，纳入建设市场统一管理，实行公开招标和投标。

五是加快城市公用事业单位企业化改制。对城市市政、公用、绿化、环卫等生产性、经营性和作业性事业单位进行企业化改制，使其成为独立的市场主体，将其承担的市场管理和监督等行政职能全部划归政府管理部门。

三　城市公用事业市场化融资后的新特征

以政企不分、政事不分垄断经营为主的城市公用事业，其特征是政府是市政公用设施服务的唯一提供者和生产者，集决策、管理、监督、生产、服务于一身，市政公用设施服务提供量的多少是根据计划而不是根据市场需求来决定的，政府承担了市政服务的所有责任和风险，消费者对所提供的服务没有选择权，服务的优劣无法从市场渠道得到判断，服务或产品价格主要由计划确定。而市政公用设施服务的市场化供给是以打破垄断、开放市场为前提的，其特征既表现为市场经济本身的内在要求，又有作为一种公共服务所应具有的特殊性质，主要特征大致可以概括如下：

1. 政府与生产者角色分离。在市场化供给的条件下，政府仍将是城市公用设施的服务规划者和决策者，但不再是服务的生产者，生产者既可以是国有企业，也可以是民营企业、外资企业或个体经营者。政企分开，城市公用设施服务的决策、监督职能与生产职能相分离，这是实现市场化供给的重要特征。在市场化供给的条件下，政府部门根据规划和公众需求决定增加或改善何种市政服务，至于由谁来投资、谁来生产、如何实施，则采用市场机制的办法，由市场竞争所决定。政府不再对城市公用设施企业的经营管理有决定权，包括企业领导者的确定、用工多少、成本核算、盈亏效益、质量控制等企业经营方面的各种事务。

2. 政府管制与市场竞争有机结合。尽管城市的供水、供热、供气、公共交通、排水、污水处理、道路与桥梁、垃圾收集与处理、园林绿化等市政服务所具备的公共物品特性的程度有所差异，如排水比供水有更明显的公共物品特性，但总体上它们都可以归为城市的公共服务类。政府对公共服务的责任是城市公用设施服务实施政府管制的理论基础。政府管制是政府对城市公用设施服务市场的直接干预，具体表现为政府依据法律法规对城市公用设施企业的市场进入、价格决定、产品质量和服务条件施加直接的行政干预。但政府管制不等于政府直接提供生产，也不等于政府有权随意决定由谁来生产。生产者的确定应当引入市场机制。对非经营性服务，如街道保洁、绿化等应采用政府采购的方式，招标选择生产者，对经营性服务，如供水、供气等，应当通过特许权授予的方式，竞争招标选择投资者或经营者，即在特定时期内，通过竞争性招标把特许权授予特定的企业。政府管制下的竞争是市场化供给的又一特征。

3. 合同约束取代行政管理。在垄断经营的条件下，政府对其所属的企业和事业单位是一种行政管理关系，它既包括人事任命、组织机构设置、职工福利等非经营活动，也包括投资审批、服务对象确定、亏损补贴等经营活动，这种行政管理关系之密切，几乎可以将这些企事业单位等同于这个领域政府的代表。而市场化供给机制建立后，政府作为城市公用设施服务需要的提出者，通过合同的方式与服务的提供者建立起平等、自愿、互利的民事关系，这种合同大致可以分为两类：一类是由政府付费的服务承包合同，另一类是由消费者付费的特许经营合同。政府与服务提供者通过合同建立起的经济关系，对双方都有约束作用，一旦服务没有达到质量标准，政府有权重新选择服务者，一旦出现纠纷，可以采用司法途径解决，这样城市公用设施服务真正具备了市场经济的素质。由行政管理向合同关系转化，是城市公用设施服务市场化供给的第三个特征。

4. 投资和生产主体多元化。城市公用设施服务市场化供给的第四个特征就是投资和服务主体多元化。这个多元化不仅仅指国内、国外、国有、民营、个体、合资、股份等各种投资者均可投资，而且指城市公用设施的服务市场不能有唯一的生产者，不论这个唯一的生产者是什么所有制性质。因为只要它是唯一的，必然就是垄断的，政府或消费者就无从对其所提供的服务进行比较和判别，也就无法进行选择。城市公用设施服务市场应是一个由企业、民间投资者和外商投资者等多元投资主体共同参与的有序竞争格局，各种投资者凡是具备条件的，均可以通过竞争成为生产者。总之，在市场化供给的条件下，投资和生产主体应是多个竞争的，投资者或生产者不再受其所有制形式和地域性的限制，其投资能力、经营业绩、信誉等级等成为进入市政服务市场的首要条件。

5. 投资的风险、责任、回报分散。尽管大多数市政服务行业有需求稳定、现金流量大、政府关心、社会关注等投资优势，但与其他行业一样，同样存在投资风险，特别是市政服务投资额大、涉及政治和社会等多种因素、建设期和回收期长，投资风险更具独特性。在政府承担全部投资时，所有风险、责任和回报都由政府承担。在市场化条件下，则是按照政府与投资者和生产者的角色分工不同，风险、责任、回报分别各自承担。美国学者 E. S. Savas 曾提出基础设施投资存在的风险包括：商业风险，如"成本超出风险"、"经营风险"、"利润风险"；财政风险，如"债务偿付风险"、"汇率风险"等；政治风险，如"价格规制风险"、"充公风险"、"转资风险"、"争端解决风险"等；其他风险，如"技术风险"、"环境风险"、"不可抗力风险"等。所有这些风险，属于经营活动自身产生的，由投资者承担，属于政府决策或管制产生的，由政府承担，属于不可抗力的，由政府和投资者共同承担。所以，风险、责任、回报的合理分担机制，是城市公用设施服务市场化供给的第五个特征。

第三节　城市公用事业特许经营制度

特许经营是指政府以特许授权和特许协议方式许可私人投资者（也可以是国有企业，但必须是市场化的法人）根据特许协议在政府监管下从事某项公用事业产品或服务的提供的经营活动。根据协议经营管理方对新建设施或改建设施进行全部或部分投资，并负责经营所需流动资金，在一定时间和一定范围内从事某项经营活动的一种经营方式。这是一种长期但定期的合同，在合同期满时，所经营的项目要交还特许人。世界银行的一份报告对特许经营作出了这样的定义：从广义上讲，特许经营可以指任何一种法律安排，在该安排下公司从政府那里获得权利，以在占有重要市场支配力的条件下来提供某种特定的服务。因此，特许经营是一种在市场中的竞争（competition in the market）不起作用时，被用来创造进入市场的竞争（competition for the market）的工具。建设部 2004 年《市政公用事业特许经营管理办法》第二条就规定："本办法所称市政公用事业特许经营，是指政府按照有关法律、法规规定，通过市场竞争机制选择市政公用事业投资者或者经营者，明确其在一定期限和范围内经营某项市政公用事业产品或提供服务的制度。"

城市公用事业的特许经营与商业特许经营有所区别，主要是特许人不是自然人或任何法人，而是政府，即按建设部颁布的《城市公用事业特许经营管理办法》的规定，城市公用事业特许经营，是指政府按照有关法律、法规规定，通过市场竞争机制选择城市公用事业投资者或者经营者，明确其在一定期限和范围内经营某项城市公用事业产品或者提供某项服务的制度。

萨瓦斯在《民营化与公私部门的伙伴关系》中写到，特许经营是服务提供的一种制度安排。它有两种具体形式：一种是排他性的特许，是指政府将垄断性特权给予某一私营企业，让它在特定领域里提供特定服务，通常是在政府机构的价格管制下进行（也称场域特许使用）；另一种是非排他的，或混合式的特许方式，出租车行业即被视为一例。

一　为什么要实行特许经营

城市公用设施投资和经营实行特许经营制度在很多国家有成功的经验，这些经验表明，对于那些有稳定的收费渠道的可经营的城市公用设施的建设，通过特许经营制度可以有效地引进私人资本，并对私人资本的经营从保护公共利益角度进行规范和约束。具体讲，它有以下优越性。

（一）特许经营制度是对公共利益的一种保证

城市公用设施的公益性特别强，正如前面第一章分析的那样，它们具有自然垄断、不可替代等技术经济特征，城市公用设施提供的产品和服务已经构成了现代生活的必需品，生活在城市里的居民对这些产品和服务既有依赖性，又无选择性，往往是只能被动地接受服务，市场机制失灵，既不能通过竞争价格，也不能通过自主选择服务商对城市公用设施的提供者进行优胜劣汰。而城市公用设施服务对提供者的要求也很高，必须长期地（不是短时）、普遍地（不是个别）、安全地（没有任何危险）、连续地（不是间断）提供服务。而且，绝大多数城市公用设施企业所提供的产品或服务构成了国民经济的基本投入物和居民的基本消费，其价格的形成和调整涉及大多数居民的利益，不能完全按供求关系确定，必须由政府审定。在这个非完全竞争的市场中，如何保证私人资本除正常经营外，还能满足公共利益的要求，达到服务的特殊性要求，同时接受政府的价格管制呢？通过特许经营制度，政府与私人投资者签订特许经营合同，政府代表消费者在合同里明确一系列关于公共利益等方面的要求，可以约束投资经营者的行为，保证投资者不利用垄断力量侵害消费者的利益。

（二）特许经营制度同时也是对企业投资利益的一种保证

城市公用设施的技术经济特征有别于其他行业，具有一定的自然垄断特性，这不是可以自由进出的行业。即相当一部分设施主要通过网络传输系统提供服务，如自来水、燃气、排污、集中供热等管网、公共电车、地铁、轻轨、桥涵等路网以及水厂、燃气厂、污水处理厂、热电厂或锅炉房、公共汽车站等场站，这种网络传输系统具有很强的资产专用性。它只能用来传输某一种服务，而不能移作他用，它只能服务于特定区域，而不能转移到其他区域。所以，一旦在城市公用设施，特别是在网络系统上进行了投资，这种投资就会"沉淀"下来，形成巨大的"沉淀成本"，且规模效益明显，至使资本不能自由进出。如果没有政府特许经营权的保证，今天进一个，明天进一个，大家自相残杀，必然形成无法收回的沉淀成本，这是投资的最大风险，那么企业投资就不能回收，也就没人敢来投资。政府的特许经营授权约定了企业在一定时间内、一定范围内的经营权，可以防止盲目投资，降低投资风险，所以对公用企业来讲，必须要有特许经营权的保证。

特许经营制度对企业来讲还有一个好处，就是有可能将城市公用设施项目的投资、设计、施工、经营和维护保养责任连成一体，其结果是，投资者为了使项目获得最终的成功，必将对投资精打细算、对工程精心设计、对建设精心管理，投资和经营效益将更加紧密，使企业的全部活力服务于符合总体利益的目标，有效地降低建设和经营成本，最终降低对消费者的服务收费。

（三）特许经营是政府与企业的合作与共赢。

由于参与特许经营的投资者或经营者都要与政府签订一个特许经营合同，由合同约定政府和企业双方的责权利，实质上在政府和民营企业之间建立起了一种合作关系。通过这种合作关系，使政府与企业双方各展其长，优势互补，从而实现城市公用设施服务的有效提供。对政府来讲，顺利执行完合同，政府达到了为社会提供公共服务的最终责任，对企业来讲，顺利执行完合同，企业取得了应得的经济效益，合作成功就是共赢。

政府的优势主要是政策优势。以供水为例，近些年我国水价不断提高，但供水企业却一直亏损，除了提到的企业管理水平和效益低下的原因外，还有一个重要的原因，就是一方面我国城市供水固定资产投资规模不断加大，1994—1998 年平均年增长速度达到 20% 以上，而随着经济结构的不断调整，这些年来一些耗水量大的企业或关、停、并、转或加大节水措施，致使大中城市的供水能力有所富余，1998 年全国供水能力每日 1.1 亿吨，而年均供水量只有每日 7343 万吨，供水能力是供水量的 1.5 倍。供水能力满足供水需求的程度可以通过比较供需比即供水能力和最大日需水量之比来分析。研究表明，① 全国 103 个大中城市中，有 91 个城市的供需比等于或大于 1，占 88%，其中：有 34 个城市供需比大于 1.5，占 33%，11 个城市供需比大于 2，占 10.7%。说明这些城市的供水能力大大超前，因此，绝大多数大中城市的供水量都能满足目前和近期的需要。由于供水能力闲置造成的企业亏损，作为企业来讲是无能为力的，但政府可以利用出台政策的优势帮助企业改善经营状况，如各大城市都有大量的自备水源，北京市区内就有 2 000 座，集中在大专院校、部队、企业等，如果政府出台一个逐步关闭自备水井的计划，那么供水企业的市场就会有相当规模的扩大，企业的经营状况会得到改善，这就是政府的政策优势。

企业的优势主要有资金优势、管理优势（模式和经验），且创新能力强。在竞争中有能力获取特许经营的企业，通常是一些实力较强的企业，具有丰富的管理经验，管理机制灵活，有能力降低经营成本，可以将过去需要补贴的项目变为盈利项目。真正的企业以实现盈利为目的，只有提供优质的服务才可能赢得顾客，有助于提高服务质量。

企业的优势可以通过一个真实的案例来说明。十堰市公交公司成立于1969 年，由 2 台车 32 个人起家，至今规模已发展到拥有职工 1 510 人，营运车辆 372 台，为十堰市的改革和发展做出了巨大贡献。但是到 1998 年公司已累计亏损 3 000 万元，银行债务 800 万元，职工工资无法按时发放，每年需要靠政府的财政补贴才能赖以生存，企业的生存举步维艰。1998 年，公司实行了承包、租赁等不涉及产权的改革措施后，企业的经营效益有所提高，但是总体上还是处于亏损的局面。2002 年 11 月，十堰市政府提出了向外资和社会开发十堰市公交市场的改革举措。2003 年 4 月 29 日，温州民营企业五马汽车出租公司正式签下了收购十堰市公交集团的合同，以3816 万元获得了十堰市公交公司 68% 的股份，剩余 32% 的股份被 1510 名原单位职工持有，组成新公司——十堰市公交集团有限责任公司，公司每年出资 800 万元买断十堰市已开通的 23 条公交线 18 年的经营权，成为中国第一家进入国有公交行业的民营企业。

改革后，给企业和政府带来以下四种收益：一是企业将投入巨额资金用于运营车辆的更新，新增添了 100 辆豪华车辆，在政府不掏一分钱的情况下，改善了公共服务设施。二是政府从公司 7000 万元的评估资产中，拿

---

① 亚洲发展银行技术援助项目：供水价格研究二期，加拿大 S. M. 国际技术顾问公司，中国建设部城市水资源中心，2001 年 7 月。

出 4870 万元用于给 1510 名在职职工一次性发放补偿，还发放了内退职工生活费、离退休职工的生活补贴，为离退休和在职职工办理了养老保险、医疗保险等，使职工没有后顾之忧，保证了改制的顺利实施。三是新公司除了上缴财政 2320 万元资金置换国有资产外，每年还要上缴市政府 800 万元的线路经营权，此外，还必须依法缴纳 6.6% 的营业税和附加费，政府不仅不需要对公交公司进行补贴，还能获得稳定的收益。

为保证市民的利益不受损失，十堰市政府还与新成立的公交公司达成了三个契约：一是新公交公司的总运力要与城市中的出租车、中巴保持现有的稳定比例；二是严格管理客运票价，实行价格听证制度，以保证票价制定的合理性；三是服务质量要接受舆论和社会监督。

公私合作可以取长补短，发挥公共机构和民营机构各自的优势，以最有效的成本为公众提供高质量的服务。而政府可以从繁重的经营事务中解脱出来，变成一个监管者的角色，保证服务质量，减轻政府压力。政府与民营机构合作，在合同谈判过程中要就风险分担问题进行讨论，风险将通过项目评估时的定价而变得清晰，减少投资建设的盲目性。

二　关于特许经营的法律依据

城市公用设施的特许经营涉及多项法律，如《中华人民共和国行政许可法》、《中华人民共和国招投标法》、《中华人民共和国政府采购法》、《市政公用事业特许经营管理办法》等，在这里重点介绍与特许经营密切相关的行政许可法和《市政公用事业特许经营管理办法》。

（一）《中华人民共和国行政许可法》（以下简称《行政许可法》）

《行政许可法》有很多内容，本节只介绍与特许经营有关的部分。《行政许可法》第二章规定了六大事项可以设定行政许可，明确规定：有限资源开发利用、公共资源配置以及直接关系公共利益的特定行业的市场准入等，需要赋予特定权利的事项。可见，市政公用行业的特许经营属于《行政许可法》的规范范围。

按照《行政许可法》的要求，特许经营必须遵循以下原则：

一是许可法定原则。按照《行政许可法》的规定，任何许可必须有法律依据，没有法律授权的许可是无效许可。可以设定许可权的有：法律、法规和国务院决定，部门规章无权设定许可，但省人民政府规章可以设定临时性行政许可，时间为一年，一年后上升为地方性法规。目前北京市、深圳市以及河北省都已出台了关于城市公用设施的特许经营管理办法，为城市公用事业的特许经营设立了法律依据。

二是"三公"原则，即公开、公平、公正。公开就是要求增加政府办事的透明度，《行政许可法》要求，任何一项许可，其许可的事项、依据、规定、实施程序、结果等必须公开，特许经营权的授予也要按照《行政许可法》的要求，其决定、程序和最终结果必须向全社会公开，避免过去拉关系、找门路，暗箱操作经营权授予的现象；公平就是要求对所有企业一视同仁，对任何企业不采取歧视态度，城市公用事业的市场化改革一定是坚持多元化，既不是过去单一的国有体制，也不是一律追求外资投入，将市场化变成国际化，坚持多元化就是国有资本、外国资本、民营资本共同参与、共同竞争，各地在特许经营权授予时，对不同的企业应实行同种条件和待遇；公正就是通过平等竞争的方式选择特许经营权的中标者。

三是效率原则。《行政许可法》要求，行政许可的实施机关为行政机关和法律法规授权的具有公共事务职能的组织（事业单位如银监会、电监会；社会团体如会计协会；政企不分的企业如铁路、邮政局等），因此，特许经营权的授予必须是政府部门，除此之外，其他事业单位、企业、临时机构都无权授予特许经营权。同时，按《行政许可法》规定，不能将一个许可拆分成若干个许可，所以不能将一个经营权进行拆分特许。

四是信赖利益保护原则。这个原则是要求政府诚实、守信，如果某项行政许可所依据的法律、法规和社会环境没有发生重大变化，政府不得随意停止、改变已经生效的行政许可，否则，行政相对人的利益造成损失的，要进行赔偿。即使有法律法规改变作为依据，那么政府所作出的改变对行政相对人的利益带来损失的，也要对其受损的利益进行补偿。所以，各地政府在特许经营权授予时，一定要慎之又慎，要有必要的前瞻性和预见性，充分考虑各方面的情况，今天特许经营权的发放，要考虑到明天的结果。目前，在市政公用行业已经发生了一些由于政府撤销已经作出的许可决定而引发的诉讼案件。如2000年某市政府通过招商引资引进了一家外资企业，授予外资企业特许经营权，并根据《水污染防治法》和《公司法》等专门为污水处理企业授予特许经营权制定了正式文件，文件规定该项目中外双方总投资3.2亿元人民币，政府承担污水处理费优先支付和差额补足的义务，并规定本办法"至合作期结束时废止"，合同期为21年，在经营期间，合作公司承担污水平均日处理量为39万吨，自污水处理设施建成投产到2001年2月31日，每吨污水处理费0.60元人民币，从2002年起，可根据实际情况上调，调整幅度不低于上年通胀率。但从2002年起该市就开始拖欠应付合作公司的污水处理费，从 2003 年 3 月开始，市政府作出了废止该公司特许经营权的决定，从此完全停止支付任何污水处理费。截止到 2003 年 9 月 30 日，累计欠付合作公司污水处理费约人民币九千万元，合作公司为此状告市政府。

（二）《市政公用事业特许经营管理办法》

《市政公用事业特许经营管理办法》（以下简称《管理办法》）是由建设部发布，于 2004 年 5 月 1 日开始实施，《管理办法》共 31 条，明确了特许经营有关各方的权利和责任、市场准入的条件和程序、有关招标投标的规定、特许经营协议内容和期限、特许经营权的变更和中止、价格管理、中期评估、监督检查、临时接管、公众参与等一系列制度。

《管理办法》规定了特许经营权的申请与授予。通过公开向社会招标选择投资者和经营者；政府依据城市发展的要求提出城市公用事业特许经营项目，进行社会招标，公布招标条件，公开接受申请；主管部门组织专家根据招标条件，对特许经营权的投标人进行资格审查和评议，择优选择特许经营权授予对象，将中标结果在新闻媒体上公示，接受社会监督；公示期满后，由主管部门代表当地人民政府向被授予特许经营权者颁发权证，并由主管部门代表政府与其签订特许经营协议。

《管理办法》规定了特许经营协议的基本内容。如特许经营内容、区域、范围及有效期限；产品和服务标准；价格或收费的确定方法和标准；公用设施的权属与处置；城市公用设施维护和更新改造；安全管理责任；协议双方的权利和义务；履约担保；经营权的终止和变更；监督机制；违约责任。

《管理办法》规定了特许经营权的变更和终止。在协议期限内，若协议规定的内容发生变更，协议双方须在共同协商的基础上签订相关的补充协议；获得特许经营权的企业在经营期间有下列行为之一的，主管部门给予相应处理，对情节严重的，应终止协议：擅自转让、出租、质押特许经营权；未按要求履行合同，产品和服务质量不符合标准，并未按主管部门要求进行限期整改；擅自停业、歇业，影响到社会公共利益和安全；发生重大质量、安全生产事故，严重影响公众利益；财务状况恶化，亏损严重，企业无法正常运行；以欺骗、贿赂等不正当手段取得特许经营权。特许经营权发生变更或终止时，城市公用事业主管部门必须妥善做好资产处置工作，保证市政公用产品供应和服务的连续性、稳定性。

《管理办法》规定了特许经营的监督与管理。政府及其主管部门应履行的职责：制定产品、服务质量标准；审定和监管市政公用产品和服务价格；监督特许经营企业履行法定义务；对企业的经营计划提出意见和建议并监督实施；监督检查产品和服务质量；对特许经营企业违反协议的行为进行查处；在紧急情况下临时接管企业的经营管理。

《管理办法》规定了取得特许经营权的企业必须履行的责任：科学合理地制定企业年度生产、供应计划；履行经营协议，提供符合标准的产品和优质服务；接受主管部门对产品和服务质量的监督检查；确保生产设施、设备完好；接受政府的指导和监督。

三 特许经营者的市场准入

由于公用事业的自然垄断特性所决定的，所谓的引入竞争，并不是真正的在经营过程中的竞争，而是事前竞争，不是在市场中竞争，而是为赢得市场而竞争。

所以在特许经营权授予时，公开招标选择经营者这一环节非常重要，不能放弃，如果缺乏竞争和自由选择，公众利益就会受到损害。

选择特许经营的市场准入者，要采取招标方式公开选择。招标方式或者有限邀标的本质在于"公开、公平、公正"，这是保证特许经营顺利进行的第一个重要环节。

公开招标对保证特许经营权的有效实施有积极的作用。

第一，招标方式有利于项目的科学决策。通过招标方式选择投资人，使项目的运作规范、有序。各地政府往往为此专门成立招标委员会，协调融资招标涉及立项审批、土地、财税、物价、行业主管等因素。由于要编制招标，因此可以增加政府对项目前期准备工作的重视，使政府提前对项目运作的风险进行预见，风险防范前置从而减少决策的盲目性。在招标过程中，企业要通过竞争方式取得经营权，所以必须优化设计方案、优化技术方案、优化融资方案，有利于保证项目的运作规范、有序，为项目最终能够顺利执行奠定基础。

第二，招标方式可以确保整个交易的透明度，有利于今后几十年的经营。通过招标方式运作融资项目，项目基本条件能够十分明确地得以落实，并被写入项目协议和合同中，对协议双方都有约束力，招标过程规范、公平，项目建设、运营管理和期满后处理的规定十分详尽，易于被双方共同理解、遵守和执行，不受政府换届等因素的影响，这一与国际通行惯例相符的模式对于境外投资者具有较大的吸引力。同时，由于整个项目将按事先制定并公开的时间表推进，除非有不可预见的障碍，一般来说，项目的进度不会因各方自身的原因拖延或搁置。

第三，招标方式将对确定一个合理的转让价格起到积极的作用。由于招标带来的激烈竞争大大降低了产品价格，使最终用户受益，也减轻了政府的财政负担。投资人为降低项目的建设投资和运营管理成本，总是采用最合理的设计方案和运营维护方案，提高了项目的技术含量。由于参加竞争的投资者将在报价文件中直接向出让方提出可接受的转让价格（以评估结果为基础上浮），出让方和受让方在一般情况下无须再通过旷日持久的谈判来最终确定转让价格。

如成都第六水厂 B 厂是城市公用事业中第一个国际 BOT 项目。1997 年 4 月 21 日《人民日报》海外版按照国际惯例刊发了一条 BOT 项目资格预审公告，欢迎国外有实力、有经验的公司参与竞争。到 1998 年 2 月 25 日投标截止日，共收到五份投标书，经过一个月的评标，入围的三家是法国通用水务——日本丸红株式会社联合体、马来西亚乔治来肯特联合体及日本三菱公司，其中法国通用水务联合体以运营期 1.27 元/吨的低水价成为具有竞争力的第一名而中标。这个项目从 1998 年 4 月 27 日开始，经过艰苦的谈判，1998 年 7 月 12 日成都市政府与法国通用水务联合体签署了中国第一个城市供水 BOT 项目协议——"特许权协议"，该协议于 1999 年 8 月 11 日正式生效。项目总投资 1.16 亿美元，当是正值亚洲金融危机最高潮的时候，整个亚洲国家贷款非常难，亚洲开发银行贷款 2 400 万元，利率达到 9% 左右，成本非常高。即使在这种情况下，建成后的水费比成都其他水厂的费用还低，招标前 1.5 元/吨，招标后 1.27 元/吨，1998 年被评为全世界最好的十个项目之一。

由于城市公用设施项目涉及长达几十年的经营和服务，因此，城市公用设施经营权的招标或资产的拍卖并不是以价格为唯一标准，而必须有附加条件。特许经营权的招标与一般建设工程项目的招标不同，建设工程招标通常只涉及工程量和工程清单，标的物是标准化的。但市政公用行业是非标准化的标的物，因此，评标因素将包括价格因素及非价格因素。

价格因素包括投标报价、支付条件，如涉及存量资产转让，还有转让款项的支付方式等。

非价格因素则可考虑报价人资质、业绩、能力等方面的素质，如：（1）行业经验、商誉及其国际知名度；（2）业务发展支持计划；（3）先进经营管理经验的引进方案；（4）先进技术引进和支持等。竞标结果也将完全取决于对各报价人在价格因素和非价格因素两方面的综合评定。

　　例如深圳市 2002 年对水务、能源、燃气、公交国有企业进行改革，[①]提出国有资本逐步退出，水务公共方占 55%，民间 45%；能源国有占 75%，出让 25%；燃气国有占 60%，外资 24%，内资持股 16%；公交国有占 55%，出让 45%。以水务出让为例，深圳水务的主要卖点包括：垄断优势，拥有深圳市的水务（包括供水和污水处理）30 年的专营权；地域优势，深圳为全国经济增长最快地区，深圳居民可支配收入居于全国前列，而水资源相对缺乏，为深圳水务的发展提供了广阔空间；效益优势，从全国各大城市的供水企业比较看，深圳水务的售水量及销售收入列于前十位，利润额多年来排名第一，处于业内领先的市场地位。劳动生产率、人均供水量、人均销售收入、人均创利能力、销售利润率、自来水产销差率等方面，连续数年排名第一。在这种情况下，深圳水务选择出让企业的条件：一是战略投资企业。什么是战略投资者呢？就是这个企业不以追求短期投资收益为主要目的。与财务投资者相比，战略投资者一般是在相关行业内居于领先地位的从业者和经营者，在相关行业领域中具备多年丰富的从业经验并拥有成熟先进的管理、运营和技术支持体系。引入战略投资者不仅能满足企业进一步拓展业务的资金需求，将融资成本控制在相对较低的范围内。更为重要的是，战略投资者通常还能进一步向企业提供管理支持、技术支持、人力资源支持和财务融资支持，并通过直接或间接方式介入企业的经营管理。这将有助于全面提高企业的市场竞争能力；二是世界前 500 强企业；三是要具有在人口超过 100 万的城市负责水企业经营的经验。这样全世界只有 8 家公司合格。据介绍，在中银国际协助下，深水集团向 19 家投资机构发出本企业的投资摘要，而在应标机构中，有三家水务公司最有实力，也很有诚意，它们分别是法国苏伊士集团、法国威立雅和英国泰晤士水务。这三家水务公司正是世界范围内最大的三家水务巨头，法国威立雅最终击败了其他竞争对手。威立雅之所以能够中标，主要是由于参与过上海浦东自来水公司的收购重组工作，对国资重组和政府规则比较了解，了解中国国情；而且该公司在污水处理上有优势，已经在中国建造了二十多家污水处理厂和饮用水处理厂，这将有助于深圳的污水处理工作。据了解，威立雅本次报价也比较令政府方面满意。深水集团净资产超过 50 亿元，本次转

---

① 《中国建设报》2002 年 9 月 13 日。

让 45% 股权仅在账面上便达到 22.5 亿元人民币。考虑到有关评估和投标的溢价性因素，本次深圳水务的国际招标将创下中国历来最大宗水务购并案。

参考萨瓦斯《民营化与公私部门的伙伴关系》一书的有关介绍，总结各地经验，做好公平且有效的招标注意以下环节：

（1）资格调查，把竞争限制在合格公司范围内；

（2）对有资格的企业发放市场化项目规划书征询表；

（3）对招标书尽可能广泛的广告宣传，让更多的企业知道；

（4）从消息发布到正式竞标，留出充分时间让企业了解情况准备投标；

（5）必要时召集企业举办竞标疑问解答会；

（6）组成由专家参加的工作组评标；

（7）通常可以设定投标保证金和运作绩效保证金，以确保投标的严肃性和履约的有效性。

四　特许经营合同

特许经营合同是特许经营制度的重要内容。制定合同的目的是约束和规范合同双方的行业，以绩效为基础，以产出为目标，明确在城市公用设施提供服务中的义务、收益、风险如何分配。合同复杂执行起来方便，合同简单执行起来复杂。

特许经营合同主要内容应包括：双方名称、地址和法定代表人；特许经营企业的组织形式；特许经营的目的、范围、内容方式和期限；特许经营权的终止和资产的移交；产品和服务标准；价格和收费的确定方法、标准以及调整程序；对经营开发条件方面的要求；设施维护和更新改造；安全管理；应遵循有关规划、环保等公益性任务的要求；对企业因取得特许经营权而产生的其他各项权利和义务的规定；主管部门的权利和义务；履约担保条款；违约责任及争端的处理方式；双方认为应该约定的其他事项。

由于城市公用设施中的部分服务对国民经济、公众利益和国家安全有重大影响。政府与特许经营企业签订特许经营合同时，为了控制特许经营企业，防止使国家或公众利益受到损害，通常要进行控股。根据各国的经验，控股并非一定要占到 51% 以上的股份，金股在城市公用事业特许经营合同中通常能够发挥控制作用。金股是指政府在公司持有的带有特定权力（即否决权）的股份。因股份所附权力重大，尽管股份比重少（通常为一股），但意义和价值重大。它起源于英国国有企业的私有化，是为了调整国有企业经过股份制改造后国家与企业的关系，尤其是那些对社会公众利益有重大影响的企业。因为从理论上讲，一旦政府出售了国有股后，就不再是企业的股东了，也无权对企业的经营管理进行任何形式的私法上的干预和控制，同时企业也不再依赖国家资助，政府与企业的关系只限于宏观调控、社会管理和订货合同关系。所以，英国政府在这些企业里还保留一股（价值通常仅一英镑），但这一特别股赋予英国政府对企业的重大决策拥有特别否决权。这种权利一般由政府的一个部长行使，并根据行业不同设立不同期限，以便对战略工业予以控制。如英国航天公司的金边股是无期限的，而英国电信公司的金边股期限为3—5年，期满后转为普通股。

由此可以看出，金股能够起到国家控股和国家独股的积极作用，同时又能克服国家控股和国家独股的不足。政府拥有金股时，对公司的一般正常经营活动并不进行干涉，也无权干涉；国家不必派出自己的董事，只是在金边股所附的明确的特定的权利范围内对公司进行干预。它把国家对公司的有效的适当干预和保证公司的独立地位、独立经营妥善地结合起来，能满足我国公用事业改革的制度需求。2002年5月，上海水务经营公司以高出资产评估价2.6倍的溢价，成功地将50%的股权转让给世界著名的水务集团——威望迪环境集团下辖的法国通用水务公司。新的合资企业与上海市其他自来水公司享有同等的权利和义务，合资双方共同管理，不设固定回报，共担企业风险。同时，为保证公共利益，此次组建的中外合资自来水公司在董事会中设立承担政府监管职责的独立董事，监督并确保董事会各项决议不影响合资企业的正常供水和公共利益。在涉及公益性或政府事项时，这名政府委派的独立董事具有否决权。应该说，这一制度安排具有了"金边股"的雏形。采用类似方式转让水务公司国有股权并兼顾公共利益的还有北京、深圳等城市。

特许经营合同要执行长达几十年，合同纠纷常常难以避免，解决合同争议通常采取以下方式：

一是友好协商机制。任何合同条款也不可能穷尽今后几十年可能出现的所有情况，因此合同中友好协商为解决争议的首选机制。有的项目在合作中遇到了矛盾，双方可以根据特许权协议进行充分讨论。

二是专家解决机制。国际惯例一般会将技术和财务会议方面的争议提交某方面的专家解决，这是由合同方共同选择的第三方进行的类似调解的解决方式，对此方式的约束性可由合同方约定。

三是仲裁，这是国际贸易惯用的争议解决方式。对国内企业而言其高额的仲裁费用应作为考虑是否选择作为终局裁定的重要因素，选择仲裁就意味着排除了使用诉讼手段。

四是诉讼，这是国内惯用的，也是最终的争议解决方式。

五 特许经营期限

特许期限的长短涉及到企业的利益和政府的监管能力。对企业来讲，期限过短，不利企业收回投资；期限过长，会使未来不确定因素增多，珍贵的资源长期处在经营风险之中，同时，个别企业的长期垄断经营具有排它性，使其他有实力、有积极性参与经营的企业难以涉足，城市居民利益也会受损。对政府来讲，特许经营期限长，而经济社会发展又较快，再完善的合同往往也难以预料多少年以后的情形，如果特许经营权的期限为20年，这就意味政府要等20年后才有再次选择经营者的机会，从经济激励理论来讲，这种特许体制是缺乏效率的。目前，各地存在的普遍问题是特许经营的期限过长，一般在30—40年，有的甚至达到70年。由于未来不确定的因素很多，政府和企业的风险都很大，所以，有必要考虑适当缩短合同期限。法国在1993—1995年通过了三项关于透明度和竞争的法律，现在市政公司至少每12年必须在公开竞争的法律程序下重新谈判他们的合同，而且必须每年向消费者公布水价和水质情况。这种缩短合同期的做法为发现那些没有被足够约束的合同并将其完善或消除提供了一个巨大的机会。为达到新的技术要求可以随着合同的修改而提高收费标准。

如何合理地确定经特许经营期限？一是根据不同设施的投资回报期限合理确定，或在长期合同中，增加在一定时间内调整合作内容的条款。以供水为例，根据专家估算，国家计委和建设部联合发布的《城市供水价格管理办法》第11条规定："供水企业合理盈利的平均水平应当是净资产利润率为8%—10%"，那么，如果供水企业的净资产利润率为10%，那么10年左右时将收回全部投资，以后将是赢利期，赢利期再有5—10年足矣。二是期限的设定与资产转让的收益是相联系的。如2002年5月，上海浦东水厂50%的国有股股权溢价转让于威望迪。此次收购中，外资第一次大规模介入了城市供水管网。威望迪以20亿元现金，超过资产评估价格近三倍的价格（2.66倍），承诺对合资公司1 582名员工不进行裁员，保证提供优于现有标准的优质自来水并将保持政府统一定价的条件。三是政府承担部分投资建设的责任，企业减少在项目中的投资额，相应地可以缩短企业的特许经营期限。这样既可以解决政府在供水设施建设方面的资金压力，同时又有助于竞争机制的引入。此外，合理确定特许经营期限，也有助于投资者化解投资风险。

六　特许经营的回报

目前出现的教训是政府承诺回报率过高，或固定回报，有的城市由于对市场前景预测与实际差距过大，造成承诺的回报达不到，使政府背上沉重的财政负担，甚至前几年忙着招商引资，几年后就忙着回购资产。

如《中国建设报》2003 年 3 月 14 日刊登了一则报道，题目是"为什么'移交'变成'回购'？"。报道说南方某县级市与香港某公司商议，决定采用 BOT 方式建设一个水厂，政府与企业先后签订了《给水项目协议书》、《给水项目特许协议书》、《一揽子合同协议书》及《备忘条款协议》等。在这些文件中的主要内容是：

（1）特许经营期 15 年，其中建设期 2 年；

（2）项目总投资额 1 630 万元；

（3）建设规模为日供水能力 2 万吨；

（4）政府（出让方）在前 3 年每日收购不少于 1.8 万吨制成水，以后每日不少于 2 万吨；

（5）经营期第一年水价暂定为 0.8 元/吨；

（6）企业（受让方）内部收益率不低于 15%；

（7）特许经营权期满后，受让方项目固定资产无偿移交给出让方。

合同签订后，于 1999 年 3 月 16 日开始试供水。原县自来水公司（以下简称县水司）成为"售水公司"。按合同约定，8 个月的试供水期满后，再商谈正式供水合同。然而，从试供水开始，政府与公司便争议不断，正式供水合同一直未能签订。

为了保证合同的正常执行，县政府把该县水司收费纳入财政专户管理，另外，还改聘了水司经理，裁减、分流富余人员，对全体干部的工作业绩实行目标管理。自来水公司加强管理，把供水损失由过去的 36% 下降到 31%，水费回收率达 90% 以上，还收回历年欠费 10 多万元，非生产性开支大大减少（月平均仅为 3000 元），进口轿车也卖了，想方设法向公司支付水费，月平均付费 13.3 万元，较前总经理月缴费翻了一番。但尽管如此，仍然不能填补合同中的巨大窟窿。催费与欠费成了旷日持久的拉锯战。

不得以，政府提出了以下解决方案：

（1）县水司交给香港公司一体化经营，县水司的管网、房屋抵偿所欠水费；

（2）将经营期延长至18年，以满足香港公司投资回报的要求；

（3）县里同意拿出一块土地，交香港公司进行开发，其收益部分作为抵偿所欠水费；

几经周折，香港公司否定了上述建议，提出由县上级市政府回购香港公司的水厂，价格为2882.8万元，且半年付清。

此后，就价格问题双方又僵持不下，2001年12月，官司打到中国国际经济贸易仲裁委员会，经贸促会裁定：市政府以2150万元回购水厂（实际付款方为市政府、县政府和自来水公司）。此种情况已在多个城市发生。

为什么会产生如此结果？主要是由于政府与企业签订了过度的回报率，合同中15%的内部收益率显然过高，且有悖于国家关于供水企业回报率的规定。《备忘录条款协议》约定，公司税后企业内部收益率不低于15%，这是导致合同失败的根本原因。实际上，项目合同中关于日收购1.8万吨水、水价为0.8元/吨，经营期15年的约定，都是依据内部收益率15%测算出来的。而这一条违背了国家《城市供水价格管理办法》第11条规定："供水企业合理盈利的平均水平应当是净资产利润率的8%—10%。"

为什么合同中每日收购1.8万吨水不能实现呢？这与对用水需求预测的过高估计有关。由于经济结构调整和经济不景气，县售水公司长期以来每日售水量不足7 000吨，远远低于合同约定的水量。1996年县工业用水量与居民用水量比例为8:2，由于经济增长和结构调整的原因，到了1999年这一比例为1:9。合同当年，县售水公司售水量不足6 000吨，与合同约定的1.8万吨相去甚远，从试供水的第一个月开始，水费合同数与实际数的争议便烽烟燃起，愈演愈烈。

实际上，用工业产值去估计工业用水量是不合适的。统计资料表明，1990—1998年全国工业用水量却只增长了4.3%，工业用水量与工业产值没有必然的联系，这是由于工业节水和产业结构调整所带来的结果。

《国务院办公厅关于妥善处理现有保证外方投资固定回报项目有关问题的通知》（国办发2002年第43号）明确规定："保证外方投资固定回报不符合中外投资者利益共享、风险共担的原则，违反了中外合资、合作经营有关法律和法规的规定。"

根据以上原则，对不同类型的固定回报项目，可以采取以下方式进行处理：

（1）对于以项目自身收益支付外方投资固定回报的项目，中外各方应在充分协商的基础上修改合同或协议，以提前回收投资等合法的收益分配形式取代固定回报方式。

（2）对于项目亏损或收益不足，以项目外资金支付外方部分或大部分投资回报，或者未向外方支付原承诺的投资回报的项目，可以根据项目情况，分别采取"改"、"购"、"转"、"撤"等方式进行处理：

①"改"。通过中外各方协商谈判，取消或者修改合同中固定回报的条款，重新确定中外各方合理的收益分配方式和比例。对于外方提前回收投资或外方优先获得投资收益的，应明确其来源只能是项目可分配的经营性收入和其他合法收入。

对于以合同外协议形式保证外方固定回报的，以及地方政府、地方财政部门、其他行政机关和单位为外方提供固定回报承诺或担保的，有关协议和担保文件应予撤销。

②"购"。各方协商一致后，经有关部门批准，可以由中方按照合理价格收购外方全部股权，终止执行有关合同及协议，根据相关规定妥善处理善后事宜，有关企业改按内资企业管理。涉及购汇事宜，由外汇局按规定办理。

③"转"。对于具备外债偿还能力或已落实外债偿还实体的项目，经各方协商同意，可以申请将原外商投资按照合理的条件转为中方外债。经国家计委会同外经贸部、外汇局批准后，办理外债登记，以后按照外债还本付息购汇及支付。有关项目改按内资企业管理。

④"撤"。对于亏损严重或不具备继续经营条件的企业，以及符合合同、章程规定解散条件的企业，经有关主管部门批准，可按照法定程序终止合营合同的执行，根据有关法律和规定予以清算。

七　特许经营风险

某些投资者由于进入市场的急切和缺乏项目操作经验，某些地方政府出于完成招商引资指标的片面考虑，忽视了作为长期项目投资必须遵守的程序和规范，造成项目融资合同不规范、政府和投资者的权利义务不对等、价格形成机制没有采用规范的市场运作等问题，所有这些给项目的正常运作带来困难，同时也会给政府和投资者双方带来极大的风险。

市政公用行业的投资有各种风险。如建设期风险：项目建成通常需要2—3年的时间，其间涉及土地、税费、水、电、施工、拆迁、征地等一系列问题，如果不能按期建成，对投资产生风险。

经营风险：由于生产技术不成熟或达不到规定的技术标准，造成质量下降，成本提高，产品销售不佳带来的风险。主要是技术工艺流程的选择方面是否存在风险。例如，对于供水企业来说，当前有比较成熟的流程适合于源水在一类、二类的水质条件下保证供水企业能正常生产、正常运作。对于三类以上的源水水质需要增加一些源水处理设施。由于当前的水价形成机制是在合理的成本基础上加合理利润制定的，只要在投资时充分考虑源水的这些因素并能合理计入水价成本，在未来经营期内是可以回收投资的。

交易风险：由于不能达成预期交易量或销售收入中形成的坏账较大，给投资项目带来的风险。

筹资风险：由筹集资金来源的不可靠性，不能按期完成投资项目或经营期间资金不足带来的风险，使项目中途夭折，造成直接经济和其他间接损失。例如城市供水企业的稳定性决定投资资金的安全性，投资者和借贷人主要关心其投资回收的快慢，一般来讲，供水企业筹资风险是比较小的。

偿债风险：由于企业不能按期偿还到期债务引起破产的风险。

还有一类风险是由决策失误造成的。例如政府为了政绩或完成某种指标，缺乏科学决策，盲目规划，造成决策和投资的失误。

所有这些风险，属于经营活动自身产生的，由投资者承担，如市场预测风险、建设造价、建设工期、工艺的可靠性、融资成本、汇率风险、利率风险等风险；属于政府决策或管制产生的，由政府承担；属于不可抗力的，由政府和投资者共同承担。

特许经营制度是经营性设施市场化的一种重要方式，但并不是市场化的唯一一种方式，除特许经营以外，还要根据项目的特点采取不同的方式。

一是管理合同。地方政府负责建设及翻新工程，保留对项目的领导权，并确定价格，收取费用。私人管理方仅负责经营管理，其酬劳不是由用户付予，而是由地方政府支付。在地方政府支付报酬时，也有两种情况：（1）经营管理方的报酬是固定的，并根据生产率情况获得补贴奖金，有时还分得部分盈利。（2）经营方是从营业额中按比例获得分成。

二是租赁经营。由地方政府负责投资并且是项目的所有者，私人经营管理方只出经营所需的周转资金。

三是技术援助合同。地方政府求助于某一私营企业，要求它在某一期限内提供某种技术或行政上的特定援助，政府给予相应的报酬。这种方式不完全是委托管理方式。

第四节　法国水务市场化融资的经验

从重商主义时代至今的四百多年间，法国政府大致通过三种方式对公用事业进行管理：

一是政府专营，即政府直接投资、经营和控制，集所有者、经营者、管理者身份为一体，垄断某一公共行业。如，19世纪法国的邮政和陆地公共道路建设基本上属于这一模式，其中，国道由中央政府出资修建并委派工程师维护，地方道路则由地方政府出资建设和养护。20世纪法国政府直接兴办国营企业，也属于这种模式。

二是通过特许经营方式，允许私营公司负责投资和运行。17世纪时法国政府利用特许经营方式吸引私人资本建造港口、河坝、码头等，18世纪则运用它修建运河和桥梁①，19世纪被运用到铁路、供水、交通等市政设施，20世纪后期被广泛运用到高速公路、供电、供暖、通讯、有线电视、污水和垃圾处理等项目的建设和经营。

三是介于前两者之间的混合方式，市政当局负责投资和投资管理，而私营公司负责运行和维护，它属于公私合作体制。

在法国，各个城市及市镇联合体在提供有关公共服务时，通常具有在直接管理与委托之间进行选择的权利，即或者可以自己提供，或者授权给私人部门提供。目前，全国大约60%以上的市镇选择了授权经营的方式。主要原因是：按照法国的相关法律，市镇长要为任何与城市水系统及水资源各个环节上由于渎职所造成所有事故和损失承担责任。即在市镇负责城市水务服务提供责任的框架下，市镇长将对水的质量和安全负责，承担个人责任。这种安排也被许多研究者认为是造成大多数市镇选择委托经营的重要制度原因之一。因为将提供城市水务服务的责任授权给私人部门，同时也使市镇长们所承担的个人责任发生了转移。

市镇有向私人公司转让供水服务的具体形式因每个市镇的具体情况不同而有很多选择，但主要通过合同的形式进行授权和监管，其中以租赁"affermage"和特许经营"concessions"为最通常的委托形式。为了提高授权合同的透明度，1993年的《Sapin法》确立了对私人经营者进行招标的

---

① ［英］亚当·斯密在其《国民财富的原因和性质研究》一书中，讨论过17、18世纪法国的水利工程通过实施特许合同由私人经营的现象。参阅《国民财富的原因和性质研究》，商务印书馆1983年版，第285—286页。

要求。规定在第一次授权及合同期满的进一步授权时必须进行公开招标。然后合同可授予最理想的投标者（best value）。参与服务合同竞争和投标者，不仅限于私人运营商，而且也包括地区性和地方公共部门。例如亚眠地区将其供水，以及给不在本行政区的最终用户输水的业务批发给了邻近乡镇（Barraqué，2002）。

关于合同的有效期限，因合同的种类及性质不同而存在差异，大致为5—50年不等。1995年的《Barnier法》将供排水特许经营的最长期限限制为20年。最近的一部法律建议将此期限降至12年。

一 法国水务管理模式 [1]

（一）直接管理

在有些情况下，市镇或其作为成员的市镇联合会直接负责供水服务的投资和经营，与用户直接发生关系，通常通过一个市镇征收机构开据水单收费以收回成本。水务机构的职员由以公务员身份参与的市镇政府代表组成。目前，除一些建立了自己的技术服务设施的大中型城市之外，水务机构主要在小的农村市镇建立。

另外还有一种与租赁合同相似的管理合同，一般期限5年。在这种安排下私人涉及资产的运营和养护，而由市镇负责全部资金、规划和建设。

（二）委托管理

在委托管理的情况下，各市镇以长期合同的形式将其供水服务的全部或部分管理职责委托给一个私人水务公司。租赁和特许经营是最常用的两种合同形式。

在确定进行委托管理后，市镇在各自管辖区内要就服务合同授予进行公开招标，以确定最终的中标者。市镇与私人运营商之间所签合同的细则是保密的，因此，一个市镇不可能从其他市镇的招标结果中受益。为提高签约过程和收费的竞争及透明程度，政府通过了《水法》（1992年）、《Sapin法》（1993）和《Barnier和Mazeaud法》（1995）。

租赁经营：在此安排下，由市镇对相关的基础设施和资本进行投资，而只将装置和设备的经营委托给私人公司。但后者可提供有关资本投资的建议，它所提供的服务通过对水费的支付得到报酬，并且其中的部分收入还要交给市镇以支付服务网络的技术折旧费及财务分摊费用。这也是目前

---

① 盛洪、秦虹主持建设部课题《城市公用事业监管的国际经验》（2004）。

法国最为普遍的一种合同方式。

特许经营：在此安排下，由签约的私人公司筹集资金，投资建造经营所需的装置和处理设备，以自己的开支进行经营，并用水单收入来收回成本。到合同期末，它要将正常运转的网络及装置设备交还给市镇。这种委托管理制度的历史在法国已经被证明超过了一个世纪。

目前在法国，如果以所服务的用户数做比较，那么大多数饮用水供给是通过委托管理的方式进行的（75%）。环境卫生服务委托给私人公司的比例也在迅速增加，到2000年大约50%。私人部门在污水服务中占有较低市场份额的原因，据说是由于相关标准提高，以及在污水服务方面的投资落后于在供水方面的投入。因为向私人部门授权的原则常常要求有投资的专业技术和资金，因此在污水服务部门进行授权的推动力可能相对较弱。

在市镇决定由私人公司提供服务时，将由它确定一个跨年度的合同，合同的具体条款将明确对期望的授权服务的内容、由用户支付的水价和价格变量，以及在租赁情况下，应当由租赁者就投资向市镇支付的比例等。在一个特许经营协议下，未来的受权人必须对开始及整个合同期限内所要的投资进行评估。特许经营协议的期限为20—50年之间，取决于所要进行的投资量，水耗及价格。而租赁合同大约为5—20年。但正如上面所指出的，相关的法律已经对这些期限做了限制。总体上，这种委托管理的方式主要是通过制定精确的合同义务来保证既定的绩效标准，并力求在合作方之间公平地分配风险。

（三）混合管理

在实践中，在直接经营与特许经营之间存在许多中间形式，这也充分反映了这种合同管制体制的灵活性。例如，市镇可以通过水务机构自己经营水的生产及水管进口，而将供水委托给私人公司；或者将可经营性的部分，即与用户发生的关系（开单收费和补偿成本）的环节授权给私人部门，而将不可经营的部分，如网络基础设施等掌握在政府手中。

最后，也有一些比较少见的情况：

——实施利润分红的、由私人经理管理的水务机构。由合同约定经理相关权限，负责公共服务设施的经营，作为补偿其收入中包括分红。

——与租赁合同原理相似的合同：市镇给租赁者支付固定报酬，并确定其单独收费。

——准公有公司（SEM），这是一个有限公司，其中公共机构至少控制51%的资本，相应地私人企业至少20%的资本。

　　实际上，以上管理组织形式的差别主要体现在签约私人企业的服务范围不同：从没有私人参与（公共直接经营），到对系统的经营和维护——包括收费（租赁），再到完全的投资、经营和收费（特许经营）。私人企业不负责收费的管理合同及完全私有化的形式在法国并不普遍。根据一项研究报告，表 4.1 列出了法国 1995 年人口超过 5000 人的 2109 个市镇中实际的合同安排形式及其比重。

表 4.1　　　　　　　　　　　**法国水务管理合同类型**

合同类型	所占比重（%）
公共经营	24.8
管理合同	1.5
租赁经营	67.1
特许经营	4.8
私有化	0.8
其他	2

资料来源：Menard & Saucier，2000。

二　法国水务管理的启示

　　法国水务管理对中国城市公用事业市场化改革的启示：

　　1. 在公共服务领域引入市场原则，通过竞争引入私人部门在效率上和实践上是可行的。法国在公共服务领域引入私人部门进入已有一百多年的历史，成功地为满足了社会进步后居民对公共服务质量需求的提高。

　　2. 在私有化和完全公共经营之间有一系列制度安排可供选择，关键在于适合本国实际。法国大规模的城市公用设施建设已经完成，新增的不是更多的供给需求，而是服务效率和质量，所以在市场化改革中，主要采用了租赁经营方式，而我国目前面临的新增融资和提高效率双重目标，特许经营制度较好地适应了这一需求。

　　3. 法国委托管理模式在时间运作中所遵循的原则尤其值得借鉴，这些原则包括：公用事业收支平衡；合同双方建立持久的伙伴关系；根据项目的性质和企业经济状况分担风险和分享利润；委托方对被委托方的信誉和了解程度；普遍服务原则及对用户需要变化的回应性原则。

　　4. 引入私人部门的关键是形成有效竞争，防止竞标者之间出现合谋，防止收买及腐败。通过对法国的经验研究表明，在水务引入私人部门进入过程中，经常出现为获得经营权而收买政府官员的情形，这妨碍了经营权获取的充分竞争，违背了通过竞争提高效率的目标。

5. 在委托经营中，管制合同的设计至关重要。由于城市水务合同及其他公用事业合同多为长期合同，又涉及大量专用性资产或沉淀资本投资，因此合同必须在保护公共利益的基础上，明确各方的责任和利益，并提供相应的保证措施。

第五节　国有企业和事业单位改革

由于长期以来国有企业和事业单位承担了城市公用事业的运营，所以城市公用事业的市场化改革离不开这个领域国有企业和事业单位的改革。

改革的原则是，加快政事、政企、事企分开和干管分离的改革，建立富有活力的企业经营机制。要因地制宜地制定改制企事业单位人员的安置政策，妥善处置改制单位资产。市政公用企事业单位固定净资产，应首先用于支付欠缴的养老、失业、医疗等社会保险费，拖欠的职工工资、医疗费、改制时职工的经济补偿、离岗退养人员的费用以及涉及职工个人的其他有关费用。各地要制定特许经营和服务承包优先权等过渡期相关优惠政策，对原国有的改制单位进行适当扶持。政府投资主要用于公益性市政设施建设和维护，但要逐步转变政府投资方式，实行项目代建制。政府要逐步退出经营性的城市公用设施投资，对尚不能完全市场化运作的城市公用设施，政府要进行政策扶持、投资引导和适度补贴。建立完善的城市公用设施的使用收费制度，形成科学合理的价费形成机制和调整机制。转变政府职能，按市场化要求理顺管理体制，制定城市公用事业行业的产品和服务质量评价考核标准，市政、园林、环卫等行业的招标规定、养护定额、作业考核标准等行业管理规范和标准，建立有效的政府监管机制，保障社会公共利益和公共安全。

一　国有企业改革

2003 年 11 月，国务院国有资产监督管理委员会出台了《关于规范国有企业改制工作的意见》进一步推动国有企业改革规范。城市公用事业的国有企业改革，关键是要处理好改制、重组、引资的关系。要使改制后的公司制企业能够规范有效地运行，核心问题是健全法人治理结构，按照决策机构、执行机构、监督机构相互独立、相互制衡的原则，完善以董事会为主的决策中心、以经理层为主的生产指挥系统。明确股东会、董事会、监事会之间的职责和权力，各负其责、有效制衡。完善激励及约束机制，处理好当前利益和长远利益的关系，处理好员工利益、政府利益、投资者利益的关系，处理好改革、稳定和发展之间的关系。使员工的根本利益和社会的安定团结等因素得到较好的协调，实现企业的可持续稳定地发展。强化财务管理和对资本经营全过程的监督与控制，加强企业内部管理，增收节支，控制成本，保证利润。加强企业管理，建立健全以节能降耗为主要内容的成本管理责任制，实行严格考核。包括：推行目标责任制，成本指标层层分解，责任落实到基层单位、班组、个人；大力推行技术革新，广泛采用新设备、新技术、新工艺；努力降低能耗；提高生产效率，降低故障频率。加大市场经营的力度，降低欠费比率。下工夫抓好员工培训，着力提高全员素质，解决好员工队伍的服务意识和服务形象问题。不断完善规范管理制度体系，形成规范化的工作程序和工作机制，严格按照制度管理的作风。建立健全严格的岗位责任制和责任追究制度，加大督察力度，适时地组织检查，奖惩兑现，赏罚分明，并做到公开、公平、公正。

二 事业单位改革

过去城市道路建设和维护、环境卫生保洁、绿化建设及管理等全部由事业单位承担，实行财政全额拨款、集中和垂直管理，即在市建设局下设市政处、路灯处、环卫处和园林处作为专业管理部门，各处再设基层养护站所，具体负责城市公用设施养护日常业务，按人头划拨工资、奖金和设备添置费用。这种体制存在的弊端在于：一是建管一家，自建自管，权力过于集中，缺乏有效监督；二是管理机构过于庞大，人浮于事，管理成本高，效率低下；三是缺乏激励机制，难以调动养护队伍和职工积极性，养护质量和管理水平难以提高。

在市场化改革进程中，对过去直接由事业单位承担的建设和维护，改为主要由政府通过政府采购的方式，在市场上选择建设和维护者，为此要按"管养分离"的原则，对仍属事业单位的市政、路灯、园林和环卫等基层养护站所实行"事改企"改革，使其成为专业养护公司，通过公开竞投取得养护任务，真正实现"以费养事"，以合同关系、经济手段促进养护单位提高管理水平，降低养护成本。按"建管分离"的原则，原承担的市场管理和监督等行政职能全部划归政府管理部门。

2000年10月，珠海市率先将物业管理理念引入城市公用设施的养护，对新改造的两条主干道九洲大道和迎宾南路实施综合养护招标，招标内容不仅包括道路清扫保洁、市政设施维护、园林绿化养护、路灯和灯饰维护等，甚至把养护范围内的保安等工作都纳入养护招标的内容，这一改革后来被总结为"用合同管理城市，让企业养护市政"的经验。目前，这两条主干道已成为珠海最靓丽的街道。

目前，各地养护单位的"事改企"工作仍在探索中，尚未能全面铺开，主要存在几个共性问题亟待解决：

1. 改革成本。以珠海城区市政、路灯、园林和环卫等 11 个站所（含七百多名在编职工和一千三百多名临时工）的改制为例，需支付补偿金四千多万元，政府为此难以决断。从短期看，实施改革政府财政压力较大；但从长远来看，改革成本可以通过养护业务推向市场、降低养护成本来回收。此外，制定改革政策要充分考虑养护单位是非营利性事业单位、从事社会公益事业的现状，不能简单套用企业产权转让的做法，宜采取内部改制，给予资产打折、特许经营权等政策优惠，从而鼓励职工积极参与改制，达到稳定养护工作、减轻政府现金补偿支付压力的目的。

2. 人员安置。市政、路灯、园林和环卫等养护单位的职工由于长期露天作业，深受粉尘、废气之害，这些职工衰老早、职业病较常见，很多职工家庭经济还很困难，属于社会的弱势群体，对改革存有较多顾虑。实施"事改企"，要切实做好原有职工的安置和思想工作，必须按国家有关政策实行养老、失业、医疗和社会保险统筹。新组建的养护企业原则上要尽量吸收原有职工；符合条件的应允许提前退休；确需解除劳动关系的，要按规定给予经济补偿。

例如，江苏省 2002 年出台的公用事业改革人员分流安置办法提出，今后江苏省城市市政公用行业不得新设事业单位，现有事业单位不得新增事业性质人员。企业单位改制，连续工龄满 30 年或 5 年内（含 5 年）达到法定退休年龄的职工，经本人申请、企业同意，可按规定办理离岗退养手续；距法定退休年龄不足 10 年，经双方协商解除劳动关系的职工，由企业按规定为其一次性缴纳社会保险费至法定退休年龄，不再另发生活费和经济补偿金；到退休年龄时，由社保机构为其办理退休手续。原有职工与原单位解除劳动关系的，由单位按国家有关规定发给职工经济补偿金或安置费。

3. 市场培育。城市养护业务市场化是一循序渐进的过程，在改革中尤其要注意市场的培育。养护单位"事改企"后要严格按《公司法》运作，政府继续给予政策扶持，推动其成长。同时，政府要制定逐步开放养护市场的计划，精心培育更多的市场主体，鼓励社会组建专业养护公司；鼓励物业管理企业参与城市公用设施养护，从而确保公平竞争、充分竞争，把城市养护业务市场化经营引上健康、有序的轨道。

4. 后续管理。养护市场开放以后，政府要加强后续管理和监督工作。一是要把好市场准入关，加强养护公司的资质管理并形成年审制，从源头上保障城市养护业务；二是制定科学的市政维护、绿化养护、环卫保洁等作业定额标准，作为具体业务招投标的评定依据，杜绝由恶性竞争引发的掠夺性经营行为；三是制定养护质量检查验收标准和经费支付办法，用经济手段保证养护质量。如珠海城市养护目前规定：凡季度考评达不到 85 分者，按比例扣发下一季度养护经费，这一规定实施后取得了良好的效果。

第六节　建立富有效率的政府补贴机制

市场化改革并不意味着政府放弃责任和管理，一些经营性项目，如城市供水、供气、公共交通、收费路桥、停车场、污水处理工程等，有一定的经营收益。但由于城市基础设施的基础性、公益性等特殊经济特征，以及大部分经营项目具有投资大，收益低，回收期长的特点，在价格改革不到位的情况下，基本不具备吸引社会资金的投资收益率。因此，在市场机制下，要使城市公用设施项目对社会资金具有一定的投资吸引力，政府应在政策上给予一定的优惠和倾斜，对于基于公共政策和公众承受能力等原因，价格或服务收费一时不能到位，确需政府补贴的项目，仍需由财政补贴，但要改革过去定额补贴的方式，建立富有效率的补贴机制。

一　国外公共交通补贴的经验

（一）公共交通的市场机制

为提高公共交通的服务质量和财务运营，许多城市政府都在公共交通的经营中引入竞争机制。允许私人进入公共交通运输业经营。通过私人经营或政府与私人联合经营，提高公共交通的抗风险能力，减轻了政府财政补贴的负担。

法国城市公共交通的管理体制由政府部门、营运公司和公共交通联合会分别行使其职责。市政府的管理部门负责市内交通的组织，其责任是代表公众的利益，制定城市交通政策。营运公司负责提供交通服务，一部分要满足政府指导原则框架内规定的要求；另一部分按照商业化原则，在竞争的客运市场中争取自己的份额。公共交通联合会由营运公司的代表组成，负责与有关方面的协调。地方政府完全可以自行决定如何组织和实施城市公共交通的服务供应。直接由政府控制的公司为公营公司；由政府授权给一个公司，并由政府参股的是公私合营公司；还有完全是私有的私营公司。在与私人汽车竞争，以及公司与公司之间竞争的形势下，"市场营销"和"商业化"已成为公交经营者首先要考虑的问题。目前，法国的公共交通市场中，私营公司占69%，公私合营公司占24%，政府的公营公司占7%。

德国已经建立了比较成熟的市场经济，从公共交通的运营主体看，绝大部分公交公司都是私营企业，这些企业规模不一，数量众多，可以保证充分的市场竞争，从而避免了垄断的出现。德国公共交通发展的历史上一些地区也经历了一个政府大包大揽的过程，但由于政府财政不堪重负，最后经过大规模的私有化，出现了大量的私营企业，由这些企业提供公交服务。这些企业之间存在紧密的联系，并受有关机构的统一管理。如斯图加特地区的公交公司有100多家，其中通过交通运营股份公司进行统一票款收入分割的企业有41家。政府选择公交运营商的方法主要有两种，一种是招投标，一种是指定，其中以第一种方法为主。即政府首先规定某条公交线的服务线路、服务质量、服务方式等，然后在社会上进行公开招标，选择投标票价最低的一家或多家公司为运营商。

库里蒂巴市是巴西东南部的一个大城市，其优先发展公交的做法为发展中国家树立了楷模。1994年联合国环境发展大会推荐该市为"公共交通示范性城市"。城市政府将整个城市的公交线网、场站、车辆、道路交通和出租车的运营管理委托给城市公交公司（URBS）。URBS公司为公私合营（市政府占的股份为99%，私人占1%），公司下属管理的26家运营企业都是私人企业，这些企业都是通过线路招投标的方式取得公交运营的资格，公司收入不与票款收入挂钩。运营企业收到的票款必须统一交存到URBS公司的专门账户中，URBS严格按该市规定的公交条例分配各公司收入，政府予以财政支持。运营公司负责营运车辆的购置、维修，公交工作人员工资薪水的发放等。这种管理体制加之库里蒂巴本身非常成功的以公共交通优先的城市规划和建设，使私人营运公司常年保持了10%左右的利润收益。城市75%的市民上下班乘坐公交车，良好、富有效率的公交系统带动该市经济持续快速发展。

在新加坡和韩国，陆上公共交通由私人机构经营，公共交通运营的票款收入基本上保证了公共交通的正常运营。1985年以前，英国政府负责所有的公共汽车服务的拥有和规划。1985年以后，私人部门介入，公共汽车的运营公里数开始增加，平均增加了24%，成本降低了28%，乘客公里数下降了27%。尽管实际成本降低，但公共汽车票价也提高了一些。乘客人数继续减少，但下滑幅度很小，类似十年前的趋势。最重要的是，政府补贴削减了55%。继1984年颁布伦敦交通法案之后，伦敦公共汽车的运营里程增加了20%，每车/英里的运营成本下降了40%，整个公共汽车网络的成本下降了27%。

（二）公共交通优先及投资与补贴政策

1. 国外城市公共交通基础设施投资政策

城市公共交通投资的方式多样，国外大部分政府都是公共交通投资的直接参与者和最大投资者，政府财政支持对城市公共交通的发展都起着举足轻重的作用，特别是城市轨道交通的建设投资。公共交通投资的来源主要有：政府投资、私人投资、社会集资和外资利用等。对于地面公共汽车投资大部分来源于私人公司的投资，政府主要通过激励与惩罚来进行管理，保证公共交通既在财务上成功，又在服务质量上有保障。对于城市的轨道交通投资采用政府投资、私人投资、社会集资和外资等多方式进行。大多数政府在建设投资上占有较大的比例。具有很强的引导性。

美国交通基础设施建设由政府予以资助，该项资金的来源在联邦法律中有明文规定：来自联邦政府的款项不能超过工程费用的80%，其余费用由州政府和地方政府负担。一般情况下，联邦政府资金占54%，公交管理机构从各种税费中自筹22%，州政府资金占13%，当地政府资金占11%。此外，政府还通过税收、票价补贴、公交优先、限制小汽车等杠杆鼓励人们乘坐公共交通工具。1996—2016年，美国联邦政府将为改善交通基础设施（包括新建路线、车辆购买等）补贴185.53亿美元，其中用于巴士公交43.3亿美元，用于城市铁路（包括地铁、城市铁路等）建设142.23亿美元。

德国政府规定，城市公共交通的投资全部由政府负责，其中联邦政府负责60%，市政府负责30%，地方政府负责10%，用于轨道交通线路设施的建设和设备购置。法国中央政府每年从燃油税中提取二百多亿法郎用于大巴黎区地铁建设和公交车辆购置。印尼公共交通（包括轨道）的建设和运营费用80%来自中央政府。加拿大政府从1974年起对城市公共交通进行补贴，承担城市购置公共交通车辆的25%，站房和设备购置投资的50%。法国规定国民生产总值的1%用于交通，巴黎市将这些资金的1/3用于发展道路，2/3用于公共交通和其他交通设施。但任何政府都未包揽全部的投资，而是通过多渠道筹集资金，积极吸引其他非政府资金投资城市交通基础设施建设，维护城市交通市场经济的良性运转。日本快速轨道交通的建设资金采取国家补贴、地方投资、发行债券、民间筹集和地铁公司自筹等多种渠道筹集资金。

此外，一些国家的中央政府和城市政府有稳定的城市交通问题研究和规划建设资金来源，尤其是对政策制定、法规、技术标准和项目的前期研究。目的是对城市交通的建设方向和市场行为进行引导、调节城市交通资源的合理使用，促进城市交通的良性循环。美国投入在交通立法和研究方面的资金很多，全世界都在参考的《道路通行能力手册》的研究一直没有间断；欧洲的公共交通联盟的公交统一章程等，都体现了各国在研究和实际经济投入的力度。

2. 城市公共交通的路权优先与补贴机制

为发挥公共交通在城市交通资源利用上的优势，达到与私人机动车协调发展，各国都不同程度地在路权分配给予公共交通以优先，美国 1970 年通过一项城市公共交通扶助法，其中明确规定，支持并促进公共交通获得道路权。目前美国一百多个城市开辟了公共交通专用道或优先通行道。公交优先最早由法国在 20 世纪 60 年代末提出，并且开始大力规划设置公交专用道，在交通规则中也有体现公共交通优先的规定，"公共汽车从汽车站开出时，任何车辆都要停车让路"。如今，巴黎设置了四百八十多条全天或部分时间禁止其他车辆使用的公共汽车专用道，公交车速度提高了 20% 至 30%。

各国在公共交通的补贴上，给予许多扶助政策和措施，保证城市公共交通能在与各种城市交通方式的竞争中处于有利的地位，鼓励公共交通健康发展。

为发挥公共交通在城市交通资源利用上的优势，美国在 1964 年通过公共交通法中规定，联邦政府扶助公共交通不仅在财政上，而且在技术上扶植城市公共交通事业的发展。政府从 1977 年到 1982 年，对城市公共交通的补贴由1550万美元，增加到3500 万美元。纽约地铁 1979 年总支出 12 亿美元，而实际收入只有 7 亿美元，不足部分由城市和州议会给予补贴。美国政府对公交补贴有两种形式：一是财政拨款；二是由依法专为公交设立的资金提供补贴，1982 年首次建立了联邦公共交通账户，列入公路信托基金。联邦汽油税对每加仑汽油加收 5 美分，其中 1 美分进入公共交通账户，使公共交通的资助有了固定来源，从而改变了过去从政府财政预算中支持的情况，以后每次增加汽油税，都提取 20% 进入公共交通账户，但是这笔资金不能用于经营性补贴。

澳大利亚政府将公交企业视作社会公共福利事业，公交场站建设及车辆购置均由政府投资，甚至某些城市专设一条免费线路以显示其福利特征。澳大利亚公交实行低票价，公交企业亏损由政府予以补贴。[①]

法国对公交企业补贴有以下几种：一是在 10 万人口以上城市中，凡拥有 10 名雇员以上的企业均需缴纳交通费；二是国家财政拨款补贴，如：巴黎市，国家补贴费占全部补贴费的 21%；三是地方当局补贴，在巴黎市占总补贴额的 10%；四是其他收入，占总补贴额的 6%。在票制方面，公共交通票价由地方政府管理部门每年审定一次，上涨幅度控制在法国财政部和交通部指导原则规定的限度以内。巴黎公共交通票价的年增长幅度则由法国政府决定。为吸引人们乘坐公交，巴黎市政府推动发行了 130 万张可以无限次乘坐任何公共交通工具的"橙黄色月票"，开辟 100 公里公共汽车专用道，乘坐公交车不仅价低、方便而且准时、快速，公共汽车乘客因此增加了 36%，14% 的小汽车乘客改乘公交出行。交通税是城市公共交通资金的重要来源，在省级政府的财政预算中约占 1/3。1992 年，全国共征收 150 亿法郎，其中 41% 用于省的公共交通投资，28% 用于巴黎的公共交通投资。如果交通税所得资金不能满足需求的话，则由地方政府从自己的财政预算中安排。省政府弥补运行成本和投资约 23%，巴黎约 15%。

德国政府认为，城市公共交通事业是社会福利事业设施，支出的费用不能完全由乘客来负担，联邦政府规定补贴 1/3。为了减少公共交通企业的负担，政府从 1969 年起，对公共交通免征车辆税，公共交通企业享受国家汽油低价供应的待遇。

巴西等国家采取直接向低收入市民提供补贴而不是向企业提供补贴的形式。在巴西，人们认为个人用于公共交通的支出不应高于工资收入的 6%，因此，国会通过法案，大型机构应向雇员提供交通费补贴，具体补贴金额等于实际交通支出和工资 6% 之差。雇主可以从所得税中扣减这种补贴支出。一方面保障了低收入群体的利益，同时保持了经营者提高效益的动力。

其他国家也不同程度地对公交企业予以补贴。英国给予公交的各种补贴占全部运营费用的 35%，英国政府对伦敦交通协会进行补贴，1966 年补

---

① 蔡君时："美国公共交通的立法"，载《城市公共交通》2001 年第 1 期，第 14 页。

贴公共交通总收入的5%，1967年增加到10%，1974年增加到30%，1975年高达42%。西欧、西北欧许多国家的补贴额占公交运营费用的70%。

二　建立新型的补贴机制

1. 政府建立补贴基金，对中标价格与政府定价之间的差额进行补贴。补贴办法是由政府提出产品服务的质量、技术标准、承诺收购（处理）量，根据中标价格来确定补偿。政府将考虑终端消费者的承受能力，确定产品（服务）价格，当确定的价格低于中标价格时，政府就价差给予投资企业补贴。如北京市规定，投资企业的中标价格执行期限可根据不同项目具体确定，但原则上不短于3年。3年以后当政府调整上游产品价格或汇率变化超过一定幅度时，中标价格经批准可作适当调整。政府定价低于调整后的中标价格时，继续就价差部分给予投资企业补偿。

2. 交叉补贴。社会是一个富人和穷人共存的群体，公共服务要提供给所有的人。出于这种考虑，传统的方法是用交叉补贴来调节收费。城市公用设施的服务应该覆盖到社区的每家每户。因此源于其他税收的交叉补贴或间接补贴应该使社区里的每个人都能负担得起，最少能满足最小要求。由此就产生了这样的概念，即对规定的基本消费单位量实行基本收费，而对超额消费实行累进收费。另一个概念是通过对工商业和服务业的高收费补贴居民的低收费。但交叉补贴也有一些不利的经济、资金和其他影响。首先，交叉补贴可能掩盖企业的真实成本，而且交叉补贴表现为暗补，不利于提高效率。其次，不同的价格可能给不同的消费群体传递错误信号使他们相应调整消费，因此社会福利并不能达到最优水平。例如，对穷人群体低收费产生的亏损可以从对富人群体高收费产生的利润中进行交叉补贴来补偿。但是穷人群体可能发现，某项公共服务是一个非常便宜的物品，因而可能会最大量地使用，对于他们没有任何激励来节约使用。另一方面，富人群体可能也会发现这种物品非常昂贵从而并不按照符合经济效率的原则使用这些服务，因此，社会福利不能达到最优。总之，补贴只限于为了贫困层保证其基本消费享受服务。注意交叉补贴不能交叉过度引起一方负担过重而自己开发设施停止接受社会服务，这会恶化设施的财政状况。

3. 其他方式的补贴。经主管部门审查并报市政府批准，给予投资企业在其建设经营的项目中一定期限内广告等方面的特许经营权。鼓励投资企业结合所建设的基础设施项目，开发一些旅游、娱乐等文化体育产业。在国家政府允许的条件下，政府协助投资企业申请国外政府及国际金融组织的贷款，并支持投资企业资本证券化的运作。

本章小结

本章是全书最重要的一章。所谓市场化融资就是允许非公经济进入长期由政府包办的城市公用事业，以解决政府财政不足和投资效率低下的问题。这一做法虽然 20 世纪 90 年代中期在我国上海等地就已开始实行，但在全国范围普遍展开却是 2003 年中央和国务院一系列文件出台之后，目前非公经济在城市公用事业领域投资已占当年投资的 30% 左右。吸引非公经济进入的主要方式是实行特许经营制度，为此建设部于 2004 年颁布了《市政公用事业特许经营管理办法》，但要在实践中规范特许经营，必须在准入、合同、期限、风险等方面慎重考虑。第一，多元化应是市场化融资的实现效果，城市公用设施服务市场应该是由国有企业（或国有控股企业）、国内民营企业、外资企业、中外合资企业、中外合作企业等共同平等竞争的市场；第二，共赢是市场化融资的本质要求，城市公用设施业有广阔的市场和稳定的现金流，但一次性投资大，价格需政府管制，还要履行无差别的普遍服务义务，投资的回收期较长，企业除了正常履行合同取得应得的经济效益外，还必须接受政府的监管，满足公共利益要求，因此，政府与企业积极合作是市场化融资的重要方面；鉴于政府对市政公用设施服务负有最终职责，所以在合作期内，政府服务企业、帮助企业正常履行投资和运营服务职能，依法而非随意行政，为企业提供良好的投资经营环境，使企业能够在合同期内正常运营，对政府来讲就是尽到了履行公共服务的职责。而企业要投资于市政公用设施业必须要有共赢的观念，主动为政府承担提供公共服务责任，为投资地区提供不断创新的公共服务产品和优质的服务，只有这样，企业才有优势进入具有公共服务性质的市政公用设施业，也才能顺利履行合同，取得其应得的经济效益，因此，"共赢"是市政公用设施业市场化融资成功的本质要求；第三，风险是市场化改革必须认真对待的重要问题，城市公用事业涉及千家万户，关系公共利益，不论具体的各项服务由谁（什么性质的企业）提供，政府要对能否长期地、连续地、安全地、保质保量地、普遍地提供价格合理的服务承担最终责任，所以在积极推进市场化融资的同时，必须对改革的复杂性、涉及面的广泛性和影响的长远性有足够的重视，既要积极，又要慎重和稳妥；第四，竞争是市场化改革成功的关键因素，竞争可以有助于降低费用、提高效率和服务质量，但由于城市公用事业自然垄断特性所决定，所谓的引入竞争，并不是真正的在经营过程中的竞争，更主要是事前竞争，是为赢得市场而竞争，在缺乏竞争的条件下，容易产生政府和投资者的权利义务不对等、价格形成机制不规范、利益分配不公平等问题，还有可能产生腐败，对今后的长期运作带来风险；第五，监管是市场化改革进程的决定性因素，如果只有市场的开放，而没有相适应的监管能力的建设，就会出现价格上涨失控、服务的安全和质量督察不力、履行服务职能缺失等情况，因此，开放与监管是一个并重的问题。

思考题

一、名词解释

城市公用事业特许经营　　市场准入　　信赖利益保护原则　　公开招标　　交叉补贴

二、简答题

1. 为什么城市公用事业要实行市场化融资？

2. 实行城市公用事业市场化融资的前提条件是什么？

3. 城市公用事业市场化融资的目标是什么？

4. 行政许可法对特许经营有哪些约束和规范？

三、论述题

1. 如何规范推行城市公用事业特许经营制度。

2. 论述法国水务市场化融资对我国的启示。

阅读参考文献

1. E. S. 萨瓦斯著，周志忍译：《民营化与公私部门的伙伴关系》，中国人民大学出版社 2002 年版。

2. 王俊豪、周小梅：《中国自然垄断产业民营化改革与政府管制政策》，经济管理出版社 2004 年版。

3. 秦虹："城市公用设施服务要市场化供给"，载《中国建设报》2003年 2 月 25 日。

4. 周林军：《公用事业管制要论》，人民法院出版社 2004 年版。

5. 邹东涛、秦虹：《社会公用事业改革攻坚》，中国水利水电出版社2006 年版。

6. 秦虹："扩展城市公用设施配套建设资金来源"，载《城市开发》1997 年第 9 期。

7. 秦虹："市政公用设施业市场化之路"载《中国建设报》2005 年 8 月 19 日。

8. 余晖、秦虹："公私合作制在我国公用事业领域的实践"，《中国经济时报》2005 年 9 月 20 日。

9. 余晖、秦虹："公私合作制在中国面临的、挑战及发展前景"，载《中国经济时报》2005 年 9 月 22 日。

10. 秦虹："加快投融资体制改革是城市市政公用事业发展的必由之路"，载《经济要参》2001 年第 7 期。

第五章　城市公用事业定价机制

内容提要

● 城市公用事业合理定价可以有效地解决公用事业企业的持续经营问题，因此，公用事业的价格与市场化融资密切相关。

● 由于城市公用事业的自然垄断特性和公益性要求，城市公用事业的服务价格不可能通过市场竞争自由决定，政府是城市公用事业价格的决定者，并有一套独特的定价的原则、目标、方法和程序。

● 城市供水价格、污水处理费和垃圾处理费的定价表明我国城市公用事业价格形成机制仍不完善。

● 科学建立我国城市公用事业价格形成基础，必须在有效控制成本的会计制度、投资体制和财政预算管理体制、相应的监管法规和监管体系等方面加以改进。

价格改革是经营性项目社会融资的重要前提。在传统的计划经济体制下，我国将城市公用事业作为一种社会福利性事业，价格既不能体现合理的价值补偿，也不反映供求和资源的稀缺状况。近年来，经过改革调整，城市公用事业价格偏低的状况虽有明显改善，但是，价格调整基本上是以解决企业亏损、减少财政补贴为目的，尚未形成合理的价格形成机制。

第一节　定价原则、目标和方法

一　定价原则和目标

城市公用设施服务定价不是企业决定而是由政府决定，由政府定价的原因就在于城市公用设施服务垄断性和公益性特点。如前所述，自然垄断是指由于"自然"的技术原因而形成的独家经营的市场格局。理论上，导致自然垄断的"自然"或技术因素使某些行业具有明显的规模经济和过高的沉淀资本。首先，如果一个行业具有规模经济的特点，则规模大的企业在生产成本上比规模小的企业具有优势。这样，一方面，最先进入的企业生产规模越大，成本就会越低，因而必然具有把生产规模扩大到独占市场的趋势；另一方面，在垄断企业存在的情况下，任何新的企图进入该产业的企业，必然面临较高的壁垒，无法与垄断者展开竞争。因此，在具有规模经济特征的行业，如电力、供水、煤气、电报电话、铁路、航空等，由生产技术的性质本身决定，垄断的产生不可避免。其次，许多行业的生产经营活动需要投入特别专门的资本，这些资本不易转移到其他用途中去，形成沉淀资本。如果一个行业的经营需要很多的"沉淀资本"，行业内就很难维持多家竞争的局面。如果一个行业具有上述自然垄断的特征，那么，一方面，如果不限制企业进入，则过度竞争将导致社会生产力的破坏；另一方面，垄断企业利用垄断权力操纵市场将导致社会福利的损失。因而，为促进效率改进和社会福利的增进，政府必须对自然垄断进行进入监管与价格监管，即政府定价。政府定价的原则和目标应包括以下方面：

1. 受益者付费。公用事业产品可分为纯公共产品和准公共产品，纯公共产品受益者是全体公民，准公共产品的受益者则不是全体公民，而是某类社会成员，因而其费用开支不应由全社会负担，而是由受益者负担。

2. 合理补偿成本。在一般情况下，成本是产品价格形成的最低界限，如果公用事业产品价格低于成本，一方面政府必须提供较多的财政补贴，加重财政负担，另一方面必然影响公用事业产品提供的数量和质量，贯彻补偿成本原则，就是要使公用事业企业运营的合理成本得到相应的补偿。

3. 合理报酬。在制定公用事业产品价格时，既要考虑城市公用设施需求弹性较小，涉及公众基本需求等特定要求，使价格控制在广大居民承受能力范围之内，又要考虑企业经济效益的要求，通过一定的管制政策和措施，建立竞争激励机制，以刺激公用事业企业提高生产或服务的质量和效率，优化生产要素组合，充分利用规模经济，不断进行技术革新和管理创新，努力提高经济效益。

4. 节约资源。价格应当起到合理配置资源、调节社会需求、增加社会供给的作用，这就要求政府在制定公用事业价格时，既要考虑公众承受能力和社会效益，又要充分考虑到企业自我积累、扩大投资的需要，做到公平与效率兼顾，吸引多元化主体投资，促进公用事业持续快速健康协调发展，形成公用事业"投资—经营—发展"的良性循环。

5. 统筹兼顾。公用事业价格水平对消费物价指数和人民生活水平有着直接的影响，公用事业价格改革要统筹考虑各方面的利益，保证改革措施能够落到实处，尽量避免因改革动作或跨度过大而对社会生活和经济运行产生负面影响，要有利于经济和社会的稳定发展，兼顾企业和居民、企业和财政、生产企业与网络经营企业等多方面的利益。

二　定价方法

城市公用设施服务价格监管的具体内容是由政府确定自然垄断企业产品或者服务的价格或收费标准，或者规定价格变动幅度政府定价的理由缘于企业的垄断。

由于企业取得了垄断地位，可以凭借垄断特权制定（政府定价的理由缘对企业的垄断）高于市场均衡价格的价格，并使产量低于均衡数量。下图中，DD 为需求曲线，MR 为边际收益曲线，AC 为平均成本曲线、MC 为边际成本曲线。由于自然垄断行业具有规模效益递增即边际成本递减的特征，因而随产量增加，AC 和 MC 持续向右下方倾斜，而且，MC 在 AC 之下。

若按照竞争价格的标准，价格应等于边际成本，即价格由需求曲线 DD 和边际成本曲线 MC 的交点 A 决定，则价格应为 Pa，需求量为 Qa，这时实现了社会福利最大化。但是，显而易见，若采用边际成本定价法，由于 AC＞MC，则总收入 PaAQaO 小于总成本 PbBQaO，企业蒙受 PbBAPa 的损失。

另一方面，在没有价格管制的情况下，企业实际上是按照利润最大化原则 MR＝MC 定价的，即由 MR 与 MC 的交点决定价格为 Pm，产量为 Qm，Pm 即企业凭借垄断地位制定的垄断价格。在这一价格水平上，产生了 PmMNPn 的垄断利润（即经济租金）。垄断定价造成了社会福利的损失和经济效率的下降：价格由 Pa 上升为 Pm 而产量由 Qa 下降为 Qm。

既然自然垄断行业的边际成本定价不可能而垄断定价又会导致社会福利的损失，因而政府必须对价格进行管制。在通常管制方式下，垄断企业被允许索取能弥补平均成本的价格，即由需求曲线 DD 与平均成本曲线 AC 的交点 G 确定价格为 Pg。平均成本定价意味着对社会福利的某种改善：价格低于垄断价格而产量高于垄断产量。

允许垄断存在，但要求它按边际成本定价。在这种规定下，自然垄断企业的总收入＝价格×产量，总成本＝平均成本×产量。如果按边际成本定价，由于边际成本曲线一定在平均成本曲线下方，总成本必然大于总收入，这时企业将发生亏损。根据经济学的基本原理，只有当价格等于边际成本时，社会总福利才最大。可在自然垄断行业，当价格等于边际成本时，企业亏损。如果要求企业按照市场原则，长期按边际成本定价，那么必须采取措施补偿损失，比如给予亏损补贴，这又会加重财政负担，所以按平均成本定价从理论上讲是较为合理的。

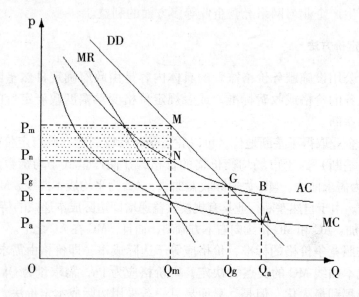

城市公用设施服务价格的定价方法，可分为线性定价和非线性定价两种形式。线性定价包括定额价格和同一从量价格，非线性定价包括二部制定价和三部制定价等。

1. 定额定价。它是指不论消费量的大小，都按固定标准收费的价格，这是最早出现的公用产品定价方式。例如，我国在 80 年代以前实行的"包费制"，以及不少西方国家对自来水的收费方式，是按人或按住房面积收费。采用这种定价方式的前提是假定各用户的实际使用量基本上没有区别，用户每月或每年进行定额缴费。定额价格在价格计算上虽然简便，也可以节省安装计量设备以及查表的费用，但由于用量大小与付费无关，容易导致产品使用上的浪费，产生不公平。

2. 同一从量定价。它是以固定的单位按用户的使用量收费，收费水平与用户的实际使用量呈正比。它假定各用户之间的需求量没有太大区别。价格为用户实际使用量×单价，等于总成本除以总使用量。同一从量价格是最简单的平均成本收费方式。一方面，由于用户是按使用量支付费用，因此用户感觉比定额收费要公平，而且也有利于促进节约；另一方面，由于城市公用设施的沉淀的固定成本较大，它可能产生的问题是不能从使用量极少甚至等于零的用户身上收回应负担的固定成本，而用量大的客户会感觉多承担了固定成本。

3. 二部制定价。就是分别针对成本中的固定费用部分和变动费用部分制定价格。固定费用是指与提供的产品或服务的实际数量无关的费用，主要是指预先投入的固定资产等，也包括与之配套的人员和物质费用，是用户按月缴纳的基本费，它反映产品的需求成本；变动费用是按用量收费，就是每增加一个单位的产品或服务所发生的费用。在二部制定价下，消费者既承担了沉淀成本中应分摊的部分，又按使用量缴纳了消费的部分，比较公平合理，而企业只要实现预期的销售量，就可以通过二部制收费分别收回固定成本和变动成本，实现收支平衡，从而能够使企业正常运营，这种定价方法虽然次于边际成本定价，但优于平均成本定价。

如供水的固定费用包括固定资产（包括设备和管道）的投资，也包括为维持管道系统正常运转的标准编制内的工作人员的报酬，以及相应的物质耗费。变动费用一般为制水的成本，也包含为增加供水而增加的人员的和物质的费用。针对固定费用的部分，一般以用户为单位，用设备设计能力所能提供服务的用户数量去除以固定费用总额，得出每一用户应付的相当于固定费用的价格；针对变动费用的部分，一般以商品或服务的数量为单位，按每单位商品或服务的成本收费。

1998 年国家计委和建设部《城市供水价格管理办法》，规定水价形成过程为：城市供水应逐步实行容量水价和计量水价相结合的两部制水价，容量水价用于补偿供水的固定资产成本，计量水价用于补偿供水的运营成本，在此基础上加上合理利润形成水价。实行容量水价和计量水价两部制水价的意义，在于对蓄水、制水、给排水和治污工程设施成本的补偿，可根据用户的决定或预定量确立和收取，与用户实际上用不用水和用多少水无关，否则由于水市场是不完全市场，根据水资源的特性，大多用户用水量变化很大，制水、给排水和治污企业就不敢投入，也无法经营。

如按两部制定水价，则容量水价用于补偿供水的固定资产投资成本，计量水价用于补偿供水的运营成本，这样两部制水价可以实现完全成本回收。

两部制水价计算公式为：

1. 两部制水价 = 容量水价 + 计量水价
2. 容量水价 = 容量基价 × 每户容量基数
3. 容量基价 = （年固定资产折旧额 + 年固定资产投资利息）/年制水能力

　　4. 居民生活用水容量水价基数 = 每户平均人口 × 每人每月计划平均消费量

　　5. 非居民生活用水容量水价基数为：前一年或前三年的平均用水量，新用水单位按审定后的用水量计算

　　6. 计量水价 = 计量基价 × 实际用水量

　　7. 计量基价 = 〔成本 + 费用 + 税金 + 利润 − （年固定资产折旧额 + 年固定资产投资利息）〕/ 年实际售水量

三　定价程序

　　由城市公用设施服务的特性所决定，城市公用设施服务价格不是在市场上竞争形成的，而由政府确定的，因此，城市公用设施服务的定价与政府对服务价格的监管是一问题的两个方面。无论采用什么样的定价方法，其价格标准是政府价格部门在审核价格成本基础上，组织价格听证会并最后确定。所以政府定价也称政府价格监管。政府价格监管的一个主要作用是建立城市公用事业的成本约束机制，规范公用事业价格构成，避免城市公用设施服务成本与价格同步上涨的情况出现。城市公用事业垄断特征和特许经营制度的确立，使这些企业不可能在经营过程中竞争，通过竞争提高生产效率，降低价格，通常采用的方法是比较竞争体制，也称基准竞争机制，如在荷兰，行业协会每两年进行对城市公用设施公司的经营状况进行一次研究和测评，测评结果向社会公布，公司在测评结果的压力下全力加强经营管理，效果是水质提高和经营效率的提高。成本约束可以通过零售价格指数并参考社会平均职业收入增长率因素，确定企业成本的上升率，根据企业所在行业的技术进步率、实际生产效率和国内外同行业先进生产效率的比较等，确定企业生产成本的下降率。只有在成本上升率大于下降率时，企业才能提价，反之，企业就应该降价。在这种成本变动硬约束下，企业要取得较多的利润就必须努力降低生产经营成本。

　　为此，城市公用设施服务的价格管理必须重视发挥成本调查的作用，建立适应城市公用设施企业特点的财务制度，要求企业定期上报成本资料，审核企业每月或每季的工资状况、人员构成、各种支出等成本构成因素，剔除虚置成本，约束企业倒逼政府定价的行为。要规范公用事业价格成本构成，划定定价成本的合理开支范围，建立合理的成本开支项目体系，从而使公用事业定价成本具有确定性，避免企业乱摊滥增成本。

　　在国际上，政府对公用事业服务价格的确定通常采用投资回报率和价

格限额两种模式。投资回报率模式法在吸引投资的时期，可以达到鼓励投资者的目的；最高限价法在建设规模稳定期，可以防止供应者利用垄断力量，形成垄断价格和降低消费的福祉。（详细内容见第七章第三节价格监管部分）。

城市公用设施服务定价需要履行必要的价格听证制度。1998 年 9 月由国家发改委和建设部颁布了《城市供水价格管理办法》，其中规定调水价时应实行听证会制度和公告制度。《价格法》第二十三条规定"制定关系群众切身利益的公用事业价格、公益性服务价格、自然垄断经营的商品价格等政府指导价、政府定价，应当建立听证会制度，由政府价格主管部门主持，征求消费者、经营者和有关方面的意见，论证其必要性、可行性"。《城市供水价格管理办法》第五条、第二十二条要求政府物价主管部门组织召开听证会，并在水价申请审批过程中邀请人大、政协、政府各有关部门、消费者协会、工业、地方居民委员会及其他有关单位参加。

2002 年 12 月 1 日开始实施的国家计委《政府价格决策听证办法》第 2 条又对价格听证做出了详细规定："本办法所称政府价格决策听证，是指制定（包括调整）实行政府指导价或者政府定价的重要商品和服务价格前，由政府价格主管部门组织社会有关方面，对制定价格的必要性、可行性进行论证。"

公用事业价格听证会并不具有最终的决策权，其原因在于按照《价格法》赋予政府物价部门的职责权限，政府指导价的最终决策权属于各级政府物价部门，价格听证会是"由政府价格主管部门主持"，"征求消费者、经营者和有关方面的意见"，目的是对价格调整方案"论证其必要性、可行性"，促使政府物价部门进行正确的价格决策，减少或避免决策失误现象的发生。听证会意见代替不了政府物价部门的价格决策权，它对物价部门的最终调定价行为不产生法律约束力，其重要作用只在于供物价部门决策时参考，以吸收、采纳其合理性、可行性、科学性的建议，促使价格决策更能适应市场价格形势的需要。

第二节　我国城市水价的形成及改革

一　水价的决定及构成

城市水价处在水务产业链条的下游，居民用户的综合水价包括两个部分，一个是自来水价格，一个是污水处理费。而自来水价格又是在原水价格（上游水资源费＋水源工程供水价格）基础上形成的。2004 年国务院办公厅 36 号文件《国务院办公厅关于推进水价改革促进节约用水保护水资源的通知》，首次明确规定了水价由水资源费、水利工程供水价格、城市供水价格、污水处理费四部分组成。强调要合理调整供水价格，尽快理顺水价结构，扩大水资源费征收范围并适当提高征收标准。凡未征收的地区要尽快开征水资源费，并根据紧缺程度，逐步提高征收标准。

1998 年建设部和国家计委《城市供水价格管理办法》（以下简称《办法》）规定：城市供水价格制定的原则是"补偿成本、合理收益、节约用水、公平负担。"价格构成由供水成本、费用、税金和利润四个部分组成。其中供水成本包括原水费、电费、原材料、折旧、维修、直接工资、水质检测和监测费及其他直接费用；费用指销售费用、管理费用和财务费用三项费用；税金包括企业需要缴纳的全部税金包括生产税和所得税；利润则按净资产利润率核定，目前的规定合理的净资产利润率应当是 8％—10％，主要靠政府投资的净资产利润率不得高于 6％、企业投资的还贷期间的净资产利润率不得高于 12％（还贷结束后，净资产利润率应当按 8％—10％计算）。《办法》的出台标志着我国城市水价改革在许多方面取得了重要进展：第一是确定了"补偿成本、合理收益、节约用水、公平负担"的定价原则，初步建立了水价形成机制。第二是规范了调整水价的行动，并将水价调整的审批权由中央政府下放到地方城市政府，体现了实事求是的精神。第三是规定在水价调整方案审批前，应召开听证会；在调价方案实施前，应由所在城市人民政府向社会公告，重视了公众的参与。第四是设置了容量水价和计量水价相结合的两部制以及阶梯式水价结构，为供水企业的市场化运作和促进节约用水创造了条件。

从国际上看，水价构成包括三个部分：[①] 水资源税、工程水价和环境水价。

水资源税是由政府确定体现水资源价值的价格部分，它包括对水资源耗费的补偿；对水生态（如取水或调水引起的水生态变化）影响的补偿；为加强对短缺水资源的保护，促进技术开发，还应包括促进节水和保护水资源技术进步的投入。

---

① 吴季松："缺水，中国能否说不"，载《经济参考报》2004 年 2 月 20 日。

工程水价和环境水价是可以进入市场调节的部分。

工程水价是通过具体的或抽象的物化劳动把资源水变成产品水，进入市场成为商品水所花费的代价，包括勘测、设施、施工、运行、经营、管理、维护、修理和折旧的代价。环境水价就是经使用的水体排出用户范围后污染了他人或公共的水环境，为污染治理和水环境保护所需要的代价，具体体现为污水处理费。

以法国水价构成为例：[①] 在法国城市水价构成中，用户支付的水费包括三部分：第一部分是饮用水的费用，它包括每月的计量费用、处理及输送费用、管道设施装置费，如用户需要专用管道连接，还要另外付费；第二部分，污水处理费用，包括服务费、用于水净化及下水道设施的费用以及投资兴建新的污水处理厂及基础设施的费用；第三部分，为条件不利地区和环境保护所征收的公共基金，以及直接税（由各市决定是否征收）。其中，基金分别由六大流域的各个水经营机构负责管理，用于支付所需要的水的净化设备及资源保护的投资。

（1）饮用水的费用，指与供水设施有关的建设、运作及维修费用，以及用户管理和质量管理的费用，这一项占水费单总额的40%；

（2）城市废水的收集和净化处理费用，占水费单总额的33%；

（3）管理费，指水管局的费用，占20.5%（包括从可通航河流中抽水的费用）；

（4）国家引水发展基金，占1%，用于资助农村发展；

（5）国家税收（作为增值税的间接税）占5.5%。

在法国水价格的制定过程是一个多方面协商、民主对话的过程，其中，水价听证会是一个制度化的途径，一般由市镇政府召集投资公司代表、用户代表和供水单位代表，在综合考虑各方面因素、讨论协商后定价。其中，广大用户反映强烈的是水价过高或价格上涨过快，以及水质安全问题；供水服务单位（包括水工程的私人投资者、私人供水服务者）要求收支平衡；投资者首先考虑的则是如何通过收费收回投资成本和利息，供水服务人员的费用也占据很大比例；政府则需要考虑财政支出、通货膨胀水平和社会承受能力、水供给和污水处理的可持续运行等因素。各方按照如下程序达成水价：水工程投资者首先同供水公司和用户代表等协商后提出一个拟订价格，用户接受后，三方以共同签署合同的方式确定下来，最后由市

---

① 杨鲁豫："法国城市水业经营管理"，载《中国建设报》2002年7月25日。

长确认。因此，一般来说，法国的水消费者所缴纳的费用是当地用水所需费用的精确反映。但水费的制定还要考虑两方面的影响因素：一方面，是由不同流域的水资源可利用量及水质所决定；另一方面，由人口密度和需求弹性变化、供水的边际成本以及自然条件和污染数量决定。因此，法国有多种不同的水价，在不同城市、不同地区，对用水者而言，水费差价很大。全国平均值是每立方米为14法郎，但有的地区每立方米水价可高达40法郎。总体上，私营公司供水水价高于公营和混合经营型公司的水价；城市供水价较农村供水价约高42%。地方政府往往通过提供不同的补助来减少差价。为了满足日益增长的供水需求及欧共体提出的供水水质标准，法国新开工建设的供水工程投资较大，回收投资及平衡财务的压力也相应较大，因此，水价标准的调整也较频繁。不过，水价调整的过程是透明的，供水单位的财务盈亏既要上报主管部门，又要向社会用户公布。调价的条件、原因、用途、扩大投资或维修、更新、改造的计划，都让社会及时了解并充分监督。用户对服务和收费提出的投诉能及时解决并反馈，各级政府及供水机构都能充分尊重用水户协会的要求和意见。

水价的执行方式有三种。第一种在委托管理模式下，与政府签定了出租合同和特许合同的私人供水公司，直接负责向用户收取水费。不过签定出租合同的私人公司须把一部分水费返还给政府用于投资。第二种在政府水管局直接管理模式下，由市镇政府或联合工会负责供水服务的运行管理，由收费员向用水户寄送账单进行收费。第三种是市镇政府和私营公司结成供水联合体，共同执行，用水户与供水联合体的经济关系是凭水账单付费和回收投资成本。这又分三种情况：一是政府水管局与私人公司按合同共同负责供水公共服务设施的运行，并共享利润；二是市镇政府付给供水服务合同承租人标准服务报酬，由政府决定水价标准；三是公私联营的有限责任公司形式，政府至少占全部资本的51%，公私按股份分配利润。

英国的供水费用由水资源费和供水系统的服务费用两部分组成。（1）水资源费。英国1963年水资源法除规定取水许可证制度外，还要求取水者付费，从1969年4月开始实施取水收费制度，取水收费包括水资源保护和开发费用，统称为水资源费。（2）供水系统的服务费用。供水系统的服务费用包括供水水费、排放污水费、地面排水费和环境服务费。

2002年10月15日，自来水服务办公室公布了"2004年周期性价格调整的方法"，并在参考总结了水务公司发展计划的基础上，做出了"建立2005—2010年自来水和污水价格限制：对水务公司计划草案的总结"。目的是建立价格限制，使管理良好的公司能够负担起与相关标准和需要相一致的输送服务，并使这一调整过程高效而透明。为了明确经济管制者和环境管制者的职责，以及环境质量改进与管制价格的关系，自来水服务办公室发布了"对重大环境改进项目资助"的报告。报告认为，有关重大环境改进的决策由有关政府大臣们制定，政府大臣在决定是否或怎样把新的环境质量义务要求公司承担时，应该对改进环境的成本和效益进行成分权衡。在大臣做出决策前，英国环境部、有关质量管理者和公司应该进行讨论，以便大臣做出合理的决策。自来水服务办公室有义务帮助大臣估计公司进行环境改进项目所发生的成本，并在调整管制价格时考虑到这些成本因素。

二　水价的承受能力与支付意愿

世界银行关于居民水价承受能力的研究显示，水费/平均家庭收入为3%—5%，建设部的研究结论为2.15%—3%；有关研究表明，2002年我国居民水费/家庭收入为1.2%，远低于国际上4%的平均水平。而全国工业供水水费/工业产值的5‰，占成本的1%，农业用水水费占供水效益的1/5—1/8，占亩产值的1/20，亩成本的1/10。（《经济日报》2003年11月4日）尽管目前全国许多城市的居民水价都已出现不同程度的上涨，目前居民综合水成本在1元至1.8元之间，而供水价格则在0.7元至2元不等，总体仍处于低水价水平。

但水价与平均可支配收入的比例掩盖了我国目前收入分配严重不均，存在大量低收入阶层的事实。有关研究显示，我国的收入分配的基尼系数早已突破国际警戒线，目前已高达0.46。最近几年，城镇里的下岗、失业问题不断增加，使城市的失业群体有所加大，城市中形成了一个相对贫困的群体，使城镇居民之间的收入差距加速扩大，超过了城乡之间居民的收入差距。据国家统计局城市社会经济调查总队对全国五万四千多户城镇居民家庭抽样调查资料显示，2005年一季度高低收入组（各占10%）人均可支配收入之比为11.8:1，与上年同期相比呈扩大态势。

以2004年北京市城镇居民人均可支配收入计算，水费支出占平均可支配收入的1.8%左右。但2003年北京市占人口10%的最低收入家庭，人均可支配收入只有6 174.2元，要比社会平均人均可支配收入低55.52%，有近60%的人在平均水平之下。如果按低收入群体测算，水费支出占平均可支配收入的比例不是1.8%而是4%。同样，如果按北京的收入差距衡量，2002年我国低收入群体居民水费/家庭收入不是1.2%，而是2.7%。这个比例在一些发达国家已经相当高。

因此，政府提高水价一定会充分考虑老百姓的承受能力，特别是低收入群众的承受能力。有的专家①较早提出要结合居民支付意愿来分析居民承受能力，不可一味涨价，必须提高公众参与程度。2001 年，亚行技援项目中，曾对成都、福州和张家口三个城市进行过社会调查。结果显示，虽然居民家庭的水费支出占可支配收入的比例不超过 0.8%，但居民的支付意愿并不高，从表 2 的调查统计结果可以看出，支付意愿不仅取决于承受能力，还与供水公司的服务质量及其他诸多社会因素有关。因此，从这个角度也说明，水价改革决不仅仅是简单的调整水价的问题，还应与提高供水质量和服务水平相联系，同时也要与引入有限竞争机制，转变投资决策机制，强化成本控制机制等改革配套进行，才能得到公众的广泛支持。

表 5.1　　　　　　　试点城市居民水费支付意愿调查统计结果　　　　　　　（%）

	成都	福州	张家口
水费占收入小于 2% 的家庭	90	80	90
认为水价高或太高的家庭	54	67	26
认为水价上涨，愿意节水的家庭	51	48	49
抱怨水质、水压等的家庭	50	41	23
反对水价上调的家庭	89	79	42
认为供水公司成本不合理的	48	56	26
愿意参加听证会的家庭	29	21	31

同样，在 2004 年北京市提高水价的时候，《中国青年报》的民意调查显示，北京只有 4% 的受访公众表示可以接受水价上涨。对于水费的价格，43% 的人赞同维持现价，即 2.9 元/吨。还有 35% 的人认为应该比现行价格更便宜一些。对于调整后即将实行的水价（3.7 元/吨）只有 4% 的受访公众表示可以接受。调查还显示，公众主动参与价格听证的意愿很低，公众对自来水公司和政府提供的成本数据缺乏信任。另外，外来人口和流动人口用水问题就更是一个难题，他们的承受能力根本没有被考虑在内。幸好，北京在 2004 年的涨价中，政府先提高了对低收入阶层的补贴标准。如果进一步调整水价，还会继续采取类似的措施。

---

① 邵益生：" 水价改革与公众参与"，"21 世纪国际城市污水处理及资源化发展战略研讨会与展览会" 会议论文 2001 年 11 月 27 日。

三　污水处理收费

污水处理收费通常包含在水价收费之中。由于污水处理具有公共物品的属性，其建设、运营资金主要依靠政府有限的投资和不合理的补贴，导致其长期处于盈亏不平衡状态，因此，改善污水处理收费制度，从而实现污水处理行业企业化经营是提高污水处理能力的重要途径。

20 世纪 90 年代初期以来，我国政府实施了关键性环境政策，以逐步改善污水管理，消除环境污染。污水领域的投资在过去十年中翻了五番，在未来还要继续保持每年 150 亿元的基建投资规模。为了满足这样大的投资规模，政府开始在水行业改革的同时逐步转变投融资机制，由原来的中央和地方财政拨款转变为地方自筹和使用者付费的形式。1993 年 4 月 23 日，国家物价局 、财政部印发了《关于征收城市排水设施使用费的通知》，规定"凡直接或间接向城市排水设施排放污水的企事业单位和个体经营者，应按规定向城市建设主管部门缴纳城市排水设施使用费"，"城市排水设施使用费具体征收标准，由省级城市建设行政主管部门提出意见，同级物价、财政部门核定"。根据这一政策规定，各城市相继征收排水设施有偿使用费，但标准很低，平均每吨只有 0.1 元左右，最低的只有 0.03 元，据统计，1995 年全国城市排水设施有偿使用费收入仅为 9 亿元左右；与我国投入排水和污水处理设施的巨额建设和运行费用相比，仅占冰山一角。

中国真正实施污水处理收费，是在 1996 年颁布《中华人民共和国水污染防治法》之后，并于 1997 年首先在"三河（淮河、海河、辽河）三湖（太湖、巢湖、滇池）"流域城市试行的。在试点基础上，1999 年 9 月 6 日，国家计委、建设部和国家环保总局联合印发了《关于加大污水处理费的征收力度建立城市污水排放和集中处理良性运行机制的意见》，要求全国"各城市要在供水价格上加收污水处理费"，"污水处理费由城市供水企业在收取水费中一并征收"，"污水处理费标准，可以根据当地各方面的承受能力，分步到位"。

在"三河三湖"流域城市征收污水处理费的基础上，到 2000 年底，全国有二百多个城市开征了污水处理费。据调查，这一时期大多数城市对居民的污水处理收费标准在每立方米 0.2—0.3 元，对工业的污水处理收费标准与居民的持平或略高。

　　到2003年底，661个设市城市中325个城市开征了污水处理费，①占全国城市的49.2%。除拉萨外35个大中城市都开征了污水处理费，居民生活用水和其他用水污水处理费标准分别为0.41元/吨和0.58元/吨，分别比2000年提高了2倍多和4倍多，明显高于同期供水价格的提高幅度。尽管污水处理费已经大幅上升，而现行的不考虑管网成本仅污水处理厂成本就在0.5—0.7元/吨，污水处理费显然距离全成本回收还有相当差距。

　　污水处理所需的资金原则上由地方自筹，但通常会得到中央财政或国际多边、双边和民间的资金援助。地方自筹的资金主要来自当地政府的经常性财政预算、污水处理费、环境基金和国内银行贷款。1997年到2002年，根据投资公共工程、刺激经济增长的国家政策，中央政府为污水处理领域投入了大量资金。通过政府财政赤字支出支持建设的污水处理设施投资累计已经达到了100亿元。亚洲开发银行和世界银行的贷款计划中都包含许多污水处理项目（包括配套的排水管网工程）。双边贷款人（尤其是日本、澳大利亚和一些欧洲国家）在利用政府混合贷款建设污水处理厂方面也相当积极。根据建设部污水处理厂数据调查，全部的污水处理厂项目，大约有48%来自双边的贷款支持，22%和5%的来自世界银行和亚洲开发银行的贷款支持。只有14%的污水处理厂项目来自国内资金的支持。据深入调查，而这些贷款大部分是通过政府直接借贷或担保而取得，国内资金也主要来源于政府的财政拨款和由财政贴息的国债。

　　但是，国家还没有制定专门和长期性的污水处理投资审批机制，只有在经济形势需要时，才能靠增加政府开支获得资金。这意味着地方政府不能对国家投资抱有依赖心理，只能靠自己的力量为污水处理项目筹集资金。因此，市政府不得不为募集资金想尽办法，甚至包括拍卖商业和住宅用地。私人投资很少介入污水处理领域，在投资、建设、管理、运营和维护方面也很少有私有资本介入的实例。但在未来几年内，这种情况肯定会有所改变。

　　我国的城市污水处理厂普遍采用由政府出资建设（或由政府出面借款或贷款）、建成后的大部分污水处理厂为事业单位编制、运行经费由政府有关部门核定拨给的运行机制；由于长期以来我国污水排放收费标准很低或不收费，污水处理厂建设投资和运行费用绝大部分来自政府自身的财政收入。这种计划经济体制作基础的财政分配方式在一定的条件下对保障社会事业起到了积极作用，但市场经济的发展给这种运行机制带来了较大的冲击。

---

①　建设部综合财务司："关于2002年全国城市垃圾处理收费情况的调研报告"2003年9月。

从经费来源来看，城市污水处理设施建设运营资金主要来源于政府，投资主体和资金渠道非常单一；没有建立社会的多元化投资渠道，国内外民间、企业资金不能全面进入城市污水处理领域发挥作用，导致其城市污水处理行业基础设施建设投资能力严重不足。污水处理历来是一个耗资的行业，长期以来因为属于政府管制和垄断，一直独家经营，缺乏市场竞争，管理效率很低，运行资金缺口也越来越大这种由单一主体的政府出资、事业体制管理的运行机制，是导致我国水务行业，尤其是城市污水处理行业存在一系列问题的根本原因。

污水处理费的高低不仅影响污水处理厂运营的效益，而且可以起到调节用水量的作用。但是，过高的水价也会给企业和居民带来一定的负担。因此，合理的定价是促进污水处理产业发展的重要因素。按照"十五计划"，我国供排水行业的年产值将从六七百亿元，提高到2 000亿元。据估算，到2005年底，全国在水务市场的投资将超过一万亿人民币，国家财政只能负担其中的2 000—3 000亿元，其余部分只能依靠企业和社会资金。当前，应尽快建立合理的污水处理价格以及收费管理制度，促进污水处理行业的市场化、产业化，从而加强这一领域对社会资金的吸引力，以满足污水处理行业发展的资金需求。

四　水价改革的原则和措施

改革开放之前我国城市供水实行低价政策，对居民采用"包费制"形式，城市居民交纳的水费与实际耗水量无关。到80年代，逐步取消"包费制"，实行装表计量，按量收费，生产用水价格本着高于生活用水价格的原则，制定售水价格，但供水仍是非盈利行业。进入90年代以来，我国加快了包括价格管理体制在内的各种经济体制改革步伐。

按照"补偿成本、合理收费、节约用水、公平负担"要求，城市供水价格改革应当遵循的基本原则是：

1. 要将开源与节流并重，把节流放在优先位置，提高水的利用效率；

2. 将开源节流和防治水污染结合起来，坚持治污为本，努力为城市和经济发展提供安全可靠的供水保障和良好的水环境；

3. 将水价形成机制改革和企业经营管理体制改革结合起来，坚持两项改革相互促进的方针，实行政企分开，努力发挥市场机制对水资源配置的基础作用。

要达到这些目标，一是要将改革水价计价方式与调整水价相结合，逐步推行居民生活用水阶梯式计量水价，非居民用水超计划超定额加价；阶梯式水价就是用量越大，价格越高，对于超定额用水阶梯加价的主要目的是促进节水和减少污染量，以保护短缺的水资源。二是取消月用水包费制和流量底数制。三是缺水地区要根据水资源丰枯特点实行季节性水价。四是加大污水处理费征收力度，要尽快将污水处理费提高到保本微利水平。五是理顺水资源费与自来水比价关系。六是考虑居民和企业承受能力，确保低收入家庭基本生活用水。

当然，从全国来看，也存在一些问题：一是部分地区水价仍然偏低。近年来各地虽加大了调整力度，但由于历史欠账等原因，相当一部分城市供水价格水平仍然偏低，用户感受不到水资源的紧缺，用水量远远大于实际需要量。二是水价计价方式需要改进。目前，我国大部分地区对居民生活用水实行不区分用水量的计价方式，有的地区还实行按月包费制或规定用户月用水底数等事实上鼓励用水的政策。在水资源严重不足的北方地区，没有考虑丰枯期的水量差别而实施季节性水价来缓解供需矛盾。三是水价构成不合理。各地附加在供水价格上的附加费、基金、建设费等政府性收费较多，个别地方还存在乱收费和搭车加价的现象。

我国对水价有明确的管理规定，2004年4月19日国务院办公厅发布了关于推进水价改革促进节约用水保护水资源的通知，要求充分发挥市场机制和价格杠杆在水资源配置、水需求调节和水污染防治等方面的作用，推进水价改革，提出建立充分体现我国水资源紧缺状况，以节水和合理配置水资源、提高用水效率、促进水资源可持续利用为核心的水价机制。

2004年国务院办公厅36号文件《国务院办公厅关于推进水价改革促进节约用水保护水资源的通知》（以下简称《通知》）肯定了近年来我国水价改革取得的成绩，指出了存在的问题，提出了水价改革的目标和原则。水价改革的目标是，建立充分体现我国水资源紧缺状况，以节水和合理配置水资源、提高用水效率，促进以水资源可持续利用为核心的水价机制。

《通知》要求，合理调整供水价格，尽快理顺水价结构，具体措施包括：

一是扩大水资源费征收范围并适当提高征收标准。凡未征收的地区要尽快开征水资源费，并根据水资源紧缺程度，逐步提高征收标准。要综合考虑本地区水资源状况、产业结构调整进展和企业承受能力，逐步使城市供水公共管网覆盖范围内取用地下水的自备水费高于自来水价格。地下水严重超采的地区，应加大水资源费调整力度，以限制地下水过度开采，促进再生水的利用。要将水资源费调整与供水价格调整结合起来，合理调节供水单位和政府间的收益。

二是逐步提高水利工程水价。按照《水利工程供水价格管理办法》的规定，将非农业用水价格尽快调整到补偿成本、合理盈利的水平。在大力整顿水价秩序，完善水费计收机制，取消不合理加价和收费，并降低管理成本基础上，合理调整农业用水价格，逐步达到保本水平。

三是合理调整城市供水价格。城市供水价格是终端水价。要综合考虑上游水价、水资源费情况，以及供水企业正常运行和合理盈利、改善水质、管网和计量系统改造等因素，在审核供水企业运营成本、强化成本约束基础上，合理调整城市供水价格。

四是优先提高城市污水处理费征收标准。各地区要限期开征污水处理费。已开征污水处理费的城市，在调整供水价格时，要优先将污水处理收费标准调整到保本微利水平。暂时达不到保本微利水平的，各省、自治区、直辖市人民政府应结合本地区污水处理设施运行成本，制定城市污水处理费最低收费标准，确保污水处理设施正常运行。

五是合理确定再生水价格。缺水地区要积极创造条件使用再生水，加强水质监测与信息发布，确保再生水使用安全。再生水费由生产供应单位向用户按用水量计收。再生水价格要以补偿成本和合理收益为原则，结合再生水水质、用途等情况，与自来水价格保持适当差价，按低于自来水价格的一定比例确定，引导工业、洗车、市政设施及城市绿化等行业使用再生水。对再生水生产用电实行优惠电价，不执行峰谷电价政策，免征水资源费和城市公用事业附加，研究制定鼓励生产和使用再生水的税收政策，降低再生水生产和使用成本。同时，各地区要适时制定办法，扩大再生水使用范围，强制部分行业使用再生水。

对于水价计价方式改革和征收管理，《通知》作了如下规定：

第一，加快推进对居民生活用水实行阶梯式计量水价制度。未实施阶梯式水价的地区要争取在 2005 年底前实施。已实施的地区，要依据本地情况，合理核定各级水量基数，在确保基本生活用水的同时，适当拉大各级水量间的差价，促进节约用水。实行用水包费制的地区，要限期实行计量计价制度。

第二，切实推进抄表到户工作。抄表到户是实施阶梯式水价的前提。各地区要切实加强领导和协调，根据当地实际情况，制定计量系统改造计划和实施方案，供水企业因此增加的改造、运营和维护等费用，可计入供水价格，引导和支持供水企业推行抄表到户。

第三，科学制定各类用水定额和非居民用水计划。严格用水定额管理，实施超计划、超定额加价收费方式，缺水城市要实行高额累进加价制度。同时，适当拉大高耗水行业与其他行业用水的差价。对城市绿化、市政设施等公共设施用水要尽快实行计量计价制度。

第四，完善农业水费计收办法。要将农业供水各环节水价纳入政府价格管理范围，推行到农户的终端水价制度。切实加大农业灌溉设施改造力度，对末级渠系改造进行试点。改革农业供水管理体制和水费计收方式，降低管理成本，创造条件逐步实行计量收费，推行超定额用水加价等制度，促进节约用水，减轻农民水费负担。

第五，加大污水处理费和水资源费征管力度。采取有效措施提高污水处理费和水资源费的收缴率，切实加大对自备水用户污水处理费和水资源费的征收力度。严禁用水单位在城市排水管网覆盖范围内，擅自将污水直接排入水体，规避交纳污水处理费。自备水用户水资源费要按其实际取水量计收，取水单位或个人应当在取水设施上安装符合标准的计量设施，无计量设施的，可按取水设施的最大实际取水能力计收。同时，加强对污水处理费和水资源费征收、使用的管理和监督，为水资源开发、利用、保护以及节水设施建设和节水技术推广提供资金保障。

对于水资源综合规划和供水管理体制改革，《通知》要求：

尽快完成全国水资源综合规划编制工作。发改委、水利部要会同有关部门继续做好全国水资源综合规划编制工作。要通过水资源评价，掌握水资源现状和变化趋势；在节水和保护水资源的前提下，研究分析水资源、水环境的承载能力，确定水资源可利用上限；根据水资源可利用潜力和经济社会发展要求，抓紧完善水利及供水工程建设标准，合理调整生活、生产、生态用水定额，制定水资源优化配置方案及跨流域、跨地区配置的工程布局和方案。

各地区要统筹考虑城市水资源的开发、利用和保护，协调供水、节水与污水再生利用工程设施建设。建设项目要落实节水措施，做到同时设计、同时施工、同时投入使用。缺水地区在规划建设污水处理设施时，要将污水处理再生利用作为缓解城市水资源短缺的重要措施，同步规划和建设污水再生利用设施。

积极扶持和促进海水开发利用。尽快制定和实施海水利用规划，优化沿海地区水资源结构，扩大海水利用规模。沿海地区要统筹利用海水淡化水，对以供应居民用水为主的海水淡化厂和管网设施，应予以一定的扶持。

利用海水生产淡水的，免征水资源费，以降低其生产成本，扶持和促进海水开发和利用。

加快城市供水管网更新改造步伐。按照《国务院关于加强城市供水节水和水污染防治工作的通知》（国发〔2000〕36号）的规定，在对供水管网全面普查基础上，对运行使用超过50年和严重老化的供水管网，尽快予以更新改造，有效降低供水管网漏损率。同时，要将供水管网和排水管网建设结合起来，缺水地区的供水管网改造应与再生水利用管网建设统筹进行，逐步建成供水、排水、再生水管网相匹配的城市供排水管网体系。

改革供水管理体制。水利工程供水单位要按照《国务院办公厅转发国务院体改办关于水利工程管理体制改革实施意见的通知》（国办发〔2002〕45号）的要求，建立多样化的水利工程管理模式，逐步实行社会化和市场化，通过招标等市场方式，委托符合条件的单位管理水利工程，尽快建立符合我国国情、水情和社会主义市场经济要求的运行机制。城市供水和污水处理单位，要结合国有资产管理体制改革，按照建立现代企业制度的要求，实现政企分开，逐步引入特许经营制度，通过创新机制促使供水单位加强管理、降低成本、提高效率。

《通知》最后要求，各地区、各部门要加强组织领导，精心组织、积极稳妥地分步推进水价改革。要充分考虑用户的实际承受能力，确保低收入家庭的基本生活用水，切实做好对低收入家庭的水费减免工作。各地区要把握水价改革时机，统筹考虑与其他价格改革的衔接，防止集中出台调价项目，保证水价改革顺利实施。

要尽快制定水价改革规划，完善配套措施，大力推进水价改革。要明确工作任务和要求，加强跟踪指导和监督检查，采取切实有效的措施，确保各项政策尽快落实到位。

水价从过去的福利水价提到合理水价，那么提多少算合理？有人提出，市场化不等于涨价。是否要提价，一个关键的因素是要掌握企业的真实成本，所以某省统计局城调队曾对该省水价上涨进行剖析，提出居民水价格不该这样涨。某省共有3 300万城市人口，80年代以前，居民水价一直是0.12元/吨，到2002年底，水价比1989年上涨了11.6倍；居民的水费支出由每年人均2.9元增至44.7元，增长14.4倍。统计局提出水价上涨不合理的理由之一就是"亏本经营难以置信"。水是江河、湖水，水资源费每吨1分，水厂建设和管网铺设是水供应的主要成本支出，但主要投入期已过去，而且是国家投资的。现在新增支网的费用是打入房价，由购房者出资的。但近 5 年的成本占销售收入的比重,每年都是销售收入的 2/3 左右,所以出现了反常现象:销售成本与销售收入同向增长,价格和效益呈反向运动。近 5 年居民用水价每年平均涨 0.2 元/吨,其中污水处理费约占 2/3,自来水公司得 0.06 元,全省平均供水 35 亿吨,即自来水公司每年收入应递增 2.1 亿元,5 年应共增收 31.5 亿元,如果加上生产和商业用水,则实际增收要高于 31.5 亿元,因此,上述成本的可信度令人怀疑。既然越涨越亏,那么涨价的意义何在? 涨到什么程度才不亏呢?

第三节　城市垃圾处理收费及改革

一　我国城市垃圾处理收费的基本情况

根据垃圾处理的不同环节,垃圾收费分为卫生费、清运费及处理费。

从 1999 年,我国开展城市生活垃圾处理费征收的试点工作,到 2002 年底,全国有 21 个省、自治区、直辖市的 171 个城市实行了城市垃圾处理收费制度,占全国 661 个城市的 25.9%,① 比 2001 年增加 48 个城市。有 9 个省(区、市)尚未开征垃圾处理收费。在已实行城市垃圾处理收费制度的省(区)中,按城市计收费面最高的是山东省和浙江省,分别为 100% 和 69.7%,最低的是福建省和广西区,分别为 4.4% 和 4.8%,其余均在 10%—40% 之间。相当一部分城市的垃圾处理费并不是完整意义上的垃圾处理费,而是由原来开征的卫生保洁费、清运费或类似的收费转变而来。

据报有数据的城市,2002 年垃圾处理收费额 4.45 亿元,比 2001 年增长 11%;垃圾处理收缴率 41.2%,比 2001 年增长了 0.5%,其中收缴率最高的城市达到了 92.9%,收缴率最低的城市仅为 1.57%。2002 年,在全国实施垃圾处理收费制度的 171 个城市中,有 18 个城市的收费性质由行政事业性收费转为了经营服务性收费;17 个城市的垃圾处理费照章纳税,执行的税种有增值税和营业税,税率有 3.3%、5.5% 和 6.6% 三种;个别城市委托收费缴纳手续费,手续费标准为 3% 和 5%。

目前,垃圾处理收费机制尚不完善,主要表现在:

一是开征面太小。全国尚有 74.1% 的城市没有开征城市垃圾处理费,在已开征收费省份的开征面也多在 10%—40%,不能适应需要。

---

① 建设部综合财务司:"关于 2002 年全国城市垃圾处理收费情况的调研报告。"

二是收费标准低。2002 年我国城市垃圾处理收费标准平均为 2 元/人·月左右，低的仅 0.5 元/人·月，这样的标准就连维持垃圾处理简单运行都难以保证，更难满足产业发展的要求。

三是收缴率低，收费极为困难。其一是由于用户拒缴、拖欠现象普遍，在一些大城市居民的流动性大也给征收工作带来了一定的困难。其二是由于垃圾处理收费不像污水处理收费那样可按用量征收，收取难度大。2002 年垃圾处理费收缴率低于污水处理 27 个百分点，低于城市供水 54 个百分点。例如北京市从 1999 年开始城市生活垃圾处理费的征收工作至今，收取到的垃圾处理费仅占全部费用的 9%，收缴率不足 20%，垃圾处理的大部分费用仍由财政负担，管理有待完善。目前，对拒交拖欠垃圾处理费的行为，尚无措施和手段，85% 以上的城市垃圾处理费仍按行政事业性收费管理，收费、改革互相促进的目标短期难以实现。

四是垃圾收费缺乏合适的计量收费方式。在国外，垃圾收费也采取计量收费的办法，通常采用出售垃圾袋的方式收取费用。如瑞士根据不同类别的垃圾袋，分为 17、35、60、110 升，价格分别为 0.99、1.90、3.21、4.57 瑞士法郎，由政府委托民间机构成立环保基金委员会收取；美国按实际排放量计费，每个家庭每月平均支付 7—10 美元；比利时按不同颜色垃圾袋收费：棕色 1 欧元/只（不能循环垃圾）、蓝色 0.15 欧元/只（可循环利用垃圾）、绿色 0.4 欧元/只（有机废物）；日本采用定额和按量收费两种方式，定额按人口、户收取，按量收费是通过垃圾袋方式定量，也有城市采取超量收费，即事先额定一个量，在这个量的范围内可以免费排放，超过部分计量收费。

我国深圳市在 2004 年 5 月召开了垃圾收费价格听证会，[①] 提出垃圾处理收费为每户每月 15 元的收费标准。深圳市垃圾日均产生量达 8890 吨，较建市之初的 1980 年翻了 222 倍，虽然财政逐年加大投入，但是建成的垃圾处理设施规模只能达到卫生填埋处理 4100 吨/日，集中堆放处理 2790 吨/日，焚烧处理 200 吨/日的水平，处理率仅占全市垃圾总量的 69%，到 2005 年底，全市将新建并投入正常运行垃圾焚烧处理厂 4 座，新增处理能力 4200 吨/日，总投资约 18.2 亿元，全部由企业投资建设和运营，政府支付垃圾处理费。这些设施全部投入使用之后，全市每年需支付垃圾处理费 4.4 亿元，将比 2003 年的 0.8 亿元净增 3.6 亿元。

---

① "深圳城市生活垃圾处理告别免费服务"，载《经济日报》2004 年 5 月 20 日。

垃圾处理费以每户 15 元的收费标准计算：可以满足现有及 2004、2005 年建成并投入使用的 10 座垃圾无害化处理设施所需的处理费用。具体测算如下：

按照垃圾焚烧厂日均处理规模 800 吨、建设投资标准 40 万元/吨、投资利润率 5% 测算，每吨垃圾平均焚烧处理成本为 106 元，加上焚烧飞灰和沪渣的处理成本 45 元/吨，生活垃圾的平均焚烧处理成本为 151 元/吨。此外，经市城管办测算，每吨垃圾的卫生填埋处理成本是 75 元。预计，到 2005 年，全市垃圾产生量为 9 800 吨/日，焚烧与卫生填埋的比例约为 6.33：3.67。因此，垃圾处理费的理论收费标准为焚烧成本 151 元/吨 × 焚烧处理所占比例 63.3% + 卫生填埋成本 75 元/吨 × 卫生填埋所占比例 36.7% = 123 元/吨。代收部门的手续费 1%，主管部门核定各单位垃圾产量的管理费 2%，以及收缴率等不可预见因素导致的不可预见系数（暂定 10%），垃圾处理实际收费标准为 123 × 1.13 = 139 元/吨。机关、企事业单位、社会团体的垃圾处理费用按此标准收取。深圳市人均垃圾产生量 1.2 公斤/日，按每户 3 人计，每户每月为 108 公斤，居民住户垃圾处理费标准为 0.108 吨/户·月 × 139 元/吨 = 15 元/户·月。

目前，我国城市垃圾排放量正在以每年 6%—8% 的速度增长，同时，随着科技的发展，垃圾的有害化和有机化的程度也在加剧，这些都要求我国垃圾处理行业要在数量和技术上有较大的提升，以满足社会需求的增长。但是由于垃圾处理收费机制的不完善，制约了社会资本介入的积极性。要使垃圾处理走向市场化、产业化，垃圾处理收费机制是关键所在。因此，建立完善的垃圾处理收费机制，保证垃圾处理企业获得合理的利润，加强监督管理，必将极大的推动整个垃圾处理产业的发展。

二　瑞典垃圾处理收费的经验

2003 年建设部专门组织了课题组对瑞典的垃圾处理情况进行了考察，在瑞典，对垃圾废弃物的处理原则是实行减量化、资源化和无害化。政府通过法律和经济手段促进垃圾废弃物的回收再利用以尽量缩减垃圾填埋的数量。目前，约有 40% 的家庭垃圾通过回收作为原材料或作为肥料被重新利用，40% 的垃圾通过焚烧发电被重新利用。因此，目前只有大约 20% 的家庭垃圾和焚烧后的灰渣通过垃圾填埋的方式进行处理，这一比例还在逐年下降。2002 年颁布了对可燃废弃物禁止填埋的规定，到 2005 年对有机垃圾也将禁止填埋。现行垃圾填埋是将无机垃圾（如建筑垃圾、玻璃等）、非有害一般垃圾（如城市生活垃圾、焚烧后的灰渣、轻度污染的土壤等）、有害废弃物（如严重污染的土壤等）分别填埋处理。

1. 瑞典垃圾处理收费的基本情况。家庭废物的管理由市政部门和生产者进行管理，成本通过废物处理费和对产品征收的环境费加以弥补。

废物处理费标准由各地政府设定。处理成本中的大部分通过财产拥有者付费来补偿，较少运用税务手段来进行废物管理。废物管理费作为一种经济手段可以使居民采用更环保的方式处理废物。废物处理费主要包括废物处理、循环、信息和管理等费用。

瑞典垃圾处理费用的来源是对生产者和业主征收垃圾处理费以及对产品征收环境费。公共垃圾由市政部门通过招标的方式确定收集和运输者，费用由政府负担。生活垃圾处理费由业主负担，标准由各地政府制定。瑞典政府认为，垃圾处理费作为一种经济手段可以使居民采用更环保的方式处理垃圾。垃圾处理费主要包括按垃圾箱容量收取的垃圾处理费，收集、运输、处理垃圾费，有害物质、冰箱、制冷器、电池等特殊垃圾的处理费以及计划、信息、管理费用等。大部分市政部门开始将费用分为固定费用和可变费用，以便于家庭自己选择。

建筑垃圾和工业垃圾处理费用由企业承担，每个建筑工程开工前，必须要有垃圾处理方案，并与垃圾处理厂签订垃圾处理合同，这个合同作为政府审批建筑许可的一个条件。无论是建设新的建筑还是拆除旧建筑，都必须得到建筑许可，在申请许可中，建筑商必须告诉政府将采取何种环保措施，如何减少污染程度，对那些可再回收的建筑垃圾，如木头、石膏等如何处置，旧建筑物中的有害物质，如水银、铅等如何处理等等。

环境费的征收是基于生产者对垃圾废物的处理负有责任的原则而确定的。在瑞典，法律上规定产品生产者对包装物和报纸的处理有责任，生产者的责任有 4 个方面，一是生产不污染环境的产品；二是增加循环利用；三是减少垃圾产出量；四是从整个生命周期考虑垃圾废弃物的处理。为保证垃圾处理费用，瑞典政府规定在产品出售时就征收相应的环境费用。该费用由生产者自己决定，通常一个家庭每年缴纳的包装物处理费在 220—400 瑞典克朗之间，这些费用已包含在产品价格中。

在瑞典，年人均垃圾处理费用有较大差别。目前瑞典全国平均每人每年产垃圾 470 公斤，人均垃圾收集和处理收费为每年 500 瑞典克朗。家庭垃圾按是否自行堆肥、分类执行不同的标准。哥德堡市独立住户家庭的垃圾每两周收集一次。每个家庭每年缴纳的垃圾费用约 1100—1500 瑞典克朗之间，该费用中包括废物税，每吨废物的废物税为 370 瑞典克朗，其中，家庭自行堆肥并将垃圾分类的收费最少，仅将垃圾分类而没有堆肥的收费居中，既没有分类也没有堆肥的收费最高。该费用中包括垃圾税，每吨垃圾的垃圾税为 370 瑞典克朗。对于居住面积超过 70 平方米的集中住户家庭，垃圾每周收集一次，每年费用为 700 瑞典克朗。人均垃圾收集和处理费用为每年 500 瑞典克朗。

2. 垃圾处理的特许经营及处理标准的控制。瑞典的垃圾处理是作为产业向社会开放的，其处理标准通过政府严格的许可制度加以控制。瑞典政府对垃圾处理设定了严格的许可制度，如果公司要经营垃圾处理厂必须得到政府许可。政府在垃圾处理方面制定了自己的目标，包括尽量减少有害物质，尽量减少生产和消费环节垃圾的产生，目的是使废弃物再利用，而不是简单地扔到填埋厂。为此，瑞典政府从 2000 年开始对垃圾填埋征税，2002 年起禁止将可燃烧的垃圾送到填埋厂，对垃圾填埋厂的环境要求也越来越严格，还规定了生产者责任。

政府许可包括经营垃圾处理厂的许可和运送垃圾的许可两类。如经营垃圾填埋厂需要申请政府的许可证，根据填埋厂的规模，许可证的发放也不相同。如果是一个小规模的非有害垃圾填埋厂，每年小于 5 万吨，许可证向市政府委员会申请；如果是一个中等规模的厂，如 5—10 万吨/年，必须向省一级委员会申请；如果经营一个 10 万吨以上的大厂，则许可证必须向国家环境法院申请。通过政府的许可管理，对垃圾填埋厂的技术、垃圾类型、处理规模、处理后的环境等进行控制。政府在许可证中规定，公司有责任在填埋厂关闭后 30 年的时间里继续管理，保证环境质量。经营垃圾收集和运送的公司也必须有政府的许可，公司对运送了多少垃圾、运送的是什么垃圾必须要有统计数据上报政府，垃圾处理厂如果在填埋或燃烧前储存垃圾也要经过政府的许可。通过许可制度的管理，保证了垃圾处理达到环保要求。

三 城市垃圾处理收费改革

用经济手段调整公用事业行业的发展是瑞典等发达国家的一条重要经验，受益者负担和污染者付费是重要原则。垃圾处理收费是垃圾处理企业的投资运行的保障。向使用者收费，不但解决了设施建设和运行及维护费用，而且，通过收费标准的调整可以促使使用者达到诸如减少垃圾、保护环境等公共政策目标，为实现城市的可持续发展奠定了体制基础。

针对我国城市生活垃圾数量迅速增加，缺少必要的垃圾处理设施，相当一部分城市的土壤、水体、大气受到生活垃圾的污染，使生态环境和人民群众生活受到影响等问题，2002 年国家发改、财政部、建设部和国家环保总局出台了《关于实行城市生活垃圾处理收费制度促进垃圾处理产业化的通知》，提出 实行生活垃圾处理收费制度，是适应社会主义市场经济体制的客观要求，促进垃圾处理体制改革，实行政事、政企分开，逐步实现垃圾处理产业化的重要措施。各地要充分发挥市场配置资源的基础作用，拓宽投融资渠道，改善投融资环境，鼓励国内外资金，包括私营企业资金投入垃圾处理设施的建设和运行，最终建立符合市场经济要求的垃圾处理运行机制，解决当前垃圾处理能力不足所造成的环境污染问题。所有产生生活垃圾的国家机关、企事业单位（包括交通运输工具）、个体经营者、社会团体、城市居民和城市暂住人口等，均应按规定缴纳生活垃圾处理费。

按照垃圾处理产业化的要求，环卫企业收取的生活垃圾处理费为经营服务性收费，其收费标准按照补偿垃圾收集、运输和处理成本，合理盈利的原则核定，并区别不同情况，逐步到位。垃圾收集、运输和处理成本主要包括运输工具费、材料费、动力费、维修费、设施设备折旧费、人工工资及福利费和税金等。

为了提高垃圾处理的收缴率，并体现公平性和灵活性，通知规定生活垃圾处理费应本着简便、有效、易操作的原则，按不同的收费对象采取不同的计费方法，并按月计收。对城市居民，可以以户或居民人数为单位收取；对纳入城市暂住人口管理的居民以及国家机关、事业单位，可以以人为单位收取；对生产经营单位，商业网点可以按营业面积收取；船舶、列车及飞机等交通工具可以按核定的载重吨位或座位收取；其他生产经营单位产生的生活垃圾，原则上以人为单位计收，生活垃圾处理费与工业废物垃圾处理费不得相互重复计收。具备条件的城市可以按照生活垃圾量计收垃圾处理费。对下岗职工自谋职业者和城市下岗职工、失业人员及低保对象，应实行收费减免政策。加强生活垃圾处理收费的管理，提高垃圾处理费的收缴率。应针对不同收费对象，采取措施，鼓励其按规定、按时足额缴纳垃圾处理费。对代收单位，允许从收取的垃圾处理费中提取一定比例的手续费。手续费标准，在制定垃圾处理费标准时予以明确。任何单位和个人都不得擅自减免垃圾处理费。对不按规定缴纳垃圾处理费的，各地要采取措施加强管理。生活垃圾处理费全部用于支付垃圾收集、运输和处理费用，任何部门和单位不得截留、挪用。对于生活垃圾处理设施不足，已经投资在建的垃圾处理设施，经城市人民政府批准，收取的生活垃圾处理费可用于补充生活垃圾处理设施的建设费用，但在建项目3年内必须建成，并实施垃圾处理。

第四节　科学建立城市公用事业价格形成基础

和国际相比，我国城市公用事业价格形成机制十分薄弱，如何借鉴国际经验是公用事业行业走向规范有序竞争的必要条件。

一　我国城市公用事业价格形成的主要问题

我国城市公用事业价格形成必然随着市场化融资进程而逐步改进。从我国的公用事业的会计制度和执行情况看，不仅没有比其他行业更严格透明的会计信息，没有自身的行业会计规定，而且连一般企业的会计标准都没有严格执行，公共企业原本应该受到更严格的成本监督，但我国的公用事业企业以前实行事业单位的管理办法，至今也没有严格的会计报表申报、披露和审计制度，会计制度的漏洞为企业虚增成本、资产流失等暗箱操作提供了方便。下面以水价为例分析我国公用事业价格形成的主要问题。

1. 缺乏有效控制成本的会计制度

我国的水价管理方法是成本加成的收益率管理方法。水价形成的基础是成本。图5.2至图5.4反映了水务行业的主要成本结构。

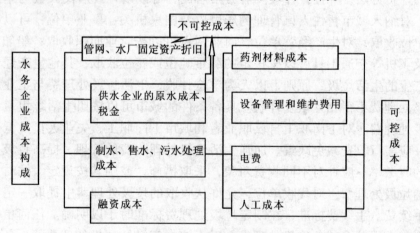

图5.2　水务企业成本图

对于城市供水企业来说，原水成本是外生成本，不属于成本控制的范围。而在投资已经完成的运营阶段，固定成本在短期内也具有不变成本的特性，制水和售水成本中有相当一部分也是相对稳定的。因此，在运营阶段重点是控制可变成本。在很多供水企业中，矾氯消耗、电费等还存在大量浪费和核算不实现象，尤其是大多数供水企业人员臃肿，人工成本居高不下。有关研究表明，规模、技术条件相近的供水企业的成本管理水平差异是非常大的。

从供水企业产生成本的主要环节来看，在确保供水的安全运行的基础上，提高供水水质、降低物耗和能耗是降低成本的主要措施之一；管网、设备的维护费用主要只能通过加强管理来达到降低的目的。从直接的生产环节之外，降低人工成本是供水企业成本管理的主要途径。

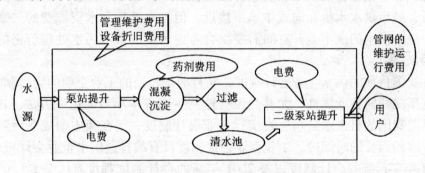

图 5.3　供水企业产生成本的主要环节

从污水处理企业成本的主要环节来看，节能降耗是控制成本的主要手段；从生产环节之外看，减少冗员，降低人工成本，提高生产效率是控制成本的主要手段。

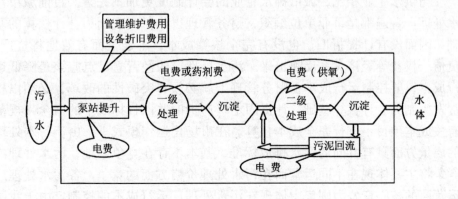

图 5.4　污水企业产生成本的主要环节

　　从目前我国水价的水平和趋势看，经过近几年的大幅度提升，水价开始与供水成本接近。亚洲开发银行技术援助项目 2001 年报告对试点城市水价水平的研究显示，4 个城市在 1998、1999 年的水价完全覆盖了运行、维护和管理成本，而接近或超过了包括折旧和利息在内的资本成本（不考虑股权投资的机会成本）。从全国的水平看目前的大部分城市的水价基本可以覆盖运营成本，但 2003 年开始，行业亏损情况再度加重。目前的水价大幅度提高是否覆盖了全部的包括折旧、维护和利息等资本成本是个棘手的问题，由于缺乏坚实的资产会计，对资产账户的价值评估和保值增值的责任缺位。通常很多折旧和维护资金并没有提够，并挪做它用。不过至少从表面看，城市供水水价在向成本水平接近，但排水处理和水资源费的欠账很多，城市供水的成本上升空间需要综合考虑水资源费和污水处理价格的上涨因素。

　　我国目前的供水企业会计制度，实行的是普通的工业企业的会计制度，没有反映任何行业属性，尤其是没有监测主要成本项目的记账方法。1949 年以前我国的自来水公司一直实行企业会计制度，而在新中国成立后到改革开放相当长的时间内，工业企业会计制度没有编排过供水企业会计报表，1994 年实行统一会计制度以及 2001 年新的会计制度都没有区分专门的供水企业会计制度，采用的是工业企业会计制度。由于我国企业会计制度以及审计制度本身存在大量的漏洞，国有企业的会计制度更是缺乏监督，因此，对于以成本为基础的供水企业的价格形成缺乏坚实的可信度和可问责性。

　　与供水企业相比，城市排水企业的会计制度更加不完善。目前城市污水处理厂普遍都是事业单位编织，财务管理以收付实现制为会计核算的基础，因而没有计提折旧、也没有完全核算成本，不能全面有效地将资产、负债、权益等经济关系反映出来。污水处理厂的经营立足点应该是降低运行成本；要控制运行成本在财务管理上就必须有突破性的改革，必须以权责发生制为会计核算基础，计提固定资产折旧并以目标成本的概念来规范有关成本项目，进行完全成本核算。在市场化运作模式下，由于污水处理的质量方面具有共同的污水排放标准，基本不存在竞争余地；污水处理的竞争将主要体现在不同运营商在污水处理价格方面的竞争，各污水处理厂运营商的核心竞争力则集中体现在污水处理厂运行成本的控制。由于我国污水处理厂人员大部分属于事业组织，冗员也非常严重，引入自我约束的竞争机制后，污水处理厂运行的直接成本里面人工成本、管理和维护费用将有很大的潜力可挖。

2. 投资体制和财政预算管理体制滞后

包括中国在内的一些发展中国家在其基础设施改革中，面临市场发育不良和政府监管能力有限的约束。发展中国家改革基础设施首要的动因是政府需要改善财政状况，连年的巨额财政亏损以及在发展过程中大规模的基础设施投资超过了政府的财力。利用外资以及吸引社会投资成为对发展中国家政府很有吸引力的选择模式，于是在经济高速发展的一些国家，公共基础设施投资多元化是明显的趋势。我国的许多城市在最近的一些年里，其自来水厂和污水处理厂的市场首先向外资然后向民间资本开放，目前这种趋势随着 2002 年 12 月建设部《关于加快公用事业市场化进程的若干意见》，以及 2004 年出台的《特许经营管理办法》而得到进一步的加快。不少上市公司开始介入供水和排水工程建设和运营服务。面对多元化的投资格局，如何加强监管，实现政府、消费者和投资者的"共赢"就成为艰巨的挑战。由于缺乏管理经验，我国供排水行业在利用外资方面付出了较大的代价，承诺给外资固定的高回报率，有些地方在旧的财政负担的基础上又增添了新的财政负担。结果许多不符合国际惯例的商业合同引起许多纠纷，出现了若干外资与当地政府之间的诉讼官司，给双方带来了旷日持久的交易成本。目前我国的水务市场在外资停顿和收缩的情况下，又出现民间资本的大举进入。多元投资格局对政府的监管能力提出了新的要求与挑战。

最近几年我国的城市供水价格进入一个快速增长时期，增长速度大大超过同期物价水平，也超过了公用基础设施服务价格指数。供水价格的大幅度攀升除了水资源费以及上游水利工程供水价格（原水价格）的上涨的因素以外，主要的因素还是城市供水成本自身的上涨。从成本构成看，根据亚洲开发银行技术援助项目 2001 年《供水价格二期》对中国四个试点城市的研究得出的结论："在试点城市中，由于设施能力的膨胀而引起的高额成本是成本回收的主要问题。"而统计数据显示，城市供水能力比实际产水量大大超前，1998 年，全国 103 个城市中绝大多数城市的供水能力大于实际产水能力，其中 51.5% 的城市供需比大于 1.5。我们的最新三年（2000—2003 年）的相关统计数据也证明了这一点。

对于供水能力的过剩，需要从投资体制上分析其产生的制度原因。大量的经验事实显示，各地在申报供水基础设施投资项目规划和预算中，为了部门利益和地方利益总是偏向过高估计当地的用水需求以及水资源的承载能力。水工程的基础设施投资资金主要来自财政和银行，企业以及当地政府的投资比重不大，显然，争取更大来自上级财政或银行贷款等公共资源对于从供水公司、水务官员到地方政府都是有利的。我国供排水行业长期实行事业单位的管理，没有严格的财务预算计划和会计制度，所以无从判断投资需求的真实性，上级对投资计划的审批严重依赖下级提供的可行性报告。城市水务行业的这种投资冲动与计划经济的投资体制特征是一致的，早在30年前，匈牙利经济学家科尔内就在其著名的《短期经济学》教科书中提出了计划经济条件下自下而上的投资饥渴和扩张冲动，在微观的层面上表现为软预算约束。

值得注意的是，造成投资大量增加的不仅是新增投资项目，管网等基础设施的更新改造投资也在大幅度增加。大量的基础设施和设备缺乏维护，造成许多资产年久失修、提前报废，这种状况可以从许多城市不到更新年限就要大量的更新原有固定资产，投资周期越来越短的经验中得到印证。实际上，大量的投资可能根本没有形成新的生产能力，而只是置换掉原来的提前报废的资产。资产提前报废属于一种历史欠账的成本，增加水价上涨的压力，也是一种隐蔽的国有资产流失。

从最近的态势看，城市水价和成本快速上涨的趋势没有明显变化，有些城市水价水平已经接近居民承受能力。居民的支付意愿和水价调整的公众参与程度很低，比如2004年7月1日北京原定的价格调整计划遭到听证会的反对。越来越多的城市面临日益增加的控制成本的压力。

3. 缺乏相适应的监管体系和相应的法规

我国原有的基础设施监管体制是一种建立在国有垄断基础上的行政管理体制，政企不分，行政管理部门履行的多是审批、协调和微观管理的职能。在没有限制的、操作上不明确的并倾向于微观管理的监管系统下，外资、社会资本、私人投资缺少稳定的预期。若要鼓励和吸引持续的、大量的私人投资，就必须建立有限的、透明的和可问责的监管体系。目前，我国从中央到地方正大规模进行着基础设施改革。面对已经开放的市场和新进入的市场参与者，改变原有的行政管理方式，提高执政能力，建立新型监管体制是关系到基础设施改革成败的关键。此外，《行政许可法》的出台和实施也对行政机关依法行政提出了新的要求。

我国的水务管理体制长期保持着分段管理的计划经济特性，没有一个统一的水务产业监管机构。目前看来，发改委、水利部、建设部和环保部门以及地方政府之间各自的监管职责和边界需要进一步明晰，各地方的监管缺乏明确的立法支持，在全国范围内几乎没有出现地方性的公用事业法。

二　改进城市公用事业价格形成基础

公用事业价格与居民生活密切相关，其提供的服务具有自然垄断或行政垄断特征。按照我国《价格法》的规定，公用事业价格实行政府指导价或者政府定价，因此，政府对公用事业价格的管制十分重要。在国际上，政府对公用事业价格管制的成功经验是采用成本加成法和最高上限法（具体内容将在下章详细介绍），但采取这两种方法必须具备科学合理的制度条件。

1. 建立中国的公用事业企业监管会计制度。监管会计的出现是监管制度的重大创新，是一种重要的监管工具，也是监管方法有效发挥作用的基础条件。英美不仅有一套严格的财务会计制度，而且针对公用事业的特点，由监管机构设立专门的会计委员会，根据监管需要发展出一套更专业的监管会计制度。

在美国并没有专门的监管会计的概念，但相关法律规定以及一系列会计规定实际上使得水务行业的会计制度更专业，更符合监管要求。而英国则明确提出了两种平行的会计体系，并在冲突时优先考虑监管会计的要求。

美国各州政府授权自己的公共服务委员会（设立会计和财务分会），针对公共所有的水、电、气等公用事业企业，制定和修改相应的会计制度——有关公用事业的统一会计制度。制定和修改一般由委员会提出，通过听证，吸收意见最后做出决定。比如，威斯康星州针对供水企业和排水企业制定了一套复杂的会计制度。规定了必须的会计账户和科目。

从监管重点看，各州普遍重视针对被监管企业与关联企业之间、被监管企业的主营业务和辅助业务之间的关联交易，比如美国弗吉尼亚州国有公司委员会、公用事业会计专业委员会制定专门针对被监管企业关联交易的法规，弗吉尼亚条令（Code of Virginia）56 条第四章（PUBLIC UTILTIES AFFILIATES LAW）和第五章（UTILITY TRANSFERS ACT）。试图在被监管企业与非监管企业之间设立一道防火墙，这种规定与英国的监管会计指南 5.03 条款（参见附录）有异曲同工之妙。法律的相关条款规定被监管企业与关联企业的关联交易、资产转移等合约或意向必须得到得到公用事业委员会的批准和同意。实际交易安排在批准之后，如果事先已经安排需要详细作出解释，相关条款还对关联交易定价做出详细规定。

英国 1989 年私有化时期引入了非核心业务与核心业务记账的分离。水务办公室（Ofwat）于 1992—1993 年实施了清晰的监管账户，按照有关法规，公用事业企业既要出英国会计准则（UKGAAP）要求的法定的财务报表，也要出监管账目。当监管会计指南与英国会计准则冲突时，前者优先。

1998 年，政府出版绿皮书监管者对公用事业垄断企业发表符合标准格式的监管账目。之后来自燃气、电、水、电信、铁路、航空和邮政的各监管机构派代表组成监管账户工作组。目标是保持各种监管账户之间的内在一致性，工作组 2001 年 4 月发表的结论报告宣称："根本上讲，监管账户主要目的是为监管者、行业、投资者、消费者和其他利害相关者提供受监管的商业活动财务信息，强化行业信息并有助评价管理者和有利于经济和财务决策。"

具体说来，监管会计指南的主要目标是

1. 评估最高限价是否被遵守；
2. 为以后监管期提供资本回报率的信息；
3. 评价被监管业务从整体业务中分离后的生存能力；
4. 在同产业中与其他公司进行标杆比较；
5. 监督公司的资本投资；
6. 提供监管业务与非监管业务之间可能存在的交叉补贴关系的信息
7. 给监管官员足够的信息是否需要进行临时的中间的监管审查。

水务办公室目前发布的监管会计指南（RAG）包括五个：RAG 1—— 当前成本和监管资本价值会计指南；RAG2 ——支出分类；RAG 3 ——监管会计内容；RAG4 ——运营成本和资产分析；RAG5 水产业的交易定价。（参见附录 1）

法定的财务会计与监管会计在账户的构成要素、内容、格式以及审计上都有重大差异，显然后者提供的信息尤其是成本信息方面更具体、更全面。

在公用事业私有化浪潮中，英国可能是唯一一个比美国走得更远的国家。1989 年，英国通过产权拍卖转让彻底实行了水务行业的私有化。面对利润最大化的私人投资，如何落实公共服务的社会目标比如普遍服务、保证基本的用水权等方面，是一个巨大的挑战。所幸的是，英国很快建立起一套比美国更专业化的监管机构，以及更严格更明确的监管会计制度。英国监管制度有一系列创新，比如最高限价管制方法，平行于法定的财务会计的一套针对特殊行业背景的比较完整的监管会计体系，再比如，一套适合通过基准比较（benchmark）设定动态效率改进系数的码尺竞争方法

（yardstick competition）。

　　根据我国的情况，应由建设部、财政部、国有资产管理部门吸收经济学家和会计师事物所对公用事业企业联合组织一次清产核资，在真实成本基础上，确定特许经营的招标和准入竞争。在资产普查和重新评估的基础上，通过特许经营权转让引入高标准的运营者。因此需要对企业的成本控制建立一套标准化的可比较的监管会计制度。借鉴英美已经出台的适合监管的会计制度，结合我国特殊的市场结构和制度背景，尽快由国家或各省市出台公用事业企业的监管会计制度是一项迫切的重大课题。完成这一课题需要经济学家、会计师和相关的水行业的专家和企业界管理者的密切配合。

　　2. 建立同行比较竞争机制。同行比较竞争是基于标杆管理的原理。标杆管理是不断寻找行业内外企业的最佳实践，并于自身的实践和绩效进行比较，以此判断、分析自身不足，创造性地学习借鉴并实施改进，从而赶超一流公司或创造优质绩效的不断循环提高的过程。该系统在城市水业领域中的应用始于 20 世纪末，政府监管部门可以借助标杆管理平台，全面把握企业的真实成本，通过比较统计数据向企业施加压力促进其提高效率。

　　国际上有较为成熟的同行比较竞争制度。英国的水务办公室（OFWAT）就运用了该种手段对供水和污水处理企业进行监管。英国水行业私有化以后，每个水公司都是区域垄断的水公司，彼此之间的成本或质量是不同的（因为公司是在不同的市场上运作，彼此的环境和客户不同），如果没有直接的方法测量不同区域的水公司在统一市场上的相对表现，仅使用价格上限价格是存在一定缺陷的。因此，水务办公室又引入比较竞争方法，以鼓励不同区域的水公司之间开展比较竞争，从而刺激水公司提高效率，进一步提高价格上限监管的效果。比较竞争方法基于标尺竞争方法，并更进了一步。

　　英国水务办公室是英格兰和威尔士的水工业监管部门，该机构运用标杆管理手段对自来水和污水处理企业进行管理，取得了良好的效果。企业向水务办公室提供服务绩效数据，具体包括：自来水供给（水压、饮用水质等）、污水处理服务、用户服务、环境影响（泄漏、污染事件）等方面。水务办公室根据绩效指标对各企业进行评分，并且向公众公布得分情况。这种计分卡式的绩效标杆管理手段可以促进企业改善自身运作情况。

　　具体绩效指标体系包括客户服务（9 项指标）、水质和环境（6 项指标）、水输送和漏失（7 项指标）、运行费用（15 项指标）、资本支出（20

项指标）和财务效率（7 项指标）。

英国每个财务年度由水公司自己上报各项经济技术及服务指标：如单位成本，经济模式效率，资本投入，财务收益，水质情况，停水，限水发生次数，用户投诉，环境保护情况等。水务办公室则会同环境署和饮用水监督委员会，运用 18 个单位成本和其他计量模型来检查水公司上报指标的准确性，发现综合指标最好的水公司并将其作为标尺，给予标尺公司（排名第一名和前 5% 的自来水公司）增加 5 年特许经营权的激励，鼓励其他自来水公司追赶。而对有很大问题的自来水公司则点名批评，强制其采取补救措施，如拒不执行，水务办公室将在法院起诉该自来水公司，撤销其特许经营权。这种比较竞争方法取得了很好的成效，英国水公司几乎已没有排在 D 级或 E 级的。为更好地发挥比较竞争方法对水公司效率的良好影响，水务办公室已决定进一步加大激励幅度，对综合指标排名第一的公司多给予 7 年半的特许经营权，排名前 5% 的公司多给予 6 年 3 个月的特许经营权。

世界银行开发了供排水行业的标杆管理系统——启动工具体系（a Start – up Kit）。其指标体系是由银行、顾问、国家水管理部门等各方面的专家讨论形成的，具体指标分为普及率、水生产及消费、水漏失、水表计量、管网性能、成本和人力、质量和服务、账单和水费收缴、财务、资本投资等十大类共 27 项子指标。该指标体系主要集中于供水企业，没有过多的考虑污水处理。

美国水事协会（AWWA）研究基金会和水环境研究基金会设立了一个质量服务标杆管理信息交换中心（Qualserve Benchmarking Clearinghouse）。该中心的主要目的是为成员提供水和污水设施的信息、服务和工具。其主要内容包括：行业概况、绩效度量、供水和污水运行数据库、自身评估和同行业评价的结果简介、最优实例的识别以及在线网络的连接等等。

2002 年委员会开展了关于供水和污水行业绩效指标体系的研究、开发工作，最终根据组织发展、客户关系、经营业绩、供水业务、污水业务五个方面确定了 22 项指标。

自 1997 年以来国际水协（IWA）一直强调发展一套普遍适用的程序和方法为决策者提供对于公用事业绩效的全面理解，作为战略选择的强力后盾。该组织对于标杆管理程序进行进一步的研究，被授权发展一个普遍接受的概念和方法体系，以促进标杆管理得到更广泛的使用，促进质量和效率的提高。协会的绩效指标工作组和标杆管理工作组分别于 2000 年和 2002

年编辑出版了《供水服务绩效指标体系》（142 项指标）和《污水服务绩效指标体系》（243 项指标）。

公用事业价格监管是政府市场监管的核心内容，由于目前我国采用基于成本的定价模式，因此政府对成本的监管就成为价格监管的基础。但目前的主要问题之一是政府难以掌握公用事业企业的真实成本。为了进一步核实企业的真实成本，除了采取监管会计标准外，应尽早建立同行比较竞争机制，通过对同行业不同企业的业绩（服务范围、数量、价格、质量、环境）进行比较和评估，为不同地区不同企业的管理者提供相互学习和借鉴的机会。竞争可以使服务供应商更注重责任、效率与服务质量。每个公用事业企业都是区域垄断的公司，彼此之间的成本或质量是不同的（因为公司是在不同的市场上运作，彼此的环境和客户不同），如果没有直接的方法测量不同区域的公司在统一市场上的相对表现，仅使用价格上限价格是存在一定缺陷的。因此，比较竞争方法，可以鼓励不同区域的水公司之间开展比较竞争，从而刺激水公司提高效率，进一步提高价格上限监管的效果。各项经济技术及服务指标应当包括：单位成本，经济模式效率，资本投入，财务收益，水质情况，停水，限水发生次数，用户投诉，环境保护情况等。各国经验表明，政府监管部门可以借助标杆管理平台，全面把握企业的真实成本，通过比较统计数据向企业施加压力促进其提高效率。通过同行比较的方式，即保障了质量，又引入了竞争机制，促进供水行业服务水平和效率提高以及供水质量的保证。

3. 尽快完成公用事业企业主营业务与辅助业务的分离。廓清被监管业务的边界，将非监管业务推向市场。同时出台针对关联交易、资产转让等经济行为的管理办法，规定严格的申报审批制度，特别要控制关联公司向公用事业企业提供的服务和产品以及公用事业企业向其他关联企业提供的产品和服务的价格或其他资产交易，防止成本虚增和收益流失。在监管业务与非监管业务、主营业务与辅助业务、特许经营者与其关联的企业的交易行为之间竖立一道防火墙。另外，大宗的成本开支需要明确的成本账户，要证明这些采购没有超过市场合理的价格水平。健全政府采购和各种招投标制度，降低工程造价和投资预算。为了使监管会计制度有效发挥作用，需要对目前供排水行业的资产状况进行一次彻底的清查（可能需要企业、会计师事物所和国有资产部门的配合），也为价格监管目标确立现实可行的基础，在清产核资基础上，应当在企业经营目标的设置上引入竞争，通过招投标确立特许经营权的归属。同时，资产基础一旦清晰，经营者在经营期内对资产保值增值的目标和责任就容易确认。

本章小结

　　政府定价的原则和目标主要包括受益者付费、合理补偿成本、合理报酬、节约资源、统筹兼顾等方面。城市公用设施服务价格的定价方法，可分为线性定价和非线性定价两种形式。线性定价包括定额价格和同一从量价格，非线性定价包括二部制定价和三部制定价等，根据定价方法，政府最终确定价格。在国际上，政府对公用事业服务价格的确定通常采用投资回报率和价格限额两种模式。投资回报率法在吸引投资的时期，可以达到鼓励投资者的目的；最高限价法在建设规模稳定期，可以防止供应者利用垄断力量，形成垄断价格和降低消费的福祉。我国现阶段城市公用事业定价并没有形成一个完整的模式，成本加利润是水价确定的基本方法，但由于对成本监管失控，也造成部分地区水价上涨过快的局面。我国的城市污水处理厂和垃圾处理厂普遍采用由政府出资建设（或由政府出面借款或贷款）、建成后的大部分污水处理厂和垃圾处理厂为事业单位编制、运行经费由政府有关部门核定拨给的运行机制，由于长期以来我国污水排放和垃圾处理收费标准很低或不收费，污水处理厂和垃圾处理厂建设投资和运行费用绝大部分来自政府自身的财政收入，这种计划经济体制作基础的财政分配方式在一定的条件下对保障社会事业起到了积极作用，但市场经济的发展给这种运行机制带来了较大的冲击。改进城市公用事业价格形成基础，应当借鉴国外的经验，针对公用事业的特点，由监管机构设立专门的会计委员会，建立我国的公用事业企业监管会计制度。为使这一制度有效运行，还应建立同行比较竞争制度，以鼓励不同区域的公用事业公司之间开展比较竞争，提高经营效率。此外，还要尽快完成公用事业企业主营业务与辅助业务的分离，防止成本虚增和收益流失，达到合理定价的目的。

思考题

一、名词解释

　　边际成本　　交易成本　　需求弹性　　二部制定价　　同行比较竞争

二、简答题

　　1. 公用事业定价应遵循的原则是什么？

2. 试比较各种公用事业定价方法有什么不同？

3. 我国公用事业定价存在什么问题？

4. 城市供水价格改革的原则和目标是什么？

三、论述题

1. 如何形成科学合理的公用事业定价基础。

2. 论述比较竞争制度的理论基础和实践意义。

阅读参考文献

1. 任俊生：《中国公用产品价格管制》，经济管理出版社 2002 年版。

2. 王俊豪：《中国自然垄断经营产品管制价格形成机制研究》，中国经济出版社 2002 年版。

3. ［日］植草益：《微观经济学》，中国发展出版社 1999 年版。

4. 刘树杰：《垄断性产业价格改革》，中国计划出版社 1999 年版。

5. 余晖：《政府与企业：从宏观管理到微观管制》，福建人民出版社 1997 年版。

6. 张维达：《价值规律与价格改革探索》，吉林大学出版社 1988 年版。

7. 邹东涛、秦虹：《社会公用事业改革攻坚》，中国水利水电出版社 2006 年版。

8. 王俊豪：《英国政府管制体制改革研究》，上海三联出版社 1998 年版。

9. 冷淑莲："公用事业价格改革探索"，载《新华文摘》2004 年第 15 期。

10. 建设部课题："城市水价形成机制与监管研究"，2005 年 12 月。

第六章　城市公用事业监管及国际经验

内容提要

● 城市公用事业监管的目标包括三个方面的内容，一是保护消费者的合法权益；二是维护城市公用设施市场公平竞争的市场秩序；三是维护城市公用设施运行的安全与稳定。

● 城市公用事业监管体系的构成包括行政监管、独立机构监管、司法监管、公众监督等方面，并坚持透明和务实原则。

● 城市公用事业监管的内容包括：准入监管、价格监管、服务质量和安全运行监管、退出监管和普遍服务义务的监管等。

● 提高政府的监管效率必须完善有关法律法规，制定监管程序、监管标准和监管措施，明确监管机构和人员的职责范围和监督方式，依法严格实施监管。

市政公用行业市场化融资后，政府不再对经营性设施具体承担投资和经营责任，那么政府的职能又是什么呢。主要是两个方面：一是行业发展的战略规划决策。首先是行业规划及决策，包括研究确定具体市政公用行业的发展规划、需解决的问题、可行的运作模式、政府的主要支持形式以及投资体制等。其次是具体项目层次的规划及决策，包括特定项目的目标、特许经营模式、运作的组织和人员安排、操作的时间表、专业性中介机构的作用、前期运作费用的安排等。二是实施政府监管。实现了投资主体的多元化，政府对城市公用事业的管理由过去的内部管理变成了外部管理。由于城市公用设施的公益性，投资多元化后政府的监管责任不仅没有减少，反而对其监管力度和监管水平提出了更高的要求。政府必须依据法律法规的规定对城市公用事业企业投资活动和经营活动进行干预，保证社会公共利益和激励企业持续发展，为全社会提供优质、充足和持续的城市公用设施服务。

第一节　基本概念及监管的必要性

一　有关监管的基本概念

监管也称管制或规制，其基本含义是指有系统地进行控制使之遵守规则或符合标准，一般指政府通过制定和执行规则对企业行为的一种干预。1995年美国经济学家吉尔斯·伯格指出：公用事业是由政府赋予特许经营权并负有特殊责任的私人产业实体。政府保持对公用事业的市场准入控制权、价格管制权、与公众利益相关的质量和服务条件制定权，企业拥有政府授予的特许经营权并承担特殊义务：为所有顾客提供价格合理、质量合理的服务。① 这个定义比较完整地描述了对城市公用事业的监管基本含义，但从各国和实践来看，监管主体不仅仅是政府，由于城市公用事业服务对象是广大民众，服务面广且不能中断，卫生和安全性要求高，消费者和专业技术人员对服务的需求和质量最有发言权，因此，在许多国家除政府监管外，通常消费者团体和一些专业机构（非行政机构）也承担起监管的职责。由此可以这样定义：城市公用事业监管主要是指政府及其他社会机构，依据法律法规对企业的进入、经营、价格决定、产品质量和服务条件施加直接的行政或其他形式的干预，使所有居民得到价格合理、质量合理的服务。城市公用事业监管的特点体现出多层次和全过程，既有政府的行政机构的监管，又有社会的监督力量，既针对特许经营者的经营，又前后延伸到特许经营权的颁发过程、特许经营权终止后的权益移交，以确保城市公用设施服务满足社会公共利益的需要。

监管的目标是监管工作的出发点和归宿。由于监管理念的不同，各国监管者对监管目标的表述也不近相同，但基本上都包括三个方面的内容：一是保护消费者的合法权益；二是维护城市公用设施市场公平竞争的市场秩序；三是维护城市公用设施运行的安全与稳定。

具体讲，城市公用事业的监管目标可以分成两大类：

一类是控制性目标，旨在保护公众利益。如确保市政公用企业产品和服务价格保持在一个合理的水平上，防止企业利用垄断地位谋取高额利润或通过控制终端消费来侵害消费者的利益；确保市政公用企业履行普遍服

---

① 任俊生：《中国公用产品价格管制》，经济管理出版社2002年版，第21页。

务义务，防止在服务中"挑肥拣瘦"或"嫌贫爱富"；确保市政公用企业提供符合标准的产品及服务，防止在产品或服务中出现质量、健康和安全隐患。

另一类是激励性目标，旨在维护企业的有效竞争。如在控制产品及服务价格的同时，促使企业既有降低成本的压力，又有发展生产的动力，使企业具有持续提供服务的能力；确保企业在其经营期间，不受无益竞争的干扰，顺利经营并获取应得的利润，维护企业投资城市公用设施服务的积极性。

监管的一般原则是公开、公正、独立、专业化和接受监督。

公开是指监管内容、依据、过程、决策结果要公开透明，监管的程序必须完备，同时要求有明确的仲裁机制以处理监管者与被监管者间的分歧。

公正是指监管规则要体现对参与市场交易的各种市场主体公平对待的原则，要充分考虑投资者、消费者、被监管企业的利益和国家的社会目标，以公正的原则协调可能的利益冲突。

独立是指监管机构必须独立于被监管企业，保证不被企业所收买；同时从机构上独立于政府政策制定部门，只负责政策的执行而不负责政策制定。

专业化是指需要监管的经济活动具有高度的技术复杂性，在确定主体准入资格、协调价格控制机制运行、监督复杂的交易活动、保护消费者权益等方面，都需要监管机构有一支包括经济学家、律师、会计师、财务分析师等组成的稳定的专家队伍，以更好地克服监管者和被监管者的信息不对称。

接受监督是指除了要求监管活动地公正、透明、讲求诚信外，还必须通过立法建立相关的制度对监管者实施监管，以保证监管者不滥用权力。

按照这些原则设计的监管机构，将按照规则以公开、专业的方式对准入、价格、交易行为、服务质量、安全、环保、卫生等进行监管。

二　城市公用事业监管的必要性

对城市公用事业实施监管是一般市场经济国家的通常做法。其必要性可从三个层面上来进行分析。第一个层面就是所谓的市场失灵理论。所谓市场失灵，是指经济生活中存在市场垄断（具体表现为价格垄断、产品垄断、市场份额垄断、进出障碍），信息不完全（表现为交易双方信息不对称、信息匮乏、信息成本过高），外部负效应（表现为交易双方的行为可能会给第三方造成损失），免费搭车（某些产品，如国防、安全、消防、环保、水利等产品难以限制某个人享用）等经济现象。而一旦市场失灵，政府就应当对市场进行适当的干预，以确保市场的活力和效率。

第二个层面可以从城市公用事业的特点来进行分析。由技术经济特性所决定，多数城市公用设施是一种网络性运输服务，这种服务不但社会效益显著，而且具有自然垄断特性，即具有投资不可分性、规模效益明显、生产与消费的同一性、建设成本较高等，在一定的服务范围和规模条件下，通常由一家企业生产在效率上优于数家企业。这些设施必须普遍地提供服务，而且绝大多数基础设施企业所提供的产品或服务构成了国民经济的基本投入物，或是上游产品，对市场物价总水平有重要影响，也是直接决定居民生活福利的基本要素，城市公用设施服务的稳定关系到社会生产和生活稳定等等。正是由于这些特性，为了维护社会公众的整体利益，因此，各个国家政府都对城市公用事业实施比较严格的监管措施。

第三个层面是法律要求。于2004年7月1日实施的行政许可法对行政许可范围作出了明确界定，规定有六类事项可以设定行政许可。第一类是直接涉及国家安全、公共安全、经济宏观调控、生态环境保护以及直接关系人身健康、生命财产安全等特定活动，需要按照法定条件予以批准的事项；第二类是有限自然资源开发利用、公共资源配置以及直接关系公共利益的特定行业的市场准入等，需要赋予特定权利的事项；第三类是提供公众服务并且直接关系公共利益的职业、行业，需要确定具备特殊信誉、特殊条件或者特殊技能等资格、资质的事项；第四类是直接关系公共安全、人身健康、生命财产安全的重要设备、设施、产品、物品，需要按照技术标准、技术规范，通过检验、检测、检疫等方式进行审定的事项；第五类是企业或者其他组织的设立等，需要确定主体资格的事项；第六类是法律、行政法规规定可以设定行政许可的其他事项。城市公用设施属于这六大事项中的第二类，即"有限自然资源开发利用、公共资源配置以及直接关系公共利益的特定行业的市场准入"，应当纳入政府行政许可的规范范围。

第二节　如何实施监管

这个问题涉及政府职能的转换和监管体制的构架。在过去政府包办、政企不分的体制下，对于这类设施和服务，在管理体制上是高度的政企合一，在投资体制上是单一的政府投资，在经营机制上是严格的垄断经营，在价格形成机制上是严格的计划控制，所以政府完全可以通过行政命令进行直接管理。当城市公用事业市场化以后，企业承担了投资风险，政府再也不能用行政命令的办法管理企业经营。政府的职能主要是建立和维护一个公开、透明、平等竞争的市场环境，在平衡投资者（或经营者）和消费者利益的前提下，保证城市公用设施服务供给的连续和稳定。政府职能的转变，需要建立一个新的监管架构予之相配合，以便形成有效的监管能力，这是实施公用事业监管的重要方面。

一　监管体系的构成

全面、准确地理解和把握城市公用设施监管体系对于健全监管制度，提高城市公用事业监管水平具有十分重要的意义。通常情况下，人们往往把监管理解为行政监管或政府监管。实际上，除了行政监管之外，独立机构、司法和消费者组织也是构成城市公用事业监管体系的重要组成部分。

（一）行政监管

城市公用事业的行政监管是指行政监管部门根据法律法规的授权，依据法律、法规、规章和规范性文件规定的原则和程序，检查处理违反管理规定的行为，根据城市公用事业的法规、规章和其他规范性文件，对违反管理规定的企业追究行政法律责任，进行行政处罚的行为。行政监管的特点是主动性和强制性的，是城市公用设施市场监管能否成功有效的关键。

一般而言，行政监管机构要求与政策制定机构相区别，具有独立性、公开性、专业性、可问责性。具有独立性的监管机构通常是由一个委员会来集体领导，委员会由行业技术、经济或法律等方面的人员构成。政策制定部门与行政监管机构或是平行关系，或是包容关系。

如英国政府在每一个公共行业都成立了相应的监管机构，主要有：通信办公室（OFTEL）、燃气与电力办公室（OFGEM，前身为燃气供应办公室 OFGAS 和电力监管办公室 OFER，2000 年两个办公室合并）、水务办公室（OFWAT）等。各个办公室被设计成非部委制的政府部门，由一名总督负责，总督由国务大臣指定。监管机构的主要职责是：代表国务大臣授予经营公共事业的企业经营许可证；公布并监管公共产品和服务的最高限价；在其职权范围内调查并处理有关的投诉；定期对该行业运营状况进行检视；鼓励并维持应有的竞争。

英国到 1989 年对英格兰和威尔士的所有供水和污水处理机构都实施了私有化，英国政府将原国有的 10 家水务部门改制成公司，在伦敦交易所上市，这 10 个公司拥有 25 年的水务特许经营权。为了加强监控，英国除了设有中央级的环境、交通地区事务部外，还成立了三家独立的监管机构。这三家机构包括环保局、水务管理办公室、饮用水稽查局，其中仅环保局就雇用约一万名工作人员，可见对监管的重视。

三家机构的职能分工是：饮用水监督局：负责监管水质；环保处：负责监督河水及其他环境污染；水务管理办公室：制定法规保护消费者，促进竞争和提高效率。水务管理办公室负责监督水价的设定与改变，确定水价上限，每 5 年办公室根据通货膨胀率及其他因素对此上限进行调整，同时综合考虑公司的营运资金需求、资本需求及资本回报率，目的是在保障消费者的同时保证水务的营运正常。

有效的政府监管模式为英格兰和威尔士的水务发展带来了生机。一是水质提高。如 1989 年泰晤士水务在饮用水抽样检查中有 4% 不合格，而2000 年的不合格率下降为 0.11%。二是对水务的资本投入大幅度增加。1996 年的投资比 1989 年增加了一倍。

（二）法定的独立机构监管

政府监管机构作为政府的管理部门，其运作机制突出了计划指导与市场调节的相结合，既保证了公共企业拥有经营自主权、按照市场经济规律进行经营运作，又能通过国家行使所有权和领导权，实施政府的计划指导和产业政策，实现国民经济和产业发展。

在政府监管机构序列之外，还存在着一批独立的监管机构，这些独立的监管机构尤其重要，它们具有以下几个基本特征：[①]

（1）独立性。即监管机构与政府决策部门分开，可以独立地执行监管政策而不受利益相关方的干扰，特别是作为公司股东的政府的不必要的干涉。

（2）合法性。监管机构的设立、职权范围以及基本政策都是通过立法确定的。

（3）广泛性。管制机构的管制领域十分广泛，同时，受法律的影响，监管领域更日益拓宽。

（4）公正性。监管机构的独立性和权威性，确保了管制机构对市场的公正监管。

（5）专业性。独立监管机构成员一般由行业管理专家、技术专家、经

---

① 建设部课题："城市公用事业监管的国际经验比较" 2004 年。

济学家、法学家组成。

　　而在上述各项特征中，独立性是极其重要的一个。法国于1970—1980年代开始建立一些独立监管机构，这些机构仍是国家机器一部分，但不受政府直接领导。政府负责制定行业政策和宏观管理，把握大方向；制定公共服务标准和服务内容；对公共服务进行研究等。而独立的监管机构则负责监督执行政策、协调竞争平衡、发放经营许可证、制定运营商准则等。二者之间的合作保证了监管目标的实现。

　　在英国政府各种监管组织结构中，政府部门之外的独立机构是一个作用突出的序列。独立机构的成立起于撒切尔时代，撒切尔政府在调整经济政策、推进政府管理方式转变时，将工商界专业性人士吸纳到政府中，同时将各部门专业性、技术性较强的业务独立出来，按市场化模式运作，成立具有一定特殊职能的独立机构。独立机构的性质属于行政机构，其主管人员由所隶属的政府部门的部长（或大臣）任命，因此其应向部长（大臣）负责，工作人员大部分是公务员，也有一定比例的非公务员。独立机构的经费由议会提供，以保证独立机构区别于政府部门的相对独立性，政府部门同时对独立机构的运营负有监管责任。目前，英国有一百三十多个独立机构。

　　（三）司法监管

　　司法监管是指司法审判机关通过法定程序，按照法律法规规定，负责协调解决城市公用设施市场参与者之间产生的各种争议，并通过司法建议书影响的行政监管和立法的进程。司法监管的特点是被动监管，即一般来说是应当事人的要求，被动地介入纠纷调处的，但司法监管对规范市场有很强的示范意义。

　　（四）各行业消费者协会监管

　　消费者参与城市公用事业服务监管是发达国家的一条重要经验，消费者协会帮助消费者做出城市公用设施服务的明智决定，接受消费者对服务质量的投诉，并对问题迅速反应并帮助解决，促使企业守法经营，保护消费者权益。在价格听证会、特许权招标等环节反映消费者的意见和要求。

　　在英国，各个行业成立的独立的消费者协会是英国公共事业监管体制的一大特色，它们与政府的监管办公室同时成立，二者的区别是：政府的监管办公室是全国性的行业监管机关，负责有关监管政策的制定和实施；消费者协会负责具体效果的监测、与消费者的直接沟通、及时反映消费者的要求和呼声。消费者协会的主要职责是：与监管办公室联合或单独进行有关调查，与其他组织进行联络，监测公用事业服务质量，接受消费者的投诉并代表消费者向监管办公室或企业提出改进意见，定期向国务大臣和公众发布本行业的市场运行状况。消费者协会通常分布在划定的区域，各区消费者协会由当地志愿者组成，成员 8—12 人，各地的消费者协会主席共同组成该行业全国消费者协会，定期或临时召开会议。政府监管办公室总督必须参加其中的部分会议，汇报监管办公室的工作，听取消费者建议，回答有关问题。各地消费者协会在当地也经常召开公众会议，直接与广大用户见面，共同研讨最基本的问题。

二　监管体系的透明和务实原则

建立监管体系与法律体系的最重要原则是公平透明原则。公平透明主要包括：

（1）对特许经营者的选择应当程序公开、条件公开、录用公开、特许经营合同内容公开，既不排除国外资本参与，更不排除国内优秀企业竞争。根据中国当前地方行政体制与政资关系，既要防止与限制一些地方官员无视市场风险、滥用职权的错误决策，又要防止暗箱操作、搞权力"寻租"的腐败行为。

（2）经营信息公开应当要求经营者经营期间的重要信息（包括财务经营状况、建设投资与质量情况）都应当向监管机构报告，同时向社会公众公开，确保全社会成员最大可能地了解掌握城市公用事业的信息。同时，要建立特许经营者其外购服务与物资的公开招投标机制，以防止跨国公司取得特许经营权后滥用经营权而产生的内部利润转移、债务转嫁。

（3）政府与特许经营者地位平等、权利义务公平双方都应当信守承诺、公平谈判。要建立相应的补偿或赔偿机制，更要建立相应的司法制度，包括明确特许经营合同法律性质与地位、特许经营者资格要件、司法救济程序等，以防止因政府错误决策或监管者滥用监管权力而致使投资者蒙受巨大亏损。

（4）政府应当公开城市公用设施建设规划，并依法保持规划的严肃性、稳定性。所有这些对于特许经营者生产经营的科学决策无疑是十分重要的。否则，由于规划的朝令夕改，必将使经营者遭受不必要的损失，也影响了政府自身的诚信度。

我国城市公用事业如何实施监管呢？是实行集中统一监管还是分散监管？是实行综合化监管还是专业化监管？是"政监合一"还是"政监分

离"这需要结合我国的实际情况进一步深入研究。在我国，2002 年组建了电力监管委员会，这是一个独立、专业化的监管机构，其意义在于：一是结束了我国没有独立、专业化管制机构的历史，使得改善和提高政府管制能力有了人力、组织上的保障；二是有助于建立与竞争机制的引入相适应的管制制度；三是实现了"政监分离"，使得政府的政策制定职能与管制（或称监管）分开，在一定程度上有助于形成对管制机构的制衡和监督。

目前我国的城市公用事业主要是"政监合一"体制，是以行业主管部门监管为主。如：2003 年 8 月通过的《北京市城市基础设施特许经营办法》第十八条规定：特许期限内，有关行政主管部门有权对特许项目进行检查、评估、审计，对特许经营者违反法律、法规、规章规定和特许协议约定的行为应当予以纠正并依法处罚，直至依法收回特许权。

2001 年成都市《特许经营权管理暂行办法》第十六条规定：特许经营权获得者在特许经营期内必须接受市政府授权机构的监督管理。

2003 年 7 月施行的《南京市城市供水用水办法》规定，南京市供水节水管理机构具体负责本市城市供水用水的行业管理和监督工作。

所不同的是，深圳除政府监管方式之外，首次加入了社会监管的内容。2002 年实施的《深圳市公用事业特许经营办法》第六条规定，公用事业监管部门（以下简称监管部门）负责公用事业特许经营的监督管理，其他政府部门根据各自职责履行监督管理职能。第四十条规定，设立公用事业监督委员会，委员会负责收集公众、特许经营者的意见，提出立法、监管等建议，代表公众对公用事业特许经营进行监督。

明确监管部门的设置以及职能、责任、权力，对有序推进市政公用行业的市场化改革十分重要。在现实中，政府对市政公用行业市场化后的监管既存在着缺位，也存在着职能交叉、管理分散、政出多门的问题。仅就污水厂的隶属管理而言，有的属于环保局管，有的属水利局管，有的属公用事业局管，有的属建设局管，有的属市政局管，有的属于自来水公司管。

如何在市场条件下实施有效监管需在实践中积极探索，稳妥推进。根据我国的具体情况，当前主要是"政监合一"体制，从长远看，要借鉴国际经验，积极探索设立独立监管机构的可行性，从根本上解决目前政府管制中存在的机构重叠、多头管理以及政企不分的问题。要实行相对集中的专业化综合监管，专业化是指要对市政公用行业作为一个专门的领域实行监管，强化专业监管力量。综合监管是指对市场准入监管、价格监管、技术标准的制定及监管、运营监管、服务和质量监管等监管职能要适当集中。

第三节　监管的主要内容

植草益在《微观规制经济学》中认为，一般意义上的监管，其内容大致划分为经济性管制和社会性管制。经济性管制是指在自然垄断和存在信息偏在的领域，主要为了防止发生资源配置低效率和确保利用者的公平利用，政府机关用法律权限，通过许可和认可等手段，对企业的进入和退出、价格、服务的数量和质量、投资、财务会计等有关行为加以管制。主要是指政府通过价格、产量、进入与退出等方面对企业决策所实施的各种强制性制约。而社会性管制是以保障劳动者和消费者的安全、健康、卫生、环境保护、防止灾害为目的，对产品和服务的质量和伴随着提供它们而产生的各种活动制定规则和标准，并禁止和限制特定行为的管制。植草益将社会性管制分成四类：A. 确保健康卫生；B. 确保安全；C. 防止公害、保护环境；D. 确保教育、文化、福利。

具体到城市公用事业的监管，主要包括市场准入、价格、退出、技术和质量、普遍服务等方面。

一　准入监管

市场准入主要对企业进入市政公用行业的范围、投资的比例以及进入该行业企业的资质、业绩、资金实力、融资结构、进入方式、竞争等进行监督管理。政府监管机构根据管辖范围内的城市公用事业的发展规划，控制进入城市公用事业的企业数量，确保市场处于有效竞争状态，通过审核进入企业的资格，控制进入企业的资质、业绩、经验等达到一定的标准，通过竞争的方式，选择适合的企业进入，并与企业签订特许经营权合同，在特许经营权合同中详细规定企业应承担的义务以及价格、服务质量、经营期限、公平交易等方面的业务规范。多元化对政府选择投资人增加了余地，但往往大多数投资者仅仅拥有资金，对技术和运营管理是外行，他们往往要联合技术方和运营方共同参与投标，或在项目建设后将设施转让给另外的企业，所以政府面临的风险是很大的。市场准入，就必须将投资方和技术方、运营方联合把关，特别对同时拥有融资能力、专业运营能力的投资方，政府给予更大的关注和扶持。

考察英国公司进入水务领域的监管程序主要包括如下几个步骤：①第一，公司按照要求提出申请；第二，在提出申请后 14 天内，申请者将申请通知现有被任命者和与申请相关的地方政府，并按照要求公布通知；第三，在做出指定前，国务大臣或自来水服务总监发出通知，声明做出指定及其原因，明确发表看法和意见的时间段（不少于通知发布后的 28 天）；第四，国务大臣或自来水服务总监将以他们认为合适的方式，向指定人群发出通知，并对现有的被任命者和与申请相关的地方政府提供一份通知复印件。第五，一旦做出了指定，国务大臣或自来水服务总监对现有的被任命者和与申请相关的地方政府提供一份指定复印件。

供水公司进入水务领域的条件包括：国务大臣或自来水服务总监（2003 年水法修改为水服务监管机构）认为必须的或者对于其责任有利的条件；呈递给国务大臣做出指定的支付，或者指定实施后的支付，或者是包括二者；申请进入者是否与法规授予自来水提供者、污水处理提供者的职责相关联。

上述条件在公司同意修改时，自来水服务总监可以修改指定公司的进入条件。在做出修改前，自来水服务总监将发出通知，声明有关修改的内容、原因及修改后的影响，同时，明确意见反馈的期限（不少于通知发布后的 28 天），并对所有反馈的意见进行考虑。自来水服务总监将以他们认为合适的方式，向因条件修改而受到影响的人群发出通知，并对现有的被任命者和与申请相关的地方政府提供一份通知复印件。

二　价格监管

价格监管是对市政公用企业提供的产品或服务的价格确定和调整进行监督管理。城市公用设施具有一定的垄断特性，经营者极易利用垄断地位形成垄断价格，政府监管机构负责制定城市公用设施服务价格，并周期性地进行调整，以保护消费者的利益，并刺激企业提高生产效率。因此，价格监管是极为复杂的，要确保供给者向消费者提供合理的服务价格，这个合理价格要达到促使供给者有效率地提供服务和引导消费者有效率地使用所提供的服务两种目的。既要防止企业利用垄断力量为追求经济利益而提高价格或降低产品质量标准和服务水准，从而影响整体经济秩序或损害消费者的利益，又要考虑居民承担能力和财政补贴的关系等方面。因此，政

---

① 建设部课题："城市公用事业监管的国际经验比较" 2004 年。

府有必要对价格确定和价格调整在时间、程序、方法、水平等方面进行指导、监督和管理。

由于价格监管直接涉及到被管制企业和消费者的利益分配，价格监管是城市公用事业管制结构中的核心部分。管制者通过不同类型的价格监管的选择，可以有效激励被管制企业努力程度和行为方向。成本加成和价格上限是具有两种不同激励类型的监管方式。

（一）成本加成机制

成本加成机制又称投资回报率监管。在这种机制下，被监管企业向监管者提交一份关于其运营费用和资本成本的清单，其中还包括等于或超过其资本成本的税后投资回报，监管者在进行核实调整后，将这些包括利润加成在内的成本传递到向消费者索要的价格中。在成本加成制下，受监管的企业能够补偿其运营成本并能给其总资产带来公平回报率，对激励企业投资是有效的。但它缺乏对企业降低成本的激励。这是因为当企业经过努力降低成本时，由于成本效率提高带来的收益将导致消费者购买价格的下降，收益全部转移到消费者手中，企业的利润不会上升。相反，如果企业的成本上升，则价格也同步上升，企业仍然获得固定的收益率回报。由于企业和经营者对成本效率提高带来的收益增量不拥有剩余索取权，而且监管者也无法对企业经营者的成本浪费行为作出有效的惩罚，企业收益增量和企业或经营者的不相关性决定了经营者对成本上升的漠然，降低了企业降低成本的努力。

成本加成制在美国的运用已经有 75 年的历史。总结这一方法的优点，一是可以借助严格的会计审计制度和听证程序以及标的竞争以提高成本信息的透明度；二是可信的投资回报承诺对吸收并稳定扩大固定资本投资有正向的激励。但它也有缺点，一是必须付出巨大的监管成本；二是企业会寻求增加成本基数而不顾降低成本的逆向激励；三是可能出现监管收买；四是难以适应通胀率的波动。因此对于一个新建立的监管机构而言，可能难以有效实施成本加成机制。

美国的成本加成定价方式表现的更具有法律程序化。公用事业公司或者是在其需要进行重大资本性投资时，或者是在其收益率低于委员会的规定时，向委员会提出改变收益率的申请。管制机构有权对申请滞留 90 天。在这段时间内，举行听政会和调查新管理的合理性。90 天以后，管制机构可以接受价目表，或拒绝调整，或者继续调查。改变费率的时间间隔很不相同。历史上，新泽西的大型水公司大约每隔两月就申请调整费率，但也有些公司 12 年来一直没有调整过费率。

德国也是比较典型的成本加成的定价监管方式。自来水收费和污水费在德国是受到严格管制的。首先在制定水价过程中，水费定价权是由供水企业与代表供水地区人口的市政议员谈判共同确定，而不由州政府确定。水费的确定必须遵循"成本补偿的原则"，即供水和污水收费必须能够补偿服务提供者的总成本。在具体的方法上主要采用了"两部制"收费的方式，即基于水表所计算的使用量或一个基本费（用来补偿与基础建设相关）加一个使用费（用来补偿其他经营成本）的结合而确定的。

目前我国城市公用设施服务价格采用的都是成本加成制，如 1998 年 9 月，国家计委和建设部制定的《城市供水价格管理办法》规定，城市供水价格由供水成本、费用、税金和利润构成，其中，供水成本包括：供水生产过程中发生的源水费、电费、原材料费、资产折旧费、修理费、直接工资、水质检测、监测费等直接支出；费用：指组织和管理供水生产经营所发生的销售费用、管理费用和财务费用；税金：指供水企业应缴纳的税金；利润：按净资产利润率 8%—10% 核定。

（二）价格上限机制

在价格监管方面，最著名的价格限额模式就是 $P = RPI - X$ 公式。其中，P 为公用事业的最高价格，RPI 是零售物价指数，即通货膨胀率，X 为调整系数。X 值每 5 年审定修改一次，主要考虑该行业服务与产品质量的提高、企业效率改进的潜力以及所服务区域特定因素对经营成本和投资需求造成的影响等。具体地讲，价格上限机制事先限定了一个在一定时期内相对固定的各个企业不能超过的平均价格水平，在此基础上，企业可以自由地调整单价。由此，企业拥有更大的自由决策权，同时价格和成本分离，使企业对由成本效率带来的收益增量部分拥有剩余索取权，企业就有较强的激励降低成本。

价格上限制控制的是价格而不是利润，因此，它最大的优点是可以鼓励公司内部提高效率，企业如果将生产率提高到合同规定的 X 水平上，则可以获得提高部分作为报酬，从而改善企业生产效率。同时，不超过上限价格的价格降低是企业的自由，企业容易解决在竞争性领域内降低价格的竞争，从而有助于资源配置效率的提高和消费者剩余的提高，符合公司建立满足顾客需要的激励机制，兼顾了供需双方的利益和市场运行情况。总之，它一方面鼓励企业改革创新、降低成本、提高效率；另一方面保护用户的合法权益，体现出公用事业的基础性和福利性。与成本加成法相比，还可以在很大程度上避免在价格调整时复杂的成本审核，从而显著降低监管成本。

目前我国城市公用设施产品和服务的价格监管难以适应市场化的要求。对价格监管一直采用成本补偿加合理利润的定价办法，但由于缺乏对企业成本构成的严格标准，价格监管实际上没有形成对企业经营成本的有效约束，导致垄断行业的成本失控，近年来虽然价格不断提高，但行业亏损的局面没有改变。

价格监管的困难关键是难以掌握企业的真实成本，2000 年某市举行的水价听证会，消费者就对自来水公司提供的数字提出质疑：数据显示：1995 年利润为 4802.8 万元，1996 年为 2657.47 万元，1997 年为 8652.07万元，1999 年利润却为 -945.3 万元。为何前后两年利润相差近亿元？主要原因在于成本逐年上升，1997 年自来水生产成本费用每千吨为 829.73元，1998 年为 878.01 元，1999 年为 910.99 元。

要使价格监管达到城市公用事业价格监督管理体制。（1）在价格主管部门主导下，建立公用事业企业代表、消费者代表、专业性消费者协会代表等共同参与决策的多元复合决策主体，形成价格主管部门、公用事业企业、消费者之间相互制衡的约束机制和信息沟通机制。（2）建立职能完备的价格管制机构，基本要求是实现价格审批与成本监控一体化，参照国际通行做法，以价格管制为中心，将价格管制机构与市场准入、运行规程等管制机构合并，建立各级公用事业管制机构。（3）建立公用事业价格管理法律体系，制定《公用事业价格管理法》，由法律法规明文规定实行监管的公用事业范围、监管的政策目标（至少包括价格公平、合理负担成本、消费合理化）和监管的组织机构等，负责实施监管的机构以公开、公正方式公布公用事业价格的定价程序、价格水平，接受社会各界的监督。（4）培育有实效的社会监督体系。

（三）两种管制模式的比较与混合监管①

回报率方法有一个主要优点：投资者安全并降低资本成本，有利于吸引投资。但也有一个主要缺点：对效率缺少激励，公司很少有激励降低成本。除非管制者有很好的成本会计方法，企业很容易误导监管者，使价格过高。所以现在已经很少采用纯粹成本加成办法。另外，也可能出现过度投资，通常被称为艾弗齐－约翰逊效应。最高限价的好处是，对效率改进

_____

① 建设部课题："城市水价形成机制与监管" 2005 年。

提供更强的激励。但也有一些坏处，高投资风险和高资本成本。许多成本是外生的，固定价格时间较长意味着企业承担成本变动的风险。另一个缺点是对质量的激励不足，为了降低成本有可能降低质量，需要监管。这种方法的难点在于预测未来价格、技术改进和必要投资的信息不够。当预测严重背离时，调整不可避免，反过来降低了激励。

表 6.1　　　　　　　　　　　**两种管制方法的特征**

	收益率	价格上限
价格对成本的敏感性	高	低
企业调整价格的灵活性	低	高
对管制预见性的要求	否	是
管制时滞	短	长

资料来源：Armstrong and Sappington 2003。

当最高限价被频繁审核的时候，就很接近回报率方法。而且，监管者不仅要修改未来的价格，而且会回收部分超额利润。另外，一些两种办法的平衡手段也在实际中采用。检查在回报率监管下的投资，这种制度在美国采用，特许协议经常包含特定目标，如安装时间、覆盖率、最低投资、质量、征收率、健康标准等。这些要求使得企业不能牺牲基本目标达到最大利润。例如，采取固定回报可能降低企业牺牲质量的动机。但也会降低激励。至于覆盖率，另一个办法是用变化的费率替代唯一不便的费率。这能改善效率，也会大大改善覆盖率和投资。第二个要考虑的因素是当局的监管和实施能力。大量的事实不要低估依赖特定目标的弊端。事实上，绩效监管很困难，发展中国家的监管能力有限，加上特定的业绩目标是被迫采取的办法。最后，有些责任和总体定价原则起初没有明确界定。

多数的管制制度包含成本加成和价格限制两个方面，这些混合方法包括：

·收益率区间管制。只要价格没有超过区间，就不调整价格。

·成本共担和利润共享。价格随企业的收益率与事先确定的收益率目标的差额浮动，但为了激励效率，调整只是部分的。这样，企业和用户都分担风险和收益。另外，收益率在某个区间波动不会引起价格调整也是可行的，超过某区间就会在企业和用户之间分配风险和收益。

·制度管制滞后。通常在 2—5 年的管制期间内不对价格审查，任何针对企业的收益率的调查都要延后，收益率管制的价格审查的时间间隔很不确定，但通常制度性的管制总是滞后。

价格上限需要监管者对未来政策有良好的判断。在基础设施行业，由于资产寿命远长于监管期，对监管的可信度和未来价格波动的担心会影响投资。如果政府不能对长期的监管规则做出承诺，问题就更严重。相反，收益率管制有法令保障。收益率不容易像价格上限那样不断谈判。经验显示 38% 的拉美国家的价格上限合约在五年合约期满前就面临重新谈判。而收益率管制的 13% 和混合管制的 24% 发生这种情况（Estache，Guasch，and Trujillo 2003）。当大量投资的时候，收益率管制就会更好。对发展中和转型经济更适合吸引投资。成本加成管制对于需要大量投资且政府无法履行承诺的国家合适，而限价管制对于缺少有效会计和审计以及专业人员并且有高通胀率的国家合适。

三　退出监管

城市公用设施的经营者退出存在于两种情况：一是项目合同因到期而退出，另一种情况是项目合同在期满前因违约或其他原因而退出。

（一）合同到期退出

在合同到期后，通常根据合同约定，经营者无偿移交资产并退出经营，但由于在长达几十年的经营中，企业为保证符合标准地、持续供给服务，需要不断进行投资，在合同到期后，有部分资产是无偿移交，也有部分资产是需要新的进入者购买，而且原来的经营者也有可能申请合同延期。这时，监管机构通常需要对经营者的资产进行核查、评估，决定哪些资产是属于无偿移交，哪些是需资产补偿，以及如何确保项目的顺利移交，还要决定对原经营者申请的合同延期是否同意，如何确定下一期经营者的选择条件并对其选择程序进行监管等。

通常设备使用寿命和特许经营权合同期限并不一致，如污水处理的主要设备（鼓风机等）经济使用年限一般为 10 年左右，由于长期不间断运转，且运行环境条件差，高耗用率的设备使用寿命更短。因此，政府通常会要求特许经营者在投标文件中提供项目设施设备的维护、保养、保值和重置方案，并在特许协议中加以明确，除了保证特许经营期间的项目设备正常运转，从而持续稳定地提供供水或污水处理服务，更重要的是保证特许期届满或提前终止时，政府能够从特许经营者手中得到可正常运转的项目设备。因此，在合同期满移交前，监管者通常要求项目公司对项目设备进行一次"恢复性大修"，内容包括：核查项目设备制造厂商的使用和维修手册、消除实际存在的缺陷、更换易损易耗件等。

（二）提前退出

有多种原因可以使经营者在合同到期前被终止，经营者退出城市公用设施市场，如经营者因为经营不善等原因要求终止协议，或者合同因为经营者违约而被监管机构终止，或者监管机构因为公共利益的需要或者其他原因而中止合同等。监管机构需要在是否需要经营者退出，是否需要临时接管，原经营者在退出后资产如何处置等方面作出决定。如需临时接管，为保证不间断的提供相关的服务，监管机构还要制定应急预案。如原经营者退出，监管机构要确定接管后的移交与后续特许经营者的选择等。

四　服务质量和安全运行监管

技术和质量监管是针对城市公用事业，特别是供水、燃气、排水、垃圾和污水处理等安全性和质量标准要求较高，通过对企业技术选择的监管，达到使用安全和符合质量标准等方面的要求，保障在提供以及公众在使用城市公用设施时的安全、卫生、环保、健康等方面的利益。

许多发达国家都在公用事业监管法规中明确规定，公用事业必须向社会和消费者提供无差别的服务，保证服务质量、数量和安全，如果达不到标准则必须加以改进，需要增加投资的，则必须增加投资。城市公用设施的安全提供是重要的，如据报道北京1998年全市天然气用户81万户，全市燃气居民用户总数为230万户。到2002年天然气已达191万户，燃气居民总数达333万户，城近郊区居民气化普及率达96%以上。尽管采取了各种有力措施，北京的燃气事故依然呈逐年递增趋势。2000年发生45起，2001年57起，2002年70起，2003年上半年已达51起。为保证服务的安全，监管机构则应有明确的责任。

如英国监管机构在供水安全和服务质量监管方面有明确的责任。1990年1月成立饮用水监督委员会，其主要职责是保护及检查英格兰及威尔士的饮用水质量标准。他们负责处理消费者投诉并调查与水质相关的事故。调查结果出来后，他们有权对相关责任公司进行处罚。若有公司未达到规定标准，他们必须对其系统进行改进，至于是长期还是短期改进，取决于问题的性质。监督委员会认为一些未达标行为系小过失或不可能再犯，在这些情况下，他们判定不需采取进一步措施。监督委员会有责任要求公司及时做出改正。监督委员会的职责并不仅限于执法，他们还对一些好的供水方法进行鼓励。

五　履行普遍服务义务的监管

普遍服务是指市政公用企业在所服务的地域范围内，以用户可以承受的价格，向所有用户提供必需的服务。普遍服务是一种最低层次的现代意义上的生活必需品，在更多的情况下，普遍服务是政府的一种政治性的承诺，少数情况下是对企业的一种潜在市场需求。

城市公用设施产品或服务已经构成了现代生活的必需品，其服务必须要满足普遍供应的要求，其投资的规模和服务的范围必须遵从政府的要求，甚至要配合政府实现某种政治性承诺。如向城市中心区以外的地区提供服务、对低收入家庭提供服务等等，由此而形成的亏损，应由政府提出合适的解决机制。

普遍服务义务的实施具体有三种方式：

（一）交叉补贴。

即将某些产品或服务的价格定得高于成本，以补贴另外一些价格低于成本的服务，如工业用水和商业用水价格高于居民用水价格、工业用燃气价格高于居民用气价格等。交叉补贴首先会带来效率损失，价格和成本脱钩扭曲了消费和投资的决策，如居民使用了低价水，导致居民不注意节约用水，造成水资源的过度消耗；其次，交叉补贴通常缺乏透明度，很难确定谁得到了补贴，以及这些补贴的确切来源，如往往高收入居民拥有更加方便的用水设施，其多用水便相当于得到了较多的补贴；最后，交叉补贴这种机制并不能鼓励企业提高在高成本地区或是对低收入者的服务水平，这也是交叉补贴往往没有效率的主要原因。

（二）建立专用的"普遍服务基金"。

它是指所有运营商，无论其从事何种业务，最终是否提供普遍服务，都要通过交纳数额不一的普遍服务基金承担普遍服务义务；普遍服务资金集中起来后，由指定机构通过招投标等公开竞争方式，统一转移支付给实际承担普遍服务义务的企业，这些企业可以是在位的主导运营商，也可以是新进入者。"普遍服务基金"的办法更加透明，成本也较低，比交叉补贴的做法更加符合"竞争中性原则"。当然，"普遍服务基金"中有两个棘手的实际问题，一是如何决定不同企业应为基金所贡献的份额，二是"普遍服务基金"如何分配和使用。普遍服务基金最理想的征收办法是根据各个企业利润征收某一比例，但由于管制者与企业间信息的不对称，管制者无法得到有关利润的准确信息，所以很多国家都采用按收入的某一比例征收。

　　普遍基金的使用和服务的提供可以通过运营执照的发放或拍卖机制来实现。由于政府与企业间的信息不对称，企业不可能提供给管制者有关服务提供成本的信息，真正有效的竞标机制应该能够解决这个问题。例如，政府可以在发放或竞拍特许经营许可权时，对企业提供普遍服务义务做出规定。

　　（三）转移支付。

　　经济学理论认为补贴应该通过一般税收和转移支付的手段来实现，这样可以减少价格扭曲和福利损失，这就是著名的 Atkinson – Stiglitz 原理。但在执行中各国发现，税收制度中的存在的问题会使得该办法的成本远高于其他渠道，特别是对于税收系统不发达的发展中国家更是如此，所以转移支付虽是理想的方式，但却较少实施。

第四节　如何提高监管效率

　　监管方式对提高监管效率是重要的，过去行政部门对市场上企业活动的监督检查习惯于采取运动方式，但由于城市公用设施服务需要不间断地持续提供服务，常规性的程序化的监管是必要的。

一　合同监管方式

　　合同监管是市场化后政府对市政公用行业的主要监管方式。即政府与企业通过签订特许经营合同的方式，规定双方的权利义务关系。政府与企业均负有履行合同、达到合同目的的责任。此合同目的，对企业而言，是获得一定的经济效益，对行政主体而言，是实现相应的行政管理目标。

　　这种合同具有行政合同的性质。主要是指行政主体为了行使行政职能，实现某一行政管理目的，与相对人通过协商的方式，在意思表示一致的基础上所达成的协议。这种合同作为行政行为的一种，直接调整社会，实现对社会管理的目的，因此具有公益性。由此所衍生出行政主体在履行合同中的优益权，即出于公共利益的需要，行政主体保留和享有在行政合同履行过程中的某些特权，如履行合同的监督权、指挥权、对违反合同相对人的制裁权等。将特许经营合同定位于行政合同，解决了合同主体与监管主体一致的问题。这种合同形式与命令行政相比，由约束企业单方行为变为约束政府和企业双方行为，体现了行政的民主性和公平性，对于限制行政权力的滥用，保障投资者的合法权益具有重要意义。

　　行政合同虽然在我国没有正式法律概念，但在实际中是存在的，如城市土地使用权出让合同，就是一种行政合同，政府通过合同的形式规定土地使用的年限、用途以及规划条件等。

英国政府通过采用与企业签订合同的方式，合理使用公共资金，同时加强管理和监督，这是新的监管制度的重要特色。表现在：第一，政府机关对财政资金的使用公开、透明。对于国家重点扶持或者重大公共项目，通过合同规定了明确、具体、公开的项目指标，公务员只是执行合同，基本没有自由裁量权。第二，对公务员要求较高。公务员必须具有相应的专业技术知识和法律知识，知晓企业是否符合条件，懂得企业如何能实现项目指标；此外，合同的谈判和制定，本身就是一种法律行为，公务员要依据相应法律进行。在项目合同管理中，公务员不仅负责合同的签订，而且要负责合同的履行，项目的最后落实情况，这直接反映出公务员的业务能力和水平，因此成为考核和评价公务员业绩的硬指标。第三，有效运用招标体制。政府采用招标方式选择企业，企业通过竞标争取项目合同，这在政府财政资金的运用中形成了一种良性竞争机制。第四，有利于实施有效的监督机制。一是政府内部的监督。合同谈判与合同签订职能分设，分别由不同岗位的公务员实施，避免了暗箱操作，同时责任明确。二是政府对合同项目的监督。政府按照合同条款对项目的质量和进度实施监督，公众也可以对项目进行监督和举报，政府根据监督结果和公众的举报，对项目采取分期付款方式进行有效控制。总之，英国政府通过合同方式增强了政府对社会经济发展的影响力、对市政公共事业的管理能力和对市场运作的监督能力。

瑞典政府对垃圾处理需要监管的主要内容都在合同上进行了约定，如约定每天要对运进的垃圾进行称重登记；对垃圾如何分类、每类处理多少、多少是自己填埋的，多少是运出处理的都要进行登记；政府监管部门在垃圾填埋场周边打数个井，定期检测垃圾填埋是否对土壤和地下水产生污染；在合同中还约定垃圾填埋场饱合停止运营后，企业在30年内对由于垃圾填埋而对周边环境产生了污染负有治理责任。通过这一系列措施，保证了政府监管的有效性。

二　依法监管

这个问题涉及监管法规和监管程序。依法治国方略要求政府要依法行政，但目前许多领域的管制无规可循，不能做到依法管制，依规则管制，管制的人为干扰因素大，决策过程的透明度低，存在相关部门权力膨胀和寻租的较大风险。

研究表明，世界各国在城市公用事业市场化改革及监管方面首先确定了必要的法律基础。

如英国的公用事业民营化是以政府监管立法为先导的，1980 年代以来制定的一系列监管法律使得整个民营化过程有法可依和有序进行。自 1980 年代以来，英国的城市公用事业监管的主要法律法案及其内容如表 6.2 所示：[①]

表 6.2

法律名称和时间	内　　容
1980 年《交通法》	放松对长途客运及其他货运的管制
1983 年《水利法》	地区水利局只设置规模较小的董事会，其成员由水利部长任命，他们被授权以商业性方式经营各种业务
1986 年《煤气法》	建立煤气供应管制办公室，废除英国煤气公司的独家垄断经营权，允许民营化，详细规定了煤气产业私有化中的有关价格、质量、投资的具体要求
1989 年《水法》	建立国家江河管理局、自来水服务管制办公室，允许 10 个地区自来水公司民营化
1991 年《水工业法》 1991 年《水资源法》 1991 年《水公司法》 1991 年《土地排水法》 1991 年《水合并法》	配合英国城市水行业私有化开展而制定，在剥离原地区水管理局所承担的政府管理职能并将其私有化的同时，将原国家河流管理局并入环境监管局，成立水务办公室和饮用水监督委员会
1995 年《环境法》	针对环境保护方面的立法规定
1998 年《竞争法》	建立独立的竞争委员会，负责对兼并、交易和主要监管行业的监管工作进行调查
2000 年《公用事业法》	确立各种公用事业监管机构的职责、权力和功能，并规定了它们在进入程序、经营过程和普遍服务等方面进行监管的原则和程序依据。
2003 年《水法》	对水工业法（1991）、水资源法（1991）等法案的补充与修正

法国早在 1791 年就颁布了《阿拉尔德法》其中有条款确认了市镇政府可以对公用带来的公有或私有经营者进行自由选择的法律依据。法国在二战后推行私有化、鼓励竞争的过程中，制定了《价格放开与竞争条例》，规定了政府对城市公用事业管理的权限。概括法国公用事业管理的主要法

---

① 建设部课题："市政公用事业监管国际经验比较" 2004 年。

律原则有：（1）公用事业依据收支平衡的原则来管理；（2）合作原则，即发租方与承租方之间应建立持久伙伴关系；（3）根据项目的性质与企业经济状况均衡分担风险，分享利润；（4）鉴于人的关系原则，即发租方可凭对承租方的信誉和友好关系将公用项目委托给对方；（5）服务的连续性原则，用户同等待遇和服务不断适应用户需求变化。

日本于1947年制定了《反垄断法》，其目的是保证公平自由竞争，以促进企业发挥创造性。根据该法律，组建了"公平交易委员会"，对城市公用企业的生产经营进行监控。此外，还就城市公用事业的一些行业分别专门立法，先后制定了关于城市供排水方面的《水道法》，城市供气方面的《煤气事业法》（1954年）和城市公共交通方面的《道路运送法》（1951年）。

我国城市公用事业市场化改革刚刚起步，由于现代监管体系尚未建立，监管规则不完善，有效的监管机构不健全，使引入投资与有效竞争没有相协调，供给效率低、服务价格不合理、行业发展受制约、消费者权益受损等问题没有有效解决。

目前我国城市公用事业市场化后的依法监管还有很多问题有待解决，法律法规尚不完善，没有及时制定相应的法律法规来规范政府管理部门、企业及消费者的职责和权利，造成政府部门管理无法可依、无章可循，企业的主体地位难以完全确立，消费者权益得不到保障。这些亟待通过立法解决的问题包括：依法确立政企分离、促进竞争的城市公用事业改革目标；依法确立政府在城市公用设施服务中的责任和义务；依法确立城市公用事业监管机构的法律地位，明确其权力和职责；依法确立市政公用企业的准入条件、准入程序、竞争条件及管理办法；依法确立市政公用行业的有关价格、质量、投资、服务的具体要求；依法确立适合市政公用行业特点的招标和拍卖办法；依法确立城市公用设施投融资的方式、风险、回报等规定；依法确立特许经营合同的性质和司法救济方式等。

实施有效监管还涉及监管程序，科学合理的程序设定对于提高监管效率也是十分重要的。现代市场经济的基本特征是法治经济，而现代监管就是按照法治经济的理念，依据规则对市场行为主体的规范，它体现了从政府控制向面向市场、基于规则监管的转变。但目前在城市公用事业的行政监管方面，行业管理部门还习惯于行政手段管理，缺乏依法监管的现代监管理念，没有树立起按公平的规则、透明的程序依法监管的现代监管理念，懂得监管知识的人员缺乏，监管职能过于分散，常常是既政出多门，又监管缺位，极大地影响了监管的效率。

2005年9月建设部出台了《关于加强市政公用事业监管的意见》，提出要完善法律法规，依法实施监管。要严格依据有关法律法规，制定监管程序、监管标准和监管措施，明确监管机构和人员的职责范围和监督方式，依法实施监管。要加快相关的法规和技术标准的研究和制定工作，为城市公用事业的监管工作提供法律保障和技术支撑。

总之，要建立一个公开、稳定、透明的行业监管体系和相应的法律法规框架，积极推动以行政审批为主的监管方式向依法、依规则为主的监管方式转变，这对于鼓励社会投资、保障投资者和消费者利益，维护市政公用行业提供长期、持续、稳定的服务，都是十分重要的。

本章小结

目前各地市政公用事业改革的热情很高，但由于公用事业多是自然垄断行业或准公共物品，改革不是简单地放开市场或将资产出售，而是要在进入程序上，产品和服务的定价上和进入后的安全、服务质量等方面进行监管。过去在政府投资经营的体制下，政府既是投资和经营者，也是管理者，监管问题并不突出。而把市场竞争机制引入市政公用设施投资运营后，政企分开、政资分离，监管问题日益凸显。目前，各地在改革过程中出现的回报过高、价格上涨过快、合同失败、消费者利益受损等问题已引起了我们对监管问题的高度重视。在国外发达国家，城市公用事业的监管有着较为成熟的经验，如基于激励机制的最高限价的价格监管，监管机构的独立性原则，消费者参与的公众参监管机制，以及完善的监管法律体系等等都是值得我国学习和借鉴的。

思考题

一、名词解释

监管　　经济性监管　　社会性监管　　二部制定价　　普遍服务义务

二、简答题

1. 城市公用事业监管的必要性和理论依据是什么？
2. 城市公用事业监管体系是如何构成的？
3. 城市公用事业监管体系的原则？
4. 如何提高城市公用事业监管效率？

三、论述题

1. 论述城市公用事业监管的主要内容。

2. 有哪些国际经验值得借鉴。

阅读参考文献

1. 王俊豪：《政府管制经济学导论》，商务印书馆 2001 年版。

2. 中国基础设施产业政府监管体制改革课题组：《中国基础设施产业政府监管体制改革》，中国财政经济出版社 2002 年版。

3. 王俊豪、周小梅：《中国自然垄断产业民营化改革与政府管制政策》，经济管理出版社 2004 年版。

4. 周林军：《公用事业管制要论》，人民法院出版社 2004 年版。

5. 盛洪、余晖主编《公用事业、基础设施产业改革及管制研究（第一辑上)》，北京天则经济研究所公用事业研究中心（CCPPP）2004 年（内部资料)。

6. 建设部课题："市政公用事业监管国际经验比较" 2004 年。

7. 余晖、秦虹：《公私合作制的中国试验》，上海人民出版社 2005 年版。

8. 秦虹："公用行业市场化亟待依法监管"，载《中国经济导报》2003 年 11 月 15 日。

9. 秦虹："市政公用事业深层次改革急需什么？政府监管必须到位"，载《中国建设报》2003 年 10 月 27 日。

10. 邓淑莲：《中国基础设施的公共政策》，上海财经大学出版社 2001 年版。

第七章　城市公用设施维护资金使用与管理

内容提要

● 城市维护资金是保证城市正常运行的基础条件，重建轻养必然导致大量新建的城市公用设施加速折旧，造成投资效益浪费和严重的重复建设。

● 构成我国城市维护资金的是城市维护建设税和公用事业附加，但当前城市维护资金承担了过多非维护义务，且使用效益较低。

● 随着城市建设量的增大，城市维护资金缺口严重，只能达到低标准维护或维护滞后，稳定城市公用事业维护资金已迫在眉睫。

● 改进城市维护资金来源和管理涉及公共财政体制、税制改革和维护体制改革等多个方面。

通常说，城市建设是"三分建设，七分管理"，城市公用设施维护管理是城市公用设施建设完成后正常运行的重要保证，要维护好城市公用设施必须要有科学的维护管理体制和专门的维护经费。我们将城市公用设施的维护经费简称为城市维护资金，它是指对于城市道路、桥涵、路灯、排水、环境卫生、绿化、防洪、消防等市政设施和公共设施的维护和管理费用，对保证城市的正常运行起着极为重要的作用。

第一节　城市维护资金使用和管理的基本概况

一　城市维护资金的来源

城市维护资金也称城市维护费，是城市财政预算的重要组成部分。1985年以前，城市维护资金的主要来源是按照工商利润计提5%、国拨城市维护费、"工商税"附加、城镇公用事业附加以及地方机动财力等部分组成。1985年，为稳定城市维护建设资金来源，国务院颁布实施了《城市维护建设税暂行条例》，开征城市维护建设税后，取消了按工商利润计提 5%、国拨城市维护费、"工商税"附加三项资金。因此，目前各地的城市维护资金主要是城市维护建设税和公用事业附加，部分城市还包括占（掘）路费和公园门票等事业单位收入，但数额相对较少。本文所指城市维护资金主要指城市维护建设税和城镇公用事业附加两项资金。2002 年城市维护建设税和公用事业附加总额为 366 亿元，占城建资金总量的 12%，其中城市维护建设税占维护资金总额的 86%，公用事业附加占 14%。

（一）城市维护建设税

城市维护建设税是城市公用设施和公共设施正常运行的维护、维修和改造的专项资金，对于保证城市各项设施的正常运行起到了重要的积极作用。1985—1990 年城市维护建设税一直占城建资金总量的 30% 左右。90 年代以后，随着城市建设规模的扩大，城市公用设施的新建资金增长很快，城市维护建设税占城市维护建设资金总量的比重迅速下降（图 7.1），2002 年全国城维税收入 316 亿元，仅占城建资金总量的 10%。分地区来看，东部地区占 8%，中部地区占 15%，西部地区占 13%。

由于城市维护建设税是增值税、消费税、营业税三税的附加税，受"三税"征、减、免、退、罚的影响，城维税收入十分不稳定，1991—2002 年，全国城维税年均增长 14.8%，1997 年增幅最高，达到 20.8%，1999 年增幅最低，仅为 1.8%。

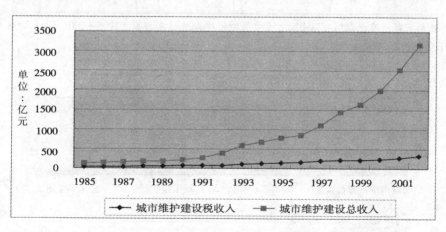

图 7.1　1985—2002 年城市维护建设总收入、城市维护建设税变化趋势

资料来源：中国国家统计局：《中国城市统计年鉴》（1985—2002 年），中国统计出版社。

（二）城镇公用事业附加

城镇公用事业附加属于政府性建设基金，是 1964 年由财政部按《关于征收城市公用事业附加的几项规定》（［64］财预字第 380 号）征收的，城镇公用事业附加作为城建资金来源的一项重要渠道，在特定的历史时期对于促进城镇公用事业建设和加强城镇公用设施的维护起到了积极作用，按财政部财综［2002］33 号文件，城镇公用事业附加将于 2005 年底停止征收。

1995—2002 年公用事业附加收入占城市维护资金的比重平均为 20%，近几年呈下降趋势，2002 年仅占 14%。城镇公用事业附加是城市建设维护资金的固定来源，但由于部分地区征管关系不顺、征缴管理不力（部分附加未纳入财政统一管理）、征收标准偏低等原因，1999—2002 年总量逐年下降（表 7.1、图 7.2），2002 年收入总量为 50 亿元，仅与 1996 年的收入水平相当。

表 7.1　　　　1995—2002 年全国城市维护资金占城市维护建设资金的比例　　　　（%）

年　份 项　目	1995	1996	1997	1998	1999	2000	2001	2002
城维税	18	19	17	15	13	12	11	10
附加	6	7	5	4	4	3	2	2
合计	24	26	22	19	17	15	13	12

资料来源：建设部综合财务司：《中国城市建设统计年报》（1995—2002 年），中国建筑工业出版社 2002 年版。

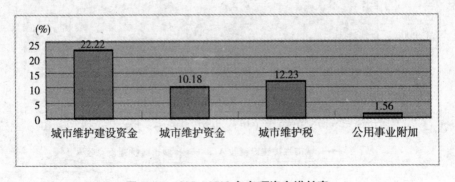

图 7.2　　1995—2002 年各项资金增长率

资料来源：建设部综合财务司：《中国城市建设统计年报》（1995—2002 年），中国建筑工业出版社 2002 年版。

二　城市维护资金的征收

目前我国大部分城市的城市维护建设税都能做到按应征收量征收入库。通过对全国 9 个东部城市、16 个中部城市和 11 个西部城市的调研，1995—2002 年，36 个城市的城市维护建设税入库收入占应征收入的比例年平均为 84%，辽宁沈阳、山东青岛等 19 个市城市维护建设税的征收入库比例达到 100%。在城维税的征收中，东部地区城市的城维税入库比例高于中、西部地区城市（1995—2002 年东、中、西部地区平均城维税入库比例分别为 98%、76%、85%），地级市城维税入库比例高于县级市和县城（地级市、县级市、县城的城维税入库比例分别为 91%、84%、69%）（表 7.2）。

据了解，中、西部地区和县级以下城市城维税征收入库率低的主要原因是：由于城维税是以增值税、消费税、营业税为依据征收，随着分税制财政管理体制的施行，依"三税"计征的城维税，其征管水平受到增值税、消费税征管水平的制约，征管难度大。一方面，增值税和消费税，由国税局负责征收，而城维税由地税局负责征收，部分城市地税局不能确切掌握增值税、消费税的应纳税额即城维税税源，增加了城维税征收难度；另一方面，实行"定额定率"征收的个体户、私营企业以及承包租赁户，因国税、地税核定的营业额不一致，造成城维税征管上的不规范性和税款的流失。成都市 1995—2002 年平均城维税入库收入占应征收入比例只有60%，而部分中西部地区中小城市甚至更低，甘肃省一县级市 1995—2002年按流转税计征应收城市维护建设税 1.5 亿元，由于征收不力，实际入库收入只有 1031 万元。

表 7.2　　　　　　　1995—2002 年全国 12 个省 36 个市城市维护建设
税入库收入占应征收比例　　　　　　　　（%）

年　份 城市范围	1995	1996	1997	1998	1999	2000	2001	2002
平均水平	84	86	83	86	84	86	85	86
东部城市	97	95	93	99	99	98	94	98
中部城市	79	80	78	76	74	77	77	76
西部城市	80	79	81	83	83	89	90	92

年　份 城市范围	1995	1996	1997	1998	1999	2000	2001	2002
地级市	92	91	91	92	92	90	90	92
县级市	85	87	87	88	85	88	87	87
县城	67	77	62	70	66	75	72	73

资料来源：各城市调查数据。

在城市维护资金中，公用事业附加所占比例较低（1995—2002 年平均为 20%）。1997—2002 年，全国公用事业附加收入年平均增长为 - 5%，2002 年全国公用事业附加收入为 50 亿元，低于 1996 年的 56 亿元的水平。公用事业附加逐年下降，一方面是由于目前大部分地区公用事业都在进行价格改革，公用事业附加征收的范围也由过去的电、水、公交、燃气、电话、轮渡等附加逐步缩减，目前大部分城市只剩一、两项附加，如江西省目前公用事业附加只有工业用电和工业用水两项附加。另一方面是部分城市公用事业附加不能完全足额入库，如吉林省长春市由于公用企业普遍亏损，财政出台政策每年向公用企业进行价格补贴，但财政无资金给予全额或部分补贴，部分公用企业因此不上缴公用事业附加费。

三　城市维护资金的使用

城市维护资金是财政资金用于保证城市正常运行的费用，其使用范围延续了原"三项费用"的开支范围，包括事业单位经常费支出、城市公用设施和公共设施的正常维护费及管理费支出、城市维护工程和专项支出等。从实际调研看，各地城市维护资金使用的具体范围包括以下四个部分：一是用于城市内的道路、桥梁、人行天桥、雨污水管道、公园、绿地、公共厕所、路灯、道路标志、信号灯等市政设施的维护运行、小型维护工程以及垃圾的清扫、收集和运输等；二是建设行业事业单位（含建设系统科研、教育、培训等部门）及部分建设行政主管部门中事业编制人员的工资、福利等经常性开支；三是用于城市新建设施的固定资产投资或偿还贷款；四是用于公安、消防、教育、电力等非市政设施的维护建设经费或单位的人员经费。随着地方财政收入的变化以及市政公用行业市场化改革的深入，近几年，城市维护资金使用结构也逐步得到调整。

根据 1995—2002 年全国东、中、西部 13 个省 24 个市（按地区划分包括西部 6 个城市、东部 10 个城市和中部 8 个城市，按规模划分包括 2 个省会城市，10 个地级市、6 个县级市和 6 个县城）城市维护建设税和公用事业附加使用的调查表明：

（一）城维税用于市政设施维护的比例呈上升趋势

24 个城市中，1998—2002 年城市维护建设税用于城市设施维护的比例年平均为 30%。其中，东部地区为 38%，明显高于中部地区（27%）和西部地区（8.8%）的比例，如青岛市 2002 市本级城市维护费中，正常维护费支出占维护费的 45%，江西省九江市 2002 年占 10%，四川成都市 2002 年占 20%；县级市比例为 46%，高于地级市比例 20%（参见表 7.3）。

表 7.3　　　　1998—2002 年不同地区、规模城市的城市维护税
用于设施维护的比例

城维税用于设施维护比例	东部城市	中部城市	西部城市	地级市	县级市
	38%	27%	8.8%	20%	46%

资料来源：各城市调查数据。

城维税用于市政设施维护的比例从 1998 年以来逐年增加，东部地区增长明显。调研城市中，1998 年城维税用于市政设施维护的比例平均为 24%，到 2002 年上升为平均 37%，其中东部地区城市从 1998 年的 28% 上升到 2002 年的 46%，增长幅度明显高于中部和西部地区城市，中部地区城市从 1998 年的 24% 上升到 2002 年的 32%，而西部地区城市从 1998 年的 9% 仅上升到 2002 年的 11%。

城维税用于市政设施维护的比例上升，表明在地方经济发展和财政收入好转的情况下，城维税是城市维护专项资金的功能开始逐渐回归，调研的东部地区城市在 4 年内平均上升了 13 个百分点，而西部地区城市仅上升了 3 个百分点就是一个很好的例证。

（二）城维税用于行政事业单位人员工资和福利呈上升趋势

调研的 24 个城市中，1998—2002 年城市维护建设税用于行政事业单位人员工资和福利的比例年平均为 26%。其中，东部地区城市比例为 35%，高于中部地区城市 11% 和西部地区城市 7% 的比例，县级市比例为 31%，高于地级市 15% 的比例（参见表 7.4）。如青岛市由城市维护建设税安排的事业单位就有：城建档案馆、公园管理部门（离退休人员）、垃圾管理处、城肥管理处、市政工程养护管理处、供热管理办公室、供水管理处、物业管理办公室、城管监察总队、公用事业监察大队、规划监察大队、交警合同制民警、消防合同制民警等，2002 年事业单位经常费占维护经费总额的

28%，其中用于离退休人员的工资福利占了相当比重。

表 7.4　　　1998—2002 年不同地区、规模城市的城市维护税用于工资、福利的比例

用于工资福利比例	东部城市	中部城市	西部城市	地级市	县级市
	35%	11%	7%	15%	31%

资料来源：各城市调查数据。

1998 年以来，维护费用于行政事业单位人员工资和福利的费用总体上是上升趋势，西部地区增长明显。调研的 24 个城市，1998 年平均所占比例为 23%，到 2002 年增加到 27%，其中西部地区城市增长近一倍，从 1998 年的 6% 增加到 2002 年的 11%，东部地区城市从 1998 年的 30% 增加到 2002 年的 35%，中部地区城市从 1998 年的 10% 上升到 2002 年的 15%，少数城市增加幅度较大，如湖南浏阳从 1998 年的 11% 上升到 2002 年的 24%，甘肃天水从 1998 年的 4% 上升到 2002 年的 20%。

城维税用于行政事业单位人员工资和福利比例上升的主要原因：一是建设系统新增的事业单位在财政不拨款的情况下，经费通常都是由城维税支出；二是受国家关于行政事业单位工资调整的影响，城维税支出随工资的增加而增长。

（三）城维税用于固定资产投资的比例呈下降趋势

调研的 24 个城市中，1998—2002 年城市维护建设税用于城市建设固定资产投资的比例年平均为 31%。但西部地区城市用于固定资产投资的比例仍高达 76%，明显高于中部地区城市 24% 和东部地区城市 16% 的水平，地级市比例为 49%，高于县级市 16% 的水平（见表 7.5）。

表 7.5　　　　　　　1998—2002 年不同地区、规模城市的城市维护税
用于城市建设固定资产投资的比例

用于固定资产投资比例	东部城市	中部城市	西部城市	地级市	县级市
	16%	24%	76%	49%	16%

资料来源：各城市调查数据。

1998 以来城维税用于城市建设固定资产投资的比例逐年下降，东部地区较为突出。调研的 24 个城市中，城维税用于城市建设固定资产投资的比例从 1998 年的 36% 下降到 2002 年的 26%，特别是东部地区下降幅度较大，从 1998 年的 26% 下降到 2002 年的 14%，如大连市 1998 年城维税用于城市建设固定资产投资的比例为 14%，到 2002 年维护经费不再用于固定资产投

资。中部地区从 1998 年的 27% 下降到 2002 年的 17%，而西部地区从 1998 年的 75% 仅下降到 2002 年的 72%。

由于城市建设资金不足，过去绝大多数城市的城维税要用于城市建设固定资产投资、偿还建设项目贷款和公用事业单位补贴等，西部地区城市建设滞后，受经济发展水平的影响，建设资金始终缺乏，城维税用于建设的比例较高。而东部地区市政公用行业市场化改革的进程较快，经营性设施的建设和运营逐步推向市场，政府不再承担其投资责任，因此，改革进展较快的东部地区，近几年，城维税用于城市建设固定资产投资的比例下降明显。

（四）城维税用于消防、教育、公安、电力等其他设施维护比例呈下降趋势

调研的 24 个城市中，1998—2002 年城维税用于城市公安、消防、教育等单位的比例年平均为 14%。其中，中部地区城市比例为 37%，高于东部 11% 和西部地区城市 7.9% 的水平，地级市比例为 16%，高于县级市 7% 的水平（见表 7.6）。

表 7.6　　不同地区、规模城市的城市维护税用于非城市公用设施的比例

用于非城市公用设施比例	东部城市	中部城市	西部城市	地级市	县级市
	11%	37%	7.9%	16%	7%

资料来源：各城市调查数据。

从 1998 年开始城维税用于系统外的支出呈下降趋势，东部地区较为明显。调研的 24 个城市中，城维税用于系统外的支出由 1998 年的 18% 下降到 2002 年的 10%，其中东部地区城市从 1998 年的 16% 下降到 2002 年的 6%，下降的幅度超过中、西部地区城市（中部地区城市从 1998 年的 39% 下降到 2002 年的 36%，西部地区城市从 1998 年的 10% 下降到 2002 年的 6%）。如江苏常州市从 1998 年的 10% 下降到 2002 年的 3%。

（五）公用事业附加用于维护的比例约占 50%

对全国东、中、西部 11 个省 17 个市（按地区划分包括 6 个东部城市、4 个中部城市和 7 个西部城市，按规模划分包括 3 个省会城市、7 个地级市和 7 个县级市）1995—2002 年公用事业附加用于城市设施维护的调查显示，公用事业附加收入用于城市设施维护的比例平均为 46%，其中东部地区比例高于中、西部地区，分别为 74%、23% 和 14%，地级市比例高于省会城市和县级市比例，分别为 81%、49% 和 10%，部分中、西部地区城市由于管理不善，公用事业附加用于城市设施维护的比例较低，如四川成都

市公用事业附加平均每年用于城市设施维护的比例只有9.6%。

四 城市维护资金的管理

目前我国城市维护资金的管理主要由各级财政部门按照国家有关法律、法规和规则的规定，负责城市维护资金的筹集、征收、监督和管理。在征收过程中，城市维护建设税由各市（县）地税部门和财政部门制定征收计划，由地税部门负责征收入库；城镇公用事业附加由各市（县）财政部门和各公用事业相关单位制定征收计划，由各公用事业单位代征入库。

城市建设维护资金由财政实行专项预算分级管理，将城市建设资金统一拨入"基本建设专户"进行分账核算。在使用管理程序上，目前存在着两种方式：

1. 城市维护资金由建设主管部门编制年度使用计划，财政部门审核拨付。城市建设主管部门负责城市建设规划，根据"统一规划、分步实施"的原则，按照先维护、后建设的重点和顺序提出年度城市建设维护项目计划报同级财政部门，财政部门根据年度财政收支情况及可用财力情况会同城市建设主管部门共同研究确定年度城市建设维护项目计划，编制城市建设维护计划项目专项资金支出预算报经市政府、市人大审查批准后组织实施。年末由市审计部门或委托中介审计机构对资金使用情况进行年度审计。

2. 1996年开始，部分城市实行所有城建资金由财政部门负责筹集、分配、拨款、审查制度，使用时由财政部门提出年度城市维护资金的总量，由各用款单位直接对财政部门报送年度收支计划，由财政部门统筹平衡，经人大批准后，直接拨款到用款单位的管理体制。

目前各地城市维护资金在征收时，虽然征收计划由建设部门会同财政部门编制，但是由于城市维护资金按照收支两条线管理，两项资金收入直接进财政专户储存，而公用事业附加中的邮电附加、供电附加等涉及建设系统之外，部分城市建设部门对城市公用事业附加等收入不易掌握。在使用过程中，两项资金作为城市政府的可用财力，由财政部门统筹使用，虽然基本上能用于城市设施维护，但仍存在挤占现象。

第二节 城市维护资金存在的主要问题

一 城市维护资金缺口逐年增大

城市维护建设税的开征，使城市维护有了稳定的资金渠道，城市脏、乱、破现象得到有效治理，城市公用设施严重"欠账"的局面有了很大改观。但由于城镇化的快速发展，城市新建设施增长很快，除原有设施需要不断更新维护外，90 年代新建的设施也即将进入大规模维修期，而城市维护建设税增长远跟不上建设的发展速度，城市公用事业附加也将于 2005 年停止征收，因此，城市维护将面临着资金缺口逐年增大的难题。

（一）城市维护资金严重不足的表现

1. 城市维护资金增长远远低于设施量的增长

1995 年以来，随着城市固定资产投资的增加，我国城市公共设施逐年增加，公共绿地面积从 1995 年的 93985 公顷增加到 2002 年的 188826 公顷，增长率为 100.9%；城市道路面积从 1995 年的 164886 万平方米增加到 2002 年的 277179 万平方米，增长率为 68.1%；城市排水管道长度从 1995 年的 110293 公里增加到 2002 年的 173042 公里，增长率为 56.9%；城市防洪堤长度从 1995 年的 18885 公里增加到 2002 年的 25503 公里，增长率为 35.0%（见图 7.3）。2002 年我国城市维护资金收入总计为 365.9 亿元，维护资金收入中除去用于国定资产投资、行政事业单位人员工资和福利外，真正用于设施维护的资金有限，全国平均仅占 30%，而西部地区仅占 8.8%。

1996 年以来全国城市维护资金支出占城市维护建设资金支出的比例逐年降低，从 1996 年的 24% 降低到 2002 年的 12%（图 7.4），其中 2002 年实际用于维护的资金仅占 87%。

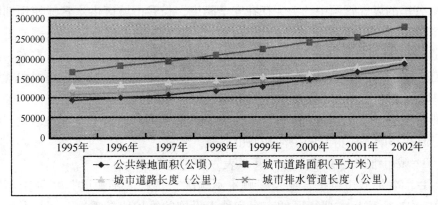

图 7.3　1995—2002 年我国城市部分公共设施增长趋势

资料来源：建设部综合财务司：《中国城市建设及统计年报》（1995—2002 年），中国建筑工业出版社 2002 年版。

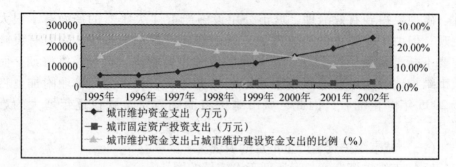

图 7.4　1995—2002 年我国城市维护资金支出变化趋势

资料来源：建设部综合财务司：《中国城市建设及统计年报》（1995—2002 年），中国建筑工业出版社 2002 年版。

根据 1995—2002 年城市维护税与公用事业附加的关系测算，如果 2005 年公用事业附加停止征收，将相应使城市维护资金来源减少 15% 左右，相当于使城市维护建设税降低了约 1.5 个百分点。

2. 城市维护只能达到低标准维护或维护滞后

由于城市维护资金多年欠账，导致城市设施维护只能长期在低水平上运转，设施老化不能及时改造，近几年，这种现象有加重的趋势。各地在新建设施时注重高标准，甚至选用高级进口原材料或草种、树种等，但城市存量设施却由于资金困扰而长期采用低标准维护。表现为，城市道路交通功能普遍较差，路网、路面改造任务十分繁重；与居民生活息息相关的供水、供气、供热设施改造和维护滞后，供水和燃气管网破损率高，事故频出，如沈阳市 2000 公里的煤气管网中约 1/3 存在安全隐患，长春市城区供水管线使用期限在 50 年以上的占管网总长度的 43%，辽宁省 30% 的供暖设备设施需要更新改造，资金缺口达 52 亿元；东三省城市道路的待维护量高达 30% 左右，山东省青岛市到 2001 年 3 月止，长期无维护或低标准维护的城市道路面积就已达 418 万平方米，占道路总面积的 44%。城市市政设施维护长期低标准维护或滞后维护，严重影响了市政设施功能的正常发挥，加速了设施的老化、破损，直接影响人民群众的生活和城市形象。

3. 城市维护的覆盖面低，重"表"轻"里"

目前各地城市维护普遍是"顾主不顾次"、"顾表不顾里"、"顾上不顾下"，主要干道、主要街区的市容和地上设施的维护比较重视，而与居民生活息息相关的街道、里弄、住宅区内的道路、绿化和环卫以及城市的地下管网，却经常是年久失修，城市维护只能照顾到大面。如石家庄市纳入市政规划的支路平均路龄在 20 年之久，道路级别低，路下无排水管网，由于资金不足，城市道路只能本着保证大的主干道兼顾支路的原则支配资金，由于道路年久失修，地下排水管网陈旧或不通，如遇雨雪天气，就会严重影响居民日常生活，群众反映异常强烈。近几年，城市地下管网问题不少，供水管网漏损日趋严重，部分城市供水管网漏失率甚至达到 40%，远远超过了 12% 的国家控制标准。东北三省部分城市排水泵站、排水管道、燃气管网很多还是日伪时期铺设的，超期服役现象严重。辽宁省使用超过 50 年的管网占全部管网的 19%。城市维护滞后，不但制约了城市经济、社会的发展，也留下了大量安全隐患，吉林省长春市 2002 年连续发生几起燃气管网爆炸事故就是由于城市管网年久失修，超期服役所致。

4. 拖欠维护资金现象比较普遍

在旧体制下，很多大城市的市政、环卫、绿化维护队伍是事业单位，这些事业单位有的是全额拨款单位，有的是差额拨款单位。在维护资金不足的情况下，在许多城市，这些事业单位按照职能每年承担设施维护，但财政资金却不能及时拨付，长年拖欠，极大影响了维护作业职工的积极性，也影响了维护作业的质量和水平。

（二）维护资金缺口的主要原因

1. 城市政府"重建轻养"现象比较普遍

随着我国城市化进程进一步加快，城市人口的逐年增加，客观上要求城市提供更多的公用设施以满足居民生活需要，另一方面，与资金用于城市维护相比，通过固定资产投资新增加的基础设施更能体现城市政府的业绩、政绩，因此目前各地方政府在城市设施维护中普遍存在重建设轻维护的思想，对于城市设施维护项目，拨款程序繁琐，专项工程财务决算时间较长，造成资金不能及时到位，养护工作不能按计划进行。一方面城市维护资金严重不足，另一方面又有大量维护资金被用于城市新建设施的固定资产投资上。在城市维护资金缺口较大的情况下，这种安排与"先维护、后建设"的原则不相符，加大了城市维护资金的缺口。

2. 市政设施维护的单位成本逐年提高

城市维护费支出结构中，劳动力成本占 60% 以上，劳动力成本的提高导致城市维护单位成本提高。如青岛市 2002 年与 1995 年相比，维护人工成本平均增长 198%，仅此一项就使城市维护单位成本增长 119%。同时，物价水平的增长也是造成城市维护成本支出的重要原因。

3. 设施维护的标准等级逐年提高

随着城市建设水平的提高，以及近几年来各地方积极争创全国卫生城市、环保模范城市、园林城市、优秀旅游城市等，对城市维护设施需要进行大规模的改造，对城市维护设施的维护标准相应提高。

4. 城市维护费与实际需要相脱节

有的城市不考虑城市维护建设税的增长情况，也不考虑建设量的增长情况，维护经费支出一定几年不变，而维护量却逐年增大。如四川省成都市 1997—2002 年城市维护建设税入库收入年均增长 19%，而同期城市维护建设税用于城市设施维护的金额年均增长率只有 5%，个别年份甚至出现负增长。

二　城市维护资金收入增长缓慢

城市维护建设税是城市维护资金的主要来源，但目前城维税在计税依据、税率及征收方面均存在一些问题，影响了城市维护资金收入。

（一）城市维护建设税本身存在的问题

一是计税依据设计不合理，导致受益与负担相脱节。目前城市维护建设税以"增值税、消费税和营业税"税额为计税依据，与设施的享用程度无关，而且城维税与"三税"征、减、免、退、罚同步，造成一部分享受了市政设施服务的经营者，由于减免"三税"而不负担城维税；二是按［85 财税字第 069 号］文件规定，现行城维税只对内资企业征收，对同样缴纳"三税"的外商投资企业和外国企业暂不征收，致使境内的外资企业享用了市政设施而不负担城维税，也影响了城维税收入；三是城维税收入稳定性差且规模小，城维税依"三税"计税，受流转的制约太大，影响了地方收入，而且，由于"三税"本身受企业的生产经营情况变化的影响较大，因而以"三税"为计税依据的城维税不可避免地要受到影响，特别是，在拖欠流转税的情况下，城维税的收入也征不上来，因此，城维税收入增长普遍低于"三税"增长速度，且增长缓慢；四是随着分税制财政管理体制的施行，依"三税"计征的城维税，其征管水平受到增值税、消费税征管水平的制约，使城维税的征管难度增大，由于增值税和消费税由国税局负责征收，而城维税由地税局负责征收，在地税局不能确切掌握增值税、消费税的应纳税额即城维税税源的城市，加大了地税征管难度，而对于实行"定额定率"征收的个体户、私营企业以及承包租赁户，因国税、地税核定的营业额不一致，也可能造成城维税征管上的不规范性和税款的流失。

（二）城市维护建设税收入不稳定

正是由于以上城维税制度本身的原因，一方面造成城维税收入增长很不稳定，另一方面城维税收入与城市建设设施增长相脱节，且缺口逐年增大。90 年代以来，各地城市公用设施建设增长很快，而城市维护资金收入在城市维护建设收入中的比例逐年下降，维护养护能力远远跟不上实际的需要。2002 年与 1998 年相比，全国城市维护资金收入增长了 33%，而城市公用设施建设固定资产投资却增长了 122%，其中，城市道路面积增长了 34%、公共绿地增长了 57%，排水管网增长了 37%。

（三）城镇公用事业附加逐年减少

城镇公用事业附加征收的范围由过去的电、水、公交、燃气、电话等8 项附加，逐步缩减为电、水和公交附加，其余项附加已基本取消。由于公用事业附加开征较早，在征收中存在一些问题：一是资金流失严重，如有的代征单位漏征、欠缴和坐支截留附加收入，有的管理和使用单位挪用资金；二是各地执行政策不规范、不统一，如有的扩大征收范围，有的改变征收标准，有的则尚未开征附加；三是有关部门对城市公用事业附加的征收和使用意见不统一，这在一定程度上影响了城市公用事业附加的征收、管理和使用。

三 城市维护资金征收不足

（一）少数地方城市维护建设税入库率低

部分地区城市维护资金征收不足，根据 1995—2002 年城市维护建设税征收的调查显示，全国 12 个省 36 个城市中有 17 个城市城维税未完全足额征收（入库收入与应征收入之比小于 100%），其中黑龙江拜泉、湖南浏阳、陕西甘泉、湖北荆门四个城市城维税入库收入比例较低。在城市维护资金的征收过程中，各地相继出台一些减免相关费用等优惠措施招商引资，部分地区城市基础设施配套费等维护资金的减免随意性很强，未遵循一定程序，造成城市维护资金征收不足。城市维护资金的应收与实收反差很大，征收工作困难多，收不抵支问题严重。

（二）城镇公用事业附加征收中问题较多

公用事业附加作为城市维护资金的固定来源，在征收中也存在较多问题。

一是征收公用事业附加的依据过老。近年来各地经济快速发展，但各地基本都没有出台新的公用事业附加办法，征收的依据过于陈旧。例如江苏省目前征收公用事业附加执行的依据是 1964 年财政部《关于征收公用事业附加的几项规定》。40 年的文件至今一直未作调整，使公用事业附加的征收缺乏现实依据。

二是征收项目不统一。目前各地方城市征收的公用事业附加主要包括自来水附加、公共汽车附加、电话附加、民用照明用电附加、轮渡附加等。但这些附加并非每个城市都全部开征，有的城市只是开征了其中的一至两项。

三是征收时执行标准不统一。目前有些城市在征收公用事业附加时并未按照水价、电价、公交客票价格等的百分比来征收，而是按照固定标准征收。例如江苏省常州市目前执行的自来水附加仍为 1964 年的 0.008 元/吨，而目前常州市自来水价格已经达到 2.3 元/吨，附加只占水价的 0.35%。

四是附加征管关系不顺，征缴不力。在公用事业附加的征收过程中，由于体制不顺、多头管理，没有建立一套完整的制约手段，造成公用事业附加的征收不力。例如，目前部分城市的邮电附加未纳入财政统一管理，是否全额征收、是否主要用于城市维护，没有明确的渠道可查。各地虽然加大了财政检查、审计监督，但是由于体制混乱，效果不明显。

五是由于企业亏损造成的挤占附加收入情况。调查发现，由于目前大部分城市公交、煤气、自来水等公用事业企业政策因素亏损严重，部分企业直接用其代征收的公用事业附加返还以弥补其亏损，有些公用事业企业还直接挤占代征收的公用事业附加来弥补政策性亏损。

四　城市维护费承担了过多非维护义务

城市维护费应优先用于城市维护，但从使用情况看，一方面城市维护资金严重不足，另一方面又有大量资金被用于城市建设的固定资产投资或其他地方。

调查显示，1995—2002 年福建晋江市城市维护建设税用于非市政设施维护的比例高达 54%。江西省各城市在当年征收的城市维护建设税中除需上缴省财政 10%外，还要扣除教育 15%、防洪 10%，在剩余部分资金中，有 70%左右用于城市建设的新建工程，只有 30%用于设施维护所需的劳务和材料费等支出，实际仅占城维税不足 20%；1995—2002 年四川成都、黑龙江宁安、陕西神木三个城市公用事业附加用于城市设施维护的比例低于 10%（分别为 9.6%、2.9% 和 2.6%）。

全国 13 个省 22 个市 1995—2002 年平均每年城市维护建设税用于城市维护的比例仅有 30%，如加上用于消防等公共设施的维护，平均也仅占 40%左右。60%左右的城市维护建设税用于行业管理人员、科研事业单位人员和离退休人员的工资和福利，以及固定资产投资，这相当于城维税更多地发挥了一般财政收入的功能，而失去了目的税的功能，与城市维护需要的现实，以及建立城市维护建设税的目的都是不相符的。

五　城市维护资金使用效益较低

（一）城市维护资金的使用与管理脱节

目前大部分城市在城市维护资金的征收、使用和管理上形成了一套切实可行的运行机制。但也有部分城市在城市维护资金的使用管理上存在着管理不畅、体制不顺、专款未能专用、使用安排中透明度不高、城市维护资金被挤占等严重的现象。部分地区，实行机构改革后建设行政主管部门在城市维护建设资金管理工作中不能很好地发挥作用，不利于城市维护资金的有序管理。有的城市城建部门对城市维护资金的使用计划、分配、拨付、使用情况不掌握，但却要承担维护管理的责任，造成资金管理和维护养护作业管理的脱节，对城市市政设施的维护工作造成了被动。如吉林省自 1997 年以后，财政部门直接对城市建设维护税和公用事业附加费实行部门预算，由财政部门直接对桥梁、环卫、园林等各基层单位编制预算，城市建设的主管部门不再参与这些资金的计划安排工作，由于财政部门和建设主管部门缺乏必要的合作，在城市维护资金的使用安排上没有沟通，而财政部门不掌握城市建设行业的第一手资料，对城市建设情况不熟，在城市建设资金的使用和管理上一直存在着"管钱不管事，管事不管钱的现象"，难以使有限的资金得到合理的使用，城市维护资金被挪用和挤占的现象时有发生，影响了城市设施的及时维护。

（二）在城市维护体制上养人与养事不分

由于目前大多数的大城市维护体制，如市政道路维护、园林绿化、卫生保洁等仍是事业单位体制，城市维护资金的使用是养人与养事不分，经费按人员核算，钱随人走，无论管好管坏，都一样开支，不受经济利益制约，缺乏竞争机制，造成城市维护资金的使用效率低。

（三）对城市维护资金的使用管理缺乏监督、考核机制

许多地区对于城市维护费的拨付、管理、使用的考核和监督机制不完善，城市维护项目资金缺少全过程动态监管，缺乏对资金预算的评估体系。资金拨付到维护使用单位后，缺乏对资金的跟踪管理和严格监督。对维护资金使用的审计、效益的考核等，在标准掌握、考核程序、奖励办法等方面缺乏完备制度，往往流于形式。

部分欠发达地区由于财政困难，为维护城市稳定，截留、挪用、挤占城市维护建设资金情况严重，城市维护资金长期不能足额给付，城市设施长期失修、失养。如新疆等城市维护资金在管理方面仍然采取年初核定、年末算总账的老办法，没有彻底"包死"，使用中浪费现象十分严重，其中人员经费浪费的比例较大。

第三节　国外城市维护的经验及借鉴

城市公用设施的维护是世界各国普遍面临的问题，特别是在城市化进入相对稳定时期之后，城市新建的任务相对较少，而维护则需不断进行。本节着重就丹麦和瑞典两个国家城市维护的经验进行分析。

一　国外城市维护管理体制改革的动因

随着城市化进程的加快，各国城市基础设施规模不断增加，在原有的只依靠国有企业和财政收入进行城市基础设施维护和管理的体制下，城市基础设施维护资金不足和维护管理效率不高的矛盾已经愈来愈不适应城市经济和社会的快速发展。为了解决城市基础设施维护资金的不足和提高城市设施维护效率，20 世纪 70 年代以来，世界上大多数国家都对城市维护管理体制进行改革，改革的原因主要有：

（一）城市基础设施维护资金短缺，财政负担过重。城市基础设施维护主要依靠地方政府资金，地方政府在全国财政收入中比重不大，征税权力和征税面小，可动用的财力有限。随着城市规模的扩大，城市基础设施存量增加，从而需要更多的维持和维修费用，缺乏足够的运营费用不但会使大量城市基础设施无法提供足够的服务和产品，扩大城市基础设施供给和需求的缺口，而且还会使一批城市基础设施无法真正投入使用或迅速报废。同时由于大多数城市基础设施是免费或低收费供应，使其收费低于成本，因此需要政府对城市基础设施企业或机构给以数额巨大的补贴，很多国家愈来愈感到难以负担。

（二）城市维护资金容易受到各种政治因素和国家经济状况的影响，难以形成稳定的资金供给渠道。城市基础设施建设投资大，建成后仍需要正常的维护保养，这些都要求有稳定的资金来源。但是在政府预算体系中，城市基础设施维护资金容易受到多种政治因素和国家经济状况的影响而被随意削减，在城市预算中城市维护资金往往由于短期的财政困难而被忽视，这些都会影响正常的城市基础设施运行。

（三）由政府独立或主要承担城市基础设施运营、维护管理的模式，普遍存在运营效率低的现象。由于缺乏私人利益约束和市场竞争机制，主要由政府负责的城市基础设施运营维护效率低下，在保护环境、解决社会公平等问题上并未显出过多的优势。

（四）城市基础设施运营管理和维护失当，造成已有的城市基础设施高成本运营或报废加速。由于在政府预算中不适当地忽略了城市基础设施的维护和维修资金，使其缺乏必要的资金保证而陷入无法正常维护的困境。因为维修不足而造成道路毁坏、水泵失灵、环境卫生设施破损等，引起城市基础设施的服务能力丧失，产出下降。由于维护不足，许多城市基础设施的利用率低下。另一方面，在原有管理体制下，城市设施维护领域冗员过多，维护效率低下。

二　丹麦、瑞典两国城市维护管理的改革实践

在国外，凡是可以收费的城市公用设施都是由企业通过服务收费的方式对城市公用设施进行维护，对于城市道路、公园、绿地、路灯等不能收取服务费用的投资，主要是政府投资进行维护，政府投资的来源是各种税收。下面以丹麦的道路维护和瑞典的污水及垃圾处理设施的建设和维护为例加以说明。

（一）丹麦的城市道路维护情况

丹麦共有公路和城市道路总长七万多公里，分三级管理，国家运输部和省级政府管理国家和省级公路，城市（区）政府管理城市内的道路。国家公路主要指高速公路，有1700公里，承担了全国25%的交通量；省级公路约一万公里；市级道路六万多公里。

1.税收是道路维护资金的主要来源

丹麦道路维护资金的来源主要是与汽车及财产有关的各种税收。目前，丹麦大规模的公路、道路建设已经完成，如何维护好道路，使其经常保持良好的使用状况，是国家、省运输管理部门和城市（区）政府的重要职责。在丹麦，国家和省级公路的维护资金主要来源于牌照税（车价的20%）、燃油税（约5克朗/升，约占油价的63%），城市道路的维护资金主要来源于所得税，全国除了两座跨国桥外，没有收费道路。每年用于公路、城市道路维护的总预算是100亿丹麦克朗，其中国家运输局占20%、地方（包括省、市）占80%。道路维护资金主要用在两方面：一是用于道路系统的设施维护，二是与环保部门、教育部门、警察部门等合作，收集各地道路设施服务信息并对道路的使用状况进行评比。城市政府的道路建设维护资金由城市筹集50%，省补助50%。以哥本哈根市为例，共有370公里（500万平方米）城市道路，每年维护费用8000万丹麦克朗左右。

2. 城市道路维护实行科学决策

丹麦的城市设有专门管理一定区域内城市道路的工程师，其巡查发现道路上的问题，逐级提出解决问题的建议。小问题可直接请施工立即修理，大问题由市政府研究决定。城市（区）政府决定维修城市道路的依据，除管理工程师的报告外，更重要的是全国统一的"道路服务指数"。这个指数由道路上的裂缝宽度、其他问题、当年资金投入等参数计算而成，计算出的数据大小与路况成反比，即数值越大，路况越差，越急需维护。全国还会按"道路服务指数"对各地的道路情况进行评比、排名。

3. 在道路维护作业上进行市场化改革

在道路设施的维护方面，丹麦政府非常强调公私之间的合作关系，重视挖掘政府与私人部门合作的潜力，特别是需要融资时，注意与私人部门之间的合作。如丹麦运输部公路局每年安排20亿克朗用于道路维护，其中公路局只使用其中的10%左右，其他则全部是外买服务。

NCC是丹麦最大的一家道路建设维护公司，目前正与政府合作实行一项新的道路维护合同：即，由政府提出道路维护计划，包括维护多少道路及维护达到的标准（规定道路的平整度和摩擦力等要求），公司根据政府的要求，决定用什么样的材料满足道路的功能要求，并在合同期15年内承担全部道路维护责任，保证道路质量的完好。公司在合同头7年内集中投资并使用新型沥青铺路，使道路标准达到了一个更新和更高的标准，在后8年公司则不需投资，而政府在15年合同期内每年支付一定的费用。这样，对政府而言，可以在一次性投资不大的情况下，在短期内使道路质量有了很大的提高，对公司而言，由于长期合同的存在，可以先投资后盈利。这种合同的实施使丹麦道路更新速度加快，道路标准有了很大提高。

（二）瑞典的污水处理设施建设和维护情况

瑞典水处理设施建设起步较早，1860年建设了第一个自来水厂，极大地改变了城市居民的生活质量；1930年建设了第一个污水处理厂。到70年代，瑞典的污水处理率达90%以上，改变了过去污水直接向河湖水体排放的状况，保护了水源，同时，由于污水集中处理排放，因而减少了污水排放口，水质监督力度得到加强。

1. 供水和污水处理设施以公营管理体制为主

瑞典供水和污水处理设施全部由政府拥有，其中95%由政府管理，另5%是私人管理。为达到规模经济的要求，通常，瑞典的污水处理设施的建设管理分为两部分：一部分是污水管网设施，由各个城市分别建设和维护；另一部分是污水处理厂，为达到规模经济的要求，污水处理厂并不是每个城市分别建设，而是由多个城市政府合作以股份的方式共同建设一个区域性的规模较大的厂。

2. 污水处理设施维护资金来源以收费为主

瑞典污水处理设施的维护资金主要依靠污水处理费。瑞典的污水处理厂和污水管网的建设费用在早期由政府出资或补贴，日常运行费用和后期的扩建投资主要靠向使用者收费解决。哥德堡市居民用水每立方米水价为15克朗，水价由五部分内容构成：一是每立方米饮用水的价格；二是同样水量的污水处理费用，污水处理厂的建设费用分摊在其中；三是对每一个建筑一次性收取的固定收费，主要是承担管道建设费用；四是对每个业主征收的固定费用，主要是行政管理费用和换水表、寄账单等费用；五是处理雨水的费用，如果用户自己能够处理雨水，雨水处理费可以不交。在水价构成中污水处理费约占60%。如果污水处理厂需要新建、扩建或增加投资提高污水处理标准，费用仍需用户负担，通常要提高水价20%—30%，提价不需要听证制度，由城市议会讨论决定。此外，污水处理厂还通过资源的综合利用筹集部分维护资金，如哥德堡市gryaab污水处理厂出售从污水中收集的余热，每年可获利100万美元，出售沼气每年可获利100万美元。

3. 污水处理设施维护的决策机制

瑞典有一套科学的污水处理设施的维护决策机制。瑞典的污水处理公司每5年有一个维修计划，计划是基于收集到的管道运行方面的信息决定的，如管道的老化、爆裂、阻塞信息等，公司通过信息系统把这些信息收集起来，做成一个图，显示管道使用的材料和使用年限，决定在什么地方、什么时间需要维修。此外，瑞典各个大城市间有一个共同的管道标准体系，可以通过比较，看出哪个城市的管道有更多的渗漏现象，各城市的污水处理企业共享信息，共同研究解决管道渗漏的办法，以便减少投资。

三　国外城市维护改革经验对我国的借鉴

通过对瑞典和丹麦两国的考察，其城市维护资金的来源和使用的经验和做法对我国城市公用事业的发展有借鉴意义。

（一）建立稳定的公益性市政设施维护的公共财政支付渠道

瑞典、丹麦两国城市政府的职责非常明确，只负责管理与本地公民直接有关的社会公共事务（其中公共卫生由省级政府负责）。虽没有设立专门的城市维护建设资金，但其巨大的所得税收入（绝大多数居民缴纳的所得税占收入的1/3以上，最高的可达到78%），以及燃油税、财产税等税收收入保证了道路、绿地、公园等公益性基础设施发展的需要。我国绝大多数城市包括所得税在内的城市财政收入，在相当长的时间内不可能满足城市维护的需要。因此，在全面建设小康社会目标任务实现之前的相当长的时期内，必须维持我国目前的城市维护建设资金（税）制度，保证公益性基础设施的建设和维护资金需要，同时不断根据发展状况解决出现和存在的问题，扩大资金来源，满足日益增长的城市维护建设需要。

（二）污水和垃圾处理等设施维护费用主要来自使用者付费

用经济手段调整市政公用行业的发展是瑞典等国家的一条重要经验，受益者负担和污染者付费是重要原则。燃油税承担了道路建设的主要经费，污水处理费和垃圾处理费是污水处理企业和垃圾处理企业的投资运行的保障。向使用者收费，不但解决了设施建设和运行及维护费用，而且，通过收费标准的调整可以促使使用者达到诸如节约用水、减少垃圾、保护环境等公共政策目标，为实现城市的可持续发展奠定了体制基础。

（三）充分发挥市场机制的作用

由于历史的和体制的原因，在瑞典和丹麦形成了一套独特的基础设施建设和维护管理体制，道路维护、污水处理和垃圾处理以公营体制为主，但市场机制的作用仍然十分明显。在丹麦，虽然道路维护资金由政府投入，但其中90%的资金是通过招投标的方式发包给民间企业承担维护作业；不但在作业层面实行了市场化运作，在道路维护的融资上也进行了市场化创新。在污水处理和垃圾处理方面，政府并不排斥私营公司的发展，公营公司与私营公司共同参与市场竞争，合同都是公司生存基础和经营的基本条件，所有公司都必须遵守政府有关法律法规，接受政府监督部门的监督管理。

（四）维护实施实行科学化和民主化的决策机制

对道路及污水管网等设施的维护，都有一个科学化的评价指标和民主化的决策程序。如丹麦政府研究制定了一个道路设施信息系统，各城市每年对道路状况进行指标评定，指标设定在2.8—8之间，根据指标的数值，政府确定需要多少资金用于道路维护。如每个城市都有专门的工程师对道路的裂缝宽度进行测量，将所有裂缝宽度再加在一起，以及所有道路上的其他问题，输入计算机后算出一个数值，数值越高（5 以上）表示道路状况越差。次要路的完好应在 3.5 以下，主要路为 2.8 以下。用这个数值向市政府报告，这样即使政府管理和决策者不亲自去看，也知道道路的状况，这个信息系统在全国普遍使用，对及时、高效地维护道路设施起到了积极作用。

在新建道路、污水处理厂和垃圾处理厂投资的决策中，通常要实行公开的招标程序，建设规划要在议会、政府、居民、企业中广泛讨论，以保证建设的合法性和有利于保护环境等要求。

（五）政府之间、公私之间充分合作的机制

在保证充分发挥市场机制作用的前提下，在城市公用设施建设维护领域，瑞典和丹麦等国政府之间、公私之间也保持着充分合作的机制。这种合作既体现在政府与政府之间，中央与地方政府之间，也体现在政府与私营企业之间。由于城市公用设施的经营普遍有规模经济的要求，各个地方政府在建设这些设施时，通常从自然地域条件出发，依据水资源开发利用的范围和污水排放的范围，合作共同规划建设供水厂和污水处理厂，各地政府通过股份分配的形式，实现了区域供水设施和区域污水处理设施的共享，避免了重复投资和投资的低效与浪费，这对我国有重要的借鉴意义。

第四节　改进城市维护资金的使用与管理

对于城市的各类城市公用设施和公共设施，应根据设施使用的可收费情况确定维护资金的来源和维护责任，对于经营性设施的维护，应当由设施的经营主体负责维护，维护资金来源是使用者付费，政府和公众均有权对设施的维护情况进行监督和检查；对于不可收费的公益性城市公用设施和公共设施的维护投资是政府的责任，维护资金由财政支付，政府应当通过采购服务的方式，选择符合条件的维护人实施维护，政府要对维护资金的使用和维护状况进行监督和管理。以下所指城市维护费，是指公益性城市公用设施和公共设施的维护经费。

一　公共财政对城市维护具有支付义务

从长远的目标看，城市维护所需资金应由公共财政统一支付。2003 年10 月，中国共产党第十六届中央委员会第三次全体会议审议通过的《中共中央关于完善社会主义市场经济若干问题的决定》明确提出要推进财政、税收管理体制改革，建立健全公共财政体制。我们认为城市维护资金改革的长远目标是在财税体制改革后将城市维护费纳入统一的公共财政收支体制中统一安排。

公共财政是一种着眼于满足社会公共需要的经济活动或分配活动，公共财政的"公共性"主要体现在公共财政的使用目的的"公共性"，即只能用于公共目的，只能服务于公共利益；以及公共财政管理过程的"公共性"。社会公共服务的需要决定着公共财政的存在，决定着公共财政的活动范围和活动效果。因此，从这个意义上说，凡是应该由公共财政开支的项目，都应该在预算内安排开支。城市道路、桥涵、路灯、排水、防洪、消防等市政设施和公共设施的服务具有较强的公共性，其安全维护和有效管理对保证城市的正常运行起着极为重要的作用，与居民的生活息息相关，因此城市维护资金应纳入统一的公共财政收支体系中。

公共财政制度建立后，目前按支出功能编制的预算，将转变为全面反映部门所有收入和支出的部门预算；目前以多重账户为基础的资金缴拨方式的分散收付制度，将转变为以国库单一账户为基础、资金缴拨以国库集中收付为主要形式的现代国库管理制度；预算外收入将全部上缴国库，收支在部门预算中按预测和实际需要及有关标准统一安排，由财政部门平衡、审核，对预算外收入实行收缴分离管理，将预算外资金全部纳入预算管理；政府采购将成为预算支出的主要方式。根据以上内容，在统一的公共财政收支体制下，城市维护建设税作为目的税最终将予以取消，城市维护资金的支出在统一的财政收入中按需支出，城市维护资金的支出范围为城乡市政设施和公共设施的维护。城市维护资金的使用纳入统一的公共财政收支管理体制后，应根据城市维护的实际需要由部门预算统一安排，并纳入统一的公共财政使用管理监督体系中，彻底改变目前城市维护资金不足与使用效率不高的局面，有助于加大对城市公共基础设施的维护保障力度。

二　近期应对城市维护建设税作适当调整

设立城市维护建设税和公用事业附加专项用于城市维护和建设，是符合当前我国地方公共财政基础薄弱、城市维护建设资金缺口大的实际情况的。目前城市道路、绿地、供排水、燃气等设施的建设规模和速度发展很快，如果对新建设施不能及时地进行维护，将极大地降低城市建设的投资效益，不可避免地导致重复投资和建设，不但造成投资的浪费，而且将严重影响城市的正常运行，供排水和燃气管网等的破损如果不及时维修，甚至会对城市安全带来隐患。由于目前我国与城市公用设施享用程度密切相关的燃油税和财产税等尚未开征，以所得税为主的地方财政收入难以保证城市维护的需要，因此，确立和保障以城市维护建设税为主要来源的城市维护费，对于保证城市运行的正常秩序是十分重要的。

鉴于目前城市维护的历史欠账过多，城市运行极其脆弱，安全隐患不断积累，而作为城市维护费用来源的公用事业附加将于 2005 年停止征收，城市维护资金的缺口必将继续增大，为保证城市维护工作的正常进行，建议近期对城市维护建设税作适当调整。

1. 适当提高城市维护建设税税率。鉴于 2005 年底城镇公用事业附加将停止征收，建议从 2005 年起城市维护建设税分大中小城市分别从 7%、5% 和 1% 提高到 10%、8% 和 5%，以解决目前城市公用设施老化、失养失修严重以及新建设施增长过快的局面，避免公用事业附加停收后，影响城市维护工作。

2. 明确城市维护建设税专项用于维护，不再用于新建项目。城市维护建设税的用途应专项用于城市道路、桥梁、人行天桥、雨污水管道、公园、绿地、公共厕所、路灯、道路标志、信号灯、消防等设施的维护运行和管理，垃圾的清扫、收集和运输及其管理，污水处理、垃圾处理和公共交通的运营补贴。保证城市维护建设税用于公益性设施的维护和管理上，不再用于新增的城市固定资产投资和经营性设施的建设与维护。

3. 已经有明确经费渠道的行业不再列支。考虑到目前电力、水利等行业已经进行市场化改革，经费渠道较为明确，应当取消城市维护建设税用于电力和水利基金的有关规定。

4. 取消外资企业免交城市维护建设税的规定。以体现公平税负、合理负担的原则，做到应收尽收。

5. 中央集中的城市维护建设税通过转移支付的方式用于支持欠发达地区的城市维护。按照财政部 1985 年［财预字第 23 号］文件规定，铁道运输、人民银行和各专业银行总行、保险总公司等集中纳税的中央主管部门缴纳的城市维护税，作为中央预算收入，上缴中央财政，仍用于城市的维护和建设。建议这部分资金通过转移支付的方式，用于支持欠发达地区的城市维护，充分发挥专项资金的作用。

三 改革和完善现行城市维护资金管理体制

（一）修改和完善城市维护资金管理办法

城市维护资金是政府的财政资金，必须加强使用管理，提高使用效率。目前城市建设维护的管理体制和预算管理体制正在进行改革，如何适应新的形势，充分发挥市场机制作用，增加城市维护资金使用决策的透明度，提高科学化和民主化水平，有效地解决城建资金计划管理方式与推行部门预算管理职能交叉影响资金使用效率的问题，加强城市维护资金的使用监管等等，都是摆在当前需要迫切解决的问题。因此，在新的财政预算管理体制下，针对城乡维护工作的特点，需要做好以下工作，一是管理好城市维护单位的预算，根据城市维护工作的实际，严格按照部门预算的要求认真编制维护资金计划，本着"量入为出、勤俭节约"原则，严格按照"差额预算拨款"、"公用经费定额管理"、"零基预算"、"政府采购"等预算管理原则和程序，综合考虑，统筹安排；二是加强对城市维护资金使用的监督管理，保证城市维护资金不挤占、挪用，充分发挥城市维护资金的效用。需要建设部与财政部共同研究出台相应的管理办法。

（二）改革和完善城市维护资金管理体制

按照建立社会主义市场经济体制的要求，建立与政府行政体制改革相适应的城市维护资金运行管理体制，促进政府职能转变，加强政府的监督职能。

1. 城市维护资金保证用于城市公益性设施维护

目前大部分地区城市维护资金除了用于园林、环卫、路灯、道桥等公益性的市政设施的维护外，还要扶助公交、供排水、燃气、供热等经营性设施的补贴，同时还要担负教育、交警、消防、水利等行业的设施维护和中小型建设费用及一些专项费用，涉及行业和部门较多。今后，应当逐步将城市维护资金主要用于公益性设施的维护，在资金使用上，要建立政府采购服务机制，充分发挥城市维护资金的使用效益，政府对维护资金的使用实行严格监督，实现行业管理职能与设施维护作业行为的分离。建设系统的教育、科研、培训等机构向社会化运作转制，逐步减少政府的补贴。对于建设行政单位人员及事业单位中从事管理的人员应由财政部门统一解决经费，城市维护资金要保证城市维护需要。

2. 大城市做好城市维护资金使用的分级管理

大城市的城市维护工作量大，城市维护工作要根据维护设施的不同特点在各级政府间进行分工负责。根据青岛等城市的经验和做法，建议，市级城市维护费主要用于市级城市维护管理工作，具体由市建委会同有关部门编制使用计划，报经市政府同意后下达执行。区级城市维护费主要用于区管市政设施、园林绿化设施和环卫设施的日常维护和有关业务工作，计划安排要首先满足以上支出，然后才能安排城市维护的其他方面支出。具体由区财政在年初将下一年度本区城市维护资金预算控制数额下达给区建设部门，由区建设局编制使用计划，并按程序下达执行，同时抄报市建委。

3. 根据城市维护资金的使用性质分类做好使用计划管理工作

城市维护费分配使用性质分类包括：单位经常费、正常维护费及维护工程和专项经费。单位经常费主要是根据财政部门的定额进行核算，正常维护费及维护工程和专项主要是根据建设部门的定额进行核算，其中城市维护工程和专项将参照基本建设的程序加强管理。

单位经常费。由建设部门会同财政部门，按照有关标准和规定进行核算，严格控制由城市维护费安排经费的事业单位范围，并结合事业单位体制改革进行规范和理顺，事业单位内的专项费用，将参照城市维护工程和专项的程序加强使用计划的管理。

正常维护费。主要用于园林绿化设施、市政设施、公共环境卫生工作和环境卫生设施、交通设施、城市消防设施、防汛、承建业务等设施维护支出和业务支出。由各有关单位将有关工作量和业务量报送建设部门，建设部门加强组织审查。费用的安排应根据有关定额标准，结合招投标情况及资金可能合理确定，按程序下达使用计划并执行。

城市维护专项。主要用于城市维护设施的大修改造和设备更新，专用设备购置等。有关单位根据需要提报计划申请，建设行政主管部门要综合平衡后，会同有关部门确定实施的项目。有关单位按照规定编制项目预算并报市建委，由建设主管部门组织预算审查，并参照基本建设的程序下达投资使用计划。项目实施过程中，由有关部门提出资金需求，经市建设部门和市财政部门核定后，由市财政部门将资金直接拨付项目责任单位。项目完工后，有关单位要向建设主管部门提交项目决算，建设主管部门安排审查后，下达批复通知，并作为项目财务决算的重要内容。

对于城市维护预备费应根据每项资金的使用性质，做好使用计划的管理工作。

4. 建立城市维护资金使用报告制度

为了切实提高各地城市维护资金的使用效益，建议各地建立统一的城市维护资金使用管理报告制度，各级、各部门应定期将各项目的进度、完成投资、资金到位、资金使用等情况报告各地建委，并及时反映存在的问题，加强城市维护资金使用情况分析，不断优化城市维护资金使用计划管理工作，切实提高城市维护资金的使用效益。

5. 强化对城市维护项目资金的动态管理并建立考核验收制度

目前一些地区在城市维护项目实施中疏于管理，对项目完成后的考核验收流于形式。为此，要实施城市维护项目全过程动态管理，确保项目资金专款专用，杜绝挪用、挤占和浪费以及保证维护工作质量。在城市维护项目管理中可以借鉴城市建设项目实行监理制的做法，在一些较大的城市维护项目中引入监理公司，实行监理制，确保城市维护项目的维护质量。同时建立质量保证金制度，对没有通过考核验收的项目，保证金不再拨付给承担单位。

城市维护资金管理体制改革后，各级城市应形成一套透明、高效的维护资金管理程序，根据上海市的经验，城市维护资金管理程序建议如下：

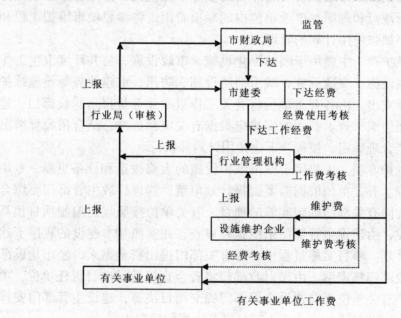

图7.5

6. 规范城市维护资金拨款程序

目前许多城市没有形成一套明确的维护资金拨款程序，各城市应根据自身城市维护工作的特性，按照项目的不同性质，制定拨款程序和额度，并在各级拨款部门尽力推行资金审核拨付承诺制。市城管专业部门和各区的单位经费及设施日常维护费，由各市财政部门根据城市维护资金计划按月度直接拨付给各专业部门和各区。对于城市维护工程和城市维护专项，应参照基本建设程序管理，由有关专业部门提出资金需求，经各市建设部门和市财政部门核定后，再由财政部门在一定的时间内将资金直接拨付给项目责任单位。

（三）改革城市公用设施维护体制

1. 建立统一、开放、有序竞争的城市维护作业市场

目前很多城市在"管养不分"的情况下，实行养护任务的承包和发包，这仍具有一定的垄断性，城市设施维护市场很难形成，反过来又维护了"管养不分"的体制。因此，必须实行政事分开、政企分开、管养分开、管办分开改革，原承担城市维护的事业单位要改成自主经营的企业，建立起开放的养护作业招投标市场，以政府采购的方式发包养护任务，彻底杜绝"管养不分"，形成进入城市公共设施维护作业市场企业多元化竞争格局，提高城市维护的质量和效率，降低维护成本。管理部门根据法律、法规、规章等的规定，通过公开的招标和发包，由符合质资要求的企（事）业或个人承担公共设施的维护工作，同时保证资金与任务量的平衡，企业、事业单位均在政府授权或委托的职责范围内行使权利、履行责任。

2. 对改制的企事业制定扶持政策

因地制宜地制定改制企事业单位人员的安置政策，妥善处置改制单位资产。市政公用企事业单位固定净资产，应首先用于支付欠缴的养老、失业、医疗等社会保险费，拖欠的职工工资、医疗费、改制时职工的经济补偿、离岗退养人员的费用以及涉及职工个人的其他有关费用。要制定设施维护的服务承包优先权等过渡期相关优惠政策，对原国有企事业改制单位进行适当扶持。

3. 推行各类设施的综合维护体制

根据各地的经验，城市的环卫、绿化行业有许多近似的地方，都是政府的社会公共服务行为，并且由于长期的计划体制，彼此在体制上、队伍组成上都有共同之处，遇到的改革难题也相似。由于人为的分割，造成行业分割和作业成本难以降低。上海市浦东新区已经开展了综合养护的试点工作，将路面上涉及市政、环卫、园林的养护任务整合起来，形成三位一体的综合管理和养护模式。这种方式通过实行跨行业养护，促进了统一市

场的形成，避免扯皮现象，既保证了质量，又降低了管理和养护的成本，同时发挥组合优势，提高了作业队伍的竞争能力，有效地推动管养分离改革。打破行业垄断，推行路面各类设施的综合养护对于城市维护资金管理体制改革有深远意义。

（四）重新修订城市维护定额标准

在市场机制下，质量标准体系是城市政府管理城市的一个重要手段，通过制定相应的作业质量标准，在政府采购过程中，可以通过招投标合同来选择企业和规范企业行为。

目前各城市建设行业的维护定额是80年代由各省建设厅主持测定的，有许多标准现在已不适用。建议建设部应对全国性的市政、公用、环卫、园林等行业的定员标准和对设施维修养护包干定额制定指导性文件，各地再因地制宜测定一个新的定额标准，按照市场化运营的要求和实际来重新核定，根据新的标准来确定城市维护资金的实际需求量，以需定支，积极推进城市公用设施维护市场化运营的进程。

在修订城市维护定额标准时，应充分考虑我国幅员辽阔、东中西部地区经济发展水平不同，南北地区气候差异较大的实际情况。例如对东北三省等高寒地区应结合当地实际情况给予充分的考虑，东北三省位于我国的最北部，气候寒冷、恶劣，每年近三分之一时间处在冻土阶段，对道路、桥梁、绿化、公交、环卫、供热等基础设施的破坏力极强，造成设施维护费用的增加和使用寿命的缩短，也加重了城市基础设施维护的费用，因此在确定维护定额标准、维护资金使用管理等方面等都应充分考虑，以减轻东北三省城市基础设施维护资金的压力。

（五）做好城市维护信息管理工作和相关维护管理考核奖惩办法

针对目前大部分城市不同程度存在城市维护资金管理效率不高的问题，各市应努力学习东部地区城市（如青岛等）的一些先进经验，培训相关人员，通过城市维护信息管理系统对城市维护设施、维护业务、维护工程和专项、维护工作标准以及维护定额标准等实行系统的、全过程的动态管理，切实提高城市维护资金使用计划管理水平。同时为建立市场竞争、激励发展、制度约束的城市维护管理机制，进一步加强城市维护管理工作，应抓紧制定城市维护管理考核奖惩办法。

本章小结

近年来，各地十分重视城市环境建设，城市公用设施量增加很快，城市面貌和人居环境有了很大改观，但是在一些地方"重建轻养"的问题比较突出，城市维护资金使用管理存在低效现象，由于城市维护资金长期存在缺口，旧有的存量设施更新、维护不足，使城市市政设施在运行中极其脆弱，在一些中小城市，由于城市维护工作不到位，存在城市道路坑洼泥泞、环境卫生状况差、地下水管漏失严重、污水排放不畅等现象。即使在较发达的特大城市，道路严重破损、雨后大面积淤水、地下管网爆裂等也时有发生；不仅如此，由于维护不及时，还使大量新建的市政设施加速折旧，造成投资效益浪费和严重的重复建设。城市维护滞后的重要原因是城市维护资金不足、管理缺位、重建轻养、维护资金承担了大量非维护义务等，改进城市维护资金的使用与管理必须明确公共财政对城市维护具有支付义务，对城市维护建设税作适当调整，改革和完善现行城市维护资金管理体制。

思考题

一、名词解释

城市维护资金　　　城市维护建设税　　　公用事业附加　　　公共财政

二、简答题

1. 城市公用设施维护的重要性？

2. 如何解决"重建轻养"的问题？

3. 城市维护建设税的作用及改革方向？

4. 如何提高城市维护资金使用效率？

三、论述题

1. 如何改进城市公用设施维护资金的使用和管理。

2. 有哪些国际经验值得借鉴。

阅读参考文献

1. 建设部课题："城市维护资金使用与管理" 2003 年。

2. 傅雯娟等："瑞典、丹麦两国的城市维护体制及对我国的借鉴"，载《中国建设报》2004 年 5 月 28 日。

3. 余池明、张海荣：《城市基础设施投融资》，中国计划经济出版社2004 年版。

4. 李军：《中国公共经济初论》，陕西人民出版社 1993 年版。

5. 余晖：《政府与企业：从宏观管理到微观管制》，福建人民出版社1997 年版。

6. 秦虹："城市市政设施维护的现状与政策建议"，载《长江建设》2003 年第 2 期。

7. 上海市建委计划处、上海市市政局城市经济处："上海市市级城市维护事业费使用管理改革方案研究" 2002 年。

8. 青岛市建设委员会："城市维护资金使用管理工作调研报告" 2003年。

9. 秦虹、钱璞："城建投资需提高规划决策水平"，载《城乡建设》2004 年第 12 期。

10. 中财办课题："城镇化发展过程中的基础设施投资分析与控制低水平重复建设政策研究" 2004 年。

第八章 市场化融资改革实践及案例

内容提要

● 城市供水行业是我国城市公用事业市场化融资进展较快的行业之一，外资和民营企业以 BOT、合资、合作等多种方式进入。

● 城市供热行业市场化融资刚刚起步，主要原因是计量技术不普及以及福利体制的延续等，改革必须在技术和体制两方面加大力度。

● 城市公共交通行业发展仍难以起到城市交通的主导地位，发展大运量快速公交系统，实行"公交优先"，加大政府财政支持和引导是解决大城市交通问题的必然选择，通过对原有国有公交企业改革，建立现代企业制度，实行特许经营等办法吸引社会各方力量投资，可以加快城市公交发展速度。

● 城市污水处理、垃圾处理和路桥建设都有成功的市场化融资案例，其中对原有事业单位进行改革，实行政府有效的补贴机制是创建市场化融资的必要条件。

在公用企业改革的过程中，关键是将改制、重组、引资的关系处理好、结合好。难题是国有资产的评估定价和人员的安置。前些年，一些公司也实行了改制，建立了董事会、监事会，但绝大部分企业的法人治理结构形同虚设，所有问题仍然是政府说了算，没有真正成为自主经营、自我积累、自负盈亏、自我约束的市场竞争主体。要解决这个问题，应将企业改制与引资相结合，允许非国有经济进入市场，实行投资主体多元化，由政府对企业进行资产授权经营，达到"产权清晰、权责明确、政企分开、科学管理"的要求，将政府的社会经济管理职能与国有资产所有者职能分开，明确国有资本出资人和经营者责任，建立完善的法人治理结构和内部管理，真正实行政企分开、政资分开。

第一节　城市供水行业改革

一　行业概况及改革原则

到 2002 年，全国系统内城市供水企业六百多家（不包括企业自备水厂），职工三十九万多人，年销售收入总额 237 亿元左右。2002 年，城市年供水总量 466 亿立方米，公共供水企业供水占全国供水总量的 66.5%，在大中城市，供水紧张情况基本得到缓解。2002 年生产运营用水量占总供水量的比例由 2001 年的 47.4% 下降到 44.8%，生活用水量达到 213 亿立方米，比上年增加近 10 亿立方米；城市用水普及率达到 77.85%，人均生活用水量 213 升。

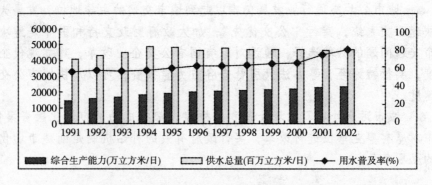

图 8.1　1991—2001 年城市供水能力变化图

资料来源：建设部综合财务司：《中国城市建设统计年报》（1991—2001 年），中国建筑工业出版社 2002 年版。

随着人口增长、城市化的进程和经济发展，我国供水市场将呈现出持续快速增长的态势。"十五"期间是我国供水行业迅速发展的时期。《国民经济和社会发展第十个五年计划水利发展重点专项规划》中提出，"十五"期间，全国新增供水能力 400 亿立方米，其中仅城市供水能力将新增 160 亿立方米。根据城市化趋势预测，2010、2030 和 2050 年，我国城市需水量将分别增加到 910 亿立方米、1220 亿立方米和 1540 亿立方米左右。

我国水务市场的巨大发展空间和良好的投资前景。在 2002 年国家计委、国家经贸委和外经贸部联合颁布的《外商投资产业指导目录》中首次"允许外资进入供排水领域，进一步放宽外商投资股权限制"，建设部 2002 年底下发的《关于加快市政公用行业市场化进程的意见》中提出"建立水业特许经营制度，允许国外资本、民间资本进入水业"。这之后，国内一些供水企业以各种形式积极地进行了产权制度的改革与探索，民间和外资资本纷纷抢滩中国水务市场，水务行业发展步伐明显加快，出现了一些中外合资合作的水厂、股份制水厂和包括供排水业务的水务企业集团。目前，包括全球最大的三家水务公司威利雅水务、苏伊士里昂水务和泰晤士水务在内，已有近 20 家外资水务公司进驻我国市场。与此同时，民间资本也向水务市场迈出了积极的步伐。但总体上，我国水务行业目前仍以国有企业占主导作用。

二　我国供水企业存在的主要问题

（一）供水企业体制改革相对滞后

我国城市供水企业由于其自然垄断和公用性，长期以来，绝大多数都是国家投资建设的国有独资企业，产权结构基本上是一种单一的国有产权。虽然目前有些企业开始对水厂的产权进行改革，但水务行业起步晚，市场化程度低，现代化的经营机制没有形成，城市供水企业政企不分的现象仍很突出。

我国水务行业特别是供水行业长期强调公益性，采取政府垄断经营的形式，政府直接参与企业的经营管理活动，以政策性亏损掩盖了企业的经营性亏损。2002 年，公共供水企业利润总额为 11231 万元，而国家对公共供水企业的财政补贴为 55478 万元。由于缺乏外部竞争机制，企业也缺乏成本控制、加强管理的内在动力，普遍存在竞争力不强、人员臃肿、经营效率不高、盈利能力低微、管理机制不灵活等问题。

这种单一的产权结构，也制约了城市水务行业的发展速度。由于政府一直是水务投资运营的主体，水厂和管网的建设主要受地方政府财政水平和预算的制约，水务行业投资渠道不畅，造成供水企业建设资金缺乏，水业的发展不能满足人口和经济发展的需求。我国西部地区 2002 年的城市用水普及率为 60.59%，污水处理率为 30.07%，其中污水处理厂集中处理率仅为 10.09%；在东部地区这些数据分别为 86.23%、46.07% 和 30.97%。

（二）供水企业成本不断上涨

目前全国城市公共供水突出的问题是城市公共供水生产能力不断提高，供水总量却呈下降趋势，城市公共供水成本增加较快。2000 年供水成本为 0.895 元/吨；2001 年为 0.9 795 元/吨，较 2000 年增长 9.44%。2000 年售水成本为 1.0 679 元/吨，2001 年达到 1.1 795 元/吨，较 2000 年增长 10.45%。造成这一现象的内在原因在于（1）部分企业生产能力过度超前，一些地区特别是一些中小城市供水设施投资缺乏约束，供水能力过度超前，设备闲置的现象比较普遍，造成供水成本剧增。（2）人员超编，机构臃肿，企业人力成本不断上升。（3）主副营业务不清。（4）管网漏损率严重。由于资金短缺或管网的漏失主要不是由供水企业而是由用户来负担，供水企业没有成本约束机制等原因，造成我国城市供水管网的漏失率较高。2002 年，公共供水企业有效供水量占供水总量的 84.8%，平均管网漏损率为 15.2%，有些企业的漏损率达到 30% 左右。（5）企业改制、合资过程中政府承诺的过高的固定投资回报率或净水采购价格，造成部分地区供水成本的畸高。

（三）价格机制有待进一步完善

一是部分地区水价仍然偏低。目前的水价制定和调整大部分以解决企业亏损、减少财政补贴为目的，不能体现对稀缺性资源配置的调控作用。居民感受不到水资源的紧缺，不能有效地刺激节约用水，水资源难以得到有效保护，造成了水资源浪费极大和低效率使用。由于水价偏低，低于供水成本，致使供水单位长期亏损，也不能形成吸引各方面资金进入水务行业的价格机制。二是水价计价方式需要改进。我国大部分地区的居民生活用水尚未实行按用水量分阶计价的方式，有的城市为了保证水厂的经营利润，还强制规定了用户每月用水底数等政策，不利于水资源的高效利用。三是水价构成不合理。水价中主要包括三部分：水资源费、工程水价、污水处理费，我国水资源费价格明显偏低，污水处理费的征收存在征收面小，征收率低等问题。此外，个别地区还存在乱收费和不合理加价等现象。

（四）适应社会主义市场经济的约束及监管机制没有形成

要实现水资源的优化配置，必然要实现水资源的统一管理。在我国水资源管理体制中，管理特征是"多龙管水"，水利、建设、国土资源、环保、市政、农业等部门均与水有关，管水、用水和治水分属不同的管理部门，没有实施水务一体化管理。受水资源分割管理体制和"行业立法"影响，涉及供水管理问题的不同部门政策、法规不尽一致。城市供水、节水、排水、污水处理回用等几个方面依然存在相互脱节问题，部门和地区条块分割的管水体制一直没有得到很好的解决。供水的不管排水，排水的不管治污，治污的不管回用，政出多门，人为的增加了管理成本，无法实现水资源的综合管理和联合调度。

三　供水行业改革的方向

（一）改革的具体原则

1. 城市供水改革必须有利于满足城市供水事业的发展和人民对城市供

水水质和服务水平的要求；

2. 有利于贯彻节流、治污与开源并重的城市供水需求管理的方针，实现城市经济的可持续发展；

3. 有利于按照社会主义市场经济的要求，建立适度开放的市场和实现有序的竞争环境；

4. 有利于城市供水行业的经济效益和社会效益的协调统一。

（二）改革的主要内容

1. 水价改革是城市供水改革的重要环节

我国城市水价偏低，结构不尽合理，一方面导致用水单耗过高，另一方面使多数供水企业处于亏损状态，影响企业的发展。因此要加大城市供水价格的改革力度，充分发挥价格杠杆在水需求调节、水资源配置和节约用水方面的作用。水价要充分体现资源的稀缺性，进一步理顺水资源费、自来水价格、污水处理再生水及各类用水价格的比价关系。要认真执行居民阶梯性水价、非居民用水超计划超定额加价制度，拉大定额外用水和定额内用水的价差，促进城市用水结构的调整。水价宜体现真实供水成本并有微利。居民的水价宜低于营业和工业用水。要按照分质供水、定额用水、差别计费、累进加价、分季计价的原则，逐步完善供水和水价制度，加大污水处理费的征收力度，促进城市节水和污水资源化的进程。

同时要建立和完善相应的保障政策，在水价上调幅度较大的情况下，对社会低收入群体采取适当的减免等政策，以确保低收入居民的基本生活用水不受影响，保持生活稳定。

2. 进一步深化供水企业的产权制度改革

产权制度改革，有利于激活企业内部管理机制，提高经营效率，促使企业按照现代企业制度的要求进行运作。从产权制度改革着手，走产权多元化道路，是供水企业建立现代企业制度的必由之路。

我国水业的发展模式应该是多样的。目前，一些供水企业已经以多种形式开始积极进行产权制度的改革和探索，有以国有企业为主角的地方政府投资或在国债支持下政府主导型的集团化模式，也有股份制模式，还有民间资本以合资、联营等方式控股的企业模式以及与外资合作经营模式。今后，城市供水企业产权制度改革将在一个更大范围、更高层面展开，应坚持产权结构多元化的发展思路，针对企业改制中存在的问题，进一步明晰产权，规范产权置换体系。成功的企业产权多元化模式，既有利于产权关系的改善，也有利于建立规范的法人治理结构，通过制度创新实现管理创新，构筑科学的现代企业制度。

对于国有控股企业，应按照国有资产管理体制改革和现代企业制度的要求，积极推进建立和完善国有资产出资人制度、投资风险约束机制、科学民主的投资决策制度和重大投资责任追究制度。企业内部管理应引入竞争机制，减员增效，竞争上岗。逐步实现供水企业"自主经营，自负盈亏，自我发展，自我约束"的目标。

3. 降低供水成本，提高服务是城市供水企业改革工作的主要目标

企业的管理水平和技术水平，不仅体现在是否达到改善水质和保证供水的目标要求，更体现在以相对少的投资和成本达到相同的指标。供水企业应积极挖潜，提高效益和节约支出。对工程资金投入要进行多方案技术经济比较，加强投入产出分析，务求以最少的投入获得较大的实效。供水企业要把科技进步和创新、提高企业员工素质作为企业发展的内在动力，提高企业科技含量，不断提升企业的核心竞争能力。管网改造将是现有供水企业今后较长时间的重要任务之一，运用先进技术，通过对净水设备和输配水管网的技术改造，把过高的管网漏损率降到技术经济合理的程度。

4. 实行"特许经营"制度，加快水务市场化进程，鼓励多种资本参与供水行业的经营

城市供水行业管理体制和运营体制要实现市场化取向的改革，彻底实现政企分开，政事分开。在供水企业中，推进建立现代企业制度，城市供水要实行独立核算，自主经营，自负盈亏，积极推进企业改制和内部改革。引入竞争机制，促进集约化经营，约束成本上升。

建立特许经营制度，允许国内外企业以多种形式参与供水和污水处理工程的投资、建设和运营。由于水业具有高稳定的利润回报率，因此对于民间资本的进入具有相当的吸引力，应拓宽利用民间投资的渠道，包括外国政府贷款和国内外资本市场融资。对于新建水厂可以采取 BOT 等项目融资方式，政府通过灵活运用投资补助、贴息、价格、税收等多种手段，起到引导和放大社会投资的作用。

5. 供水规划和建设运营要打破行政区域界限，鼓励跨区域经营

我国供水企业按行政区划供水的格局导致水厂"遍地开花"，有的地区一镇一厂，甚至一村一厂，这些水厂规模普遍较小，净水工艺、管理、服务等方面都处于很低层次，许多水厂水质很难达到国家饮用水标准，分散和众多的供水企业的存在不利于供水的规模经营和水源地的保护。

要打破供水的行政区域界限和城乡供水的二元结构，充分发挥现有城

市公共供水设施的能力，实行区域供水，特别要重视管网的规划和配套建设。鼓励有实力的企业实行跨区域扩张经营，整合供水资源。在新建供水设施的同时，应当规划建设相应的污水处理设施。在合理选择供水水源的基础上，制定水源取水口保护规划，关闭乡镇小水厂和工矿企业自备水厂。区域联网供水，不仅可以发挥规模效益，也有利于保护水源，提升地下水位。例如苏、锡、常地区由于采取了城乡联网供水等措施，68% 左右的地区地下水位明显上升，下降区面积仅占 2%。

6. 建立对供水企业及其服务的有效监管机制

基于供水事业自然垄断和公益性的特点，建立相应的监管体系与法律法规十分必要。由于对企业经营成本的信息不充分，在保证水质和服务水平的前提下，建立成本参照体系，加强对企业的成本进行审核，形成企业外部经济约束，也有利于物价部门监督水价的合理性。城市供水督察工作要实行依法管水，完善城市供水水质管理体系，协调原水监测和供水水质督察的关系。建立城市供水水质管理的信息化系统，对供水企业的水质进行公示，按照政企分开、监检分离的原则，加强行业监测和行政监督。

监督体系应当是多层面的，既有官方的行政监管机构，又有独立的监管组织，还要培育社会监督力量。例如对水质的监管应建立以独立公正的行政监管为主，行业检测和企业自测相结合的水质监督体系。监管既应针对特许经营者的经营、又应延伸到特许经营权的颁发过程。

四　供水行业市场化融资改革案例

案例一：我国第一家国际 BOT 城市供水项目——成都第六水厂项目

成都市目前已建成六座水厂，第六水厂分五期建设。一、二、三期（简称 A 厂）建设规模为 60 万立方米/日，已建成投产，四期（简称 B 厂）设计规模 40 万立方米/日，工程内容为：80 万立方米/日，取水口一座，2 公里引水暗渠（80 万立方米/日），40 万立方米/日，净水厂一座，长 27 公里（管径为 2400 毫米）清水输水管一根，材质为钢管，壁厚 16 毫米，经国际 BOT 招标，中标总投资为 1.05 亿美元。五期（简称 C 厂）规模 40 万立方米/日。

工程项目的建设采用国际 BOT 方式，公开招标，共有法国水务—日本丸红公司、乔治—肖特公司、苏黎世、日本三菱及克瓦纳等五家公司投标，由于法国通用水务及日本丸红株式会社联合体（简称 CGE）标书技术比较先进，如整个工艺停留时间较短，输水管道管壁较薄等，另外主要因为

CEG 报价最低，要求回报期很短，回报率低，因此由 CGE 中标。1997 年国家计委批准本工程作为我国第一个城市供水 BOT 项目，1998 年选定中标公司，与成都市人民政府签订了协议书，1999 年国家计委批准协议文本。

协议规定本项目建设期 3 年，2002 年 2 月投产。运营期共 16 年。运营期内，出厂水水价（及收购价）每两年递增一次，从第一年（2002）到第 16 年（2017）的为 0.88—1.46 元/立方米（未含水资源费及税金），到 2017 年后全部资产无偿交由成都市政府管理。由于成都市水资源费为 0.99 元/立方米，增值税及附加为 6% 和 0.6%，为本项目配套的工程收费为 0.68 元/立方米，整个工程建成投产后，向用户的综合售水价格为 1.71 元/立方米。回报率即内部收益率为中标单位内部控制指标，招标可研报告测算为 15%。

项目建设的整个过程由 CEG 来组织，工艺设计由 CEG 进行，由中国市政工程西南设计院配合土建设计，按国内的基建程序建设，除引进设备外，建设承包商为当地的公司，监理公司为北京市市政设计研究总院。整个建设过程比较严格，因而进展顺利。

评析：为了加快城市基础设施建设，我国政府积极鼓励外商来投资。除了利用国际金融组织和外国政府提供的中长期优惠贷款外，这几年各地积极探索 BOT 形式发展城市基础设施建设。成都第六水厂是我国第一家国际 BOT 投资建设的大型城市基础设施项目，是国内吸引国际资本采取 BOT 方式建设的成功尝试。该形式为改革城市供水行业的投资渠道提供了一个很有意义的借鉴。采用国际通用的 BOT 建设方式，不但引入了资金，而且引入了新的观念和先进的管理技术，不同程度地提高了职工的素质和管理水平。但采取固定回报和包销水量的做法，在新的水价机制尚未完全形成及对城市需水量预测不准的情况下，会给自来水公司带来整体上的亏损。如成都 BOT 水厂建成后，为保证外方经济利益，外方要求稳定售水量，因而在城市用水低谷时，可能要压缩其他内部水厂的产水量，结果将有可能导致内部效益下滑，另一方面，如果 BOT 水厂供水占整个城市供水比例太大，还要按原规模补偿外方，这种情况应当引起注意。

案例二：我国第一家国内民营 BOT 城市供水项目——长沙第八水厂项目

长沙市目前已建成七座水厂，供水总能力为 104 万立方米/日，1996 年，为解决长沙供水不足的问题，国家计委批准建设长沙市第八水厂，总规模为 50 万立方米/日，其中一期 25 万立方米/日，总投资 2 亿元，资金由地方筹措解决。

由于长沙市财力比较困难，缺乏足够的建设资金，当时市政府决定将第八水厂作为对外招商项目，准备采用利用外资 BOT 的方式建设，并先后与德国、法国、香港等多家投资商进行了洽谈。但由于谈判条件的分歧较大，主要是外商要求投资回报率较高（要求回报率均在 15% 以上），使引进外资投资成本很高，因而谈判均未成功，第八水厂项目处于"万事俱备，只欠资金"的困难境地。另外由于国家政策的变化，国内银行资金较多，利息较低，政府开始寻找国内投资者，1998 年初湖南长大建设集团股份有限公司（简称长大公司）决定投资建设运营第八水厂，项目得以重新启动。长大公司前身为长沙大托建筑公司，1997 年组建为大型集团化股份公司，是湖南省第一家进行股份制改造的乡镇企业，也是实力比较雄厚的民营企业，主要业务范围是建筑安装和房地产开发。长大公司全面分析了建筑市场发展趋势及公司自身的实力经验后，决定拓展业务，并选择长沙第八水厂这一由国家正式立项的大型城市基础设施项目。

　　经过与市政府 9 个月 16 轮的谈判过程后，1998 年 11 月，长大公司与长沙市政府正式签订了建设运营合同书，由长大公司建设运营长沙第八水厂一期工程。项目总投资 2 亿元，其中 1.2 亿元由长大公司自筹，银行贷款 0.8 亿元。建设运营期共 19 年，其中建设期 2 年，运营期 17 年。运营期内，长大公司负责制水，并保证水质，长沙市自来水公司负责定价销售，基准价格为 0.834 元/吨（随物价指数有一定的浮动），项目投资回报率为 11.9%，运营期满后，第八水厂无偿移交市自来水公司。该项目已于 1998 年底开工，2000 年 9 月底正式投产送水，提前两个月完成建设任务，目前出水水质达到饮用水标准，水质水量均达到了设计标准和合同要求，而且与同等规模的水厂比较，人员减少了，运营成本也相应降低。

　　评析：长沙第八水厂是我国第一家完全由民营企业投资建设的大型城市基础设施项目，是国内吸引民间资本采取 BOT 方式建设的成功尝试，其意义和效益主要体现在以下五个方面：一是增强了城市供水能力，极大地缓解了长沙市东南区域居民和工厂企业供水严重不足的矛盾，为长沙市向东南方向延伸拓展提供了基本条件；二是打破了长期以来社会资金不能参与城市基础设施建设的传统观念，改变了市政设施单纯依靠政府投资的旧模式，为鼓励和引导非国有投资进入城市基础设施领域，加快市政设施投融资体制改革提供了成功经验；三是第八水厂从建设到经营过程，完全按照市场机制运作，充分体现了民营企业灵活、高效、重质量、重管理的特点，从而推动了全国市政设施企业经营管理体制的改革；四是长大公司通过跨行业办实体，不仅实现了公司内部经营结构的扩展升级，而且也实现了良好的经济效益；五是向外寻求资金，眼睛不一定盯在外资上，由于种种原因，利用外资条件比国内融资更高，谈判更难。目前国内有实力的民营企业已经不少，完全有能力和国外公司竞争，关键是我们领导和有关部门要转变思想观念。长沙市从眼睛向外到眼睛向内，思想观念上是一个大的突破，值得各地参考学习。

案例三：青岛市自来水集团公司盘活存量资产

青岛自来水集团有限责任公司现有四个水厂：白沙河水厂、仙家寨老水厂、仙家寨新水厂、崂山水库水厂。设计最高日净水能力分别为 36 万吨，21.6 万吨，18.3 万吨，7.5 万吨，平均日供水能力为 68 万立方米/日。青岛市目前高峰用水已达 56.3 万吨/日。随着社会经济的发展和居民生活的需求，用水量将会不断增加。仙家寨老水厂（以下简称老水厂）净水能力为 21.6 万立方米/日，其供水规模是经建厂以来三十多年不断改造扩建逐步形成的，不同年代的净水构筑物均有布置凌乱，协同工作性差，且净水设施使用年限多已超过国家规定年限，能耗大，运行不稳定，供水安全性差，因此，水量和水质难以保证达到国家标准，其现状已不符合我市城市建设和发展的需要，重建老水厂已迫在眉睫。

近几年，市政府已投资 28700 万元建设仙家寨新水厂，若要重建老水厂，再由市财力投资会给政府造成很大压力。自来水集团有限责任公司与中法水务投资有限公司经多轮洽谈、多方考察和协商谈判，以白沙河水厂和仙家寨新水厂为主体与中法水务投资（青岛）有限公司成立中外合作经营企业。合作公司总投资 2.5 亿元，双方各占股份 50%，其中：注册资金 1 亿元，股东贷款 1.5 亿元，合作公司成立后我方可马上获得融资 1.25 亿元，自来水集团有限责任公司今后重建老水厂带来大量资金，节省政府财政支出。

青岛市自来水集团有限责任公司与中法水务投资（青岛）有限公司的合作方式及主要内容：

1. 合作形式：由青岛市自来水集团有限责任公司与中法水务投资有限公司共同组建合作公司。

2. 合作范围：青岛市自来水集团有限责任公司以白沙河水厂和已投产的仙家寨新水厂的资产作为投资，中法水务投资有限公司以港币现金注入作为投资。

3. 投资总额：2.5 亿元人民币。投资总额的 40% 作为注册资金，双方各占 50%，中方以资产注入，外方以现金注入。其余 60% 为股东贷款，双方各占50%，中方以资产贷入，外方以现金贷入。

4. 合作期限：25年。

5. 最低购水量的确定：青岛市自来水集团有限责任公司包购合作公司生产的饮用水，按照合作公司的两个水厂设计生产能力的75%—80%确定。即第一年为14782.5万立方米，第2至第5年每年增加197.1万立方米，第6年至合同期满每年供水量为15768万立方米。

6. 购水价格：起始水价为0.56元/立方米（不含原水费及增值税）。该水价按国家统计局公布的消费价格指数每两年调整一次；汇率变动超过±5%时相应调整水价。

7. 投资回收方式：1.5亿元股东贷款本息10年还清。其中本金由合作公司用折旧归还，利息进财务费用（利率按香港银行公布的优惠利率加1%）。其他投资以税后利润收回。

8. 固定资产的处置：合作期满，固定资产无偿交还青岛市自来水集团有限公司。

9. 付款方式：合同签约并经批准后，中法水务投资有限公司一次性将相当于人民币1.25亿元的港币汇入中方。

项目优点：

从双方洽谈的合作框架可以看出，该方案有以下优点：

1. 通过该项目盘活存量资产，可变现1.25亿元人民币交中方使用。

2. 经测算，整个项目的内部收益率为6.6%，中法水务投资有限公司投资的内部收益率为7.28%，融资成本较低，前10年可用折旧和税后利润归还全部股东贷款，后15年可用税后利润满足其投资回报，还款压力较小，经济上是可行的。

3. 最低购水量是按照合作公司的两个水厂设计生产能力的75.40%确定，留有余地较大。

4. 通过该项目可引进先进的制水技术和管理经验，提高青岛市供水企业的生产管理水平。

5. 该项目融入的1.25亿元人民币主要用于仙家寨老水厂的改造，减轻市财力投资压力。

6. 该项目中规定外汇汇率变动在±5%以内，水价保持稳定；当外汇汇率变动超过±5%时，水价需要调整，调幅为汇率变动幅度的20%。相对汇率风险较低。

通过对合作经营目的、必要性和经济效益分析可以看出，双方在水厂制水生产方面的合作，对青岛市自来水供应现状带来较大影响。除前面考虑的有利因素外，双方合作后对自来水集团有限责任公司来讲，制水成本按目前现状分析将增加3000万元。弥补途径可从以下两个方面解决：（1）在合作公司水价不变的前提下，通过股东贷款回收、贷款利息、利润分配，自来水集团有限责任公司前10年可从合资公司每年平均回收投资收益1 300万元。（2）可通过逐步调整自来水价格弥补。

评析：青岛市自来水集团有限责任公司与中法水务投资有限公司合作经营水厂的方案，不仅引进先进的生产技术和管理经验，而且盘活了自来水集团的优良资产，直接融资总额可达1.25亿元人民币，通过合资公司的利润分成每年还可收回比较可观的投资收益来弥补主业的亏损。同时，先进的生产技术和管理经验，将大大提高青岛市自来水的供水质量，提高城市居民的生活水平。利用外资搞合作水厂是解决资金短缺，提高我国供水企业技术水平和管理水平的一种较为有效形式。

第二节　城市供热行业改革

一　我国供热行业的发展现状

城镇供热是城市公用事业的重要组成部分，它直接关系到社会公共利益，关系到人们群众生活的质量。我国每年采暖地区的采暖期少则4个月，多的达到6个月。保障这些地区城镇居民的冬季采暖是事关城镇经济和社会发展与稳定的大事。

目前世界上供热模式主要有两种，一种是以城市和单元式建筑为单位的集中供热，另一种是分户独立家庭供热和热水系统。我国北方城市住宅冬季主要是采用集中供热方式，这是我国主要的也是在积极发展的供热方式。集中供热系统是指由集中热源所产生的蒸汽、热水通过管网供给一个城镇或部分地区生产和生活使用的系统，由热源、热网、热用户三部分组成。供热所用能源包括：煤炭、燃油、天然气、电能、核能、地热、太阳能等，目前国内供热系统绝大多数是以燃煤、燃气、燃油锅炉作为热源，热源供给的主体主要是热电厂和集中锅炉房。

我国的城镇集中供热始于50年代，党的十一届三中全会以后，尤其是国务院以国发（1996）22号文件转发《关于加强城市集中供热管理工作的报告》以后，城镇集中供热事业有了较大发展。截至2002年底，我国采暖地区（"三北"地区、山东省、河南省等共 15 个省、直辖市、自治区）有集中供热设施的城镇 304 个；全国城镇蒸汽集中供热能力为 83 346 吨/小时；热水集中供热能力 148 579 兆瓦；集中供热面积从 1990 年的 21 263 万平方米增长到 2002 年的 155 567 万平方米（其中住宅 107 975 万平方米），占房屋总面积的 40% 左右，年平均增长率约为 18%；供热年耗资近 400 亿元人民币；建成供热管道由 1990 年的 3 257 公里延长到 2002 年的 58 740 公里；供热行业固定资产投资额基本上逐年增加，尤其是近两年投资力度明显加大，2002 年达到 121.4 亿元，占市政公用固定资产投资总额中的 3.89%。城镇集中供热的建设和发展，在节约能源、减少污染、促进经济发展、改善人民生活等方面发挥了明显的作用。

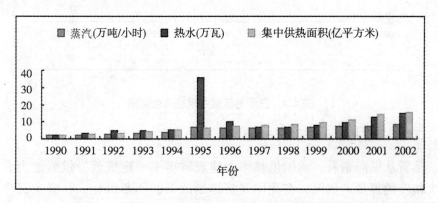

图 8.2　全国历年城市集中供热情况

资料来源：建设部综合财务司《中国城市建设统计年报》，中国建筑工业出版社 2002 年版。

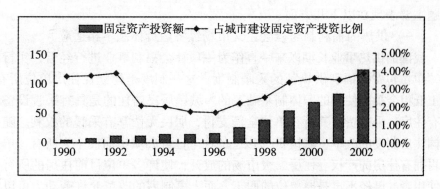

图 8.3　供热行业固定资产投资额变化图

资料来源：同上。

　　三北地区（东北、华北、西北）作为我国主要采暖区，其集中供热率基本呈逐年递增的趋势，但是增长速度较慢，1998 年有所下降，主要因为集中供热的面积增加幅度小于当年建筑面积的增幅。随着我国住宅产业的蓬勃发展，对于其配套服务设施——供热的服务能力和发展速度也提出了更高的要求。预计 2005 年三北地区集中供热率将达到 48%。

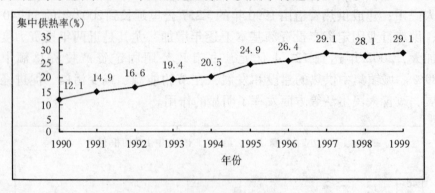

图 8.4　三北地区集中供热率变化图

二　我国供热事业改革势在必行

　　尽管从纵向来看，我国供热事业建设取得了一定成就，供热能力有了较大幅度的提高。然而，在我国经济体制改革的不断深化，社会主义市场经济体制逐步建立的过程中，原有的城镇供热体制并没有随之适时的进行改革，制约了供热事业自身的发展，导致了目前城镇供热的发展严重滞后于社会需求的发展，长期以来积存的诸多问题和矛盾已是积重难返。这些问题主要表现在以下几方面：

　　（一）供热的福利制与社会主义市场经济运行体制不相适应

　　我国的供热事业长期以来一直作为一项社会福利事业进行经营，实行的是"单位包费、福利供热"的采暖制度，这一制度是建立在住房单位所有、职工低租金福利使用的旧体制基础上的。城镇居民居住的是具有采暖设备的公有住房，采暖费由其所在单位全额支付，居民无偿享有采暖的权利。随着我国住房制度的改革，城镇 80% 以上的住宅已经归城镇居民个人所有，单位不再拥有住房的产权。住房二级市场的放开，使许多单位目前住房的所有者或使用者，已经不再是原单位的职工。而人事制度的改革允许劳动力可以在不同的经济实体间自由流动，一些职工虽然居住的是原有体制下通过福利分房获得的住房，但实际上本人已与原单位解除了人事上的关系。以上种种现实情况表明，采暖费再由单位统一支付已不合理。此外，还有一些经营效益较差，处于停产、半停产状态甚至倒闭破产的单位，已无力继续支付其职工的采暖费用，而职工自身也没有能力支付全部采暖费。

与过去计划经济相配套而形成的庞大的供热网络，在特定的条件下为保障人们冬季采暖、维护社会稳定和促进社会经济发展方面发挥了重要的作用，但是这一网络系统现在却成为了阻碍供热进入市场化经营的技术壁垒。我国原有的住宅楼的供热系统是垂直单管串联式供热方式，用户无法自行调控供暖量，外网也不能适应系统动态调节控制，只能以每栋楼为一个最小供热单位进行独立供热。用户在享受供热服务时，被牢牢捆绑在一起。目前，同一居民楼内的居民的经济状况有很大的差异，对供热费用的支付能力不同，加上一些由于种种原因而导致的无人居住的空置房的存在，居民难以在费用的缴纳上取得一致。供热单位是和作为一个整体的单位或物业公司签订合同的，由于这种计费方式的制约，当出现欠费现象不方便向欠费居民个人追讨时，如果正常供热，就不可避免的会出现"搭车蹭热"的搭便车现象，不仅给企业带来一定损失，也会给其他用户造成不好的示范效应。如果停止供热，就会把惩罚对象扩大到全体居民，造成"一家欠费、全楼株连"的现象，损害了那些按时缴纳采暖费用，却没有得到相应服务的住户的利益。有可能在下个采暖期这些人也不再愿积极缴纳采暖费，从而进一步加剧供需双方矛盾。

这种用热主体与缴费主体相分离的供热福利制导致了采暖地区热费的收缴难现象。大部分城镇供暖费的收费率都从 20 世纪 90 年代初的 90% 逐渐减少到现在的 60% 左右，并且还在呈下降趋势。其中，东北和西北地区的供暖费的收费率问题最多。截至 2002 年沈阳拖欠热费累计达 22 亿元、哈尔滨为 12 亿元、大连 2.6 亿元、齐齐哈尔 1.2 亿元。

（二）现行供热体制严重制约了供热节能水平的提高，污染和浪费现象严重

1. 供热设备的低效利用

由于城镇供热系统工程缺乏统一的规划建设与管理，供热设备与其服务范围不配套，"小马拉大车"或"大马拉小车"的状况普遍存在，此外还有大量分散的小锅炉房。由于缺乏资金，供热单位没有实力对供热设备及其附属设施进行大修改造，供热系统的老化，导致能源利用率不高，供热管道的不畅，跑冒滴漏现象严重，在输送过程中热量损失较大，造成了我国有限资源的巨大浪费。以哈尔滨、长春、沈阳为例，三个城镇房管局

系统供热锅炉超过 10 年以上运行，需大修或报废的占 60%，冬季供热期间，因设备事故而被迫停热或限热低温运行的情况屡屡发生。我国城镇供热的能源以燃煤为主，供热设备的低效利用，会释放出大量的二氧化硫、二氧化碳、一氧化碳和悬浮颗粒物等，成为影响城镇冬季大气环境的主要污染源。

2. 按面积计费的方式不利于节能

我国住宅的附属设施水、电、气等早已按供需双方直接交易计量收费，而由于技术和体制的制约，现行取暖费的收缴标准一般是以建筑面积或使用面积为单位计算。这种计量方式主要存在两方面的缺陷：一方面，这一计费标准不能准确地反映出供热作为商品的实际价值量。例如，我国目前的供热系统具有温度不可调控性，不同位置的房间的室内温度往往存在着差异，例如有的能够达到 22℃，而有的房间只能达到 16℃，付出了相同的费用，却不能得到同质量的服务，对于用户而言，这种计费方式是不公平的。另一方面，按使用面积收取的热费与热量消耗无关，这种热费与热耗相脱节的买卖关系，会使采暖用户缺乏节能的意识和积极性。从技术方面来看，目前室内采暖系统缺乏温度调控的功能，用户不能根据需要自行调节室温，当房间温度较高时，只能开窗散热，白白造成了热量的丧失。

建筑的保温隔热和气密性能差，也加剧了热量的浪费。采暖能耗是建筑能耗中最主要部分，也是浪费最严重和节约潜力最大的部分。我国住宅建筑单位面积的采暖能耗为相同气候条件下发达国家的 3 倍，采暖能耗占全国建筑总能耗的 55% 以上，为采暖地区社会能耗的 21.4%。虽然从"八五"开始，建设部就组织了提高建筑保温隔热性能和采暖热能利用效率的技术攻关，开展了住宅墙体、门窗和室内采暖系统节能技术改造的试点工作。依据《中华人民共和国能源法》和《中华人民共和国建筑法》，建设部于 1999 年制定了《民用建筑节能管理规定》，2002 年制定了《建筑节能试点示范工程（小区）管理办法（试行）》，同时还制定了一批建筑节能技术标准和规范，在推动各地建筑节能工作方面发挥了一定作用，并且已经有了一定成熟的节能技术，全国各地也建设了一些节能示范工程，然而采暖能耗仍然居高不下，节能建筑不节能的现象十分突出。建设部组织有关人员对我国北方地区和部分过渡地区的建筑节能工作进行的检查结果表明，能够达到采暖建筑节能设计标准的建筑仅占城市既有采暖居住建筑面积的 6.5%，除北京、天津等地外，目前建筑节能仍然停留在试点、示范的层面上，尚未从试点扩大到整体推进。①造成这种状况的主要原因之一就是现行的采暖收费制度不合理，缺乏必要的市场需求动力使这些节能技术进入良性循环和不断发展创新的阶段，开发商缺乏建设节能建筑的积极性。

3. 投资缺口大，供需矛盾突出

1986 年 12 月 8 日，国务院批转城乡建设环境保护部、国家计委《关于加强城镇集中供热工作的报告》中提出采取多种渠道解决城镇集中供热的建设资金：一是地方自筹；二是受益单位集资；三是城镇维护建设税适当补助；四是国家节能投资补助；另外，国家还采取一些贷款优惠政策，扶持城镇集中供热的发展。此后我国供热事业有了一定的发展。

尽管十几年来国家对于集中供热投资的资金总量与过去相比有了较大幅度的提高，但与需求相比，投资相对水平一直不能满足需求的发展速度。原因在于长期以来，我国供热行业具有一定的行业和地域的垄断性，城镇供热基础设施建设主要依赖于国家的投资，一些外来资本难以进入这一领域。随着我国城镇化的进程的加速，城镇人口和城镇规模迅速膨胀，对供热事业的需求迅速增加，而目前较为单一的投资渠道造成的资金短缺难以弥补需求的巨大缺口，城镇供热基础设施的建设始终滞后于城镇需求的发展，虽然几十年来建立了一定规模的生产设施，但供热能力存在总量上的不足。

表 8.1　　　　　　　　　　我国不同时期集中供热投资额状况

年　　代	城镇建设固定资产投资总额（亿元）	集中供热投资额（亿元）	集中供热点占城镇建设固定资产投资总额百分比（%）
"七五"时期	511.8	14.3	2.8
"八五"时期	2449.5	55.3	2.3
"九五"时期	7050.4	199.5	2.8
2001 年	2351.9	82.0	3.5
2002 年	3123.2	121.4	3.9

资料来源：建设部综合财务司《中国城市建设统计年报》，中国建筑工业出版社 2002 年版。

由于供热费用缺口较大，采暖费的拖欠日益严重，加之水、电、煤等原料的价格的上升使得供热企业的经营成本增大，造成我国供热企业大多

---

① 建设部建筑节能中心："促进我国建筑节能工作的建议"。

不景气。一些中、小供热单位无法进行正常的燃料储备和系统设备维护，不同程度地影响了冬季正常供热。为了降低成本，一些企业采取了缩短供热时间、低温运行办法。但是这种低质的服务不能满足居民对采暖质量的要求，因而不愿缴纳采暖费用，而采暖费的拖欠，又会进一步加大资金缺口。由于缺乏足够的资金保障供热企业正常的生产和发展，企业服务能力进一步下降，城镇供热陷入了恶性循环之中。

每年冬季的供热都是当地政府极为重视的工作之一，保障当地城镇居民冬季采暖是事关城镇经济与社会、发展与稳定的大事。为了不影响城镇居民冬季的日常工作和生活，政府每年都要拿出巨大的财力、物力为供热单位提供支持，暂时缓解需求矛盾，也因此而背上了沉重的财政负担。在2002年，国家对热力企业的财政补贴为 5.54 亿元。

4. 城镇供热行业改革滞后，缺乏竞争机制，服务质量较低

集中供热具有区域性和管网唯一性，属自然垄断性行业。在计划经济条件下，我国供热行业不仅具有自然垄断特征，更主要的问题在于行政垄断性。热电厂和供热公司长期以来是由政府投资建设、财政补贴运营的，大多隶属于当地政府。企业的生产经营，尤其是涉及较大的投资和经营活动一般由政府安排，企业缺乏真正的自主经营决策权。热力公司作为各个城市供热的独家经营企业，具有行政垄断的特征，没有竞争对手，也就没有改善服务质量的动力。

目前在我国国有供热企业改革严重滞后于我国市场化改革的进程，除少数几个企业按照现代企业制度要求进行了改制外，大多数国有供热企业仍沿袭改革开放前的计划经济体制，在产权制度、经营机制、用工制度等诸多方面都还没有实现根本性改变，存在着政企不分、权责不明、管理粗放、经营机制僵化等问题。热电厂和供热公司的垄断性经营使企业缺乏激励机制和创新意识，严重制约了企业经营管理效率的提高。并且政府对于供热企业的财政补贴容易助长企业的依赖心理，也掩盖了企业在管理上存在的一些问题。这种行政垄断性也阻碍了愿意投资城镇供热的单位和企业进入这个行业，进一步造成供热成本居高不下，加重了居民和政府的负担。城镇供热长期沿袭部门分割、分散管理的模式，开发一处，新建一处小锅炉房，新设一个供热企业的现象十分普遍，这些供热单位建制不全，管理混乱，短期行为严重，也扰乱了供热行业的发展。

5. 由于垄断，政府难以寻找到企业真实成本

供热价格的定价方式是由供热体制决定。由于我国现行供热体制是由

大型热源厂和热力公司形成的两级垄断，在供热价格上表现为两级热价制：一级是大型热源厂卖给热力公司的热价，表现形式为热量价格；一级是热力公司卖给热用户的热价，表现形式为每平方米的价格。

由于供热的自然垄断性，决定了供热价格应由国家定价或受到国家的价格管制。国家在制定管制价格时，一个重要的依据是企业的经营成本，但是由于信息和知识的不对称以及缺乏外部竞争，垄断企业上报给政府的成本资料是低效成本，甚至是虚报的成本，政府很难找到供热垄断企业的合理成本线，因此，政府制定的供热价格是与低效成本线相对应的，供热价格很可能是建立在供热企业的低效成本外加虚报成本之上。

虽然集中供热管网具有较强的自然垄断性，并不意味着通过管网这个载体提供的其他服务也具有自然垄断性质，例如供热管网是自然垄断的，但热源厂却可以是竞争性的，厂商在进入管网建设、经营时也是可以竞争的。但是，目前我国供热企业建设经营基本上是垄断性的，政府难以找到企业的真实、有效的经营成本。因此，应当在各个环节，包括热源厂建设、供热管网的建设和经营时，引入竞争。只有在竞争的市场条件下，才能迫使企业从提高技术水平和提高效率入手，不断使成本合理化，最终达到降低成本和降低价格的目的。

三　国外计量供热的经验

在国外尤其是欧洲，也经历了能源从浪费到节约的一个发展过程。20世纪70年代末出现的能源危机以及能源消耗加重环境污染，欧洲国家纷纷开展节能运动的背景下，供热体制经过近30年的发展，已经形成一套较为完善的制度。1993年，欧盟发布了SAVE导则93/76/EEC，要求成员国通过提高能效减少二氧化碳的排放，并贯彻实施供热、空调和热水按照实际耗热付费等计划。

在西方国家，热量从主要是以商品形式进入市场的，70年代的能源危机促进了这些国家供热计量技术与管理的发展。德国、丹麦、法国、波兰等国家通过对原有集中供热系统的改造，逐步建立起分户计量的收费体系，通过提供设备和建设的低息贷款，或对用户实行减税等优惠政策来推行热计量收费的实施。对于热费的收取，欧州国家普遍采用这样的方法，即将总的供热费用根据每个楼的总热表读数分摊到各个楼，然后再根据各户的热分配表把各个楼的供热费用分摊到各户。对采暖收费方法也作了明确规定，30%—50%为按建筑面积计算，50%—70%按消耗的热量计算。为了实现房间内温度舒适的自动控制，每组散热器还安装温控阀。在欧洲德国安装户内热量表的比例最高，目前已达到75%—80%。

在欧洲，供热站由业主集资修建，供热站的经营是为了向业主或用户提供服务而不是以赚钱为目的，业主代表有权进入供热公司董事会，监督供热公司的运营，供热公司总经理受聘于董事会。热计量收费法规大都由政府能源主管部门制定颁布，如波兰由能源部、芬兰由贸工部能源司、匈牙利由政府能源委员会制定。在丹麦等国家，虽然收费系统多种多样，但在收费款项、数额等方面，都比较透明。下面具体介绍德国、丹麦、法国和波兰的计量供热发展概况。

（一）德国计量供热情况

德国主要的供热方式为热电联产。德国早在1981年就颁布了关于热费的规定（根据国家1976年节能法），要求在所有新建和现有多层建筑的公寓中安装分户热计量装置，住宅按照计量的热耗付费，但没有规定强制性技术。东西德统一后，上述法令修订版要求前东德的多层住宅在1995年前必须安装热计量装置。目前约98%的公寓住户根据计量缴纳热费。

原东德城市供热也是按面积收费，为了实现按热量计量收费方式，对原室内的采暖系统进行了改造，改造资金的来源由西德能源服务公司投资70%，房管部门从房租中出30%，将投资计入供热成本，通过热价补偿，偿还年限不超过五年。热计量主要采用按楼计量，按户分配热量的方法，即将总的供热费用根据每个楼的总热表的读数，分摊到各个楼，然后再根据各用户热分配表读数把各楼的供热费用分摊到各户。为了保证供热费用分摊的公平合理，在单户计量装置不一样、建筑物类型不一样、建筑物用途不同时，都必须安装计量总表。用计量总表的方式将同类用户组区分开来，目的在于计量读数的修正。

按户分配的采暖费收取方式上，主要采取按用热量收费，同时考虑建筑面积的收费方式，以避免热量互导等情况带来的计量误差。基于这种考虑，热费由两部分构成：一部分为住户实际消耗的热量费，即热分配表的读数，这部分费用是浮动的，约占费用的60%—70%；另一部分为固定费用，即为基本消费的取暖费，取决于住宅面积，约占30%—40%左右。规定固定费用的意义在于保证供热站简单的再生产，减少中断供热的风险。影响固定费用多少的因素主要有公共建筑部分，用热与不用热墙壁的传热，热网建设投资，楼层位置和房屋朝向等。在计量成本过高、用户不能控制热、利用余热的地方以及养老院及一些公用房间等带有福利性质，可不按计量收费。生活热水按热水表计量收费，欧洲的城市大都全年24小时热水提供，事实上，集中供热水也是能源利用效率最高、最经济的供热水方式。

（二）丹麦计量供热情况

丹麦地处北欧，气候寒冷，1月平均气温0℃左右，7月平均气温17℃，年平均气温为8℃，其采暖期从9月末到第二年5月中旬为止，有近8个月的时间。区域供热是丹麦积极发展的供热模式，目前已有60%的建筑面积采取区域供热方式，其中热电联产又占区域供热的60%以上。其区域供热和热电联产政策管理由环境与能源部能源司负责。丹麦在集中供热和热电联产方面实行的是有计划的市场经济方式，1981年，国家制定了集中供热的法规。城市的供热规划由中央政府批准，强制实行区域集中供热，不搞竞争，从法律上解决了热电上网问题。在1990—1995年政府批准建设的150万—200万千瓦新建电厂全部为热电联产。丹麦政府在供热小区中，对热电工程给予低息贷款等优惠政策，并对住房节能改造给予补贴。丹麦的热力网和热力站都有公众的投资，供热价格也由公众控制。

丹麦的家庭采暖经历了从按建筑平方米收费到按流量收费，又到80年代的按热量收费三个阶段。1996年颁布的计量供热收费政策法规中明确规定现有建筑物应于1999年1月1日前安装热计量装置，热量表和热分配表应符合有关标准。为了提高供热系统的效率，在整个采暖系统中的其他部分，如热源、输配管网中也配有计量装置。计量和收费方式的变革、计量设备的改进大大提高了热用户的节能行为，从1970年到2000年间，丹麦的室内采暖总能耗降低了50%，与此同时建筑物的总采暖面积增加了45%。热计量方式有分户热量表计量及整栋楼用热量表加分户热量分配表计量两种情况，由中介能源服务公司根据热表提供的数据计算热费。整个供热系统的管网运行根据用户需要不断变化及时自动调节，属于动态变流量系统。

丹麦热费一般由两部分构成：固定热费与可变费用。

（1）固定热费的构成包括：入网费，在线服务费，固定费用。入网费是由各用户向供热系统缴纳的连接到供热系统上的费用，费用多少按照用户实际系统要求的能力确定（根据建筑物的面积、热损失计算、供热面积或按照实际供热能力需求确定）。在线服务费是用于区域供热的管网至热用户之间的设备及其运行维护，热量表的安装费等固定费用是热用户支付的运行及维护成本，与实际耗热没有直接关系，固定费用可根据建筑物内安装的系统能力或供热面积为基础确定。

（2）可变费用主要包括实际消耗的费用等。实际消耗费用包括所有与产热数量或从供热公司外例如热电厂购买的与热直接相关的费用。包括燃料费、购热费、泵用电费、补水费、水处理使用的化学药品费，其他与生产热或购买热有直接关系的费用以及供热系统输配过程中所产生的费用。消耗费用的计算是根据每一独立热用户的热计量进行的，对住宅小区可在小区建筑物的热力入口处安装总热量表，在每一散热器上安装分配表。在固定费用和可变费用的分配比例上，与消费无关的固定热费部分不能超过60％。

（三）法国计量供热概况

在1975年和1978年两次石油危机以前，能源在法国是非常廉价的。消费者既不关心供热费用的多少，也缺乏节能的意识。对于供热相关行业来说，也是如此，供热企业没有提高供热效率的动力。能源危机造成的采暖费用急剧上涨促使法国政府、供热行业和消费者不得不采取一系列方法减少供热能源消耗：例如成立"能源节约局"，研究并提出节能措施；提高建筑材料的保温标准，为既有建筑保温改善工程提供资金方面的帮助；对所有建筑强制安装温度控制设备；通过立法来保证节能措施的实施；向社会广泛宣传节能意识和采取系列的节能措施等。由于集中供热在保证空气质量领域和能源控制领域的优势，1996年12月30日，法国颁布空气和能源合理利用法，鼓励城市集中供热的发展。为了降低城市污染，巴黎城市供热公司（CPCU）的城市集中供热网取代了许多单台或中小型的供热锅炉房。

计量收费从根本上说也是一项因能源危机而被迫采取的节能措施。法国政府在其热计量收费法规中，明确制定了每栋楼必须安装热计量表，而且在供热管网中热力站的一次网系统和用户的二次网系统中都分别装有热量表。对集中供热的直接用户（包括既有住房的居民），强制采用热量计量收费制；采暖费分配到每个住户，并由每个住户承担；在计算采暖费时，热量费与设备折旧和维护费用等应分开计算，增加热价组成的透明度。供热费用可分为可变的热量消耗费和固定费用。固定费用由日常运行管理和维修的费用、大修和设备折旧费用和管网和供热设施的成本费用构成。固定费用按照用户的供热面积或安装功率计算。

在法国，1/3左右的家庭采用了户用热量表和蒸发分配器的计量方式，而大约2/3的居民是根据建筑热力入口处热量总表的读数，按用户的居住面积进行分摊。在私人住户占全部和部分的住宅楼中，如果共同使用同一供热设备并住户均装有热量表的，住宅楼的供热能量消耗费用分为共同承担部分（公共设施和损耗）和住户实际使用部分，需共同承担的能量消耗费部分根据住户居住面积的大小按比例分摊。实践表明在实施供热计量收费的 2 年中，节能率为 15%—25%。

（四）波兰计量供热发展概况

波兰气候属过渡性温带气候。最冷月平均气温为 -1℃—5℃，最热月平均气温 17℃—19℃，年平均气温只有 6℃—9℃。波兰的城市以集中供热为主，据统计，1998 年全国共有 1140 万套住房，其中城市 760 万套，76.6% 采用集中供热。在大城市，区域供热的热源为热电联产。热电联产的供热厂建在热用户密集区，它以低消耗高效率向用户保证供热，而供热锅炉在供热网中仅在热负荷超载时起到支持作用，住宅采暖以双管系统为主。90 年代经济转型之前，波兰的建筑节能工作远落后于西方，采暖及生活热水的单位建筑面积能耗约为发达国家的 2 倍左右。供热采暖按建筑面积收费，对住户而言采暖收费较少，其差额由国家财政部补贴。转入市场经济后，为缩小与发达国家在建筑节能与供热技术方面的差距，波兰政府明确提出建筑热工与供热现代化的方案。对既有建筑的围护结构、供热系统的热源、热网和热用户以及分散锅炉房同时进行技术改造。对建筑物及室内采暖系统改造，包括对室内采暖系统加装计量仪表及室温调控设备，计量仪表主要是加装散热器恒温阀使其适合计量收费。改造则由住房合作社进行。与此同时，还对分散锅炉房进行改造，与集中供热管网相联结，并从燃煤改为燃气。

波兰计量供热收费政策条规规定，从 1995 年 4 月开始在新建筑和实施现代化改造的建筑中所有新建筑和实施现代化改造的建筑中，均需安装冷热水表，并实施热计量。在 1992 年热计量公司开始进入波兰后，1995 年开始大量引进热量分配表，到 1998 年城市建筑中已有 40% 装有总热量表，15% 的用户安装有恒温阀，13% 的建筑装有热量分配表，10% 的既有建筑进行了节能改造。为保证改造的顺利进行，波兰政府投入建筑节能现代化的资金不少于过去的采暖补贴，每年约有 1 亿美元。

波兰在对采暖计量收费改革的同时，对于建筑物的节能以及热源、热网的现代化改造也是同步推进，紧密结合。热源、热网以及换热站的改造由热力公司负责。在 1998 年波兰发布的建筑热工及供热系统现代化投资方案中支持的项目，就包括建筑物节能、减少热源及热分配管网热损失等方面。对于建筑热工和供热系统现代化的投资，波兰法律规定回收期不得超过 7 年，其改造方案及预算通过审核后，节能改造费用中的 20% 由房产主支付，其余 80% 由管理国家建筑基金的 BGK 银行提供贷款。对于改造好的项目，在 7 年的回收期内，房产主只要偿付贷款（及利息）的 75%，其余 25% 由 BGK 银行从国家建筑基金中支付。通过这项措施，调动了房产主投资建筑节能的积极性。

采暖收费模式由按建筑面积收费改为按耗热量收费，热费计算采用固定费用加变动费用的热价法。住房合作社对已安有热量表及热量分配表的用户，按热量收取的部分占 60%，按各户建筑面积分摊的部分占 40%。对建筑物装有总热量表、但未安户用热量表的用户，以总热量表计量的热量按各户建筑面积分摊热费，对于位置上不利的住户进行修正。住房合作社将收取的热费提留一部分管理费用后，交给热力公司。各户应收的热费，有的由专门的能源服务公司负责计算，而服务公司的劳动报酬由热力公司提供。1999 年 1 月波兰设立能源管理办公室，负责对热价进行协调。各供热价是根据上年供热（包括产热及分配）的实际成本确定。对于不同城市，供热成本不同热价也有所不用。其中华沙由于供热成本较低，热价也较为便宜。按计量收费后预计可节约 20%—40% 的热费。波兰 1999 年 1 月起引入热量的市场价，热量的价格取决于它的生产和输配成本，由于效率高低的差异，因而各个地区热力公司的热量价格是有差异的。政府不再补贴热费。

通过计量方式的改革，波兰的供热事业取得了很快的发展。缴热费成了居民的责任和义务，人们开始节约用热；业主主动投资购买计量设备和建筑保温材料。

由于各国和地区的具体情况不同，因而供热计量收费方法也有其各自的适用范围，不能完全照搬到我国并推而广之。但是，他们在发展计量供热方面的有很多宝贵的经验值得我们借鉴。近年来，我国不少地区和单位对计量供热进行了研究和实践。但从各地的实践结果来看，尚存在各类问题，有的甚至十分严重。一方面是对热用户宣传不够；另一方面是计量供热的有关政策和规定尚不完善，使计量供热难以推行。而在德国、丹麦等国家，通过对计量供热所做的极为详细和明确的规定，使得采暖计量收费工作有法可依。也正是由于有了这些日臻完善的政策法规，采暖计量收费工作才得以顺利推进。此外，对于建筑节能、采暖系统的改造和计量设备的装配，国家都给予了一定的财政支持。例如波兰的建筑节能改造工程，是由国家住房与城市发展署、内政部、财政部和商业银行联手共同运作的，有充足的资金支持，保证了改造工程的快速推进。研究国外相关政策和做法，并吸取适合中国国情的政策和规定，建立和制定现代企业管理制度和法律法规，借助于完善的法规来规范热用户和解决供热市场的各种问题和矛盾是十分必要的。

四　我国供热事业改革方向

随着我国经济体制改革的深入，现行的城镇供热体制与社会主义市场经济体制不相适应，已严重制约了我国城镇供热事业的健康发展，积极推进城镇供热体制改革已是当务之急。国家计委《"十五"期间加快发展服务业若干政策措施的意见》、《关于印发促进和引导民间投资的若干意见的通知》、新《外商投资产业指导目录》以及建设部《关于加快市政公用行业市场化进程的意见》相继出台，为城市公用事业包括城市供热事业的改革提供了必要的政策环境。2003 年 7 月，建设部、国家发展和改革委员会、财政部、人事部等国家 8 个部委总局联合下发了《关于城镇供热体制改革试点工作的指导意见》，要求在东北、华北、西北及山东、河南等地区开展城镇供热体制改革的试点工作，首批试点城市包括黑龙江的哈尔滨、齐齐哈尔、牡丹江；辽宁的鞍山；吉林的长春；内蒙古的呼和浩特、包头；陕西的西安、咸阳；新疆的乌鲁木齐；宁夏的银川；甘肃的兰州共 12 座城市。预示着今后城镇供热系统的建设、运营和管理都将趋于市场化。

（一）供热事业改革的原则和指导思想 [1]

目前我国城镇供热体制改革试点的基本原则是：坚持国家、单位和个人合理负担；坚持在国家统一政策目标指导下，地方因地制宜、分别决策；坚持节约能源、改善环境质量；坚持综合配套，分阶段推进。

城镇供热体制改革试点的指导思想是：稳步推进城镇用热商品化、供热社会化，逐步建立符合我国国情、适应社会主义市场经济体制要求的城镇供热新体制；加大技术创新力度，促进节能建筑的推广应用，推进城镇供热事业的健康发展，更好地满足人民生活水平提高的需要，推动城镇建设的可持续发展。

（二）供热事业改革的目标

城镇供热体制改革要实行三个目标：一是要攻克供热体制改革这个计划经济的最后一个堡垒，使所有城镇公共供应逐步走向市场化，用市场调节来代替过去的福利供热。二是通过城镇供热方式的改变，树立一个节能的概念，降低能源消耗。三是要确保中、低收入家庭供热有保障。遵循市

---

[1]　中华人民共和国建设部等："关于城镇供热体制改革试点工作的指导意见"2003 年 7 月 21 日。

场经济规律，坚持资源配置以价值为取向把供热企业推向市场，使供热商品化、货币化；实现供热费由国家、企业和个人三者按一定比例共同负担的体制，逐步建立符合起我国国情，适应社会主义市场经济体制要求的城镇供热新体制。

（三）供热事业改革的主要内容

供热体制改革应当着眼于从经济上建立供热用热的激励约束机制，发挥国家、单位、供热企业和居民多方面的积极性，促进热能生产和消费的良性循环，保障城镇居民采暖需求，维护社会安定。主要改革内容包括以下几个方面：

1. 收费制度改革是供热体制改革的核心

（1）改革单位统包的用热制度，停止福利供热，实行用热商品化、货币化随着我国住房分配制度的彻底改革，住房逐渐商品化、货币化，这也意味着作为住宅配套服务设施的供热也必然将市场化，成为个人消费的商品。供热单位向居民供暖是一种有偿的服务性商品，停止国家和单位统包其职工的供热费用的用热制度，改为由用热户直接向供热企业缴纳采暖费，明确缴费主体，体现"谁受益，谁负担"的原则。

供热单位和用户之间应以协议或合同的形式建立一种契约关系，并明确供热方和用热方双方的权利和义务以及双方出现纠纷时的解决方式。用户按规定足额缴纳采暖费，供热单位保证按时、按质提供供热和相关服务。对于不能按时交费的居民用户，供热单位可以根据相关合同实施一定的惩罚措施，必要时可通过相关的法律法规追缴热费。例如用户违反规则逾期交纳热费的，需支付相应数量的滞纳金，在宽限期内仍不缴热费和滞纳金的，供热方有权限热或者停止供热；用户若违反合同约定，应向供热方支付违约金。

（2）计量收费，合理定价

供热费的收费单位由原来的按面积计量改为按热计量。城市居民住宅改革成功，为供热计量收费创造了十分有利的条件。这种计量方式能充分调动供热广大用户的主动节能积极性，增强全民的节能意识，并且有助于我国节能技术和节能材料的推广和应用。根据发达国家的经验，当供热采用按热量计量后，在供热水平不变的情况下，一般可节约20%—30%。根据初步预测，实现热能商品化以后，每年供热业实现节能至少在15%以上。例如天津的试点小区凯立花园采用节能建筑材料后，住宅平均能耗设计指标为50瓦/平方米，试行按用热量分户计量收费后，实际能耗为27瓦/平方米，降低46%，一个采暖期即可节约能源费用14万元。

正确制定热价管理及定价政策是中国推行热计量的关键一环。热价的正确制定关系到供热市场能否得到健康的培育和发展。热价过高与过低都将难以起到培育供热市场的作用。热价与供热体制，供热技术和供热投融资机制相互关联、相互促进。定价过高用户难以承受，不利于供热企业深化改革，也将降低集中供热与煤气和电力供暖方式的竞争力；定价过低供热企业难以为继，也不利于热计量和建筑节能的推广。因此，正确制定热价管理政策是培养供热市场的关键。

热价应建立在公平、真实、降低成本的基础上。虽然不同地区的区域供热体系存在着细节上的差别，但政府的指导方针是用户上交的热费应该基于真实的供热成本，并且收费体系应便于管理；易于应让用户清楚和理解。我国供热定价是按照"保本微利"的原则制定的。在制定和调整供热价格时，要严格按照《价格法》的有关规定，建立听证会制度，切实注重消费者、经营者和有关方面的意见。制定价格的关键是查找到企业的真实成本，只有在真实成本的基础上制定服务价格，才能既保护投资者的合理收益，又维护消费者的利益不受损失。

考虑热供给的特点，在条件成熟时应采取两部制价格：即热费计价由固定费用和可变费用两部分组成。固定费用部分是用热方不论是否用热都必须支付基本价格，主要由用于热网正常运行的固定资产投资和供热企业管理费用等组成，费用可按供热面积、热负荷、流量等多种方式计算，各城市可根据自己的实际情况确定。可变费用部分，是按用户的耗热量多少，通过供热仪表计量来计热费。固定费用和可变费用在总热费中所占比例，各城市可根据热网运行的实际情况和数据积累情况逐步测定和完善。固定费用占价格比例的变化，对需求和供给总量可以起一定的调节作用，当比例大时，有利于刺激消费，而当其比例低时，有利于促进供给，一般固定热费占总热费的比例在30%—50%之间，不宜超过50%。

采暖费用采取多渠道筹集，由政府、单位和个人共同承担。各级财政、单位用于职工采暖的费用作为补贴以货币形式直接向职工发放，计入职工工资，变"暗补"为"明补"，企业职工的采暖费用计入生产成本。在确定补贴额度时，应综合考虑职工住房标准、城镇供热平均价格、采暖期限、职工收入水平、地方财政承受能力等因素，合理确定总体的补贴水平、各类人员的补贴标准和发放办法，积极稳妥地试行职工采暖补贴。

2. 技术改革是供热体制改革的前提

供热市场化的前提是进行分户计量。所谓分户计量，就是将供热管线由原来的串联式改成并联式，每家设置一个热量表和阀门。热量表是用来记录用热流量的，一个完整的热表由以下三个部分组成：一只流量计，用以测量流经热交换系统的热水流量；一对温度传感器，分别测量供暖进水和回水温度；一只积分仪，根据与其相连的流量计和温度传感器提供的流量和温度数据，计算出用户从热交换系统获得的热量。只有采用精确的热量表，并综合考虑其经济性、耐用性、可维修性等，才能达到合理供热计量及按量收费的目的。

国外已经进行计量供热几十年，尤其在欧洲，供热热计量全部都以法律的形式确定下来，形成了一套从运行、生产、管理到司法完整的社会保障系统。分户计量技术的推进使人们的交易行为从供热企业和作为一个整体的用户之间的交易，转变为企业和个体用户之间的市场交易，实现了技术上的可排他性，从而能够比较方便地对不缴费者立即实施一定的惩罚措施。例如在每户的热量表前配有一个闭锁阀，当住户拖欠供暖费时，物业公司可以将这一住户的供热管道强行单独关闭而不影响其他住户的采暖效果，这将大大方便物业公司进行收费和管理，有助于解决收费难的问题。实施分户计量，也有助于培养人们的节能意识。住户可以自主决定每天的采暖时间及室内温度，如果外出时间较长，可以调低温度或将暖气关闭，从而节省能源的消耗。哈尔滨市在分户供热改造后取得了显著成效。首先是热费收缴率大幅度提高，改造前收缴率偏低的小区和楼栋历年热费收缴率原来不足40%，改造后热费收缴率平均达到83.08%，提高了四十多个百分点。同时增强了居民"热是商品"的意识。基本上解决了以往免费用热、搭车蹭热等问题。

3. 供热企业的改革和市场经营机制的建立是供热体制改革的关键

为提高效率、降低价格、改善服务、合理配置资源，西方国家已经实现了供热反垄断：国家资本逐步退出热源厂和管网，引入私人资本和竞争机制，热源厂、管网建设及运营均实行招投标，对中标者实行特许经营权制度。我国目前供热单位数量过，参差不齐，隶属关系复杂，管理难度大，但随着社会主义市场经济结构的调整和变化，供热体制和观念的变革，为我国供热企业自身的发展带来了契机。

首先，深化国有供热企业改革，加快建立现代企业制度，进一步深化国有供热企业产权制度改革。为满足市场需求，供热行业应积极探索吸收多元投资发展供热事业的途径，国有供热企业可以通过吸收多种经济成分，改制为多元投资主体的有限责任公司或股份有限公司。通过改制，以强化企业内部经营管理和成本约束机制，实现企业管理科学化、生产经营规范化、供热发展有序化，建立具有规模经济，主副分离的，责、权、利明确的企业经营机制。加快企业技术进步，加大科技含量和提高资本、劳动投入的质量。对现有设备加紧实施技术改造，为企业今后发展打好基础。重视人力资源的开发，提高劳动生产率，树立为用户服务的观念，提高供热质量，改善服务态度。企业在进行产权制度置换的过程中特别要处理好对于企业员工身份的置换，保障职工利益，降低改革成本，以确保改革的顺利推进。

其次，开放供热市场，建立供热市场准入机制，实行城镇供热特许经营制度。在统一管网规划、统一服务标准、统一市场准入、统一价格监管的前提下，引入竞争机制。国有、私有和合作经营的企业可以通过公开竞标的方式，与城镇政府签订合同，参与城镇热源厂、供热管网的建设、改造和经营，取得规定范围和规定时限的特许经营权。通过政府招标，供热企业竞标，政府授权的特许经营方式，达到企业集约化经营管理，降低社会成本。供热价格通过竞招标后，在特许经营权协议中以"热价公式"的形式确定下来，增加热价的透明度。

4. 政府职能的改革是供热体制改革的保障

要进一步转变政府职能，加强和改进供热行业管理，培育和规范城镇供热市场。随着市场经济的不断深入、政府、用户和供热企业三者之间的关系已经完全转变。过去的计划经济体制下，政府是供热企业的老板，用户是福利的享有者，供热企业则是福利制度的执行者。而在市场经济下，用户是"热"的消费者，供热企业是"热"的生产者，政府的职能则侧重于监督、管理和协调功能，从管企业转变为管市场，从对企业负责转变为对公众负责、对社会负责。因此，要不断深化主管部门的机构改革，认真研究和解决行政管理中审批范围过宽、审批程序繁琐、工作效率低下以及对行政管理行为缺乏监督等一系列问题，使行业行政主管部门从繁琐、混乱的行政审批事物中解脱出来，管理工作的重点要转移到研究制定供热事业发展规划、制定市场规则、规范供热市场主体行为、监管服务质量和维护供热市场秩序上来。政府应优化财政补贴机制，制定税收扶持政策，为供热事业的改革与发展创造稳定的环境和良好的条件。

五　供热行业市场化融资改革案例

案例一：天津市供热收费制度改革

过去，天津市集中供热发展相对落后，仅有 500 万平米，近三年发展很快，集中供热住宅面积达3000万平方米，面临快速发展，怎么办？走原来福利供热的路子他们认为是"死胡同"，走财政补贴的路子政府又无财力。因此，天津市政府决心按市场经济思想走改革之路。市政府组织有关部门经过多年研究、探索，2000年10月，《天津市供热收费机制改革方案》正式出台，在我国首次明确提出"热"是特殊商品的用热观念与供热消费新机制，第一次将热与供热推向了市场，同时，为下一步全面推行供热计量创造了条件。并相应制定了"天津市机关事业单位发放集中供热采暖补贴的通知"等六个配套文件，使供热收费制度改革顺利进行。

天津市供热收费体制改革基本思路及做法：

1. 明确缴费主体。将现行的福利型供热改为"谁用热，谁交钱"的市场机制。取消供热费由单位报销办法，实行居民用热与供热企业签订供用热合同，由个人缴付热费。把"热"和"电"一样，作为真正的商品，推向市场，供用热双方直接交易。这样做，有利于实现缴费主体单一化，从而改变了过去那种"用热不花钱，花钱不受益"的不合理现象，如出现债务纠纷司法认定责权关系也比较容易。

2. 降低热价，减经居民负担。热价居高不下是影响收费制度改革的一个关键性问题。为此政府要求供热企业加强管理，提高科技含量，降低成本，推进供热技术进步。他们经过三年测算，居民住宅供热价格终于由供热建筑面积18.5元/平方米下降到15.4元/平方米，供热单位承担供热改革价差。热价降下来后，政府对供热收费制度改革决心更大了。

3. 针对现行的为职工报销供热费制度，改暗补为明补。政府按照住房标准制定热费补贴标准。补贴方式是，以每户住宅面积为50平方米和双职工计算，供热费为15.4×50 = 770元/户。供热补贴分两部分，一部分为原发烤火费，130元×2 = 260元/户，另一部分为每人新增供热补贴183元×2人 = 366元/户，合计每户供热补贴626元，占供热费的81.3%，个人缴纳热费144元，占供热费的18.7%。职工住宅按规定住房标准超出50平方米，超出部分热费由个人承担。对于科以上干部，政府另有20—90元/平方米的补贴。暗补改明补后，补贴费用打入成本由职工所在单位支付。对困难职工和无固定收入居民政府另有减免规定。

天津市实行供热收费制度改革一年多来成效显著：

1. 过去最为头疼的收费难，收费率低的问题基本上得到了缓解。通过实行收费的优惠措施，连续三年来，天津市的冬季采暖供热费收费率都在90%以上。收费难解决后，政府和企业都得到解脱，政府不再为筹资发愁，老百姓也满意了，群众集体上访的事基本没有了，缓解了社会矛盾。企业过去年年为职工采暖费报销成了一项额外负担，吃力不讨好，现在暗补改明补，钱发到个人手里，职工自己交热费，企业也省心多了。

2. 改革方案得到老百姓的认可。虽然市供热办接到上万个电话，但没有人反对这项改革，都认为应该改，只是对具体补贴范围、补贴标准有不同意见，说明老百姓市场经济意识加强，认可"热"是商品。

3. 推动了供热企业的深化改革。改革前，管理落后，热价居高不下；改革后，提供了供热企业的市场经营意识、服务意识，企业挖潜，加强管理，降低了成本，改进了服务，为其他各项改革打下了良好基础。

4. 加强了科技兴"热"的步伐，促进了供热行业的结构调整。由于降低了热价，提高了供热质量和服务标准，使那些不规范不成规模的小锅炉房难以为继，并入集中供热大网的形势已成定局。同时，各供热单位进一步增强了节能意识，加快了科技兴热步伐，为今后分户系统设计，按使用热量计费提供了基础。

评析：集中供热是城市基础建设的重要组成部分，是节约能源、改善环境、增强城市综合服务功能、提高人民群众生活质量的必要条件。改革开放以来，由于各级政府的重视，我国城市集中供热发展较快。

但是由于长期以来，我国一直把供热作为一种福利事业来办，供热费用全部或绝大部分由单位、企业来支付。这些年来，经济体制不断改革，单位与企业所有制发生了很大变化，人员流动性大，单位不再有义务为职工支付这笔采暖费，加上一些国有企业不景气，许多企业无力为职工缴纳高额的取暖费，居民也无力缴纳高额热费（北京每平方米供热费已高达二十多元）。鉴于这种情况，这些年各地普遍出现收费难导致供热更难。尽管政府年年下文件，甚至采取一些强制性措施，如欠缴热费的单位领导不能发奖金，不准出国等等。供热企业也每年抽调大批人员到单位一家家收费，但热费收缴率仍在30%—50%左右。每年采暖期，为保证群众取暖，政府不得不到处筹款，背上沉重的财政负担，供不上热怕群众闹事影响社会稳定。供热企业因收不上款，欠债累累，叫苦不迭。群众也因供热不及时不正常意见很大，形成了恶性循环。这种福利制的供热体制已经不适应市场经济要求，走到了死胡同，到了非改不可的时候了。在这种情况下，许多城市开始对供热收费制度进行改革。天津市是这项制度改革进行得较早，政府决心较大、工作做得较细，成效较为显著的城市，他们的做法和经验值得各地借鉴。

天津市供热改革在收费机制上虽然迈出了可喜的一步，但今后改革的任务仍很艰巨。目前收费政策中还有些问题没有完全解决。如群众对按建筑面积收费意见较大。至今仍有一些单位以种种理由为借口,尚未将供热补贴发入到位。此外,一些退休职工在原单位得不到供热补贴,有不满情绪,暂时没有享受集中供热的职工也对不能享受供热补贴而有意见,有些困难职工享受优惠政策还不落实等。相信经过几年不懈努力,天津市的集中供热事业不仅可以走出困境,而且会出现质的变化,走上良性循环和健康发展的道路。天津市改革单位统包的用热制度,停止福利供热,实行用热商品化、货币化的经验也为全国供热行业改革提供一个可借鉴的范例。

案例二:沈阳市供热改革实践

1. 变过去的单位全包供热费为由职工和所在单位共同负担。职工承担10%,所在单位承担90%,超过居住标准面积部分的采暖费,由职工个人承担。在职工个人承担10%中,各单位还要给补贴。

2. 从1997年开始,通过两种渠道建立了供热保障金。一是从各部门、各单位预算外资金中划转5%—10%资金,按平方米向供热单位收取2元的供暖基金等两种渠道,每年总金额达1亿元(其中政府也拿了一部分钱)。保障金主要用于:一是供热企业因收费困难无钱备燃料等,向银行贷款的贴息;二是对联片供热困难户给予补助;三是补贴确实交不了热费的困难户。

3. 对住宅采暖系统实施"分户控制",按照规划,从现在起,政府筹资3000万元对旧有住宅单管垂直室内采暖系统进行改造,改造面积为1000万平方米,计划全市将于2005年完成全部系统改造任务,并规定,今后新建住宅要推广节能建筑,一律采用"分户控制"供热系统。

此外,沈阳市还将推进供热分式的改革,实现多元化供热。对有条件的中、高档住宅及暂不能实现集中或联片供热的居民住宅,采取多种能源进行供热,以满足用户不同层次的需要。

评析:建立供暖保障金和推广采暖"分户控制"是沈阳供暖改革的特点。建立供暖保障金,将有效地缓解急需解决的供暖困难,对保障社会安定起到了积极作用。采暖"分户控制"将有利于解决收费难的问题。

案例三:大同市供暖分户改造的实践

大同市供暖系统分户控制改造工作是从1999年开始广泛宣传,积极动员,从拖欠热费严重和供暖温度欠佳的千户居民住宅区开始试点。经过几年的运行,改革已初见成效。

1. 用户的满意度提高。据调查统计,分户控制改造试点区域采暖收费率从未改造前的50%上升到95%,提高了45个百分点;不同层次、朝向住宅房屋室内采暖温度达到 18℃±2℃，由分户前的 86% 上升到 99%，提高了 13 个百分点；热用户对供暖质量满意率也由原来的 85% 上升到 96%。三项考核指标基本实现了分户控制改造工程初衷。

2. "分户" 不仅解决了多年来部分用户不缴费照样能混着采暖受益的 "大锅饭" 现象，也解决了部分用户室温偏低告状争权益的问题，还解决了困扰供暖企业的收费难题。因而，推行分户控制改造是维护社会稳定的一项有效举措。

3. 分户控制改造收费应兼顾多方利益。按照大同市人民政府《关于对全市热用户室内供暖系统进行分户控制建设和改造有关事宜的通知》文件精神，"分控所需费用由房屋产权单位、供暖保障单位和热用户各承担三分之一，私有房屋产权的，由个人和供暖保障单位各承担二分之一；凡积极参与、支持供暖单位在 2000 年 9 月 30 日以前分控的热用户单位或个人给予优惠，出支费用下浮 50%"。

占供热主导地位的大同市供热公司对这一政策积极响应，并且他们在文件精神的基础上，增加规定：用户在分控工程结束后，再申请分户控制改造的，给予优惠 30% 的出支。对先天不热和供热一段时期造成质量问题的，给予适当减免，剩余陈欠热费利用合同形式与热用户签约，分 5 年期限逐月偿还，既安定了人心不弃户，也保住了自身的供热面积。

三年多来，大同市从小范围试点到目前大规模铺开，供暖分户控制改造力度一年比一年大，面积已达一百余万平方米，约占住宅 1240 万平方米面积的 8.1%。

案例四：辽宁省抚顺市供热体制改革

抚顺市 2003 年以来以建立与社会主义市场经济相适应的供热管理体制和企业经营机制为目标，狠抓供热体制改革，实现了以下四个方面突破：

一是实施热费暗补变明补的改革试点。热费暗补变明补试点的基本原则是实现用热缴费人格化，即 "谁用热，谁交费"。具体操作办法是，以现有房主（或承租人）作为热费补贴对象，把应得的热费补贴计入职工工资，按月发放，由职工个人向供热企业交纳，超标准部分不予补贴，由个人缴纳。凡没有及时发放热费补贴的，一律由个人垫付，单位报销。

二是实行供热、收费、维修一体化。供热设施保修期届满后，供热设施的维修和更新改造由供热企业负责，严禁各级各类物业公司接收热费收缴和维修权，对已经接收的老旧住宅，有条件的进行分户改造或支付部分维修费后移交给专业供热单位统管；确无能力支付费用的，各供热企业都无条件接收。凡不按此规定执行，除按省政府 152 号令处罚外，有关部门不予资质审查，不授予特许经营权。

三是实行特许经营制度。按照国家建设部和省政府的要求，对供热企业实行特许经营制度。对生产经营正常，供热质量达标的企业，授予特许经营权，并与政府主管部门签订合同，行业主管部门按照合同规定的条款进行检查。实行准入与退出相结合原则，对不能保证供热区域内正常开栓供热，不能采取有效办法收缴热费，供热质量与服务质量长期低下，群众意见很大的供热单位，一律视为不具备供热资质，回收其供热特许经营权，令其退出供热市场。同时，结合实行特许经营制度，对供热市场进行整顿，对不具备资质的分散小锅炉房，不授予供热特许经营权，逐步合并到专业供热公司，把优势企业做大做强，改变小锅炉房过多、供热质量低、污染严重的局面。

四是供热企业产权制度改革。市政府要求国有和集体供热企业采取合资、合作、股份制等形式，尽快实现"双退出"，即国有资产退出、国有职工身份退出，尽快建立符合现代企业制度要求的企业经营机制，使其成为独立的市场主体，走上"自主经营、自负盈亏、自我约束、自我发展"的道路。目前，新东热电供热公司积极开展经营集团控股、全体职工参股的股份制改制工作，实行国有股和国有企业职工身份双退出，这为供热企业改制工作开了一个好头。其他各供热企业也已拿出各自的改革方案，力争使本企业的改制工作尽快到位。全市所有供热企业要在 2—3 年内，一律按照公司制模式进行改制，凡未在规定时间内完成产权制度改革任务的，政府不再授予供热特许经营权。

第三节　城市公交行业改革

城市公共交通是城市的重要基础设施之一，维系着城市功能的正常运转，也是城市社会和经济赖以生存、发展的基础，在国民经济发展中占有重要地位。城市公共交通的基本任务是：以营运为中心，组织和经营城市公共交通运输业务，为乘客提供安全、便捷、舒适、准时的乘车条件。1989 年 3月 15 日，国务院在《国务院关于当前产业政策要点的决定》中，明确将城市公共交通列入当前和今后一个时期内，国家在基本建设领域中重点扶持和发展的基础产业之一。1992 年中共中央、国务院做出《关于加快发展第三产业的决定》，再次明确了公共交通作为城市公用事业对国民经济发展具有全局性、先导性影响的产业地位。城市公共交通提供的服务具有一定的公益性、经营性和竞争性。公益性在于解决无力承担私人交通出行费用的人群的出行，是体现社会交通公平性的重要措施，在人口密度较高的地区，可以作为解决城市居民出行的主要工具，协调大量的人流与道路通行能力不足之间的矛盾；但公共交通并不是无偿提供服务，它所提供的服务可以按照等价交换的原则进行交换，是可经营的；并且不同的运输工具和线路之间可以进行竞争经营。这三方面的特征决定了公交企业服务的特殊性。

一　公共交通的分类

按照我国国民经济行业分类和国际习惯定义，城市公共交通包括两个部分，即大运量的轨道交通（地铁、轻轨）、公共汽车、电车（有轨、无轨）、轮渡等；小运量的小型公共汽车（中巴）、出租汽车等。这里所讨论的公共交通主要包括轨道交通和公共汽车、电车等常规公共交通。快速轨道交通是城市地铁、轻轨、单轨交通、有轨电车、高速磁浮列车和市郊（郊区）列车（通勤列车）等城市轨道交通的统称，其中地铁、轻轨、市郊列车是目前轨道系统的三个主要子系统。经过几十年实践，轨道系统在一些世界大城市中逐步发展成为城市客运的主体运输工具。轨道交通以其大运量、高效、快速、准时、舒适、可充分利用地下空间等无可比拟的优势，被认为是未来解决大城市交通问题的主要途径。地铁高峰运输量单向每小时可达 3 万至 7 万人次，最大运行速度达 120 公里/小时，平均运营速度为 35—45 公里/小时；轻轨单向每小时可运送 1 万至 3 万人次，平均运行速度为 25—35 公里/小时左右。土地供给的相对有限性，限制了道路和停车设施的建设，在地面交通越来越拥挤的情况下，轨道交通系统可以有效利用地下和地上空间，减少对地面资源的占用，形成立体交通体系，是充分利用城市空间的最佳交通方式。但是，轨道交通也具有一些无法回避的问题，一是轨道交通系统的造价较高；二是建设周期长；三是轨道交通建设的刚性很大，沉淀成本大，线路一旦建成就难以变动，不能随城市客流量分布的变化而变化。

常规公共交通主要包括公共汽车和电车（有轨、无轨），公共汽车的人均时空占有率是小汽车的 1/40，空间资源的利用率明显高于小汽车。与轨道交通相比较，常规公共交通的优势在于：一是为满足大量的居民出行需求提供了最经济的交通方式，其造价和运营成本要比轨道交通低得多；二是运营线路也较轨道交通灵活的多，可以根据实际情况的变化做出迅速的反应和调整；三是建设速度快，一个完善的轨道系统的建设需要几十年的时间，而一个四通八达的常规公共交通系统的建设相对要快得多。常规公共交通的运送能力比轨道交通低，平均每小时为 0.5 万—0.9 万人次，平均运营速度为 14—16 公里/小时。由于常规公共交通工具也需要占用地面的道路资源，因此要保证常规公共交通工具行驶的速度，必须在路权上给予一定的优先权利，形成公共汽车专用道路网络，以保证行驶的顺畅，准时和快捷，但这在无形中，给地面交通造成了一定的压力。

目前，将优先发展公共交通作为解决城市交通问题的有效途径已经成为全世界的共识。

二　我国公交行业的发展现状

从 1978 年到 2002 年的 24 年间，全国公交车辆和线路长度分别增长了 9.5 倍和 2.4 倍，其中小公共汽车的数量增长较快，2002 年，小公共汽车的运营车数占到运营车辆总数的 35.88%，并且城市越小，小公共汽车的比例也越大。客运总量基本呈逐渐上升的趋势，从单车运输能力来看，虽然从 1978 年的 51.19 万人次/辆下降到 2002 年的 15.15 万人次/辆，但从另一个方面也说明了居民出行的"挤车"的现象有所缓解。每百万人拥有公交车的数量在 1986 年到 1994 年之间有一定的波动，1994 年之后稳步上升，2002 年达到 6.7 标台/万人，其中在超特大城市每百万人拥有公交车的数量为 12.22 标台，特大城市为 8.7 标台，大城市、中等城市和小城市为别为 5.33 标台、4.06 标台和 4.08 标台。由于公交经营的社会化，城建系统外的公交运营规模显著增加，已经成为公交服务中的重要组成。

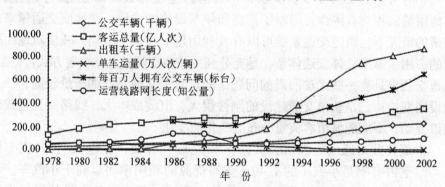

图 8.5　1978—2002 年公共交通运力、运量的变化统计图

资料来源：建设部综合财务司《中国城市建设统计年报》2002 年（注：运营线路网长度包括公共汽车、电车和轨道交通运营路线），中国建筑工业出版社 2002 年版。

　　自 1863 年伦敦开通世界上第一条地铁之后，轨道交通作为一种大容量快速公共运输方式，其作用一直受到人们的关注。有关资料表明，目前世界上机动化水平较高的城市大多有比较成熟和完整的轨道交通系统。一些国际性城市，如伦敦、巴黎、柏林等都形成了城区以地铁和有轨电车为主、近郊为轻轨、远郊为市郊铁路的四通八达的城市轨道交通网络。我国第一条地铁线于 1969 年在北京建成。通过三十多年的建设，目前我国拥有地铁的城市仅有北京、天津、上海和广州，大连和长春有轻轨系统。在这些城市中，轨道交通也没有形成相对完善的系统，还不能作为运输交通客运量的主体。2002 年，北京轨道交通的客运总量占当年城市公交客运总量的 10％，上海为 11.4％，发展速度明显滞后于经济和社会需求的发展。从总体上比较，我国大城市轨道交通拥有量大大低于国外同类城市，在巴黎轨道交通承担了 70％的公交运量，这一比例在东京是 80％，莫斯科和香港是 55％。

　　国际经验表明，200 万人口以上的特大城市，要确立公共交通的主体地位，最终必须依靠快速大运量轨道交通来支撑。目前，我国一些特大城市业已将轨道交通列入到未来公共交通发展的战略重点上来。到 2002 年底，已开工建设的地铁有 15 条，分布在北京、天津、上海、广州、南京、深圳、武汉、重庆等城市。而哈尔滨、西安、成都等城市也在拟建地铁或轻轨交通。上海的轨道交通建设计划于 2010 年形成具有 12 条轨道交通线总长 311 公里的基本网络，远期形成 540 公里左右的网络系统。根据北京的交通规划方案，未来几年内，北京轨道交通将以每年 40km 的速度增长，2008 年轨道交通里程将达到 300km，每年用于轨道交通建设的投资额约为 100 亿元。城市快速轨道交通建设是一项耗资大、建设周期长的复杂工程，要使轨道交通成为大城市中主要的交通方式，需要长期持续的努力。

三　我国公交行业的改革

（一）我国公共交通改革的原因

1. 实施"公交优先"战略目标的必然选择

　　首先，从我国人多地少、石油资源短缺的国情出发，公共交通所具有的优势无疑对我们是最适宜的。虽然我国幅员辽阔，但是只有少部分土地适于农业生产，并且那些不适于农业的土地也不适合城镇建设，这就意味着不能浪费土地资源。十分珍惜与合理利用每寸土地、保护耕地是我国的基本国策。所以城市必须追求相对高密度的发展，这种发展模式将产生集中的、大量的交通需求，只有以高效率的公共交通作为交通运输系统的主体，才能满足这种交通需求，同时，公共交通也是促进土地集约利用的有效方式。

其次，以公共交通为主导的交通结构有利于维持社会稳定，体现社会公平。公共交通优先即"大众优先"，基本任务是为了满足城市居民及流动人口出行的需要提供出行服务，可以解决无力承担私人交通出行费用的人群的出行，维护弱势阶层利益，是体现社会交通公平性的重要措施，公共交通对所有市民出行提供便利的开放性，也有助于社会的稳定。并且只有便捷的公共交通满足了大多数市民的需求，才可能有更多的机动车在畅通的道路上行驶。

再次，我国私人机动车呈现出迅猛的发展势头，给公共交通的发展带来了极大的挑战。1994 年，国务院颁布了《汽车工业产业政策》，制定了大力发展汽车工业的战略，这一政策的实施，促使我国机动化发展进入了一个新的时期。经过二十多年的发展，全国机动车保有量已由 1978 年的 158.87 万辆增加到 2001 年的 7 398 万辆，年均增长 18.17%，个别城市的增长率高达 30%。其中，私人汽车的增长幅度尤为突出，2002 年底，全国私人汽车拥有量达 996 万辆，年均增长 23.3%，是 1990 年的 12.2 倍。并且今后相当长的一段时间内，仍会继续保持这种发展趋势。

图 8.6　我国私人汽车拥有量及其占全国民用汽车拥有量比例变化图

资料来源：《中国统计年鉴》2002 年及公安部数据。

根据国外一些国家的发展经验，人均 GDP 达到 1000 美元是轿车大量进入家庭的起跑线，达到 3000 美元开始大规模进入家庭。在我国经济改革的巨大推动下，城市经济得到了快速发展，人们生活水平得到了极大提高。2002 年底我国人均 GDP 为 972 美元，已处于轿车进入家庭的临界点；北京、上海、深圳等一些大城市人均 GDP 已超过 3000 美元，到了轿车进入家庭的快速发展时期，随着国家经济持续发展，汽车进口限制措施进一步取消，汽车个人消费信贷不断完善，经济型轿车及新款车争先上市，国产汽车多品牌市场竞争，价格持续下降，将进一步刺激汽车个人消费需求的增长。

据统计，我国六百多个城市的公交出行率大多在10%以内，少数城市达到20%或略多，而在现代化国际大都市中，公共交通占整个城市的出行结构的比例大都在65%以上，而北京在机动化出行方式比例从38%提高到61%的同时，公共交通方式份额却由20世纪70年代的70%下降到现在的26.5%。目前我国城市交通结构和模式正处于由于经济的快速发展而带动城市交通由非机动化向机动化转变的关键时期，而既能提高城市交通的通达性，又能提供更为健康、更具吸引力的环境，唯一的出路就是广泛使用大容量公共交通方式。如果在这段时期，公共交通系统不能以高效、便捷、低价的优势成为城市交通运输的主体，那么公共交通目前运营效率和服务质量的下降将进一步使客流量流失而刺激轿车的迅速发展，使轿车有可能成为未来支撑这些城市地区经济活动的主导交通方式，不仅加剧了交通拥挤，使城市交通面临更加严峻的局面；而且一旦以轿车为主的出行方式与城市发展成为互相支持的耦合体，再要逆转也是极其困难的。因此我国城市目前需要加大力度发展和完善公共交通系统，真正使公共交通成为吸引人们出行的主导工具，而这一目标的实现有赖于公交行业的改革。

2. 传统的管理体制导致公交企业经营效益低

我国的城市公交企业是在高度集中的计划经济体制下发展起来的，企业主要的经营活动受政府控制，如增车开线、制定票价、人事安排等，地方政府仍用行政管理方式直接管理企业，干预企业的生产经营活动，企业缺乏真正的经营决策权和必要的自主权。

长期以来，我国一直强调城市公共交通的公益性，相对忽视了其具有的经营性和竞争性，因而形成了国家办公交的局面。公交企业在经营上走的是低投入、低价格、高补贴的路子，价格基本不受供求关系和成本变动的影响。公交企业的运营收入往往低于运营成本，企业长期处于亏损经营，企业的经营发展主要依靠政府的财政补贴和投资。有的国有公交企业在特定的历史时期还承担了部分解决社会就业的职能，因而造成了目前企业的冗员现象严重，据调查有的公交公司的"其他人员"甚至占到公司总人数的45%，对企业的生产经营管理产生了极大的负面影响。

公共交通行业在特定区域内具有垄断经营的特征，不存在由多家企业的平均成本决定的社会成本，这样，企业的实际成本就成为"社会成本"。以此作为定价的基础，企业增加的成本可轻易转嫁出去。由于企业承担的公益性职能的不明确和垄断性经营，导致了企业的政策性亏损掩盖经营性亏损，也掩盖了管理薄弱和经营不善。

国家包起来的机制必然形成经营上的依赖性，"等、靠、要"的思想严重，企业缺乏降低成本，提高生产效率的动力，也缺乏参与市场竞争的勇气和信心；同时由于垄断经营，带来管理意识和服务意识的淡化，再加上管理技术的落后，便无可避免地派生出公交运力利用上的低效型和企业经济效益的低效型，其后果必然是社会乘车难的加剧和企业发展困境的加剧。

3. 资金供给体制已不适应公交事业发展的需求

在计划经济体制时代，我国基础设施建设的突出特点就是政府投资的高度集权，地方政府是城市管理的部门。公交企业的车辆购置、更新和公交场站设施的建设全部由市财政拨款解决，经营上依靠票价收入和财政补贴维持。这种体制在经济基础相当薄弱，政府财政能力有限，经济发展刚刚起步的阶段有其存在的合理性与必要性，中央政府将权责集中起来可以保证重点项目的建设。

经济改革使我国成为世界上经济增长速度最快的国家之一，也将我国城市化进程带入高速发展时期，城市人口的急剧膨胀，出行需求总量增长迅速。但是土地资源的供给矛盾使道路设施增长速度远远不能满足机动车的增长速度，结果造成交通状况不尽如人意，要从根本上缓解交通的压力，必须大力发展公共交通。而公共交通的发展需要有充足的资金支持，尤其是轨道交通具有投资额巨大、建设周期长等特点。此时对于我国公交行业发展需求来说，传统的投资方式已成为公交发展的障碍。这种障碍主要表现在：一是供给简单化，集权的供给模式难以满足社会出行多样化的需求，不同城市、不同地域间的公交服务水平也会有很大的差异；二是由于公共交通没有稳定、规范的建设资金来源渠道，城市财政只能根据每年的财政状况考虑公共交通的发展建设资金和补贴，造成公共交通产业发展是按政府的计划进行，完全和城市客运市场的需求脱节。政府还常常由于财政预算的吃紧而使补贴不到位，加剧了企业的经营困境；三是政府投资运营模式在实践中被证明缺乏推动行业发展的激励机制和有效的约束性。因此单纯依赖政府投入资金支持公共交通的发展，一方面难以满足公交快速发展的需求，给政府的财政造成了极大的负担和赤字，2002 年，政府给予全国公交企业的财政补贴为 16.5 亿元。

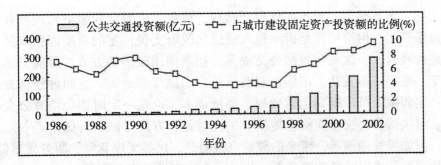

图 8.7　　1986—2002 公共交通的年度固定资产投资状况

资料来源：建设部综合财务司《中国城市建设统计年报》中国建筑工业

出版社 2002 年版。

据联合国有关组织研究资料表明，一个城市的基础设施投资占该城市 GDP 的 3%—5% 是比较合适的；而公共交通（包括轨道交通）的投资比例 又占城市基础设施投资的 14%—18% 左右，即占城市 GDP 以 0.4%—0.9% 为宜。而我国公交投资额离这一比重显然尚远，从需求情况来看，公交投 资力度还需加大。然而资金供需矛盾已经成为制约公交发展的主要瓶颈之 一，由政府包办，有多少钱办多少事的资金管理体制远远不能满足公共交 通行业快速发展的需求。

（二）我国公共交通企业的改革现状与成就

随着城市经济的持续快速发展和市场经济体制的建立，城市公交企业 也在发生着深刻的变革。但是由于公交行业的特殊性，并没有一个固定的 改革模式可供参照，各地的公交系统都是在改革的道路上不断探索前进。 从总体上看，我国目前公交企业的改革可以被划分为两类：第一类是企业 经营管理方式的改革，第二类是企业产权的改革。由于管理权和所有权在 获得和行使上经常会交织在一起，因此实际情况是公交企业的改革经常是 经营管理的改革和产权改革混合在一起进行。

1. 企业经营管理方式的改革

企业经营管理改革的方式主要包括：个体承包经营、租赁经营、多元 化经营和营运路线权的出让。这几种方式是在不改变企业资本性质基础上 的经营管理方式的变革。

（1）承包经营和租赁经营

1993 年建设部下发的《全民所有制城市公共交通企业转换经营机制实 施办法》中提出：企业要继续坚持和完善各种形式的承包经营责任制，也 可以实行租赁制。承包经营是将公交服务通过建立合同的方式分给承包人去实施，为其提供若干年的承包经营权，承包人依照合同缴纳管理费和其他应缴费用。租赁经营是指承包人通过向政府支付一定的费用而获取某一线路的经营权。这是在我国公交改革的初期使用较多的方式，目前仍然适用于一些经济不发达、市场机制改革落后的城市和地区。这两种经营方式在一定程度上可以提高运营效率、降低成本，也在一定时期为培育公交市场、解决国营公交企业资金短缺、扩大就业和方便居民出行做出了一定贡献，但如果管理不善，带来的弊端也很明显，例如无序竞争、服务质量低，票价混乱，难以监督和管理等，扰乱了公交市场的正常秩序。

因此，政府部门应当加强承包经营的准入门槛，在选择承包人时，采取竞争性招标方式，与承包人签订服务承包合同，在合同中明确双方的责权利，强调以服务提供的绩效为基础进行管理，公交主管部门要加强其监管的职能，定期对合同实施情况进行检查和监督，对不合格的承包人坚决清退出公交市场。

（2）主辅分离、多元化经营

对公交企业的第三产业中资产规模小、人员少的经营实体进行剥离和改造，实现主辅分离，既对运营一线提供服务，又向市场承揽业务，独立核算，明确权责。例如，杭州市公交总公司从客运主业中剥离了广告、汽配燃润料经营、房产、物业和汽修等辅业，不仅安置了大量富裕人员，还为公司带来了可观的经济效益。

在主辅分离的基础上，还可以以公交经营主业为依托，开发多种相关产业，并逐步形成强有力的盈利支持产业，走出一条以营运为主，多元化发展的道路。深圳市公共汽车公司近年综合开发了公交广告、物业租赁、房地产开发以及汽车音响设备等盈利产业，其中综合开发产业的利润已成为企业盈利的主体，不仅增强了公交企业的发展实力，而且进一步促进了公交主业的发展。

（3）营运路线的出让

营运路线的出让，是指当地政府将公共交通部分路线的营运权出让给私人或公营企业经营，并规定出让期限。为保证服务的质量和社会效益，在出让合同中需详细列出政府对企业经营准则的要求（例如：站点位置、车票价格、行车时间、车间时距等），而企业必须实现在合同中做出的承诺并定期接受政府管理部门的检查和评审。目前，公交线路经营权的出让主要有两种方式：一是主管部门制定统一标准，授权企业在一定时期内无偿经营；另一种是主管部门通过招投标方式向社会公开拍卖线路经营权。目前，后一种方式正在成为各城市公交行业改革中普遍采取的方式。

以前，公交线路经营权大多是通过行政审批才能获得，具有一定的垄断性。企业无偿占有后缺少竞争意识和激励机制，服务质量无法保障。营运权的出让，一方面，吸引有一定的资金实力和管理经验的企业参与到公交事业经营中来，打破行业垄断，引入竞争机制，促使企业降低生产成本，提高运营效益；另一方面，缓解了地方政府的财政负担，所获的收益可以继续投入到扩大公用事业的规模，提高服务质量上来。政府通过出让营运权盘活了存量城市设施，存量效益的提高也为扩大增量提供了条件和动力。

政府职能部门不应直接参与企业的经营，但是应从总体上规划出让的线路、数量、期限等，加强对出让线路经营服务质量的监督力度，规范公交市场竞争秩序。对于一些乘客少、利润不高甚至亏损的无人愿意经营但社会效益大于经济效益的路线，政府应采取一定的措施以保证这些线路的继续运营。

2. 企业产权制度的改革

传统体制下的公交企业都是单一的国有独资企业。国有公交企业产权制度改革就是要打破单一的产权结构，形成资产的流动机制，使资源得到最优化的配置，有效调动各方面的积极性。

公交企业产权的改革即通过将公交企业实行股份化改组，再将企业部分国有产权或国有企业整体资产出售给社会部门，盘活公交资产存量，或者社会资金通过参股的方式参与新建的项目，将公交企业的单一所有权通过股份化改组转变为混合所有权或私营企业。产权制度的改革改变了原来企业的生产经营由国家严格控制的管理方式，促进了政企职责的分开，使企业作为独立法人参与市场竞争。企业在进行改制时，可以采取法人之间互相参股和内部职工入股、与民营资本或外资进行合资或合作、规范上市等多元化方式吸收投资。

职工以参股、入股的方式参与到企业的经营中来，构建企业和职工的利益共同体，可以增强职工对企业的认同感和责任感，调动职工对企业经营管理参与的积极性，加强对企业运营的监督，激励职工高效率的从事生产经营活动，提高企业的经营效益。例如：新乡市公交公司 2000 年 5 月，经公司全体职工投票表决，公司决定吸收职工入股，对分公司进行股份合作制改造，职工既是劳动者又是所有者，收入与效益直接挂钩。改制后，2000 年公司营业收入比 1999 年增长 36%，2001 年又增长 22%；盈利线路由改制前的不足 1/7 上升到 1/3；每运营里程平均亏损额由 0.53 元下降到

0.25元左右，同比减亏50%以上。

民间资本与外资的进入是解决资金问题的有效途径之一，公交行业的稳定的现金流也对资本的进入有着极大的吸引力。经过20年来的发展，我国的一些民营企业，其管理者素质和企业经营机制往往更适应现代企业运营机制的需要。而国外企业在经济实力、技术装备和管理水平等方面所具备的优势有利于加速我国公交企业的成长。民间资本与外资的进入还有利于打破国有企业垄断经营局面，促使国有企业政企分离，提高企业和资本的运作效率。近年来城市公交领域已经出现了许多主要由非国有经济主体（外资和国内民营企业）投资和经营的项目。例如香港九龙巴士是当前世界上规模最大、赢利状况最好的巴士公司之一，在继1997年与大连、2001年与天津当地的公交公司合作成立以经营公共汽车服务为主的合作合营公司之后，在2003年入主深圳公交，获得了深圳市公共交通（集团）的35%的股权。我国加入WTO后，由于我国市政公用行业并没有要求得到特别的保护，因此国外资本将会更多的进入市政公用市场。

对于有实力有条件的公交企业，可以进行上市。它是筹集大规模资本的有效组织形式，为社会大众提供了简便、灵活的投资场所，为企业提供了低成本、多元化的筹资渠道，为需要巨额资本的产业或大型企业的发展提供了良好的组织形式。对于企业而言，发行股票可以通过社会公众的引入和透明度的提高使上市公司的生产经营受到股东和公众的广泛监督，进一步改善运营效率和效益，企业上市的最终目的在于通过公司治理结构的转变提高运营的效率和业绩，建立现代企业制度。

表8.2　　城市公交公司上市情况

名称	时间	发行数量（万股）	发行价格（元）	募集资金（亿元）	主要投向
巴士股份	1996年	2500	5.8	1.4	城市公交运营
南京中北	1996年	1374	5.6	0.77	城市公交运营
北京巴士	2001年	8000	9.92	7.7	城市公交运营

产权制度的改革，打破了我国传统公交企业的单一所有制结构，变单一投资主体为多元化投资。由于我国过去各地市政公用行业建设投资主体单一且资金缺口大，地方市政公用行业发展缓慢。企业产权制度的改革为国有资本的部分退出，吸引社会资金在所有权和管理权方面进行参与，以实现资金的引入和效率的提高，推进公交行业发展带来了新的机遇。

我国各地的经济发展水平不一，大、中、小城市的发展水平也不均衡。企业选择那种改革方式、改革的力度要根据城市发展水平、企业自身的实际情况进行。例如上海、南京、北京公交企业上市融资；长沙、株洲、哈尔滨等城市与国内公交企业联姻；成都、大连、天津等城市引入外资；温州、昆明等城市采取职工参股的形式，总之，改革从实际出发，"宜股则股、宜连则连、宜上市则上市"。对于中小公交企业而言，宜采取租赁、承包经营、股份合作或经营权出让等形式。而大中型企业应利用改革的契机，优化企业的资本结构，通过参股、收购、兼并其他公交企业等形式，组建联营公司，走集团化战略。

3. 公交行业改革成就

（1）垄断经营的坚冰被打破

各地纷纷放开公交运营市场，出台相关政策，以鼓励各种资本进入公交运营市场，行业垄断和区域垄断逐渐被打破。例如南京有南京公交总公司、中北巴士公司和雅高巴士公司，形成"三驾马车"竞争经营的局面。而上海巴士实业（集团）股份有限公司1997年开始进行跨地域的业务开拓，先后组建了湖南株洲巴士、长沙巴士和江苏常州巴士、苏州巴士等公司，打破了公交市场的地域性垄断经营，2000年，四家公司的净资产收益率都达到了10%以上。在甘肃省通过的《兰州市城市公共汽车电车客运管理条例》中规定：政府应积极鼓励公民、法人和其他组织形式投身公共客运事业建设，客运路线实行特许经营管理，经营权通过招标方式取得。

（2）企业向多种所有制形式转变

随着经济体制改革的深化，特别是20世纪90年代以来，随着我国实施允许国内民间资本和外资参与国有企业改革改组的政策出台以及公用市场的逐渐放开，国内资本和海外资金纷纷进入公交市场，促进了国有资本和各类非国有资本的相互融合，出现了股份制、股份合作制及民营企业，公交投资主体呈国有为主导、社会和外资共同参与的格局，公交企业由传统的全民所有制向以公有制为主体，多种经济成分共同发展的体制转变。形成多种所有制共同经营、多家企业互相竞争的局面。

2002年，党的十六大报告提出的除极少数必须由国家独资经营的企业外，积极推行股份制，发展混合所有制经济；以及建设部《关于加快市政公用行业市场化进程的意见》等相关政策的发布，都将进一步促进公交行业的改革进程。

从公用行业角度看，政府作为出资人尽管可能不是公用行业中最有效率的运营主体，但是作为关系民生的公用行业来讲，政府始终是相关责任的直接承担者。因此在公用企业改制中国有资本不可能像在某些竞争性领域那样一次性大部分甚至全部退出，其公益性特点决定了国有资本的长期存在。只是国有资本不必保持绝对的控制权，而应保持相对控股地位，这样一方面使有限的国有资本集中用于更必要的领域，优化其结构和配置，用少量国有资本支配、带动更多的社会资本，扩大国有资本的作用。另一方面也有利于充分体现和发挥城市公共交通的社会公益性，保持社会的稳定，有利于政府宏观调控和行业的统一管理。

（3）促进了企业的科技投入

为了进一步提升服务水平，提高资金利用效益，公交企业加大了科技投入，运用科技化、信息化、数字化技术推进公交的发展。例如非接触式IC卡"电子月票"已在多个城市中被广泛使用；上海、深圳公交运用GPS卫星定位等先进技术，对车辆的运营情况进行实时监控；许多城市公交正在建立和完善公交数据库，为决策提供科学的依据，以提高行政决策的准确性和有效性；并且企业普遍提高了公交车辆的科技含量，使之向更加人本化、环保化、节能化方向发展。目前，长三角地区的上海、南京、苏州等16个城市正在酝酿公交IC卡的"一卡通"，以促进区域的公共交通的发展。

（4）企业得到了发展，经营效益和服务质量都有所提高

由于公交行业的改革，公交企业（城市公共汽车、无轨电车）的运营效益的严重亏损局面有了一定程度的改观，企业的实力得到了壮大。例如浦东公交公司原来每年需国家财政补贴5000万元，1995年企业实施改革，5年后，资产总额由9896万元增加到五亿多元，1999年创利4209万元；人车比例由11:1下降到4.3:1；企业投入的新车型占到总量的一半，服务质量明显提高，市民的平均出行时间缩短了20%。南京公交总公司在1997年开始进行改革后，1999年公司的营运年收入由2亿多元发展到4亿多元，车辆数由1 300辆发展到二千六百多辆，全市公交年载客量由3.6亿发展到七亿多人次，市民出行乘坐公交车的比例由3年前的8%上升到2000年的21%。

2002年，全国220多个城市公交企业实现盈利。上海公交企业以利润总额11292万元居于全国公交行业之首，广州、天津利润总额分别为6742万元和3391万元。轨道交通（地铁、轻轨）方面，上海的运营管理机制改革已初见成效，实现利润3863万元。

表 8.3 　　　　　　　　　　　**主要城市轨道交通运营情况**

城市名称	轨道运营线路网长度（公里）	客运总量（万人次）	运营收入（万元）	利润总额（万元）
北京	75	48242	58429	-5838
上海	63	35739.4	83079	3863
广州	18	6629	18500	-4728
长春	22	1052.71	753	-544

资料来源：建设部综合财务司《中国城市建设统计年报》中国建筑工业出版社 2002 年版。

　　但是，在我国公交行业改革进程中，由于传统的运行体制的影响以及一些历史的原因，公交行业改革进程中仍然存在一些问题。例如公交行业的定位尚不明确，尤其是公交的公益性和经营性如何结合问题；公交的票价政策和补贴政策如何制定；企业的多元化投资和多元化经营，对于企业的管理水平提出了更高的要求，而企业的管理层如何尽快提升管理水平以适应市场化进程；地方政府在吸引外资发展公用事业的过程中，如何规范政府行为，创造公平的竞争环境；由于历史原因造成的企业冗员如何安置等都是公交行业在今后的改革进程中需要进一步妥善解决的问题。

四　公共交通改革方向

（一）改革的原则 ①

1. 必须有利于引导我国城市化的健康发展，把城市公共客运交通建成市民可以信赖的主要交通工具，建立财政支持机制实行"公交优先"发展战略。

2. 必须坚持适应我国建立社会主义市场经济体制和我国加入世界贸易组织的要求，建立政府指导下的适度开放、有序竞争的城市公共客运交通市场。

3. 必须坚持多种经济成分共同发展的方针。

4. 必须坚持对不同公共客运交通方式、不同规模的城市采取分类指导、分步实施的原则。

5. 改革和力度和速度要同城市发展水平、企业和社会的承受能力相适应。

（二）改革的措施

1. 构筑高效的多元化和一体化公交系统

---

① 建设部课题："城市公用事业改革研究" 2002 年 10 月。

从"可持续发展"的观点出发，城市交通的目的是实现人和物的移动，而非车的移动。城市交通在达到便捷高效，提高人流、货流通畅效率的同时，也是一个从根本上改善人居环境质量，有利于可持续发展的重要战略问题。大力发展公共交通是解决我国城市交通问题、实现城市交通可持续发展的正确途径。这几年，一些城市投入巨资修建道路，但最多可以维持半年左右的交通缓解，公交出行的分担率长期徘徊不前，公交对居民出行的吸引力仍不够明显。其主要原因在于缺乏健全、高效、公平、价廉的公交系统。所谓"公交优先"，是指政府重点发展高效、快捷、方便、安全、舒适的公交系统。

第一，政策上，明确"公交优先"的发展战略。虽然我国早就提出大城市要应以公共交通为主的指导方针，明确将优先发展公共交通作为解决城市交通问题的主要途径，但是经过近二十年的发展，我国的公共交通依然相当滞后。究其原因一方面是由于我国公交事业改革的滞后阻碍了公交的发展；另一方面也是政府部门并未从根本上和战略上重视公共交通的发展，以至当城市交通问题日趋严重时再着手解决，显得尤为被动和困难。国外一些国家的发展经历表明，以私人小汽车为主体的机动车化交通结构一旦形成，要想改变就很困难了。因此，政府应当未雨绸缪，一定要明确公共交通的优先地位，并对公交的发展给予政策和经济上的支持，建设完善便捷的公共交通系统，吸引更多的居民选择公共交通的出行方式。

第二，从技术上保证"公交优先"。提高公交吸引力的关键是提高公共交通的方便性、准时性、舒适性。对于以公共汽车为主体的公共交通而言，有关提高公共汽车行驶速度的交通技术统称为公共汽车捷运技术（Bus Rapid Transit，BRT）。BRT涉及的范围十分广泛，例如：合理的公交线网规划与公交场站布置、科学的公交车辆调度优化、高速公路和地面道路公共汽车专用道和公交车道专用入口、公共交通信号优先、提高购买车票效率、自动车辆定位以及其他规划措施等，此外，还应提高车辆标准和环境保护方面的技术标准，减少噪声污染和空气污染，促进交通工具向更加人本化、环保化和节能化方向发展。尽管北京、深圳、昆明、南京、西安等一些大中城市已开辟了公交专用车道，并取得了一定的成效，但从总体上看，为保证公共交通优先通行而采用的技术手段仍然较为单一，还远没有达到预期的效果。今后要从多方面继续加大对公交优先技术保证的投入力度，建立公共交通优先的技术保障体系。

第三，提高公交运输管理水平。我国公共交通中的常规公交、地铁、出租车分属不同的部门运营管理，管理体制上的各自为政造成各种公交运输方式管理上的混乱。因此，应建设统一、协调和高效的运输管理系统，实现信息资源共享，规划、投资建设、运营组织、收费价格和环境等的统一管理，以先进的管理技术为手段，促使交通硬件和软件形成最佳组合，发挥交通体系的最大效益。例如，欧洲国家对公共交通制定统一的票价、统一的时刻表、统一的线路和统一的服务标准以达到整合和提高公交效益的目的。圣保罗、台北等城市实行联合票制，将"公交＋地铁"的出行看作为一次出行，增强公共交通对乘客的吸引力。上海引进的"一卡通"制度，让乘客使用一张卡，就能够搭乘不同的交通工具到达自己的目的地，这样不但大大方便了乘客，也可有效地改善公共交通运营管理，并且有利于全局性的公共交通政策和法规的制定。

在交通工具的运营和换乘管理上，应本着"以人为本"的原则，进行交通工具的换乘枢纽建设，合理地安排不同交通工具间的接驳系统，减少人们汇集的时间成本；为乘客提供全面、便于查询的乘车信息服务；协调经过同一车站的不同交通工具的时间表，节省乘客换乘时间；加强交通综合服务，包括信号指示标志、电子信息即时变换屏幕显示牌、自动售票和检票设施等；此外，还应统一建设方便残疾人和老人的出行的附属设施。此外，还要建立公交的联运、联乘机制，实行多乘优惠、公交联票、智能管理等措施，使出行者感到方便、安全和快捷。

2. 对企业的经营管理模式进行创新，建立起符合社会主义市场经济的现代企业制度

建立现代企业制度是国有企业改革的方向，要全面贯彻"产权清晰、权责明确、政企分开、管理科学"的十六字方针，使企业真正成为独立的经济实体和市场主体。根据市场经济微观运行机制与公交行业公益性、基础性的特殊要求，未来改革的基本目标是实现市场化和公益性有效结合，努力实现企业效益和社会效益的双赢。

大中型公交企业应当解放思想，更新观念，推进规范化的公司制改造，建立有效的激励机制和约束机制，形成科学合理的企业组织结构和完善的企业法人治理结构，真正转换经营机制。规模较小的公交企业通过主辅分离，培育自己在专业性服务上的竞争优势，并利用地区性和专业性特长同大中型企业建立密切的协作关系，充分利用自身优势提高企业竞争力。公交企业应打破现行的区域和所有制限制，广泛通过兼并、重组等形式进行资源整合，促使企业向规模化、集约化经营，尽快发展成为具有国际竞争

力的企业集团。

企业内部应强化管理，明确企业各部门的职责范围，制定严格、规范的工作制度，使内部管理行为有章可循，权责明确，确保决策和管理的高效。深化企业分配制度改革，充分调动职工的主观能动性。建立严格工作考核制度，把管理层的任用、职工收入、工作成绩和经济效益密切联系起来。要更新传统的公交发展观念，依靠科技力量发展公交。随着科技进步和生产力的发展，未来城市发展也要求公交发展中增加科技含量，如票务系统、车辆运行的实时监控、信息技术等，这是提高公交效率和效益的重要途径。要更新人才观念，未来公交发展竞争力、科技水平和管理水平的提高，行业内部结构优化等都离不开人才的作用，应采取多种形式，加强员工培训，吸引和培养一批高素质的管理和技术人才。持续推进社会服务承诺制度，大力开展规范化服务活动，使职工牢固树立服务意识。

3. 转变政府职能，提高管理水平，建立和完善法律保障

由于公交的基础性和公益性的特点，政府在公交发展中的作用不仅不能减弱，反而提出了更高的要求。政府的管理方式由直接管理变为宏观管理，从管行业变为管市场，将职能主要转向依法进行宏观调控、制定规划政策和市场规则、加强市场监督、完善社会服务等方面，使政府部门的职能回归到规划管理的本位。

由于公共交通的公益性，政府要明确规定各种形式的公交营运企业的权利与义务，统一管理，通过对企业制定各种管制政策和进行一定的行为约束，以确保整个系统的社会效益最大化。政府通过建立公平、公正、公开的市场环境，尽快健全市场准入和退出机制。建立起合理、有效的政策框架，在坚持统一规划、统一服务质量标准、统一市场准入制度的前提下，充分放开市场，对社会资金的参与进行积极的引导和有效的控制，在促进公交企业市场化发展，优化市场结构方面发挥作用，实现投资来源多元化和投资管理高度集中化相结合的局面。同时政府部门自身应加强硬件和软件方面的建设，提高管理水平和工作效率，切实为公交行业的改革和发展做好服务。

政府要建立和完善的专门法律法规体系和管理体制，一是给予公共交通发展以政策上的支持。发达国家在城市交通发展上，都有一套包括道路建设、公共交通发展、停车场建设、交通安全管理等在内的完整的城市交通法规体系。如法国的《国内交通指导法》、美国的《公共交通法》、日本的《电车法规》、《停车场法规》、《轨道交通企业管理法规》、德国的《公

共交通客运法》等等。我国目前还没有相关的法律体系，公交优先的战略思想也还未在相应的政策及法规中得到充分的体现和扶持。因此，我国要尽快完善城市公共交通法规体系。二是以保证公交企业的经营在法制的轨道上前进。随着我国经济体制改革的深入和市政公用市场的放开，一方面原有的建立在计划经济模式上的法规已经不适应改革发展的趋势；另一方面还有许多新的市场行为亟待法规的调整和规范。只有切实加快适应市场经济体制的相关的法律法规体系建设，才能确保行业的有序健康发展。

4. 建立合理的价格机制与政府补贴机制，扩大资金来源

城市公共交通行业在很大程度上承担政府公共投资品的供给任务，无论在哪个国家都具有社会的公益性与福利性的特点，公交企业的经营不仅要考虑经济效益，更要考虑社会效益。这一特性决定了公交企业不能像一般的工商业一样走完全市场化道路。

首先，建立合理的价格机制。一是要严格实行价格听证会制度，公开价格调整程序。我国《价格法》规定，制定"公用事业价格、公益性服务价格、自然垄断经营的商品价格"应当举行听证会。这是为了防止改革进程中，公交事业由国家垄断企业转变为团体或私人垄断企业后导致的价格失控而损害公共利益。二是政府要对市政公用行业的产品和服务制定有吸引力的价格，以达到吸引投资和为市民提供长期优质公共服务的目的。在既保证投资者通过提高生产效率和降低成本获得合理收益的同时，也要维护公众的长远利益。三是可以根据实际情况对价格进行灵活制定。在不同的时间、不同的地区、对不同的服务对象进行价格的浮动，可以起到引导和分配交通流量的作用。

其次，由于公交服务具有公益性的特点，应当建立合理的补贴机制。借鉴国外的各种公共交通税法，制定适合我国国情的公共交通税法，确保公交财政补贴的资金来源。交通发达的国家十分重视公共交通的社会公益性，作为政府优先扶持的重点项目大力发展，尤其是对于公交的投资与运营普遍给予财政补贴。

目前，公交企业改革走向市场化是我国建设社会主义市场经济的必然结果，也是公交行业增强自身生存能力的必然要求。但是，在这一过程中，不能将公交作为自负盈亏的行业实行全面市场化，片面追求利润最大化或视为财政负担的包袱而一甩了之。利用公交出行的主体是处于中低收入的工薪阶层，只有解决好这一占城市人口大部分的群体的日常出行问题，也才能谈得上一个城市政治、经济、文化等各个方面的可持续发展。因此，

我们在推行公交改革、设计制度方案的时候，不能为了尽快实现公交企业的盈利而漠视公众的利益。关键是要有明确的职责关系，在促进企业市场化发展原则基础上，建立一套科学合理的补贴机制，例如改变政府的补贴结构，变向企业提供补贴为直接向低收入市民提供补贴，变"暗补"为"明补"。直接向个人而不是向企业提供补贴，是为低收入市民提供补贴的同时，仍使经营者保持提高效益的动力的最佳手段之一。这样，票价仍可定在商业可行的水平上，经营者将通过提高效益来进行竞争，使得它们能以最低的成本提供最佳服务。对于公交企业的补贴以专项补贴的形式进行，将补贴化作投资增加国有资本规模的途径或者在税收等方面予以优惠等。政府一方面要给予企业一定的政策与支持以确保经营企业的盈利能力，提高经营企业的积极性，另一方面要保障对公益性投资和一些政策性运营正常收益，真正促进公交优先战略的实施。

5. 建立政府监管下的适度竞争的市场

在公交市场打破垄断，引入竞争，是促进国有公交企业提高效率的外在动力。但是公交行业自身具有自然垄断经营的特征，若使公交市场实行完全自由竞争会出现盈利线路经营者过多，运力过剩；而亏损线路无人愿意经营的现象，并且由于客运资源的相对稳定性，完全的自由竞争也将导致盈利路线变为亏损路线，资源得不到有效配置，造成企业经营效益和行业服务整体水平不高。并且过多的企业将使政府监管成本上升，牵扯更多的精力在市场秩序的维持上。因此在创建竞争环境时，允许参与竞争的企业并非越多越好，尤其是一些私人企业基本上是以追求最大利益为目的。我国公交行业对社会资本的放开后，曾吸引了大量资金进入公交市场，一度繁荣了公交市场，但车辆过快增长，超过了客源增长率，使得市场竞争秩序变乱；企业数量过多，市场过度分割，既不利于管理，也不利于公交事业的发展。

因此，政府在引进竞争机制上，正确处理好放开度和竞争度。要逐步优化市场结构，实现投资来源多元化和投资管理高度集中化相结合的局面。实行在政府监管下的统一规划，统一管理、适度开放、有序竞争的城市公共客运交通市场才是更具效益的有效竞争。

五　公交行业市场化融资改革案例

案例一：北京巴士改制和上市——彻底改变了公交传统的计划经济模式

北京公交总公司是一个有八万多人的国有大型公交骨干企业。过去由于历史原因，在体制、机制、票制上都存在一些问题，这几年总公司作了许多改革。他们用市场化经营的新思路进行大胆改革。在八万职工中，用五万人来从事公益性的车辆，划出三万人来从事市场化经营，把经营性亏损与政策性亏损分开。成立北京巴士公司就是其中一个成功的尝试。

1. 北京巴士股份有限公司是由北京市公交总公司联合北京城建集团有限责任公司、北京城市开发集团有限责任公司、北京北辰实业集团公司、北京华讯集团等于1999年6月共同发起设立的。

2. 该公司1999年6月成立以来，通过一年的规范运作，终于获得了股票发行资格。巴士公司8000万股A股股票于2001年1月4日在上海证券交易所公开发行。本次发行每股份价格9.92元，募集资金7.7亿元，将主要用于北京公共交通建设。

3. 北京巴士公司主营业务为客运和广告业务。现在运行车辆二千六百多部，专线线路近六十条，员工8000人。成立来业绩显著。仅1999年，就创利润七千多万元，其中线路运行利润四千多万元，广告利润三千多万元。广告收入在全国城市公交中高居榜首。

评析：北京巴士的改制和上市，标志着北京公交行业正在改变传统公交"车辆投资靠国家，运营亏损靠补助"的计划经济模式。标着北京公交产权制度改革和资本营运拉开了序幕。这是公交行业一条公益性与市场化结合的新路子。我们公交改制工作进行了多年，不少企业改制比较规范，经营效果不错，但迈向资本市场的步伐不够快。今后政府应积极支持推荐，具备条件的公交企业尽早规范上市。资本市场的启动，进一步带动了企业在人事、分配、劳动用工等制度的改革，为转变企业经营机制增添了动力。

公交改革成败的重要标志之一是老百姓满意不满意，方便不方便。由于北京巴士注重社会效益和企业形象，车多、车况车容好，服务到位，价格合理，深受群众欢迎。过去是人找车，现在是车找人，哪里有新的住宅小区，就把线路开到哪里，不管线路有多长，取得了经济效益和社会效益双赢的局面。

案例二：南京公交适度放开，有序竞争，换来勃勃生机

南京市公交总公司始建于1931年，是一家曾独占南京市城市客运市场的国有大型企业。1997年9月和1998年5月，在市政府的决策下，南京公交客运市场一分为三，由公交总公司划出24条运营线中及其生产人员和场站设施，先后成立了公交雅高巴士公司和中北巴士公司，拉开了南京城市

客运有序竞争的序幕。

除了雅高、中北两家合资公司有较好的效益外，总公司也通过有序竞争得到迅速发展。占有南京公交市场三分之二份额的南京公交总公司面对五千五百多名离退休、内退和下岗人员及一亿多元挂亏的严峻形势，坚决实施"改革创新，减人增效，转换机制，抢占市场，加强管理"的20字治企方略，经过二年多时间的努力已取得了一定成绩。从公司经营状况看，1999年在财政补贴减少2/3的情况下，补助前亏损比1997年减少73.48%，补助后盈利5069万元。1999年与1997年期末相比，在岗职工人数减少二千多人，运营车辆增加四百多辆，新车80%以上。职工年人均收入11062元，高于南京市职工年人均收入水平。从全市公交客运市场来看，公司在1999年实现了三个翻番，即车辆数由1300辆发展到二千六百多辆，营运年收入由二亿多元发展到四亿多元，年载客人数由三亿多人次发展到七亿多人次。市民出行方式中，乘坐公交车的比例由过去的8%上升到21%，乘客满意率也高达95%以上。

评析： 南京公交改革给我们有两点重要启示。一是搞改革领导决心要大，态度要坚决，不能左顾右盼，不能犹豫不决。刚一开始，许多职工对一分为三（即总公司分出雅高、中北）想不通，但经过一段实践，大家逐步体会到这样做的好处，现在职工思想认识比较一致了，改革效果也比较明显，得到国内同行的肯定。二是公交行业是公益性、社会性很强的敏感行业，改革必须积极、稳妥，南京市根据本地实际，实行适度放开，不是放开不管，自由竞争，而是有序竞争，全市三家公交公司企业开展竞争，市场放而不乱，改革稳步健康发展。

案例三：上海公交行业的改革

上海公交改革以前，企业在计划经济体制下实行垄断经营，缺乏竞争压力。从1987年起上海公交出现亏损，1989年财政亏损补贴达2.5亿元，以后历年国家财政补贴呈递增趋势，至1995年，政府补贴达到8亿元。1996年，上海政府将公交行业推向了市场，取消了每年近八个亿的财政补贴，企业自负盈亏。上海公交实行票制、体制、机制的"三制"改革。

一是改革票价票制，取消使用了几十年的公交月票，打破了"大锅饭"。为优化收费系统，提高劳动生产率，改善乘车条件奠定了必要的基础。

二是改革补贴机制，改暗补为明补，采用倒逼成本方法，切断后路，促使企业挖潜增能、分流人员、降低成本，初步实现了公交投资建设与经营的分离。

三是改革经营、管理体制，撤销独家垄断的上海公交总公司，划小核算单位，下属 13 家运营分公司全部实行独立核算、自主经营，形成多家经营的竞争格局，企业主动提高服务质量，改善车况设施，吸引客流，初步适应了市场经济发展的要求。

公交的"三制"改革，打破了公交独家经营的局面，培育了多家经营、适度竞争的客运市场，有效抑制了公交的巨额亏损，优化了财政补贴，初步建立了符合市场经济原则的经营模式，提高了劳动生产率和服务水平，使全市公共交通协调发展，适应上海城市快速发展的需要。

案例四：成都市出让公共汽车线路特许经营权

为打破长期以来城市公共汽车线路由国有公交公司独家经营的格局，引入市场竞争机制，提高城市公交营运的服务质量和经济效益，成都市人民政府于 2002 年 6 月，首次出让 6 条公共汽车线路的特许经营权，通过公开向社会招投标、拍卖等形式，实现公交线路资源的市场化配置。

成都市本次出让的公共汽车线路特许经营期限为 8 年，凡在成都市注册的国有、集体、民营、三资企业均可申请投标。本次特许经营权出让采取拍卖的方式有偿出让，在转让过程中将充分体现公开、公正、公平的原则，同时防止恶意抬价。特许经营权不向个人出让，也不允许采取带车挂靠、全承包或变相将线路特许经营权转卖、化解给任何个人的方式经营，否则由市政公用局收回特许经营权，由此产生的经济损失和责任，由转让方和受让方自行承担。

评析：以往公交线路经营权的确定大都是靠行政审批获得，企业无偿占用后没有竞争意识，服务质量也无法得到保障。公交线路经营权通过招投标形式确定，是促进竞争，提高服务质量的好办法。通过招标合同，对企业经营线路的管理方案和优质服务措施提出具体的要求，谁能提供更好的服务，谁就有权经营线路，经营企业一旦在限定的经营期限内，达不到规定要求的，将被到期收回线路经营权，情节严重的还将取消其线路的经营权，交由其他有能力的企业经营，这样政府职能部门对线路经营服务质量的监管力度将大大增强。同时，这样做也可促进现有公交线路经营质量的提高，让不合格的经营企业退出线路经营。

特许经营是政府行为，是政府管市场的一种重要手段，这个权必须掌握在政府手里。公交企业又是带有社会公益性的敏感行业，不能损害群众利益。成都市在进行这项改革中牢牢把握住这两个关键问题，使改革一举成功，做到了改而不乱，坚持了正确的方向。

第四节　城市污水和垃圾处理行业改革

一　城市污水和垃圾处理行业发展概况

2003年底，我国660个城市污水排放总量为349.2亿吨，比2002年城市污水排放总量增加3.3%。2003年全国有污水处理厂612个，比2000年427个增加了43%，总规模增长了97%，其中二级生化处理厂的规模增长114%。污水处理厂处理能力由2000年的2158万立方米/天增加到2003年的4253万立方米/天，污水处理能力大约翻了一番。城市污水处理率达到42%。近十年来，我国城市生活污水排放量以每年5%的速度递增，1999年首次超过工业污水排放量，到2001年，全国城市生活污水排放量227.7亿吨，占全国污水排放总量的53.2%，其中2/3的生活污水未经处理直接排放，流经城市的河段普遍受到严重污染。"九五"期间，是城市排水投资和设施能力增长最快的时期，排水包括污水处理累计投资达602.7亿元，新增城市污水集中处理厂89座。2002年，污水处理固定资产投资144.1亿元，比2001年增长23.8%。

1996年，国家开始施行《固体废物污染环境防治法》，使固体废物污染防治方面做到有法可依，城市垃圾处理走上依法管理的轨道。目前我国城市垃圾产量以每年6%—8%的速度增加。到2002年底，全国建立垃圾无害化处理厂共651座，处理能力21.55万吨/日，生活垃圾无害化处理率为54.24%，其中西部地区这一指标仅为37.59%，而且整体处理质量较低。但也有一些省份，如江苏和浙江两省这一比例分别达到了85.49%和86.11%，大大高于全国平均水平。

通过引进技术和自主开发研究，我国城市污水和垃圾处理技术水平有了较大提高。在城市污水处理方面，已经形成了十多种适合国情的工艺技术，国产设备日益完善。针对水源短缺的状况，污水再生利用成为缓解水资源短缺的重要措施，污水深度处理工艺迅速发展，为污水资源化提供了必要的技术支撑。城市垃圾处理技术也得到了较大发展，垃圾堆肥、卫生填埋、焚烧处理和资源综合利用等方面取得了一大批重大科技成果。在城市生活垃圾收集方式上，正在经历由散装、袋装收集向分类收集转变。

相关的技术政策、经济政策不断完善。相继颁布了《水污染防治法》、

《固体废弃物污染防治法》和《城市市容和环境卫生管理条例》等法律、法规，并出台了一系列技术标准规范，这些都为依法管理城市污水和垃圾治理，提高建设和运营水平奠定了基础。2002 年 6 月份发出的《关于实行城市生活垃圾处理收费制度，促进垃圾处理产业化的通知》，对污水和垃圾处理设施的投资建设、运行管理产生了深刻的影响，为促进体制改革、机制创新，逐步实现污水和垃圾处理的企业化经营、市场化运作、产业化发展提供了必要的条件。

根据"十五"计划纲要和《"十五"城镇化发展重点专项规划》，"十五"期间我国要新增城市污水日处理能力 2 600 万立方米，新增城市垃圾无害化处理能力 15 万吨/日，2005 年城市污水集中处理率达到 45%，50 万人口以上的达到 60% 以上。实现上述目标，需要巨大的资金投入，仅靠各级政府财力远远不够。各地区只有转变污水、垃圾处理设施只能由政府投资、国有单位负责运营管理的观念，解放思想，采取有利于加快建设、加快发展的措施，才能切实推进城市污水、垃圾处理项目建设、运营的市场化改革。

二　城市污水和垃圾处理企业存在的主要问题

（一）管理体制和运行机制不适应市场经济发展

产权不清，政事不分，事企不分，机制不顺等问题还比较普遍。城市污水处理厂的运营缺乏有效约束机制，环境监管难到位。2004 年全国环境监察系统对已建成的 532 座污水处理厂的检查显示，仅有 52 座实行了市场化运营，90% 仍由政府包办。306 座污水处理厂未按规定安装在线监测装置。从总体上看，城市污水和垃圾处理的管理体制改革进展缓慢，政府主管部门直接负责污水和垃圾的设施建设和运行管理，政企不分、政事不分、管干不分，以至造成机构臃肿，队伍庞大，效率低下，缺乏激励机制和成本约束机制。

由于污水和垃圾收费机制的不健全，严重阻碍了社会资本进入的积极性。污水和垃圾处理设施主要还是依靠政府财政拨款建设，单一的投资渠道，造成了建设资金严重不足。相比较其他公共事业，污水和垃圾处理的发展速度明显滞后。2002 年，全国污水处理率为 39.97%，其中污水处理厂集中处理率仅为 24.28%，中部地区这一比例更是只有 14.28%。全国生活垃圾无害化处理率为 54.24%，在西部地区为 37.59%。2002 年，对污水处理的投资额为 144 亿元，比 2001 年增长 24.14%，相比其他公共行业增幅较小。而垃圾处理的固定资产投资额只有 29.7 亿元。

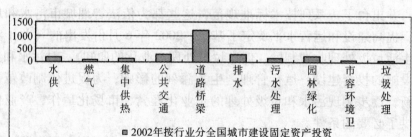

图 8.8 2002 年按行业分全国城市建设固定资产投资

资料来源：建设部综合财务司：《中国城市建设统计年报》，中国建筑工业出版社 2002 年版。

（二）设施建设欠账较多，污水处理能力不高，个别地方厂网建设不配套，特别是一些重点流域地区和近几年建设的城市污水处理项目，使已建成的污水处理设施不能正常运营和充分发挥效益。

我国城市污水和垃圾处理能力和设施与实际需求仍然存在较大差距。"九五"期间，虽然国家实行了积极的财政政策，增加了对城市污水和垃圾处理设施建设的投入，但是由于这一方面的历史欠账太多，设施建设滞后的问题仍较为突出，污水和垃圾污染城市环境的状况依然严重。监测表明，约 63% 的城市河段受到了中度或严重污染，97% 的城市地下水受到了不同程度的污染，约 46% 的城市生活垃圾没有经过无害化处理。污水和垃圾处理的滞后成为制约城市可持续发展，影响城市人民生活质量的一个重要因素，也是改善人居环境的最大制约。

由于重视污水处理厂的建设，而在一定程度上忽视了污水管网的铺设，造成在已建成的污水处理厂中，由于管网不配套收水量太小，污水处理远达不到设计规模，污水处理厂面临着"大马拉小车"的共性问题。污水收集管网建设中，雨污不分、生活和工业污水不分的现象，降低了污水处理厂系统的整体效率。以至于一方面污水处理厂的处理能力长期得不到充分利用，另一方面大量的污水由于没能纳入管网而直接排入河道，污染城市环境。2004 年全国环境监察系统对全国的城市污水处理厂运行情况开展的专项检查情况显示，被检查的 532 座污水处理厂中，有 275 座非正常运行，占 51.7%。而在 275 座非正常运行的污水处理厂中，43 座基本没有正常运行，占 8.1%；运行负荷不足 30% 的 121 座，占 22.7%；年设计处理能力为 145.6 亿吨，而实际处理量为 95.9 亿吨，仅为设计处理能力的 65.9%。

其中192座污水处理厂因收集管网不配套难以正常运行，占36.1%。

（三）污水和垃圾收费制度和投资运营偿还机制还没有完全建立起来，不利于吸引社会资本和推进产业化的发展。

我国各地的污水处理费价格差异很大，每吨水中的污水处理费有的城市达到1元，有的只有0.2元，部分城市甚至还未开始收取。收取的对象，各个城市也有不同规定。2004年上半年对已建成的532座污水处理厂调查表明，340座已征收污水处理费，但实际收费额仅为0.26元/吨污水。污水处理收费标准低，征收不到位，远远不能满足污水处理厂正常运行所需的费用。垃圾处理收费也面临着相似的问题，到2002年底，全国有21个省、自治区、直辖市的171个城市实行了城市垃圾处理收费制度，开征比例仅占全国660个城市的25.9%，尚有9个省（区、市）尚未开征垃圾处理收费。而在已开征收费省份的开征面也多在10%—40%，垃圾处理收费普遍存在开征面太小、收费标准低、收缴率低等问题，收费机制尚不完善，难以满足项目建设和运营的需要。

三　污水和垃圾处理改革方向

（一）污水和垃圾处理改革的原则

1. 坚持可持续发展原则。坚决纠正以牺牲环境为代价发展经济的行为，坚持经济建设和环境保护设施同步规划、同步建设、同步发展，着力保护和改善生态环境。

2. 转变观念，污水和垃圾资源化，从充分利用资源出发，分类收集、分类处理。

3. 建立城市污水、垃圾处理产业化新机制。

4. 改革价格机制和管理体制，鼓励各类所有制经济积极参与投资和经营，逐步建立与社会主义市场经济体制相适应的投融资及运营管理体制，实现投资主体多元化、运营主体企业化、运行管理市场化。

（二）改革的主要内容

1. 逐步实行城市污水、垃圾处理设施的特许经营

长期以来，由于我国城市污水和垃圾处理作为公益事业，从设施的投资建设到运行管理以及运行费用，由政府统管包办，体制和机制上的弊端大大制约了城市污水与垃圾处理的发展。必须改革管理体制和运行机制，对污水和垃圾处理项目建设与运营管理要按照企业化、市场化的模式运作，推动产业化发展。城市污水和垃圾处理运营和环卫作业的事业单位，要在清产核资、

明晰产权的基础上按《公司法》逐步改制成独立的企业法人，尽快成为自主经营、自负盈亏、自我约束、自我发展的法人实体和市场主体。打破城市污水和垃圾处理垄断经营的格局，积极培育和发展多种经济成分的运营和作业企业，通过招投标等方式参与竞争。逐步建立符合市场经济要求的、多元结构的、规范有序的城市污水和垃圾处理运营的新体制。

在政府统一规划下，允许多种经济成分参与建设和经营，实行投资主体多元化、投资渠道多元化、投资方式多元化。新建城市污水、垃圾处理设施应创造条件，积极推向市场，政府通过招标选择投资者，经营企业通过与政府部门签定委托经营合同，提供污水、垃圾处理的经营服务。鼓励社会投资主体采用独资、合资、合作经营、BOT等多种方式投资或与政府授权的企业合资建设城市污水、垃圾处理设施，缓解政府财政压力，提高污水和垃圾处理设施的运行效率。将现有污水、垃圾处理设施在资产评估的基础上，通过招标实现经营权转让、盘活存量资产，盘活的资金用于城市污水管网和垃圾收运系统的建设。要引入竞争机制，在政府控制收费标准、污水排放标准和有关服务标准的条件下，由多家企业竞争承担污水和垃圾处理任务，以不断降低运营成本，提高服务质量。

2. 逐步理顺和改革污水和垃圾处理费的价格

推进价格改革，建立完善的垃圾处理收费机制，保证垃圾处理企业获得合理的利润。逐步建立符合市场经济规律的污水、垃圾处理收费制度，为城市污水、垃圾处理的产业化发展创造必要的条件。污水和垃圾排放者承担相应的责任，体现了市场经济原则。世界各国对污水和垃圾处理都是收费的，主要通过以下三种方式，第一种是高福利社会的高额税收；第二种是收税与收费并存，发达国家主要采用这种方式；第三种是收费。我国处于从计划经济向市场经济过渡阶段，主要采用收费方式。

污水和垃圾处理收费标准按保本微利、逐步到位的原则核定，保证运营费用和建设投资回报，以利再建和扩建，同时根据排污单位的水质和水量来确定收费标准。通过建立合理的垃圾和污水收费制度，为实现企业化、市场化运作创造条件，实现污水、垃圾处理的良性循环。在建立合理的价格形成机制的前提下，建立统一市场准入标准，广泛吸纳国内多种经济成分的投资和国外资金，推进污水资源化建设的投资主体多元化。同时，要引入市场竞争机制，促进污水和垃圾处理的企业化社会化改革，提高效率，降低成本。

3. 厂网建设统筹规划，鼓励建设污水再生利用和垃圾资源化设施在统筹规划的基础上，坚持"厂网并举、管网先行"。合理确定污水处理工艺、规模，加强对配套管网的建设，扩展污水收集管网的服务范围，确保工程切实发挥效益。同时为适应城市生活垃圾处理的发展趋势，在管理理念上，逐步地从被动的末端治理向从源头开始的全过程管理转变。要改变把污水和垃圾作为废弃物来处理的观念。建立有利于鼓励使用再生水替代自然水源以及垃圾资源化的成本补偿与价格激励机制，推动城市污水的再生利用和垃圾的资源化。

把废物和污水资源放在首要位置，从充分利用资源出发，分类收集、分类处理。垃圾中的金属、玻璃、塑料、纸张要尽可能回收利用，垃圾中的有机成份可以制成有机肥，填埋气体和可燃烧部分可以用来发电，而不仅仅是被动地进行处理。加强污水资源化是从根本上缓解水资源短缺、减轻水污染压力的重要措施。制定鼓励源头减量、分类收集、资源再利用的政策，有条件的地方建立垃圾综合处理厂，按垃圾分类进行处理和利用，提高垃圾资源化水平。通过市场机制，激发实行生活垃圾分类收集的内在动力，带动减量化、资源化，并从中获得相应的经济效益。

4. 构建城市污水、垃圾处理产业体系，提高处理水平

污水与垃圾处理，涉及到设施建设、运营管理、技术开发、设备生产和资源再生利用等诸多方面，应形成完整的产业体系。也就是形成污水、垃圾设施建设、运行管理体系，技术与设备维修服务体系，综合利用体系。围绕污水、垃圾处理产业化，实现服务社会化，形成一个相互连接的产业链，构成完整的垃圾、污水处理产业。

不断提高污水和垃圾处理的整体水平和效率，以实现"减量化、无害化、资源化"为目标。城市垃圾处理厂（场）的建设，必须严格执行国家和有关部门颁发的技术标准，提高垃圾填埋的无害化水平，防止对环境造成二次污染。

5. 转变政府职能，理顺管理体制，加强市场监管，规范建设和营运行为

推进政企和政事分离，改变对城市污水和垃圾处理行业直接运作和管理的模式，将政府管理的重点转移到建设规划、政策法规、技术规范的制定及其市场监督上来，加强市场的培育和规范，为城市污水和垃圾处理的市场化、产业化发展提供必要的指导和服务，为国内外投资者营造公开、公平、公正的市场竞争环境。理顺污水和垃圾处理产业的管理体制和各部门之间的管理权限，避免多头管理造成的责任不清和管理的混乱。

进一步改革相关企业资质的行政审批制度，实行项目公告和公开招投标制度，研究市场准入和退出机制。明确有关的责任主体，包括产生并排放污水和垃圾的企业和个人，也包括处理污水和垃圾的企业。污水和垃圾的排放与处理关系到社会公共利益，要明确政府的监管职责和监管范围，加强监管力度。通过建立独立、公正、符合行业特点的产品和服务质量监测体系，对运营企业的污水和垃圾处理质量进行规范的监测，为政府的市场监管提供必要的依据和手段。

四　污水和垃圾处理市场化融资改革案例

案例一：广州西朗污水处理工程项目

广州市目前已建成污水处理厂有大坦沙污水处理厂（33 万吨/日），猎德污水处理厂（22 万吨/日），经济开发区污水处理厂（3 万吨/日），处理污水总能力为 58 万吨/日，处理率为 19.6%，采用准 BOT 建设的西朗污水处理厂，规模为 20 万吨/日，同时包括 28 公里的排水管网和污水泵站，总投资 9.8 亿元，其中土地和已建管道和泵站工程约三亿元。

具体操作模式为美国 Lemna 公司与广州市隧道开发公司（政府公司）成立中美合资广州西朗污水处理有限公司，合资公司美方融资 6.8 亿元，中方已建固定资产 3 亿元。该合资公司首先与市政府谈判（建委作为市政府代表），签订污水处理服务协议，确定服务单价为 2.5—3 元/立方米之间。然后合资公司开始融资，贷款 6.8 亿元建设费用（工行广东分行等几家银行中标），下一步合资公司作为业主招标工程建设总承包商，香港亿辉发展有限公司中标，负责工程建设。最后招标确定运营总承包商，北京城市排水公司中标。

该项目由广州西朗污水处理有限公司投资并运营 17 年，17 年后移交给广州市政府。运营总承包商中标总包价在 0.60—0.65 元/立方米之间（价格随处理量、处理水质、物价等因素进行调节）。回报率处于 10%—15% 之间。

该项目的合同已于 2000 年签订，整个项目开始建设，计划于 2002 年底完工通水。

评析：现在市政基础设施纯粹采用 BOT 运作的较少，常采用准 BOT。准 BOT 是政府将土地或工程中部分已建设施以固定资产的形式划拨给某国有公司，作 BOT 的公司与该国有公司成立一定合资或合作公司，该合资公司再与政府签订服务协议。该合资公司将按照两家出资母公司的指示，独立融资，建设并运营该工程项目，资本收回并获得一定利益后，将工程资产再重新移交给政府。准 BOT 主要可减轻政府的投资压力，同时在项目回报中国有公司也可得到与投资比例相同的回报。该回报用于支付一定的运营费用，进一步减轻政府在运营中的负担。该形式为改革城市排水行业的投资渠道提供了一个很有意义的借鉴。目前，采用准 BOT 方式建设的还有北京亦庄开发区污水处理项目。

案例二：深圳市宝安区老虎坑垃圾焚烧场工程

深圳市宝安区目前生活垃圾产生量约为 2700 吨，分期规划 3 个垃圾处理场。其中宝安区老虎坑垃圾焚烧场工程，规模为 12 万吨/日，每年处理 43.8 万吨，场内工程总投资约 5 亿元，为焚烧场配套的水、电等设施投资 1.3 亿元。

工程项目的建设采用 BOT 方式，经过招投标后，选择了新加坡吉宝机械公司。整个场内投资由吉宝机械投资，实际建设规模为 1500 吨/日，采用固定式机械炉排炉 3 台，每台每日焚烧能力为 500 吨。场外配套由宝安区政府投资（区政府财政投入），约 1.38 亿元，每吨垃圾的工程建设费用为 42 万元。

协议中规定项目由吉宝机械投资并运营 25 年，25 年后整个垃圾焚烧场移交给宝安区政府。在 25 年运营期内，每处理 1 吨垃圾，区政府保证给吉宝公司 60 元人民币，并随物价有一定的变化（目前正在计划收取垃圾处理费，作为补贴来源），同时发电的上网费用全部归吉宝公司所有，每吨垃圾的总收入水平在 180 元左右，相当于回报率为 11%—13% 之间（随物价指数变化），外方要求的条件是垃圾的热值在 1000—2000 大卡/千克之间。政府要求尾气要达标排放，垃圾渗滤液计划回喷到垃圾焚烧炉内。

该项目的合同已于 2000 年 4 月签订，计划于 2002 年底完工点火。

评析：BOT 是由一家公司进行全部投资、运营，与政府签订服务协议。该项目是国内垃圾处理行业采用 BOT 最早的项目之一，BOT 主要可减轻政府的投资压力，该形式为改革城市环卫行业的投资渠道提供了一个很有意义的借鉴。但政府应对该场运营中的废水、废气和废渣进行严格的监控管理。

第五节　城市道桥建设改革

城市道路是城市交通运输的载体，是发展城市经济、保证城市功能和人民生活正常运转的必不可少的重要基础设施之一，如同城市的骨架支撑着城市的发展。城市道路对城市的社会经济活动具有全局性和先导性的作用，其建设水平与城市的社会生活和经济发展有密切的关系，我国的城市道路建设正是基于经济快速增长的内在要求而迅速发展起来的。

一 我国城市道路现状

伴随着经济的增长，我国城市化水平有了很大提高，城市化率由 1978 年 17.9% 增长到 2002 年的 39.1%，城市个数由 190 个增加到 660 个，城市建成区面积达到 25972.6 平方公里，随着城市数量的增加和规模的膨胀，道路建设也随之有了较大幅度的增长。同时，由于经济的发展，城市交通日益机动化从而引致交通需求大幅度增长，据统计，全国机动车保有量已由 1978 年的 158.87 万辆增加到 2001 年的 7398 万辆，年均增长 18.17%，个别城市的增长率高达 30%。为了容纳更多的机动车辆，道路不断被改造、拓宽，城市道路面积迅速增长，且增幅超过了道路长度的增幅。

截至 2002 年底，全国城市道路长度达到 19.14 万公里，道路面积 27.72 亿平方米，与 1978 年的 2.70 万公里和 2.25 亿平方米相比，年均增速分别为 8.5% 和 11.03%，但是相对于机动车年均 18.17% 的增长速度而言，道路的增速显然是滞后的，总量的供给处于绝对短缺的状态。人均道路面积从 1978 年的 2.93 平方米增加到 2002 年 7.87 平方米，年均增长 4.2%，不仅增长速度明显慢于总量的增长速度，并且在数量上也处于较低的水平，与国外一般发达国家人均道路面积 20—40 平方米相比，仅为 1/6 到 1/3。

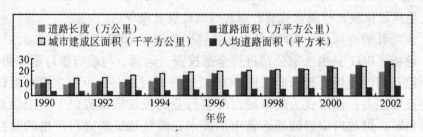

图 8.9 1990—2002 年我国城市道路发展统计图

资料来源：《中国城市建设统计年报》，中国建筑工业出版社 2002 年版。

迫于交通设施的严重的供需矛盾，城市对道路设施建设给予了极大的重视。道桥建设投资占城市基础设施固定资产总投资的比重从 1986 年 25.1% 增长到 2002 年的 37.9%，并且从 1993 年至 2002 年这一比例每年都保持在 35% 以上，城市道路建设已成为城市基础设施建设的重中之中。

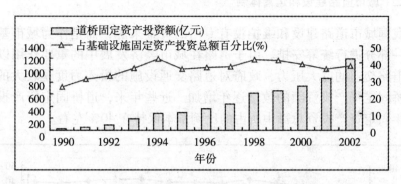

图 8.10　**1990—2002 年道路桥梁建设投资状况**

资料来源：《中国城市建设统计年报》，中国建筑工业出版社 2002 年版。

虽然每年投入大量的资金用于道路的建设，但是城市道路面积的增长幅度显然低于投资额的增长，其中的原因除了人工、材料和设备等价格上涨之外，也包括由于城市拆迁等原因导致的城市道路建设成本的上升，越是在大城市，道路建设的边际成本越高。这也体现了对道路的需求与有限的土地资源间的矛盾。

城市道路设施的建设相对于城市经济发展来说，需要有一定的超前性或至少是同步的。但是，从总体上看，我国道路设施虽然有了较大幅度的

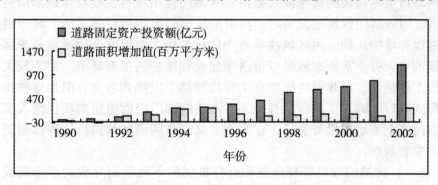

图 8.11　**1990—2002 年道桥投资额与新增道路面积比较图**

提升，但是仍然严重滞后于城市经济和人口的发展，不能满足需求的增长，这就不可避免地造成道路设施的过度使用，道路服务水平和承载能力下降。随着我国城市化进程进入高速发展阶段，对城市道路的发展能力也提出了更严峻的挑战。

二 城市道路建设和运营体制

我国城市道路建设和维护没有专门的资金来源，而是作为城市基础设施的一部分进行统筹安排。由于道路在城市经济发展中的重要作用以及面临的道路交通的巨大压力，政府对道路交通设施的投入力度是较大的，对于道桥固定资产投资额的数量逐年增加。近些年来，道桥固定资产投资额在本年固定资产投资总额中所占的比例基本保持在40%左右。

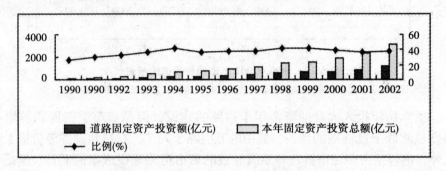

图8.12 1990—2002 道桥投资额与比例

我国各级地方人民政府的市政工程行政主管部门（以下简称市政部门）是城市道路的建设、养护维修、路政管理部门。在计划经济体制下，我国城市道路建设的运作模式是由市政部门提出项目，政府计划部门进行审批，财政部门核拨建设资金，再由市政部门组织项目的实施。城市道路的建设和维护长期采用区域性垂直一体化结构，由地方公用事业管理部门所属的企业行业垄断本地区城市道路建设和维护的所有环节。对于较大的路段工程建设，市政府往往建立工程指挥部予以协调各方，但是这种指挥部形式难以明确真正的项目责任人，由政府部门出面组建的项目法人实质是在经济上不承担投资责任，在管理上又没有明确的约束。这种体制的弊端主要表现在：

（一）传统的项目管理体制和运行机制的不科学而导致的资金短缺与浪费现象并存

造成这种现象的主要原因在于：

1. 政府投资决策的失误。政府对项目的选择、评估、实施以及资金的利用缺乏统一的统筹规划，也没有建立一套科学完善的决策体系。现实中往往出现为了城市政府为了追求所谓的政绩而突击建设的项目，重复建设或者低质量的工程造成了低效益的服务设施。

2. 产权不明和政企不分。市政单位既是资金的使用主体，又是相应施工的提供者，编制预算、管理资金和工程核算于一身，很显然存在一种利益矛盾，资金在使用过程中缺乏有效的管理监督约束机制，透明度较低。市政单位通常具有公共垄断性，受到市场机制的约束较弱，资金使用者缺乏控制成本和保证质量的动力，决算超概算的情况屡屡发生，道路施工的成本经常比竞争环境的施工成本高出20%至30%，资金利用效益低下。

3. 监管不利和技术的落后。建设单位与管理部门之间权责利不明，对道路的施工质量缺乏严格的管理监督机制，使一些施工队偷工减料，有的施工未严格按技术要求、操作步骤和用料标准等要求进行，有的施工队为了赶工，不等到养护期满就将道路投入使用，致使路面强度降低，在车辆的碾压下，路面极易出现凹陷裂痕。建设和维护技术的落后导致了道路的快速毁损。质量的低劣要求工程二次返工或花更大的力气进行修补，造成投入资金的二次浪费，加剧了原本就严重短缺的资金缺口。

（二）企业缺乏约束和激励机制

自1996年后，随着建设项目法人责任制的推行，工程建设管理体制改革取得了很大进展，从投资咨询、设计施工、工程监理到设备采购、技术引进等环节普遍采用了招投标、承包制等市场竞争的管理办法。但对城市敞开式道路建设和道路养护这种非经营性项目，仍然在沿用传统的体制。道路管理部门通常都是公共垄断型机构，集多项职责于一身，包括规划、控制、建设及养护等内容。政府的管理体制、企业的经营机制没有完全摆脱旧的计划经济体制的影响，企业的经营活动受到政府的过多干预，经营机制不够灵活也缺乏必要自主权。政企不分、政事不分的现象依然存在。

城市道路的建设单位一般都是市政主管部门的所属国有企业，实行垄断性经营。在没有外部竞争压力的情况下，企业自身也缺乏降低成本、提高效率、改进技术的动力。

三　城市道路建设和维护体制改革建议

（一）改革政府投资的建设管理和运作模式，提高投资运营的效率

城市道路分为敞开式城市道路和收费道路，从根本上说，敞开式城市道路属于非经营性项目；而收费道路属于经营性项目。由于提供的产品和服务的特点不同，敞开式城市道路和收费道路在项目的运行机制和融资渠道上存在一定的差别。

1. 城市收费道路

城市收费道路属于经营性项目，可市场化的程度很高，由于具有风险低、现金流回报稳定的特性，对民间资本有着很大的吸引力，因此完全可以采取多元化的融资渠道。

对于新建项目首先成立项目公司，实行项目法人责任制，由项目公司负责道路的融资。项目融资是民间资本参与基础设施投资的重要融资手段，是利用项目本身的资产的资信和现金流量安排有限追索贷款，这为超过项目投资者自身投资能力的大型项目提供了融资便利。政府可以通过向项目公司注入资本金，例如将地方政府当年财政预算支出中用于城市道路建设的部分资金变成吸引社会其他经济主体参股的资本；或者通过建立道路基金通过为民间投资者提供贷款担保，以鼓励民间资本的投入力度，增强政府投资的引导和放大作用。

其次，在符合城市规划的前提下，可以通过向社会公开招标的形式转让道路专营权，本着"谁投资，谁经营、谁收益"的原则，鼓励各种资本以 BOT、TOT 等方式，进行道路的建设和运营管理。作为回报，政府以特许经营合同的形式授予项目公司收费经营权，允许项目公司对道路使用者通过直接或间接的方式收取一定的费用、经营道路相关服务设施获得收益，用以补偿资本的投入并获得适当的利润，经营期满后道路设施将无偿交还给政府。

2. 敞开式城市道路

敞开式城市道路根本上说属于非经营性基础设施项目，由于没有直接收益，本身无法以收抵支，很难吸引民营资本等社会资金投入到这部分项目的建设中来。项目的投资主要由代表公共利益的政府财政来承担，其权益归政府所有。政府在编制财政预算时就应将项目的投资纳入预算，并配以固定的税种或费种保障。在投资不足时也可以通过其他途径适当进行举债建设，但是要控制负债率并建立完善的还贷机制。有条件的项目还可以 BT 方式吸引社会资金进行建设，政府通过补偿机制和回购方式，回报投资者。所谓 BT（Build – Transfer）是指在公共项目建设阶段，由中标者自行负担所有或部分工程费用，政府在工程建设阶段及完工后分期支付工程款，或在完工验收后一次偿还本息或以分期方式付款，是政府延期付款的投资方式。

敞开式城市道路属于非经营性的项目，但是这种类型的项目并不等于不能走市场化道路，政府作为投资的主体，其所有权应归政府所有，但是在运行机制上可以完全市场化。

首先改变政府直接参与项目建设的传统方式，将政府的管理与建设职能分开。政府不再直接参与工程的建设，由项目建设者向规划者和监督者转变。其次，按照市场规则，将竞争机制引入各个环节，通过"公开、公平、公正"的竞争环境，严格推行招投标制度，使项目实施过程规范化、市场化。在项目建设实施的各个阶段，如道路土建、勘查、工程监理、材料和各种交通设施供应等环节逐步全面推行公开招投标机制。也可以实行代建制，即通过公开招标，选择有实力、有信誉的作业单位或承包单位，通过招投标形成要约和承诺的合同法律关系，并对各方的权利、责任和义务进行科学的、明确的规范，由受托方全权负责该项目的建设管理，委托方对承建单位依法进行监督和考核，根据建设项目的大小、要求的高低、质量的优劣等方面确定代建费用。这种形式的优点是投资者和建设者分离，投资主体明确，建设责任到位，项目产权清晰。

（二）改革和完善现有城市道路养护维护体制

实行政事分开、政企分开、管养分开、管办分开改革，建立起开放的养护作业招投标市场，由政府或其授权的行业主管部门以政府采购的方式，通过招标发包方式选择维护单位，允许社会组建养护作业公司参与竞标承包。逐步将日常的道路设施养护和作业性的经营管理推入竞争市场，走产业化、专业化、市场化道路。设施的管理权和服务的监督权由政府相关主管部门掌握。彻底杜绝"管养不分"，形成进入城市道路设施维护作业市场企业多元化竞争格局，提高城市维护的质量和效率，降低维护成本。

政府的管理与建设、养护职能分开的优点是政府不养人，易于用市场化的方式进行项目运作。政府投资按市场规则运作，实行工程招投标、质量监督、监理和保修制度，使工程承包活动规范化、科学化、系统化。

保证工程招标公正进行的一个重要前提是对市政单位及其所属国有企业进行改革。一是政企分开，剥离城市公用事业单位的工程设计、施工、监理、设备生产供应、设施维修和养护等生产性、经营性和作业性部分的行政职能，使这部分转制为企业；二是按照政事分开的原则，将政府部门与直接经营管理的市政公用企业彻底脱钩，组建民营、股份制等多种形式的公司，自主经营，纳入建设市场统一管理。实行公开招标和投标，平等参与作业市场竞争，走市场化和社会化的道路。

变事业单位为企业有利于市政单位体制改革的深化，真正转变为市场经济的主体。打破行业和地域的垄断，引进竞争最直接的结果是提高了工作的效率，增强了企业的活力。有利于促进企业加强内部管理工作，强化成本核算，实行目标责任制，建立健全各项规章制度；促进企业的革新，积极应用新技术、新工艺，提高施工和养护等技术水平；加强岗位技术培训，加强文化教育，不断提高广大职工和管理干部素质，靠科技进步来提高工作质量。

（三）理顺政府资金渠道，建立稳定的资金供给渠道。

从事权划分来讲，城市道路基本是以城市为服务对象，收益范围基本上属于地区性的，因而划入城市政府的事权范围。按照责、权、利相统一的原则，城市道路项目建设的决策权和资金的提供属于城市政府的职责范围，在我国城市道路尤其敞开式道路的建设中，政府筹措的资金也一直占主导地位，持续的加强城市道路的建设和管理是城市政府的一项重要职责，但是资金的长期入不敷出是一直困扰地方政府的难题。因此应当积极合理的扩大城市政府的资金来源，提高资金使用率。

1. 合理分配资金

从中外的情况看，在一定时期内，地方政府资金仍然是城市道路等基础设施的主要投资渠道。但是由于传统的管理体制，我国地方政府一直对城市公用事业管得过宽。因此，政府首先应合理配置资金的使用，随着城市公用事业的市场化改革，经营性的城市公用设施的建设和维护逐渐退出政府的财政拨款补贴的范围，减少准经营性项目在财政中所占的比例，将地方有限的财力更多的分配到敞开式城市道路这类非经营性项目建设上来。

目前大部分地区城市维护资金除了用于道桥、环卫等市政设施的维护外，还要扶助供排水、燃气、供热等市政行业，同时还要担负教育、交警、消防、水利等行业的设施维护和中小型建设费用及一些专项费用，涉及行业和部门较多。应当明确，城市维护资金主要用于公益性设施的维护，在资金使用上，要建立政府采购服务机制，充分发挥城市维护资金的使用效益，政府对维护资金的使用实行严格监督，实现行业管理职能与设施维护作业行为的分离。对于经营性公用事业建设逐步向社会化运作转制，减少或取消政府的补贴。对于建设行政单位人员及事业单位中从事管理的人员应由财政部门统一解决经费，城市维护资金要保证城市维护需要。

2. 完善税收制度，形成稳定的资金供给渠道

我国城市道路建设和养护没有专项收入，而在世界其他很多国家都有为支持城市道路建设和养护而开设的专项税种。专项税收的优势在于：提供了一种稳定而持续的资金来源，免去了过多的行政管理环节从而提高资金使用效率，为政府利用稳定的税收收入为保证从而吸引外部资金创造了

条件。机动车辆税是被广泛使用的道路整治专项税，一般来讲对机动车辆课税可以采用不同的课税载体，如执照、燃油税等。国际上用于向道路使用者收费的主要工具包括车辆牌照税、重型车辆牌照附加税、燃油税及通行费等。征收燃油税目前是许多国家筹集道路建设和维护资金的重要途径，一些国家征收汽油税收入能占到其修建道路费用的60%以上。鉴于我国目前城镇化和机动化的快速发展，公共设施规模逐年增大，因此按照使用者付费的市场经济原则，逐步开征车辆购置税、燃油税和交通拥挤税等与车辆使用直接挂钩的税费，让道路设施的使用者承担所产生的全部社会成本，我国政府目前一直在积极筹划准备燃油税征收细则的出台，在燃油税的征收中地方政府应分成一定比例，用于城市道桥的建设和维护。例如拉脱维亚城市道路基金的收入包括来自国家道路基金转移支付年度机动车牌照税的30%、燃油税的27%、地方政府的拨款以及其他杂项等。按照机动车在城市道路、公路上的使用和实际的交通负荷来分配税收资源。最终形成以税收为主体的稳定的城市道路建设维护资金来源渠道。

　　3. 规范收费体系

　　鉴于城市道桥乱收费造成的种种弊端，我国政府已开始对城市道桥收费的混乱进行整顿，2002年国家下发了《国务院办公厅关于治理向机动车辆乱收费和整顿道路站点有关问题的通知》，要求全面清理取消不合理和不合法的收费项目，加强收费体系的监管，对于征收的车辆通行费的管理实行"收支两条线"。要加强费用支出的管理，对于按照规定转让政府还贷公路和城市道路收费权取得的收入，除由市财政部门核定用于征收管理经费外，车辆通行费全部用于偿还公路和城市道路建设的贷款本息和建设，不得挪作他用。目前，一些城市和地区开始对收费的方式进行改革，随着国家对这部分收费的整治，相关"费改税"政策的出台以及在道路收费的方式和收费技术上的创新，以期未来可以建立起更加合理、规范的道路收费体系。

　　4. 选择适当负债形式，并建立相应的还贷机制

　　除了通过向银行贷款之外，通过债券市场融资是各国城市基础设施建设的重要融资方式。主要包括市政债券和公司债券两种方式。

　　市政债券是由有财政收入能力的地方政府或其他地方公共机构发行的债券，是政府债券的一种形式。利用市政债券融资为城市基础设施建设筹集资金，是发达国家广泛采用的一种方法，在实际运作过程中也是卓有成效的。但是我国《预算法》中规定，地方政府不能发债，并且出于对一些经济落后

地区的地方政府还贷能力的担心，目前我国发行市政债券的大环境还不够成熟。但是，既然能够带来资金的高效利用，在市场条件逐渐成熟的情况下，发行市政债券融资将是地方政府融资的主要发展方向之一。

由于我国城市政府不能直接发行债券，一些城市成立了城建投资公司，代表政府行使城建项目投资主体职能，实行市场化运作，成为承担项目建设的融资和偿还贷款负责主体。城投公司可以作为发债的主体发行城建债券用于城市道路的建设。

但是政府进行举债建设是有一定基础和条件的，不可盲目进行。一要综合考虑政府的财政实力，政府的财政是还债的可靠保证，政府的举债能力受政府的财政能力和信誉度的制约，举债的额度要与城市财政收入之间保持适当的比例关系，切实控制负债的规模；二要尽快建立完善的还贷机制，政府可以采用财政划拨、收取固定税费等方式建立专门的还贷基金以保证能够按时还贷；三要对城市收费道路的运营要形成一定的现金流量，使投资者清楚地看到稳定的现金回报，从而得到可靠的心理保证，增强投资信心。

四　道路桥梁市场化融资改革案例

案例一：招商方式建设上海沪青平高速公路

上海沪青平高速公路是以民营企业上海茂盛企业发展有限公司为主要投资人的高速公路项目。2000 年 7 月，上海沪青平高速公路建设发展有限公司正式成立，8 月与上海市市政工程管理局签定了《沪青平高速公路建设、运营、移交合同》，2000 年 11 月沪青平高速公路开工建设，这是上海市首批招商采用 BOT 方式建设的高速公路项目之一。

沪青平高速公路是上海高速公路规划路网的重要组成部分，公路全长50. 75 公里，按项目的实施进度分东段（外环—中春路）、中段（中春路—朱枫公路）、西段（朱枫公路—市界），招商的范围为东段和中段，全长32. 29 公里，计划 2002 年底通车，估算投资 21.8 亿元，其中土地、青苗等补偿费和安置补助费 4.9 亿元，工程费 16.9 亿元。收费、监控、通信系统设备费 8 025 万元。

沪青平项目于 2000 年 3 月向社会推出，多家公司表达了投资意向，经资格预审和初步筛选，共有茂盛联合体、鹏欣联合体等四家单位正式递交了投资方案，上海茂盛企业发展有限公司与上海黄浦江大桥建设有限公司和上海西部市政工程有限公司组成联合体，共同投标竞争沪青平高速公路项目的特许经营权。在其向政府递交的方案中对政府无额外的政策支持要求；对前期的流量预测比较审慎，方案较稳健；并提出投资回收期后如果运营实际年收入超过其预测的15%以上，将向政府上缴超出部分一半的利润，这样如果投资回收期后收入超出预测的25%，则累计将向政府上缴2.14亿元，茂盛联合体投资方案较有竞争力，经过和政府谈判在众多投资者中脱颖而出成为中标单位。

政府选择茂盛联合体作为投资主体，由其发起组建沪青平项目公司。最终确定的沪青平项目公司的股本构成为：茂盛企业发展有限公司占52%，上海城建集团25%，上海市政工程建设发展有限公司占10%，上海建工集团占8%，上海西部市政工程有限公司5%。五家公司出资组建上海沪青平高速公路建设发展有限公司，共同负责项目的投资、融资、建设及运营。

政府以特许经营合同的形式授予项目公司高速公路收费经营权，允许项目公司通过收取车辆通行费、经营公路的相关服务设施等取得的其他收益作为其投资回报。项目公司则作为独立的"项目法人"，按照政府批准的工程规模和技术标准，具体负责高速公路项目的投资、融资、建设和运营管理。合同的收费经营期为自项目建成通车之日起25年，经营期满后，项目公司将高速公路的全部设施无偿交还给政府。

沪青平项目自开工以来进展顺利，2001年底已完成投资5.7亿，东段已于2000年底通车，中段于2002年建成通车。

到2001年底，上海市政局已完成包括沪青平高速公路在内的6个项目的招商，项目总投资规模169亿元，协议引进各类社会资金约127亿元，涉及高速公路里程271公里。

评析：政府采用招商形式建设高速公路大大减少了政府资金的投入，使有限的政府资金可以用于其他公益项目。沪青平高速公路项目公司作为独立法人，进行投资、建设和运营，它的市场导向和管理机制，有利于提高管理效率。在建设过程中，项目公司在设计、施工中挖潜力，在保证政府的路网规划及技术标准的情况下，想方设法优化设计、降低工程造价，使有限资源得到最优配置。从上海市的经验来看，通过政府招商来建设高速公路对国家、社会、当地政府和投资者都带来了好处，大大促进了高速公路的快速发展。既体现了政府投资体制改革实现社会利益最大化的初衷，又满足了投资者追求资本增值获取盈利的投资要求，实现了"双赢"目的。

目前采用项目招商的方式也会遇到一些问题和困难：首先是国家对民

间资本在基础设施领域的投资还缺乏相应的法制环境，投资者对今后政策变化带来的风险感到难以把握，对高速公路这种长期投资的政策风险，投资者存在着不同程度上的"担心"；其次是在投资决策过程中，投资者需要金融、保险、法律、财务、工程技术和项目建设管理等方面高水准的专业咨询服务，而目前社会上能够提供这类投资服务的中介机构缺乏，也影响了一部分投资者的决心。此外，若项目前期规划深度不够、计划安排时间较仓促，将使项目开工后变化较大，也在实施中带来一些具体困难。

案例二：北京、上海道路建设综合案例

之一：北京利用养路费建设城市快速路

北京四环路全长65.3公里，投资概算98亿元，是一条不收费的高速路。北京市政府在缺乏建设资金情况下，采用了增收养路费政策，较好地解决了建设资金问题。他们按照政企分开的原则，成立公联公司作为政府投资的代表，集筹资、建设、还贷于一身，全面实行招投标制、工程监理制和合同管理制，改变了过去筹资与花钱主体利益错位的局面。三年建设期，共利用国债资金十多亿元，国家开发银行贷款36.5亿元，实现了以增收的21亿元养路费启动并完成了近百亿元的工程的创举。打破了过去养路费只能用于公路建设，不能用于城市道路建设的部门所有制的框框。

之二：北京利用债券筹资道路建设资金

道路建设投资大，筹集资金必须多渠道，除了用养路费、贷款外，发行建设债券也不失是一种有效的途径。2002年5月29日至6月25日，首都公路发展有限公司经有关部门批准，发行了"2002年北京市首都公路发展有限公司企业债"，该公司是北京政府投资设立的大型国有企业，此次募集的资金，主要用于G106国道北京段、八达岭高速路三期工程和六环路建设。债券发行总额度为15亿元，期限10年，票面利率为4.32%，销售对象为个人和机构投资者。这项政策措施的出台，大大地加快了首都的公路建设。

之三：上海通过专营权转让筹集道路建设资金

搞活存量资产也是解决城市基础设施资金不足的一种有效办法。1994年上海将南浦、杨浦、徐浦三座大桥和沪嘉公路、打浦路隧道20年的专营权，以及延安东路隧道30年的专营权转让给香港中信泰富集团。后来，又把内环线高架35%的专营权作价6亿美元转让给"上海实业"，使得延安路高架这项市里的重点工程有了建设资金。

沪杭高速公路扩改建工程缺钱，也是通过转让经营权获得的。2002年

3月26日，上海市城投公司把它所拥有的沪杭高速公路上海段99.35%的股权，以32.07亿元的价格全部出让给一家名叫福禧投资控股有限公司的民营企业。这是民间资本首次大举进入大型基础设施存量领域，其单笔投资数额已达上海历史之最。通过此次股权转让，福禧公司拥有了沪杭高速公路上海段30年的运营权，包括加油站、服务区、广告和通行费及边际延伸收益的经营权，并负责4车道改6车道的扩建工程。

之四：上海利用信托资金建设城市道路

上海爱建信托投资公司于2002年8月推出了"上海外环线隧道项目资金信托计划"，通过受让上海外环隧道建设发展有限公司股权，以获取上海外环隧道建设发展公司分红，再向收益人支付信托收益。该计划募集资金总额为5.5亿元人民币，每份合同的金额最低限为5万元，不设上限，信托期限5年，合同在信托期内可以转让，到期后由爱建信托投资公司一次兑付本金及收益。通过这一计划，满足了上海民间力量参与市政重大工程投资的愿望，预期5%的平均年收益率吸引了大量的民间资金，办理信托手续的网点人山人海，首日就签订个人信托合同金额1100万元。

之五：上海实施轨道交通建设新体制

被列为上海城市高速公路、轨道交通、环境保护建设"三大战役"之一的轨道交通建设，是投资量最大、回报最慢的市政建设项目。上海在2001年进行了投融资体制改革之后，轨道交通建设开始实行投资、建设、运营、监管的"四分开"原则。作为资金的筹措方，上海久事公司利用地铁一号线资产和明珠线一期的股权，与上海城投公司持有的地铁一、二号线资产共同作价，再注入现金，共同组建上海申通集团公司。这一举动意味着轨道交通筹融资和投资管理职能实现了分离。在具体运作中，久事公司主要负责筹措资金，解决对申通资本金的投入；而申通公司则负责投资和项目的管理，使存量资产变为股本投入。更为合理的运作与监管机制大大提高了轨道交通项目的信誉度。项目公司的全新运作模式，使少部分资金带动项目的整体启动，发挥了政府资金的放大作用。在资金运作中，一改传统的建设项目资金全额由出资方投入的模式，而采用只对项目公司投入资本金的做法，解决了政府资金短缺的矛盾。目前，项目公司30%—35%的资本金投入部分，通过吸引社会资金等多种渠道获得，剩余65%—70%的资金则以项目公司的名义对外借贷，放大了政府资金功能，引入了民间资金的运作模式。

评析：采用多种渠道筹集资金是城市道路建设的重要环节，北京市和上海市的做法，就是改变过去传统的政府全包、有钱再干的方法，将市场经济中的竞争机制、借贷机制、资本市场等引入城市道路的建设之中，极大地提高了政府的投资效率，取得了明显的效果。

北京四环路高速度、高质量建成，给我们一个很好的启示，一个好的政策，就是一项大的投资，政策出资金，政策出效益。他们的主要做法是按照"使用者负担"的原则，通过提高养路费征收标准的方式，以养路费的增收部分作为项目法人资本金承担项目建成后还本付息的筹资与还贷的途径，由道路的使用者来负担四环路建设的投资费用。这种新的、独特的投融资体制曾得到中央和北京市领导的肯定。1999 年 9 月，江泽民总书记在考察四环路时，对四环路的评价是：给了一个政策，建了一个公司，形成了一个机制，这个机制不仅是一种管理体制，更主要的是一个新的投融资体制。

按照国际通行的做法，城市政府可通过发行市政建设债券的方式，筹集城市建设资金，其中的一般义务债，就是用于非经营性项目的建设。在我国，目前法律规定地方政府尚不能发行建设债券，那么利用信托资金和企业债券则是一种可行的办法。2001 年我国颁布实施了《信托法》，2002年 6 月中国人民银行又重新修订了《信托投资公司资金管理办法》，从 7 月18 日起开始实施，通过信托公司可以把民间闲散资金募集值起来，运用到城市建设中来，是城市道路建设筹资的一个好方法。从融资成本上看，发行企业债券要比到银行贷款更划算。以北京案例为例，目前银行 5 年期以上贷款的利率是 5.76%，该债券年得率为 4.32%，即使加上一个百分点的发行费用，融资成本仍低 0.44 个百分点，根据项目可行性研究中的未来车流量预测，完全可以满足未来 10 年内的还本付息需要，预计偿还期为 13—18 年之间，而首发公司拥有建成项目 30 年的经营权，募集资金所投项目有很好的经济效益。

本章小结

总体上看，城市公用事业必须加快改革步伐，在今后深化改革中必须把握好以下几个重点：一是要以法律制度作为城市公用事业改革的准则，要体现市场经济是一种法制经济的原则，以立法为先导，依法行政，减少改革的盲目性；二是要以政企分离、政事分离作为改革的关键，从根本上改变以往城市公用事业单位政企合一、政事合一的状况；三是要以竞争作为改革的主题，通过引进竞争机制，实现多元化投资的格局，并把规模经济与竞争活力相兼容的有效竞争作为政府调控的目标导向；四是要按照市场规律并结合各地实际来科学地制定城市市政公用事业的政府管制价格；五是要转变政府职能，建立新型的政府监管体制。我国城市公用事业各行业市场化融资的成功案例虽各有千秋，但均坚持以上原则。

思考题

一、名词解释

BOT　　准 BOT　　盘活存量资产　　现代企业制度　　股份合作制

二、简答题

1. 城市供水行业市场化融资的适用形式是什么？
2. 城市公交行业线路实行特许经营应注意什么问题？
3. 城市供热行业市场化融资的条件是什么？
4. 政府在城市公用设施市场化融资中应承担什么职责？

三、论述题

1. 各行业市场化融资成功的经验有哪些？
2. 评述和比较不同市场化融资案例的优劣。

阅读参考文献

1. 汪光焘："解决城市垃圾和污水处理问题的根本出路是实现产业化"，在全国城市污水和垃圾治理与环境基础设施建设工作上会议的讲话，2002 年 8 月 23 日。

2. 仇保兴："加强城市污水和垃圾治理工作 促进城市可持续发展"，在全国城市污水和垃圾治理工作上会议的讲话，2002 年 8 月 23 日。

3. "积极推进城镇供热体制改革 大力促进城镇供热事业发展"，仇保兴副部长在城镇供热体制改革试点工作会议上的讲话，2003 年 8 月 14 日。

4. 周溪名："上海城市道路交通建设资金的筹措初探"，载《综合运输》1997 年第 1 期，第 25—26 页。

5. 李柯："深化体制改革，加快公路建设"，载《经济论坛》2001 年第 7 期，第 35—36 页。

6. 朱金坤："市场经济与城市基础设施建设管理"，载《城乡建设》2003 年第 5 期，第 12—14 页。

7. 建设部："波兰、丹麦集中供热采暖系统计量技术与收费制度改革考察报告"1999 年 9 月。

8. 刘北川："供热体制改革的意义、重点及趋势"，载《中国建设报》2003 年 10 月 21 日。

9. 田雨辰："国外计量供热的发展及有关收费政策的规定"，中国供热信息网 2004 年 6 月 18 日。

10. 辛坦："借鉴先进国家经验，正确制定热价管理及定价政策"，中国建筑业协会建筑节能专业委员会 2000 年年会论文。

11. 肖红："从福利到商品的转变——天津供热体制改革探索与实践"，载《中国建设报》2003 年 8 月 19 日。

12. 陈雪明："对中国城市公共交通私营化有关问题的思考"，载《城市规划》2003 年第 1 期。

13. 蔡志红："浅析适合我国城市公交改革发展的模式"，载《城市交通》2002 年第 4 期。

14. 李永生："浅谈如何突破公交企业发展的两个瓶颈"，载《城市公共交通》2001 年第 1 期，第 11—12 页。

15. 姜国杰、肖欣荣："我国城市公交行业改革"，载《城市发展研究》1999 年第 5 期，第 42—46 页。

16. 周立新："上海城市轨道交通建设融资与管理改革"，载《城市轨道交通研究》2003 年第 1 期，第 82—86 页。

17. 宋孝鋆，孙纪平："深化轨道交通投融资改革的回顾和思考"，载《城市轨道交通研究》2001 年第 1 期，第 7—10 页。

18. 傅涛："城市水业的垄断与竞争"，载《水业投资资讯》第 10 期 2003 年 7 月。

19. 顾洪波："我国水务市场发展浅析上"，载《中国水利报》2004 年 6 月 11 日。

20. 刘志琪："城市供排水改革发展建议"，载《中国建设报》2003 年 4 月 11 日。

附件　有关政策和法律法规

附件一　建设部关于加快市政公用行业市场化进程的意见（建城［2002］272号）

市政公用行业是城市经济和社会发展的载体，它直接关系到社会公共利益，关系到人民群众生活质量，关系到城市经济和社会的可持续发展。为了促进市政公用行业的发展，提高市政公用行业运行效率，现就加快市政公用行业市场化进程提出如下意见：

一　指导思想与目的

深入贯彻十六大精神，以邓小平理论和"三个代表"重要思想为指导，以体制创新和机制创新为动力，以确保社会公众利益，促进市政公用行业发展为目的，加快推进市政公用行业市场化进程，引入竞争机制，建立政府特许经营制度，尽快形成与社会主义市场经济体制相适应的市政公用行业市场体系，推动全面建设小康社会。

二　开放市政公用行业市场

（一）鼓励社会资金、外国资本采取独资、合资、合作等多种形式，参与城市公用设施的建设，形成多元化的投资结构。对供水、供气、供热、污水处理、垃圾处理等经营性城市公用设施的建设，应公开向社会招标选择投资主体。

（二）允许跨地区、跨行业参与市政公用企业经营。采取公开向社会招标的形式选择供水、供气、供热、公共交通、污水处理、垃圾处理等市政公用企业的经营单位，由政府授权特许经营。

（三）通过招标发包方式选择市政设施、园林绿化、环境卫生等非经营性设施日常养护作业单位或承包单位。逐步建立和实施以城市道路为载体的道路养护、绿化养护和环卫保洁综合承包制度，提高养护效率和质量。

（四）市政公用行业的工程设计、施工和监理、设备生产和供应等必须从主业中剥离出来，纳入建设市场统一管理，实行公开招标和投标。

三　建立市政公用行业特许经营制度

市政公用行业特许经营制度是指在市政公用行业中，由政府授予企业在一定时间和范围对某项市政公用产品或服务进行经营的权利，即特许经营权。政府通过合同协议或其他方式明确政府与获得特许权的企业之间的权利和义务。

市政公用行业实行特许经营的范围包括：城市供水、供气、供热、污水处理、垃圾处理及公共交通等直接关系社会公共利益和涉及有限公共资源配置的行业。

实施特许经营权制度应包括已经从事这些行业经营活动的企业和新设立企业、在建项目和新建项目。

（一）特许经营权的获得

实施特许经营，应该通过规定的程序公开向社会招标选择投资者和经营者。要按照《中华人民共和国招标投标法》的规定，首先向社会发布特许经营项目的内容、时限、市场准入条件、招标程序及办法，在规定的时间内公开接受申请；要组织专家根据市场准入条件对申请者进行资格审查和严格评议，择优选择特许经营权授予对象。

对被选择的特许经营权授予对象，应该在新闻媒体上进行公示，接受社会监督；公示期满后，由城市市政公用行业主管部门代表城市政府与被授予特许经营权的企业签订特许经营合同。

凡投资建设特许经营范围内的市政公用项目，项目建设单位必须首先获得特许经营权，与行业主管部门签订合同后方可实施建设。

现有国有或国有控股的市政公用企业，应在进行国有资产评估、产权登记的基础上，按规定的程序申请特许经营权。政府也可采取直接委托的方式授予经营权，并由主管部门与受委托企业签定经营合同。

（二）申请特许经营权的企业应该具备的条件：

依法注册的企业法人资格；

与所申请的经营内容相应的条件：企业经营管理、技术管理负责人具备相应的从业经历和业绩，其他关键岗位人员具有相应的从业资格，应具有的资金和设备、设施能力；

良好的银行资信和财务状况；与其业务规模相适应的偿债能力；具有可行的经营方案以及政府规定的其他必要条件。

（三）特许经营合同应该包括以下基本内容：

经营的内容、范围及有效期限；

产品和服务的质量标准；

价格或收费的确定方法和标准；

资产的管理制度；

双方的权利和义务；

履约担保；

经营权的终止和变更；

监督机制；

违约责任。

（四）特许经营权的变更与终止

在合同期限内，若特许经营的内容发生变更，合同双方必须在共同协商的基础上签订相关的补充协议。若因企业原因导致经营内容发生重大变更，政府应根据变更的情况，决定是否继续授予其特许经营权；若政府根据发展需要调整规划和合同时，应充分考虑原获得特许经营权的企业的合理利益。

特许经营权期满前（一般不少于一年），特许经营企业可按照规定申请延长特许权期限。经主管部门按规定的程序组织审议并报城市政府批准后，可以延长特许经营权期限。

获得特许经营权的企业在经营期间如出现以下所列情况，由市政公用行业主管部门报城市政府批准后予以相应处理，对情节严重的，应取消其特许经营权：

未按要求履行合同，产品和服务质量不符合标准，并未按市政公用行业主管部门要求进行限期整改的；

未经政府及行业主管部门批准，擅自转让或变更特许经营权的；

未经城市政府及行业主管部门批准，擅自停业、歇业，影响到社会公共利益和安全的；

发生重大质量事故、安全生产事故或企业法人有重大违规违纪行为的。

在特许经营权发生变更或终止时，必须做好资产的处置和人员的安置工作，必须保证服务的连续性。

市政公用企业要依法自主经营。取得特许经营权的企业要在政府公共资源配置总体规划的指导下，科学合理地制定企业年度生产计划；为社会提供足量的符合标准的产品或优质服务；要自觉接受政府的监管，制定严格的财务会计制度，定期向政府及主管部门汇报经营情况，如实提供反映企业履行合同情况的有关材料。市政公用企业应通过合法经营取得合理的投资回报，实现经营利润，同时承担相应的经营风险和法律责任，真正成为自主经营、自负盈亏、自我发展的市场主体。

四　转变政府管理方式

城市人民政府负责本行政区域内特许经营权的授予工作。各城市市政公用行业主管部门由当地政府授权代表城市政府负责特许经营的具体管理工作，并行使授权方相关权利，承担授权方相关责任。

市政公用行业主管部门要进一步转变管理方式，从直接管理转变为宏观管理，从管行业转变为管市场，从对企业负责转变为对公众负责、对社会负责。

市政公用行业主管部门的主要职责是认真贯彻国家有关法律法规，制定行业发展政策、规划和建设计划；制定市政公用行业的市场规则，创造公开、公平的市场竞争环境；加强市场监管，规范市场行为；对进入市政公用行业的企业资格和市场行为、产品和服务质量、企业履行合同的情况进行监督；对市场行为不规范、产品和服务质量不达标和违反特许经营合同规定的企业进行处罚。

市政公用产品和服务价格由政府审定和监管。应在充分考虑资源的合理配置和保证社会公共利益的前提下，遵循市场经济规律，根据行业平均成本并兼顾企业合理利润来确定市政公用产品或服务的价格（收费）标准。

市政公用企业通过合法经营获得的合理回报应予保障。若为满足社会公众利益需要，企业的产品和服务定价低于成本，或企业为完成政府公益性目标而承担政府指令性任务，政府应给予相应的补贴。

五　加强领导，积极稳妥推进市场化进程

加快市政公用行业市场化进程，建立特许经营制度是建立社会主义市场经济体制的必然要求，是市政公用行业的一项重大改革，各地要加强领导，积极稳妥地推进。

建设部负责对全国推进市政公用行业市场化进程和建立特许经营制度

的工作进行宏观指导；各省、自治区建设行政主管部门负责对所管辖的行政区域内的市政公用行业实施特许经营制度工作进行监督和指导。

城市人民政府及其行业主管部门要本着对人民、对事业高度负责的精神，精心组织、统筹规划，妥善处理好改革、发展、稳定的关系，积极稳妥地推进市政公用行业市场化进程。要制定总体实施方案，落实相关配套政策。要从本地实际情况出发，因地制宜、分类指导，切实解决好市场化过程中出现的实际问题。在实施产权制度改革时，要按照国家和当地政府的相关政策，妥善解决好职工养老、医疗等社会保险问题。

要加快相关立法工作，以法律的形式明确投资者、经营者和管理者的权力、义务和责任，明确政府及其主管部门与投资者、经营者之间的法律关系。

各有关部门要通力协作，积极为推进市政公用行业市场化、建立特许经营制度创造条件，争取在较短时间内尽快建立起统一开放、竞争有序的市政公用行业市场体系和运行机制。

附件二　中华人民共和国行政许可法

中华人民共和国主席令第 7 号《中华人民共和国行政许可法》已由中华人民共和国第十届全国人民代表大会常务委员会第四次会议于 2003 年 8 月 27 日通过，现予公布，自 2004 年 7 月 1 日起施行。

中华人民共和国主席　胡锦涛
二○○三年八月二十七日

第一章　总　则

第一条　为了规范行政许可的设定和实施，保护公民、法人和其他组织的合法权益，维护公共利益和社会秩序，保障和监督行政机关有效实施行政管理，根据宪法，制定本法。

第二条　本法所称行政许可，是指行政机关根据公民、法人或者其他组织的申请，经依法审查，准予其从事特定活动的行为。

第三条　行政许可的设定和实施，适用本法。

有关行政机关对其他机关或者对其直接管理的事业单位的人事、财务、外事等事项的审批，不适用本法。

第四条　设定和实施行政许可，应当依照法定的权限、范围、条件和程序。

第五条　设定和实施行政许可，应当遵循公开、公平、公正的原则。

有关行政许可的规定应当公布；未经公布的，不得作为实施行政许可的依据。行政许可的实施和结果，除涉及国家秘密、商业秘密或者个人隐私的外，应当公开。

符合法定条件、标准的，申请人有依法取得行政许可的平等权利，行政机关不得歧视。

第六条　实施行政许可，应当遵循便民的原则，提高办事效率，提供优质服务。

第七条　公民、法人或者其他组织对行政机关实施行政许可，享有陈述权、申辩权；有权依法申请行政复议或者提起行政诉讼；其合法权益因行政机关违法实施行政许可受到损害的，有权依法要求赔偿。

第八条　公民、法人或者其他组织依法取得的行政许可受法律保护，行政机关不得擅自改变已经生效的行政许可。

行政许可所依据的法律、法规、规章修改或者废止，或者准予行政许可所依据的客观情况发生重大变化的，为了公共利益的需要，行政机关可以依法变更或者撤回已经生效的行政许可。由此给公民、法人或者其他组织造成财产损失的，行政机关应当依法给予补偿。

第九条　依法取得的行政许可，除法律、法规规定依照法定条件和程序可以转让的外，不得转让。

第十条　县级以上人民政府应当建立健全对行政机关实施行政许可的监督制度，加强对行政机关实施行政许可的监督检查。

行政机关应当对公民、法人或者其他组织从事行政许可事项的活动实施有效监督。

第二章　行政许可的设定

第十一条　设定行政许可，应当遵循经济和社会发展规律，有利于发挥公民、法人或者其他组织的积极性、主动性，维护公共利益和社会秩序，促进经济、社会和生态环境协调发展。

第十二条　下列事项可以设定行政许可：

（一）直接涉及国家安全、公共安全、经济宏观调控、生态环境保护以及直接关系人身健康、生命财产安全等特定活动，需要按照法定条件予以批准的事项；

（二）有限自然资源开发利用、公共资源配置以及直接关系公共利益的特定行业的市场准入等，需要赋予特定权利的事项；

（三）提供公众服务并且直接关系公共利益的职业、行业，需要确定具备特殊信誉、特殊条件或者特殊技能等资格、资质的事项；

（四）直接关系公共安全、人身健康、生命财产安全的重要设备、设施、产品、物品，需要按照技术标准、技术规范，通过检验、检测、检疫等方式进行审定的事项；

（五）企业或者其他组织的设立等，需要确定主体资格的事项；

（六）法律、行政法规规定可以设定行政许可的其他事项。

第十三条　本法第十二条所列事项，通过下列方式能够予以规范的，可以不设行政许可：

（一）公民、法人或者其他组织能够自主决定的；

（二）市场竞争机制能够有效调节的；

（三）行业组织或者中介机构能够自律管理的；

（四）行政机关采用事后监督等其他行政管理方式能够解决的。

第十四条　本法第十二条所列事项，法律可以设定行政许可。尚未制定法律的，行政法规可以设定行政许可。

必要时，国务院可以采用发布决定的方式设定行政许可。实施后，除临时性行政许可事项外，国务院应当及时提请全国人民代表大会及其常务委员会制定法律，或者自行制定行政法规。

第十五条　本法第十二条所列事项，尚未制定法律、行政法规的，地方性法规可以设定行政许可；尚未制定法律、行政法规和地方性法规的，因行政管理的需要，确需立即实施行政许可的，省、自治区、直辖市人民政府规章可以设定临时性的行政许可。临时性的行政许可实施满一年需要继续实施的，应当提请本级人民代表大会及其常务委员会制定地方性法规。

地方性法规和省、自治区、直辖市人民政府规章，不得设定应当由国家统一确定的公民、法人或者其他组织的资格、资质的行政许可；不得设定企业或者其他组织的设立登记及其前置性行政许可。其设定的行政许可，不得限制其他地区的个人或者企业到本地区从事生产经营和提供服务，不得限制其他地区的商品进入本地区市场。

第十六条 行政法规可以在法律设定的行政许可事项范围内，对实施该行政许可作出具体规定。

地方性法规可以在法律、行政法规设定的行政许可事项范围内，对实施该行政许可作出具体规定。

规章可以在上位法设定的行政许可事项范围内，对实施该行政许可作出具体规定。

法规、规章对实施上位法设定的行政许可作出的具体规定，不得增设行政许可；对行政许可条件作出的具体规定，不得增设违反上位法的其他条件。

第十七条 除本法第十四条、第十五条规定的外，其他规范性文件一律不得设定行政许可。

第十八条 设定行政许可，应当规定行政许可的实施机关、条件、程序、期限。

第十九条 起草法律草案、法规草案和省、自治区、直辖市人民政府规章草案，拟设定行政许可的，起草单位应当采取听证会、论证会等形式听取意见，并向制定机关说明设定该行政许可的必要性、对经济和社会可能产生的影响以及听取和采纳意见的情况。

第二十条 行政许可的设定机关应当定期对其设定的行政许可进行评价；对已设定的行政许可，认为通过本法第十三条所列方式能够解决的，应当对设定该行政许可的规定及时予以修改或者废止。

行政许可的实施机关可以对已设定的行政许可的实施情况及存在的必要性适时进行评价，并将意见报告该行政许可的设定机关。

公民、法人或者其他组织可以向行政许可的设定机关和实施机关就行政许可的设定和实施提出意见和建议。

第二十一条 省、自治区、直辖市人民政府对行政法规设定的有关经济事务的行政许可，根据本行政区域经济和社会发展情况，认为通过本法第十三条所列方式能够解决的，报国务院批准后，可以在本行政区域内停止实施该行政许可。

第三章 行政许可的实施机关

第二十二条 行政许可由具有行政许可权的行政机关在其法定职权范围内实施。

第二十三条　法律、法规授权的具有管理公共事务职能的组织，在法定授权范围内，以自己的名义实施行政许可。被授权的组织适用本法有关行政机关的规定。

第二十四条　行政机关在其法定职权范围内，依照法律、法规、规章的规定，可以委托其他行政机关实施行政许可。委托机关应当将受委托行政机关和受委托实施行政许可的内容予以公告。

委托行政机关对受委托行政机关实施行政许可的行为应当负责监督，并对该行为的后果承担法律责任。

受委托行政机关在委托范围内，以委托行政机关名义实施行政许可；不得再委托其他组织或者个人实施行政许可。

第二十五条　经国务院批准，省、自治区、直辖市人民政府根据精简、统一、效能的原则，可以决定一个行政机关行使有关行政机关的行政许可权。

第二十六条　行政许可需要行政机关内设的多个机构办理的，该行政机关应当确定一个机构统一受理行政许可申请，统一送达行政许可决定。

行政许可依法由地方人民政府两个以上部门分别实施的，本级人民政府可以确定一个部门受理行政许可申请并转告有关部门分别提出意见后统一办理，或者组织有关部门联合办理、集中办理。

第二十七条　行政机关实施行政许可，不得向申请人提出购买指定商品、接受有偿服务等不正当要求。

行政机关工作人员办理行政许可，不得索取或者收受申请人的财物，不得谋取其他利益。

第二十八条　对直接关系公共安全、人身健康、生命财产安全的设备、设施、产品、物品的检验、检测、检疫，除法律、行政法规规定由行政机关实施的外，应当逐步由符合法定条件的专业技术组织实施。专业技术组织及其有关人员对所实施的检验、检测、检疫结论承担法律责任。

第四章　行政许可的实施程序

第一节　申请与受理

第二十九条　公民、法人或者其他组织从事特定活动，依法需要取得行政许可的，应当向行政机关提出申请。申请书需要采用格式文本的，行政机关应当向申请人提供行政许可申请书格式文本。申请书格式文本中不得包含与申请行政许可事项没有直接关系的内容。

申请人可以委托代理人提出行政许可申请。但是，依法应当由申请人到行政机关办公场所提出行政许可申请的除外。

行政许可申请可以通过信函、电报、电传、传真、电子数据交换和电子邮件等方式提出。

第三十条　行政机关应当将法律、法规、规章规定的有关行政许可的事项、依据、条件、数量、程序、期限以及需要提交的全部材料的目录和申请书示范文本等在办公场所公示。

申请人要求行政机关对公示内容予以说明、解释的，行政机关应当说明、解释，提供准确、可靠的信息。

第三十一条　申请人申请行政许可，应当如实向行政机关提交有关材料和反映真实情况，并对其申请材料实质内容的真实性负责。行政机关不得要求申请人提交与其申请的行政许可事项无关的技术资料和其他材料。

第三十二条　行政机关对申请人提出的行政许可申请，应当根据下列情况分别作出处理：

（一）申请事项依法不需要取得行政许可的，应当即时告知申请人不受理；

（二）申请事项依法不属于本行政机关职权范围的，应当即时作出不予受理的决定，并告知申请人向有关行政机关申请；

（三）申请材料存在可以当场更正的错误的，应当允许申请人当场更正；

（四）申请材料不齐全或者不符合法定形式的，应当当场或者在五日内一次告知申请人需要补正的全部内容，逾期不告知的，自收到申请材料之日起即为受理；

（五）申请事项属于本行政机关职权范围，申请材料齐全、符合法定形式，或者申请人按照本行政机关的要求提交全部补正申请材料的，应当受理行政许可申请。

行政机关受理或者不予受理行政许可申请，应当出具加盖本行政机关专用印章和注明日期的书面凭证。

第三十三条　行政机关应当建立和完善有关制度，推行电子政务，在行政机关的网站上公布行政许可事项，方便申请人采取数据电文等方式提出行政许可申请；应当与其他行政机关共享有关行政许可信息，提高办事效率。

第二节　审查与决定

第三十四条　行政机关应当对申请人提交的申请材料进行审查。

申请人提交的申请材料齐全、符合法定形式，行政机关能够当场作出决定的，应当当场作出书面的行政许可决定。

根据法定条件和程序，需要对申请材料的实质内容进行核实的，行政机关应当指派两名以上工作人员进行核查。

第三十五条　依法应当先经下级行政机关审查后报上级行政机关决定的行政许可，下级行政机关应当在法定期限内将初步审查意见和全部申请材料直接报送上级行政机关。上级行政机关不得要求申请人重复提供申请材料。

第三十六条　行政机关对行政许可申请进行审查时，发现行政许可事项直接关系他人重大利益的，应当告知该利害关系人。申请人、利害关系人有权进行陈述和申辩。行政机关应当听取申请人、利害关系人的意见。

第三十七条　行政机关对行政许可申请进行审查后，除当场作出行政许可决定的外，应当在法定期限内按照规定程序作出行政许可决定。

第三十八条　申请人的申请符合法定条件、标准的，行政机关应当依法作出准予行政许可的书面决定。

行政机关依法作出不予行政许可的书面决定的，应当说明理由，并告知申请人享有依法申请行政复议或者提起行政诉讼的权利。

第三十九条　行政机关作出准予行政许可的决定，需要颁发行政许可证件的，应当向申请人颁发加盖本行政机关印章的下列行政许可证件：

（一）许可证、执照或者其他许可证书；

（二）资格证、资质证或者其他合格证书；

（三）行政机关的批准文件或者证明文件；

（四）法律、法规规定的其他行政许可证件。

行政机关实施检验、检测、检疫的，可以在检验、检测、检疫合格的设备、设施、产品、物品上加贴标签或者加盖检验、检测、检疫印章。

第四十条　行政机关作出的准予行政许可决定，应当予以公开，公众有权查阅。

第四十一条　法律、行政法规设定的行政许可，其适用范围没有地域限制的，申请人取得的行政许可在全国范围内有效。

第三节　期　　限

第四十二条　除可以当场作出行政许可决定的外，行政机关应当自受理行政许可申请之日起二十日内作出行政许可决定。二十日内不能作出决定的，经本行政机关负责人批准，可以延长十日，并应当将延长期限的理由告知申请人。但是，法律、法规另有规定的，依照其规定。

依照本法第二十六条的规定，行政许可采取统一办理或者联合办理、集中办理的，办理的时间不得超过四十五日；四十五日内不能办结的，经本级人民政府负责人批准，可以延长十五日，并应当将延长期限的理由告知申请人。

第四十三条　依法应当先经下级行政机关审查后报上级行政机关决定的行政许可，下级行政机关应当自其受理行政许可申请之日起二十日内审查完毕。但是，法律、法规另有规定的，依照其规定。

第四十四条　行政机关作出准予行政许可的决定，应当自作出决定之日起十日内向申请人颁发、送达行政许可证件，或者加贴标签、加盖检验、检测、检疫印章。

第四十五条　行政机关作出行政许可决定，依法需要听证、招标、拍卖、检验、检测、检疫、鉴定和专家评审的，所需时间不计算在本节规定的期限内。行政机关应当将所需时间书面告知申请人。

第四节　听　　证

第四十六条　法律、法规、规章规定实施行政许可应当听证的事项，或者行政机关认为需要听证的其他涉及公共利益的重大行政许可事项，行政机关应当向社会公告，并举行听证。

第四十七条　行政许可直接涉及申请人与他人之间重大利益关系的，行政机关在作出行政许可决定前，应当告知申请人、利害关系人享有要求听证的权利；申请人、利害关系人在被告知听证权利之日起五日内提出听证申请的，行政机关应当在二十日内组织听证。

申请人、利害关系人不承担行政机关组织听证的费用。

第四十八条　听证按照下列程序进行：

（一）行政机关应当于举行听证的七日前将举行听证的时间、地点通知申请人、利害关系人，必要时予以公告；

（二）听证应当公开举行；

（三）行政机关应当指定审查该行政许可申请的工作人员以外的人员为听证主持人，申请人、利害关系人认为主持人与该行政许可事项有直接利害关系的，有权申请回避；

（四）举行听证时，审查该行政许可申请的工作人员应当提供审查意见的证据、理由，申请人、利害关系人可以提出证据，并进行申辩和质证；

（五）听证应当制作笔录，听证笔录应当交听证参加人确认无误后签字或者盖章。

行政机关应当根据听证笔录，作出行政许可决定。

第五节 变更与延续

第四十九条 被许可人要求变更行政许可事项的，应当向作出行政许可决定的行政机关提出申请；符合法定条件、标准的，行政机关应当依法办理变更手续。

第五十条 被许可人需要延续依法取得的行政许可的有效期的，应当在该行政许可有效期届满三十日前向作出行政许可决定的行政机关提出申请。但是，法律、法规、规章另有规定的，依照其规定。

行政机关应当根据被许可人的申请，在该行政许可有效期届满前作出是否准予延续的决定；逾期未作决定的，视为准予延续。

第六节 特别规定

第五十一条 实施行政许可的程序，本节有规定的，适用本节规定；本节没有规定的，适用本章其他有关规定。

第五十二条 国务院实施行政许可的程序，适用有关法律、行政法规的规定。

第五十三条 实施本法第十二条第二项所列事项的行政许可的，行政机关应当通过招标、拍卖等公平竞争的方式作出决定。但是，法律、行政法规另有规定的，依照其规定。

行政机关通过招标、拍卖等方式作出行政许可决定的具体程序，依照有关法律、行政法规的规定。

行政机关按照招标、拍卖程序确定中标人、买受人后，应当作出准予行政许可的决定，并依法向中标人、买受人颁发行政许可证件。

行政机关违反本条规定，不采用招标、拍卖方式，或者违反招标、拍卖程序，损害申请人合法权益的，申请人可以依法申请行政复议或者提起行政诉讼。

第五十四条 实施本法第十二条第三项所列事项的行政许可，赋予公民特定资格，依法应当举行国家考试的，行政机关根据考试成绩和其他法定条件作出行政许可决定；赋予法人或者其他组织特定的资格、资质的，行政机关根据申请人的专业人员构成、技术条件、经营业绩和管理水平等的考核结果作出行政许可决定。但是，法律、行政法规另有规定的，依照其规定。

公民特定资格的考试依法由行政机关或者行业组织实施，公开举行。行政机关或者行业组织应当事先公布资格考试的报名条件、报考办法、考试科目以及考试大纲。但是，不得组织强制性的资格考试的考前培训，不得指定教材或者其他助考材料。

第五十五条 实施本法第十二条第四项所列事项的行政许可的，应当按照技术标准、技术规范依法进行检验、检测、检疫，行政机关根据检验、检测、检疫的结果作出行政许可决定。

行政机关实施检验、检测、检疫，应当自受理申请之日起五日内指派两名以上工作人员按照技术标准、技术规范进行检验、检测、检疫。不需要对检验、检测、检疫结果作进一步技术分析即可认定设备、设施、产品、物品是否符合技术标准、技术规范的，行政机关应当当场作出行政许可决定。

行政机关根据检验、检测、检疫结果，作出不予行政许可决定的，应当书面说明不予行政许可所依据的技术标准、技术规范。

第五十六条 实施本法第十二条第五项所列事项的行政许可，申请人提交的申请材料齐全、符合法定形式的，行政机关应当当场予以登记。需要对申请材料的实质内容进行核实的，行政机关依照本法第三十四条第三款的规定办理。

第五十七条 有数量限制的行政许可，两个或者两个以上申请人的申请均符合法定条件、标准的，行政机关应当根据受理行政许可申请的先后顺序作出准予行政许可的决定。但是，法律、行政法规另有规定的，依照其规定。

第五章　行政许可的费用

第五十八条　行政机关实施行政许可和对行政许可事项进行监督检查，不得收取任何费用。但是，法律、行政法规另有规定的，依照其规定。

行政机关提供行政许可申请书格式文本，不得收费。

行政机关实施行政许可所需经费应当列入本行政机关的预算，由本级财政予以保障，按照批准的预算予以核拨。

第五十九条　行政机关实施行政许可，依照法律、行政法规收取费用的，应当按照公布的法定项目和标准收费；所收取的费用必须全部上缴国库，任何机关或者个人不得以任何形式截留、挪用、私分或者变相私分。财政部门不得以任何形式向行政机关返还或者变相返还实施行政许可所收取的费用。

第六章　监督检查

第六十条　上级行政机关应当加强对下级行政机关实施行政许可的监督检查，及时纠正行政许可实施中的违法行为。

第六十一条　行政机关应当建立健全监督制度，通过核查反映被许可人从事行政许可事项活动情况的有关材料，履行监督责任。

行政机关依法对被许可人从事行政许可事项的活动进行监督检查时，应当将监督检查的情况和处理结果予以记录，由监督检查人员签字后归档。公众有权查阅行政机关监督检查记录。

行政机关应当创造条件，实现与被许可人、其他有关行政机关的计算机档案系统互联，核查被许可人从事行政许可事项活动情况。

第六十二条　行政机关可以对被许可人生产经营的产品依法进行抽样检查、检验、检测，对其生产经营场所依法进行实地检查。检查时，行政机关可以依法查阅或者要求被许可人报送有关材料；被许可人应当如实提供有关情况和材料。

行政机关根据法律、行政法规的规定，对直接关系公共安全、人身健康、生命财产安全的重要设备、设施进行定期检验。对检验合格的，行政机关应当发给相应的证明文件。

第六十三条　行政机关实施监督检查，不得妨碍被许可人正常的生产经营活动，不得索取或者收受被许可人的财物，不得谋取其他利益。

第六十四条　被许可人在作出行政许可决定的行政机关管辖区域外违法从事行政许可事项活动的，违法行为发生地的行政机关应当依法将被许可人的违法事实、处理结果抄告作出行政许可决定的行政机关。

第六十五条　个人和组织发现违法从事行政许可事项的活动，有权向行政机关举报，行政机关应当及时核实、处理。

第六十六条　被许可人未依法履行开发利用自然资源义务或者未依法履行利用公共资源义务的，行政机关应当责令限期改正；被许可人在规定期限内不改正的，行政机关应当依照有关法律、行政法规的规定予以处理。

第六十七条　取得直接关系公共利益的特定行业的市场准入行政许可的被许可人，应当按照国家规定的服务标准、资费标准和行政机关依法规定的条件，向用户提供安全、方便、稳定和价格合理的服务，并履行普遍服务的义务；未经作出行政许可决定的行政机关批准，不得擅自停业、歇业。

被许可人不履行前款规定的义务的，行政机关应当责令限期改正，或者依法采取有效措施督促其履行义务。

第六十八条　对直接关系公共安全、人身健康、生命财产安全的重要设备、设施，行政机关应当督促设计、建造、安装和使用单位建立相应的自检制度。

行政机关在监督检查时，发现直接关系公共安全、人身健康、生命财产安全的重要设备、设施存在安全隐患的，应当责令停止建造、安装和使用，并责令设计、建造、安装和使用单位立即改正。

第六十九条　有下列情形之一的，作出行政许可决定的行政机关或者其上级行政机关，根据利害关系人的请求或者依据职权，可以撤销行政许可：

（一）行政机关工作人员滥用职权、玩忽职守作出准予行政许可决定的；

（二）超越法定职权作出准予行政许可决定的；

（三）违反法定程序作出准予行政许可决定的；

（四）对不具备申请资格或者不符合法定条件的申请人准予行政许可的；

（五）依法可以撤销行政许可的其他情形。

被许可人以欺骗、贿赂等不正当手段取得行政许可的，应当予以撤销。

依照前两款的规定撤销行政许可，可能对公共利益造成重大损害的，不予撤销。

依照本条第一款的规定撤销行政许可，被许可人的合法权益受到损害的，行政机关应当依法给予赔偿。依照本条第二款的规定撤销行政许可的，被许可人基于行政许可取得的利益不受保护。

第七十条　有下列情形之一的，行政机关应当依法办理有关行政许可的注销手续：

（一）行政许可有效期届满未延续的；

（二）赋予公民特定资格的行政许可，该公民死亡或者丧失行为能力的；

（三）法人或者其他组织依法终止的；

（四）行政许可依法被撤销、撤回，或者行政许可证件依法被吊销的；

（五）因不可抗力导致行政许可事项无法实施的；

（六）法律、法规规定的应当注销行政许可的其他情形。

第七章　法律责任

第七十一条　违反本法第十七条规定设定的行政许可，有关机关应当责令设定该行政许可的机关改正，或者依法予以撤销。

第七十二条　行政机关及其工作人员违反本法的规定，有下列情形之一的，由其上级行政机关或者监察机关责令改正；情节严重的，对直接负责的主管人员和其他直接责任人员依法给予行政处分：

（一）对符合法定条件的行政许可申请不予受理的；

（二）不在办公场所公示依法应当公示的材料的；

（三）在受理、审查、决定行政许可过程中，未向申请人、利害关系人履行法定告知义务的；

（四）申请人提交的申请材料不齐全、不符合法定形式，不一次告知申请人必须补正的全部内容的；

（五）未依法说明不受理行政许可申请或者不予行政许可的理由的；

（六）依法应当举行听证而不举行听证的。

第七十三条　行政机关工作人员办理行政许可、实施监督检查，索取或者收受他人财物或者谋取其他利益，构成犯罪的，依法追究刑事责任；尚不构成犯罪的，依法给予行政处分。

第七十四条　行政机关实施行政许可，有下列情形之一的，由其上级行政机关或者监察机关责令改正，对直接负责的主管人员和其他直接责任人员依法给予行政处分；构成犯罪的，依法追究刑事责任：

（一）对不符合法定条件的申请人准予行政许可或者超越法定职权作出准予行政许可决定的；

（二）对符合法定条件的申请人不予行政许可或者不在法定期限内作出准予行政许可决定的；

（三）依法应当根据招标、拍卖结果或者考试成绩择优作出准予行政许可决定，未经招标、拍卖或者考试，或者不根据招标、拍卖结果或者考试成绩择优作出准予行政许可决定的。

第七十五条 行政机关实施行政许可，擅自收费或者不按照法定项目和标准收费的，由其上级行政机关或者监察机关责令退还非法收取的费用；对直接负责的主管人员和其他直接责任人员依法给予行政处分。

截留、挪用、私分或者变相私分实施行政许可依法收取的费用的，予以追缴；对直接负责的主管人员和其他直接责任人员依法给予行政处分；构成犯罪的，依法追究刑事责任。

第七十六条 行政机关违法实施行政许可，给当事人的合法权益造成损害的，应当依照国家赔偿法的规定给予赔偿。

第七十七条 行政机关不依法履行监督职责或者监督不力，造成严重后果的，由其上级行政机关或者监察机关责令改正，对直接负责的主管人员和其他直接责任人员依法给予行政处分；构成犯罪的，依法追究刑事责任。

第七十八条 行政许可申请人隐瞒有关情况或者提供虚假材料申请行政许可的，行政机关不予受理或者不予行政许可，并给予警告；行政许可申请属于直接关系公共安全、人身健康、生命财产安全事项的，申请人在一年内不得再次申请该行政许可。

第七十九条 被许可人以欺骗、贿赂等不正当手段取得行政许可的，行政机关应当依法给予行政处罚；取得的行政许可属于直接关系公共安全、人身健康、生命财产安全事项的，申请人在三年内不得再次申请该行政许可；构成犯罪的，依法追究刑事责任。

第八十条 被许可人有下列行为之一的，行政机关应当依法给予行政处罚；构成犯罪的，依法追究刑事责任：

（一）涂改、倒卖、出租、出借行政许可证件，或者以其他形式非法转让行政许可的；

（二）超越行政许可范围进行活动的；

（三）向负责监督检查的行政机关隐瞒有关情况、提供虚假材料或者拒绝提供反映其活动情况的真实材料的；

（四）法律、法规、规章规定的其他违法行为。

第八十一条 公民、法人或者其他组织未经行政许可，擅自从事依法应当取得行政许可的活动的，行政机关应当依法采取措施予以制止，并依法给予行政处罚；构成犯罪的，依法追究刑事责任。

第八章 附 则

第八十二条 本法规定的行政机关实施行政许可的期限以工作日计算，不含法定节假日。

第八十三条 本法自 2004 年 7 月 1 日起施行。

本法施行前有关行政许可的规定，制定机关应当依照本法规定予以清理；不符合本法规定的，自本法施行之日起停止执行。（完）

附件三 中华人民共和国城市维护建设税暂行条例

第一条 为了加强城市的维护建设，扩大和稳定城市维护建设资金的来源，特制定本条例。

第二条 凡缴纳产品税、增值税、营业税的单位和个人，都是城市维护建设税的纳税义务人（以下简称纳税人），都应当依照本条例的规定缴纳城市维护建设税。

第三条 城市维护建设税，以纳税人实际缴纳的产品税、增值税、营业税税额为计税依据，分别与产品税、增值税、营业税同时缴纳。

第四条 城市维护建设税税率如下：

纳税人所在地在市区的，税率为7%；

纳税人所在地在县城、镇的，税率为5%；

纳税人所在地不在市区、县城或镇的，税率为1%。

第五条 城市维护建设税的征收、管理、纳税环节、奖罚等事项，比照产品税、增值税、营业税的有关规定办理。

第六条 城市维护建设税应当保证用于城市的公用事业和公共设施的维护建设，具体安排由地方人民政府确定。

第七条 按照本条例第四条第三项规定缴纳的税款,应当专用于乡镇的维护和建设。

第八条 开征城市维护建设税后,任何地区和部门,都不得再向纳税人摊派资金或物资。遇到摊派情况,纳税人有权拒绝执行。

第九条 省、自治区、直辖市人民政府可以根据本条例,制定实施细则,并送财政部备案。

第十条 本条例自 1985 年度起施行。

附件四　城市供水价格管理办法
(计价格[1998]1810 号)

第一章　总　　则

第一条 为规范城市供水价格,保障供水、用水双方的合法权益,促进城市供水事业发展,节约和保护水资源,根据《中华人民共和国价格法》和《城市供水条例》,制定本办法。

第二条 本办法适用于中华人民共和国境内城市供水价格行为。

第三条 城市供水价格是指城市供水企业通过一定的工程设施,将地表水、地下水进行必要的净化、消毒处理,使水质符合国家城市的标准后供给用户使用的商品水价格。

污水处理费计入城市供水价格,按城市供水范围,根据用户使用量计量征收。

第四条 县级以上人民政府价格主管部门是城市供水价格的主管部门。县级以上城市供水行政主管部门按职责分工,协助政府价格主管部门做好城市供水价格管理工作。

第五条 城市供水价格按照统一领导、分级管理的原则,实行政府定价,具体定价权限按价格分工管理目录执行。

制定城市供水价格,实行听证会制度和公告制度。

第二章　水价分类与构成

第六条 城市供水实行分类水价。根据使用性质可分为居民生活用水、工业用水、行政事业用水、经营服务用水、特种用水等五类。各类水价之间的比价关系由所在城市人民政府价格主管部门会同同级城市供水行政主管部门结合本地实际情况确定。

第七条 城市供水价格由供水成本、费用、税金和利润构成。成本和费用按国家财政主管部门颁发的《企业财务通则》和《企业会计准则》等有关规定核定。

（一）城市供水成本是指供水生产过程中发生的原水费、电费、原材料费、资产折旧费、修理费、直接工资、水质检测和监测费以及其他应计入供水成本的直接费用。

（二）费用是指组织和管理供水生产经营所发生的销售费用、管理费用和财务费用。

（三）税金是指供水企业应交纳的税金。

（四）城市供水价格中的利润，按净资产利润率核定。

第八条 输水、配水等环节中的水损可合理计入成本。

第九条 污水处理成本按管理体制单独核算。

第三章 水价的制定

第十条 制定城市供水价格应遵循补偿成本、合理收益、节约用水、公平负担的原则。

第十一条 供水企业合理盈利的平均水平应当是净资产利润率8%—10%。具体的利润水平由所在城市人民政府价格主管部门征求同级城市供水行政主管部门意见后，根据其不同的资金来源确定。

（一）主要靠政府投资的，企业净资产利润率不得高于6%。

（二）主要靠企业投资的，包括利用贷款、引用外资、发行债券或股票等方式筹资建设供水设施的供水价格，还贷期间净资产利润率不得高于12%。

还贷期结束后，供水价格应按本条规定的平均净资产利润率核定。

第十二条 城市供水应逐步实行容量水价和计量水价相结合的两部制水价或阶梯式计量水价。

容量水价用于补偿供水的固定资产成本。计量水价用于补偿供水的运营成本。

两部制水价计算公式如下：

（一）两部制水价＝容量水价＋计量水价；

（二）容量水价＝容量基价＋每户容量基数；

（三）容量基价＝$\dfrac{\text{年固定资产折旧额}＋\text{年固定资产投资利息}}{\text{年制水能力}}$

（四）居民生活用水容量水价基数＝每户平均人口　每人每月计划平均消费量；

（五）非居民生活用水容量水价基数为：前一年或前三年的平均用水量，新用水单位按审定后的用水量计算；

（六）计量水价＝计量基价×实际用水量；

（七）计量基价＝

$$\dfrac{\text{成本}＋\text{费用}＋\text{税金}＋\text{利润}－(\text{年固定资产折旧额}＋\text{年固定资产投资利息})}{\text{年实际售水量}}$$

第十三条　城市居民生活用水可根据条件先实行阶梯式计量水价。

阶梯式计量水价可分为三级，级差为 1∶1.5∶2。

阶梯式计量水价计算公式如下：

（一）阶梯式计量水价＝第一级水价×第一级水量基数＋第二级水价×第二级水量基数＋第三级水价×第三级水量基数；

（二）居民生活用水计量水价第一级水量基数＝每户平均人口×每人每月计划平均消费量；

具体比价关系由所在城市人民政府价格主管部门会同同级供水行政主管部门结合本地实际情况确定。

第十四条　居民生活用水阶梯式水价的第一级水量基数，根据确保居民基本生活用水的原则制定；第二级水量基数，根据改善和提高居民生活质量的原则制定；第三级水量基数，根据按市场价格满足特殊需要的原则制定。具体各级水量基数由所在城市人民政府价格主管部门结合本地实际情况确定。

第十五条　以旅游业为主或季节性消费特点明显的地区可实行季节性水价。

第十六条　城市非居民生活用水实行两部制水价时，应与国务院及其所属职能部门发布的实行计划用水超计划加价的有关规定相衔接。

第十七条　污水处理费的标准根据城市排水管网和污水处理厂的运行维护和建设费用核定。

第十八条　供水企业在未接管居民小区物业管理等单位的供水职责之前，应对居民小区物业管理等临时供水单位实行趸售价格。趸售价格在不改变居民生活用水价格的前提下由供水企业与临时供水单位协商议定，报所在城市人民政府价格主管部门备案。双方对临时供水价格有争议的，由所在城市人民政府价格主管部门协调。

第四章　水价申报与审批

第十九条　符合以下条件的供水企业可以提出调价申请：

（一）按国家法律、法规合法经营，价格不足以补偿简单再生产的。

（二）政府给予补贴后仍有亏损的。

（三）合理补偿扩大再生产投资的。

第二十条　城市供水企业需要调整供水价格时，应向所在城市人民政府价格主管部门提出书面申请，调价申报文件应抄送同级城市供水行政主管部门。城市供水行政主管部门应及时将意见函告同级人民政府价格主管部门，以供同级价格主管部门统筹考虑。

第二十一条　城市供水价格的调整，由供水企业所在的城市人民政府价格主管部门审核，报所在城市人民政府批准后执行，并报上一级人民政府价格和供水行政主管部门备案。必要时，上一级人民政府价格主管部门可对城市供水价格实行监审。监审的具体办法由国务院价格主管部门规定。

第二十二条　城市价格主管部门接到调整城市供水价格的申报后，应召开听证会，邀请人大、政协和政府各有关部门及各界用户代表参加。听证会的具体办法由国务院价格主管部门另行下达。

第二十三条　城市供水价格调整方案实施前，由所在城市人民政府向社会公告。

第二十四条　调整城市供水价格应按以下原则审批：

（一）有利于供水事业的发展，满足经济发展和人民生活需要。

（二）有利于节约用水。

（三）充分考虑社会承受能力。理顺城市供水价格应分步实施。第一次制定两部制水价时，容量水价不得超过居民每月负担平均水价的三分之一。

（四）有利于规范供水价格，健全供水企业成本约束机制。

第二十五条　对城市供水中涉及用户特别是带有垄断性质的供水设施

建设、维护、服务等主要项目（如用户管网配套、增容、维修、计量器具安装），劳务及重要原材料、设施等价格标准，应由所在城市人民政府价格主管部门会同同级城市供水行政主管部门核定。

第五章　水价执行与监督

第二十六条　城市中有水厂独立经营或管网独立经营的，允许不同供水企业执行不同上网水价，但对同类用户，必须执行同一价格。

第二十七条　城市供水应实行装表到户、抄表到户、计量收费。

第二十八条　城市供水行政主管部门应当对各类量水、测水设施实行统一管理，加强供水计量监测，完善供水计量监测设施。

第二十九条　混和用水应分表计量，未分表计量的从高适用水价。

第三十条　用户应当按照规定的计量标准和水价标准按月交纳水费。接到水费通知单15日内仍不缴纳水费的，按应缴纳水费额每日加收5‰的滞纳金。没有正当理由或特殊原因连续两个月不缴水费的，供水企业可按照《城市供水条例》规定暂停供水。

第三十一条　供水企业的供水水质、水压必须符合《生活饮用水卫生标准》和《城市供水企业资质管理规定》的要求。因水质达不到饮用水标准，给用户造成不良影响和经济损失的，用户有权到政府价格主管部门、供水行政主管部门、消协或司法部门投诉，供水企业应当按照《城市供水条例》规定，承担相应的法律责任。

第三十二条　用户应根据所在城市人民政府的规定，在交纳水费的同时，交纳污水处理费。

第三十三条　各级城市供水行政主管部门要逐步建立、健全城市供水水质监管体系，加强水质管理，保证安全可靠供水。

县级以上人民政府价格主管部门应当加强对本行政区域内城市供水价格执行情况的监督检查，对违反价格法律、法规、规章及政策的单位和个人应依法查处。

第六章　附　　则

第三十四条　本办法所称"城市"，按《中华人民共和国城市规划法》规定，是指国家按行政建制设立的直辖市、市、镇。

第三十五条 本办法由国务院价格主管部门负责解释。

第三十六条 各省、自治区、直辖市人民政府价格主管部门应会同同级城市供水行政主管部门根据本办法制定城市供水价格管理实施细则。

第三十七条 本办法自发布之日起实施。

附件五 市政公用事业特许经营管理办法
（建设部令 第126号）

第一条 为了加快推进市政公用事业市场化，规范市政公用事业特许经营活动，加强市场监管，保障社会公共利益和公共安全，促进市政公用事业健康发展，根据国家有关法律、法规，制定本办法。

第二条 本办法所称市政公用事业特许经营，是指政府按照有关法律、法规规定，通过市场竞争机制选择市政公用事业投资者或者经营者，明确其在一定期限和范围内经营某项市政公用事业产品或者提供某项服务的制度。

城市供水、供气、供热、公共交通、污水处理、垃圾处理等行业，依法实施特许经营的，适用本办法。

第三条 实施特许经营的项目由省、自治区、直辖市通过法定形式和程序确定。

第四条 国务院建设主管部门负责全国市政公用事业特许经营活动的指导和监督工作。

省、自治区人民政府建设主管部门负责本行政区域内的市政公用事业特许经营活动的指导和监督工作。

直辖市、市、县人民政府市政公用事业主管部门依据人民政府的授权（以下简称主管部门），负责本行政区域内的市政公用事业特许经营的具体实施。

第五条 实施市政公用事业特许经营，应当遵循公开、公平、公正和公共利益优先的原则。

第六条 实施市政公用事业特许经营，应当坚持合理布局，有效配置资源的原则，鼓励跨行政区域的市政公用基础设施共享。

跨行政区域的市政公用基础设施特许经营，应当本着有关各方平等协商的原则，共同加强监管。

第七条　参与特许经营权竞标者应当具备以下条件：

（一）依法注册的企业法人；

（二）有相应的注册资本金和设施、设备；

（三）有良好的银行资信、财务状况及相应的偿债能力；

（四）有相应的从业经历和良好的业绩；

（五）有相应数量的技术、财务、经营等关键岗位人员；

（六）有切实可行的经营方案；

（七）地方性法规、规章规定的其他条件。

第八条　主管部门应当依照下列程序选择投资者或者经营者：

（一）提出市政公用事业特许经营项目，报直辖市、市、县人民政府批准后，向社会公开发布招标条件，受理投标；

（二）根据招标条件，对特许经营权的投标人进行资格审查和方案预审，推荐出符合条件的投标候选人；

（三）组织评审委员会依法进行评审，并经过质询和公开答辩，择优选择特许经营权授予对象；

（四）向社会公示中标结果，公示时间不少于20天；

（五）公示期满，对中标者没有异议的，经直辖市、市、县人民政府批准，与中标者（以下简称"获得特许经营权的企业"）签订特许经营协议。

第九条　特许经营协议应当包括以下内容：

（一）特许经营内容、区域、范围及有效期限；

（二）产品和服务标准；

（三）价格和收费的确定方法、标准以及调整程序；

（四）设施的权属与处置；

（五）设施维护和更新改造；

（六）安全管理；

（七）履约担保；

（八）特许经营权的终止和变更；

（九）违约责任；

（十）争议解决方式；

（十一）双方认为应该约定的其他事项。

第十条　主管部门应当履行下列责任：

（一）协助相关部门核算和监控企业成本，提出价格调整意见；

（二）监督获得特许经营权的企业履行法定义务和协议书规定的义务；

（三）对获得特许经营权的企业的经营计划实施情况、产品和服务的质量以及安全生产情况进行监督；

（四）受理公众对获得特许经营权的企业的投诉；

（五）向政府提交年度特许经营监督检查报告；

（六）在危及或者可能危及公共利益、公共安全等紧急情况下，临时接管特许经营项目；

（七）协议约定的其他责任。

第十一条 获得特许经营权的企业应当履行下列责任：

（一）科学合理地制定企业年度生产、供应计划；

（二）按照国家安全生产法规和行业安全生产标准规范，组织企业安全生产；

（三）履行经营协议，为社会提供足量的、符合标准的产品和服务；

（四）接受主管部门对产品和服务质量的监督检查；

（五）按规定的时间将中长期发展规划、年度经营计划、年度报告、董事会决议等报主管部门备案；

（六）加强对生产设施、设备的运行维护和更新改造，确保设施完好；

（七）协议约定的其他责任。

第十二条 特许经营期限应当根据行业特点、规模、经营方式等因素确定，最长不得超过30年。

第十三条 获得特许经营权的企业承担政府公益性指令任务造成经济损失的，政府应当给予相应的补偿。

第十四条 在协议有效期限内，若协议的内容确需变更的，协议双方应当在共同协商的基础上签订补充协议。

第十五条 获得特许经营权的企业确需变更名称、地址、法定代表人的，应当提前书面告知主管部门，并经其同意。

第十六条 特许经营期限届满，主管部门应当按照本办法规定的程序组织招标，选择特许经营者。

第十七条 获得特许经营权的企业在协议有效期内单方提出解除协议的，应当提前提出申请，主管部门应当自收到获得特许经营权的企业申请的3个月内作出答复。在主管部门同意解除协议前，获得特许经营权的企业必须保证正常的经营与服务。

第十八条 获得特许经营权的企业在特许经营期间有下列行为之一的，

主管部门应当依法终止特许经营协议，取消其特许经营权，并可以实施临时接管：

（一）擅自转让、出租特许经营权的；

（二）擅自将所经营的财产进行处置或者抵押的；

（三）因管理不善，发生重大质量、生产安全事故的；

（四）擅自停业、歇业，严重影响到社会公共利益和安全的；

（五）法律、法规禁止的其他行为。

第十九条 特许经营权发生变更或者终止时，主管部门必须采取有效措施保证市政公用产品供应和服务的连续性与稳定性。

第二十条 主管部门应当在特许经营协议签订后 30 日内，将协议报上一级城市公用事业主管部门备案。

第二十一条 在项目运营的过程中，主管部门应当组织专家对获得特许经营权的企业经营情况进行中期评估。

评估周期一般不得低于两年，特殊情况下可以实施年度评估。

第二十二条 直辖市、市、县人民政府有关部门按照有关法律、法规规定的原则和程序，审定和监管市政公用事业产品和服务价格。

第二十三条 未经直辖市、市、县人民政府批准，获得特许经营权的企业不得擅自停业、歇业。

获得特许经营权的企业擅自停业、歇业的，主管部门应当责令其限期改正，或者依法采取有效措施督促其履行义务。

第二十四条 主管部门实施监督检查，不得妨碍获得特许经营权的企业正常的生产经营活动。

第二十五条 主管部门应当建立特许经营项目的临时接管应急预案。

对获得特许经营权的企业取消特许经营权并实施临时接管的，必须按照有关法律、法规的规定进行，并召开听证会。

第二十六条 社会公众对市政公用事业特许经营享有知情权、建议权。

直辖市、市、县人民政府应当建立社会公众参与机制，保障公众能够对实施特许经营情况进行监督。

第二十七条 国务院建设主管部门应当加强对直辖市市政公用事业主管部门实施特许经营活动的监督检查，省、自治区人民政府建设主管部门应当加强对市、县人民政府市政公用事业主管部门实施特许经营活动的监督检查，及时纠正实施特许经营中的违法行为。

第二十八条 对以欺骗、贿赂等不正当手段获得特许经营权的企业，主管部门应当取消其特许经营权，并向国务院建设主管部门报告，由国务院建设主管部门通过媒体等形式向社会公开披露。被取消特许经营权的企业在三年内不得参与市政公用事业特许经营竞标。

第二十九条　主管部门或者获得特许经营权的企业违反协议的，由过错方承担违约责任，给对方造成损失的，应当承担赔偿责任。

第三十条　主管部门及其工作人员有下列情形之一的，由对其授权的直辖市、市、县人民政府或者监察机关责令改正，对负主要责任的主管人员和其他直接责任人员依法给予行政处分；构成犯罪的，依法追究刑事责任：

（一）不依法履行监督职责或者监督不力，造成严重后果的；

（二）对不符合法定条件的竞标者授予特许经营权的；

（三）滥用职权、徇私舞弊的。

第三十一条　本办法自 2004 年 5 月 1 日起施行。

附件六　关于加强市政公用事业监管的意见
（建城〔2005〕154 号）

为了加快推进市政公用事业市场化，促进市政公用事业健康发展，按照党中央、国务院关于"推进供水、供气等市政公用事业市场化进程"和"对自然垄断业务要进行有效监管"的要求，现就加强市政公用事业监管工作提出如下意见。

一　充分认识加强市政公用事业监管的重要意义

市政公用事业是为城镇居民生产生活提供必需的普遍服务的行业，主要包括城市供水排水和污水处理、供气、集中供热、城市道路和公共交通、环境卫生和垃圾处理以及园林绿化等。

市政公用事业是城市重要的基础设施，是城市经济和社会发展的重要载体，直接关系到社会公众利益，关系到人民群众生活质量，关系到城市经济和社会的可持续发展，具有显著的基础性、先导性、公用性和自然垄断性。

近几年来，各地认真贯彻落实《中共中央关于完善社会主义市场经济体制若干问题的决定》，加快市政公用事业的改革，积极推进市政公用事业市场化进程，取得了显著成就。市政公用事业市场全方位开放，行业垄断局面已经打破；竞争机制全面引入，多元化投资结构基本形成；产权制度改革促进了经营效率的提高，市场经济促进了市政公用事业的持续发展。但是，在推进市场化的进程中，一些地方认识上还有偏差；不重视公平、公开的竞争机制的建立；存在着监管意识不强，监管工作不落实，监管能力薄弱和监管效率不高等问题。

市政公用事业是自然垄断性行业。为维护人民群众的利益，保证市政公用事业的安全运行，城市人民政府必须切实加强对市政公用事业的监管。加强城市公用事业监管是推进城市公用事业市场化的重要内容，健全的市政公用事业监管体系是推进市场化的重要保障，市政公用事业监管应贯穿于城市公用事业市场化的全过程。各地要认真贯彻"三个代表"重要思想和"立党为公、执政为民"的要求，充分认识加强市政公用事业监管的重要意义，在推进城市公用事业市场化进程中，始终坚持代表最广大人民群众的根本利益，把加强市政公用事业监管摆到重要的议事日程，落实监管责任，抓好监管工作，促进市政公用事业的健康发展。

二 认真抓好市政公用事业监管的有关工作

市政公用事业监管是各地政府及其有关部门为维护社会公众利益和公共安全，依据有关法律法规对城市公用事业的投资、建设、生产、运营者及其相关活动实施的行政管理与监督。

市政公用事业监管主要包括：市场进入与退出的监管、运行安全的监管、产品与服务质量的监管、价格与收费的监管、管线网络系统的监管、市场竞争秩序的监管等。当前要重点抓好以下几项工作：

（一）规范市场准入。市场准入是市政公用事业监管的首要环节，必须科学制定标准，严格操作程序，把好市场准入关。

各省级建设主管部门要按照有关法律法规和《城市公用事业特许经营管理办法》的要求，结合本地实际情况和各行业的特点，明确市场准入条件，规定市场准入程序，坚持公开、公正、公平的竞争原则，完善招投标制度，并负责对实施情况监督检查。

各市政公用事业主管部门要严格按照市场准入条件和程序，结合项目的特点，认真组织编制招标文件。要明确招标主体、招标范围、招标程序、开标、评标和中标规则，进行公开招标。要将特许经营协议的核心内容作为招标的基本条件，综合考虑成本、价格、经营方案、质量和服务承诺、特殊情况的紧急措施等因素，择优选择中标者。

市政公用事业主管部门要及时同中标者签订特许经营协议，授予特许经营权，同时，报上一级主管部门备案。

各地要制定和完善市场退出规则，明确规定市场退出的申请和批准程序。经营期限届满，应按照准入程序和准入条件，重新进行招标。

（二）完善特许经营制度。特许经营制度是市政公用事业市场化的主要实现形式，要逐步通过立法的形式明确特许经营的法律地位。要按照《城市公用事业特许经营管理办法》的要求，具体落实市场准入和退出、特许经营权招标投标、特许经营项目中期评估、特殊情况下临时接管、对违规企业的披露、公众监督与参与、上级主管部门备案等规定，完善特许经营制度。

市政公用事业特许经营协议是界定协议双方权利与义务的法律文件，是对特许经营行为进行监管的重要依据。实施特许经营的项目必须签订特许经营协议，没有签订协议或协议不完善的，要及时补签和完善特许经营协议。

要充分发挥中介机构的作用。市政公用事业主管部门应组织或委托独立和符合条件的中介机构进行项目的招标、评估和产品质量检验、检测等。要引入竞争机制，择优选择中介机构。要加强对中介机构的监管，建立中介机构的评估制度，并及时向社会公布。

（三）加强产品和服务质量的监督检查。产品和服务质量监管是市政公用事业监管的重要内容。市政公用事业主管部门应定期对市政公用事业的产品和服务质量进行检验、检测和检查。

市政公用事业主管部门要按照有关产品和服务质量标准的要求，建立市政公用事业产品和服务质量监测制度，对企业提供的产品和服务质量实施定点、定时监测。监测结果要按有关规定报上级主管部门。

要加强对特许经营项目的评估工作，建立定期评估机制。对评估中发现的产品和服务质量问题，要提出整改意见并监督企业限期整改。评估的结果应与费用支付和价格调整挂钩。评估结果要及时报上一级主管部门备案。

要尊重社会公众的知情权，鼓励公众参与监督，建立通畅的信息渠道，完善公众咨询、监督机制，及时将产品和服务质量检查、监测、评估结果和整改情况以适当的方式向社会公布。

对于供水、供气、污水和垃圾处理等行业，市政公用事业主管部门可派遣人员驻场监管。监管员不应干预企业正常的生产和经营活动。

（四）落实安全防范措施。市政公用事业的安全运行关系到公共安全和社会稳定，责任重大。市政公用事业主管部门要切实加强对生产运营和作业单位安全生产的监管，监督企业建立和完善各项安全保障制度，严格执行安全操作规程，确保市政公用事业生产、供应和服务的连续性、稳定性。

市政公用事业主管部门要制定安全生产紧急情况应对预案，建立健全安全预警和应急救援工作机制。

要制定特殊情况下临时接管的应急预案。实施临时接管，必须报上一级主管部门批准。必要时，上一级主管部门可跨区域组织技术力量，为临时接管提供支持和保障。

（五）强化成本监管。成本监管是合理确定城市公用事业价格，促进企业提高效率的重要手段。各地市政公用事业主管部门要加强对城市公用事业产品和服务的成本监管，配合物价管理部门加快供水、供气、供热等价格的改革，形成科学合理的价格形成机制。

要通过完善相关定额和标准、进行区域同行业成本比较和绩效评价、定期公布经营状况和成本信息等措施，建立健全成本约束机制，激励经营和作业者改进技术、开源节流、降低成本。要建立城市公用事业产品和服务成本定期监审制度，及时掌握企业经营成本状况，为政府定价提供基础依据，防止成本和价格不合理上涨。

要完善污水、垃圾处理收费政策，提高收缴率。加强污水和生活垃圾处理费的使用管理，保证处理费专项用于污水和生活垃圾的收集、输送和处理。

三　切实加强对市政公用事业监管的组织领导

市政公用事业监管是一项复杂的系统工程，涉及到管理体制的改革创新。各地要切实加强对市政公用事业监管的组织领导。

（一）转变管理方式，落实监管职责。各地要按照"经济调节、市场监管、社会管理、公共服务"的要求，切实转变政府职能，尽快从直接参与经营管理转向加强市场监管、完善公共服务，建立起完善的监管体系和工作机制。

各省、自治区建设行政主管部门负责本行政区域内的市政公用事业监管工作的指导和监督检查。

市、县人民政府城市公用事业主管部门是市政公用事业监管的具体执行机构，要认真履行监管职责，对本行政区域内市政公用事业准入、运营、退出的全过程进行有效监管。

（二）完善法律法规，依法实施监管。要严格依据有关法律法规，制定监管程序、监管标准和监管措施，明确监管机构和人员的职责范围和监督方式，依法实施监管。

要加快相关的法规和技术标准的研究和制定工作，为市政公用事业的监管工作提供法律保障和技术支撑。

（三）健全监管机构，加强能力建设。市政公用事业是不可分割的整体，市政公用事业市场是统一的市场。城市人民政府要充分发挥市政公用事业主管部门在人才、技术、行业管理经验方面的优势，整合行政资源，逐步建立统一的城市公用事业监管机构，实行统一领导、统一法规、统一标准、统一监管的管理体制，切实解决机构重叠、职能交叉、效率低下、监管成本高的问题。

市政公用事业主管部门要加强监管能力建设，完善监管手段，强化工作人员培训，不断提高业务素质和监管水平。

对监管人员行政不作为或者渎职失职的，要给予纪律处分，情节严重的，要依法追究责任。

（四）统筹兼顾，稳步推进产权制度改革。在推进市政公用事业市场化进程中，要正确处理改革、发展、稳定的关系，统筹兼顾职工利益、企业利益、公众利益和国家利益。实施市政公用事业国有企业产权制度改革，要按照《国务院办公厅转发〈国务院国有资产监督管理委员会关于规范国有企业改制工作意见〉的通知》要求，严格组织实施，确保职工的合法权益和国有资产不流失。转让国有产权的价款要优先用于原有职工的安置，剩余价款应主要用于城市公用事业的发展。

市政公用事业监管，涉及面广、专业性强、工作量大，监管的主要工作和责任在地方。各市政公用事业主管部门要按照地方党委、政府的统一部署，认真履行职责，健全监管体系，落实监管责任，加强市政公用事业监管，为构建和谐社会，促进经济和社会可持续发展做出贡献。

中华人民共和国建设部

2005 年 9 月 10 日

附件七 北京市城市基础设施特许经营办法
（北京市人民政府令 第 134 号）

第一条 为了推进本市城市基础设施建设运营市场化进程，扩大融资渠道，加快城市基础设施建设，提供优质的公共产品和服务，维护投资者、特许经营者和消费者的合法权益，制定本办法。

第二条 本办法所称城市基础设施特许经营，是指经行政特别许可，企业或者其他组织在一定期限和范围内经营下列城市基础设施：

（一）供水、供气、供热、排水；

（二）污水和固体废物处理；

（三）收费公路、地铁、城市铁路和其他城市公共交通。

（四）其他城市基础设施。

第三条 城市基础设施特许经营可以采取下列方式：

（一）在一定期限内，将项目授予特许经营者投资建设、运营，期限届满无偿移交；

（二）在一定期限内，将城市基础设施移交特许经营者运营，期限届满无偿移交；

（三）在一定期限内，将公共服务委托特许经营者提供；

（四）市人民政府同意的其他方式。

第四条 中华人民共和国境内外的企业和其他组织均可依照本办法平等参与竞争，获得本市城市基础设施的特许权。

授予特许权应当遵循公开、公正、公平的原则。

第五条 实行特许经营的城市基础设施项目（以下简称特许项目），根据本市城市建设发展需要和城市基础设施建设的规划确定。

具体项目由市发展改革部门会同城市基础设施行业主管部门和其他有关部门提出，报请市人民政府批准确定。

第六条 特许项目确定后，市城市基础设施行业主管部门应当拟定实施方案，经市发展改革部门组织财政、价格、规划、国土房管、建设、环境保护等有关行政主管部门依照各自职责对实施方案审查修改后，报请市人民政府批准实施。

实施方案应当包括下列内容：

（一）项目名称；

（二）项目基本经济技术指标；

（三）选址和其他规划条件；

（四）特许期限；

（五）投资回报、价格及其测算；

（六）经营者应当具备的条件及选择方式；

（七）其他政府承诺；

（八）保障措施；

（九）特许权使用费及其减免；

（十）负责实施的单位。

第七条　特许经营者可以通过下列方式取得回报：

（一）对提供的公共产品和服务收费；

（二）享有与城市基础设施相关的其他开发经营权益；

（三）享有政府给予的相应补贴；

（四）市人民政府同意的其他方式。

第八条　政府承诺可以涉及与特许项目有关的土地使用、相关基础设施提供、防止不必要的重复性竞争项目建设、必要的补贴，但不承诺商业风险分担、固定投资回报率及法律、法规禁止的其他事项。

第九条　取得特许权的，应当支付特许权使用费。特许权使用费的标准由市人民政府根据特许项目的行业特点确定，对于微利或者享受财政补贴的特许项目，可以减免特许权使用费。

第十条　特许项目及其实施方案经市人民政府批准后，由市发展改革部门或者城市基础设施的行业主管部门发布推荐介绍项目的公告。

第十一条　特许项目由城市基础设施行业主管部门或者区、县人民政府或者市人民政府确定的其他部门（以下简称实施单位）负责具体实施。

实施单位的职责：

（一）负责拟订招标文件，组织招标投标；

（二）同中标人谈判并签订特许协议；

（三）按照特许协议约定承担协助项目实施的有关工作；

（四）监督特许协议实施；

（五）接收特许期满移交的城市基础设施。

第十二条　特许经营者应当通过招标投标的方式确定。现有城市基础设施拟采取本办法第三条第二项规定的特许经营方式运营的，经市人民政府批准，也可以采取直接委托的方式授予特许权，并由城市基础设施行业主管部门与特许经营者签订特许协议。

第十三条　特许项目的产品、服务价格的确定和调整，依照价格法的规定执行。

第十四条　特许经营者确定后，实施单位应当与特许经营者签订特许协议。特许协议包括下列内容：

（一）项目名称、内容；

（二）特许经营方式、期限；

（三）产品或者服务的数量、质量和标准；

（四）投融资期限和方式；

（五）收费或者补贴及其调整机制；

（六）政府的承诺和保障；

（七）特许经营者的权利和义务；

（八）特许期内的风险分担；

（九）特许期满项目移交的方式、程序；

（十）违约责任；

（十一）争议解决方式。

第十五条　签订特许协议后，特许经营者应当在规定的期限内注册成立项目公司，负责实施该特许项目。

第十六条　在特许项目实施过程中，有关行政主管部门应当根据各自的职责，按照实施方案的规定，为实施单位和项目公司提供相应的服务。

第十七条　特许期限内，项目公司应当按照特许协议的约定不间断地提供公共产品和服务，对实施特许经营的城市基础设施进行维修，保证设施的良好运转。

第十八条　特许期限内，有关行政主管部门有权对特许项目进行检查、评估、审计，对特许经营者违反法律、法规、规章规定和特许协议约定的行为应当予以纠正并依法处罚，直至依法收回特许权。

第十九条　特许期限内，因政策调整严重损害项目公司预期利益的，项目公司可以向城市基础设施行业主管部门提出补偿申请，城市基础设施行业主管部门应当在收到项目公司的补偿申请后6个月内调查核实，经市人民政府批准给予相应补偿。

第二十条　特许权不得转让。

第二十一条　项目公司有下列情形之一的，实施单位有权终止特许协议：

（一）不按照特许协议的约定提供公共产品或者服务，情节严重的；

（二）转让特许权的；

（三）擅自停业、歇业影响公共利益和公共安全的；

（四）因项目公司破产等原因导致特许协议不能履行的。

第二十二条　特许期限内，除本办法第二十一条规定的情形外，特许权不得收回，实施特许经营的城市基础设施不得被征用；但确因公共利益需要，经市人民政府批准收回特许权或者征用实施特许经营的城市基础设施的，应当给予相应补偿。

第二十三条　特许期限届满，项目公司可以申请延长特许期限。延长特许期限的申请应当在特许期满一年前向城市基础设施行业主管部门提出，经城市基础设施行业主管部门组织评审同意并报市人民政府批准后，可以延长。

第二十四条　特许权被收回的，项目公司应当按照特许协议约定或者市人民政府的规定移交城市基础设施，实施单位应当组织对设施及相关资产进行评估，对需要补偿的，依据特许协议的约定给予补偿。

第二十五条　有关行政主管部门违反本办法规定，不履行法定职责、干预项目公司正常经营活动、徇私舞弊、滥用职权的，项目公司有权举报和申诉，也可以依法申请行政复议或者提起行政诉讼。

第二十六条　本办法自 2003 年 10 月 1 日起施行。

附件八　深圳市公用事业特许经营办法
（深圳市人民政府令　第 124 号）

第一章　总　　则

第一条　为提高公用事业的效率和服务质量，保障公众利益及特许经营者的合法权益，促进公用事业发展，制定本办法。

第二条　本办法所称公用事业特许经营是指市政府特别授权许可符合条件的企业或其他组织在一定时间和范围内经营某项公用事业。

第三条　政府鼓励社会资金、境外资本采取独资、合资、合作等形式建设公用设施，从事公用事业特许经营。

第四条　公用事业特许经营应优先保证公众利益不受损害。特许经营者应确保提供持续、安全、优质、高效、公平和价格合理的普遍服务。

特许经营者通过合法经营取得合理回报并承担相应经营风险。

第五条　政府和特许经营者应建立公众参与机制，鼓励公众监督公用事业。

第六条　公用事业监管部门（以下简称监管部门）负责公用事业特许经营的监督管理，其他政府部门根据各自职责履行监督管理职能。

第二章　特许经营权

第七条　公用事业特许经营权的授权主体是市政府或其授权的监管部门。

第八条　授权主体可以采取招标、招募或法律、法规、规章规定的其他方式，公平、公正地将某项公用事业的特许经营权通过颁发《深圳市公用事业特许经营授权书》（以下简称授权书）的形式授予符合条件的申请者。具体条件由招标文件、招募邀请书等规定。

申请者申请公用事业特许经营权，应对公用设施权属及其处分、股权转让及所经营的公用事业与其他经营活动的关联责任等事项做出相应承诺。

第九条　采取招标方式授予特许经营权的，按照国家招标投标法规定的程序进行，具体办法由招标公告、招标文件确定。

第十条　本办法所称招募，是指授权主体将拟授权经营的公用事业公告后，授权主体或其委托的中介机构向申请者发出邀请，通过审慎调查和意向谈判，确定经营者候选人，提交评审委员会确定优先谈判对象，通过谈判确定被授权人。

第十一条　授权书应载明下列主要事项：

（一）授权人、被授权人；

（二）特许经营权的内容、区域、期限；

（三）公用设施的权属与处分；

（四）特许经营权的收回；

（五）特许经营者的义务与责任。

前款所称特许经营者的义务与责任包括：

（一）遵守法律及法规、规章；

（二）公用事业服务标准和要求；

（三）维护和建设公用设施；

（四）接受监管部门监督以及依照法律、法规、规章进行的临时接管和其他管制措施；

（五）接受公众监督；

（六）执行依照法律、法规及规章规定制定或调整的价格；

（七）其他。

第十二条　授权书是特许经营者从事特许经营业务的法定依据，特许经营范围不得超出授权书规定。

未取得授权书的，不得从事公用事业特许经营。

第十三条　政府可视公用事业的不同特点减免特许经营权的使用费用。

第十四条　特许经营者不得以转让、出租、质押等方式处分特许经营权。

第十五条　特许经营权期满时终止。特许经营者申请特许经营权延期的，应在期满前的规定时间内提出延期申请。授权主体经审查认为符合延期条件的，可以予以延期。但延期不得超过两次。

前款所称规定时间由本办法附件等另行确定。

第十六条　特许经营者有下列情形之一的，授权主体收回特许经营权：

（一）以转让、出租、质押等方式处分特许经营权的；

（二）因转让企业股权而出现不符合授权资格条件的；

（三）达不到公用事业产品、服务的标准和要求，严重影响公众利益的；

（四）因经营管理不善，造成重大安全责任事故，严重影响公众利益的；

（五）因经营管理不善，财务状况严重恶化，危及公用事业的；

（六）不按城市规划投资、建设公用设施，经监管部门责令限期改正拒不改正的；

（七）擅自停业、歇业的；

（八）违反申请特许经营权时所做承诺的；

（九）法律、法规、规章规定的其他情形。

第十七条　收回特许经营权的决定由授权主体书面通知特许经营者。

特许经营者可以在收到书面通知后30个工作日内提出书面申辩或要求举行听证会。特许经营者要求举行听证的，授权主体应当组织听证。

特许经营者对收回特许经营权的决定不服的，可依法申请行政复议或提起行政诉讼。

第十八条 特许经营期间，发生不可抗力事件，致使无法正常经营时，经特许经营者申请并由授权主体批准，可以提前终止特许经营权。

第十九条 特许经营权被收回或终止后，原特许经营者应在授权主体规定的时间内，将维持特许经营业务正常运作所必须的资产及档案，在正常运行情况下移交授权主体指定的单位。

第二十条 特许经营权被收回或终止后，政府对原特许经营者为维持特许经营业务正常运作所投资建设的固定资产净值部分，给予合理补偿。

特许经营权根据本办法第十六条规定被收回后，原特许经营者对政府重新授予特许经营权及交接所需支出的费用给予补偿。

第二十一条 特许经营权被收回或终止后，在指定的单位完成接管前，特许经营者应按授权主体的要求，善意履行看守职责，继续维持正常的经营服务。

第三章 公用设施

第二十二条 政府投资建设的公用设施，所有权归政府所有，政府可以将公用设施通过租赁等方式交给特许经营者使用。

特许经营者应按照城市规划建设新的公用设施。特许经营权被收回或终止后，该公用设施按其承诺归政府所有。需要补偿的，政府依据本办法或事先约定给予投资者合理补偿。

第二十三条 特许经营者应允许其他经营者按照规划要求连接其公用设施。有关收费执行价格管理的规定。

第二十四条 特许经营者因建设和维护公用设施需进入某些地段和建筑物时，应事先与所有权人协商，所有权人及有关人员应提供方便。

第二十五条 公用设施的维护要遵守相关的道路和绿化管理规定，场站设置和管线改造应服从市规划部门的总体安排。因紧急情况需要抢修时，特许经营者可以先实施抢修，同时通知有关部门，并补办有关手续。

第二十六条 特许经营者应对公用设施的状况及性能进行定期检修保养，并将设施运行情况按时报告监管部门。

第二十七条 特许经营者应对各项公用设施的图纸等资料进行收集、归类、整理和归档，完善公用设施信息化管理系统，并与政府联网。

第二十八条 政府出于公共利益需要可依法征用公用设施，特许经营者应给予配合，政府应给予投资者合理补偿。

第四章 价 格

第二十九条 市政府价格部门会同监管部门负责公用事业价格制定或调整。

第三十条 制定公用事业价格应遵循的原则是：补偿成本、依法纳税、合理收益、节约资源、促进发展及社会承受力。

第三十一条 公用事业价格由成本、税款和利润构成。

成本指社会平均成本，包括各项应计入价格的制造成本和期间费用。

利润指特许经营者的合理收益。根据不同行业特点，分别采取净资产或固定资产净值收益率方式核定。

第三十二条 成本的核定按以下方法进行：

（一）原辅材料和固定资产的购入价格，属政府制定价格的，按规定价格核定；属市场调节价的，按购入时市场平均价格核定，实际购入价格低于市场平均价格的，按实际购入价格核定。

（二）工资费用、销售费用和管理费用实行总额比例控制，按本市同行业或相近企业近3年上述三项费用总额占成本费用总额比例并参考本市社会平均水平核定。

（三）计提折旧的固定资产必须是与提供公用事业产品或服务有关的资产，但上述资产属于政府所有的公用设施除外；固定资产闲置超过9个月的不列入记提折旧范围。闲置资产恢复使用必须连续投入使用3个月以上的方可记提折旧。资产折旧年限由财政部门、价格部门、有关监管部门和特许经营者按合理原则确定。

第三十三条 价格部门应建立定期审价制度，设立成本资料数据库，形成有效的成本约束机制。必要时，制定或调整价格的成本应经有资格的审计组织审计，确保价格成本的真实性和准确性。

第三十四条 价格部门会同监管部门具体确定各行业收益率核定方式，在本办法附件中一并载明。收益率水平由价格部门会同监管部门依据社会平均利润水平、银行利率和物价指数等因素提出方案，报市政府确定。

价格部门会同监管部门每年对收益率水平进行考核，必要时予以调整。

第三十五条　公用事业价格制定或调整，按以下程序进行：

（一）由特许经营者、公用事业监督委员会、消费者组织、行业协会或监管部门向价格主管部门提出书面申请，也可以由有定价权的价格部门或其他有关部门根据有关价格法规定直接提出定价、调价方案，并由价格部门组织听证。

（二）价格部门收到书面申请后，应对申请材料是否齐备进行初步审查、核实，申请材料不齐备的，应要求申请人限期补正。对书面申请审核后，认为符合听证条件的，应在受理申请之日起15日内做出组织听证的决定，并与相关部门协调听证会的有关准备工作。

（三）价格部门应在做出组织听证决定的3个月内举行听证会，并至少在举行听证会10日前将聘请书和听证材料送达听证会代表，听证会应当在三分之二以上听证会代表出席时举行。

（四）价格部门会同监管部门拟订价格方案时应当充分考虑听证会提出的意见，方案形成后按定价权限和范围上报审批。上报时应同时提交听证纪要、听证会笔录和有关材料。

（五）价格方案批准后，由价格部门向公众、经营者公布，在政府网站及其他媒体上公告，并组织实施。

第三十六条　为确保公用事业价格相对稳定，可根据不同公用事业行业的特点设立价格调节准备金，专项用于公用事业价格和利润的调控等。具体办法另行规定。

第三十七条　特许经营者应执行价格监管规定及政府制定的价格标准。

第五章　监　　管

第三十八条　监管部门对特许经营者进行监督管理，履行下列职责：

（一）负责公用事业特许经营权的招标、招募等具体组织工作；

（二）制定产品、服务质量评价标准；

（三）监督特许经营者履行法定义务；

（四）受理公众对特许经营者的投诉；

（五）对特许经营者违法行为进行查处；

（六）对特许经营者的5年经营计划和年度经营计划提出意见和建议，并监督实施；

（七）监督检查特许经营者提供的产品和服务质量；

（八）协助价格部门制定和调整价格，核算和监控成本及费用；

（九）审查特许经营者的年度报告；

（十）向市政府提交对特许经营者的年度监督检查报告；

（十一）紧急情况时临时接管公用事业经营；

（十二）法律、法规、规章规定的其他职责。

特许经营者应将5年及年度经营计划、年度报告、董事会和经营班子主要成员的变更、董事会决议等按本办法附件或其他约定确定的时间报监管部门备案或审查。

第三十九条　监管部门对特许经营者的日常监管包括：

（一）产品或服务的质量是否符合要求；

（二）行业协会规定的服务满意度是否达到；

（三）特许经营者的年度和5年期的经营方针、投资计划是否按规定备案、执行；

（四）业务经营和财务情况是否良好；

（五）是否履行承诺；

（六）是否执行价格规定；

（七）董事会和经营班子主要成员的变更、董事会的决议是否按规定备案；

（八）法律、法规、规章规定的其他事项。

第四十条　设立公用事业监督委员会，委员会负责收集公众、特许经营者的意见，提出立法、监管等建议，代表公众对公用事业特许经营进行监督。

第六章　法律责任

第四十一条　特许经营者违反本办法第二十三条、第二十六条及第二十七条规定的，由监管部门责令限期改正，并处5万元以上50万元以下罚款。

特许经营者违反本办法第十二条、第十四条、第十九条、第二十一条及第二十二条第二款规定的，由监管部门责令限期改正，并处50万元以上100万元以下罚款。

特许经营者违反本办法第三十七条规定的，由价格主管部门依法处罚。

第四十二条 特许经营者对监管部门的处罚决定不服的，可依法提起行政复议或行政诉讼。

第四十三条 监管部门工作人员滥用职权、徇私舞弊、玩忽职守、索贿受贿的，依法给予行政处分；构成犯罪的，依法追究刑事责任。

第七章　附　　则

第四十四条 已取得某项公用事业经营权的企业或其他组织，授权主体可将授权书直接授予该企业或其他组织。但本办法第八条第二款规定的承诺，不能免除。

第四十五条 本办法附件包括有关公用事业行业特许经营具体规定。附件可与本办法同时发布，也可另行发布。

监管部门可依据本办法、本办法附件制定具体管理措施或约定其他事项。

第四十六条 本办法自 2003 年 5 月 1 日起施行。

后 记

本教材是在给中国社会科学院研究生院城乡建设经济系硕士研究生开设的专业课，以及承担的建设部多项科研课题的基础上完成的。

过去由于我国城市建设资金长期投入不足，"脏、乱、差"、"行路难、吃水难、乘车难"是对我国城市建设的形象描述，如何多渠道地筹集城市建设资金有效地改善城市公用设施的供给，如何分清政府与企业的责任将市场机制引入城市建设领域，如何规范城市公用设施服务市场提供行为保证公共利益不受损失，如何推进公用产品价格改革、如何加强监管提高服务的质量和效率……一系列理论和现实问题需要回答，近几年根据建设部工作的需要，本人先后承担和主持了建设部和科技部相关课题的研究，在开展广泛调查研究的基础上，主笔完成了大部分课题报告，这些课题包括：城市建设资金的筹集与管理（1995）、市政建设债券融资的作用及其选择（2000）、改革建设事业收费建立新的税费体系研究（2000）、我国城市公用事业改革及案例评析（2002）、城市建设资金及负债情况研究（2002）、城市建设合理负债与偿还机制研究（2003）、城市建设资金渠道的形成及演变（2003）、城市市政设施维护与资金使用研究（2003）、城市公用事业监管的国际经验比较（2004，与天则公用事业研究中心合作）、城镇公用事业投融资政策研究（2004）、利用市政建设债券融资研究（2004）、城市水价形成机制及监管（2005）等。此外，几年来先后多次应建设部市长培训中心、广东省建设厅、河南省建设厅、内蒙建设厅、新疆区建设厅、广西区建设厅、甘肃省建设厅、清华大学继续教育学院、清华大学建筑学院等单位邀请主讲城市建设投资与融资、城市公用事业改革、城市公用设施的特许经营、城市公用事业政府监管等课程。以上研究工作和讲课实践为本书的撰写奠定了基础，在此特向支持课题研究的建设部的领导和一起从事研究工作的同事表示感谢，他们是傅雯娟副部长，以及秦玉文、张允宽、刘灿、刘春生等司领导和汪新波、郑翔等同志。本书第六章参考了"城市公用事业监管的国际经验比较"课题的成果，特向课题组的盛洪、余晖、周耀东、曹富国等专家表示感谢。在本书的整理过程中，我的硕士研究生钱璞同学提供了很多帮助，补充了第九章的部分内容，在此一并致谢。